# 六宫无妃

上

重庆出版集团
重庆出版社

图书在版编目（C I P）数据

六宫无妃 / 纳兰初晴著. —重庆：重庆出版社，2012.3
ISBN 978-7-229-04894-5

Ⅰ.①六… Ⅱ.①纳… Ⅲ.①长篇小说－中国－当代 Ⅳ.①I247.5

中国版本图书馆CIP数据核字(2012)第026166号

六宫无妃
LIUGONG WUFEI
纳兰初晴　著

出 版 人：罗小卫
丛书策划：李　子
责任编辑：李　子
责任校对：杨　婧
装帧设计：荆棘设计

重庆出版集团
重庆出版社　出版
重庆长江二路205号　邮政编码：400016　http://www.cqph.com
重庆市伟业印刷有限公司印刷
重庆出版集团图书发行有限公司发行
E-MAIL:fxchu@cqph.com　邮购电话：023-68809452
全国新华书店经销

开本：720 mm　×1 000 mm　1/16　印张：36.75　字数：708千
2012年3月第1版　2012年3月第1版第1次印刷
ISBN 978-7-229-04894-5
定价：49.80元

如有印装质量问题，请向本集团图书发行有限公司调换：023-68706683

目录

# 楔子

雪初霁，寒风刺骨，这是沧都三年以来最冷的一个冬天。

西楚王宫一派喜气洋洋，艳丽的红绸在风中飘舞，金边红毯从重阳门一直延伸到皇极大殿。韶乐悠扬中，一袭红色宫装的女子踏着红毯款款而来，风姿秀丽。

楚帝近侍冯英站在皇极大殿最高的台阶之上望着红毯之上缓缓走来的身影，他记得三年之前一位风华无双的女子也是从这条红毯与楚帝携手而来，那个神祇般的帝王在皇极大殿向百官宣誓，那个女子会是西楚唯一的妃，自此帝妃情深，传为世间一段佳话。

然而今日，独尊一妃的西楚后宫，迎来了第二位皇妃，那段佳话到了终点。

冯英几步迎上前去搀扶："皇贵妃娘娘小心。"

皇极大殿上，面容冷峻的帝王高坐龙椅之上，浑身上下不可一世的冷冽与霸气，望着缓步而入的贵妃，薄唇抿成坚毅的弧度。

殿门缓缓关闭，锦衣华服的女子盈盈跪拜："臣妾萧氏淑儿叩见吾皇，万岁，万岁，万万岁。"声如珠玉落盘，回荡在大殿内。

楚帝眼底一片冷寂，淡淡出声："平身。"

砰——

皇极大殿的殿门被人一脚踹开，这一脚也好比是踹在了西楚大帝的脸上，普天之下谁敢如此?

众人回头望着殿门口一身血污的女子，宽大的衣袍也难掩她高高隆起的腹部，冷风之中广袖翻卷如云，青丝乱舞，恍若九天降世的浴血凤凰。

是她，洛皇贵妃。

百官静默，望着那一身血衣的女子，或嘲笑，或怜悯。

楚帝神色沉静，淡淡出声："回来了！"

洛烟唇角勾起苍白的笑，一步一步踏着红毯朝高座之上的帝王走去："或许在皇上心中，我该是个死人了，是不是？"

她助他为帝的楚策，她深深爱着的楚策，她腹中骨肉的父亲楚策，竟然……将她抄家灭门。

无边的沉默在大殿蔓延，谁也没有出声。

萧淑儿缓步上前来，微微欠身："贵妃姐姐一路劳顿，妹妹送你回宫歇着，一切待皇上下朝再说！"

"让开！"洛烟冷声喝道。

相比之下，淑皇贵妃贤淑有礼，而洛皇贵妃大殿之上竟无半分贵妃之仪。

淑皇贵妃笑着伸手过来扶她离去。洛烟一拂袖，萧淑儿从玉阶之上滚了下去。楚帝霍然起身："够了！"随即便一记耳光落在洛烟脸上。

众臣被惊得倒抽一口气，三年来楚帝对洛皇贵妃从来是宠爱有加，呵护备至，如今他竟打了她，不由让人暗叹帝王无情。

洛烟微侧着头，口中阵阵腥咸，抬起血丝遍布的眼睛望向对面的人："你要娶她吗？"

"是。"

"好，好，好。"她突地笑出声，一连道了三声好，扬手便一巴掌打了过去。群臣惊恐万状地望着玉阶之上的两人，她竟然……竟然掌掴西楚大帝。

"这一下，是替我洛家打的。"

啪——

"这一下，是替我腹中孩儿打的。"

啪——

"这一下……是替我自己打的。"

楚帝没有反驳，亦没有还手。她转身步下玉阶，奈何怀胎九月的身子笨重不便，脚下一步踩空，差点便要滚下去一尸两命，殿外一道紫影迅速奔至近前扶住她："娘娘，小心。"

这时，冯英上前一展黄绢宣道："奉天承运，皇帝诏曰，洛氏一门，以权谋私，意图谋反，其罪当诛。皇贵妃洛氏怀执怨怼，无关睢之德。念其身怀龙子，贬为嫔妾，幽禁冷宫。相国之女萧淑儿，敏慧端雅，着封淑皇贵妃，统率六宫，钦此。"

一道圣旨，两种命运，一弃一宠。

“楚策……你……”倔犟的女子含泪望着玉阶之上的帝王，苍白的唇颤抖着，“不要逼我恨你，好不好？”

当年，是谁在这里许下誓言，此生只立一人，六宫无妃？

今日，又是谁在此将她废弃，迎娶新妃？

楚帝望着玉阶之下的女子，薄唇勾起残忍的笑：“你不过是朕登上帝位的跳脚石，还妄想……朕真的会爱上你吗？”

十三年的青梅竹马，原来……只是一个滔天骗局。

洛烟眼底最后一丝希冀破灭了，沉默了许久，望了望站在身边的紫衣女子，颤声道：“锦瑟姐姐不是洛家人，请你放过她。”

“朕知道。”

她不顾怀胎九月的身子屈膝跪下，艰难俯首于冰凉的玉阶，平静地回道：“谢主隆恩。”

这是她第一次跪在他的脚下，亦是最后一次。有冰凉的液体慢慢从眼底溢出，落在玉阶之上，透明而冰凉。

十年相守，三年夫妻，那些曾经珍贵不忘的往事光影，刹那之间沧海化桑田。

*****

乾元三年冬夜，冷宫一场大火乘风而起，风流尽去。

野史记，西楚大帝斩草除根，杀妻弑子，以绝后患。

# 第一章　隔世相见

西楚沧都，萧门有三秀，艳绝天下。

长女萧淑儿为西楚第一才女，才情绝世，入宫封为皇贵妃，宠冠六宫。

次女萧真儿为西楚第一美人，容颜倾城，王孙贵人无不为其倾心，想方设法为见佳人一面。

三女萧清越为西楚第一女将，武艺超群，十四岁时虎丘一役连挑翻云寨十大首领而名动天下，成为天下第一个入朝为官的女子。

乾元四年深秋，淑皇贵妃前往法华寺祈福，相国府上下女眷随之前往。午后，所有人都在饭堂吃斋，粉衣的侍女悄悄带了食盒和被褥上了后山，进了木屋便道："绿绮姐，娘娘和夫人们都在用膳，我先帮你把东西送来。"

"谢谢你了，我正发愁着呢，四小姐大病初愈就怕再受了寒。"绿绮笑着将东西接过。

粉衣的侍女笑了笑，帮着她铺床收拾："寺里明明还有空的厢房，大夫人和二夫人却故意让人说没有了，后山这么冷，四小姐晚上怎么过？"

"放心吧，有我照看着呢！"绿绮道。

"若不是一场怪病，以四小姐的聪慧，哪还有今日大小姐和二小姐的风光，说不定当上皇贵妃的就是四小姐了。"粉衣侍女咕哝道。萧家最早名动沧都的便是四小姐，与洛家小姐并称沧都双绝，却因为一场大病，面上生了怪斑，人也变得痴傻了。

绿绮闻言也不由叹息："谁说不是。"

“咦？四小姐呢？”

“我们出去找找。”绿绮简单收拾了便急声道，“一连病着昏迷了好几个月，如今醒了却是一句话也不说，这若再有个好歹，三小姐回来还不得把相国府掀了。”

“府里上下连相爷这个做爹的都不管四小姐，就只有三小姐最疼她。便是那一母同胞的二小姐，三小姐也没给过好脸色。”粉衣侍女朝寺院望了望，道，“绿绮姐，我得回去了，一会儿让大夫人发现了。”

绿绮点了点头，自行一人沿着小径寻人。

山风清寒，松涛阵阵，一袭素衣的女子立于山巅。她很瘦，瘦得仿佛一阵风都能把她卷走，面色带着病态的苍白，静静地望着下面热闹的法华寺。

这里的一切遥远又熟悉，这个地方她从小到大每年都会来，却不想今年会是这样。

天意还是命运，冷宫大火中死去的她，一睁眼便在仇人之家，成为萧赫的女儿，萧烟落。

冤死的父母，惨死的大哥，还有那未及出世便死去的孩子，这满门血债，她该去找谁讨还？

“四小姐，这里风大，先回去吧。”绿绮上前道。

烟落沉默了一会儿，转头便看到沿着山路上来的一行人。绿绮顺着她的目光一望，微微皱了皱眉，上前行礼：“大夫人，二夫人。”

二夫人上前便是一记耳光：“贱蹄子，竟敢教唆人从府里偷东西。”说话间两名家丁押出一粉衫侍女。

“山里风寒，四小姐大病初愈，奴婢只是将自己的被褥送过来，没有偷东西。”粉衫侍女泣声解释道。

“还狡辩？”二夫人说着又是一耳光扇过去。手还未落下，便被站在绿绮边上的烟落扣住手腕，那冰冷的目光瞧得二夫人不由一颤：“你……你干什么？”

烟落嫌恶地甩开手，淡声道：“她没有偷东西。”

“贱蹄子，你反了。”二夫人气不住，一记耳光掴向她。对方却快她一步扣住她的手腕，小施巧劲便让手腕骨节错位，痛得她冷汗直冒“你……”

绿绮不可置信地望着站在自己面前的人，眼前这一手便能将人腕骨错位的人，还是那体弱多病的四小姐吗？

大夫人一见，眸子一眯喝道：“还愣着干什么，来人把这臭丫头抓回寺里处置。”

绿绮一听赶紧跪下道：“大夫人，二夫人，要罚便罚奴婢吧。四小姐大病初愈，若再有个闪失，三小姐回来不好交代。”

大夫人微微皱了皱眉，府里谁都知道萧清越最疼的便是这个妹妹。若是再让人有个闪失，别说是她，便是相爷出面，她也不会买账。

正在这时，树丛中一阵异动，一群蒙面大汉走了出来，为首的便道："听说沧都来了不少贵人来礼佛，快给我抓起来。"

"放肆！连相府的人你们都敢动？"大夫人一脸威仪地怒喝，朝法华寺望了望，"只要我叫一声，山下数万的羽林卫就会冲上山来。"

"那就看看是他们来得快，还是我的刀快。"说话间为首的蒙面大汉便一刀架在大夫人脖子上，二夫人吓得当即一个踉跄，瞧着一边的山路便跑。

"还想跑！"一名匪徒一扬弩箭。

二夫人扭头一看，顺手便将边上的烟落一推挡在自己身前。绿绮一见便要拉开烟落，奈何二夫人却死死抱着烟落怎么也不松手，电光石火间她便以身生生挡住箭矢。

烟落狠狠捏在二夫人伤着的腕骨处，扶住绿绮："你怎么样？"

绿绮虚弱地笑了笑："你没事就好，我答应了三小姐要好好照顾你的。"

"把她们抓过来。"

周围的人齐齐围了过来，二夫人慌忙后退："不要抓我，不要抓我……"脚下一个踉跄撞向边上的两人。

站在崖边的烟落和绿绮被猝不及防的力道一撞，齐齐坠下深渊……

凉风习习，带着微微的桃花香穿窗而入，榻上的人抬起沉重的眼皮，打量着全然陌生的房屋，青衣的少年端着药进门："你醒了。"

"绿绮呢？"烟落直言问道。

"你说的那个绿衣姑娘吗？她在隔壁房间，放心吧，进了百里流烟宫的人没那么容易死。"连池坦然言道。

百里流烟宫？！

传说百里流烟宫主号称武林第一人，美貌第一，武功第一，医术第一，用毒第一，但行事乖张，任四国多少有权有势的人请其出诊都寻不到人的。

"我叫连池。"连池指了指站在门口处的人道，"那是我大哥连城，姑娘如何称呼？"

"烟落。"她起床穿了衣服到了隔壁房间，绿绮面色发青躺在榻上，那一箭插在心口，不断渗出的血将碧色的衣衫浸染成墨绿。

"这箭上有毒，又伤在心口。虽然我施针控制住了毒性，也不敢拔箭，除非让师傅出手医治，不然……也就只有一个月的命。"连池上前说道。

烟落抿了抿唇，扭头问道："你师傅在哪里？"

"他在……花园。"连池有些别扭地回答道。

烟落照着连池指的方向而去，隐约听到阵阵欢笑之声。循声而去，却看到景致如画的花园之中身着白衣的男子眼睛蒙着丝巾与一群女子追逐嬉闹，让她恍然有一种踏入烟花之地的错觉。微一思量便朝对方喊道：“百里宫主可在？”

园中的追花逐艳却丝毫没有停下，妙龄女子娇笑吟吟，好不撩人心魂。

烟落秀眉微拧，举步上前却被迎面一道白影扑倒在地：“抓到了，来，亲个嘴儿！”

娇艳如樱花的唇便扑面而来，烟落抬手就是一巴掌，白衣男子却一把扣住她手腕，另一手拨开面上的丝巾，露出半只眼：“本公子的香吻就那么难以承受？”

“我找百里宫主求医。”烟落推开压在身上的人说道。

白衣男子借势坐在草地之上，拿掉面上的丝巾，一手撑着地，一手慵懒地搭在屈起的膝盖处仰面望着她。那是一张如仙人般圣洁的容颜，却又带着别样魅惑的风情，圣洁与魅惑的完美融合，在这个人身上演绎出独特的气质风华。

“本宫主的出诊费十万两黄金，十个绝色美人，百坛上好佳酿，还要……本宫主心情好，你有吗？”百里行素笑盈盈地瞅着她说道。

“没有。”烟落沉默了片刻，沉声请求道，“请你救她。”那一箭是为她而受，她无法不管不顾。

百里行素起身踱步到她身前，低沉而魅惑的声音道：“既然你没有诊金，那就……用身体来偿还吧！”

烟落冷眸微扬，直直望着百里行素的眼睛，沉默了一会儿，道：“好。”

百里行素眼底掠过一丝惊异，唇边笑意更深，从她身旁走过：“跟我走！”

宽敞雅致的房间，百里行素侧躺在紫檀软榻上，春日的阳光透过雕花的窗棂洒在他的身上，一身白衣流动着夺目的异彩，仿佛天地间最耀眼的光华都汇聚到了他的身上。

连池跟着寻了过来，瞧了瞧两人，嘴角抽搐道：“公子，你不是又要……”

百里行素没有说话，唇角勾着邪肆的笑意。

“公子，就算你再怎么饥渴，也去挑个顺眼的吧。”连池望了望烟落，漫不经心地说道，“传出去你要是睡了这样的一个女人，你的一世英名可就毁了啊，别怪我没提醒你。”

百里行素抚了抚额，嘀咕道：“要我救人，没钱，没酒，没女人。”扭头朝门口连城道，“连城，扔出去。”

“师傅！”连池上前道，“你怎么能这样？”

“我怎样？”百里行素打量着她，手指轻轻敲击着椅子扶手，一笑如百花尽放：“要不你拜我为师，我就救她。”

“为什么？”烟落平静地问道，天下有多少人想进百里流烟宫，这种求都求不来的好运突然降临在她的身上，实在让人有些受宠若惊。

“我高兴。”百里行素勾唇一笑，“入了我门下，我保你可以在苍和大陆上横着走。”

“公子，不是人人都跟你一样属螃蟹的。”连池道。

烟落扬眸望着眼前的人，这个人恐怕也不仅仅是一个百里流烟宫主这么简单吧！百里行素抿了口茶，俊眉一扬：“乖徒弟，叫声师傅来听听！”

烟落举步上前：“师傅！”

百里行素顿时眉开眼笑，眸底暗影沉沉，若有所思。

她并不知自己这一步到底踏上了一条什么样的路，如果可以预料到未来的一切，她还会走进这个地方吗?

百里流烟宫仿似是一处隔绝外世的所在，一年四季桃花盛放，美得像是让人迷离的梦境。

“虽然师傅这个人平时好酒又好色，小气还抠门，不过人还是不错的，相处久了就习惯了。”连池一边走一边说道。

“这里就你们三个人？”烟落望了望四下问道。

连池闻言一笑：“还有大师兄，我这就带你去见。”说着领着她到了后山，燃了香。片刻之后，林中一道白光急闪而至落在石块之上，通体雪白，身形如鼠，小小的眼睛滴溜溜转地瞅了瞅她和连池两人。

烟落不可思议地望向石头上小小的一团，它似是察觉到她审视的目光，转头望向她这边，连池出声：“那是小师妹，刚来没几天，你不许以大欺小啊。”

“它是……”难不成连池所说的大师兄，不是人，而是……眼前这只?

“它就是大师兄。”连池一脸无奈的笑，他第一次被拉着拜见这位所谓的大师兄时，比她还震惊，“这是百年难得的貂儿，别看它小，连大哥都不是它对手。”

烟落闻言失笑，探手将其纳入掌中：“它叫什么？”

连池头疼地抚了抚额，颇有些难以启齿：“它叫……连美人。”

连美人？！

百里行素的恶趣味实在是让人难以恭维。美人扭头四下张望，似是在寻找什么。

“别看了，公子没来接你。”连池出声道，“明知他爱干净，你还在他怀里小便。”

烟落笑着抚了抚掌中小兽的头，抚去它身上的尘土。小兽却在她掌中打个滚露着肚皮让她挠痒痒，连池无奈笑道：“再挠就挠出虱子来了。”

回到庄内，远远便见花园中又是一番追花逐艳的画面。

“走了，我给你洗澡。”连池伸手去接小兽。

小兽却眨巴着眼睛望着烟落：“咕咕！”

闻声而至的百里行素瞪着她手中的小兽，教训道：“虽然你是叫美人，但你终究是公的，男女授受不亲知不知道？”话音一落扬手将它往水池扔去。

小兽一个华丽丽前空翻落地，闪电一般又蹿回到她肩上。冲着百里行素毛都炸起来了，气得“嘶嘶”直叫。

“美人，我知道你现在因爱生恨，可是这怪不得我，谁让你是只兽不说，还是只公的，我对发展人兽恋和断袖都没兴趣。”百里行素盯着小兽语重心长地说道，瞥了一眼烟落，“反正你现在已经移情别恋了。”

小兽帅气地一扭头，含情脉脉地望向烟落。

时光荏苒，转眼便过了半年，在百里流烟宫学艺的烟落，无论是医毒还是身手都已经大有长进。

暮色时分，烟落刚从后山练剑回庄，便被连池拉着一道赶往临州华府替人解毒。到了临州才知那华府竟是四国名商琼华夫人的府上。华府世代经商，所经营的客栈、钱庄、酒楼、赌场、青楼、航运各业遍布四国，是四国皇帝争相拉拢的对象。

她与连池一道给中毒之人搭脉，片刻之后两人都面色凝重，相互一望：“是食魂蛊。”

华夫人一听眸光微沉：“能解吗？”

“食魂蛊不是毒，蛊虫会吸取人身上的功力，再回到施蛊人体，是东部一些擅巫蛊的族类用来疗伤和增加自身功力之法。”烟落淡声说道。

“姑娘，你是……”华夫人不由打量着黑纱覆面的女子。

连池走近前来：“她是我小师妹烟落。”

华夫人不由多打量了几眼黑纱遮面的女子，带着莫名的审视。

“但这些人一直居于东部九冥山一带，怎么会来临州？”烟落微微皱了皱眉。

华夫人闻言冷然一笑：“烟姑娘怕是一直未出庄来吧。楚帝挥军东征，如今的九冥山一带已经归为西楚，这些人估计是逃亡过来的。”

烟落闻言一震，思量片刻道：“只要找到施蛊人，杀死蛊母，他们体内的子蛊一死，就可保全他们的性命和武功。”

九冥山人口虽少，但个个擅使毒，更有甚者会将人毒成浑身带毒的怪物，要想拿下九冥山定然会付出惨重的代价，可是精明如楚策怎会做出这样得不偿失的事?

她与连池合力将一人身上的食魂蛊引出，一路尾随追出了临州城外，蛊虫突然消失。鬼魅般的黑影在林中闪掠，带起阵阵难闻的腥臭毒气。连池递过药丸：“把解毒丸吃了，这些人身上都带毒。”

说话间数道黑影从树上落下，烟落迅速拉着连池从马上一跃而起避开了偷袭，一时间五个人围攻而上。她虽有些身手，但还要护着连池，难免有些吃力。

正在缠斗之际，有马蹄之声破空而来，如骤起的狂风，快得令人震慑，利箭破空而至，穿透与她交手之人的头颅。她抬眸望去，玄衣墨发的男子一骑黑马卷尘而来，一如她记忆中的冷峻犀利。

是他？！

是她曾经爱了十三年的他，是最后将她抄家灭门、葬身火海的他——楚策。

楚策持弓勒马停住，夜风中黑发飞舞，眸光如刃，浑身不可一世的王者霸气。身后跟随的黑甲卫齐齐勒马，整齐如一，干净利落。

夜色深重，谁也没有看到她眼底缓缓掀起的暗涌，时间凝滞，两人默然相望。

他还是那不可一世的帝王，而她已流落民间，挣扎求生，他们之间，云泥之别。正在她怔然之际，便见楚策微一扬手，听到连池的呼喊之声："小心。"

一箭划空而来，她身形一掠避了开去。

楚策扫了一眼林内数人，左手微一举弓，身后数十人，齐齐搭箭拉弓。烟落的心狠狠一沉，这样的情况下，她和连池都可能被射杀。

凌厉的箭头在月光下闪着冷寒的光芒，林中一片肃杀之气，让人不寒而栗。

她第一次觉得眼前的这个人是如此陌生，陌生得她一点都不认识他。他是如此冷酷决断，为达目的，不择手段。

施蛊人一见也不敢轻举妄动，似是在思量对策。烟落敛目深深吸了口气，扬手一挥，一道蓝光自袖内流出，直直划开一人的颈项，她一拉连池朝一边跑去。

她快，箭更快，利箭破空而至，穿透她的肩胛骨。她扭头望向高踞马上之人，目光悲极，痛极，恨极。

乱箭如雨，林中一行施蛊人被当场射杀。

连池扶着她，一脸愤然望向楚策一行人："你们干什么？"

"如果不动，箭伤不到你们。"楚策声音冷冽如深秋的风。铁甲卫个个箭术精绝，是不会射错地方的。

烟落咬唇一把拔出箭矢，顿时痛得面色苍白，冷汗直冒，虚弱地说道："我们走！"

这一刻，她只想快点离开，离开那个人。

连池扫了一眼四周，面色顿变："食魂蛊还没死。"真正的施蛊人还没死，这些不过是小喽罗。

话音刚落，林中传来令人毛骨悚然的腥臭之气。两人抬眼望去，丛林深处走出一道人影，他所过之处花草树木都瞬间枯死。

"是毒人，快走！"连池扶起她道，这种把自己练得全身是毒的人，最难对付。如今她有伤在身，若再沾了这毒，更是棘手。

一道白光如流星般划空而来，眨眼之间便至眼前，连池顿时欣喜："公子！！"

月华之下，白衣男子自空中飘然而下，衣袂飞扬，优雅潇洒如踏月而来的仙人，扬袖一挥便将走近的施蛊人逼退数步。一伸手将烟落搂进怀中，目光森冷地望向楚策："姓楚的，欺负我徒弟这笔账，百里行素记下了。"

楚策面色无波：“朕前来追捕九冥山余孽，阁下别多管闲事。”

百里行素没有多做纠缠，便叫上连池返回百里流烟宫。

这一番意外的相逢，在她心中掀起了滔天波澜。那些曾经念念不忘的回忆，那些失去亲人和孩子的悲痛绝望，在她心底激烈碰撞，仿佛是要把她整个人都撕碎一般。

百里行素带着她一路奔驰，感觉到怀中之人在颤抖，低声安抚道：“很快就回去了。”俊挺的眉不由微微蹙起，眼底若有所思。

回到庄内，百里行素去了药庐取药，她独自一人奔出房，冲到了后山断崖，对着浩浩长空跪下：“爹，娘，大哥，如果你们在天有灵，如果你们看得到我，请你们……赐予我真正重生的力量，让我不再彷徨恐惧，让我可以坚强勇敢地面对未来的路。”

深秋的夜风，冰冷而萧瑟，充满了悲伤的气息。

烟落抬头望着繁星满天的夜空，心中翻涌的思绪仿佛是要绞碎她的心。

她是个不孝的女儿，不仅连累他们丧命，就连最后一面也未能相见。

她是个不好的母亲，让她的孩子还来不及出生，便消亡于世间。

她所有挚爱的亲人都因他而死，她却……还在对那个人念念不忘。真正该死的，是她。

百里行素找到后山，远远看到山崖边上纤弱的女子抱膝蜷成一团，整个人都在颤抖，似在极力隐忍着莫大的痛楚。

他轻步走上前，一把拉过她靠在自己肩头，拉开她肩头的衣服，将止血的药粉洒在伤口之上，自始至终也没有出言安慰，亦没有开口发问。

突然肩头传来一阵剧烈的痛楚，她狠狠一口咬在他的肩上，似是在发泄着什么，又似是极力忍耐着什么，隐约间有滚烫的泪滴落在他的脖颈处。

她在哭。

仿佛是压抑了无数岁月的悲痛，汹涌而至，击碎了她所有的坚强和隐忍。

百里行素任由她咬着直到血肉模糊连眉头都没皱一下，抬手轻抚着她的后背，漫不经心道：“好了，师傅知道你被那姓楚的欺负了，下次见着他，我在他身上帮你刺个洞回来。”

可是聪明如他，又怎会看不出她所悲痛的，不是为这所受之伤。

过了许久，她抬头望着满天的繁星喃喃问道：“人死以后，真的会变成星星吗？”如果是，那她的亲人们又是哪一颗？

百里行素笑如清风：“这世上有鬼吗？相信就有，不相信就没有，在乎于心而已。”

“这里真是个好地方。”她由衷叹道。

百里行素扬眉一笑：“喜欢的话，就这样守着过一辈子也不错。”

她蓦然失笑，她做不到，他也做不到。

她曾经向往于这种隐于山林的简单生活，而如今终于身处于这远离朝堂恩怨的景致，心中却是因仇恨而衍生的满腹心机，对每一个人，甚至……自己。

时光飞逝，转眼便是三年。

西楚汴城，青石铺就的路面，厚重林立的墙楼，无不散发着这个王朝独有的古朴与大气。

因着西楚第一女将萧清越战功赫赫，如今女子也可参军。想到那个她未曾见过的三姐，烟落心底不由生出几分期待，有机会该去见识一下四国第一女将的风采。

窝在她袖内午睡的小兽突地蹿上肩头，盯着街边的烤肉铺唧唧直叫。她无奈失笑，探手摸了摸它的头，到铺外的空桌坐下："老板，一只烤山鸡。"

临走之际，百里行素请了地煞楼追杀她三个月，若她能活着回去，便是出师了。这普天之下也只有他干得出来，对人做事，一向我行我素。只是这已经走了三天了，也没与人交上手，又不敢放松警惕。

"啊——"

烟落扭头便见摔到边上的白衣小童，躬身将其扶起，温然一笑："小心点。"

那是个极漂亮的孩子，圆圆的脸像糯米团子一般，眼睛明亮如星辰，约有三四岁的样子，看着看着，心头不由一阵酸涩：那个孩子若是还在，也该这么高了吧。

孩子不经意看到桌上正吃肉的小兽，满脸惊喜地跑过去："它是老鼠吗？"

小兽抬头瞥了他一眼，想它堂堂灵兽，竟被人说成是鼠类。

"它是雪貂。"烟落微笑说道。

小孩子一脸欣喜地伸手想去摸，小兽不喜生人便要扬起爪子捍卫自己的清白，烟落眉眼一沉："美人！"

小兽悻悻地收回爪子，任由那胖乎乎的小手将自己蹂躏。半晌之后，小孩子依依不舍地放下小兽："我要去买东西了，姑姑再见。"说罢拿着银子到旁边的包子铺欣喜地买了几个糖包离去。

待到美人吃饱了，见天色已晚，她便寻了客栈准备投宿，一进客栈大堂便见店内热闹不已。

"姑娘，你放手，这么多人看着……"

"看就看，你救了我，又亲了我，我以身相许，他们爱怎么看就怎么看！"

"你……"前堂之内一身丹青锦袍的男子，剑眉星目，风仪润雅，不耐烦地望着挡在自己身前的紫衣少女。

"你什么？没话说了？那就娶我。"紫衣少女笑意张扬。

男子沉默了片刻，眼底掠过一丝狡黠，一脸沉重对紫衣少女道："其实，不瞒你说，我已经娶妻了，而且此生此世都不会再娶第二个女人。"

“你娶了谁？我不信？”少女一脸倔犟。

男子笑了笑一转身，满堂酒客齐齐扭头顺着他望去，正进门的烟落顿时秀眉拧起，被这么多双眼睛盯着的感觉很是不悦。

笑意温柔的男子举步走近，长臂一伸搂住她的肩膀：“夫人，你怎么才来，为夫等你好久了。”

满堂酒客望着三人，无不艳羡那男子好运。那夫人虽是黑纱遮面，那一身的风华气度却是举世无双，再看那穷追不舍的少女，娇艳中带着几分英武之气，亦是难得的佳人。

紫衣少女几步逼近，一眨不眨地望着她：“你是他夫人？”

烟落不悦地拧眉：“我不……”

“娘——”

烟落闻声低头一看抱着自己大腿的小孩，正是方才遇到的那个孩子。平白冒出一个相公一个儿子，这样的福分她可懒得消受。

“爹爹，娘亲。”孩子仰着小脸，甜甜地唤道。

男子躬身将孩子抱起，对紫衣少女道：“我真的娶妻了，连儿子都三岁了。”

少女愤然望着这平白冒出的“母子”，又不甘心放弃，一咬牙道：“好，我忍了，她做大，我做小。”

话音一落，顿时满堂惊呼。虽说西楚民风开放，但这般公然女追男的率性女子还真是头一回见。

“在下此生只娶一妻，终生不负。”男子一手抱着小儿，一手搂着“妻子”，俨然一个慈父良夫的深情形象。

躲在袖中的连美人眼见情敌一再调戏心上人，一怒而起蹿了出来，狠狠一爪子挠向那只手，捍卫自己的领地。

男子抱着孩子后退数步望向袭击自己的凶手。只见一只巴掌大小的小兽趴在烟落肩头，皮毛雪白光亮，小眼睛正恶狠狠地瞪着他。手上一阵冷寒，低眉一瞧，被抓处一股黑气迅速蔓延开来。

“爹爹！”孩子惊呼出声，转头望向烟落的方向求助。

烟落抿唇沉默了片刻，上前出手封住对方的穴道，将人扶到楼上房间。貂儿的毒性霸道，若她不及时出手，只怕这人的一条手臂都会废了。

“方才之事，多有得罪。”男子笑意温和地望着为自己疗伤的女子。

烟落一把将那人衣袖撩起，拿刀在手腕处割开一道口子，暗运内力帮着将毒从手臂一点点逼出来，淡声道：“体内还有些余毒未尽，今晚可能会发烧，明日就好了。”

“无碍。”男子淡笑，只是看她的目光多一丝惊讶和审视，“我叫楚修聿，这是小儿……”“我叫无忧，无忧无虑的无忧。”白衣小童一步上前，圆圆的小脸扬起灿烂的笑容，“姑姑你叫什么？”

“烟落。”她将银针收起，淡声道，“这几个时辰别乱动，以免余毒再扩散，我去让掌柜送些水来。”

无忧眼珠滴溜一转，迈开小短腿便往外跑：“我去。”

一路急奔到客栈后院，院中平地一阵风起，数名青衣武士出现在院内，对着无忧单膝跪地。为首的一人望着他道：“世子，王爷他……”

无忧奶声奶气地道：“爹没事，祁连叔叔你快把那个烦人的女人送走，不许她再跟着我们。”

“是。”祁连低头沉吟片刻问道，“那个蒙面女子……”

以王爷的身手怎么可能就被那么一只雪貂伤了？实在是让他难以理解。

无忧圆圆的小脸板起来：“这是秘密，不能跟你们说。”说罢小跑着离去。

祁连无奈摇头，这父子两个心里又打的什么小九九？

屋中沉寂，修聿靠在榻上敛目浅眠，手腕处的伤口还微微渗着血，美人跳到桌上冲着她唧唧直叫，烟落伸手点了点它的头：“坏东西，看你以后还乱抓人咬人。”

美人呜呜地叫了两声，委屈不已。连百里行素它都照咬不误，它这已经很爪下留情了。

烟落取出随身带着的解毒药粉倒入杯中兑水，拿巾帕蘸着清理他的伤口。早点把这些事做了，她也好安心上路。

修聿倚着软榻瞅着面前的人，面纱覆面看不清她的面容，但却有一双更为漂亮的眼睛，清怡明澈，淡漠疏离，深藏了不愿示人的忧伤与沧桑。

烟落抬眸便撞上那道目光，微微皱了皱眉。眼前这个男子没有楚策的冷傲绝美，亦没有百里行素那样圣洁若仙，看在眼中却有一种让人移不开的力量，宛如一卷落尽繁华的水墨画，说不出的风流雅致。

无忧气喘吁吁地跑回来。送水的店小二将水放好，小家伙一撸袖子便将巾帕浸湿，奈何手太小，怎么也拧不干。修聿瞧得哭笑不得：“行了行了，放下。”

无忧拿着好不容易拧干的巾帕爬上床，劈头盖脸搭在他脸上，跳下床一个踉跄打翻了水盆弄得一身湿。修聿闻声坐起：“这么不小心，一会儿受凉了怎么办？”

烟落按住起身下床的人，淡声道：“我来收拾。”再让余毒扩散，她明天就更走不成了。

“先给无忧换衣服。”修聿三两下把无忧身上的湿衣剥了个干净，拿着衣袖擦着他脸上的水渍，“冷不冷？冷不冷？”

烟落很快取了他们的包袱过来，翻出无忧的衣服拿近床前：“你躺着吧，我帮他穿。”

无忧一听欣喜地从被子里爬出，由着她一件件给自己穿好衣服，一直咧着嘴笑个不停。修聿倚着床柱看着两人，眉宇间漾起暖暖的笑意："谢谢，无忧是早产生下的，身体弱，受不得寒气。"

烟落微一怔，眉眼间泛起轻柔的笑："你是个好父亲。"

无忧坐在床边，由着眼前的女子擦拭着自己的头发，忽地仰起头望她："烟姑姑，你要是我娘多好。"明亮的眼底带着深切的期盼和喜悦。

她微一愣："我……"明净的眸子霎时暗涌无数，又在转瞬之间归于沉寂。

"无忧的娘难产死了，他一直没见过母亲。"修聿的话打断了她的解释。这么多年，他努力做一个好父亲，宠他爱他，但他终究也无法弥补无忧没有母亲的遗憾。

看着眼前一脸稚气的孩子，烟落心头百味杂陈。

修聿沉默片刻，探手浅握住她微凉的手："烟姑娘，我想……娶你为妻。"

他握着她的手，暖暖的温度不断传递过来，淡淡的松香气息萦绕在鼻间，温醇得像令人迷醉的梦。

她抬起另一只手搭上他的额头，淡淡道："果然烧得厉害，都说胡话了。"

小无忧趴在一旁，看着自己老爹平生第一次对女人表白却被当成说胡话，捂着嘴偷笑不已。

"我是认真的。"修聿坐起身，面上竟带着一丝窘色，像个青涩的毛头小子。

自己也知道初次相见，便说出这般的话不合适，但难得遇到无忧喜欢、自己也看上眼的，一时间便脱口而出了。

烟落抽回手，语气清淡："你找错人了。"她可不是什么情窦初开的少女，一个相识十三年的人都可以骗她，何况这一个相识不到三个时辰的人?

"烟姑姑，我真的想你做我娘。"小无忧一脸认真地望着她，一把搂着她脖子，这个人身上有娘的味道。

烟落微一震，眼底的沉痛如流光掠过，揉揉他的头，将他塞进被子里，取出一只小小的药瓶放到桌上："这些药一日两次，两天就清了余毒。"

烟落出了房门，小无忧从被子里爬出来，"爹爹，怎么办？"

修聿微微皱了皱眉，望向儿子："刚才为什么乱认娘？"

无忧抿唇低头："我喜欢烟姑姑。"扬起小脸望向父亲，"爹爹也喜欢烟姑姑吗？"

"那我们是去燕国，还是去追人？"修聿望着儿子问道。

"当然是去追未来娘亲啦。你让她的貂儿咬了，要让她负责到底。"无忧望着他，笑得邪恶，"看上了就要先下手为强。"

"好，乖儿子。"修聿笑着捏他糯米团子似的脸，目光宠溺温柔。

刚走出客栈的烟落顿觉后背心直发凉，何曾想到那两父子还在打自己的主意。美人不知何时已经从袖中爬出，趴在她的肩头咕咕直叫。摆脱了情敌显得十分高兴。

烟落淡笑，侧头问道："我们走哪边？"

美人小脑袋四下望了望，而后朝着北方唧唧直叫。一人一兽连夜离开汴城，朝北而行。

区城，这里已经是北燕的国土。一人一兽站在山坡之上望着下方的城池。一连走了几天，地煞楼也不见有人寻来。到底是那些人找不到她，还是根本在磨她的耐心，想趁她防备弱了再下手。

正想着，背后丛林一道寒光破空而至，她一个下空翻落到下方官道之上，背后的长剑也同时出鞘，剑似游龙，发出阵阵铮鸣。

刀剑相击，剑光四射。

肩上的美人也趁乱而起，直直扑上对方的面门。对方一剑横劈而来，貂儿却一个下空翻让他劈了空，狠狠一爪子挠向那人的下盘。那人顿时身形一震，同行而来的人一收招扶起受伤的同伴，一阵风似的没入林间，无影无踪。

她收剑刚一转身，便看到数步之外，青衣男子卓然而立，一手拿着自己方才飞落的面纱，一手牵着白衣小童，看着她脸上的胎记，面上的笑意微僵。

"你好像很失望？"烟落走近。

"我挺喜欢。"修聿面上扬起笑意，探手将手中的面纱递过，"这样的话，应该没什么情敌竞争。"

一连数日，无论她怎么走，最后都是会与那两父子"巧遇重逢"。刚一进茶楼坐下，两只尾巴便不客气地跟她同坐一桌。

"小二，来壶上好的君山银针。"无忧奶声奶气地叫茶。

店小二很快将茶送来，见他们坐在一桌，很自然便道："公子，夫人，你们的茶来了，请慢用。"

修聿抿唇淡笑，对小二那句公子夫人的很是受用，执起茶壶起手斟茶，递于烟落面前："夫人，请。"无忧欣喜地打赏了小二。

烟落拧眉："再这般戏弄，休怪我不客气。"

"我就怕你这样客气，那样正好。"修聿面上笑意依旧，将茶杯放到她手边，自行斟了一杯，"你是百里流烟宫的人吧。"

烟落眸光微沉，目光多了几分警觉。

"我无恶意，只是与行素有几分交情。看你的武功医术，还有那只貂儿，百里行素是你……"修聿笑意温和。

"师傅。"烟落淡声回道。

修聿摇头失笑，抿了口茶道："也只有他才干得出追杀训练的事。"

“未来娘亲，你不要跟干爹学了，跟我爹爹学吧。”小无忧望着她笑眯眯地说道。

“干爹？”

“无忧刚生下来差点夭折，是行素救活的。”修聿重新拿起一只茶杯为她倒了茶递过，“然后他就把无忧认做干儿子了。”

“未来娘亲，我告诉你个秘密。”无忧小脑袋伸过来，神秘兮兮地说道，“干爹其实三年前就已经是我爹的手下败将了。”

烟落闻言瞥向修聿，如此看来那日在客栈他是故意不避开貂儿的攻击让自己受伤。修聿心虚地摸了摸鼻子：“小胜半招而已。”

百里行素的武功修为已经是高深莫测，眼前这个还能在他手上胜半招，那会强悍到什么地步？

“未来娘亲，你跟我们一起走吧。”无忧一脸希冀地望着她。

烟落拧眉不语。这一路无忧一口一个未来娘亲，她一再纠正，对方全当耳旁风，却又不好跟一个孩子去争论计较。

修聿沉吟片刻，坦然言道：“我和无忧来燕国是想找金线莲。无忧因为先天体弱，行素虽救了他性命，但他受不得寒，这几年来寻遍几国灵药才勉强调理好。”

金线莲是北燕皇室至宝，更有禁军严密把守，百里行素也嫌麻烦没去下手。不知是因为怜惜这孩子，还是感于这父子俩的情谊，她点头应下，小家伙顿时眉开眼笑。

暮色时分，三人一行到达燕京城外。烟落看到前面追着小兽玩耍的孩童，眉眼间不由柔和了几分，修聿笑意浅浅闲步走在身侧。

美人跑了一段骤然停下，嘶嘶直叫。烟落眉眼一沉，疾步上前拉住乱跑的无忧：“有杀气。”貂儿天生敏锐非常，这样几近虚无的气息，也逃不过它的感触。

话音一落，丛林深处一阵异动，传来整齐划一的脚步声。前方道路之上一阵铁甲卫士之后，弓箭手弯弓搭箭，箭锋凌厉，杀气纵横。

“中州王，本将在此已经恭候多时了。”队伍开出，身着银甲的男子缓缓步出，鹰一般的锐眼直视着她身旁的修聿。

中州王？！

烟落闻言侧头望一眼身旁的人，那个掌管着四国交界，被喻为西楚守护神的神秘王者，就是他？！

暮霭沉沉，骤起一片肃杀之气。

修聿眉眼冷沉，淡淡扫了一眼前方的空地，无论是地上还是半空都布满了暗桩机关。若再踏前几步，纵然他们身手再高明，不死也会重伤。

“有劳刑天将军亲自相迎，本王不胜荣幸。”修聿沉声道。

烟落抬眸望了望对面的人，这个北燕第一大将的刑天，以前倒也听说过几次，但中州

王向来行踪不定，他却能在此埋伏好一切，着实不简单。

“能与中州王会面，该是本将的荣幸。”刑天冷然一笑。三年以来北燕多少密探查询他的行踪都如泥牛入海。南越和东齐密藏的灵药被盗，他便猜到这人会来北燕。

两人都笑着，一个笑得淡然，一个笑得阴冷，目光中似是无声的较量。

“中州王是自己跟本将走一趟，还是……本将请你。”刑天定定地望着浅笑而立的青衫男子，扫了一眼他身侧的蒙面女子和小童。

烟落悄然将貂儿放出趴在无忧肩上。这是北燕的铁卫禁军，战斗力可想而知。即便他们身手再好，面对这么多人也很难脱身，何况还要照顾无忧。

正在她忧心之际，后方数道青影掠至身后，齐齐拱手道：“王爷！”这么多暗卫随在其后，竟然连她也未曾察觉。

“祁连，带无忧和她先走。”修聿沉声道。

祁连闻言靠近她与无忧身侧，然而还未动，后方铁蹄阵阵而来，与刑天的人马形成一个包围圈，将他们困在其中。烟落一手抱着无忧，一手持剑，与祁连一道朝还未合拢的空隙处疾奔而去。刑天一扬手，万箭如雨朝三人射来。修聿与其他七名暗卫身形一掠，只见剑光疾舞，生生挡下那些箭矢。

仅在这片刻工夫，包围圈已经完全合拢。刑天见他那般在乎二人安危，一把夺过旁边之人的弓箭，一箭如流星破空而至。烟落与祁连都在对敌，眼见着箭越逼越近，心都提到了嗓子眼。趴在无忧肩头的小兽嘶嘶一叫，比那箭更快，扑过去在半空将箭咬住，却被剑的力量带着重重地摔到了地上，气得毛都炸起来了。

烟落抿唇轻啸两声，美人如闪电般冲在他们前方，见人就咬，专咬脖子，生生将严密无比的包围圈撕开了口子，助三人突围而出。

只闻得后面杀声震天，修聿等人情况如何已经不知，烟落担忧地回头望了一眼。三人一道寻路撤离，密林之中，飞速穿行，锐器破空而来的声音迎面而来，她秀眉一拧：“小心。”一把将无忧扣到怀中，几个旋身避开。

只觉后背一阵深寒，让她身形一颤，半跪着落地。无忧一见小脸皱成一团：“烟姑姑，你怎么了？”

她淡笑摇头，抬眸却看到那小小的脸上片刻之间便泛起青色，她慌忙把脉：“冰凌，是冰凌。”

那是极为阴毒的暗器，以内力凝成冰针，伤人入体即化，侵入血脉。她有内功在身，可是无忧本就体弱，受不得寒，如今……

“世子……”祁连担忧地出声。这么多年，主子心疼世子他们是看在眼中的，不惜为他踏遍天下寻药医病。这一劫，可过得了吗？

烟落一手扶在无忧后背，以内力控制寒气的蔓延。祁连不由一震，如今大敌当前，她以内力保护世子，自己也有寒毒在身，这样稍有不慎就会送命的。

“去燕京。”烟落咬牙出声道。

燕京，城西驿站，三人寻了间较僻静的房间藏身。祁连在外放哨，烟落在屋中为无忧施针救治，早已忘了自己也有伤在身。

夜半时分，修聿寻着祁连留下的暗记来到驿馆，看到床榻上脸色发青的儿子，呼吸一窒：“怎么回事？”几个时辰前还活蹦乱跳的人，转眼间便成了这般模样。

烟落抿着唇站起身：“对不起，我没照顾好他。”

“你出去吧！”修聿紧张无忧伤势，声音不由冷沉了几分。

烟落侧头望了望榻上的人，举步出去，心被揪得紧紧的。

祁连看到她出来，上前道：“世子怎么样了？”

烟落默然走开，祁连站在门口处望了望屋内的情况，低声道：“姑娘不要怪王爷，他只是太紧张世子。世子出生后带回中州险些夭折，虽然逃过一劫，但一直体弱多病，王爷一时情急说话急了些。”

她没有说话，美人趴在肩头，轻昵地蹭她的脸，以示安慰。

修聿将冷得瑟瑟发抖的孩子抱在怀中，眼底是难掩的沉痛和自责。

无忧疲惫地掀开眼帘，冰凉的小手抓着他的手：“爹爹，你不要怪烟姑姑，无忧喜欢烟姑姑。”

祁连进门听得无忧的话，上前出声道：“王爷，方才若不是烟姑娘将世子护在怀中，只怕……她一路还以内力控制世子体内寒气蔓延，自己还重伤在身呢。”一个才相识几天的人，这般豁出性命相护，已是难得。

月光如华，女子独自坐在湖边，侧头望着肩上的小兽：“美人，我连个孩子都保护不了，还是那么没用啊。”这样的她，还如何回去报灭门血仇？

修聿悄然走近挨着坐下，她起身欲走被他拉着坐下：“抱歉，方才一时情急，说了重话。”

“寒气已经控制住了，我已经通知师傅会带无忧回西楚，你七天之内拿到金线莲回去。”她望着湖面淡声说道。

“谢谢。”修聿微笑，望着湖面月影，缓缓说道，“当年无忧母亲伤重，我本可以救她，她却坚持生下这个孩子，他是他娘拿命换来的。如果无忧出事，我这一生都无法原谅自己。”

她抿唇沉默了片刻，道：“我一定会治好他。”

修聿微微皱起眉，她明明每次在无忧面前随和温柔，一对着他便是这般淡漠疏离，拒人于千里之外。他从袖中取出一物，迅速套到她的手上。

烟落眉头顿拧：“干什么？”

“订情信物。”眉目英朗的男子笑如春风。

“拿回去。”她的声音毫不掩饰的冰冷。

修聿一笑若朗月清风，道：“这是西楚高祖皇帝所赐，你是第一个戴上它的女子。戴上了除非砍了手，否则是拿不下来的。”这看来温和无害的男人，骨子里还是一样的霸道。

“对一个才见面不到十天的人，说这样的话，中州王不觉得失礼吗？”烟落面色冷淡。

“是有些。”修聿坦然点头，侧头一笑，“我相信感情是可以慢慢培养的。”

“我不想跟你培养。”烟落转头就走。

刚走几步，后面的人健步上前搂住她往暗处一带：“有人来了。”

两人疾步回到房中，带起无忧快速离开了驿站。刑天这么快就带人搜城，心机谋略这般警觉，着实难对付。

几人进入暗巷，祁连问道：“王爷，要不要通知祁月？”行踪暴露，稍有不慎便是性命堪忧，如今世子又病重，情况不容乐观。

修聿沉默了一会儿，眸光深邃难辨，而后道：“不必了。设法护送烟落和无忧去西楚，然后散布消息，中州王被困北燕，世子遭人暗害，生死未卜。”

烟落侧头望向身旁的人，不由暗叹其手段之高。中州王虽不在西楚朝中，却在民间声望极高，广交绿林之人。一旦放出这样的消息，便可不费一兵一卒既保全中州，又可自救，不愧是那运筹帷幄、决胜千里的中州之王。

为躲避刑天的搜查，几人趁着夜色潜入北燕皇宫，栖身于无人的宫殿休息。修聿寻了上好的伤药回来，进殿便见榻上枕剑而眠的女子，轻步上前查看她的伤势。她霍然睁眼拔剑，他却快她一步点了她的穴，剥开她的衣服。

“中州王，请自重。”她冷冷地喝道。

修聿俊眉微扬，脸上扬起淡淡的笑意，暧昧低语：“我会负责的。”看自己未婚妻的身子，又何来自重之说?

他低眉小心将她肩上背上的伤一一清理，动作轻柔无比。这些都是突围之时保护无忧所受的伤，不然以她的身手，何至于伤成这般?

好不容易熬到处理完伤势，她刚想舒口气，他却丝毫没有帮她解穴的意思。小心避开她的伤处让她侧躺着，自己毫不客气地躺在她身侧，笑意潋滟地望着她。呼吸间松兰般的清郁香气喷洒在她头顶，一手伸在她背后，让两人距离靠得更近。

她眉头紧拧，奈何内力大失，又重伤在身，生生被人占了便宜去：“放手！”话音刚落，便觉背后有阵阵暖流传来，这才明白，他是想将自己的内力输送给她。

清晨，北燕皇宫被来往的宫人们打破了沉寂。烟落纵身隐于房梁之上，进到屋中的身形颇有几分熟悉，一身紫色的劲装，英姿飒飒。

"初云，要不是刑将军遇上你，在那荒郊野岭若出了意外，你让母妃怎么活？"锦衣华服的美妇快步跟着进来。

是她？！

那个在汴城追着修聿的紫衣少女，竟然是北燕最为受宠的初云公主。心念一转，烟落唇角勾起抹神秘的笑意。

听得她让那贵妃寻画师前来，想来是想寻找修聿，但更加坚定了她心中的计划。

待到下面的宫人和那贵妃都离去，她毫不掩饰行踪从屋梁一跃而下："初云公主，我们又见面了！"

燕初云闻声迎面便一掌击来，待看清那黑纱遮面的女子，骤然收掌："是你？"

"你想找他？"烟落淡声问道。

燕初云眸光微沉，便问："你在这里，是不是……他也在燕京？"

"只要你帮我一个忙，我就让他留在北燕皇宫。至于当不当驸马，那就要看你自己了。"烟落将燕初云神色的变化尽收眼底。

燕初云凤眸微眯打量着面前的人："你当真舍得？"这样把自己相公卖了的女人，他怎么会娶？

"我不是他夫人。"烟落澄清事实。

燕初云一听眸光顿时一亮："你要本公主帮你做什么？"

"送我和孩子去西楚。"如果有燕初云作为庇护，是离开燕京最安全的方法。

"我凭什么相信你的话？"燕初云半信半疑道。要让她送他们走，想来他们是遇到大麻烦了，最近刑天在到处抓什么人，难道就是他们？

"如果……我可以让你今晚就见到他呢？"烟落微微一笑说道。修聿不也拿她做过挡箭牌，现在她只是有样学样而已。

"刑天在抓的是你们吧，如果你胆敢欺骗本公主，是何后果你该知道。"燕初云威胁道。

烟落易容成初云宫中的宫女，回到藏身之所说明了约定之事。修聿顿时眉目纠结，一眨不眨地盯着她，咬牙切齿："你还真干得出来！"

"这就是传说中的美男计吗？"无忧从被子里探出小脑袋好奇地问道。

修聿眉眼一沉哼道："不要燕初云帮忙，还出不了北燕不成？"

"恐怕还真是。"烟落冷静地说道，"她已经知道我藏身皇宫的事，一旦禀报燕皇，不但拿不了金线莲，只怕想走都走不了。你没有退路。"

入夜之后，一行人如约来到初云宫，燕初云喜出望外，正欲开口说话，便听得殿外传来刑天的声音："公主，宫人来报有可疑人等进了皇宫，本将奉命带人前来巡查。"

一向沉静从容的修聿也不由皱了眉头，望向燕初云，郑重问道："有把握打发他走吗？"如果不能，只能硬拼，可是这样一来回西楚和取金线莲就难上加难了。

燕初云见他一脸紧张的神色，扬唇一笑："你们先找地方藏身，不就一个刑天吗？"

半天得不到回应，刑天一行人破门而入。前殿没有一个人影，便快步朝后殿走去。身旁一个副将小心翼翼道："将军，后殿……后殿是浴室。"

"搜。"刑天沉声道。

一行人直直闯到后殿浴室，刚一进门便闻得一声女子的轻叫。浴室之内，热气氤氲，朦胧之间看到浴池之内女子纤美的背影。

"大胆刑天，连本公主的内室你也敢闯。"燕初云换了一袭宽大的长裙，坐在榻上，长长的衣摆拖在地上，掩去了无忧的藏身之处。

"……公主。"池内的女子背影微颤，小心翼翼地出声。

一行铁卫只看到女子圆润的肩头，肤白如玉，沾着绯色的花瓣，更显动人，一时之间都愣愣地望着那宫女的背影。

"还敢看！"燕初云厉声喝道，众人慌忙低下头去，目光却依旧不时瞟向浴池的方向。

刑天低垂着头，冷声言道："本将奉命搜查，还请不要为难。"

"擅闯公主寝宫，还闯到浴室里来了，这是奉的什么命？"燕初云一脸怒色，厉声斥道，"本公主即刻就让父皇挖了你们一双双狗眼。"

"本将要搜查这里，请公主……"

"刑大将军！"燕初云怒不可遏，深深吸了吸气，"这里一眼望去，什么都看在眼里。你还想搜什么，还是想看什么不该看的？"

刑天扶剑举步走向浴池，烟落背贴着池壁，背后的伤口浸了水，钻心似的疼。修聿沉在水中一直憋住呼吸，不敢发出一点声响。刑天站在池边解佩剑，纵身便跳下水池，还未来得及潜入水中，池中的宫女顿时恼羞，一巴掌便打了过去："下流！"

刑天一把制住她的手剑眉微拧，眸光深沉难测。只要稍一低眉女子的酥胸隐约可见，绯色的花瓣掩映下，更显撩人。薄唇微抿，一把松开她的手纵身跃上岸："走！"

一行人刚出浴室，修聿赶忙浮出水面，吸了口气又沉了下去。刚一沉下水，刑天便去而复返，扫了一眼浴室："公主，本将的剑落下了。"取了剑，这才离去。

待到一行人离开出了前殿，几人才松了口气。烟落赶紧将水中的衣服抓着穿好，她当然不会真的全脱便宜了潜在水中的某人，只是解了上衣而已，只是背上的伤口这一泡又难好了。连美人纵身跳了过来，一个不稳便跌到水中。烟落将它捞起纵身上岸进了不远处的屏风，快速换了衣衫出来带着无忧和连美人离去。

修聿正欲上岸，一抬头便见燕初云一袭轻罗裳蹲在池边，捧着一套男装，含羞道：“聿哥哥。”他干笑着接过衣物，纵身上岸转到屏风后换好衣衫出来，动作那叫一个干净利落。

连美人不知何时跑出去叼了一把青草回来，往桌上一放。烟落一见便知是预防风寒的草药，不由摸了摸小兽的头。

燕初云一见，忍不住道：“它叫什么？竟然还知道出去给你找药，它真的只是貂吗？”

“它叫连美人，是我大师兄。”美人趴在肩头亲昵地蹭她的脸，很是欢喜。

修聿望了一眼，果然是很有百里行素的特色。

正在这时，门外传来太监尖细的声音：“公主殿下，刑将军说方才在初云宫轻慢了公主的侍女，特向皇上请旨纳那宫女为妾。”

修聿面色顿时黑如锅底望向烟落，燕初云也不可置信地望向她，说道：“刑天府上连一个侍女都没有，本公主还当他是断袖呢，今天竟然想起来纳妾，真是奇迹！”

烟落将美人带来的草药收好，扬手撕下面上的面具，递到燕初云面前：“我想这宫里会有很多人愿意是那个宫女。”

燕初云将面具收起，笑着坐到烟落身旁：“只要你不跟我抢聿哥哥，从此以后，你就是我燕初云的好姐妹。”

烟落淡然一笑，默然不语。只要治好了无忧身上的寒毒，这些人都与她不再有关系。

次日，燕初云陪同慧妃前往区城大觉寺进香，烟落和无忧混于宫人之中离开了燕京。当日北燕大将军纳妾传遍燕京内外，轰动一时。

出了北燕国境，她不敢有片刻耽误赶往沧都，然而天降大雨，她不得不带着无忧下马寻找避雨之地，

“烟姑姑，冷……好冷。”无忧苍白的唇哆哆嗦嗦地说道，眼皮越来越重，真的好想睡一觉，睡一觉就不痛了吧。

她站在大树下，望着空旷的官道焦急万分，再这么下去，怕是撑不了七天了。望着怀中性命堪忧的孩童，不由想到自己那早夭的孩子。她已经让那个无辜的孩子丧命，如今这一个，她一定要救。

“无忧，别睡，不要睡过去。”她急声唤道。

无忧撑着不让自己闭眼，勉强扯起一丝笑：“烟姑姑，我好想我娘啊！我想娘给我做糖包……你要是我娘……多好，无忧就不会是没娘的孩子了。”

烟落哽咽着说不出话来。那稚气的声音在雨中微弱几近虚无，却又清晰地落入她的耳际，听着心像刀割一样的疼。

这么可爱的孩子，怎么要让他受这么多病痛折磨?

惊雷阵阵，闪电撕裂长空。官道尽头一辆马车飞奔而来，她顿时眸光一亮，怀中的貂儿如闪电一般蹿入车厢之内。她抱着孩子足尖一点，纵身落于马车上，一掀车帘面对的却是寒光冽冽的剑锋："下车！"

她抬眸，一双平静苍凉的眼睛直直望着她，凌厉而冰冷。

是他，楚策。

# 第二章　幽灵王妃

天际电闪雷鸣，两人默然对峙着，剑锋寒气逼人。先行蹿进马车的美人无声趴在楚策肩头，只需要她一个眼神就可一口咬在他的脖颈处。

楚策瞥了眼肩头龇牙咧嘴的小兽，沉声哼道：“不要试图威胁朕，通常这样的人不会有好结果。”

“西楚大帝对待拦路石一向是不择手段，果然不假。”明亮的眼底掠过一丝讥诮的笑意。

四目相对，一个冷厉肃杀，一个沉静淡然。

“下车！”

烟落眼底掠过一丝冷笑，低眉望了望怀中的孩子，“若是西楚大帝知道这个孩子是谁……就不会见死不救了。”

楚策凤眸微眯，看到她怀中所抱的孩子，小脸苍白，浑身瑟瑟发抖，眸底一闪而过的异色：“是吗？”

“他是中州王世子。”烟落淡声说道。

楚策握剑的手微一震，薄唇抿成坚毅的弧度，眸底若有所思。

“西楚民间有句话，中州在，西楚在；中州亡，西楚危，楚帝没听过吗？”烟落直直望着他，语气清淡，话音铮铮。

中州王虽只是一城之主，在西楚的地位却是与楚帝不遑多让。他们是敌，却也生死相连，一旦世子死于西楚，中州倾城哗变，将会是难以想象的局面。

中州王被困北燕的消息传出，江湖各方势力闻风而动前去相助，已经让他充分见识到这位素未谋面的皇叔是如何了得。楚策收剑入鞘："青龙，到露华别苑。"

烟落抱着无忧钻入马车，小心将他身上湿衣除去，对楚策道："把衣服脱了给我。"

楚策闻言剑眉深蹙，沉默了片刻还是将袍子脱了递过去。烟落拿着将无忧裹起塞到他怀中，淡声道："孩子受不得寒，我一身湿着不能抱。"

他低眉望着怀中的孩子，薄唇紧紧抿着，眉宇间不由柔和了几分。这是个极漂亮的孩子，蝶翼似的睫毛微微颤动着，面容俊秀至极。

"烟姑姑……"

"无忧，别怕，我在这里。"她伸手抓住他有些冰凉的小手，以内力帮他驱寒。

"烟姑姑，我……想我娘，娘亲一定很漂亮……笑起来像阳光一样暖……无忧好喜欢娘亲，好喜欢……"无忧迷迷糊糊地说着。

烟落低眉咬着唇，心揪得难以喘息。

楚策望着怀中的娇儿，那稚气的声音仿如魔音一般钻入他的耳中，钻进他的心里。如果她还在，如果那个孩子还在……

露华别苑比起皇宫的古朴大气，多了几分雅致。西楚较寒，别苑便建在靠近火山附近，更采了不少火山石置于庄内。别的地方还是寒冬，这边便已经有了春天的气息。

前厅之内，一袭玄色锦袍的帝王，冷傲如天神，默然沉思片刻之后出声："青龙，传令神策军前去北燕，迎救中州王。"

青龙闻言沉吟片刻，上前回道："萧统领早在数日前已经去北燕了，说是……寻她妹妹去了。"

楚帝面色微沉："怎么回事？"萧清越确是不可多得的军事将才，却也难管束得很。

"萧四小姐儿时聪慧过人，数年前一场怪病便犯了痴傻之症。萧统领很照顾这个小妹。乾元四年淑皇贵妃到法华寺进香，萧四小姐在法华寺落崖后一直下落不明。萧统领回京一气之下脱离了萧家，这几年一直在打听消息，前些日子得了消息便去了北燕。"青龙坦然回话道。

楚帝闻言点了点头，这个人去了北燕，还不得闹翻天去，算来也是帮了中州王脱困吧！对于这个中州王，他是越来越希望一见。

流言一出，西楚子民多少人都磨刀霍霍向北燕，助他一臂之力。这样的人若是有野心夺西楚的江山，该是多么可怕？！

楚帝敛眉沉思半晌，道："青龙，回宫将火灵芝取来。"

火灵芝？！

青龙一听顿时面色一变："皇上，那是寻来为你调理内伤的，不能……"东征一战，楚帝重伤三年未愈，他们暗中寻遍奇山大川才得了这株火灵芝，如今却要白白送与他们。

“快去！”楚帝神色冷厉，一撩衣袍起身离去。

青龙只得领命而去，他自然知晓世子安危的重要性，可这火灵芝也是皇上的救命药啊！

房内沉寂，她凝神为无忧施针，连美人守在门外，看到扶剑而来的楚策一跃而起，直扑面门。

它快，剑更快。

还未近身，一剑便迎面刺来。小兽灵巧一个侧翻避过，再扑上去再被退回来。一向引以为傲的快捷连对方身都近不了，气得它嘶嘶直叫。

“堂堂一国之君，怎么老干些有失身份的事？”风雨之中，一道男子略带轻笑的声音传来。

楚策抬头望去，只见一道白光掠过，有人立于对面屋檐之上，一手撑着碧色纸伞，身姿优雅，光华逼人，白衣翩然仿若从天而降的仙人。

风骤雨急，立于屋檐之上的人却未沾上一丝湿意，足尖一点飘然落地，面上是万年不变的笑意，极致风流：“西楚大帝与在下有仇吗？三年前欺负了我小徒弟，今日又欺负我大徒弟。”

楚策眉眼冷峻，收剑推门而入。

百里行素蹲在门外，对着地上的小兽笑语盈盈：“美人，有没有想我啊？”

连美人极度鄙视某人，掉头蹿入房中。百里行素跟着进门，看到守在床榻边上神色疲倦的女子，微微叹息上前：“才出去一个月，就把自己弄得惨兮兮的。”

“师傅。”烟落站起身道。

话音一落，随之而来的两人从房顶跃下。连池一个踉跄，幸好连城一把抓住后领，才没有摔倒，百里行素回头哼道：“人家晕车晕船，你出息了，晕轻功。”

连城望了望屋内，转身便走了。连池扶着进门瞧见烟落望着大哥离去，有气无力地说道：“地煞楼不到期限不收手，大哥先替你挡着。”

楚策冷然站在一旁，望向百里行素：“救人。”

百里行素回头瞥了他一眼，似笑非笑：“楚帝连自己的妻儿都可以不顾，今日倒对别人的儿子这般着急，真是难得。”

楚策默然，一双凤眸似海深沉，神色沉静，薄唇紧紧抿着。

连池看着楚策一脸冷厉之色，快步走近床前道：“小师妹，这里交给我和师傅，你去休息吧。”说罢将自己带来的各种疗伤之药都拿了出来给她。

她起身离去，与楚策擦肩而过。

次日青龙送来了火灵芝。有了百里行素和连池两人相助，无忧身上的寒毒得到了很好的控制，一大早便央求着她要吃藤萝饼。烟落无奈，趁着清晨无人带着他到了小厨房和

面，熬糖做饼。

无忧乖乖地坐在一旁瞧着忙碌着的人，说道："烟姑姑，你真像我娘。娘亲要是在的话也会这样照顾无忧，也会这样帮无忧做藤萝饼，也会和爹爹一起陪着无忧。"

烟落心头不由泛起酸涩，瞧了瞧炉中的饼道："再等一会儿就好了。"

无忧迫不及待地爬下椅子，烟落无奈失笑，拿起筷子将烤好的饼夹出来："小心烫。"无忧赶紧伸手去接，结果被烫得直摸耳朵。

刚从西苑早起的楚策闻到异样的甜香，一路寻至后园便看到厨房内的两人。那样的画面几近让他哽住了呼吸，许久以前那个人也在这里做着饼，藤萝饼的味道飘满了整座别苑。

他如中了魔障一般朝着那边走了过去，越走越快，快步穿过走廊，奔至门口颤声唤道："……烟儿。"

烟落身形一震，手中的盘子摔碎在地，许久方才出声："不好意思，借你的厨房用了。"

楚策站在门口，汹涌的思绪自他眼底缓缓褪去，蓦然转过身去，他怎么忘了，那个人……已经不在了。

"等一等。"无忧跳下椅子跑到门口拉住楚策的衣袖，将手中的饼递上，"这个给你吃。"

楚策低眉望了望一脸稚气的俊秀孩童，怔愣在原地。若是那个人还在，若是那个孩子还在，在这里的就会是他们吧。

"快拿着啊，一会儿凉了就不好吃了。"无忧笑着说道。

楚策接过犹带温热的饼，不由自主拿到唇边，轻轻咬了一口，熟悉的甜香在口中蔓延，不经意间唤醒了遥远的记忆。他低垂着眉，默然想起，默然回忆，那些已经久违的幸福记忆……

许久，他缓缓转过身望向厨房内女子的背影，问道："谁教你做的藤萝饼？"

无忧皱了皱眉，仰头望他："不好吃吗？"

烟落正收拾着地上的碎盘子，闻声手不由一紧，指间瞬时鲜血直流。

"早年有幸与洛夫人和洛小姐有过一面之缘，吃过这种藤萝饼，便讨问了做法。"她的声音冷淡而平静。

楚策，冷酷如你，还会有放不下的过去吗？

当年，她就是在这座别苑等待着孩子的出生，却等来了他另娶新妃，将她抄家灭门的消息。那一刻她所有的幸福与希望，近乎崩溃。

放下了吗？

为何胸腔内还蔓延着绵长而尖锐的痛？这个人啊，永远是她心头扎得最深的刺，每见一面，痛便深一分。

她利落地收起一地狼藉，擦了擦手，端起出炉的饼牵起无忧漠然从他身边走过，眸光中笑意明媚，掩去了眼底深处的讽刺和薄凉。

刚穿过走廊，便看到倚栏而立的百里行素，顺手便拿了她盘中的藤萝饼道："怎么？那姓楚的又欺负你了？"

烟落将盘子递给边上的连池，淡声道："我到区城去接应，无忧交给你们照看。"说罢头也不回地走了。

百里行素侧头望了望厨房门口玄衣墨发的帝王，勾起一抹别有深意的笑，看来徒弟跟这姓楚的之间还真不简单。

到了区城便探得消息，北燕数十万禁卫守卫且机关重重中的金线莲一夜间被盗。燕皇震怒，命刑天大将军追回金线莲。

沉寂的山林，她依着连美人灵敏嗅觉的指引，一路纵跃疾行。小兽突地叫了几声，一张布满尖刺的大网从天而降，带着风声飒飒落下。她扬手正欲拔剑，丛林深处一道青影疾驰而来，一拉住她："别拔剑。"

修聿带着她贴地滚过，几寸之侧，大网轰然落地，尖锐的倒刺扎入土中，同时之间半空之中无数削尖的竹竿凌空飞来。她一扬手袖中小剑激射而出，如流星追月，小剑再回到手中，数道身影从四周的树上跌下。修聿拉起她便朝从林深处奔去，身后铁蹄铮铮，各路人马从四面八方迫近，不消片刻工夫便显了身形。

战马嘶鸣，蹄声哒哒，如急风骤雨般追击而来。修聿一向温和的面容也不由冷沉了下来，北燕第一大将果然不是那么好对付的。从燕京一路追击而来，他势单力薄，只是隐踪密行，直至被他堵在了这大山之中，难以脱身。

刑天一马当先，搭箭拉弓，三箭齐发，破空呼啸而来。美人闪电般地蹿出，咬住一支甩头一扔，又扑向另一支。烟落欲拔剑劈开箭矢，修聿却快她一步一掌击去，箭矢断裂，水银似的液体喷溅而出。他大袖一挥挡去，一滴指头大小的液体落在手臂，转眼间便让皮肉腐烂。

"削了。"修聿拉着她疾行如风，大声喝道。

烟落瞳孔微缩，手中利剑一挥，青色的袍袖顿时血色飞溅，面容复杂地望着近在咫尺的容颜，心弦微颤。方才他大可不必出手，让她被擒，这样他就可以继续潜藏暗行脱身，方才那一箭伤的也只会是她而已。

他，何苦要如此替她挡去危险？

修聿眉头微微蹙着。这座山林已经被刑天的人马所围，包围圈在渐渐缩小。一旦合围，两人对两万人，他们无路可逃。

正在这时，远处山坡之上骤然出现一队人马，策马朝他们呼啸而来。待看清为首那一抹鲜红之色，修聿眉宇微一松，不退反而迎了上去，身后的北燕禁卫越追越紧。

“刑天，以多欺少算什么英雄，有种跟本姑娘单挑！”一道清丽的声音响彻山林，惊起飞鸟无数。

一袭红衣如火的劲装女子卷尘而来，气势如虹，望向她的目光毫不掩饰狂喜之色。那是她的小妹，她寻了三年的小妹，没错。

“打架是吧，本姑娘早就想跟传说中的北燕第一大将较量一番，今日可算是逮着了。”说话间一扬手招来副将，低头耳语了几句。副将策马离去，直奔区城。

刑天勒马望着萧清越眸光顿沉。所有的对手中，萧清越最是难缠，武功诡异不说，行军打仗手法更是闻所未闻，见所未见，但凡是被她惦记上了，没几个有好下场。

且不说她潜入北燕的目的，除去这一千人马，还有多少人也进到北燕都不敢去想。此时的北燕已经被中州王闹得水深火热，若这女人再来掺和，燕国必乱。

刑天一扬手，让身后人马勒马停步，眸光一转望向修聿："中州王留下金线莲，本将既往不咎。"

话音一落，便听得区城的方向传来战鼓声声，震天而来。刑天面色顿时一变，冷眸一扫望向萧清越，如今区城之后各城兵马都调来围捕中州王，若让她进攻区城，后果不堪设想。

“刑大将军，你是要那朵烂莲花，还是要区城？一不小心鸡飞又蛋打，那可就亏大了。”红衣女子扬唇一笑道。

刑天朝区城的方向一看，一掉马头高声道："救援区城。"丢了金线莲还好，若是让萧清越打开进攻北燕的大门，北燕危矣。

见刑天一掉马头，萧清越身旁的右副将问道："统领，咱们哪来的人马打区城啊。"

萧清越望了望烟落两人，扭头吼道："废话，当然是吓唬他的，不想死的就给我使劲跑。"

一行千人，掉转马头奔向广袤的平原，纵马如飞。

刑天大军来到区城外，不见西楚大军却只看到三百个擂鼓的大汉，且都是北燕人，立即明白自己是被萧清越摆了一道，怒不可遏，亲率万人千里追击萧清越一行人。

萧清越一行，尽挑山林穿行，过桥断桥，过谷设障，阻挡后面的大军速度。

古树参天，阳光透过枝叶缝隙洒落在林间，微风带来青草的气息。山涧之边，美人跑了好远寻了止血的药草回来，烟落抿着唇清洗着修聿手臂的伤口："为什么救我？"

修聿侧头望她，笑容如冬日阳光般，温暖得纤尘不染："自己的女人自己保护，哪来的为什么？"

烟落低眉默然，将草药以小剑碾碎敷在他伤口处，从衣衫上撕下一块较为干净的布料将伤处包好。修聿定定望着她清丽的眉眼，笑得落寞："还是没办法喜欢我？"

她淡笑摇头，轻声言道："这世上我已一无所有，唯独这颗心还是我的，丢不得。"

萧清越查看了一路人马损失状况，回到山涧边一把便抱住她："是三姐对不起你，当年不该把你一个人留在那里。"

烟落无奈一笑，由她抱着。虽然她不是真的萧烟落，但对于萧清越这样率性耿直的女子，她是钦佩的，低低唤了声："三姐。"

"你这傻丫头，三年都跑哪儿去了。"萧清越不满地责备，语气中却难掩心疼之意。

三年了，好多人都说她死了，她终于还是把她找回来了。

修聿望着姐妹二人唇角微微扬起，难得她还有个这么宝贝她的姐姐，西楚第一女将，好大一座靠山，忽地眉眼一沉，那她方才又为何说是一无所有？

望着红装英武的女子，烟落心中掠过一丝不安。萧清越这么在意萧烟落，若是知晓真正的萧烟落已死，会不会恨上她呢？

萧清越拉着她坐下，恨恨说道："萧家那一伙，三姐一定替你讨回来。"

修聿在一旁失笑，这天下女子，敢这么嚣张的也只有她萧清越："萧统领，你不也姓萧？"

萧清越眸光一转望向溪涧旁的青衣男子，虽有些狼狈，却依旧气度无双，自有风华，不愧为那中州之王，扬唇一笑道："没想到西楚的皇叔一把年纪，还这么秀色可餐，真是难得。"

修聿顿时哭笑不得。烟落见状不禁摇头失笑，望了望四周，摸了摸肩头的美人。美人亲昵地蹭她的脸，而后蹿入林中为他们一行人放哨。

夕阳西下，林中被无边的黑暗笼罩。萧清越吩咐人马休息，自己则起身到前方去守卫。烟落见状起身便欲跟上，萧清越回头冲她一笑："小烟，你休息吧，我去前面看看。"

烟落还是跟了上来，她们都知道林中肯定会有人潜进来，萧清越要去做什么，她一清二楚："放心吧，我不会再是以前的萧烟落。"

一路之上，她将自己从相国府离去以及到百里流烟宫的一切都一一道出。萧清越听后却异常沉默，那些匪徒来得怪异啊，他们若是为财，又何必在箭上下了剧毒？就在她们坠崖之后，那伙人又被擒获，全部剿杀。

这事太过巧合，又太过蹊跷，她不得不怀疑事情的背后别有目的。

她正欲开口告诉她，连美人闪电般冲了回来，嘶嘶直叫，烟落道："来了。"

萧清越眉眼一沉，说道："在这儿等我。"

话音一落便三两下爬上树，一拉树藤如飞鸟般高高荡了出去，黑暗中听到一个接一个闷哼声，浓重的血腥之气弥散开来。

她带着美人也悄然跟了过去，寒星小剑呼啸而出。连美人也不甘落后，仗着动作敏捷，扑一个咬一个，五十个人转眼之间便被两人一兽悄无声息地除去。

萧清越没想到一别三年，昔日病弱不堪的小妹，竟然成了这般身手矫健的高手，从树上一跃而下落在她身侧："小妹长大了，也变厉害了。"

烟落淡然一笑，沉默不语。

"小烟，答应姐姐从现在这一刻起，你不可以再相信任何人，即便是我，甚至是你自己，可能……有人盯上你了。"萧清越一手搭上她的肩，郑重言道。

"什么人？"她心下一沉。

"我不知道萧家背后还有谁，而这个人控制着萧家的每一个人，甚至……西楚朝堂。"萧清越低声一字一句说着，如今……那只手已经伸向了萧烟落。

她袖中十指悄然收紧，沉默了许久，道："谢谢你告诉我。"

萧清越朗然一笑，一搂她肩膀："跟姐姐谢什么？只要有姐姐在一日，谁也休想欺负你。"

连美人扑到烟落怀中一阵直拱，萧清越捏了捏它："好了，就你功劳大，了不起。"小兽闻言咕咕直叫，很是欢喜。

"这里不能再留了，刑天很快就会发现这里。"烟落出声道。

萧清越点了点头，望了望夜色笼罩的山林："走吧，别让刑天大军绕到赤水关那边将咱们堵在这山里了。"

两人回到宿营地，萧清越当即下令弃马简装而行奔赴赤水关。

一路之上，修聿默然走在她身侧，眉眼沉沉，一语不发。

她说，在这世上，我已一无所有，唯有这颗心还是自己的，丢不得。

到底是什么，竟让一个十八岁的如花女子有那样的防备？相识以来她很少说话，即便说话都是小心翼翼的。

烟落一路思量着方才林中萧清越的一番话，如果那个人真的盯上她了，又会有什么动作，沧都又会有什么等着她？

"小心。"突然一股大力将她一拉，她结结实实地撞入温暖的胸膛。她瞬间回过神来，才发现自己方才差点一头撞上树，仰头看到修聿低眉瞅着她笑如清风："走路犯什么迷糊呢？"

她默然不语，不动声色欲挣开被他拉着的手，然而却被握得更紧，顿时拧眉："中州王，请自重。"

"你到底在怕什么？到底在防备什么？"他一眨不眨地盯着她的眼睛问道，就是与他说话都那么小心。

"中州王，你多虑了。"她眉眼沉静，一如以往的淡漠。

他握着她的手紧了紧，认真说道："烟落，相信我一次，无忧的事解决后跟我去中州。沧都是虎狼环伺，你不要留在那里。”

“无关我相信不相信你，我连自己都不相信的。”她抬眸灿然一笑，掩去了眼底的苍凉，“有时候……心也是会骗人的。”

修聿看着消失在夜色中的背影落寞一笑。这个谜一样的女子心里到底藏了什么样的伤，连一份对人的信任都如此吝啬。

朝阳初升，一行千人终于穿过山林，赤水关已经近在眼前。然而侧目一看，赤水关外的平原黑压压的北燕大军正迫近而来。

萧清越眉眼一沉，高声喝道：“不想死就给我跑，跑不动滚也给我滚下去。”话音一落一千将士撒丫子朝山下狂奔而去，他们深知一旦被北燕大军困住便是再难脱身。

赤水平原之上，刑天望着山头人影窜动，冷硬面容一沉。被萧清越摆了一道，这奇耻大辱，他岂能罢休？

突然之间，赤水关上战鼓如雷，喊杀之声震天而来，神策大军如潮水般涌到关外平原，气势如虹。

两方夹击，很快便突围而出。萧清越带着他们一行人到了大军之中，一名黑甲男子策马而来，看到萧清越顿时勃然大怒：“萧清越，谁让你带人去北燕的？贸然带兵过境，引起两国交战，你找死啊！”

萧清越皱眉揉了揉震得生疼的耳朵，堆起一脸笑上前：“王爷大人，我是去办正事的，把我妹妹找回来了，顺便也帮你把中州王救回来了。”说话间指了指修聿。

烟落微一皱眉，西楚有人封了王吗？

“是大将军王罗衍，东征之时亲率大军救驾，战功显赫，敕封为大将军王，执掌三军。”修聿站在她身后低声说道。

烟落微微抿了抿唇，不愧为中州王，虽不与西楚往来，却对西楚大小政事了若指掌。若真有一日，他与西楚为敌，又将谁胜谁负？

罗衍望向修聿一抱拳道：“中州王，久仰！”

修聿回礼温和一笑：“大将军王，幸会！”罗衍虽然只是从东征一跃而起，其军事才能丝毫不输于曾经的洛家长子洛祈衍。

萧清越亲昵地拉着烟落介绍：“这是我小妹，萧烟落。”

罗衍望了一眼萧清越身旁沉静不语的女子，含笑点了点头，望向修聿道：“回关内吧！”

“给我三万人马。”萧清越上前道。

她这么多年什么时候这么窝囊过，被人追得满山跑。之前是实力不够只能跑，如今援兵一到，她不打就太对不起自己了。

罗衍闻言平息的怒火再度点燃，怒喝道：“萧清越，你堂堂上将军尽干些趁火打劫的事，跟地痞流氓有什么区别？”

“我什么时候这么窝囊过？被人追得屁滚尿流地跑。现在逮到机会我就要那姓刑的鸡飞蛋打。”萧清越望了眼对面的北燕大军，搭上罗衍肩膀，“老大，你看人家都打到家门口，你老人家撤兵多丢面子啊，是不是，中州王？”

修聿不由失笑，望了一眼北燕大军道：“北燕丢了金线莲，刑天又被萧清越耍弄了一道，不会善罢干休的。”谁让姓刑的在初云宫看了些不该看的，有人帮着报仇，何乐而不为。

罗衍黑着脸取出令箭，萧清越一把夺过：“王爷大人，你们先进关喝茶，我这就给你把面子讨回来。”说罢一转身冲着身后的将士们吆喝：“兄弟们，抄家伙！”

罗衍顿时脸色黑如锅底，嘴角抽搐。

烟落抿唇失笑，如此率性张扬的女子，果然活得精彩，何其壮哉！何其潇洒！

连美人蹿上肩头吱吱直叫，烟落摇头失笑，走近萧清越：“三姐，我随你一起。”

她不懂帝王权术，不懂这些军国大事，但她将面对的哪一个都不是简单的人物。要想把那个幕后黑手揪出，她就要更狠，更狡猾，更绝情。

萧清越微一怔，抬手一拍她的肩：“好！”未来的路再难，她们姐妹同行。

赤水关一战，西楚第一女将再度在四国之间声名大噪，被传得神乎其神，同时随在她身侧的蒙面女子也在四国之间声名鹊起。

雪后初晴，沧都上将军府，院中梅花盛放，暗香阵阵，清雅动人。烟落刚转过走廊，便看到丰神俊雅的男子牵着白衣小童，无忧一溜小跑过来：“烟姑姑。”

烟落无奈一笑，蹲下身替他拢了拢衣襟，道：“这么冷还跑出来。”

“你从北燕回来，也不去看我和爹爹，我们只好来找你了。”无忧面上扬起灿然的笑意。

修聿看到一向薄凉如风的女子对着无忧眉眼温柔渐染，唇角无声扬起，“明日是无忧的生辰，他吵着非要来见你，我便带过来了。”

烟落闻言笑容一滞，望着怀中的孩子更多了几分怜惜，是他的生辰，也是他母亲的忌日。想到他病重之时不断说着自己的母亲，这孩子定是十分想念自己娘亲的吧。

无忧一人先行跑进暖阁之中，剩下他们二人并肩同行。

“楚帝和相国明日在宫中设宴为无忧庆贺生辰，我想去祭拜她，明日你先带他入宫吧！”修聿低声道。

她眼底如急风过浪，瞬息万变，沉默了片刻点了点头。

次日清晨，修聿将无忧送到了将军府，说等到了宫内碰面便独自出了沧都城。

黄昏之际，马车驶入皇城停在了重阳门，烟落望着殿宇连绵的深宫，只觉恍然如隔世。无忧从马车伸出头来，奶声奶气地唤道：“烟姑姑，你在看什么？”

烟落敛神转身一笑，将无忧抱出马车，取过红绡递来的小袍子给他系上。红绡在一旁看着由衷笑道："四小姐待世子真好，越看越有母子相呢！"四小姐一向性子凉薄，却独独对这孩子怜爱得紧。

烟落手指不由一颤，眼底的沉痛如流光掠过。无忧一听顿时欣喜不已，抓着她的衣袖便道："烟姑姑，你跟我们去中州吧，你一定会喜欢的。那里的所有东西都像糖包一样暖暖甜甜的，祁月叔叔说那里是个让人幸福的地方。"

烟落失笑，捏了捏他包子似的脸："你就记得糖包。"

几人正准备离去，一辆华丽无比的马车快速驶来。烟落一把拉着无忧退开，秀眉顿时不悦地拧起。

马车停下，锦衣华服的妇人和轻纱遮面的窈窕女子优雅地步下马车，回头瞥了一眼烟落几人，看到随在一旁的红绡："听说四丫头回来了，也没回府拜见大娘二娘。"

烟落懒得理会，拉上无忧便欲离开。二夫人瞥了一眼她牵着的孩子："三年不回来，原来是跟人私奔，如今连孩子都这么大了，你不要脸，相国府还要脸面呢！"

无忧一听到有人说起烟姑姑的坏话，气狠狠地在二夫人衣摆上踩了几个脚印。二夫人顿时气急，大夫人淡淡扫了一眼："低贱的人，低贱的种，不懂礼数何必计较。"

红绡望向被烟落护在身后的无忧，人家要是低贱，那她们几个便连人都算不得了。远远看到内宫一行人缓步而来，为首的便是楚帝近侍大内总管冯英。

二夫人一见便低声道："皇上派冯英来接咱们了，走吧。"说话间一道仪态万千地步上前去。

冯英却是看也未看几人，带着宫人径自走向烟落几人，微一躬身："世子，烟姑娘，让你们久候了。"

世子？！

大夫人一行倏地回过头来望着冯英对几人行礼。这西楚除了中州王世子，还会有什么世子？是人都知道中州王在西楚及四国的影响力，那小东西是世子，那个臭丫头又跟中州王是什么关系？

二夫人更是气愤，本来还想趁着世子生辰让女儿献艺以博中州王欢喜。萧淑儿已经入宫为贵妃，她女儿倾城之色，中州王皇家贵族，与真儿倒也相配。

"娘，你气什么，物以类聚，中州王从无人见，说不定跟那丑丫头一样，又老又丑，女儿才不要呢。"萧真儿不屑地哼道。

话音一落，便见浅紫锦袍的男子策马进了宫门，雍容贵气，风华绝世。二夫人推了推女儿，示意萧真儿上前去搭话。萧真儿刚走几步，却看到那男子笑着走近烟落，那孩子跑过去欢快地叫："爹爹！"

看着俊美如神祇的男子抱着孩子，对着萧烟落笑语温柔，萧真儿气得银牙暗咬。

“中州王殿下，世子殿下，烟姑娘，天色不早了，先入宫吧。”冯英躬身上前道。

修聿牵起无忧，侧头望了望边上神色微异的女子，温然一笑：“走吧。”

三人一道入了重阳门前往清平大殿。临进殿门，烟落不动声色慢下步子。修聿眉眼微沉，回头望望几步之后低眉敛目的女子，眸中掠过一丝落寞之色。

冯英打量着两人的神色，不由多打量了几眼后面的蒙面女子，这宫宴之上多少女子因为中州王的到来而激动地想站在其侧，却独独她这般避之不及，朝修聿道：“王爷，请——”

修聿牵着无忧先行步入殿中，殿内所有宾客的目光都聚焦在这位神秘亲王和世子身上。烟落与红绡随后进到殿中，绕过人流想寻处僻静之处就座。

萧清越一身红衣劲装入殿，美眸一扫人流看到她便大步走了过去，一拉她：“跟姐姐坐。”

周遭数人一看，立时想起赤水关一战中与上将军联手退敌的蒙面女子。

她刚随着萧清越坐下，正与修聿一桌斜对面。无忧看到她便欣喜地欲过来与她同座。修聿一把拉住他，望向她这边含笑点了点头。她故意在殿外不与他们一道进来就是不想引起误会，此时无忧再跑过去，便是想撇也撇不清了。

只要他想得到，甚至可以利用自己手中势力强行带她回中州，可是他不忍，不忍这般委屈她，逼迫她。

可是，到底要什么样的情，才会温暖她那死寂如荒漠的心?

趁着楚帝未到，群臣争相前去为无忧送礼，各种新鲜稀奇的玩意儿是应有尽有。无忧扫了一眼却是一脸兴致缺缺。

“皇上驾到——”冯英尖细的嗓音从门口传来，群臣立即各归其位。

楚帝一身玄色龙纹锦袍出现在清平殿外，身后随着相国萧赫、大将军罗衍，行素也在其列，殿中百官俯首跪拜：“吾皇，万岁，万岁，万万岁。”

烟落低头跪拜，一如在三年前的皇极大殿般，如今的她，卑微如蝼蚁。

前座的修聿安然坐着，宠溺地擦着无忧脸上的糕点屑。楚帝一行步上玉阶到御案就座方才让百官起身，烟落刚起身，便听得身旁的萧清越嘀咕：“最讨厌古人动不动就下跪！”

古人?！

烟落无奈失笑，时常从萧清越口中听到些稀奇古怪的词，倒也习惯了。刚一抬头，但瞧见对面的百里行素，冲她笑着眨眼，神色暧昧。

萧清越一抬头，咬牙切齿：“这就是你那个狐狸精师傅！”

烟落抿唇失笑，狐狸精?！跟百里行素倒是挺相配。

百里行素笑颜如花，活脱脱一个祸水。殿中本冲着中州王而来的官家小姐们被他勾了魂一般，芳心萌动。

“淑皇贵妃，锦贵妃到——”

高座之上，楚帝微微皱了皱眉，便见殿外容颜精致的女子款款而来，紫色宫装的雍容贵气，蓝色宫装的灵动出尘，齐齐步入殿中，跪拜：“臣妾见过皇上。”

烟落抬眸看到那蓝色宫装的女子，瞬间被抽空了所有的空气，她是……

锦瑟姐姐！

她怎么……怎么成了西楚的锦贵妃？

“小烟，你怎么了？”萧清越一把握住她颤抖的手，却只觉冰凉一片。

数道目光闻声朝她望来，她淡淡垂下眸子，黑色的面纱遮去了她惨白的面色：“没事，有些不舒服。”

修聿望向这边，眉头越拧越深，望了望淑皇贵妃和锦贵妃，两人眸中隐着丝丝冷锐。到底是什么，竟让她有那么大的反应？

百里行素把玩着手中的酒杯，望了望锦瑟，目光掠向高座之上的冷峻帝王。三年之前断崖之后那满心绝望的女子还记忆犹新，看来他的小徒弟果然藏了很多秘密呢。

烟落极力冷静下来，执起酒杯一饮而尽，愤然，隐忍，痛楚在心头翻腾不息，辛辣的酒呛喉入腹，化作无尽苦涩。

殿内觥筹交错，萧清越一把按住她的手：“我陪你出去走走。”

她点了点头，姐妹二人从偏殿离去。

冷凉的风扑面而来，让她不由打了个寒颤，萧清越无奈地叹了叹气：“你看你，就记着照顾那小拖油瓶，也不顾着自己。”

她淡然一笑，沉吟半晌问道：“那个锦贵妃……是什么人？”

“她？”萧清越闻言思量半晌，方才道，“听说以前有个很受宠的洛皇贵妃，锦妃是她最好的姐妹。后来洛皇贵妃在冷宫大火中丧命，那个女人就在大火后的第三天晋封为妃。依我看啊，冷宫那场大火与她脱不了干系！”

烟落默然不语，方才那一幕不断在眼前回放，让她难以置信。

“她……不像那样的人。”她淡声言道。

锦瑟曾有多少次救她于生死边缘，三年之前她家破人亡，她毅然陪她一起回到沧都，可是为什么她又会在她死后成了楚策的妃子，这之间又还有多少她所不知道的秘密？

萧清越转身靠着栏杆，笑容有些苦涩：“小烟，这世上没有人脸上会写着坏人两个字，最坏的不是那些穷凶极恶之人，而是那些潜伏在身边的人，笑里藏刀，你永远不知道他会什么时候在背后捅你一刀。”

“那个锦贵妃……”

“她是……萧赫的义女。”萧清越冷声说道。

萧赫的义女？！

这番话如一道惊雷在她脑中炸开。她亲如姐妹的锦瑟，在她死后，一跃成了西楚皇妃。她的丈夫背叛杀害她，她的姐妹欺骗出卖她，曾经的十三年，她到底……活在一个什么样的世界！

沉默了许久，她只说自己不舒服想先回府，萧清越将她送出了宫门，方才回去。

清平殿的宫宴持续一天一夜，为讨中州王世子欢心的各种表演轮番上阵，无忧却百无聊赖地趴在修聿怀中呼呼大睡，一班大臣脸色变了又变。

夜色悄无声息笼罩大地，淑皇贵妃与锦贵妃一道跪安离去，款款踏出清平大殿。

“妹妹好走，姐姐不送了。”萧淑儿雍容轻笑。

“姐姐慢走。”锦瑟含笑还礼。

个个笑语盈盈，眼底却是冷芒一片。三年以来，楚帝为平衡朝中势力，后宫人数只增不减，然风头最盛便属她们两人，一个是相国的爱女，一个是相国的义女，谁当上皇后，得益的都会是萧家。也正因此，萧家的势力越发壮大。

萧淑儿优雅地离去，近侍丫环不由出声：“娘娘，锦妃今日争取到了前去法华寺替皇上祈福的机会。这三年都是由你去的，老爷竟然还帮着她，到底你才是萧家正牌的大小姐。”

萧淑儿眉眼间掠过一丝冷笑：“她当年在洛家四年都可以把洛烟出卖，谁知道以后会不会再出卖萧家呢？爹这个人太精明，连我这个亲女儿都不信任，又如何会真正信任她？”

“那将来当上皇后的，一定会是娘娘你。”司棋道。

萧淑儿侧头望向清平大殿，眸底掠过一丝嘲弄。

西楚不会有皇后，从她入宫那一日她就知道，皇极大殿那绝然而去的女子才是他心中的皇后。

还未入宫之前，她好多次看到他带着洛烟微服出行，那时候她远远地看着；当她终于可以代替那个女子站在他的身旁，却发现有些东西，是她永远也代替不了的。

锦绣宫，一片沉寂。

锦贵妃回到宫中，微微叹了叹气坐到锦榻之上，老狐狸又想干什么？一道阴冷的风穿窗而入，宫内所有灯火齐齐熄灭，她气急而起：“来人，掌灯。”

空旷的大殿，无人回应，一道声音仿若从地狱传来般阴冷骇人。

“锦——瑟——姐——姐！”

夜风穿窗而入，吹得殿内垂幔飘飞，哗哗作响，锦贵妃四下寻找那抹幽灵似的影子：“你出来！你出来！”

烟落站在暗处望着那神色惊惶的女子，她的反应已经充分告诉她，萧清越所言非虚。

这个她曾视为姐妹的女子，早就已经变了。

“你到底是人是鬼？！”锦贵妃厉声问道。

“锦瑟姐姐，你希望我是人，还是鬼？”缥缈的声音在大殿响起，似是午夜索命的幽灵之声。

她是死了，可她却也真真切切地回来了。

“洛烟！洛烟！”锦贵妃转着身子在殿内搜寻着声音的来源，话语阴狠至极，“三年前我能让你死。今时今日，不管你是人是鬼，我一样可以让你死无葬身之地！！！”

烟落笑意冷漠，那就看看到底会是谁死无葬身之地！

风停，殿内一片沉寂，宫人进殿掌灯看到锦贵妃面色惨白，冷汗淋漓地坐在冰冷的地板上。

“娘娘，你怎么了？”司琴伸手扶起瘫坐在地上、神色惶恐不安的主子。

锦贵妃这才回过神来，一把揪住司琴：“为什么现在才进来，叫你们都死到哪儿去了？”

司琴与宫人们慌忙跪下：“娘娘，我们一直在门外，没有……没有听到你叫我们。”

没听到？！

锦贵妃擦了擦额头的冷汗，难道……难道只是她的幻觉？

宫人们默然将打翻的桌椅收拾好。锦贵妃以手支着额头，方才那一声声“锦瑟姐姐”在脑海中回荡不息。司琴自地上拾起一支短小的金笛放到桌上，锦贵妃顿时凤眸圆瞪，颤抖着手抓起笛子：“哪里来的？哪里来的？”

这是洛烟的笛子，这金笛上坠着的结除了她不可能有第二个人编得出，而这笛子早就已经消失了，怎么会……怎么会在这里？

清平大殿，礼乐悠扬悦耳，好一派祥和之气。

司琴急急进到大殿，望向随侍在楚帝身侧的冯公公，冯英朝楚帝一躬身便走了过来：“司琴，你不在锦绣宫，又回来做什么？”

“我家娘娘回宫之后突生异状，方才在殿内拾到一支金笛，她拿着笛子直叫着洛皇贵妃的名字就直奔冷宫的方向去了。奴婢怕出什么意外，请冯总管帮帮忙。”司琴紧张地说道。

金笛？！洛皇贵妃？！

冯英瞳孔微缩，微一思量侧头望了望高座之上的冷峻帝王。楚帝见两人交头接耳微微皱了皱眉，道：“冯英，何事？”

冯英闻言犹豫半晌，出声道：“锦贵妃拾到了洛皇贵妃的遗物，说……洛皇贵妃回来了。”

热闹的清平大殿瞬间沉寂，所有人都变了脸色。

楚帝手中的酒杯颓然跌落在地，发出清晰的碎裂之声，深沉的眸底瞬间掠过一丝异色，快得无人可见。

一旁闭目养神的百里行素被惊醒，凤眸一掀坐起身来，望向高座之上的帝王，唇角勾起兴味的弧度，有好戏看了。

楚帝一行人来到废墟，看到锦贵妃一身狼狈站在废墟旁，充血的眸子死死地盯着废墟之上，众人不由都跟着望过去。

“洛烟！洛烟！你出来！”她尖叫吼道，四年不动声色的潜伏，她终于扳倒了她，又何惧一个死人？

天上星相异动，废墟之上骤然升起一片火光。火势越来越大，大火之中曾经的冷宫重新升起，火光中有一个女子模糊的身影，愈来愈清晰。她的全身都燃着火，死死地盯着他们每一个人，让人毛骨悚然。

“是她！是她！是她回来了！”锦贵妃望着那片火光惊声高呼，百官顿时都面色惨白，恍若看到了十八层地狱的画面。

楚帝一人站在最前面，定定地望着那片火光，夜风中墨发乱舞，广袖翻飞，冷峻的面容没有一丝神情，眼角微微抽动着。

她，是那么的恨啊！

他脚下微动，似是想上前去抓住那个光影，那片火光仿佛也在他的心里灼烧着。罗衍不动声色地扣住他的手，压低声音唤道：“皇上！”

百里行素凤眸微微眯起，修长的指摩挲着精致优美的下巴，一脸可惜地叹息道：“早知道那个贵妃长得这么美，我三年前该来英雄救美的，好可惜啊！”

锦贵妃发疯似的冲过去，那片火光连带着屹立火中的冷宫也忽地凭空消失。目之所见，只有那片废墟，方才所见种种画面，恍若从未出现过。

百官登时又吓出一身冷汗来，他们其中不少是萧家门客，也有曾经是洛家的家臣而后叛变的。若是幽灵索命，他们小命难保，一个个紧闭眼睛，心里求神拜佛。

萧赫眸中掠过一丝阴冷，上前朝楚帝禀道：“皇上，依臣之见，定是有人动了手脚，还请皇上降旨查出狂徒。”

楚帝微微闭目，再睁开眼，眸中一如继往的冷沉：“依相国之见，派何人调查为上策？”

朝中文官多是相国一派，武将多属大将军王罗衍一派，派哪边的人对方都不服气，萧清越秀眉微沉，道：“我去！”

“本王同意。”罗衍望向萧清越，眸中是难得的赞赏之色。派他的人萧赫不服，派萧赫的人他也不放心。而萧清越她既是萧家人，又是他的下属，却从来不买他们的账，派她再合适不过。

萧赫望了望萧清越，一躬身道："臣也同意。"

萧清越扬唇一笑，纵身掠上那片废墟，拾起方才被锦贵妃扔掉的金笛，看到笛子上的吊坠，不由目光一愣。这绳结与楚策玉佩上的一模一样，难道……她真的没死？

# 第三章　君心似海

沧都一连数日小雨，空气清凉而湿润。

在萧清越一再威逼利诱之下，大将军王罗衍答应了让烟落成为神策营的军医，与此同时，关于幽灵皇妃的事在沧都传得沸沸扬扬。

曾经的十三年，她未学过半点武功，却学到了最精妙强大的幻术，这是从来无人知晓的。那夜回到上将军府，她又悄然折回宫中，不但催眠了锦瑟及她宫中的人，更将清平大殿的人都引往冷宫看到她所布置好的一切。

她不能暴露自己去查询真相，但是如今有人怀疑她没死，就一定会查下去。她要做的只是旁观等待，只是将萧清越卷入其中实属意料之外。

暮霭沉沉，雨淅淅沥沥地下着，一身蓝衣的女子撑着伞缓步出了神策军大营，官道上停着长檐马车，一只修长优美的手轻轻拂开车帘："上车吧。"

无忧也伸出头来，招了招手道："烟姑姑，我和爹爹来接你哟！"

烟落秀眉微蹙，撑着伞漠然走过。修聿笑意微僵，无忧转身爬入拿了把伞出来："爹爹，给你。"

修聿接过伞便下了马车："乖乖待在里面，不许出来淋雨。"

无忧重重点了点头："知道了，快走吧，烟姑姑走远了。"

修聿撑着伞快步追上前面的人，问道："你伤可好些了？"从那日在宫中见了，之后再去将军府也没见到她人，几经寻问才知她到神策营做了军医。

"你们什么时候回中州？"烟落一边走，一边淡声问道。

修聿闻言沉默了片刻，坦然言道："你什么时候答应去中州，我们就什么时候走。"那语气大有他们父子俩从此赖上她的意味："冷宫的幽灵事件只是个开始，沧都不会太平，你跟我们走吧。"

烟落眉眼沉静："那是我的事，与你何干？"

"如今各方势力伺机而动，你……"

"各方势力？是不是也包括中州？"她淡淡出声，只要中州一动，西楚就有可能四分五裂，甚至江山易主。拥有这样庞大的势力，他就没有一点点野心吗？

修聿神色缓缓沉了下去，沉默良久说道："你就一点都信不过我？"

"信任这东西于我而言，太奢侈了。"她语气淡淡，字字如冰，"修聿，我最后再说一次，离开沧都。否则，他日为敌，我不会手下留情。"

冷风吹得云层缓缓移动，他定定站在雨中，衣袍飞扬，优雅俊逸中透出别样雍容华贵之气，定定地望着那双清冷的眸子，语气前所未有的坚定："不会有那一天。"

烟落眸中的冷嘲一闪而过，转身便走，修聿探手拉她却只见剑光快如流星，劈头而来，顷刻之间手中的伞化为碎屑。

她的神色冷漠，恍若与他从未相识："你不与我为敌，但若将来挡我去路，结果一样。"说罢头也不回地离去。

他怔怔地望着她的背影，冰凉的雨滴打在面上渐渐模糊了视线，手背处被划开了一道血口子，血随着雨水滴落在地，化为一摊淡淡的红。

无忧趴在马车窗口不可置信地望着那一幕，小小的脸缓缓垮了下来。爹爹做错什么了，烟姑姑为什么要那么生气？

"……爹爹。"他低低地唤了声。

修聿闻言转过身来，上了马车，父子两个大眼瞪小眼，无忧嗫嚅了半天道："清越姑姑说无忧是小拖油瓶，不准烟姑姑跟我们走，所以烟姑姑也不要我们了。"

修聿失笑，捏了捏他包子似的脸蛋："儿子，我们怎么办？"

无忧眨巴着大眼睛，忽然眼睛一亮，扑到他怀里道："爹爹，我们搬家吧！搬到沧都来，这样就能跟烟姑姑在一起了！"

修聿失笑，捏了捏他的脸夸赞道："儿子，你真聪明，一会儿就去买房子！"

"买到上将军府隔壁。"无忧补充言道。

"好。"

烟落回到上将军府，但看到正堂之内端坐的大将军王和太监总管冯英，眉眼顿时一沉，心中生出几分不安。

罗衍起身上前，笑意朗然："烟姑娘医术高明，神策营兄弟的伤势都大有好转，本王在此谢过。所以想请姑娘跟我们走一趟，帮一个人治伤。"

烟落淡淡望了望两人，能劳动冯总管和大将军王这样的人物亲自来请她的，只会是他，楚策。

长夜凄凄，冷风萧萧。

驻心宫幽深而空寂的大殿，帷幔飘飞，孤独的帝王修长的指默默抚过桌案锦榻，仿佛是在触摸遥远而深沉的记忆，冷峻的眉眼缓缓流溢出异样的柔情。

恍惚中，时光停滞，岁月静好，仿若她从未离去。

烟落神色默然跟在冯英之后，夜风卷着几丝残花飞来，带着凉凉的香气。冯英缓下脚步与她并肩而行，道："烟姑娘，皇上并不知我和罗将军请你入宫诊治的事，所以请你多担待了。"

她默然点了点头，望着灯火明亮的宫殿，那是驻心宫，西楚皇后的宫殿，也是她曾经的居住之所。

冯英望着那道孤绝的背影暗自叹息，先行进到殿中道："皇上，奴才请了神策营的军医入宫替您瞧瞧旧伤。"

楚帝神色突然森冷下来，眉宇覆上一层薄霜："不必了！"

冯英默然站在一旁，沉默良久道："皇上，西楚还要靠你撑下去，将来的路……还长。你若倒下去，筹划多年的一切，那么多人的牺牲，不都白费了？"

楚帝闻言眸子缓缓闭上，眼中的矛盾苦涩一闪而逝："带人进来。"是的，他的路还长，他还要活着走下去。

烟落举步踏入这座曾经熟悉无比的宫殿，殿内的一切都未有一丝变动，她看过的书还翻着，她未绣完的锦帕还摆在桌案之上，仿佛这三年流离，只是一场梦境。

"烟姑娘，这边请。"

冯英的声音让她顿时收回思绪，举步跟了上去。

内室锦榻之上，玄衣龙纹锦袍的帝王看到进来的人，目光如兵锋般慑人："是你？"

他只听得罗衍说萧清越寻了妹妹回来，要她到神策营做了军医，却没想到会是她！

冯英带她上前就座，躬身将楚策手臂拉着放到桌案以便她把脉。楚策一眨不眨地盯着她，一双黑眸冷锐逼人，仿佛能洞察人的内心。

她探手诊脉，眉眼低敛，长长的睫毛在眼下留下优美的弧影，淡淡出声："伤势过久，坚持服药清除余毒，会有改善。"

"你跟中州王是什么关系？"楚策声音冷沉。那日她那般不要命地救中州王世子，可见其中的交情非同一般。

她清冷的眸子一片沉静："萍水相逢。"

"哦？"楚策坐起身，逼视着她的眸子，"那就值得你那么拼命地救那个孩子？"

烟落沉吟片刻，面纱下的唇角勾起一丝冷酷的笑："不是每个人都会像楚帝那么冷血无情，我只是可怜天下父母心……"

"烟姑娘……"冯英面色微变，出声打断她。

楚策眼底有沉痛之色如浮光掠过，拂袖起身，一道劲风直击向她。她迅速起身，几个旋身避开，她所坐的凳子顷刻四分五裂。楚策冷冷地望向退到几步之外的女子："你就不怕朕杀了你？"

"那也要看你有没有那个本事！"她冷然回道，侧头望向冯英："药方会让姐姐送进宫。"说罢便转身离去。

楚策低眉一瞧自己不知何时被削了一角的袍袖。这样快的剑，这样敏捷的身手，没想到萧赫还有这么一个女儿。方才那一剑，他清晰地看到了她眼中的杀气。

三天以后，修聿带着无忧搬到了上将军的隔壁，还公然在将军府后园开了道门。萧清越与她忙着追查幽灵皇妃的事，倒也没怎么理会这边。

第四天接到红绡的消息，姐妹二人便连夜离开了沧都。

"不是说明天再走，怎么半夜就把人叫起来？"红绡在马上呵欠连连，她已经在外奔波数日，早累得不行了。

"沧都城里有太多人不想查到真相，姐姐是怕有人插手其中。"烟落淡笑言道。

"放心吧，我走之前已经让人把常公公藏好了，一时间不会有人找到的。"红绡说道。

萧清越摇了摇头："我可不想夜长梦多，沧都城里那一个个狐狸都不笨，只怕如今已经嗅着味儿了。"

烟落望着苍茫夜色没再说一句话，一个消失了多年的太监常和，这么轻易便被将军府的人找到，那么这三年为何就没有人找到他，这是巧合？还是……有人故设迷局？

"为一个已经死了三年的人，不至于闹那么大动静吧？"红绡皱着眉喃喃道，那个曾经在西楚宠冠六宫又葬身于火海的女子，她的死到底还有什么样的秘密？

萧清越闻言狠狠一夹马腹，催促道："别废话了，这事与萧家脱不了干系，最好能把那个神秘人揪出来，敢欺负我妹妹，门儿都没有。"

烟落望着神采飞扬的红衣女子默然一笑，遇到萧清越这样的姐姐，是她的幸运吧！

萧清越想起近日府中的事，蓦然问道："小烟，如果将来可以过安定的生活，中州王和狐狸精，你会选哪个？"

"当然是中州王啊！雍容贵气，待人又和善有礼，难得四小姐与他们父子两个都投缘。"红绡迫不及待地发表见解。

萧清越白了红绡一眼，哼道："你这花痴，我萧清越的妹妹怎么能给人做小后娘。"抿唇沉默了一会儿，喃喃道："那家伙也不是省油的灯。"

一座中州城屹立于四国之间，足以捍动西楚的沧都。没有一定的手段和心机，又如何做得到？

“世子可爱又聪明，而且很喜欢四小姐，难得人家父子来个意见一致，这是多好的事啊。二小姐都好几次去登门拜访，人家连西楚第一美人瞧都懒得瞧一眼，比起那个狐狸精，简直是一个天上，一个地下。”红绡继续争辩，越说越见兴奋之色。

萧清越无语地翻了翻白眼，望向烟落：“只要一说起中州王，这死丫头，能说上三天三夜去。”沉吟片刻，方才道，“中州王人是好，但如今是关键时期，任何人都得小心提防。”

烟落含笑点了点头：“我知道，姐姐。”

萧清越闻言面上扬起大大的笑容，道：“天下男人多的是，小烟聪明过人，将来一定找个最好的。现在是要咱们姐妹联手，早点揪出那个缩头乌龟才是正事。”

烟落点了点头：“嗯。”

“姐妹如手足，男人如衣服，手足不可断，男人随便换。”萧清越笑着道，“将来姐姐帮你挑个天下第一好男人，现在的这些破烂，别要了。”

红绡嘴角抽搐，堂堂的中州之王，天下第一的百里宫主，竟然成了她们姐妹口中的破烂，这是什么世道！

夜色笼罩大地，山林清幽，松涛阵阵，一行三人牵着马匹悄然进到山林。

“小姐，翻过前面这座山就到伽蓝寺了。常公公三年前逃出皇宫就在那里出家，但一直疾病缠身，所以我将侍卫留下暗中保护他了。”红绡低声说道。

烟落心越揪越紧，自己寻找多年的真相终于将揭开，自己为何会如此不安？

“小烟！小烟！”萧清越望着身旁神思恍惚的女子唤道，这一路之上她已经不止一次出现这样的神情。

三年未见，她的妹妹确实改变了很多，变得比以前聪慧，却也比以前更深沉难测，更善于防备。这样也好，她起码可以保护自己。

烟落回过神来：“姐姐！”

萧清越微微叹息：“你这一路怎么都心神不宁的？”聪明如她，自己的妹妹，她怎会看不出来有何异样。

烟落勒马停下，蓦然看到远处的天空一片诡异的光亮，那个方向……正是她们寻找的伽蓝寺，朝萧清越一望道：“我们……可能还是来晚了。”

萧清越狠狠一咬牙，将缰绳一丢喝道：“走！”话音一落已经施展轻功疾驰数丈。烟落将马匹留给红绡照看，疾驰如风追了上去。

山林之中，伽蓝寺已经化作一片火海，夜风携着血的腥咸，扑面而来。

两人几乎同时跳进寺前的水池中，一跃而起蹿入火海之中，然而目之所见，全是被人一剑封喉死去的僧侣，萧清越寻到一个还有气息的，急忙追问：“常和在哪儿？三年前出家的常和公公在哪里？”

烟落仗着自己身形敏捷，快速穿行在火海之中寻找常和。当年自己是见过他的，所以要认出也不是难事，只是寺中多数人已经被烧得面目全非，一时间难以辨认。自己寻找三年的真相，如今就要被这一场大火化为灰烬吗?

正欲离开偏殿，突地一只血肉模糊的手抓住她的脚，回头一看，那人正是神策营的将士，来不及多想赶紧替人点穴止血：“常和在哪里？”

那人张了张嘴，却发不出一丝声音，艰难地抬手指了指一个方向，手便无力地垂了下去。烟落四下望了望，一片火海，他指的又是什么根本不知，使劲摇了摇：“醒一醒，告诉我，常和在哪里？”

然而无论她如何施针，那人也再没有一丝声息。

偏殿的火越来越大，她努力照着方才那人所指的方向寻去，却看到一尊药师佛。正欲上前去察看，头顶传来一阵巨响，偏殿的屋顶塌了下来，劈头便朝她砸来，转身欲从门口逃出，却看到断裂的横梁堵住了那狭小的过道，避无可避。

难道，她终究又要丧命于火海吗?

正在她心生绝望之际，只见滔天火光中，一道白光如虹霎时劈开了她身后的墙壁，一条长藤如灵蛇般缠上她的腰际，生生将她从里面拉了出来，偏殿在她面前轰然倒塌。

她霍然回头去看，数步之外一个身着白衣之人，面上戴着银色的面具，火光映在那面具之上显得格外阴冷骇人，长藤的另一端正在他手中，另一手长剑染血。

烟落瞳孔微缩，几乎眨眼的工夫便冲了过去，要揭开那人的真实面目。为了一个常和，不惜将伽蓝寺化为一片火海。

她广袖一挥，袖中的小剑流星追月般激射而去，绝对的速度和力量，已成绝杀。

银面人手中长剑一挑，火光一片，生生格开了她的寒星小剑，但速度却也慢了下来。她一摸腰际才想起剑还在马上，素手起落之间，银针无声破空而去，针针直刺要穴。然而银面人一边后退，一边将长剑舞得密不透风，只听得细小的银针和长剑碰撞之声，寒星小剑一个回旋再度回到她手中，她反手一握便扑了上去。

一寸短一寸险，招招杀机，逼得银面人不得不格挡后退。

“小烟——”萧清越的声音传来。

银面人眸光一沉，一剑裂空劈来，烟落闪身避过。他却几个起落便朝后山而去，萧清越冲进院中正看到一闪而逝的白影，一拉烟落：“伤着没有？”

烟落望了萧清越一眼，施展轻功便朝后山追去。方才一番交手，银面人的身手远在她之上，要取她性命轻而易举，然而却在火中救她脱险。

他……到底是谁?

后山两道山崖之间相距数丈，银面人一纵身如飞鸟般掠过，落在了对面悬崖之上。烟落一见，一提气便飞身越过鸿渊追过去，然而前些日子动用那般强大的幻术，已经身体有损，半空中的身子突然下坠。

“小烟回来！”萧清越一见，一甩长鞭将她从半空拉了回来，以免落入深渊之中。

月光如华，银面人站在对面悬崖边上，一身银袍迎风而舞，翩然若仙，银色的面具在月光下泛着阴冷的寒光：“不要再查下去，否则……后果你们承担不起。”话音一落，便几个起落消失于山林之间。

烟落急促地喘息着，死死盯着对面空落的山崖，她追寻三年的真相就这样再度被一场火烧得干净，如何甘心？

萧清越咬了咬牙，拍了拍她的肩膀：“常和死了，还有别的路，我们一定会查出来的。”方才见她那般不要命地追人，把她都吓坏了。

“事情没有那么简单。”她微微敛目叹息道“上将军府可以用半个月找到常和，凭什么他们三年都没有发现这条线索？”

萧清越何其聪明，立即明了她话中之意：“你是说……有人故意引我们前来？”

烟落深深吸了吸气，转身望着山下一片火海，眸中慧光流转，淡声道：“有人想我们查下去，有人又不想我们查下去，我们……已经成了别人手中较量的棋子，而这下棋之人是谁都还不知。”

萧清越闻言咬了咬牙，霍然坐在地上，望着下面化为火海的伽蓝寺：“刚才那个银面人显然也只是知道常和在伽蓝寺，估计时间来不及，所以宁杀错，不放过。”沉默着思量片刻，喃喃道：“也许……我们或是我们身边的人已经被盯上了。”

烟落闻言秀眉深深拧起，脑海中迅速闪过几道人影，微一思量道：“最可疑的是百里行素，还是……中州王。”

一个说是好心收她为徒弟，却是心思诡异。一个说是要娶她为妻，亦是心深似海。

常和的死让线索中断，二人只得回到沧都，从冷宫重新寻找新的线索。

夜深，浓浓的黑暗之中，透出一道莹白的光茫，如月华般动人。她微一拧眉，熄灭手中的火折子，循着那抹光亮找去，竟是寻到了墙壁之间的夹层，狭窄的暗室中亮如白昼，而那发出光亮之物，她再熟悉不过。

烟落默然拾起那布满尘埃的玉佩，忆起当年接过这玉佩之时的情形，唇角勾起薄凉而苦涩的弧度。

那是西楚象征皇后之尊的凤佩，他亲自赠予，说，你是我唯一最爱的女人，只有你配拥有它。

他最爱的，不是她，而是他的皇位，他的江山，他的权倾天下。

他给了她人生中最惨烈的教训，永生不忘。

萧清越将凤佩取过端详了半晌，喃喃道：“这东西……跟楚帝身上的龙佩好像是一对，连玉质都是一样的。”

烟落转身往外走，淡声道：“据说，是西楚皇后的信物。”

“我记得这应该是在……”她突地扬唇一笑，一手搭上烟落的肩膀，“看来事实果真如此。敬事房那边记录，那次大火之后，冷宫之中有前朝太妃无故失踪，再加上这玉佩，我想死在大火里的……并不是洛皇贵妃。”

烟落脚步一顿，如果她不是死在那场大火中，那真相到底是如何?

晨光破晓，笼罩天地的黑暗悄然褪尽，可是冷宫大火的真相却更加扑朔迷离。

回到将军府，萧清越倒头便睡，烟落却辗转难眠。当年这凤佩是她随身之物，再到冷宫之时还在身上，而如今它出现在暗阁之内，那她一定去过那里。

她为什么去那里?

如果死在大火里的不是她，那现在的她又是怎么回事?

直到黄昏之际，萧清越伸着懒腰从内室出来，看到她还坐在那里，满眼心疼说道：“你又一夜没睡?”

从到伽蓝寺，再到冷宫寻到那凤佩，这丫头就越来越不对劲了。

烟落放下手中的凤佩，朝萧清越问道：“姐姐真的认为那个皇贵妃还活在世上?”

“很多东西，就算是眼睛看到的，也不一定是真的。”萧清越抿了口茶，扬唇一笑道，“有时候假话说的人多了，也就会成了真话。”

她低眉一笑：“你这么高兴，是不是要反客为主了?”这些日子的相处，她充分了解到萧清越有仇必报的性子，不管事情大小，反正得罪她定是讨不得好去。

“当然，既然这些人都拿死人作文章，那咱们就让……死人变活人，乱了这局棋。”萧清越面上泛起邪恶的笑意。

“死人变活人?”烟落闻言蹙眉，“你要找出她?”

“泱泱四国，要找一个人，得费多大劲啊，而且是死是活都不知道，我从来不干这些吃力不讨好的事。”萧清越摆了摆手笑语道，“如你所说，如今的结果只有两种可能，一种就是有人在布局，故意让我们以为洛皇贵妃未死，还活在这个世上。一种是……她真的还活在这个世上，在幕后操作这一切。”

“但不管是哪一种可能，只要死去的洛皇贵妃重新出现，必然会掀起轩然大波，所有的局都会改变，一变则乱，咱们就有机可趁，是不是?”烟落望着萧清越一字一句地言道，不得不承认萧清越内心的邪恶。

萧清越兴奋地拍了拍手：“小烟真聪明。”一勾她的肩膀，眼底满是算计的光芒，“他们要算计咱们，咱们就把这水越搅越浑，再来个浑水摸鱼，还怕揪不出那家伙?”

“我们要去哪儿找一个活的洛皇贵妃出来?”洛烟望着兴奋不已的萧清越，冷静无比地说道。

萧清越闻言扬唇一笑："真的没有，假的还弄不出来吗？"一拉她，凑到她耳际低声问道，"那狐狸不是教过你易容术吗？"

"你是……要我易容成洛皇贵妃？"烟落声音不可抑制地颤抖起来。

"明天我就进宫偷幅画像出来，你易容成她的模样，由我带入皇宫。即便他们不信，也不会怀疑。"萧清越敛去面上的嬉笑之色，一脸正色道，"小烟，我知道这样做风险大，但这是我们唯一翻盘的机会。如果你为难，姐姐不会逼你，不管哪条路，姐姐陪你走。"

沉默许久，她重重地点了点头。

如今身在局中，反客为主，这是唯一的出路。

乾元七年冬，沧都城下了近四年来的最大一场雪，积雪数尺，恢弘壮丽的西楚都城平添了几分萧瑟，处处透着逼人的寒意。

兵部尚书在府中离奇病亡，吏部侍郎中邪疯癫，太傅出府马车意外坠下山坡而亡，相国府在深夜诡异失火……一桩接着一桩看似意外的死亡，一家接着一家的殡葬，让整个沧都被一种异样阴冷的气氛所笼罩，冰冷而压抑。

幽灵皇妃的消息不胫而走，传遍了沧都上下，有人说是冤魂索命而来，亦有人说洛家还有人在世，如今开始寻凶报仇，西楚朝堂上下人心惶惶。

皇极大殿，文官以相国为首，武将以大将军王为首，左右分列而立，中州王眉眼沉沉在一旁闲坐，对于朝政之事只是旁观，并无参与。高座之上的帝王冷眸扫了一眼下方百官，冯英侧头望了他一眼，上前道："群臣有事启奏——"

殿内沉静片刻，相国萧赫出列面向御座跪了下来："禀皇上，朝中大臣接连发生意外，各部职位大量空缺，请皇上定夺。"

"朕已下令各州郡举荐良才，待上报来，朕自会考察，量才而用。"楚帝沉声道。

萧赫闻言，眸中锐光一闪而逝，沉吟片刻后又道："朝臣接连意外，沧都上下人心惶惶，朝臣亦是胆颤心惊，皇上需得早日查找真凶，以定民心啊！"

"相国大人这是什么话？"大将军王罗衍闻言失笑，"每位大人的死都派人去勘察过，是意外造成，相国大人口口声声说查找真凶又是何意？"

"接二连三的意外，未免意外得太过巧合了。"萧赫沉声道，要他相信鬼魂索命之说，怎么可能？

"本王相信一句话，人在做，天在看，坏事做多了，报应总是会来的。"罗衍眉眼一闪而过的锋锐，面上笑意不减。

一个文官之首，一个武将之王，针锋相对已不是一次两次。如今相国一派的官员接而连三发生意外，力量不断削弱，不免让他心生怀疑。

大殿陷入令人屏息的沉寂，一阵急促的脚步声从殿外传来，愈来愈近，侍卫进殿：

"神策营统领萧清越回京求见圣上——"

楚策闻言，眉眼微微一动，道："宣。"

萧清越一脸风尘进到殿中，扫了一眼殿内的情形，俯首行礼："臣萧清越幸不辱命，今查得冷宫幽灵一案，回京复命。"

楚帝闻言眸光微沉，手不由握紧了龙椅的扶手："查得如何？"

"皇上，请观一物。"她自袖中取出一物，冯英快步下了玉阶以托盘呈了上去。

楚帝微微颤抖地伸手取过盘中之物，缓缓将其收握入掌心，冰凉的温度自手心蔓延至心底："这是……西楚皇后的凤佩。"

"皇上曾经将它赠予洛皇贵妃，可对？"萧清越扬唇一笑问道，楚帝微一敛目点了点头，她满意地微笑言道："臣查得冷宫大火中死的人并不是洛皇贵妃，这枚凤佩是臣在冷宫暗阁之中所得，而真正的洛皇贵妃……尚在人间。"

楚帝面色顿变，百官欷歔。

"胡说！你……"萧赫怒声斥责。

"我没有胡说。"萧清越霍然转头一眨不眨地盯着他的眼睛，"冷宫死的是良太妃，虽然常和死了不知道当夜发生了什么，但凭这块凤佩已经证明洛皇贵妃当夜根本没有在火里。"秀丽的面上扬起笑容，扬手一指殿外，"我已经将她带了回来，此刻……就在殿外。"

叮——

沉寂的皇极大殿响起一声清脆的碎裂之声，楚帝手中的凤佩颓然掉落在地上，碎了一地。一直静默不语的中州王眉眼间掠过锋锐，瞥了一眼高座之上的帝王，扫了一眼殿下群臣，目光落在萧清越身上，笑意中锋芒暗藏："萧统领，欺君之罪可是要杀头的，人死不能复生，而皇贵妃之死天下皆知，这玩笑……开不得！"

"是不是玩笑，让人进殿一见便知真假！"萧清越扬唇一笑，举步出殿。

高座之上楚帝薄唇紧紧抿起，一旁的冯英捏着拂尘的手都不由浸了汗。萧赫扫了一眼楚帝和中州王，转头望向殿外，他倒要看看一个死人能掀起什么浪来。

轻盈的脚步声传来，越来越近，越来越清晰，所有人都绷紧了心弦，一眨不眨地盯着皇极大殿的门口。风致秀美的女子一身素净的绫裙低眉拾阶而上，轻灵如落入凡尘的仙子缓缓出现在皇极大殿外。

大殿内死一般的沉寂，所有人都屏息凝神望着殿外的女子。那举手投足间的优雅姿态，一如他们记忆之中的高贵女子，绝美不可方物。

楚帝一眨不眨地盯着殿门之外的女子，薄唇抿成锋锐的线条，黑眸幽深若寒潭，无人看得透他心思几何。

中州王修聿一向温和含笑的面容缓缓冰冷下来，取而代之的是深沉难辨，然而所有人的目光都聚集在殿门外的女子身上，丝毫没有注意到这微妙的变化。

她深深吸了吸气，缓缓抬起头来，明澈的眸子犀利如刃直直刺向高座之上的冷峻帝王，樱唇微微扬起，勾起嘲讽的弧度，声音温柔却冰冷："楚策！"

所有人都顿时倒抽一口气，这面容，这声音，这神情，是没有人可能模仿来的。这世上敢直呼西楚大帝姓名的女子，除却皇贵妃洛烟还有何人？！

楚帝身形一震，一双黑眸似海深沉，波光明灭，有震惊，有怀疑，有太多太多说不清的思绪在翻涌流动，薄削的唇微微颤动着，无声唤着一个名字。

……烟儿。

她缓步朝殿内走着，从容而优雅，所过之处弥漫着一缕淡淡清雅的香气。萧清越望着前方风华傲然的女子，眼中难掩诧异，这高贵优雅的女子真的还是小烟吗？

"看到我还活着，似乎……大家都很失望？"她环顾一眼众人的神色，冷然笑道。

大殿陷入诡异的沉寂，百官都不由自主地望向龙椅之上的冷峻帝王。

高座之上的帝王眉眼冷沉，拂袖而起，步下玉阶直直走到她面前，长臂一伸便扼住她的咽喉，语气，字字冷厉："不管你装得再像，你不是她，永远不是！"

不是？！

楚策，你也有怕的时候吗？

冷风阵阵，吹得殿内帷幔飘飞，带着冷冽的寒意。相对而立的两人墨发飞舞，广袖翻卷若云，他手如鹰爪扼着她的脖子，让她渐渐呼吸困难，只需稍一用力，顷刻间便能了结了她的性命。

"楚策，三年前你要我死，今时今日你还是要我死，就这般容不得我活在世上吗？"她不急不怒，直直望着他的眼睛嫣然笑语。

"你……找死。"楚帝眼中杀气顿现。

大将军王面色一沉，上前扣住他的手："皇上，是真是假，查清楚再说！"说话间硬是拉开了两人，瞥了一眼烟落微微皱了皱眉。

肃静凛然的朝堂间，气氛紧张而压抑，让人无法喘息。

她轻然失笑，笑声突兀而悲凉："我是假的？我哪里是假的？"

"你是假的！"一道女子清亮的声音自殿外传来，一身宝蓝宫装的秀丽女子款款而来，看到她眼底寒芒一片，面上却笑意盈盈，"洛姐姐手臂上有一颗胎记，你倒说说看，它是长在左手还是右手。"

她望向走近的女子，从容一笑迎上前去："锦瑟姐姐，我想你记错了，我身上没有胎记，从来没有。"话音一落便狠狠一巴掌掴了过去，"这一巴掌是你欠我的！还有你欠洛家的……我会一一讨回来！"

当着群臣被掌掴，她如何能忍，锦瑟扬手一挥，还未落下便被萧清越一把制住，手用力将她手腕骨捏错了位："贵妃娘娘，这是皇极大殿，皇妃不得插手朝政，不懂规矩吗？"

她的妹妹，她都舍不得欺负，还能让外人给欺负了去？

锦瑟疼得冷汗直冒，朝着楚帝跪拜："臣妾听说洛姐姐尚在人间，所以……"

"那贵妃娘娘的耳朵还真是够长呢！"萧清越笑语言道。他们来到皇宫也就一刻钟的工夫，她这么快就听说了，不是明摆着让人监视皇极大殿的动向了吗？

楚帝闻言面色顿沉，锦贵妃顿时身形一颤："臣妾只是想帮皇上拆穿这冒充洛姐姐的无耻女子。"

烟落闻声冷然失笑，凤眸清冷一片，走近故意一脚踩在她的手上："你重病将死，我救你回府，待你亲如姐妹，你却出卖洛家，毒害我母子二人，到底……是谁无耻？"

一袭浅紫锦袍的男子起身步上前来，目光淡淡地望着她，绕着她打量了一圈，眸光骤然一寒："既然你说你是洛皇贵妃，那沧都近日官员连连死亡，也是出自你手喽！"

她闻言秀眉微一蹙，眼底的冷嘲之色一闪而逝。曾经在她面前温和雅致的男子，此刻一脸肃杀之意，这……才是真正的中州王吧！不久前还扬言不会与她为敌的男子，如今正一步步地要将她逼入绝境。

萧赫与一干文臣都跪地，禀道："如今真凶已出，请皇上圣裁，以定民心。"

萧清越闻言，眼底的慌乱一闪而过，他们……他们这是要让小烟做替死鬼啊！

偌大的皇极大殿，所有人的目光都落在那玄衣墨发的冷峻帝王身上，等着他的圣裁之言。

她淡淡抬眸，笑如荼蘼绽放，优雅而安静："中州王也对西楚的朝堂政事这般上心了吗？"

话音一落，数道目光落在了中州王身上。一向不关心西楚的中州王突然决定留在沧都，如今还这般迫不及待地置人于死地，其目的何在，不禁要让人揣摩一番了。

他闻言不慌不忙地走近，身姿优雅，气度尊贵："本王没兴趣。"

殿内的气氛愈来愈紧张，明明外面是大雪刚过，却让人不由大汗淋漓。

萧清越扫了一眼殿内的情形，心中不由暗自捏了一把汗。这是一步险棋，她们事先都有预料，可是如今他们连京中官员的死都推到小烟的身上，想让小烟成为替死鬼。若是一旦拆穿小烟是假的，她们便是欺君之罪，一样要死，如今进退都是死路，如何是好？

殿外侍卫快步进殿："报，兵部尚书府、太傅府、工部尚书府举家在重阳门外请求皇上惩处真凶，以慰亡者在天之灵！"

"请皇上圣断，以慰亡者在天之灵，安定民心！"众臣齐呼，声音响彻皇极大殿。

楚帝闻言拂袖回身，浑身天成的霸气与凌厉："朕说，她是假的，没听到吗？"

"若是这般，假冒皇妃，别有用心，其罪当诛，亦当交由刑部会审。"萧赫沉声禀道，无论她是真是假，只要与洛家有关联，便留不得。

她闻言冷然失笑："看来，我挡了很多人的路。"轻步走到楚帝身后，语气平静却字字利若刀锋："这一次，你要怎么处死我？是斩首示众？抑或是……再放到冷宫里烧一回？"

她没想到，有一天自己能这样站在他的面前，这样说着自己的生死。这一刻，内心竟是那样的平静，无爱，亦无恨。

楚帝眉眼微沉，周身荡起刀锋般的凌厉之气，举步朝玉阶走去，声音低沉，字字无情："来人，将这假冒皇妃的妖女拿下，处以极刑，以儆效尤。"

萧清越眼底顿时一慌，手不由自主摸向腰际的软剑，脑海中迅速思量着从皇宫逃出的路线，一生遇敌无数，却唯有今日这般胆战。一个西楚大帝，一个中州之王，还有一个无往不胜的大将军王，任她有什么样的手段也难逃脱。

烟落转身，一把将瘫跪在地的锦瑟揪起，十指纤纤扼住她的咽喉："你救过我，也杀过我。我欠你的还了，你欠我的……现在就讨回来！"

咔嚓！

沉寂的大殿内锦贵妃颈骨碎裂的声音响起，令人毛骨悚然。众人回头望去，素衣女子已如幽灵般飘然出了大殿，冰冷的声音回荡在殿内："我可不是当初的天真女子，任由你们宰割。我不想使权谋耍心机，不代表我不会。我敢来，就走得出去！"

这小小的一步反客为主，竟让西楚朝堂开始了新的更替。朝臣畏于幽灵索命，纷纷请辞，相国一派的势力大大削弱，至于那个皇贵妃到底是真是假，无人可知。

雪后初晴，已到腊月三十，沧都城上下张灯结彩，鞭炮声声震天，来往行人笑容灿烂，一派喜气洋洋之色。

上将军府后园，远远便听得阵阵高喊："一定终，两相好，三元郎，四发财，五经魁，六六顺，七巧图，八匹马……"萧清越正与来府的一干副将们唱酒划拳，玩得不亦乐乎。

烟落在园外听得屋内吵闹之声，不由摇头失笑。转眼已经过了四年了，这是四年来她第一次与这么多人一起过年，只是想到过去的家，心头酸涩莫名。

无忧从隔壁跑了过来，欣喜问道："烟姑姑，无忧的新衣服俊不俊？"说话间在原地转了个圈，展示了一下自己的新行头。

她抿唇失笑，蹲下身捏了捏他包子似的脸蛋："很俊！"

修聿也跟着走了过来，一身浅紫银纹长袍，雍容优雅，面上笑意微微："可以赏脸过去吃顿饭吗？"

"烟姑姑，爹爹做了很多好吃的，你去吧！"无忧扯着她的衣袖，眨巴着大眼睛，一脸希冀之色。

一进到府中，无忧迫不及待地拉着她进屋坐下，又转头跑去厨房帮父亲端盘子，小小的脸上洋溢着异样的喜悦，这么多年一直都是他和爹爹两个过年，今年多了一个未来娘亲，好高兴。

无忧端着盘炒鲜笋进屋，想往桌上放，奈何个子太小，手臂太短，踮着脚也没能放上去。烟落失笑，接过他手中的盘子放上桌，将他抱上椅子坐下："你在这儿坐着，我去帮你拿。"

进到厨房便见堂堂中州王正在盛汤，瞥了一眼桌上精致的菜色不由失笑。修聿眉眼微一扬："笑什么？"

她微笑摇头，沉吟片刻道："不知王爷何时可以把上将军府外的那一双双眼睛带走？"

修聿面上的笑容一滞，眉眼柔和依旧："我无意害你。"

"是吗？"她低眉淡然一笑，声音清冷，"不要再说什么为我留下，无意害我的话，你我都知道那是假的。"

他默然不语，眉眼间的笑意悄然敛尽："我承认也有别的原因让我留在这里，但是对于你，我从始至终都未有半分加害之意。"

"那你这么紧张洛皇贵妃的出现，又在怕什么？"她望着他，目光灼灼。在洛家的血案之中，他究竟又扮演着什么样的角色？

他望着她，语气平静而坚定："她是假的。"

她冷然失笑："你又如何知道？"

无忧一人埋头扒饭，时不时抬头左右望一望一直不说话的两人，奶声奶气地道："我要吃鱼。"

两双筷子同时伸到一个盘中，修聿笑意温和："我夹给他。"

她收回手，端起酒杯饮尽，梅花酿的酒香溢满唇齿间，像令人迷醉的梦，就像眼前这个神秘而温柔的男子。很久以前她梦想自己会像母亲嫁给一个像父亲那样的男子，朝堂上运筹帷幄，在家温柔细心，然而她遇到的是那个冷峻的少年。

修聿细细将鱼刺挑尽放到无忧碗中，无忧满意地尝了一口，又伸手夹了菜放到烟落碗中，小脸扬起灿烂又自豪的笑容："烟姑姑，爹爹做的菜可好吃了，你尝尝！"可是他这么绝世无双的好爹爹就是讨不了烟姑姑的喜欢呢。

烟落微笑，目光温和之极，许是因为丧子之痛，总让她不由自主地对眼前这个孩子心生怜惜。可是如果他日，她真与他为敌，势不两立，这可怜的孩子又当如何？

"无忧，吃饱了去房里换上袍子，我们出去赏灯。"修聿拍了拍无忧的小肩膀温和言道。

无忧闻言侧头便望向她："烟姑姑一起去好不好？"

她微笑点了点头，无忧欣喜地从椅子上爬下来，一溜小跑回房去换衣服。修聿抬手斟酒，面上依旧笑意温和："烟落，每个人都有自己要守护的人和秘密，你也有，是不是？"

她愕然抬头望他，仰头饮尽一杯，道："我只有一个姐姐。"

"人生在世，总有很多身不由己。"他冲着她举了举杯，笑意几分苦涩。

无忧换了衣服，一身白色的小狐裘衬得他眉眼灵秀："爹爹，烟姑姑，我们走吧！"

天色渐暗，沧都城中灯火明亮，火树银花，街上行人也渐渐多了起来，无忧在前面跑了几步，眼珠滴溜溜一转，跑回来一手牵起修聿，另一手牵起烟落，仰头一笑道："我们三个牵着走，免得走丢了。"

修聿摇头失笑，侧头望了望她不由叹息，要想寻到那个假贵妃平息这场风波，免不得要与萧清越交手；而她与萧清越为姐妹，必然免不了会有冲突。

"烟落，我们做个约定可好？"人流之中，他侧头望着她笑意温和，"无论将来何时，何地，只要你愿意跟我去中州，我都带你走。"

她淡笑摇头："我想，不会有那一天。"松开无忧的手，转身消失在茫茫人流之中。

回到将军府夜已经深了，萧清越和百里行素一行人去了城中赏灯，府里显得格外安静。

烟落独坐茶室，望着隔壁府中亮起的灯火心头纷乱如麻，从那日在皇极大殿修聿的言语神情便知，当年那场冷宫大火他必然也是牵连其中的。

若是依她所计划的继续发展下去，他们定会正面交手为敌，终于还是要走到这一步吗？

过了许久，她蓦然一笑，清冷而薄凉。

一个朝夕相处十三年的人都能成为敌人，何况一个相识还不到一月的人？这条路要走下去，又岂容得下她再这般心慈手软？

萧清越回到府里已经是后半夜了，看到茶室还亮着灯火便寻了过来："怎么还不睡？"

烟落抬手斟了杯茶递过，一见萧清越略显凝重的神色问道："是有动静了吗？"

萧清越点了点头，沉默了许久道："昨天，中州王与萧赫暗中会面，如果他们联手，我们……不是对手。"

一个坐拥中州的亲王，一个权倾朝野的相国，如今的她们如何敌得过这般强大的势力？

烟落执着茶杯的手微一颤抖，面上了无波澜道："已经没有时间了，再拖下去会被怀疑的。"抿唇沉默了一会儿，淡声说道，"有些事，不一定要自己动手，有些人不会眼看着这样的两股势力联手的。"

一山容不得二虎，中州王势力已经危及到西楚，精明如楚策，不会视而不见。

“借刀杀人。”萧清越眉眼一沉，顿时明了她言下之意。

烟落眉眼沉静，起手斟茶：“明天我会代替红绡离开沧都，引开注意力，让你有足够时间布置一切。”

萧清越望着一脸淡定从容的女子，第一次发现曾经心思单纯的小烟竟然会有这般深沉的心思，不动声色间将楚帝、中州王、相国府都推到了风口浪尖上，好一个坐山观虎斗！

“朝廷官员的死，若不是真有洛家人在报仇，便是楚帝在借机打压萧家一派的势力，又或是别有用心的人在暗中下手。”萧清越抿了口茶，叹息道，“最无情是帝王家，果然没错，可怜那女人活着被算计，连死了还被人利用。”

烟落低下眼睫，掩去眼底的暗涌。

“这一次我们的敌人非同小可，要是败了便是死路一条了。”萧清越望着她认真说道。

烟落望着眉目英朗的女子轻然一笑：“姐姐不后悔吗？一旦事情败露，你的大好前程便会毁之殆尽。”

一介女儿身，能坐到这西楚上将军的位置，是天下多少人求之不得的，但这一路她义无反顾地相助，与相国府作对，与西楚王朝作对，只是为了护佑她一个人，这样的情谊她何尝不感激。

“我萧清越字典里从来没有后悔二字。”萧清越扬唇一笑，豪情满怀，“姐姐不帮你，谁还帮你，傻丫头。”

“姐姐！”这样的她，是值得她去相信的吧！

“小烟长大了，姐姐很高兴。”她笑着使劲一握她的手，道，“你的敌人就是我的敌人，无论成败生死，姐姐陪你走。”

她含笑点头，眸中是说不尽的激动之色。虽然恨生在仇人之家，但遇上萧清越却是她的幸运，只是，你若知道我已经不再是真正的萧烟落，还会如此护我吗？

但愿，萧清越不会再是第二个锦瑟，她的生命已经再也经不起任何背叛了。

夜色无边，森冷而肃穆。

一袭浅紫银纹锦袍的男子在房中来回踱步，望了望榻上沉睡的娇儿，举步出门望着灯火明亮的上将军府，神色突然森冷下来：“传令密切注意上将军府一切动向，查找假皇贵妃，不惜一切代价，杀！”

# 第四章 无忧身世

天高云淡，冷风呼啸而来，带起一地的荒凉和冷冽。

一袭素袍的女子勒马持缰立于山巅，广袖翻飞，青丝飘扬，绝艳的面容在阳光下更显倾城，清冷的眸子远远望着沧都的方向，萧清越应该已经准备好了吧！

神策营主帐，楚帝一袭玄色龙纹锦袍坐于主位望着下方红衣银甲的萧清越，眉眼深沉似海："朕凭什么信你？"

萧清越闻言柳眉一横，几步逼近主案，一拍桌子道："你借着幽灵皇妃之事铲除异己，消灭萧赫的党羽，我不说不代表我不知道。"那些官员死了，得好处最大的就是他，凶手除了他还有何人，只是他也没料想到那个人又重新出现了。

"萧清越！"大将军王罗衍面色顿时一沉，按在剑柄处的手不由一紧。

萧清越扬唇一笑："如今有一个千载难逢的机会让你可以一举除掉萧家，打压中州王的势力，皇上就要白白错过吗？"她是想借刀杀人来着，奈何眼前这刀是死活不让她借。

楚帝一撩衣袍起身，语气冰冷："萧赫到底是你的生父，一个连生父都出卖的女儿，朕如何信你？"

约定的日子将近，萧清越心中焦急万分，多拖一日，小烟便多一分危险，中州王和那老家伙都不是好惹的，她不能再拖下去了。

"传言皇上冷血无情，杀妻弑子，清越一直以为皇上是逼不得已，如今看来，所言不虚了。她活着你利用她，她死了你还要让她替你背黑锅，堂堂七尺男儿，你还真做得出来！"萧清越面色不善，字字利若刀锋，"我还真替那皇贵妃不值，十三年爱上的到底是一个什么样的人？”

楚帝背影一滞，面色了无波澜，语气森冷骇人：“你就不怕朕杀了你？”

萧清越唇角一勾：“我萧清越怕过什么人？”缓步走近楚帝身侧，道：“如果皇上你不想铲除异己的证据公告天下，就答应了这场交易！”

大将军罗衍望着那一脸狂妄的女子，竟有一刀劈了她的冲动，敢这般威胁西楚大帝，她是嫌命太长吗？

楚帝眸中冷锐一片，霍然转头望向萧清越：“这么做，你又有什么好处？萧统领是从来不会让自己吃亏的，想借朕之手对付中州王和相国，目的何在？”静默片刻，敛目淡声道，“能让你紧张成这样的，只会是你那妹妹吧！”

萧清越顿觉背心一阵发凉，她一直不敢小看这个皇帝，然而他却比她想象的还要可怕。这样滴水不漏的冷静，深沉难测的心机，太可怕了！

“朕最不喜欢受人威胁，此事一了，你最好别出现在西楚境内，否则必取尔命！”楚帝面如寒霜，拂袖而去，大将军王罗衍随后跟着出了主帐。

“皇上，真要答应她吗？”罗衍忍不住出声问道，他深知这个人的心思，仅凭这些又如何能对付得了萧家和中州？

楚策冷然一笑：“朕感兴趣的是……中州王在怕什么？”

一向冷静自持的中州王，这么大张声势地追杀一个素不相干的人，到底在怕什么？

陇谷，夜风中隐约弥漫着肃杀的气息，青铜面具的大汉望着谷口：“大人有令，绝不能让她再活着进到沧都。”

“是。”身旁几人低声回应，朝四周埋伏的人马打了个手势。

一袭黑色斗篷的女子勒马停在谷口处，迎面而来的夜风冷厉如刃，望着暗沉沉的山谷眉眼一片冷酷，素手一扬取过背后的弓箭，瞄向陇谷的深处。

“嗖——”尖锐的破空之声传出，箭如流星，直奔陇谷深处。

从林之中一道寒光流出，清脆的撞击之声骤然响起，箭矢击落的地方骤起一阵诡异的白烟，随风迅速遍及谷中。

“有……毒！”毒烟随风而来，快得让人来不及做任何反应，一时间谷中已有数人毙命。

急促的马蹄声踏破夜色，乱箭如雨自山谷两旁激射而出，骤然间马仰天长嘶中箭倒地而亡。正当众人暗喜之际，一道白影如幽灵般从谷口掠入。

“追！”青铜面具人一声令下，林中顿时人影攒动，他就不信这么多人马还杀不了一个女人。

冷月清辉，穿林追月，白影快如流星出了陇谷，迅速找到萧清越事先藏好的马匹，一路狂奔至西川平原，清丽的眉眼间一片冰冷决绝的杀气。

马蹄声声紧追而来，乱箭如雪，她驾着马匹轻松闪避，这一路上所遇都是萧府派出的人，然而那一直隐忍不发的中州王才是她最担心的，谁也不知道他会什么时候出现，给她致命一击。

夜色沉沉，天际骤起一片亮光，从对面山坡之上划空而来，落于平原之上。烟落眸光迅速一转，面色陡然一沉，这是火光。

平原之上全是草丛，野火燎原，借着这北风，眨眼间便是跨越数十丈逼近前来，他们……是要生生将她烧死在这平原之上。

她迅速掉转马头，身后的火越来越近，她扭头一望，隔着茫茫火海，清晰地看到不远处山坡之上勒马而望的锦衣男子，气宇轩昂，尊贵如神，那不是中州王，又是何人?

昔日那对她笑语温柔的男子，此刻却化身为取她性命的修罗，将她逼入这火海之中。

呼吸之间，火在平原之上烧了百十丈，眨眼间化成一片火海。

山坡之上，数十人马手持弓箭，寒利的箭头在火光照耀下泛着森寒的杀气，令人不寒而栗。一双双眼睛盯着下方的平原，火红一片。

“王爷，还有相国府的人在里面。”祁连低声提醒道。

修聿一脸冷沉地望着化为火海的平原，沉声道：“已经让他们浪费太多时间了，既然这么无用，不如本王亲自动手。”

“可是这么大的动作，沧都不会不知道。”祁连担忧地说道，楚帝不是傻子，只怕这一切都早已在他的掌控之中。

螳螂捕蝉，黄雀在后，不知楚帝心中又在做着什么盘算。一切本与中州无关，然而突然冒出的皇贵妃牵连甚大，逼得他们不得不匆忙动手。

“他知道又如何?”修聿眉眼微沉，眸底锋芒尽现，“本王杀一个假冒的，他当年可是把真的她逼到死路。”

“以前是出师无名，楚帝动不得中州，如今这么好一个借口，属下担心他会……”祁连望向他，这么大的代价，杀这么一个人，值得吗?

修聿勾了勾唇角，笑意冷然：“中州是他想动就动得了的吗?”中州城能立于四国之间，必然有它的不凡之处，凭他楚策现在的力量，还奈何不得他，“你先回沧都，带无忧先走，待我回去返回中州。”

蓦然想到那沉静淡然的倔犟女子，微微叹了叹气。

祁连沉吟片刻，拱手道：“王爷万事小心。”掉转马头，直奔沧都而去。如今时局不稳，若是让世子落入楚帝之手，无疑是让对方抓住了中州王的软肋，后果将不堪设想。

大火借势而起，席卷而来，她当即弃马施展轻功，然而人再快，如何快得过这北风。她奋力狂奔数丈，落于那群被毒死的人马周围，拔剑而起，将两丈内的枯草树枝砍尽，将死人围成一圈，自己趴在中间的空地之上，一系列动作几乎就是呼吸之间便完成。

她紧紧伏于地面，布料燃烧的气味中夹杂着人肉烧焦的味道，大火从她上方一掠而过，压在她背上的死尸瞬间便被点燃，她迅速将其扔开。

平原之上只是草丛，燃起来快，烧起来更快，周围很快便成了焦黑一片，只有点点火花闪耀。清冷的眸子望着远处山坡之上的人影，咬牙一跃而起，朝着左侧的山林狂奔而去，快得身形难辨。

山坡之上锦衣男子勒马持缰而立，看着火光映衬下疾驰如飞的女子面色顿时冷沉，一马当先便冲下山坡紧追而去。手中长弓瞄准那抹迅速移动的白影，仿若流星破空而出，丝毫不给她喘息之机。利器划破空气的声音自背后传来，她还来不及回头，利箭便直直刺入她的后背。

她艰难回头，一匹骏马越驰越近，马上熟悉的身影让她几近绝望。那笑语温柔的男子，一脸肃杀与冷绝，渐渐逼近……

她狠狠咬牙反手一扬，将背上的箭削断，转身飞快没入山林中，眨眼之间便没了踪影。

修聿一行人策马追至林边，祁恒下马拾起半截残箭递于他："王爷，看来她受伤了。"

中州王箭法如神，从来无人躲得过，只是没想到那样的大火，她竟然还能活着出来。修聿接过断箭，箭上血迹犹存，手上骤然握紧断箭，顷刻化为碎屑，扫了一眼暗沉的山林："追！"

沉寂的山林，骤起一阵马蹄之声，惊起飞鸟无数。

烟落扶着树急促地喘息，这一箭虽要不了她的命，但有伤在身毕竟不便，不愧是中州王，都能在北燕千军万马中如入无人之境，又岂是寻常之辈?

初识之际，她又何曾想到，他们真会有这样要拼个你死我活的时候?

天色渐明，灰白的天幕上日月同辉。她一路疾行如风，背上的箭伤丝毫没有让她的动作迟缓，只是后背已经是一片血红，必须早些进到前面的丰城，否则困于山林，以她之力只有死路一条了。

丰城城门遥遥在望，银面锦衣的人自林间跃出，那身形分明就是中州王，不惜将伽蓝寺化为火海，也要阻止他们查寻真相，如今更是不惜一切追杀于她，到底为何?

"呛！"她扬手一挥便抽出随身的佩剑，咬牙望着前方迎风而立的锦衣男子："中州王，我与你往日无冤，近日无仇，你为何这般非置我于死地不可？"

修聿面色冷寒如冰，眉宇间一片肃杀的凝重："因为你冒充了不该冒充的人。"话音一落，一剑如长虹眨眼间便逼近前来，快得让人反应不及。

她举剑相迎，被逼得连连后退，后背狠狠撞到树干之上，半截残箭扎得更深，她痛得冷汗淋漓："王爷口口声声说我是假的，又是何用意？"冰冷的眸子一瞬不眨地望进他的眼底，四目相对，一个杀气纵横，一个冰冷决绝，谁还认得谁是谁?

修聿目光瞬间一阵恍惚，然而只是这眨眼之间，她已经脱身退出数丈之外。他霍然回头望去，恨恨咬牙："幻术！"看来冷宫幽灵的事，果然也是她做出来的。

烟落冷然一笑，背后山谷寒风冽冽，如刀一般地割在背上，瞥了一眼背后对面的山岸，长袖一挥一道绳索激射而出，缠上对面山崖的大树。

她快，他更快，在她脚还未离地之际，他疾奔而至，一剑势若奔雷劈断了绳索，连带着她脚下土地也断裂开来，整个人直直坠下深谷，面上薄如蝉翼的面具也在剑气中化为碎屑，飘扬在风中……

"怎么……会是你？"他怔怔望着那下坠的身影，神色瞬间慌乱起来。

她轻然一笑："你赢了。"

那抹纯然的笑，伴着轻灵的声音急速下坠，淹没在云雾深处……

"烟落——"崖边的男子嘶声吼道。

寒风呼啸刮在身上刀割一般的生疼，只闻得耳边风过，纤瘦的身影直直坠了下去，难道就要葬身在这冰冷的深渊吗?

萧清越还在等着她回去，那个率真的女子为她赌了自己的前程和性命，她怎能就这样放弃!

电光石火之间，她霍然睁眼，一掌击在身旁陡峭的石壁上，借此减缓下坠的速度。然而连日的奔波对战，体力已经消耗到极致，再一掌击出，身形在空中一顿，又急速朝下坠去……

朝阳初升，金光万丈，俊美如神祇的面容越来越清晰地出现在眼中，她不可置信地望着那张熟悉的面容。

呼啸的风声突然停滞，身躯一震，停止了下落。她猛然抬头对上修聿深沉如墨的眸子，他低头冲着她一笑，一如往昔的温和优雅："对不起！"

没有犹疑半分，他决绝地跳了下来。修聿一手抓着她的手，一手的长剑深深扎在崖壁上，两人生生悬在了半空之中。

"你在干什么？"她深深蹙眉望着他，声音不可抑制地颤抖。

"我在救我的女人。"他望着她，目光坚定而决绝。突如其来的变故，让他无法去想、也不敢去想那个自己要追魂夺命的女子，竟然会是她易容而成。

她笑，冰冷而嘲弄。

他低头望着她："现在有两条路，要么，你跟我上去；要么，我跟你下去。"

她的心猛然一震，在这沉暗绝望的深渊，有人却对她许着生死不离的誓言。然而，她的人生就像一场噩梦，她苦苦挣扎，与天争命，却依旧没有醒来的一天。

"还有第三条路，我下去，你上去。"她一记小擒拿手便欲脱身。

有些东西不能欠，欠了就一辈子还不清了。

有些东西，她宁愿死，也不愿再相信了。

她快，他更快，手臂一伸在她向下坠落的瞬间狠狠抓住了她的手腕。崖壁上的剑陡然一松，两人在空中一荡，险些齐齐坠下深谷。

他低头望着她，面上青筋迸现，艰难勾起一个笑容：“烟落，我们打个赌如何？”

“你疯了吗？放手！你要死我没意见，无忧怎么办？”她声音颤抖着说道，崖壁上的剑摇摇欲动，根本无法支撑他们两个人。

她若死了，以萧清越的聪明才智还有可能脱身。可是他若与她坠入深谷亡命，无忧怎么办，他还那么小，已经失去了母亲的他，还要失去唯一的亲人吗？

修聿闻言眼底蔓延着深深的笑意。他知道，她冷漠的背后是藏着一颗善良而柔软的心，这样的女子不会轻易爱人，爱上了就是一生一世。

这样的她，他如何舍得放弃？

“烟落，如果跳下去，我们还活着，答应我离开萧家，离开沧都，跟我去中州重新开始生活。”他定定望着她，眼中是不顾一切的决绝。

轰隆一声巨响，崖壁崩塌，两人急速下坠。她不可置信地侧头望着牵着她手笑意温柔的男子，心，随之慢慢坠落……

他一手拉着她，借着两侧的崖壁减缓下坠的速度，两人坠落在草地之上。她几乎整个人都趴在他身上，头狠狠撞在他的胸膛。

修聿倒在地上仰头望着云雾缭绕的上空，目光一转望向她，喘着气笑道：“我们赌赢了。”四国暗杀他都没死，怎能死在这荒无人烟的山谷之中？

她侧头避过他灼灼的目光，撑着坐起身望了望四周，他们是摔在了河边，河水漫过草地几寸深，身后是狭窄的山洞，溪水潺潺从洞中流了出来。

修聿眼底一掠而过的落寞，撑着坐起身打量着周围的地形，狭谷深长，两边崖壁陡峭，若是他一个人尚可上去，微一侧头竟看到身旁的溪水泛着刺眼的红，重重的血腥味。他探手一撩她后背的长发，素白的锦袍，背后一片鲜红，刺目而惊心：“你……”

她淡淡地挡开他的手，眨眼之间便站起身退到了几步之外，紧紧揪着胸前的衣襟，嘴角溢出一道细细的血线。

他想到昨夜自己射出的那一箭，心猛然一紧，眼底溢出深深的自责：“对不起，我……”

他都做了什么啊！

她抬手擦去嘴角的血迹，转身朝山洞里走，背后垂落的青丝掩去了那片刺目的鲜红。昨夜还在不顾一切追杀于她的男子，竟在生死关头决绝地跳下来拉住她。她不知道要如何面对身后的那个人，更不知道在这绝望的深谷，她自认为坚固的心墙在悄然瓦解。

修聿站起身，仰头望了望上空，眉宇间掠过一丝隐忧。她假冒洛皇贵妃有何意图，如果萧清越不借助萧家的力量，便是极有可能与楚帝联手对付他。明知道后果的严重，他依旧跳了下来，且无怨无悔。

沧都，神策营主帐。

萧清越英气的眉深深蹙着，神色有些焦燥不安。主座之上一身墨色龙纹锦袍的帝王，一如继往的冷静深沉，薄唇抿得紧紧，眼底若有所思。

中州一向甚少插手西楚的事，即使边关战事，他也只是透过他人相助。然而自从皇宫幽灵的事一出，他似乎变得异常紧张，如今甚至不惜与萧赫联手追杀于她，到底是为什么？

罗衍扶着剑大步进到主帐，面色有些异常，看了看两人道："昨夜中州王放火将其截杀于西川平原，如今两人都坠入九曲深谷，生死不明。"

萧清越闻言霍然站起，但朝帐外冲去，背后的楚帝冷声喝道："你干什么去？"

"小烟现在生死不明，你认为我还坐得下去吗？"萧清越道，她担心的事终究还是发生了。

"两人一起失踪，就说明她还没死。"楚帝沉声说道，修长如扇的睫毛低垂着掩去了他眼底的思绪，"中州王世子……不是还在沧都吗？"

萧清越霍然转头望向那一脸冷峻的帝王，他是要拿中州王世子为筹码？

一个连自己妻儿都可以舍弃的人，又如何会在意别人的孩子？虽然心有不忍，但如今情况危急，她也顾不得了，他敢杀她妹妹，她也能拿他儿子开刀！

九曲深谷，幽暗冰冷的洞穴，两人一前一后走着，地上的水很浅，只过脚背，却冷得刺骨，水滴从高处滴答滴答地落下来，声音格外清晰。

光线越来越暗，她从怀中摸出火折子点燃。洞内山石长满了青苔，头顶上垂下来奇形怪状的石头，有似竹笋的，有似动物的，晶莹的水从上面滴落下来，在火花的照耀下发出七彩的光芒，妙不可言。

看到较为宽敞的空地，她微微松了口气，就地便坐了下来，修聿望着她苍白得几近透明的面色，满是担忧与自责："你的箭伤……"

她微微闭了闭眼，无力地靠在石壁上："死不了。"

他眉眼微沉，出手点了她的穴道，几乎眨眼之间便剥了她的衣服。她霍然睁开眼，气息不稳："你……干什么？"

"帮你把断箭拔出来。"说话间摸到了她袖内的寒星小剑，将她背后的头发拨开。后背一片血色，伤口处血依旧不止，箭已经深深嵌进了皮肉。

他拿着小剑的手微微一颤，如今没有麻沸散，生生将这断箭拔出会痛成什么样他再了解不过，然而再留下去，也会要了她的命。

她微微闭了闭眼："衣袖里还有金创药。"

"你忍着点。"他抿了抿唇，目光中难掩心疼与自责。如果他早一点发现，就不会害她到如此地步了，自己竟然差一点就真的杀了她。

他就着溪水洗去伤口周围的血迹，一刀深深扎了进去。她狠狠咬着下唇，手紧紧攥着地上的沙石，口中一片腥咸，却终是没有发出一丝声响。

断箭拔出，鲜红的血顿时喷溅而出，她无力地闭上眼，跌进温暖的怀抱。重生的岁月是那样绝望而孤独，仿佛是坠入了一场没有尽头的噩梦，怎么也醒不来。

她倔犟而执著地守着这份仇恨，不敢依靠任何人，不敢相信任何人。这一刻，她开始眷恋这个怀抱的温暖，即使……只是片刻。

无边的寂静，只有水珠滴答滴答的声音，格外清晰。

一向处事不惊的他，神色有些慌乱，温声安抚："没事了，没事了……"快速地将伤口止血包扎。

"我欠了你一条命。"她微微抬了抬眼，声音虚弱而无力。

他低眉紧紧盯着她的眼，语声郑重如盟誓："那就还我一辈子。"

她勾起苍白的笑容，轻轻摇头，强自撑着站起身："你我，是敌非友，今日你不杀我，将来会后悔的。"

她与萧家不共戴天，他帮着萧家，就是敌。

修聿定定地望着她，眼底难以言尽的复杂，似是在做着异常艰难的决定，过了许久："我从来不想伤及无辜，只是想……守住那个秘密。"他闭上眼，低声叹道，"无忧他……不是我的孩子，他是西楚的太子，是楚策和洛皇贵妃的儿子。"

如同一道惊雷从头顶劈下——

她强自按捺住欣喜与激动的心情，追问："你说他是……"

修聿望着她沉默一会儿，道："他是……西楚的太子，楚策和洛皇贵妃的儿子。他们并没有死在那场大火中，我以为这个秘密可以随着她的死而埋藏。"那含恨而终的女子和那无辜的生命终究还是要卷入这肮脏的皇权争斗之中吗？

她慌乱地别开头，眼底的泪刹那决堤而出，那个孩子……就是她的孩子啊！

修聿叹息低语，眉眼底是抹不开的浓重："我没想到会冒出假冒皇贵妃的事，你和萧清越又很快查到了伽蓝寺，寻到冷宫里的玉佩，我担心这是有人故意为之。可是一旦无忧的身份被揭穿，他就再难有平静的生活。"

她按捺住激动不已的心情，颤声问道："你又为何知道……我就是假冒的？"

如果无忧是她的孩子，如果她没有死于那场大火，为何，为何她没有一丝印象？！

"她死了，就死在我的面前，我亲手将她埋葬，如何……如何还会活在这世上？"他静静地望着洞中七彩迷离的光，目光幽远而沉静，似是陷入了深沉遥远的回忆，"我虽在中州多年，但先帝在位时每年也会暗中回沧都来，纵然与洛家并未正面交集，但还是熟识的。洛烟是个单纯又善良的丫头，被他们那样伤害该有多恨多痛！”

烟落深深蹙眉：“你认识她？”若是相识，为何她的记性中没有一丝印象？

他抿唇一笑，缓缓言道：“算是吧！那时候她眼睛看不见，并不知道我是谁。先帝钟情于洛夫人，一生都未立后，更将洛烟视如亲生疼惜。洛相感念先帝这份成全之意，忠心辅助先帝。先帝驾崩前曾派人送密信到中州，让我务必护得洛家周全。然而当我赶去沧都，一切都晚了。”

她默然回忆，曾经有数年间她是一直失明，大致是在那时候遇到过他吧！

“我不知道是什么样的力量让她那样坚持要生下那个孩子，她拼着最后一口气，剖腹取子，让无忧活了下来，为他取名无忧，希望他一生真的可以平安无忧。”他眼底涌起深深叹息，每每想起那一幕，都让他觉得是一场噩梦，“可是那个女人在她身上下了四年的毒，无忧出生时奄奄一息，就连百里行素也说这孩子难以存活，所幸……这四年的努力还是让他平安成长。”

她无力地闭眼叹息：“对不起！”

她不想欠他，却早已经欠了这么多。

“无忧虽非我亲生，但这四年我早将他当做自己的孩子抚养。他还那么小，我不想他卷入这些肮脏的权谋争斗之中。”所以，他不得不将所有的证据，所有关于他身世的人都抹杀。

她低垂着头，紧紧咬着唇，泪水却止不住地落下。

沉默，无边的沉默，山洞内寂静无声，水滴答滴答落在清浅的溪水中，分外的悦耳动听。

“既然是秘密，又为何要说出来？”她问道。

他朗然一笑，目光沉静而温柔：“人一辈子总要试着相信一次，我相信你。”

她木然地望着他，心思百转千回，头顶上垂落的水滴滴落在她的面上，冰凉刺骨，心神瞬间清明，触电般地侧头避开他的目光：“等出了这山谷，你就会后悔你的相信了。”

他在不顾一切保护着她的孩子，她却在算计他，将其置于死地。

修聿闻言眉眼微沉，神色坚定而决绝：“我若后悔，就不会跟你下来。”微微动了动身子，扶着她在石壁靠着，解下身上的衣袍盖在她身上，“我出去看看有没有能出谷的路。”

她微微点了点头，听到他渐渐远去的脚步声，压抑在心底的喜悦和痛楚齐齐涌上心头，再也忍耐不住地捂住嘴低低哭出声来。

无忧啊无忧，那可怜的孩子心心念念的母亲就是她，她却将他遗忘了四年。

修聿走着走着突地停下脚步，沉寂的山洞隐约传来压抑的低泣之声，生生揪着他的心。

烟落，到底要怎样你才肯真正相信于我，真正敞开你的心扉？

他快步走出山洞，外面已经是到了午后，冷风如刀一般刮在身上。担心楚策若真对他起杀心，必定会以无忧相挟，他必须快些回去才是，否则一切真的难以挽回了。

然而九曲深谷，九曲十八弯狭长无尽，两侧山壁陡峭难以攀登。

洞穴深处，火光照耀下泛着七彩迷离的光，身材纤瘦的女子闭目睡得深沉，面容苍白而透明，唇角勾着一丝浅浅的笑，沉静而柔和。

修聿顿住脚步远远站着，心头缓缓升起一丝暖流，驱散了这深谷之中的清寒，轻轻走上前去，生怕惊醒了她，望着她唇角浅浅的笑，目光缱绻而温柔。

她微微动了动，手轻轻从膝上滑落。他抿唇一笑握起她的手欲放回原位，眉头骤然拧起看到手心一片血肉模糊，细小的石子嵌入皮肉，心底涌起无尽的自责。

他修长的指轻轻抚过她苍白的容颜，到底是什么样的过去，让她变得这么冷漠与沧桑，宁愿死，也不愿相信人。

他小心地将她手心的石粒一一挑出，低头去寻放在一旁的金创药。刚一转头，看到洞口处什么光亮在闪，片刻之后面色瞬间铁青，山洞内清浅的溪流无声无息间蔓延进来，他一把拉起她便道：“快走。”

烟落睁眼一看，陡然吸了一口冷声，大惊道：“涨潮？”

外面的河水暴涨，无声无息灌进这洞穴之中，速度快得惊人，这样涨下去，他们就要……生生淹死在这里了？

只是片刻的工夫河水已经涨到了大腿，修聿一手拿火折子朝山洞深处望了一眼，一把拉起她便往里跑。山洞外面低里面高，如今根本出不去，只希望里面会有一线生机让他们等到潮水退去。

修聿一手举着火折子，一手拉着她飞速朝山洞深处跑，踩水的声音响亮之极，潮水无声无息汹涌而至，越涨越高，淹到了两人胸口。她脚下一晃，整个人随着水浮了起来，修聿紧紧抓着她的手：“朝里面游。”

火光骤然熄灭，眼前陷入无边的漆黑，水势越来越高，无声无息间带着致命的杀伤力。水流狠狠将两人推得撞向石壁，她背上的伤一阵撕裂般的疼，全身狠狠一颤。修聿摸了摸前方的石壁，心狠狠一沉：“没路了，快闭气。”

话音一落，潮水已经淹过了口鼻，整个山洞被冰凉的河水填得满满的。

胸腔内的空气点点耗尽，好似要炸裂一般痛，意识也渐渐模糊起来，真的……要死在这里吗？

无忧稚气的小脸浮现在眼前，愈来愈清晰……

修聿感觉到她渐渐下沉，心中一紧，低头贴上她冰凉柔软的唇，将珍贵的空气一点点渡给她，一手带着她朝洞外游去。冰冷的潮水起伏不定，不断将二人朝洞内推，空气在一点点消弭。

不知过了多久，两人破水而出，外面已是一片黑暗，昏昏沉沉间只听得潮水拍打崖壁的声音格外清晰。

“修聿……”她攀着崖壁上的树枝虚弱唤道。

然而，没有人回答她。

她心猛然一沉，举目四望却满目黑暗，慌乱地伸手四下摸去，却只触到冰凉的潮水和石壁，焦急地出声：“修聿！修聿！你在哪里？……”

回答她的只有汹涌的潮水之声，一股无边的寒意自心底蔓延，顿时间惶然不知所措。黑暗之中一声一声地唤着他，却始终没有人回应一声。

“修聿！修聿！”她松开树枝，黑暗中攀着石壁随着潮水往下漂，一边走，一边嘶声叫着他的名字。四周一片黑暗，她什么也听不到，什么也看不到……无边的恐惧涌上心头，比那场冷宫的大火还要让她绝望。

“该死！你这个疯子，为什么要跟着跳下来？”她嘶哑着声音吼道，疯狂哭出声来。

她已经欠了他太多，四年来他细心抚养她的孩子，踏遍四国为他寻医救治，这样的债，她要怎么还哪！

冰冷暗黑的深谷，她攀着崖壁艰难行走，一遍一遍叫着他的名字，声音嘶哑而尖锐，在深谷中久久回荡不息。

这份情，她欠不起，更还不起！

命运让她重生，只是要她一次又一次地经历痛苦与绝望吗？

天色渐明，冰冷的潮水渐渐下降，她顺着水流奔跑着寻觅他的踪迹，然而目之所及了无一人，痛苦和绝望在撕扯着她的心。

也许，她真的不该再活在这世上的。如果没有她，他和无忧都可以过着平静安好的生活；如果没有她，他不会随着跳下深谷；如果没有她，他不会将珍贵如命的空气传给她，自己窒息昏迷被潮水冲走。

“修聿——”那一声声悲痛而嘶哑的声音回荡在深谷，动人心魄。

不知走了多久，她恍然看到河对岸一片白影，疯了一般朝对岸冲去。河水一个大浪打来，她瞬间被冲出数丈，艰难地挣扎爬上岸，扑过去抓着那块破碎的布。呼啸的冷风在谷中怒吼，遥远的风中传来缥缈的声音，她猛然抬起头，惶然无措地四下张望，眼泪止不住地落下。

“烟落？”低沉的声音随风而来，落在她的耳际。

痛哭中的女子如遭雷击，不可置信地愣住，四下张望。

“烟落？”声音愈来愈清晰，带着难掩的欣喜。

她颤抖着缓缓转过头去，对面的河岸边上，修聿一身破碎的白衫扶着树站着，剑眉星目，傲然如神祇。

她傻傻地望着对面的身影，惊愕地难以言语。四目相对，她笑得泪流满面，目光中难掩劫后余生的欣喜，踉跄着便往河对面跑去。

修聿猛地冲了过来，在冰冷的河水中紧紧抱住她。她埋头在她怀中，听到耳际阵阵心跳之声，温暖的呼吸在她头顶沉重地响起，心头百味交织，仿佛终于从一场噩梦中惊醒一般，像个孩子般抱着他的腰身，放声大哭起来。

他轻轻拍着她的后背，声音温如春风："没事了，过去了，一场噩梦而已。"

哭了没多久，她全身脱力地晕了过去。他心疼地擦去她面上的泪水，躬身将她抱上河岸。她的手已经伤得无一处完好，布满了深深浅浅的伤口，脸上也撞得处处青紫，脚踝一片红肿，脚底被石块扎得满是伤口。

看着这遍体鳞伤的女子，生平第一次感觉到难以复加的心痛。

他无法想象黑夜之中她是怎么样地寻找着他，缓缓伸出手轻轻握住她伤痕累累的手，声音低缓而温柔："傻丫头。"小心地将她背起，顺着河流朝下走，步伐轻缓而沉稳。潮水将她身上所带的药都冲走了，这么重的伤再不出谷救治就真的危险了。

暖暖的阳光照耀下来，趴在他背上沉睡的女子幽幽醒转，抬起沉重的眼皮半晌，恍惚了片刻，所有的记忆瞬间涌来，烟落声音嘶哑着问道："你……没受伤吧！"

他侧头淡笑，摇了摇头，道："下流的山势较低，我们可以想办法上去。"

要回去了吗？她抿着唇不再言语。

因为她的一手计划，此时沧都不知有多少人等着要他的命，说不定连无忧也……

这确实是可以除去萧家的机会，可是如今，她如何……如何还能加害于他？这四年来，他细心替她抚养无忧，将他视如己出。明知后果如何，还义无反顾跳下深谷救她……

修聿侧头望着她变幻的神色，轻然一笑："你是担心我回去应付不了？"虽然有些风险，但也不是全没把握。只要无忧安然，脱身回中州绝对不是问题。

她愕然抬眸望着他，这人眼睛太毒了，跟练了读心术似的。她抬头望向边上的河面，不自然地出声："放我下来，我自己走。"

他一侧头挑眉，瞪她："脚伤得跟爬了刀山似的，差点没废了，还闹腾什么？"

她闻言顿时秀眉一挑："伤在我身上，关你何事？"这男人跟百里行素真是一个德行，给点阳光，就灿烂得不像话了。

"收起你那些花花肠子，上去就跟我去中州，下来的时候都说好了。"他侧头瞥她一眼，语气前所未有的坚定。

"是你说的，我没答应。"她淡淡说道。

"萧烟落！"他侧头狠狠地瞪着她，"你心是石头做的吗？崖也陪你跳了，死也陪你

死了，你还想赖账？"

"是你自己要跳下来，我没拉你。"声音一如继往的淡漠无情。

"你……"他咬牙侧头瞪着她，心里那个恨哪！

一个天旋地转，转眼之间她已经从他背上到了他怀中，呼吸之间松兰似的清郁之香喷洒在她的面上，苍白的脸上泛起一丝异样的绯红，紧张地盯着他的眼睛。怔愣半晌，她一把推开他便欲跳下地，脚触地便一阵钻心似的疼。他伸手去拉她，却被带得齐齐摔了下去。

他长臂一伸将她扣在怀中，以免得她背上的伤再受撞击。她趴在他的胸前愣愣地抬头看他，一时间竟然挪不开眼。

修聿望着她低低地笑，眸子如星辰般明亮，温暖的气息将她围绕着，不似楚策的冷冽，也不是百里行素的风流，是温和而醇厚，只属于他的高洁隽永，让人心安的舒缓闲适。

他们认识的时间并不长，却又好似已经相识了很久很久一般，一个淡淡的眼神心都为之触动。

他低首，温暖的唇覆上她微凉柔软的唇，试探般地轻轻触碰。见她没有闪避，便愈发地温柔起来，辗转流连间，撬开她的唇齿，缠住她的舌。

唇齿间溢满温润的清香，她一时反应不及，傻傻地睁着眼任对方采撷。他修长的手紧紧扣着她的纤腰，暧昧的气息缓缓升腾，大手带着灼人的温度滑过她线条柔美的背脊。

理智渐渐被这份异样的温柔所淹没，仿佛坠入了迷离的梦。

他低低地叹息，一个轻柔的吻渐渐燃成了燎原的大火，温热的手悄然探入她的衣内。一阵冷风吹过，胸前一阵凉意，她瞬间惊回了所有的神智，惊惶地站起身，脚下一个不稳又跌了下来，修聿扶住她，理好她凌乱的衣衫，道："对不起！"

这个女人定是他命中的天魔星，从相识至今，有多少次他引以为傲的冷静自持面对她都无济于事。

两人并肩坐在河岸边，怔怔地望着河面，无边的沉默蔓延着。

她低垂着眼帘揪着胸中的衣襟，狂烈的心跳缓缓平息。在这个深谷，她竟然一而再地失了理智。

"我们走吧。"他侧头望了望她，眉目清朗沉静，"我怕无忧在沧都会成为楚策要挟的筹码。"

她呼吸一窒，心头顿时慌乱。以楚策的手段定然是做得出来，拿自己的骨肉威胁别人，也只有他……也只有他做得出啊！

四年前他可以将她和孩子弃之不顾，如今他们母子于他而言，也只是不相干的人而已。

修聿坚持背着她上路，然而一路之上两人都是沉默不语，他们都知道回去之后等待他们的会是什么样的局面。

沧都，中州王与相国萧赫联手追杀洛皇贵妃之事传得沸沸扬扬，有人言伽蓝寺血案乃中州王所为，一夜间烧死寺中上百僧众。

有人言，中州王企图夺取帝位与当朝相国暗中合谋，意图不轨。

更有人言，当年的冷宫大火亦是中州所为。

所有的流言都指向中州和相国府，中州王世子从沧都悄然失踪，祁连等人遍寻不得。

萧赫见风向不对，知晓楚帝意图一举除掉中州王与自己，便收敛了行动，暗中布置退路。

次日黄昏，两人终于自深谷出来，坐在山崖边看着渐逝的夕阳，忆起谷底的两天，恍然如隔世一般遥远。

铁蹄阵阵自山林中传来，楚帝与萧清越一行带领神策军将整座西川围了个严实。红衣铁甲的女子带着稚气的白衣小童策马奔驰如飞，两天两夜她都没合眼，如今终于有了小烟的消息，她如何不激动?

所有的一切……都该有个了结了!

“怕吗？”修聿侧头望着她，微笑问道。

远方的人马越来越近，她狠狠咬牙，手中利刃寒光一闪，刺向身旁正对着他笑语温柔的男子，一切快得让他来不及反应。

# 第五章　逃离西楚

他不可置信地望着她的眼睛，木然低头望向心口处握着剑柄的手，殷红的血迅速在白色的衣衫上晕染开来，温热的血喷洒在她冰凉的手背，又缓缓变凉。他望着她冰冷决绝的面容，颤抖着唇想说什么，却颓然仰面倒在了地上。

策马而至的一行人望着夕阳下的两人都不由惊愕在当场，眼前的画面，完全出乎了所有人的预料。

萧清越勒马当地，怔怔地望着崖边的一身狼狈的女子，心头涌起巨大的不安。

无忧愣愣地望着缓缓倒地的人，再望向崖边持剑而立的女子，小小的脸上瞬间血色褪尽，不顾一切地从马上跳了下来："爹爹！"

小小的身子摔下地，顾不上疼痛便爬起身来，朝着修聿快步跑去，"爹爹！爹爹！……"

无忧扑倒在地，使劲拉扯着地上的男子："爹爹，你快起来！快起来啊！你说要一起回中州的……你不要无忧了吗？"

萧清越走近前来，望了望哭得上气不接下气的孩子，心头顿时涌起无限的酸涩，移目望向一旁木然而立的烟落："小烟，你……怎么了？"

她不是一向最疼那小不点的吗？怎么会杀了他的父亲？

"爹爹！你快起来啊！无忧以后会听话，无忧再也不让自己生病，你不要丢下无忧……"无忧跪在地上使劲摇着修聿，哭得声嘶力竭。

玄衣墨发的帝王勒马停在几步之外，神情冷峻，精锐的眸子一眨不眨地望着那执剑而立的女子："萧统领，这就是你所说的真相吗？不是说中州王追杀洛皇贵妃，如今怎么你的妹妹在刺杀中州王？”

萧清越秀眉拧起，一时无言。

烟落挺直背脊，上前道：“是我杀了中州王，冷宫幽灵也是我做的，洛皇贵妃是我假扮的，朝中大臣也是我杀的。”语气坚定而决绝。

萧清越面色骤变，一把拉住她：“小烟，你疯了，你知道你在说什么吗？”她到底怎么了，竟然……竟然把这么多罪名都担下来，不要命了吗？

楚帝高踞于马上，锐眸微眯：“你说是你做的？怎么朕倒觉得你另有目的呢？”目光若有若无扫了一眼倒在地上一身是血的中州王。

“担这么多的罪名，可是死罪，烟姑娘。”罗衍出声提醒道。

她木然站在那里，听到无忧的哭泣之声，清冷的眸子微微泛红，决然道：“是我做的。”

楚帝定定地望着她，黑眸似海深沉，一字一顿道：“朕不信。”

她抿了抿唇，抬起广袖一舞，顷刻之间便换了一张脸，周围的神策营将士瞬间倒抽一口气，那不是……不是洛皇贵妃吗？

楚帝薄唇微抿，握着缰绳骤然一紧，深沉的黑眸一抹浮光掠过，转瞬便没了痕迹。

她转身朝着对面的山崖站立，缓缓敛目，素手轻扬间掷出数颗琉璃般的珠子，十指间幽幽的蓝光缠绕，长袖一挥间转过身来。身后的山瞬间化为一片火海，山海中若隐若现的宫殿，不正是那座冷宫？

“这是幻术。”她沙哑着声音说道，背后的幻像很快就消失了，抬眸望向踞于马上玄衣墨发的帝王，“现在信了吗？”

楚帝面色冷峻，漫不经心道：“这世上会幻术的，不仅仅你一个……”

“皇上不愿相信是我做的，到底是我另有目的，还是皇上你别有居心？”她抬眸直直望向玄衣帝王，语气平静却字字利若刀锋。

楚帝神色突然森冷下来，眸底杀气顿现。

萧赫在一旁仔细打量着，虽然事情的发展有点出乎意料，但如今有了那丫头抵罪，楚帝也没有借口动他了，可是那两个丫头竟然敢这样跟他做对，这分明就是想借机除了他。

这样的女儿，留不得！

无忧哭得绝望而无助，霍然转过头望向烟落，小小的手紧紧握拳。不知哪来的力气，抓起地上的石块便狠狠砸向她：“我讨厌你！我讨厌你！我讨厌你！”

他不懂仇恨，讨厌这个词是他认识中最无情的话语了。

坚硬的石块砸上她的头，鲜红的血顺着苍白的脸蔓延着。

她紧紧咬着唇，生生忍住眼底的泪，那一句句稚气的声音回荡在心里，疯狂地撕扯着她的心，痛得让她无法呼吸。

他恨她！

她的孩子在恨她啊！

萧清越怔怔地望着一脸决绝的女子，明明知道他们是计划对付中州王和萧家，临阵倒戈将所有罪名担了，不但放过了对付萧赫这只老狐狸的大好机会，还让自己身陷绝境，到底为什么？

在这千丈深谷之下，到底发生了什么，让她有了这么巨大的转变？

楚帝面色冷沉，一勒缰绳掉转马头，无情的话语飘荡在风中，字字冷冽："神策营统领萧清越与其妹萧烟落合谋杀害朝廷命官，假冒皇贵妃，刺杀中州王，其罪当诛。即日起，萧清越革除统领之职，查封上将军府，二人交由刑部处决。"

一缕阳光从窄小的窗口照入阴暗潮湿的囚室，烟落闭目靠着冰冷的墙壁，面色苍白而透明。近四年来，从未有如此踏实而宁静的感觉。

萧清越侧头望了望她，责备的话到了嘴边又生生咽了下去，脱下自己的外袍轻轻盖在她的身上，就两天而已，竟然弄了这么一身伤回来。

"姐姐……对不起！"她掀开沉重的眼帘，沙哑着声音道。

萧清越赌上了自己的所有帮助她，她却在最后改变了主意，连累她丢了前程陷入险境。以萧清越的个性，要是在别人身上早就动手揍人了，一路上却对她连一句责备的话都没有。

"对不起我什么，那狗屁上将军我早就不想做了，刑部大牢就当参观了。"她满不在乎地说道，侧头望了望她苍白的脸，秀眉深深皱起，"把自己弄得一身伤回来，到头来还替人抵罪受死，你是摔傻了是不是？"

她怔怔地望着她，唇角勾起苍白的笑容："我欠他的，终是要还的。"只是她又如何还得清，还得了？

萧清越挪了挪身子与她相对而坐，板起脸来训道："你这傻丫头，一天就想着欠了这个，要还那个。你有几条命还，就不知道为自己想一想。"语气虽然有点凶，眉眼间却是深深的心疼之色。

她抿唇轻笑，缓缓伸出手去，握住她的手："对不起，是我太自作主张，连累了你，欠你的……"

萧清越眉头顿时拧起，打断她的话："我是你的姐姐，不是你的债主，再跟我客气，我就对你不客气。"她低眉望着烟落手上细碎凌乱的伤口，吸了吸气，不容她拒绝地说道，"以后不准再跟我说'对不起'三个字，否则以后我就再也不理你了。"

烟落苍白的唇轻轻勾起，笑容如荼蘼绽放。在她灰暗的人生，还有这样一个人，这样一份温暖，无声照耀着。

她何其幸运，能遇到这样率真而美好的女子。

沉默了许久，萧清越忍不住出声问道："在九曲深谷，中州王……是救你跳下去的吗？"

她愕然望着她，缓缓点了点头。

"我就说嘛，那家伙那么强悍，不是自己往下跳，谁还能把他弄下去？"萧清越扬唇一笑道，想来那家伙是看到了小烟的真面目，跳下去救人了，看来他对小烟是真心相待了。

不然，这傻丫头也不会这般甘愿抵罪保护他。

"你快点休养好，我们才能想办法出去。"萧清越轻轻握了握她的手道。

"出去？"她愕然抬眸望着她。

萧清越闻言微一扬眉："当然要走，难道在这里等死不成？自己的命运握在自己手里，干吗要让这些不相干的人决定生死？"

烟落沉吟片刻，望了望天色，沉声言道："今晚就走。"

夜幕降临，黑暗笼罩大地，刑部大牢之中，闭目而眠的两名女子霍然掀开眼帘，眸光冷锐逼人。萧清越轻松打开了牢房的锁，一人先行走到前面，听到喘气的就杀，身手迅猛绝伦。

烟落紧紧跟在其后，望着前面的背影，这个姐姐啊，总是什么危险都去挡在她前面！

两人很快便冲出了刑部的大牢，狱卒们被逼得连连后退。当朝上将军是何等的人物，又岂是他们拦得住的？

"我引开他们，你去取红绡备好的马匹，北城会合。"萧清越头也不回地说道，手中的铁索虎虎生风，生生给她打开了一条道。

她闻言点了点头，几个起落便消失在夜色之中，身后竟无一人追来，一路穿街过巷，疾行如风，来到红绡藏马的地方，竟然是……从前的洛府。

曾经温暖的家园，只剩残垣断壁，荒草萋萋。那一把火烧了她所有的幸福和希望，从此踏上血泪交织的人生。

遥远的记忆如潮水般涌来，那一张张面容清晰地浮现在脑海，震得她五内俱痛。

她深深吸了吸气，屈膝跪地，头重重地磕在地上："爹，娘，烟儿回来了！"

断壁后传出异样的响动，让她赫然一惊，身形快如闪电奔至断壁之后，却空无一人。

难道是她看错了？她明明听到了有人在这里！

萧清越一路与官兵搏杀至北城门口，听到夜风中传来的马蹄声，眉眼间扬起微微的笑意，只要没有神策营，就凭这些人哪是她的对手！

背后一阵急促的脚步之声让她的心猛然一紧，从街边的小巷中数千官兵一涌而出。

城门轰然闭上，周围火光如昼，急促的脚步声阵阵传来，转眼之间四周密密麻麻出来上千官兵，她俨然成了瓮中之鳖被困在其中。

萧清越猛然回头望向城墙之上，萧赫缓缓步出："竟然敢从刑部大牢里逃走，胆子真是不小。弓箭手何在？"

话音一落，数千将士齐齐搭箭拉弓，月光下铁黑箭头发出冷厉的光芒，一片肃杀与沉重。

萧清越心狠狠一沉，拧眉咒道："老东西，你故意的。"

在刑部大牢他还会顾及着皇帝不会对她们下杀手，但只要她们越狱逃跑，他便有借口将她们就地正法，所以……所以刑部大牢的守卫那么松，让她不费吹灰之力就逃了出来。

"你们这两个逆女，竟然胆敢弑父，天理难容。"萧赫语气冷厉，杀意尽现。

"天理？"萧清越冷然一笑，"这世上要真有天理，你这老东西早该下十八层地狱了。我和小烟可不会成为你的棋子。"

萧赫缓缓从城墙步下来，一字一顿道："不听话的棋子，不留也罢。"

萧清越手微微一紧，扫了扫周围的弓箭手，听得越来越近的脚步声，嘶声吼道："小烟！快走！"

"放箭！"萧赫声音阴冷骇人。

乱箭如雨中红衣劲装的女子矫若游龙，手中铁索虎虎生风，生生将箭阵给挡了下去，抬眸望了望长街尽头的身影，高声吼道："快走！……啊！"手中动作稍一迟滞，一箭射中她后背。

烟落一咬牙策马奔驰而来，寒星小剑呼啸而出，血光一片，下马一把扶住身形不稳的萧清越："姐姐！"

萧清越面色惨白，冷汗淋漓，侧头便吼："叫你走，谁叫你过来的！"老东西就是等着她们来送死，她还傻傻地跑过来。

烟落望着她背后的三支利箭，狠狠咬牙望向萧赫，长袖一甩，寒星小剑携着千钧之力直直刺向他的面门。萧赫一把将身旁的士兵推到身前，寒星小剑生生贯穿那人的头颅，一道黑影一闪将萧赫一把拉开："老爷！"

"罪犯越狱，就地正法。"萧赫森冷着声音喝道。

数千人，齐齐拉开弓弩瞄准中间的姐妹二人，只要一声令下便可将两人生生射杀。萧清越狠狠擦了擦唇边的血迹，扫了一眼众人，眸中掠过一丝冷嘲。

萧赫身后的副将拱手上前道："相国大人，她们到底是你的女儿，你……"天下有哪家的父女像他们这般仇深似海，要杀个你死我活。

"林副将，你这是何意？"萧赫面色一沉。

西楚文臣多是与相国府交好的，但武将和所有的兵力都是由大将军王和皇帝直接掌管。这些人都是曾经上阵与萧清越打过仗的，西楚第一女将，用兵之道鬼神莫测，军中哪个不是敬重不已，如今要他们下杀手，如何忍心？

“萧统领多次立下汗马功劳，是个难得的将才，这……”林副将进言道。

烟落侧头望了望身旁的女子，敬佩之情油然而生。一介女子能在军中让这些铮铮男儿这般敬重，何其壮哉！

“林海，你们这份心，我萧清越领了！”萧清越高声道，“不必求那老东西，他是没有心肝的，早就算计着……要我们的命了，咳……”说话间又咳出一口血来。

“姐姐！”烟落担忧地问道，心中满是自责。若不是为她，她怎么会被革职入狱？又怎么会中箭受伤？她为一己之私连累了姐姐，她不但没有半句责怪，还这般不要命地护着自己。

萧清越一脸血污冲着她笑：“没什么大不了，死了下辈子还做姐妹。”

萧赫眸光骤寒，不杀她们，早晚也会让她们给杀了，一扬手道：“放箭！”

正在此时，北城的城门轰然打开，所有人都不由惊怔在当地，一辆金丝楠木造就的马车缓缓驶进门来，修长优美的手轻轻掀开车帘，露出神祇般线条精致的侧面。

萧赫见马车一停，面色骤变，躬身跪拜：“参见吾皇，万岁，万岁，万万岁！”所有将士一愣，收起弓箭跪拜行礼。

一双冷漠深沉的眸子扫了一眼众人，目光落在烟落身上。烟落清冷的眸子直视着车内的人，神情傲然，平静得似是看着一个全然陌生的人。

“启禀皇上，二人身犯重罪，趁夜杀人越狱，拒不受捕，依法就地处决。”萧赫上前禀道。

楚帝闻言眉梢微一扬，移目望向萧赫，目光犀利而迫人：“萧大人，刑部由你一手管制，连两个人都看不住？”

“臣……”萧赫一时无言以对。为免夜长梦多，他故意让刑部守卫放松，让她们逃出来，以此为借口亲手将其就地正法，以绝后患。没想到楚帝会突然出现，倒反过来责怪他管事不力。

“罗将军，帮相国大人将人带回刑部大牢，好好看管。”楚帝望着萧赫，一字一句说道。

罗衍闻言高一扬手，后面的神策营士兵上前几人：“萧统……萧姑娘，请！”

楚帝马车直接回了皇宫，罗衍带着人押着她们往刑部大牢里送，烟落望了望萧清越背后大片的暗红倒抽了一口冷气：“姐姐！”

“放心吧，她死不了。”罗衍上前劝慰道。

萧清越闻言一扬脸，望向马上的罗衍道：“你都没死，我哪舍得先你而去啊！”周围的神策营将士闻言，憋笑不已，一脸同情地望向马上脸色阴沉的男子，可怜的大将军王又被调戏了。

“早知道让你死了干净。”罗衍冷声哼道。

“老罗，你这么够意思，英雄救美，我考虑要不要以身相许报答一下。”萧清越目光中满是戏谑。

烟落不由摇头失笑，不过现在她们暂时也安全了。

“萧清越，你这女人真是……无可救药！”罗衍咬牙切齿道。

周围押送的神策营将士终是憋不住笑出了声，萧统领永远都是大将军王罗衍的克星哪！

“烟姑娘，我们扶着萧统领。”两名铁甲卫士上前道，看她也伤得不轻，扶着人也略显吃力。

萧清越眉眼微沉：“不知道男女授受不亲哪？”微一抬头，望向罗衍，“把你马借我骑！”

罗衍勒马停住，面色阴沉：“你是女人吗？”一个能带着手下上青楼的人，还是个女人吗？神策营上下可没有谁把她当女人看的。

“你不信，试试不就知道了。”萧清越暧昧地眨了眨眼。

罗衍顿时气得脸红脖子粗，下马将她扶上马背，却惹来她大叫：“老罗，你别趁机占我便宜行不行？”身后顿时暴笑一片。

重回到刑部大牢，罗衍帮着换了间干净的囚室，烟落扶着萧清越进去趴在床上：“这箭要拔出来，你忍得住吗？”

“要帮忙吗？”罗衍站在牢门处出声。

萧清越闻言侧头望去哼道：“滚蛋，你是要帮忙还是想偷看我脱衣服？”

罗衍气结无语，身后的一将士上前道：“我这儿还有金创药。”

“有酒吗？”烟落出声问道。

外面另一个闻声取下酒囊递来：“我这儿有。”

烟落感激一笑，心中也深深为萧清越与神策营之间的这份情谊所动容，将寒星小剑以酒清洗擦拭，划开萧清越背后的衣服，将整个背都露了出来。还没下手便听她喝道：“你们谁敢偷看老娘背，小心我挖了他的狗眼。”

罗衍翻了翻白眼，出了牢门背对而立，后面传出鬼哭狼号的声音。

烟落重重舒了口气：“好在箭上没毒。”

萧清越狠狠一拳捶在床上：“老东西，这仇不报我就不是萧清越！嗞——”扯到伤口，疼得她倒抽一口气。

烟落一把按住她的肩膀，温声道：“血刚止住，别动了。”

“有仇你也下辈子再报吧！”罗衍冷冷地哼了声，便转身欲走。

萧清越毫不掩饰自己的意图：“我可不想死在这里，让那个老东西得逞。”明明白白地告诉他们，她打定了主意要越狱。

罗衍背影微一滞："刑部之事不归本王管制，你们自己小心。"说罢大步出了囚室。

夜色中殿宇林立的皇宫，庄严而肃穆。

风微凉，一袭玄衣龙纹锦袍的帝王立于皇极大殿外，衣襟轻拂，墨发飞扬，望着殿宇连绵的皇宫，眉眼间是抹不开的浓重。

冯英远远地站着微微叹息，远远看到一身青色常服的罗衍走来，举步上前道："皇上，大将军王来了。"

楚策听到罗衍走近前来方才出声："送去了？"

"是。"罗衍躬身回话道，沉吟了片刻道，"只怕萧赫不会那么轻易罢手。"

"中州王那边动静如何？"楚策负手回身，朝着大殿内走去。

罗衍随在其后，回道："中州已经有人将他们父子二人接走了，就这样放他们走吗？"

楚策默然，刚毅的唇角勾起冷然的弧度："他可不是那么好对付的！"在他还未登基时，他的这个小皇叔就已经名动天下了。当年中州王若有心争夺帝位，如今站在这里的人，就不会是他了。

中州王与西楚相辅相成，而现在还不是拔除这股势力的时候。

沉默了许久，楚策问道："你说……她为什么要那么保护中州王？"

之前明明计划着要借刀杀人，对付中州王和萧家，却在最后一刻放弃自己，担了所有罪名。那一剑并未伤及要害，她医术过人，定是用了药才让人一直昏迷，别人看不出，他还会看不出吗？

中州，这股足可以撼动整个西楚的势力，到底有多庞大，他不得而知。

它既非敌，也非友。它保护着西楚，却也威胁着西楚，就像是一把悬在他心口上的刀，不知道什么时候就会给予他致命的一击。

"这一次计划落空，还白白损了一员上将军。萧赫那只老狐狸已经有所防备了，皇上有何对策？"罗衍担忧地出声，并不待见萧清越那女人，不过她战场上的本事，他还是佩服的。

"等。"楚策眸光冷锐逼人，"有防备他才会动手，只要他动手，咱们就有机会。"

"是。"罗衍沉声回道，沉吟片刻又道，"刑部不属臣管制，萧赫已经知会刑部尚书，要是动什么手脚的话……"

楚策闻言微震，眼底有一闪而过的思绪，沉默良久后道："不必插手了。"

次日，刑部贴出布告，原神策营统领萧清越，其妹萧烟落杀害朝廷命官，假冒皇贵妃，刺杀中州王，罪大恶极，三日后处斩。

夜幕悄然降临，天牢格外的阴冷，刑部防着两人再度密谋越狱，将她与萧清越分开关押。

烟落被一阵脚步声惊醒，霍然睁开眼，看到萧赫带着人缓缓走过，冷冷地瞥了她一眼便径自离去，到了萧清越的囚室中。

熟睡的女子霍然睁开眼，还未来得及出手便被人点了穴道动弹不得，她咬牙望向站在门口处一脸阴鸷的萧赫："你干什么？"

"为防她再度越狱逃脱，将她的手筋脚筋都挑断！"萧赫面无表情地说道，他不能在这里动手杀她，但她绝对不会乖乖上刑台。

萧清越不可置信地瞪大了眼睛，只觉眼前寒光一闪，手脚传来尖锐的痛。从此，她就真的成为一个废人了，再也拿不起刀剑，再也保护不了任何人。

凄厉的惨叫声传来，烟落的心骤然一紧，那是……姐姐的声音！

"萧赫，你这个魔鬼，总有一天……总有一天我会亲手杀了你。"萧清越含恨嘶声吼道。

那悲痛而凄厉的声音狠狠揪着她的心，她扒在门口处，高声唤道："姐姐！姐姐！你怎么了？"

然而，只有她的声音在空气中回荡，没有人回答她。

她紧紧抓着门，焦急地出声："姐姐！姐姐！你怎么了？快说话！快回答我！"

她大力地拍打着门，悲愤地吼道："萧赫，你对她做了什么？！"

萧清越仰面倒在地上，面色惨白一片，手脚处被割开细细的口子，嫣红的血缓缓流出。她死死地咬着牙，听着烟落一声声焦急的呼唤，倔犟的眸子瞬间泪如泉涌，调整呼吸道："小烟，我没事！"

那傻丫头要是看到她这副模样，还不得内疚死，那是她最疼爱的妹妹啊！

妹妹是她在这个陌生时空唯一的温暖和执著。前世她无力保护自己的妹妹，如今的局面，仿佛又是一个生命的轮回，只是转换了时空。

听到她的声音，烟落微微松了一口气，一颗心还是悬着放不下来，巨大的不安涌上心头，无力地靠着门滑坐在地，喃喃念道："千万不要有事，千万不要……"

萧赫带着人离去，整座天牢陷入了沉寂。

"姐姐，要是出去了，我们去关外吧，听说那里的夕阳特别的美！"她扒在门口高声说道。

萧清越闻言，深深吸了吸气，大声回道："好啊！大漠里有片绿洲叫月牙湾，那里的葡萄酒……特别香醇，出去以后，姐姐带你去。"

整整一夜，她不断地跟萧清越说话，直到嗓子都沙哑了也不愿停声，她只是在害怕，害怕听不到姐姐的声音，害怕她真的出事……

然而她又如何知道，此刻的萧清越在承受着怎样的痛楚？

她异世穿越而来，而她含恨重生于世，也许是命运的安排，让这两个红尘飘零的孤魂相遇，一生相连。

上天让她承受了世间最残忍的背叛，又让她遇到了世间真诚善良的灵魂。她们不是姐妹，却胜过姐妹，不是亲人，却胜于亲人。

在这个夜晚，在这阴冷的天牢之中，她的命运悄然开始转变……

中州王遇刺之事传入中州，举城沸腾，刺杀中州王，简直不将中州放在眼中，中州人纷纷磨刀霍霍，欲与西楚一争。

虽已至深夜，中州的王府之外却是灯火如昼，城中百姓聚集在王府之外有愤恨，有担忧的，等待着中州王的消息。中州男女老少个个都善武，亦因此这座城才是那样坚不可摧。

王府松涛阁，床榻之上的男子面色微微苍白，已经一连数日沉睡不醒。无忧一双眼睛又红又肿趴在床边，小小的脸上满是疲惫之色。

一身锦绣红衣的阴柔男子闲步走了进来，望了望祁连问道："还没死吧！"

"祁月！"祁连不由声音冷沉了几分，望了望内室道，"祁林在里面处理伤势！"

祁月点了点头，一撩衣袍落座："堂堂的中州王竟然让一个女人捅了抬回中州，丢人哪！"

祁连瞥了他一眼，知道这家伙一向毒舌，便懒得与他争论。

"跟我说说，是什么女人竟然厉害成这样，连我们英明神武的中州王都招架不住了。"祁月放下手中的茶盏，一脸八卦兮兮地问道。

"祁月！"祁连沉声喝斥，"王爷现在昏迷不醒，你还关心这些？"

"快说啊，我都好奇死了。"祁月一脸期待地望着他，丝毫没有为里面的人担心的样子。

正在这时，祁林从内室掀帘而出，祁连迫不及待地问道："怎么样了？"此事事关重大，在西楚境内都不敢寻医救治，一路马不停蹄将人带回了中州。

"伤口虽在心口处，但避开了要害，并无大碍。"祁林平静地说道。

"以王爷的身手这样的伤怎么可能这么多天都没醒来？"祁连忍不住问道。

"因为伤口处下了特制的药，足足可以放倒十头牛了，只是睡着了而已。"祁林道。

"噗！！"祁月一口水没稳住，喷了出来，这算哪门子的刺杀？

祁林对他的行径已经司空见惯，索性无视，道："我已经施针输散这些药力，再过两个时辰就会醒了。更让人担心的，怕是世子，怎么说都不肯走。"

祁连微微松了口气，想了想此时的沧都，眉头不由皱得更紧。祁月瞥了他一眼，起身到内室，看到无忧红着眼睛趴在床边，肩膀微微抽动着，上前轻声安抚道："无忧听话，快去睡觉去，这里有我们照看呢。"

"我要等爹爹醒来！"无忧抬袖擦了擦脸上的泪，坚持道。

祁月无奈，二话不说直接点了他的睡穴扛走，放到一边的软榻上安置好。

晨光熹微，床榻上的男子醒转，望着熟悉的帐底，记忆瞬间回笼，翻身下床疾步出了内室，高声道："祁连，什么时候回来的？她人呢？"

三人惊愕得望着冲出来的人，一身素白的里衣，连鞋都没穿。

她？

祁月愣了愣神，出声道："王爷是说西楚的上将军，还是她妹妹，不过我听说她们已经入狱，三个时辰之后就要执行斩首之刑。"

修聿闻言神色骤变，整个人一颤："备马！"他就知道她这个傻丫头打的什么主意，她还真当他对付不了楚策？

祁月望着他变幻的神色，唇边勾起若有若无的笑，他们这从不贪恋美色的中州王竟然因为一个女人着急成这样，他不由对那女子更是好奇了："还有三个时辰，就算王爷肋生双翅也飞不去啊！"

"王爷，当时世子已经被楚帝带了去，烟姑娘这么做也是……"祁连上前道，如今想来她并非是真的要刺杀他，只是为了让他们父子脱身离开。

"连自己的女人都保护不了，我还是个男人吗？"修聿面色铁青。

可是三个时辰，从中州到沧都最快也得三天，他哪里……哪里赶得及啊！

自己的女人？！

祁月摸着下巴，分析着这几个字的意义。

"爹爹！"无忧听到响动，哭着从里面跑出来，也是一身单衣，赤着小脚。父子两个站一块，好不和谐。

修聿一把抱起他进到内室，转身更衣，无忧站在榻上泪眼汪汪地哭道："爹爹，你不要去找烟姑姑了，她是坏人，她要杀你，我不要她做我娘了，不要了……"

他快速穿好衣服，坐到榻边擦了擦无忧脸上的泪痕，郑重言道："无忧相信爹爹，烟姑姑不是坏人！"说完便快步出了门。

祁月拉住要追出去的无忧，为免麻烦直接点穴塞到床上。走到门外，伸了伸懒腰，准备回房补眠，祁林站在他背后道："你派人去了沧都？"

祁月闻言转头一望："我就是好奇一下凶手是什么样，想让人抓来瞧瞧而已！"这几个月他坐镇中州，而中州王父子一路发生的事他都了若指掌，又如何不知道那个女人？算准了修聿会有这样的反应，早派人去了沧都。

祁林闻言淡然一笑，虽然这个家伙好色又毒舌，几乎集齐了男人所有的劣根性，但只有一点好处，脑子够使，深谋远虑。

沧都，时值正午，阳光明亮得刺眼，四周戒备异常的森严，烟落望着被两名差役架着拖出来的红衣女子，面上顿时血色褪尽："姐姐！"

看到手脚刺目的血迹，心狠狠沉了下去，那伤是……是被人挑了筋脉啊！

"姐姐！姐姐！"她发疯似的挣脱身旁押着她的差役，冲了过去。

她是那样骄傲的女子，她是威风凛凛的第一女将，如今一身武艺被废，她的骄傲与自尊，怎容得人这样践踏！

萧清越苍白的面容勾起笑容："姐姐没事，没事！"

烟落快步奔上前去，推开押着她的人一把扶住她，泣不成声："对不起！对不起！对不起！……"纵是千千万万句对不起，又如何偿还得了这份付出?

她为她反出萧家，为她从上将军沦为囚徒，为她受三箭之伤，为她……一身武功尽废。

烟落惶然无措地背起她："我们这就走，我一定会治好你，一定会……"

萧赫见状，站起身喝道："来人，拿下！"让她们逃了，将来他便再无宁日。

数百精兵一拥上前，高台之上弓箭手搭箭拉弓，生生将二人围在了中央，萧清越咬着牙低声道："小烟，你一个人走。"

她还有重伤在身，带着她如何逃得出去?

"姐姐护了我这么多次，这一次就让妹妹保护姐姐。"她侧头望她，目光坚定而决绝。

扬手一挥间，七彩的琉璃珠子射向空中，转眼之间场中出现无数道两人的身影，真假难辨。

她带着萧清越迅速朝着场外的人群奔去，高声唤道："红绡，接着！"将萧清越大力推开。

话音一落，人群之中身着紫衣劲装的女子一跃而起，长鞭一舞将萧清越带了出去，所有的一切快得只不过是转眼之间的工夫。幻像消失，只剩素衣女子立在刑台之上，广袖翻飞，青丝乱舞，眸子冰冷而嗜血。

"追！"萧赫下令。

拥挤的人群骤起动乱，百姓争相跑开，生生将追出来的官兵给冲散，转眼之间哪还有红绡和萧清越的身影。

刑台之上只见白影如幽灵般移动，所过之处血腥一片，没有朝外逃走，而是冲向了监斩台，拖住这里的人，为红绡她们出城赢得时间。

手中一杆长枪进退回旋，有如蛟龙出海，萧赫目光愈加冷寒。这个丫头倒是藏得深，这身手与萧清越不相上下，却比萧清越更冷静，心机更深沉。让她们逃脱，将来必是心腹大患。

"弓箭手何在？"萧赫怒声喝道。

乱箭如雨从四面八方破空而来，隐在人群中的几道人影正欲出手，便见一道白影疾掠而来，仿若踏云而来的仙神，漫天的箭矢竟生生一顿坠了一地。一道白影快如闪电在她周围一晃，围着她的数人瞬间倒地，白色的小兽扑进她怀里，吱吱直叫。

百里行素飘然落地："我这才走几天，你就把自己整得惨兮兮的，离了为师，你可怎么活？"说话间一搂她的腰，腾空跃起数丈之高，落在远处一匹白马之上，扬尘而去。

从此，萧氏姐妹二人成为西楚王朝钦犯，全国通缉。

# 第六章　北燕皇陵

骏马疾驰如飞，百里行素一手搂着她，一手持着缰绳。他唇若樱花，勾着魅惑的弧度，低眉瞧了瞧她道："连城和连池已经去接她们了。"

她抿了抿唇，抬眸望着他问道："她……能治得好吗？"

萧清越，那个本该如阳光一样耀眼的女子，在这孤独人世带给她亲人般的温暖和爱护。明明自己承受着痛苦与绝望，还对着她笑言安慰。昨夜牢狱中的话一声一声在耳际回响，震得她五内俱痛。

出了沧都，看到停在官道处的马车，红绡立在马车边上，百里行素搂着她翻身下马。她一瘸一拐地跑过去，手忙脚乱地爬上马车，一把抱住面色苍白的红衣女子："姐姐！"沙哑而低柔的声音包含了多少无言的感激与感动。

像烈焰一般的女子靠在她的肩头，泪流满面。无声拥抱，带着难以言喻的激动，浓烈得让人揪心。立在马车外的红绡眼眶红红的，那么好强的小姐，竟然被人废了，如何心甘？

"我不管，治不好我，你就得养我一辈子。"过了许久，萧清越一脸赖皮地说道。

烟落笑着点了点头，带血的手抚了抚她手腕处的伤，满眼的愧疚与心疼。

百里行素掀开车帘道："行了，再哭下去，耽误了就真没救了啊！"

"有办法治好吗？"烟落一脸狂喜地问道。

"连个残废都治不好，传出去我百里行素还怎么混？"百里行素笑意盈盈地说道。

"说谁残废呢！"萧清越怒声喝道，"你死哪儿去了，早些回来，姑奶奶至于受这份罪吗？"那声音吼得，哪像一个重伤之人？

“要不是看在你是我心爱徒弟的姐姐份儿上，我才懒得搭理你。”百里行素毫不客气地还以颜色。

心爱？！

萧清越听到那刺耳的词，顿时气得咬牙。

轻风携着花香吹入马车之内，百里行素侧头瞧着靠着马车沉沉睡去的女子，有点圆滚的小兽摊开了四肢趴在她身上睡着，发出微微的鼾声，好不舒服。

他樱花般的唇勾起魅惑的弧度，探手让她靠在自己怀中，垂眸间看到她脖颈间青紫的痕迹，抬手微微拨开她的衣领，莹白如雪的肌肤上青紫的吻痕格外刺眼。狭长的凤眸微微眯起，唇角的笑容悄然逝去，扯开她的衣袖，光洁的小臂上朱红的守宫砂赫然映入眼帘，微不可闻的声音吐出一个名字：“楚修聿！”

突然之间他发现，三年来他竟然真的对她一无所知，假冒皇贵妃，将楚帝、萧家、中州王都推到风口浪尖上，她到底想干什么？

最后关头，又甘愿承担所有罪名，让中州王父子二人脱险，在那深谷之中到底发生了什么，让她一夕之间有了这么大的转变？

三年之前，她遇到楚帝的那一夜异常的反应一直萦绕心头。直觉告诉他，他们之间一定有着什么。

那样精妙高超的幻术，她又是从何处学来？

无数的疑问涌上心头，怀中这看似柔弱却坚强的女子，越来越像是一个难解的谜。

他修长优美的指轻轻抚过她微蹙的眉，抚过那块刺眼的胎记，恍然间发觉这个看似丑颜的女子却是有着一股难言的吸引力。

她有着水一般的温柔，又有着钢一般的坚强，聪慧却内敛，冷漠却善良。也许真正的倾城之姿，并不是精美的皮相，而是来自这种灵魂深处的光华。

一路上从百里行素口中得知，要在十天之内拿到另一株金线莲来医治萧清越的伤势，一行人当即马不停蹄赶往北燕。

燕京，繁华如昔。

望月茶楼上，百里行素抿了口茶，支着下巴笑意盈盈地打量着坐在对面的男子，那平凡无奇的面容上一双眼睛格外清澈动人。周围的茶客看着宛若仙人的男子直勾勾地盯着一个男人直瞧，都不由欷歔，这样绝美的男子竟然有着断袖之癖，世风日下呀！

烟落听到周围的议论之声，轻轻咳嗽了一声，瞪了百里行素一眼。她不想引人注目，偏偏眼前这个俊美得令人发指的家伙天生就是吸引人目光的，害得她也受牵连。

天色一黑，趁着刑天还未回府，二人悄然潜入府中。烟落迫不及待在房中翻找，百里行素却悠闲自在地打量着屋内，好似是来参观的一般。屋内陈设，简单却不失精致，除了兵书和刀剑，就是一副棋盘，一卷棋谱。

“这家伙一点生活情趣都没有！”百里行素评论道。

烟落气结，真不知道他跟来是干吗的，不帮忙不说，净添乱。

正欲出门换地方再找，百里行素突然一拉她，低声道：“有人！”话音一落，打开边上的一只大箱子便拉着她钻了进去。

刚一进去，便听得有人推门而入的声音。她侧耳听着外面的动静，目光警惕，丝毫没有发现此时两人的动作是多么暧昧。

狭窄的空间内，气温越来越高，她额头沁出细细密密的汗，幽幽的桃花香弥漫在空气中，几乎整个人都趴在百里行素身上。

百里行素的气息渐渐炙热起来，体内的情火无声无息地燃烧，一种难以抑制的冲动袭上心头。两具火热的身体交叠在一起，难言的尴尬与暧昧。一滴晶莹的汗液顺着她的下巴，滴落在她的唇角，瞬间燃起燎原之火。

百里行素再也按捺不住，抬头狠狠吻上她的唇，狂野而霸道，双手熟练而略带挑逗地滑进她的衣衫……

烟落脑海中“嗡”地一声，一片空白。

百里行素想到她脖颈处青紫的痕迹，霸道地撷取她樱唇的柔软，火热的手覆向胸前的温软。她拧着眉一把按住他的手，狠狠咬了他的唇。她的挣扎更加刺激了他，唇齿纠缠间溢满血腥的味道……

她顿时恼怒，寒光一闪，袖中小剑抵上百里行素的脖子，目光冰冷而凌厉。百里行素迷离的眸子渐渐清明，怔怔地望着眼前衣衫凌乱的女子，默然抬手将她的衣衫整理好。

刑天打量了一下屋内陈设，精锐的眸子微微眯起，身后一阵微不可闻的响动，腰际长剑猛然而出，朝着木箱劈去。几乎在他出剑的同时，百里行素拉着她一跃而起，人还未落地，那木箱轰然碎裂，碎帛漫天，飘飞若雨。

刑天剑锋一转逼近前来，百里行素广袖一挥，带着她破窗而出。刑天跟着便追了出来，剑锋直指两人：“百里行素？！”

他在西楚沧都救走了萧烟落和萧清越姐妹二人，跑到燕京来做什么？

刑天移目望了一眼百里行素边上身形瘦小的男子，一双冷如寒星的眸子撞入眼帘，似曾相识。难道……是她？

山林中的交手，初云宫中搜查，赤水平原交战，一幕幕从脑海中疾掠而过。

“二位有何贵干？”刑天面色冷沉道，竟然跑到他府里来了，看来是要有大麻烦。

百里行素耸耸肩，神色坦然言道：“想借贵国的金线莲一用。”

烟落微一拧眉，不可置信地望向他，竟然就这么坦白地说自己是来偷东西的，百里行素，你搞什么？

刑天冷哼一声：“阁下不会不知道，我国的金线莲已经被中州王所盗。”目光扫了一眼烟落，帮凶就在这儿，还明知故问?

百里行素一眨不眨地盯着对方的眼睛，道："不巧得很，我听说金线莲是并蒂双生，应该……还有一朵吧！"

刑天面色微变，此事除了皇族之人和他，甚少有人知道，他们怎么会知道?

"那让你失望了，金线莲确实已经没有了。"刑天道。

百里行素沉吟半晌，道："哦！那我找错地方了。"言下之意是藏在了别的地方，转身便准备离去。

"阁下当本将的府第是想来就来，想走就走的吗？"刑天锐眸微眯，手中长剑杀气顿生，朝着百里行素直刺而去。

百里行素却瞬间一跃而起，落在了剑尖处，笑意盈盈道："难不成刑大将军要留我们吃晚饭不成？"说话间瞥了她一眼。

烟落立即心领神会，转身几个起落便出了将军府，消失在茫茫夜色之中。百里行素与刑天二人交手数十回合，胜负难分，便扬唇一笑道："刑大将军，不如咱们打个赌如何，我三天之内必取金线莲。"

刑天收剑喝道："我赌你空手而归！"

百里行素含笑转身，眨眼之间便没了踪影。

温婉柔美的女子端着托盘，盈步而来，小心翼翼地望着院中持剑而立的英武男子："将军，妾身特地做了些糕点，你要不要试试？"那张面容赫然就是初云宫那个浴池中的宫女。

女子眸中难掩爱慕之意，不知道自己是交了几辈子的好运，竟然可以不再为奴，嫁给北燕第一大将，这样的荣耀羡煞了燕京多少女子。

刑天侧头怔怔地望着她，又似是在透过她看另一个人，目光深邃而幽远。纵然是那张脸，但却是绝然不同的两种感觉。眼前的女子柔弱怯懦，而她是看似柔弱实则刚强，聪慧又内敛，眼前这唯唯诺诺的女子又怎及得上她千分之一?

女子见他一直盯着自己瞧，俏丽的面上染上红晕。她从去年便入府了，但到现在他也未碰她，若是今夜能成好事的话……她盈盈步上前去，娇声唤道："将军！"

刑天神思瞬间回笼，转身冷声道："明日到管家那里取五百纹银，出府另寻人嫁了吧！"

无情的话语恍若晴天霹雳，女子手中的托盘颓然摔落在地，精致的糕点滚了一地。她跪地抓着他的衣袖，哭得梨花带雨："妾身哪里不好，将军为何要赶我走？"

这么好的男人，这么安逸的生活，任是谁也不愿放手离去！

刑天闻言，转身缓缓抬手揭去她面上薄如蝉翼的面具，一张平凡无奇的面容暴露出来。女子惊恐地垂下头去，全身不由颤抖起来，欺骗当朝大将军，只怕她十条命都不够。

他手骤然一紧，薄薄的面具顷刻间化为碎屑，随风飘飞：“是谁让你假扮，本将也不追究，自己走！”说罢头也不回地离去。

夜间的燕京灯火明亮，身形单薄的男子疾步而行，百里行素很快追了上来，跟在她身后几步，面上是与平日全然不同的沉重，走了几步忍不住步上前去：“方才……”

烟落冷冷地甩开他的手，语气平静，言辞铮铮：“百里行素你风流也好，玩世不恭也罢，那是你的事。我感激你收我为徒，对我这几年的照顾，但请你不要再跟我来这一套。否则，你我师徒情尽。”

平日玩笑轻薄也就罢了，可是方才的事，哪还是玩笑?

百里行素面色沉沉，狠狠抓住她的手腕，目光落在她脖颈处那若隐若现的痕迹上：“你就那么厌恶我的触碰，要是那姓修的你就甘心接受，是不是？”

她眸光冰冷，望着眼前的人，一字一句道：“你是我师傅，我尊你敬你，但我不是你风流的玩物。百里行素，别逼得我们连师徒都没得做！”

百里行素默然，玩世不恭的目光中似又隐藏着无言的深情，颓然松开她的手，看着她消失在茫茫人流之中。

烟儿，你可知道?

红尘辗转，我也愿陪你同行！

月光如华，夜风清凉。

大将军府，一身藏青长衫的男子迎风舞剑，进退回旋间有如苍龙出谷。峰回路转，奇峰突起，风中暗香沉沉，刑天收剑道：“来人，备马，本将要进宫。”

暗处一双亮若星辰的眸子眨起微微的笑意，方才出去转了一圈，她猛然明白了百里行素那番话的用意。既然已经放下话来说要取金线莲，刑天和燕皇便会有所警觉，从而加强防备，那就等于是给他们带了路。

烟落悄然出了将军府，无声无息潜入到北燕皇宫之内，等待着刑天的到来。

天华殿，灯火明亮的殿堂内，燕皇盘坐在紫檀软榻上看着奏折，榻褥亦是清一色的明黄，高贵而庄严。

“何方，什么时候了？”燕皇低沉威严的声音打破了殿内的沉寂。

“回陛下，丑时二刻。”手执拂尘的太监总管上前回道，“皇上你该歇着了。”

燕皇合下手中的奏章，捏了捏发疼的眉心，叹息出声：“去到西楚的人还没消息吗？”

何方端着茶躬身上前，语气平静道：“还没有，陛下你太心急了，十五年都等了，就这几日等不了了？”

燕皇接过茶盏，抿了口茶，声音带着微微的喜悦：“就是因为等了十五年，才会这么迫不及待。”

烟落贴在大殿之顶，侧耳听着殿内的动静，虽然对北燕不是很了解，但认知中燕皇也算是一代明君，可是跟西楚又有什么关系?

“陛下，大将军求见。”内侍进殿出声道。

“天儿?”燕皇微微拧眉。

何方接过燕皇手中茶盏放下，出门宣刑天进殿。

刑天是燕皇养子，虽不是亲生，却甚得燕皇厚爱，北燕一半的兵权都掌握在他手中。但他既不恋权，也不恋美色，战绩卓然，燕皇曾有意封其为王，却被他拒绝。

“臣参见……”刑天进殿行礼。

燕皇挥了挥手，笑语道：“行了，这里又不是上朝，见什么礼，过来说话。”虽不是亲生，却比他那些亲生的皇子都争气，“这么晚了，有何事?”

刑天怔然片刻，走近榻前：“一个时辰以前，有人光临了臣的府第，扬言要盗取金线莲。”

燕皇眸光骤然锐光一闪：“什么人?”去年中州王潜入北燕已经盗走了一株金线莲，如今又有人来，莫非当他北燕是草药园子不成?

“百里行素。”刑天坦然言道，沉吟片刻继续道，“数日前，他在西楚沧都救走了假冒洛皇贵妃、刺杀中州王的萧家四小姐萧烟落和前西楚上将军萧清越，估计他们都来了北燕。”

上一次让中州王盗了金线莲，还被萧清越耍了一道，这份奇耻大辱，他怎会忘?他们倒好，竟送上门来了。

燕皇眉头皱起：“如今那两人都被西楚通缉，竟是跑到北燕来了。这是唯一一株金线莲了，你自己好生处理便是，只是百里行素这个人与那中州王一样难缠，你自己要小心应付。”

此事，他大可不必来向他禀报，自己便可以处理，但刑天一向行事之前都会向他知会一声。也正是因为这样，燕皇对他才格外厚爱。

“是。”刑天躬身回道，神色间丝毫没有因皇眷圣宠而骄傲得意。

烟落像猫一般趴在大殿顶上，敛息听着下面的动静。如今刑天已经知道他们都来了北燕，将来还要让萧清越在北燕养伤数月，其中艰难可想而知。

刑天出了天华宫，停步片刻，便径自出宫回府，竟没有丝毫动作。烟落抿了抿唇，抬头望向天际一弯冷月，今夜一过就只有两天时间了。

当夜，北燕皇宫宝库被盗，燕皇震怒，下令三日内缉盗归案。

烟落闲适地坐在大将军街角的茶楼，看着何方前去将军府传旨，唇边勾起一丝微不可见的笑意，故意到皇宫的珍宝阁折腾了一翻，逼得他不得不出手防备。

看到刑天随何方入宫，她急忙下楼，刚转过街角，便看到百里行素正从醉月楼里出来与众女子依依惜别。她淡淡望了一眼，佯装没看见，疾步朝刑天一行人的方向追去。蹿上肩头的连美人望着后面的人影，目光很是鄙视，不屑地一甩头。

因着昨夜宫中宝库被劫，北燕皇宫防守比平时更加严密了，她不便再跟进去，在宫外将连美人放了进去。白色的貂儿快如闪电，循着刑天一行人的气息便窜进了皇宫，过了约一刻便回来了，蹿上肩头朝着宫门的方向吱吱叫了两声。烟落连忙藏身，看到刑天带着人从宫门出来，一路尾随出了燕京，到达龙骨山——北燕皇室的皇陵。

难道金线莲是藏在皇陵?

她从袖中掏出昨夜从宝库盗得的折扇，扇上画的正是金线莲。不知跑到哪儿去的貂儿飞快地窜了回来，落在她肩头，嘴上叼着一朵木莲，往她怀中一放，伸出一只爪子指了指她手中的扇子。

她望着手中的木莲，又望了望扇子，抿唇失笑。

原来这小东西以为木莲花是她要找的金线莲。小兽见她笑了，蹿上她肩头亲昵地蹭她的脸，好不欢喜。

夜幕降临，烟落带着连美人，拿药将守陵人都放倒，大摇大摆地闯了进去。富丽而辉煌的皇陵，一颗颗龙眼大的夜明珠将皇陵照得亮如白昼。连美人在前面上蹿下跳，哪知一不小心触了机关，通道顿时乱箭射出，它吓得毛都炸起。烟落一把抓起它倒地滚了过去。刚一出了箭阵，上方巨大的石门便劈头落下。她一个翻滚躲开，石门落下，压住她的发尾，一人一兽倒在地上闭目，重重地舒了口气。

一把寒光冽冽的长剑抵在她的咽喉处："萧姑娘，本将已经恭候多时！"

她闻言霍然睁开眼，望着一脸刚毅、眉眼冷峻的男子。

刑天俯视着躺在地上的一人一兽，长剑一抖，剑气如霜，她面上薄如蝉翼的面容顷刻碎裂："天下不是只有你一个人会易容术！"

烟落闻言拧眉，暗咒自己太大意了，方才只是看到有像他的人离去，便以为他真的是走了，袖中短剑一紧，咬牙道："你早知道我在跟踪你?"

"你们投石问路，本将将计就计，有何不可?"刑天冷然一笑，望着她微动的衣袖，眸光骤寒，"别妄想从这里逃走，皇陵机关密布，只会让你死无葬身之地。"

烟落闻言紧紧攥着手中的小剑，若是他故意引她前来，那真正的金线莲又在哪里?

连美人在她边上，眨着小眼睛望着对峙的两人。烟落眸光一斜望向它，而后出声道："刑大将军若是要抓我的话，还请高抬贵手帮个忙。"

刑天目光落在她被石门压住的头发上。连美人突地一蹿而起，直扑向他面门。烟落手中寒光一闪，将压着的头发割断，弹地而起，寒星小剑激射而出。连美人快如闪电触动通道内的机关。所有的动作都快得难以想象。一人一兽飞快地前行。后面的巷道之内，暗器、利箭、毒气纷纷启动。

连美人冲得太急，直直撞在对面的石壁之上，烟落一把接住它放在肩头。小兽晕头转向，差点跌落肩头。她不敢有片刻停留，飞快在陵墓中穿行，既然来了怎么也得把里面搜一遍，如果金线莲真在这里岂不是就错失了？

偌大的皇陵，像迷宫一样，好不容易从暗道出来，却看到刑天正站在外面的大殿内。她秀眉顿时紧拧，这到底是人还是鬼，怎么可能这么快就跑到这里？

对方听到响动霍然转过头去，连美人龇着小牙闪电般地扑了上去。她一按腰际软剑，出手便是绝杀之势，哪知对方身形一转，一把捏住小兽："别动不动就往我脸上扑，这是我玩情的本钱，抓伤了你赔得起吗？"

烟落闻言慌忙收剑，拧眉："师傅？"

百里行素狠狠将手中的小兽扔出去。连美人直直撞上石壁，滑落在地，晕乎乎在地上打转，狠狠甩了甩头蹿回她肩头，冲着谋害自己的凶手咝咝直叫！

百里行素拍了拍手上的兽毛，侧头朝她望了一眼："被刑天逮了吧！"语气中还颇有点幸灾乐祸的味道。

烟落冷冷瞪他一眼，懒得搭理，转身就走。

百里行素耸耸肩却朝另一方走："走这边，等你找到金线莲，萧清越就真的一辈子残废了。"他可不喜欢走冤枉路，花最小的力气，收获最大的成果，何乐而不为？

"既然早有计划，为何不说？"她有些恼怒，害得她一个人在将军府和皇宫盯了一天一夜，刚才还差点被刑天生擒。

"你又没问我。"百里行素笑容灿烂得不像话，"是你自己跑掉的。"

"我不走，岂不是耽误了你？"烟落意有所指地一笑，眸中一片清冷。

百里行素脸一垮，好不委屈："我要是不去陪太子喝花酒，如何套得出金线莲下落？"

烟落闻言眉心一皱，沉默不语。然而一路之上机关阵法无数，北燕机关和阵法的布置居四国之首，而在这皇陵之中，一关比一关艰难，一阵比一阵险恶，百里行素却是如逛花园一般的轻松，让她不由惊愕。

"不要这么一脸崇拜地看着我，我会骄傲的。"百里行素在前方扭过头来笑盈盈地道，"要在四国行走，没有保命的本事怎么行？"

越往前走，光线越暗，四周陷入一片黑暗之中。

"绝杀阵？"黑暗中百里行素冷冷地哼了一声，"不就一朵烂莲花，至于下这么大的本钱吗？"

烂莲花？！

北燕皇室的至宝，天下举世无双的金线莲，竟成了他口中的烂莲花？！

相识四年以来，这个惊才绝艳的武林骄子眼中从来无一物。武林至宝的典籍，他扔在那里长书虫；西楚第一美人的萧真儿，他不屑一顾。

名声，财富，权势，都不是他所追寻的，他真正执著的又是什么?

四年来，他看不懂她，她亦看不懂他。

“过得去吗?”她担忧地出声。

“笑话！天下还有我百里行素过不去的地方吗?”他的声音狂妄嚣张至极，黑暗中侧头望着身旁的女子，目光无尽落寞。

天下之大，没有他去不了的地方，没有他闯不过的关。然而他倾尽努力，却走不进她的心。

“怎么了?”半天没听到他行动，她出声问道。

百里行素转头望向暗黑的前方，深深吸了吸气，语气郑重地说道：“在走过前面这条道之前，无论发生什么，你要绝对地相信我。”

话音一落便探手握住她的手，她愕然抬头，半晌之后回道：“好。”

这一个相信，是在这险象环生的密室中生命的交付。

“前三后二。”百里行素出声道，两人刚一落脚，背后的青石大门轰地一声砸下，密室之中出现了亮光。

两人置身于青石砌成的大殿，百里行素拉着她继续走：“前七右一。”石室一阵剧烈的晃动，乾坤斗转，墙壁、屋顶，都开始飞速地旋转错位。

烟落不由大惊，虽然从书上看过绝杀阵，哪曾想到会是这般厉害?百里行素一拉她的手道：“看到前方那个沙漏没有，如果在沙子落完前没走出去，就得死在这里，切不可走错一步。”语气前所未有的认真和沉重。

她快速地跟上他的步伐，到达阵中之时，只听得周围一声巨响，周围的墙壁一转，换成了满是尖刺的铁板，快速朝中间合拢而来。她心中一紧，反射性便欲闪躲，百里行素一把按住她。

她不再动，心却狠狠地绷紧了。铁板一撞，就在她们面前的铁板突然一动，出现一道门一般的出口。方才若是她稍一闪躲，要么就被钉在这铁板之上，要么就是触动其他机关，两人葬身于此。

身后的铁板退回墙中，一阵轻响，四面八方乱箭如雨激射而来。百里行素抿着唇，紧紧攥着她的手缓步在箭雨中穿行，箭矢几乎是擦着身体而过的，方向轨迹之精准，让她叹为观止。

机关阵法连环交错，百里行素拉着她，一边走，一边精准地算着下一步的方位。刚一出阵，沙漏里最后一粒沙落尽，高大的石门从下向上开启，身后的石室一阵交错转动，石块抽离，下面出现偌大的银色水池咕噜咕噜地冒着气泡。百里行素拾起脚边的箭矢丢下去，顷刻间便化为乌有。

"黄泉。"烟落闻言秀眉皱起，黄泉是世上最恐怖的一种毒，腐蚀性极强，若人沾上一滴，连肉带骨都会化掉。去年来北燕之时，刑天那一箭射出所带的就是这种毒，当时她生生将修聿手上那一块肉都削掉才阻止了毒性蔓延。

百里行素探手抓起她肩上有些傻眼的小兽，笑得一脸邪恶："美人下去游一圈吧！"

美人吓得嘶嘶直叫，奋力挣扎。

烟落摇头失笑，将其抢回。小兽窝在手心抱着她的手指呜呜直叫，好不委屈。百里行素转身朝着密道走去："要让你们两个走，十条命都不够玩的。"

"你很厉害。"她由衷赞道。

百里行素无所谓地耸耸肩："小时候玩得多了。"

小时候玩？！

她愕然抬头，这是她第一次听到他提起关于过去的事，忽然之间觉得前面那个背影看起来，好寂寞。

眼前的光线越来越明亮，奇异的景致映入眼帘。长宽数十丈的湖泊，湖水像天一样蓝，湖水之上高立的石台，金色的莲花发出耀眼的光华。

"没想到你们还有命走到这里！"刑天悄无声息地站在了两人背后。

"你怎么就这么阴魂不散呢？"百里行素没好气地转身哼道。

刑天望着与自己一模一样的人，面色顿时冷沉，长剑一指："外面精兵三万，你们还想逃得出去？"然而他却没有想到百里行素扮成自己的样子，把燕皇也耍弄了一道，此刻御驾已在皇陵之外。

"逃不了就宰了你们走人呗！"百里行素语气嚣张之极。

"那就看你有没有这个本事！"刑天长剑一挑便攻近前来。

烟落见刑天被百里行素拖住，转身望了望石台之上光芒耀眼的金线莲，只是湖面宽达数十丈，轻功也无法到达。

"姐姐，很快就可以治好你了。"说罢一人一兽跳入湖中，朝着湖心的石台游去。

百里行素与刑天交战数十回合，目光一转瞧见一人一兽已经游过湖面，爬上了石台，望着湖面异样的波动，嘶声吼道："快回来！"

烟落确认这是真的金线莲，心中欢喜不已。连美人趴在她肩头，小小的眼睛盯着波涛渐起的湖面，突然吱吱直叫，似是感觉到了极大的恐惧。

湖面骤然掀起数丈的水浪，有什么东西破水而出。

烟落惊恐地望着出现在眼前的似蟒非蟒的庞然大物，两只眼睛足有铜盆那么大，身形如蛇，头上却长着深蓝的犄角，通体发着蓝莹莹的光，仰头一声长啸，整座皇陵都为之动荡，声震于天。

烟落一把捂住耳朵，头被震得嗡嗡作响，美人吓得直发抖，怎么也没想到这湖底竟然……竟然藏着这样的庞然大物。

“小心，那是蛟龙！”刑天高声吼道。

百里行素闻言面色顿变，早听闻北燕将蛟龙奉为神兽，方才一进来便怀疑这里是蛟龙池，如今看来果然不假。

皇陵之外，闻得龙啸声震天传来，回荡在整座龙骨山中。

燕皇闻得声音一惊而起，指着皇陵颤抖着问道：“何方，你听到了，这声音……这声音是……”

“是龙啸声啊，陛下！”何方的声音难掩惊喜之色。

这只蛟龙已经二十年都没有出来了，他们曾一度以为它已经死在了湖底，今日这声音……

“朕记得还是……还是凰儿出生时听过这声音！二十年啊，二十年了！”燕皇激动地说道，举步便要朝皇陵里面去。

“陛下，现在里面不安全！”何方上前道。

燕皇拂开他的手，大步朝里走去：“你还真当朕已经老得那般没用了！”

皇陵之内，烟落站在石台之上生生惊出一身汗来，袖中攥着小剑的手紧了紧，一眨不眨地盯着那双大如铜盆的眼睛，缓缓将金线莲递到肩上的小兽口中，深深吸了吸气，反手一挥，袖中小剑如流星般射向湖边，抿唇轻啸两声。

小兽在她出手的同时一跃而起，叼着金线莲扒着寒星小剑直直冲向湖岸的方向。百里行素紧张地望着湖心上对峙的一人一蛟，暗咒，你这疯女人，小命都快保不住了，还想着救别人。

连美人叼着金线莲落在岸上，转头望着湖心上的人，轻轻地呜了两声。蓝蛟身子一动，张着血盆大口便朝石台靠近，那阵势一口便可以将她吞了进去。百里行素面色骤变，一把夺过刑天手中的长剑，一跃而起，狠狠一脚蹬在石壁之上，借着弹力如流星般冲上湖心的石台。

烟落按着腰际的软剑，脚步微微朝后退。庞大的蛟头越来越近，她扬手一剑砍向颈部的位置，厚重的鳞片将软剑一弹，根本伤不了它分毫。

蓝蛟张口便欲将她一口吞下，百里行素行到半空，一剑如虹劈来，蛟龙一痛便缩回头去，因这一剑，百里行素从半空坠入湖中，冲着她吼道：“还不走！”

他是说自己天下第一，可是面对这样难以形容的庞然大物，且杀伤力更是难以估计，他也不得不甘拜下风。

烟落纵身跳下水，蛟龙一个扫尾，湖水中的石台在她身后崩然碎裂。她奋力振臂朝着百里行素所在的方向游去，两人合力总比一人对敌的胜算大。

“快啊！”百里行素也朝着她游去，看着追在她身后的巨兽嘶声吼道。

她再快，哪快得过蛟龙？这水里本就是它的天下。转眼之间蛟龙便追到了她身后，百里行素见状，狠狠将手中的长剑掷了过去，长剑扎进蛟龙身上。蓝色的血溅了她一脸，她不敢有丝毫停歇，努力朝他的方向游去。

哪知身后一个大浪打开，蛟龙长身一卷便拖着她潜入水底。

浪花四溅，波涛汹涌，百里行素闪电般地扑了上去，伸手朝她抓去。哪知手还未触到她的衣服，她已经没入水中，力道之强让她来不及反应。

百里行素眉眼间的戾色一闪而过，一个猛子扎入水里，看着那庞然大物卷着她朝水下沉去，那速度快得难以想象，转眼间便将他甩出数丈之远。

烟落很快冷静下来，看到还扎在蛟龙身上的利剑，一咬牙伸手握住剑柄使力一送一拔，蓝色的血顿时溢了出来，带着火灼般的温度将她笼罩其中。趁着蛟龙吃痛，身形一松的片刻工夫，她迅速脱身，一脚蹬在它身上，如利箭一般出了几丈之远。

百里行素一个猛冲而上，一拍她肩膀，指了指水面，让她先行上去，自己来抵挡蛟龙。

正在这时，燕皇带着人匆忙赶到蛟龙池，看到湖面那骤然变深的一片蓝，面色顿时冷沉："什么人在水底？"

刑天转身一看，回道："是百里行素他们。"

"竟然敢对北燕皇族圣物出手，真当我燕国无人吗？"燕皇目光寒芒厉厉，目光一转，望向刑天道，"立即带人下水，不管用什么方法，必须保护圣物。"

刑天闻言微微皱了皱眉，却又对燕皇的话难以反驳，转身朝随燕皇而来的禁卫军道："会水的都出来！"

能有保护燕国的圣物蛟龙之机是何等的荣幸，禁卫军一个一个挺身而出，一行数十人都跃入了湖里，一个个杀气凛然。

烟落刚一转头准备游走，却看到湖面数十人扎进了湖里，持剑朝二人冲来。伤了北燕皇族的圣物，等于与整个北燕为敌，燕皇如何会让他们活着出去?

前有蛟龙，后有强敌。百里行素扭头一看，拍了拍她肩膀，指了指刑天一行人，自己提剑朝着蛟龙而去。两者相比之下自然是人比较好对付，真正危险的是这个大家伙。

烟落一咬牙迎着刑天一行人猛冲而上，刑天却是对她虚晃一招，便潜入水底奔向百里行素的方向。烟落心下一沉，如今一只蛟龙已经难对付了，背后再加一个刑天，百里行素哪是对手?

她一转身便欲追上前去阻截，身旁两把长剑一左一右势如闪电般地砍了过来，一剑攻心，一剑攻腹，又快又狠。烟落灵巧如鱼，避开杀招，闪身游到了一人身后，反手夺过对方手中的兵器，脚下一踹。那人还来不及转身便撞上另一人的剑锋，手中长剑狠狠一挥，暗红的血水迸射而出，浓重的血腥味扑面而来，周围都是一片暗红之色。

在水中待得太久，胸腔内空气越来越稀薄，像火烧一般。她一咬牙奋力朝水面冲去，哪知周围的禁卫军看出了她的意图，一个个冲了上来。神智越来越模糊，手上动作不由缓慢了几分，突然脚上被一股大力缠上，一人拉着她的脚拼命地往水下游。周围几人持剑追着，为免再有伤亡，对方也不动作，只是抵挡着她的攻击，生生要让她在这水里窒息而死。

明明是在水中，她却觉得如置火海般，仿佛整个人被丢进了炙热岩浆之中，烫得几乎要将她整个人都熔化。拖着她的人松开她，由着她朝着湖底深处坠落而去。

遥远而模糊的记忆悄然苏醒，滔天的大火照亮了夜空，生命垂危的女子抱着满身是血的婴儿，艰难地爬出火海……

她的灵魂在烈火中燃焚，化作滔天的恨意……

如天一般蓝的水底，白衣女子如水中盛开的白莲，那样的沉静而圣洁。一滴泪，顺着眼角无声滑落，融入到冰冷的湖水里。

整个世界都寂静了下来，那天一般剔透的蓝，恍然让她有飘浮在天际的错觉。

无忧！无忧！

我深爱的孩子，只愿你此生平安无忧，哪怕我受尽地狱烈火的燃焚亦是值得！

千里之外的中州，榻上沉睡的孩童似是听到遥远而缥缈的呼唤，小手抓着锦被，喃喃地唤道："娘亲，娘亲，不要走……"

模糊的光影自他脑海中消失，无忧哭着爬下床，连鞋也顾不得穿便往外跑，看到父亲的身影，泣声道："爹爹，你带我去找娘亲好不好？她在叫无忧，她刚才在叫无忧啊！无忧好想娘亲，娘亲也一定很想无忧。你带我去找她，去找她……"

修聿望着哭得伤心的孩子，目光是深深的叹息，躬身抱起他，擦去他脸上的泪安抚："无忧是乖孩子，那只是做梦而已……"

"不是做梦，我听到了！我真的听到了！爹爹，我真的听到了娘亲在叫我，在很远很远的地方叫我。"无忧激动地抓着他的手，泣不成声。

修聿无奈地叹息，轻轻拍着他的后背安抚，试图让他平静下来。这孩子自生下来便失去了母亲，却偏偏对母亲念念不忘……

北燕皇陵，蛟龙池中正与蓝蛟搏斗的百里行素和刑天不经意间看到坠落的身影心不由狠狠一沉。那蓝色的蛟龙却长尾一扫，快速追着那抹白影向湖底而去。百里行素见状朝刑天望了一眼，刑天一掌击出，催动水流让百里行素如离弦之箭一般射了出去，趴到了蛟龙背上。

蓝蛟速度极快便潜到了水下，张口便将她咬住。百里行素见状提剑便欲出手，却见它并未将她吞入腹中而是带着两人飞速地冲上湖面。

平静了良久的湖面骤然掀起波浪，身形庞大的蛟龙破水而出，轻轻将含在口中的人放到岸边。百里行素见状从蛟龙背上一跃而下落到岸边，神智昏迷的女子全身不是冰冷，却一反常态滚烫得吓人。

蓝蛟没有离去，仰头长啸一声，皇陵随之地动山摇。眼前的画面让燕皇一行人惊得目瞪口呆，蛟龙不但没有吃他们，反而还救了他们上岸？！

百里行素拼命替她输送真气，真气却如泥牛入海，没有丝毫起色。那喷溅在她身上的蛟龙之血怎么也擦不掉，一点一点渗入到皮肤里去，她周身的温度也越来越高。

纵然他医术过人，面对眼前的变化也无从下手。

燕皇看到眼前的一幕，身形猛然一震，抬头望向湖上的蓝色蛟龙，目光深沉而复杂。蛟龙微微侧头望着他，仰头又是一声长啸，似是想告诉他什么。

“陛下，你怎么了？”何方看着燕皇变幻的面色，担忧地扶住他问道。

燕皇颤抖地推开他手，走近湖岸边，看到她另半边脸上的胎记惊得倒抽一口气。刑天一行人从水中上来，看到岸上燕皇异样的神情，不由皱了皱眉。

燕皇在北燕登基多年，从一个落魄皇子到如今君临天下，什么事没经过，什么场面没见过，今日却为何这般变了脸色？

百里行素躬身将她抱起抿唇轻啸一声，不知藏身在何处的连美人闪电般地蹿了出来，扑到烟落怀中，呜呜直叫。

“金线莲！”何方一见小兽口中之物，惊声道。

百里行素凤眸一寒，抱起烟落便欲离去，燕皇大喝道：“慢着！”

“燕皇若是以为凭你这点人马就能挡了路，就尽管试试！”百里行素冷声喝道，一向玩世不恭的凤眸迸射出厉厉寒芒。

燕皇闻言望了望他怀中的女子，沉声道：“朕并不是要挡阁下的路，只是想弄清楚一些事而已。”

“与我何干？”百里行素语气狂妄，举步便欲走人。

燕皇转身朝身后的何方言道：“传朕口谕，叫禁卫军都退出皇陵。”

“陛下！”

“陛下！”

何方和刑天都惊呼出声，让所有人都退出去，若是百里行素动手行刺，他们谁担待得起？

“还不去，想抗旨不成？”燕皇语气顿时凌厉了几分。

刑天转身令皇陵内所有的禁卫军都退了出去，只有他与何方两人留了下来。

百里行素面色很是不善：“燕皇有事便快说，本宫主还得快些设法救我的徒弟呢！”

燕皇举步上前，颤抖地伸出手试了试她身上灼人的温度，眸中显出难掩的惊喜之色，道：“她不会有事，只要这三天高烧一过，就会醒来。”

“你如何知道？”百里行素凤眸微眯，连他这般医术都探查不出病因，他又如何知晓？

燕皇抬眸一眨不眨地望着昏迷不醒的人，一字一句说道：“因为……她极有可能就是朕的女儿，北燕失踪十五年的圣皇欣公主，燕绮凰。”

# 第七章　圣皇欣公主

圣皇欣公主？！

刑天和何方都不由一震，如今最受宠的初云公主也只是正三品，而圣皇欣公主是北燕皇家玉牒上唯一一个尊一品公主，宫中传言在十五年前便已经早夭，怎么……怎么燕皇一口咬定眼前的人就是她？

百里行素闻言面色微一沉，低眉望了望怀中晕乎不醒的人，沉吟片刻后道："燕皇，这话可以乱说，女儿可别乱认。世人都知道她是西楚相国萧赫的四女儿，怎么会转眼成了你的女儿？"

"朕可以认错，可是我北燕的神兽蛟龙绝不会认错！"燕皇侧头望了望一旁的蓝色蛟龙，又望向烟落缓缓言道，"她怎么会流落到萧家，待到朕派去西楚的龙骑禁军回报自然知晓。若朕所料不差，她面上那块胎记，并不是真的。"

不是真的？！

百里行素低眉一看，他自认医术天下没几个人能强过他，可是四年的朝夕相处，若是假的胎记，他怎么可能不知道？

如今仔细看来，那块胎记因为沾了蛟龙血而显得有些怪异。

"那不是胎记，而是……蛟龙血。"燕皇目光落在她面上那块刺目的颜色，眼前回忆起二十年前的画面，"二十年前，北燕皇族之间争斗不断，朕与皇后一道逃到了这皇陵之中，绮凰就在这座皇陵之中出生。那天蛟龙出现，天际绮霞满天，龙骨山上百鸟朝飞，盘旋不去，故而为其取名绮凰。"

何方闻言微微叹息，可是弹指间二十年已过，物是人非，不堪回首。

“有人追入皇陵之中欲将我们一家置于死地，刚出生的绮凰混乱之中落入池中，幸得这蛟龙相救才保住性命。杀手见状欲将其和蛟龙一同射杀，蛟龙血滴在了刚出生的绮凰脸上，竟然奇迹般地与她的身体相融。蛟龙血是世上难得的灵药，但到底药性霸道，如今她脸上的那块胎记，正是当年蛟龙血滴落的地方。虽不知为何会出现这样的印迹，但世上除了她不会再有第二人与蛟龙血相融。”燕皇侧头望了望湖面上身形庞大的蓝色蛟龙，“因感念蛟龙的救命之恩，绮凰每月都会与她母亲一道前来蛟龙池，蛟龙与她也是格外亲近。”

“亲近个鬼！”百里行素气愤之下说起了粗话，“方才那畜生又是要吃她，又是把她往水里拖，这也叫亲近？”

何方闻言上前，道：“百里宫主有所不知，公主儿时经常来这蛟龙池，蛟龙时常会带她在这湖上玩耍，所以初见之时许是有所误会也不一定。”以蛟龙的速度和威力，要想吃她，早就一口吞了，哪还能让他们有命活到现在？

百里行素翻了翻白眼。细想之下，蛟龙出现之时那样子似乎并不是要吃她，而是与她招呼一般，他们都以为它是要逞凶，便先行动起手来。而他那时一剑掷了过去，估计那大家伙以为他是要杀她的，所以才拼命追她，不让她过他那边来。

这是什么神兽，笨成这样，救人和杀人都分不清？

“朕念在同胞之情上，登基后并未弑杀齐王，却不想因着这妇人之仁却害了他们母女二人。齐王蛰伏五年再度作乱，并抓了绮凰与皇后两人威胁于朕。双方交战半年之久，皇后不愿受其威胁，带着绮凰跳江自尽。齐王伏诛，朕寻到了皇后的尸体，绮凰却从此再没了消息。朕一直不信她就那么死了，十五年来派遣龙骑禁军在四国寻找，直到数月之前查到消息，绮凰曾经出现在西楚。”

刑天默然立在一旁，望了一眼百里行素怀中之人，就是她的失踪，才会有今天的他。

十五年前，燕皇顺着江流微服寻找圣皇欣公主才遇到了他，带回燕京抚养他成人，否则他也不过是街上一个小乞丐而已，永远也不可能有今日的北燕第一大将刑天。

她的不幸失踪，却是换来了他一生的幸运。

“燕皇的故事说完了吗？”百里行素眉眼冰冷，起身便朝外走，“她不会是你的女儿。”他对她的过去不感兴趣，她只是他百里行素的徒弟，如此就够了。

燕皇见他欲走，神色微变，急忙道：“朕并无恶意，只是想寻回我失踪多年的女儿，好好补偿她，让皇后在九泉之下也能心安。”

他一生多子少女，他对初云格外的疼爱纵容亦是因为失去了这个女儿的原因，总是不知不觉将初云当成她。如今苍天有眼，将她的女儿送了回来，他如何能再让她受世间流离之苦？

“百里宫主莫急，关于……公主与萧家的事，我想有一个人再清楚不过。”刑天举步上前说道，“萧清越与公主姐妹情深，如今她已经到了燕京，找来一问便知。”

燕皇闻言点了点头，朝百里行素道：“百里宫主带她随朕入宫，朕差人前去将萧清越接来宫中。不论结果如何，这金线莲朕便赠与你们，并且相助于萧清越养伤。”

百里行素闻言脚步一顿，沉吟片刻道：“好。”他低眉望了一眼怀中昏迷不醒的人，眸中的深沉一闪而过。

你真的会是她吗？

北燕最尊贵的圣皇欣公主，燕绮凰。

到了北燕皇宫时，燕皇已经下令让何方将萧清越几人接入宫中。从萧清越的口中得知，烟落并非在萧府出生，而是在六岁之时被一个女人带入萧府，儿时聪慧过人，直到数年前那个女人过世，她也从此卧病不起。

然而百里行素说，那并不是病，是被人常年下了慢性的毒，只是烟落不想提及，便没有人再说起这事。

燕皇当即又是震怒，又是欣喜，老泪纵横，在榻边守了一天一夜，飞鸽传书让龙骑禁军查探那个将烟落带入萧府之人的线索。三日后回报，那名女子确实生有一女，但那女儿在五岁时便因天花而亡，这一点更加肯定了一切。

三天，短短三天，她从西楚的通缉钦犯，一跃成为北燕皇室最尊贵的圣皇欣公主，燕绮凰。

而这一切，她并不自知。

午后的阳光将整座华清宫都镀上了淡淡的金辉，所有的一切都变得耀眼起来，殿内陈设典雅而精致，处处弥漫着皇家的华贵之气。

连池坐在桌边支着头打盹。圆滚滚的小兽趴在她身上摊着四肢睡得好不香甜，翻了个身却从她身上滚了下来，小眼睛望了望沉睡的女子，突然一跃而起趴到她肩头的方向，小爪子触了触她的脸吱吱叫了两声，而后一个凌空翻扑向桌边的连池。

连池睡眼惺忪地望着桌上的连美人：“你消停点吧！”

连美人一只爪子指着榻上的女子冲着他吱吱直叫，然后又一跃蹦到榻上。连池打了个哈欠慢腾腾走近榻前：“你又怎么了？”

“吱吱。”连美人一边蹦一边叫着。

“小师妹还没醒呢，你……”话还未说完，连池倏地睁大眼睛望着榻上沉睡的女子，一张清雅脱俗的容颜映入眼帘，透窗而入的阳光照耀在她的身上，玉一般的肌肤白得近乎透明，修长的睫毛静静地敛着，面上那块刺眼的胎记不知何时已经消失无踪。

连池不可置信地揉了揉眼睛，再仔细一看，那块胎记，真的……真的消失不见了！

百里行素和萧清越知道今天是她醒来的日子，特地一早就赶了过来，远远看到连池朝着这边跑来，不由都蹙起了眉。

“跑这么快，你赶着投胎啊！”萧清越道。

连池一把拉住百里行素，上气不接下气：“小师妹……小师妹她……”

话还没说，眼前的人转眼便消失不见，他一转身看到几人已经跑出了数丈之远，他又折身气喘吁吁地往回跑。

几人不可置信地望着榻上还在沉睡的女子，盯着那张脸研究起来，萧清越揉了揉眼睛，喃喃道：“我是不是做梦了？”说话间狠狠掐了一把百里行素。

“噢——”百里行素疼得惨叫，“萧清越，你发什么疯？”

“会疼呀，不是做梦。”萧清越扬唇一笑望着榻上的女子，“小烟真漂亮。”

“那也没我漂亮！”百里行素摸了摸自己的脸，得意地一笑。

他的话成功地换来了萧清越极端鄙视的白眼：“你一个大男人和女人比漂亮，要不要脸？”

“我就是漂亮！”百里行素道。

“那当然，阁下这副尊容若是去了临风山庄，定是第一花魁。”萧清越毫不客气地还以颜色。临风山庄是北燕最豪华的烟花地，但那里出名的不是美女，而是各色的美男子。

百里行素顿时脸色黑如锅底：“萧清越，我真该让你一辈子都残废！”

榻上的人被吵闹声惊醒，睁开眼却对上四双大眼，一双小眼，秀眉微蹙：“你们……都看着我做什么？”

她明明是在蛟龙池沉到水底了，他们又怎么出的皇陵？还有这里的屋子似乎是北燕皇宫？一连串的问题冒上心头。

连池飞快地拿出一面镜子举到她面前：“好好看看，有没有惊喜？”谁会想到那样的诡异胎记背后，会是这样一张惊艳的面容？

她望了望镜中容颜，眼中一闪而过的是惊异之色，她的脸……她的脸怎么会变成这样了？

萧清越望着面色淡然的女子，微微皱眉：“怎么变漂亮了，你不高兴？”

烟落微微一笑：“没有，我很高兴。”几人相互望了望，他们可没有从她面上看出什么高兴的神色来。

“还有还有，你知道你现在是谁吗？”连池一脸欣喜地说道，“原来你可是北燕尊一品的圣皇欣公主，就连那个燕初云也只是个正三品，怎么样？很惊喜吧！”

烟落抿唇失笑，坐起身：“连池，这个玩笑不好笑啊。”

“小烟，这不是玩笑，是真的。”萧清越望着她的眼睛，语气前所未有的郑重认真。

她面色微变，眉头深深蹙起，目光一转打量了一下周围。这里……确实是皇宫的建筑，这样华丽的地方背后又藏着多少的阴谋与血腥？她不想去深究，只是不喜欢皇宫。

听着萧清越一字一句地讲述自己这三日来发生的种种以及多年前萧家的旧事，竟有种恍如隔世的感觉。

她到底是谁呢？

曾经的洛皇贵妃，洛烟？

萧家的四小姐，萧烟落？

还是北燕的圣皇欣公主，燕绮凰？

到底哪一个是她，她又该是谁？

她笑，薄凉而讽刺。

那样的笑，深深刺痛了萧清越的眼睛，面色微变："小烟，你怎么了？"

"你的面子可真大，燕皇不仅把金线莲相赠，还准许这半年内在金山采药为萧清越疗伤。还有更重要的，就连北燕皇族的神兽蛟龙血也可以用。若有它为药引，我包准治出一个比以前更强悍的萧清越出来。"百里行素一脸得意地说道。

"你不吹牛会死啊！"萧清越吼道。

听到百里行素的话，她抿唇一笑，若是这样就能更好地医治萧清越，也不是什么坏事。

正在这时，一身明黄朝服的燕皇大步进到殿中，面上难掩的欣喜之色，"凰儿！"

百里行素一行人闲散惯了并没有行礼，萧清越也行不了，烟落起身便欲下床，燕皇抬手制止："你伤未好，不用起来，父皇知道你醒了，便忍不住过来瞧瞧，你的脸……"目光落在她光洁如玉的面上，原本那块难看的印迹已经消失无踪。

"可能是蛟龙血的缘故，我们也是刚看到。"百里行素在一旁揽镜自照，漫不经心地出声。

燕皇闻言点了点头，叹息道："凰儿，这些年让你流落在外，受苦了！"这几日他从萧清越的口中得知她在萧家的一切，没想到他北燕最尊贵的公主，竟然在萧府受着那样的欺凌。

烟落微蹙着眉，沉默了半晌出声道："燕皇，你确定……你没有认错吗？"这忽如其来的变化，一时之间很难让她接受，若是搞出什么乌龙来，可就有大麻烦。

燕皇一愣，摇头失笑，满面慈爱地摸了摸她的头："朕还不至于到了老糊涂的地步，事情说来话长，以后有的是时间慢慢了解。这几日你好好休养，过几日便是册封大典，朕要将这个好消息昭告天下，我北燕最尊贵的公主回来了。"

"燕皇，这……"

燕皇闻言面色一沉："还叫燕皇？"

她沉吟片刻，微笑唤道："父皇。"

燕皇开怀一笑："这些日子你就好好休养，朕已经差人在宫内将绮凰轩收拾了出来，但又怕你们住宫中受拘束，所以将燕京的别宫也做了改建。以后你若想住宫内、住宫外都可以！”这么多年未见，也不知她喜好如何，只得从萧清越口中一点一点打听，本是想她住在宫中，父女俩也能经常见着，但又怕宫中规矩多她住不惯。

烟落礼貌性地浅笑：“多谢父皇。”虽说是父女，对于他的印象却是几近全无的。

萧清越在一旁瞧着不由失笑，燕皇倒是大方，一来就是一座别宫，北燕众皇子公主中也没有一个得赐别宫的呀！若是小烟早日到北燕与其相认，这些年也就不用受那么多的委屈了。

“今晚朕在华阳殿设了家宴，你也见见你的皇兄们。初云也该回来了，听说你们之前是见过的。”燕皇笑意满面道，笑容中又多了几分小心翼翼。对于她的所有事情他都迫不及待地想知道，唯恐这分别的十五年，让他们父女疏远得无可挽回。

烟落笑着点了点头：“好。”

百里行素拒绝了去华阳殿赴宴，带着连城去了金山采药。烟落也没有相劝，只是想到晚上的家宴不由有些不安。

夜幕降临，华阳殿内灯火亮如白昼，殿内声音嘈杂，都对这夜宴的主角议论纷纷。

“不知从哪里冒出的野丫头，竟想飞上枝头作凤凰，不定是假冒而来的。”

“本王听说啊，丑得见不得人，在西楚时天天都是黑纱遮面。”

“丑公主，若是传出去，在四国之间我北燕还不颜面尽失，父皇也真是的。”

……

听得殿外一声“陛下驾到”大家都慌忙敛声，换上一脸笑意迎驾。

燕皇一身明黄龙袍大步进到殿中，眉眼间难掩喜悦之意，落座之后便侧头问何方：“凰儿还有多久过来？”

何方无奈失笑：“刑将军已经去接了。”一国之君这般激动地等女儿过来，普天之下也只有眼前这位了。

后妃们纷纷盛妆来殿，一一入座，听得燕皇不仅将金线莲相赠，又是整修绮凰轩，又是御赐别宫，对这位已经失踪十五年回朝的公主都不由猜测纷纭。

“圣皇欣公主驾到——”

殿内分坐两侧的皇子后妃们无不齐齐侧头望向殿外的身影。

只见月华之中，风姿秀丽的身影越来越清晰，一袭水蓝的绣锦宫装，纤腰盈盈，如墨的青丝梳成惊鸿髻，金制的发冠为其添了几分雍容华贵，风华绝艳。

连池推着萧清越随在其后，烟落行至御座前，微微屈膝行礼：“绮凰见过父皇，万岁，万岁，万万岁！”

燕皇含笑，抬了抬手：“起吧！”侧头望了望左侧的数位贵妃道：“这是仪皇贵妃，婉贵妃，仪贵妃。”

她含笑行礼："绮凰见过各位娘娘。"

"公主这般荣宠，本宫可受不起。"仪贵妃面上笑意盈盈，眸中却满是不屑之意，尊一品，她的初云也只是一个正三品，她凭什么？

烟落微微抿唇，本就只是不相干的人，她也犯不着生气。

萧清越冷然出声："你当然受不起！论品级，你不过是正二品！在座众人除了燕皇，小烟本不必向你们任何人行礼，可有人偏偏给脸不要脸！"

一句话堵得仪贵妃无话可说，按宫制，尊一品公主只向燕皇、皇后、皇太后见礼，皇太后和皇后都已仙逝，自然只需拜燕皇即可。

燕皇瞥了一眼仪贵妃，目光微寒。亏得他平日那么疼爱她的女儿，如今她却这般对待他十五年未归的女儿？！

"绮凰，还认得二哥吗？"锦衣玉袍的男子起身离席走近前来。

烟落闻言侧头，这应该是谦王燕之谦，和北燕太子燕之析都是与她一母同胞，由先皇后所生，是所有皇子中最为受宠的一个。

燕皇面色这才微微缓和，扫了一眼两人，眉头微皱："太子呢？"

"大哥许是有事耽误了。"燕之谦上前解释道。

好一个心思敏捷的谦王！烟落心中暗叹道，先是站出来替仪贵妃解围，如今又是替太子说好话，又知审时度势，一句简单的话就让燕皇消了气，不简单！

正在这时，便听得殿外宣道："太子殿下、初云公主到！"

燕初云依旧一身紫色劲装风风火火地进来，直直走到她面前便问："是不是你不准修聿见我？"

烟落闻言含笑摇头，这丫头还在穷追不舍！

"那为什么我去了中州，他们连城门都不让本公主进？"燕初云逼问道，可怜她在中州城外等了几天，好不容易混进去又被人赶了出来。

"我……"

"初云，你又胡闹！"随后跟来的燕之析一把拉住她，"怎么能这么跟你皇姐说话？"

"太子哥哥，就是因为她，修聿才……"燕初云气愤不已。她从北燕追到西楚，又从西楚追到中州，好多次被他们绑回来，又偷跑出去。可就是因为这个女人，修聿看都不看她一眼。

"绮凰，我是大哥之析。记得小时候我和之谦被父皇罚着跪太庙，你每次都偷偷跑来给我们送糕点，结果每次自己都在路上吃了大半。"燕之析朗然笑道。

烟落抿唇失笑。燕皇瞧着和乐融融的兄妹三人很是欣喜，高声道："凰儿多年未归，往后你们这做哥哥的要多疼着点。还有初云，以前闹着说没姐妹，如今有了皇姐，别老想出宫疯跑。”

“你要是不抢修聿就是我姐姐，若是硬抢，我可不认。”燕初云小脸一扬说道。

“初云，当着这么多人说抢男人，你羞不羞？”燕之谦拉了拉她，低声提醒道。

“羞什么？看上了，就要抢！”燕初云一脸坚定地说道。

殿内众人闻言，都不由失笑出声。

燕初云侧目瞥见轮椅上的人，眸光骤然一亮：“你……你不是西楚的上将军吗？我在沧都的时候听说你被你爹废了武功，原来是真的？！怎么还有这么狠心的父亲！”

萧清越无奈耸耸肩，眸中的落寞一闪而过：“如你所见，我现在就是废人一个。”

“姐姐，我推你过去。”烟落出声推着她入席就座。

燕初云对萧清越很是崇拜，黏在她们这桌怎么也不肯走。众人表面上都与她谈笑，又是关心，又是赠礼，然而又会有几个人会是真心的？她无意知道，只希望这个无趣的宫宴快些结束。

酒过三巡，燕皇搁下酒杯，望了一眼右下方的刑天，移目望向烟落，满目慈爱之色，缓缓言道：“凰儿，朕曾经一直在想，若你回来的话，便将刑天为你招为驸马，不知……你可愿意？”

驸马？！

萧清越闻言望向对面刚毅英武的男子，要她的妹妹嫁这么个木头男人，门儿都没有。侧头望向烟落，答案不言而喻。

烟落闻言微微一愣，眼中波澜不兴，淡声回道：“不愿意！”

大殿瞬间陷入一片诡异的沉寂，目光都望向面容冷淡的女子身上。有惊愕的，有担忧的，有幸灾乐祸的，当着燕皇和大将军如此直言地拒绝，不仅不把大将军刑天放在眼中，也让燕皇失了颜面。

刑天面色无波，执着酒杯的手微一滞，仰头一杯饮尽，默然不语。

燕皇面上笑意微僵，瞥了眼刑天，道：“凰儿，父皇并无强逼于你的意思，刑天是我看着长大的，把你交给他，父皇安心。”虽然他现在还是北燕的皇帝，但总会有退位的一天，总希望有一个能让他放心的人能够保护着她。

烟落低眉沉默，聪明如她，自然明了燕皇的用意，怕将来自己无力保护于她，故而将她交给他最信任的人。

良久，她抬眸直直望向上座的燕皇：“我不喜欢他！”轻淡的声音回荡在大殿，掷地有声，极为坚决。

她留在北燕只是想快些医治好萧清越的伤而已。她不是个贪婪的人，这权势也好，富贵也罢，她没有那兴趣争抢，只是想尽力保护她想保护的人。

“那你是要跟我抢修聿？”燕初云气鼓鼓地起身喝道。

烟落几分哭笑不得，微笑回道：“我是认识他，但是仅止于认识而已。”只要知道无忧过得好，便足够了。

她不过是仇恨维系的一缕孤魂，不知道哪一天就会随之灰飞烟灭，这样短促而狭小的人生除了报仇，再也容不下任何人、任何爱。

刑天不知何时望向她这边，她与那个中州王，不仅仅只是认识那么简单吧！宁愿冒死顶罪，也让他们父子安然离开，这份付出和决心会只是认识的人所能做到的吗？

燕皇眉头微锁，既不愿惹得女儿不悦，又顾虑她的将来无人照顾。身旁的仪皇贵妃思量片刻，望向烟落，含笑言道：“公主与刑天将军相识并不算太久，不喜欢是正常的，只要多些时间相处了解，会慢慢发现大将军是个值得你托付终生的男人。陛下的心意，公主心思玲珑，也自然是明了的。”

这样一个手握重兵的大将军，放在任何女子身上都是欢喜还来不及，她却毫不犹豫地拒绝，实在让人难以捉摸。

燕皇闻言面上一喜，道：“贵妃说得有礼，凰儿，父皇不逼你现在就回答，从今日起以一年为限。若你与刑天相处一年，还是如此坚持，父皇便再不提此事，可好？”

“我……”烟落秀眉微蹙，沉吟片刻后道，“好，那便一年。”若自己再这般拒绝驳了燕皇的好意，让刑天在朝中颜面尽失，以后在北燕怕也会有麻烦，一切等治好了萧清越的伤再作打算。

燕皇闻言朗然一笑，侧头望向刑天：“凰儿多年未回北燕，近来军中也无大事，待过了册封大典你便陪凰儿去皇陵拜祭先皇后，顺便带她在燕京走动走动！”

“是。”刑天起身拱手回道，移目望向对面桌案风姿秀致的女子举步走了过去，在桌案前停下，执起白玉酒壶将她面前空落的酒杯斟满。

“一年，本将足以征服公主的心。”一双黑眸一眨不眨地盯着她的眼，声音低得只有她们这一桌听见，却是狂妄之极。

烟落冷然失笑，望向那笑意狂妄的男子，低声问道：“将军当本宫是一支敌军，还是一座城池，要让你用一年的时间攻打征服？”

爱情，是一场战争吗？

刑天唇角勾起一丝笑，若真只是一座城池便也简单了，而她却比拿下一座城池还要费神，不过他也不是轻易认输的人，抬手举了举自己手中酒杯：“臣恭贺公主还朝！”

烟落微怔片刻，执杯一饮而尽：“多谢。”

两人这一番悄悄话除了边上的萧清越和连池两人，看在别人眼中却是别样的暧昧。一场名为给她接风洗尘的家宴，却演变成了一场别扭的相亲宴一般。

宫宴之后，华清宫竟然变得格外热闹起来，后宫嫔妃和诸皇子们日日前来问候，好不殷勤，直让他们招架不住。礼部张罗着半月之后的公主册封大典，大典的排场竟是比太子册封典礼有过之而无不及。

阳光温暖的午后，花园清幽雅致，烟落躲过那些麻烦的人来到后园，便看见萧清越靠着轮椅睡得香甜，拿着薄毯悄然走近前去搭在她腿上。

萧清越虽无一身功夫，但警觉性比任何人都高，霍地睁开眼，一见是她，笑语问道："那些人都打发走了？"

烟落起手斟了杯茶，递到她唇边，轻然一笑："有何公公在。"

燕皇对她百般荣宠，本意是想弥补于她，却也在无意之中将她推到了风口浪尖上招人嫉恨。皇宫里的人最惯笑里藏刀，谁也不知道什么时候会被所谓的兄弟姐妹推上死路。

"百里行素还没有回来吗？"萧清越见她沉默不语，扯开话题问道。

烟落沉默片刻，道："去金山也好几天了，没见回来。"

"不是又到哪个烟花柳巷去了吧。"萧清越不屑地哼道，"从来了北燕皇宫，他就变得怪怪的，好似故意躲着你似的。"

躲着她？！

烟落纤眉微挑，她不躲他就好了，他还躲着她？

半月之后，北燕皇朝尊一品圣皇欣公主的册封大典在一片庄严肃穆的宫乐声中，昭告了天下。燕京山下一片欢腾，百姓争相聚集在王宫外的望川楼下，等待着一睹这王朝最尊贵的公主。

皇宫内，黄幡飘扬，镶金丝的红毯从奉先殿延伸到望川楼，禁卫十步一岗分列两边，好一派威严。

仪乐声声，礼炮鸣响。妆容明艳的女子自奉先殿缓步而出，明黄的宫装上绣着凤凰于飞，长长的袍摆拖展在身后如凤尾一般，头冠上的珍珠摇曳出华丽的光影，红毯两侧的禁卫齐齐退后，跪地恭迎。

她侧头望了望旁边坐在轮椅之上的萧清越，一步步登上望川之楼。燕皇眉眼一片祥和慈爱，握着她的手高高举起，望向下方的百姓，高声道："朕最尊贵的女儿！圣皇欣公主！"

万民齐齐跪拜："吾皇万岁！万岁！万万岁！公主千岁！千岁！千千岁！"铺天盖地的呼声，响彻燕京的上空。

踏上这一步，她以为她已经挣脱了命运！

直到多年之后，她才知道，红尘辗转，与天争命，她终究还只是他人手中提线的木偶，走在别人预定的道路，了无尽头……

绮凰轩，坐落于北燕皇宫东角，花木扶疏，一泓碧水之上长长的水榭走廊延伸到殿中，没有皇宫的庄严肃穆，倒多了几分别样的清幽雅致。

烟落推着萧清越缓步走在水榭长廊，连池带着连美人跟在身侧，一人一兽流连张望：

“小师妹，你的皇帝爹对你还真是舍得啊！燕京那处别宫已经是不得了了，这一处绮凰轩这么秀美别致，我从来没看过这么漂亮的地方！”

烟落环顾着四周美景，眉目前一如往昔的沉静淡然。华美的宫殿也好，尊贵的封号也罢，只是属于她所在的这具身体的，她从不贪心不属于自己的东西。

在他们师徒三人的努力医治之下，加上北燕上好的药材和难得的蛟龙血为引，萧清越的伤势已经大有好转，虽还不能下地行走，手却可以开始做一些轻微的动作。

“小烟，你现在可是公主了，天天为我这么忙前忙后的，别人会笑话的。”萧清越微一侧头含笑言道。

烟落抿唇轻笑：“你还是我姐姐，一直是。”这样一直为她无怨无悔付出的姐姐，她如何舍弃，若不是有她这数年来的护佑，又何来今日的她？

萧清越的起居饮食用药，她从来都是亲力为之，不愿假手于人。百里行素自金山回来甚少与她们同行，只有在医治萧清越的时候才会出现，多数时候是在燕京城中寻花逐艳。

刚进到殿中坐下，便听殿外的小太监进来道：“公主殿下，仪皇贵妃和初云公主前来恭贺公主迁入新居！”

烟落淡眉微皱，虽不想见，但仪皇贵妃如今是正一品的后妃，宫中无后，她便相当于这六宫之主一般，她若不见还不定会招什么麻烦：“请她们到濯香殿。”

濯香殿内，燕初云难得穿了一身浅紫的宫裙，显得娇俏可人，四下打量着绮凰轩的景致，看到一身织锦宫裙的女子缓步走来，笑着迎了上去：“皇姐，你的宫殿真漂亮，我也想来住。”

烟落含笑点了点头：“你要喜欢的话，住过来也无妨。”燕初云有时候虽然任性，但性子直爽，与萧清越一般，她并不讨厌。

“初云，你这是说的什么话！”仪皇贵妃上前轻斥，而后笑意温婉望向烟落，“初云还小，不懂事，以后全仗你这做姐姐的多教导。”

烟落只是含笑，眸中清冷一片。

“越姐姐呢？她跟你一起来了吗？她的伤怎么样了？”燕初云亲昵地拉着她的手问道。

“她在后殿，伤势大有起色，过上数月估计便可恢复了。”烟落坦然回道。

燕初云闻言眸光一亮：“真的可以像以前一样厉害吗？你不知道当年皇姐和越姐姐在赤水平原与刑天一战的事，太厉害了，还把那家伙狠狠摆了一道，太解气了。”谁让她每次偷跑，那家伙就带兵把她抓回来，“等越姐姐好了，我一定要拜她为师！”

仪皇贵妃哪想到自己的女儿与这两人竟然要好成这般：“看到你们姐妹和睦，本宫也安心了。”

烟落笑意清淡：“初云很率直，和姐姐一样。”这样的女子没那么深沉的心机，有什么说什么，想什么做什么，不用去费心提防。

“还有啊，上回你们藏在我宫里，刑天把假扮你的那个宫女真娶了回去，不过前些日子好像已经发现了把人赶了出去。”燕初云忍不住偷笑道。

仪皇贵妃闻言笑意微僵，原来刑天纳那宫女为妾，是因为她。

“父皇也真是的，怎么想起来把皇姐推给只会带兵打仗抓人的家伙？”燕初云心中为她抱怨，“他只是父皇捡回来的，要不是因为皇姐失踪，父皇就不会出宫遇上他，更不会有今天的什么大将军。”

烟落眸中一闪而过的讶异之色，她只听燕皇说刑天是他抚养成人的，没想到其中还有这一点隐情。正在这时，便听得宫人来报：“公主殿下，刑将军在外求见，说是今日陪公主前去皇陵祭拜皇后娘娘。”

春光明媚，庭园中满目繁花，轻风一过，零星的花瓣随风飞扬，带着迷离的香气笼罩在整座绮凰轩，树下身形颀长的俊朗男子一身深蓝锦绣长袍，愈发显得意气风发。

烟落送走仪皇贵妃母女二人，也没有差人朝刑天回话，径自在殿中与萧清越一道品茶聊天。连池扭头望了望水榭走廊外若隐若现的身影，说道：“小师妹，他都在那儿站了一个时辰了。”

“我该说的都说了。”她神色一如往昔的淡漠，那样直言的拒绝，他还听不懂吗？

萧清越摇头失笑：“小烟，到底中意什么样的？”

即便她们姐妹情深，却总有着自己的秘密藏在心头没有坦白，她是如此，小烟亦是如此，因为即便是彼此，她们都不敢去相信啊！

烟落闻言微然一笑，眉目清冷：“什么样的都不需要。”不需要爱，也不需要被爱。

“是吗？”萧清越扬唇一笑，眼底有一掠而过的狡黠，“若是那中州王不是傻子，知道了你在燕京，你说他会不会追来！”

烟落低眉抿了口茶，修长如扇的长睫掩去眼底一闪而过的慌乱之色。从那一剑刺出，她刻意让自己遗忘与他相遇的所有，不去想，不去提，不去在意，是不是这样就真的能了断了。

“狐狸精不知受了什么刺激，最近真是安静得不像话。”萧清越无奈叹道，她连个吵架的对象都没有。

“是呢。”连池点头附和道，目光一转望向烟落：“小师妹，你是不是跟师傅吵架了，他现在处处都避着你！”从区城走的时候还好好的，他们到了燕京，就直感觉到不对劲。

她淡笑摇头，起身道：“我去皇陵，连池你帮我照顾姐姐，我很快回来。”她不愿去，亦不想与外面那人有任何发展，但若不去又招人话柄，指责她不孝，只希望萧清越的伤能够快些好起来，他们才好脱身。

花树之下，身旁的侍卫出声："将军，公主出来了。"

刑天转身望去，黑眸中的惊艳之色一掠而过。一袭简单高腰襦裙的女子缓步而来，配着一条绣金的披帛，随意中多了份雍容，走起路来裙衫随风飘舞，恍若天仙美人。

他不是执著于美色相貌的人，这一刻也不由因为这份光华而震撼，拱手上前见礼："臣见过公主殿下。"

"时候不早了，走吧！"她语气淡淡。故意拖着时间到午后，到了皇陵再回来也差不多天色晚了，她便不必再依燕皇所言跟他去燕京游走。

宽敞华丽的马车，两人相对而坐，烟落侧头望着车窗外繁华的街市，眉眼沉静而淡漠。刑天目光毫不掩饰地停留在她身上，她的神色始终都是这般清冷，不论是封为公主也好，再大的赏赐也好，她始终是这般淡漠如水。

"公主很厌烦本将？"他从来不是说话拐弯的人，有话自然直言相问。

烟落收回目光望了望对面的男子："该说的，都已经说了，是将军听得不够明白，还是本宫说得不够清楚？"语气淡漠而疏离。

"公主说得明白，本将也听得明白。"刑天平静地说道。

烟落闻言淡眉微蹙："若是那天宴会上的话让将军颜面尽失的话，本宫道歉。"唇角勾起清淡的笑意，"这北燕上下对将军倾心的女子多不胜数，你手握重兵，也不需要娶本宫来巩固权力，何必如此？"

刑天刚毅的面容勾起笑意，决然言道："本将就看上你一个。"

"我没看上你。"干脆利落的回答，毫不留情的拒绝。

意料之中的回答，刑天不怒反笑，半晌之后缓缓言道："在公主眼中，权势是什么？"

烟落闻言，眸底的讽刺一闪而过："是掌控他人的命运吧！"

刑天侧头望向车窗外，天高云淡，微微叹息说道："对于有的人而言是，对我而言，只是可以掌控自己的命运，让自己可以像个人一样地活着。"沉吟半刻，移目望向她道，"我是个粗人，只懂行军带兵，不懂这些儿女情长，以往若是得罪了你，也请放下不要计较，绮凰。"他没有再以公主相称，却是直唤她的名字。

"所以呢？你恨他们？"烟落淡声问道，一介平民在皇宫之中与皇子们一起，可想而知会是什么光景。

"我始终只是一个外人而已。若是没有遇上燕皇，我也只是街面乞讨为生的乞丐，永远也不可能走到今天这一步。"他语气平静地说道，"燕皇视我为亲生抚养，我得对得起他。"

"他很信任你。"烟落淡淡地言道。

"当年若不是你失踪，我不会有这样的幸运。"他望向她朗然一笑，目光有一闪而过的叹息之色，“换言之，是因为你的不幸，而造就了我的幸运。”

“流落在外，不一定就是不幸，起码我遇到了珍贵的姐妹。”不是姐妹，却胜过亲姐妹的萧清越，无怨无悔保护她的萧清越，这十五年，值了。

马车缓缓而行，出了燕京城到了龙骨山下，她掀帘而出，看到伸在面前一双布满粗茧的手，不由一愣。

刑天望了望自己的手，有些不好意思道：“你别嫌弃！”在那座皇宫之中，他只有不断努力才能变强，才能不被人踩在脚下，而他也终于做到了。

烟落没有伸手，纵身便落在了几步之外，淡声道：“走吧！”

刑天快步跟上前去，将皇陵内的所有机关关闭，偌大的皇陵中两人的脚步声格外清晰。

烟落漫不经心问道：“你守过皇陵？”这里的机关错综复杂，他竟然这般精确地破解关闭。

“没有，十岁的时候燕皇带众皇子前来祭祖，我不小心被关在了这里一段日子，对这里的机关便也熟识了。”他语气平静无波，神色间的沉重一掠而过。

烟落默然，想来这不小心做出来的人，又是她的哪位皇兄吧！

拜祭了皇后，她又去了一次蛟龙池，平静的湖面骤起波澜。蓝蛟破水而出，看到她走来仰头长啸一声，亲昵地伸过庞大的头来。烟落抿唇一笑，踮起脚伸手摸了摸他颈上未愈的伤口：“上次，谢谢你了，还出手伤你，对不起。”

刑天站在一旁饶有兴趣地望着一人一蛟，不由忆起那日她闯皇陵的种种，刚毅的唇角勾起若有若无的笑意。

再回到燕京城之时，天色已经暗了。

天际云霞满天，瑰丽动人，马车缓缓驶回到燕京城，城内灯火次第而亮，明亮而动人。

“我去别宫取点东西。”萧清越的药还有些在别宫，正好去取了回宫。

刑天让车夫将马车赶往别宫，她刚一跳下马车便看到灯影之下一大一小的两人，他们怎么跑来了？

修聿牵着无忧瞧着步下马车的女子，眉眼间泛起缠绕不尽的相思与温柔，看到马车上掀帘而出的男人，面上的笑意缓缓褪尽……

她怔怔地望着灯影之下的两人，仿佛周围所有的声音都沉寂了下来，无数的回忆铺天盖地地涌来，既惊讶又激动。灯影下那一大一小的身影就那样撞入她的眼中，小的一身银丝锦袍，浑身透着一股可爱活泼的灵秀之气；一身浅紫织锦长袍的男子，那幽深的眼底似透着几分牵挂之意……

“伤可好了？”

“伤可好了？”

两人不由自主同时问出声来，于是相视一笑。

“烟姑姑。”无忧一把抱住她的腿，扬起小脸甜甜地唤道。

她按捺住所有的思绪，轻然出声：“你们……你们怎么会在这里？”

“本将也很想知道，中州王怎么来了燕京，北燕可再没有金线莲供你取了。”刑天举步上前，悄然站在她身旁。

修聿闻言移目望向他，笑意从容而优雅：“本王此行前来，正是为了之前取莲之事向燕皇赔罪。”

“中州王不觉得有些晚了吗？”刑天声音冷冽了几分。

修聿神情复杂地望着眼前并肩而立的两人，只觉一种微酸的感觉在心底泛滥，这就是嫉妒吗？

“烟姑姑，你可不可以……可不可以请我们吃饭？”无忧可怜兮兮地望着她，小手摸了摸扁扁的肚子，“银子在祁连叔叔身上，他明天才来燕京，我们……”

烟落闻言哭笑不得，修聿心虚地摸了摸鼻子，面上泛起一丝困窘之色。

“走吧！”她躬身将无忧抱起，朝别宫内步去。

无忧伸出温软的小手轻轻抚了抚她的额头：“对不起，是无忧错了，烟姑姑还疼吗？”

她扬唇轻笑：“不疼了。”娇儿在怀，无尽的酸涩涌上心头，眼底弥漫起一片水汽。这个怀抱她思念了多久，她的孩子，她亲爱的无忧。

修聿望着前面抱着孩子的女子，唇角漾起轻浅的笑意，没有太多的语言，他们三个就像是分别已久的亲人重聚。

如果眼前的她，就是这个孩子的母亲，他们一起会有多么的幸福！

刑天眉眼冷峻，紧抿着唇不再言语。他第一次看到她原来也是可以笑得这样幸福的，只是这抹笑并不是因他而绽放。

烟落在前厅将无忧放下，转身朝刑天道：“劳烦将军送本宫回来，多谢。”言下之意已然是下了逐客令。

刑天目光瞥了一眼旁边的父子两人：“中州王和世子呢？”

“将军在怀疑本宫什么？”烟落纤眉微皱。

“末将不敢。”刑天沉声回道，只是这父子两个留在这里，他心里很是不舒服。

诡异的沉默在厅内弥漫，宫中来人寻了刑天入宫，她一向不喜热闹，别宫内也没有太多下人。

“无忧想吃什么？”烟落牵起无忧侧头问道。

“我要吃糖包。”无忧扬起小脸道。

“不准。”修聿沉声拒绝，“你是想再拔一颗牙是不是？”

无忧小手一下捂住嘴，头摇得跟拨浪鼓似的。虽然他很想吃糖包，可是拔牙真的很疼的。

烟落带着无忧洗手洗脸完了，进到厨房便看到俊朗高华的男子正挽着袖子在灶台前忙碌，一股暖流从心底缓缓流淌而出。

“看我爹爹很厉害吧！”无忧一脸骄傲地说道，“祁月叔叔就说爹爹上得朝堂，下得厨房。”

修聿闻言手中的盘子差点就滑了手，回头瞪他一眼：“谁叫你一天到晚听祁月说些有的没的？”

烟落将菜端到旁边的木桌上，桌椅很简单，是平日别宫里下人们用餐之处。无忧跟在身后望着前面的背影，大大的眼睛满是笑意，他好喜欢跟烟姑姑和爹爹在一起。

无忧稚气的声音在背后响起：“我以后长大了要娶个像烟姑姑的媳妇。”

烟落闻言失笑，将他抱起坐好，笑着刮了刮他的鼻子：“你这小家伙，才几岁就想着娶媳妇啦？”

无忧嘻嘻地笑着，拿起桌上的梅花糕咬了一口：“烟姑姑，你做的比爹爹做的还好吃！”

她抿唇浅笑，抬手擦了擦他满面的碎屑，目光温柔而慈爱。无忧拿起糕点塞到她面前：“烟姑姑，你也吃嘛！”

她笑着接过咬了一口，梅花的清香瞬间在唇齿间蔓延开来，千百种思绪哽在喉间，有点苦涩，更多的是喜悦。

“烟姑姑，祁月叔叔说你要嫁人了，是真的吗？你不要我和爹爹了吗？”无忧仰着小脸问道，小嘴扁着，“是不是刚才那个坏叔叔？”

烟落闻言失笑，捏了捏他包子似的小脸，道：“祁月叔叔骗你的，姑姑没有嫁人。”

“真的吗？”大眼睛顿时眸光一亮，“那你会做我娘吗？”

烟落笑意微僵，抿唇沉默不语，她何尝不想与骨肉相认，可是她还有太多的事没有做，如何舍得将唯一的亲人再卷入血腥权谋之中。

无忧定定地望着她的眼睛，等着她的回答。修聿闻言举步走近前来，打破沉默：“不是叫了一路，还不快吃。”

“要不是你跑那么快，我也不用饿了半天。”无忧气鼓鼓地望向他。

修聿眉眼微横，无忧立即乖乖埋头扒饭，咕哝：“坏爹爹！”

烟落不时替无忧夹着菜，突然一只碗伸到她面前，修聿面上似有几分幽怨：“不要厚此薄彼！”

她无奈一笑，夹了根青菜放到他碗中。修聿嘴角泛开一抹笑，眉眼间柔情眷眷。

暖暖的烛火照耀在狭小的屋子，一切都显得暖暖的，沉静而美好。

谁都没有发现，远处桃花树下有白衣翩然的身影默默伫立，望着屋内的几人，目光沉静而幽远，敛去了一身的风流，月光之下一身萧索，满心寂寥。

踌躇良久，终是没有上前去打扰这份难得的安宁，转身隐入夜色之中，就像从来不曾出现一般。

一路劳顿，用了晚膳，无忧便已经昏昏欲睡。烟落将其送到自己的寝室睡下，小心地抽出被他拉着的衣袖，抚了抚孩子稚气的小脸。上天对她再残酷，起码……还让这个孩子平安地成长着。

蓦然想起过往的一幕幕：初遇时跑到她面前的俊秀孩子，上将军府满院奔跑的快乐孩子，可是她却将他遗忘了四年，不管不顾，不闻不问。

如今触手可及，她却无法与他母子相认。

修聿扶门而立，看到坐在榻边眉眼温柔的女子，数日悬着的心悄然安定下来，总觉得眼前的人似乎已经相识了很久很久，没有太多言语，心却可以那样地贴近。

良久，她发觉背后的目光，面色回复一向的淡漠，起身道："你早点休息。"

修聿拉住她的手臂，定定地望着她的眼睛："你可以为了让我们脱身，不惜冒死顶罪，为什么，为什么就不能接受我？明明担心着我，却又逃避我，你到底怕什么？"

她侧头避开他灼灼的目光，以尽量平静的语气道："你救我一命，我还你一命，如此而已。"

她是本不该留于世间的一缕孤魂，洛家的灭门真相等着她去查明，血海深仇等着她回去报，她不知道自己什么时候会离去，既然已经看到了生命的结局，又何必……又何必奢望这些不属于她的。

"就这么简单吗？你看着我的眼睛。"他抬手扳正她的脸，让她直视着自己的眼睛，"我也明明白白告诉你，要么你跟着我们走，要么我带无忧就一直跟着你，看你能躲到什么时候？"

命运的红线，到底是什么时候将他们牵在了一起？

是从数十年前，带着幽幽白莲香撞入他怀中的失明少女？还是她将初生的婴儿交于他手之时？抑或是对相国府那孤苦少女的不经意相助……

# 第八章　修聿逼婚

晴空万里，云淡，风清。

薄如轻纱的日光照入殿内，金银参镂的彩漆榻上端坐的女子怔然，修长的手指轻托着碧玉茶盏，茶已经凉透。

萧清越靠着轮椅望着怔然出神的女子，眸子微眯，试探着问道："是刑天怎么你了，还是……中州王来了燕京？"

"啊？"烟落匆忙回神，手指一松茶盏顿时跌落在地。

萧清越无奈摇头，她的反应，答案不言而喻："看来是他们父子两个喽！你说你什么都不怕，偏偏怕这一大一小，看来他们还真是你命中的天魔星。肯定是上辈子欠他们俩太多，这辈子才死缠着你，要你偿还。"

烟落默然一笑，真的是上辈子欠下了啊。

"小烟，要是喜欢的话，就不要再犹豫了。"萧清越望着她认真地说道，百里行素、刑天、中州王，三个人中，中州王算是比较顺眼的，她不反对。

"我不是……"

"小烟，你可以对每个人冷漠，却独独对他例外，其实自己也明白，只是不想去面对罢了。从你在西川平原一剑刺伤他，不顾一切为他冒死认罪，这个答案已经明了了。"萧清越平静地说道，微微叹息道，"人生短促，在能爱的时候就珍惜吧，小烟！"

她这个局外人可是看得清明。她因那父子两个不经意间流露温柔之色，尤其是在九曲深谷回来之后，只是她生性凉薄，即便是对人的喜欢，也是这样内敛。

"我不能！"她低眉喃喃道。

"你现在已经脱离了萧家，而且还是北燕的公主，即便萧家再厉害，也不敢轻易动你。"萧清越温声劝道，"既然这样，你还怕什么？"

她低眉抿着唇，她可以脱离萧家，却逃脱不了命运的捉弄啊！

她怕会牵连到他和无忧，她怕自己活得不够长寿，她怕再一次的倾心相付又会换来失落的结局，她怕她的一生注定了悲绝的命运……

殿外的宫人低垂着头进殿提醒道："公主殿下，未时了，陛下约了你去华清宫下棋，该过去了。"

烟落起身行至殿门，听到背后萧清越的声音："小烟，试着相信一次吧，给自己一个拥有幸福的机会。"

幸福？

她抬头望向渺远的天际，勾唇笑了起来，难掩苦涩和悲凉。

她还敢相信，还能相信吗？

华清宫，空气中弥漫着独特的清雅香气，闻来醒脑又清心，很是特别。

"凰儿，该你了。"燕皇出声提醒着对面怔然出神的女子。

烟落瞬间回过神来，落下一子。燕皇闻言摇了摇头，将手中的黑子搁下，抬眸望向面前的女子笑语道："凰儿今日可是不专心啊！"

她惊怔着低眉一看，棋盘之上白子已经被黑子围得毫无生路，而自己方才那一子分明就是将所有的白子送入了绝境："我输了。"

燕皇端起茶盏抿了口茶，含笑问道："有心事？"

"没有。"她淡笑摇头。

燕皇摇头失笑，起身下榻："陪父皇出去走走。"

二人一道出了华清宫，登上了望川楼，抬眼望去，整座北燕皇宫都尽收眼底，而另一面可以望见燕京城的街市，好一派恢弘壮丽的画面。

"这片大好河山，终是要乱了。"燕皇深深地叹息道。

烟落闻言纤眉微皱。身为一国之君无不是希望自己治下的国家能成为一个太平盛世，他的这一句乱，让她都不由心生寒意："父皇多虑了，北燕国力强盛，举国安好，何来乱相？"

燕皇闻言一笑，负手望向燕京城，目光深沉而幽远："天下之势，合久必分，分久必合。"一边走一边说道，"凰儿不喜权谋争斗，不懂这些帝王之道，自然甚少关心这天下之势。东西南北四国表面和平，百年以来暗斗不休，大昱皇族暗伏于四国之中，企图复辟，这样的天下，如何不乱？"

"父皇是说……大昱皇族的人还在四国之间？"烟落问道。

燕皇叹息，点了点头："百年之前，大昱皇朝，帝王昏庸暴政，天下大乱，这才裂为如今的东齐、西楚、南越、北燕四国，而其中尤以西楚和北燕为强。四国一直都未放弃过查访大昱皇族中人，但多年以来都收获甚微。这些人一旦有所行动，这天下岂能不乱？"

"天下四国会……重新回到大昱皇朝的统治？"她有些难以置信。

燕皇含笑摇头："这未来的事，谁能知道？这四国之间，尤以中州王和西楚大帝叔侄二人最有实力，还有如今的东齐太子，少年成名，虽是储君却已经把持了东齐，再有那隐于四国之间的大昱皇族后人……"这一个个都是将来逐鹿天下的俊杰之才，只是如今他已经没了少年之时的那份壮志，再没那个力气去争这天下。

烟落抿唇沉默，这看似平静的四国，看来也是暗涌无数。

"如此一来，不外乎两种结果。要么这四人之中有一人统一天下为帝，要么四国依旧存在，只是换了格局。"燕皇郑重说道。

烟落心头一惊，若照他所言，北燕岂不是岌岌可危？

"朕年事已高，众皇子中无一人可与这四人相提并论，析儿和谦儿算是皇子之中的佼佼者，然而都未有历练，难成大器。"燕皇面色平静地说道。

她抿唇望向身旁华发已生的长者，缓缓言道："所以战事一起，北燕和南越就会是最先遭到进攻的，是吗？"

燕皇含笑点了点头，目光中难掩赞赏之意："不愧是朕的女儿，心思敏锐。"众多儿女之中，却数这个女儿最是冷静聪慧。若是个男儿之身，北燕的将来定会是另一番局面。

"那个大昱皇朝……真的如此可怕吗？"她拧眉，喃喃出声。

"你在西楚多年，可知前朝相国洛家？"他侧头出声问道。

"洛家？"她的心随着这两个字猛然一震，"父皇……也知道洛家的事？"

"年轻之时，与西楚先帝和洛相交手可不止一次，有几分交情，只是没想到那样庞大的洛家竟然会是那样的结局。"燕皇敛目叹息道，沉默了良久缓缓出声道，"而洛相的夫人华容……便是大昱皇朝之人。"

母亲……是大昱皇朝之人？！

为何她从来不知？她唇上的血色缓缓褪尽，这到底是怎么回事啊？

燕皇敛目回忆起数年之前在雪原之上那一抹绝艳的倩影，心中感慨万千："华容是个难得的奇女子，文才武艺都堪称绝妙，本是受大昱皇朝之命嫁于西楚先帝为妃，监视西楚的一切动向。却偏偏是天意吧，华容与相国相爱，西楚先帝亦是深爱着华容，两人同心方才将其救出，脱离大昱皇朝成为西楚的相国夫人。也正是因此，洛家感念西楚先帝的成全，忠心辅助楚帝开疆拓土。"

烟落抿着唇，按捺住心头翻涌的思绪，问道："会不会洛家的灭门案，也与大昱有关？"

“因为华容反出大昱，大昱在西楚先帝和洛家联手之下遭遇重创，只是没想到洛家终究还是……”燕皇无奈叹息，不忍再讲下去。

烟落抿唇沉默，萧家的背后真是大昱皇朝吗?

这般扑朔迷离的真相，一个又一个人被牵出来，锦瑟、楚策、萧家，再到这神秘的大昱皇族，她的敌人越来越多，越来越强大，凭她一己之力，又如何报得大仇?

那些深夜纠缠的梦魇，内心仇恨之火的煎熬无时无刻不撕扯着她的灵魂，一个楚策、一个萧家已经让她难以应付，还有一个足以撼动四国的大昱皇族，她要怎么办?

燕皇负手而立，眉眼间威严自成，说了压抑在心头多年的话，心情似乎轻松了几分，侧头却看到身旁的女子一脸沉重的神情：“凰儿？”

她闻声便回过神来：“父皇。”只是燕皇为何突然对她说起这番话?

燕皇望了望下方急步而来的何方，笑语道：“走吧！才走开一会儿尾巴就跟来了。”

她抿唇而笑，探手扶着他下楼：“若是北燕处境如此危急，父皇可有解救之法？”没有哪个皇帝希望自己治下的百姓受战乱之苦。燕皇勤政爱民，便更加不会弃他的子民于不顾，而他方才的那一番话，也定是别有用意的。

“罢了，这些都是朝堂上的事，你不必费心。”燕皇侧头望了望她，满面慈爱之色，“清越的伤如何了？”

“大有好转，估计下个月便能够下地走路，再好好调养想必定然能恢复如初。”她坦然回话道，“多谢父皇这般不遗余力帮助越姐姐治伤。”

且不说那每几日在金山上采集所用的珍贵药材，金线莲是北燕皇族的挚宝，这一株怕是留着以给燕皇自身将来所用，如今却给了她们；蛟龙还是北燕皇族神兽，以蛟龙血为引的确让萧清越的伤势大有好转。这所有的一切朝臣们都是极力反对的。

“你在外十五年，在萧家也受尽了委屈。所幸遇上这么一个知心疼爱你的姐姐，为了你连西楚上将军都丢了，还伤成这般。这份恩德，父皇岂能视而不见？”燕皇含笑言道，萧赫这人心思歹毒，却不想会生出一个如此巾帼不让须眉的好女儿。

烟落抿唇一笑，眉眼泛起柔和：“我欠姐姐太多。”

“前日中州王和世子一道来宫中见了朕，言语之间提起你们认识的事。没想到那个时候你已经来了北燕，只可惜父皇没能早些找回你，才让你在萧家受了那么多委屈。”燕皇缓缓说道，目光中满是歉疚之色，“父皇知你们姐妹痛恨萧家，但萧家牵连太大，想来也正是因此楚帝才有顾忌，对萧家一再容忍。你们没有十足的把握，也不要轻举妄动。”

“父皇也和大昱交过手吗？”烟落追问道，这个潜伏于四国的前朝皇族，就那么难以对付吗?

燕皇深深地叹息，缓缓言道：“十五年前的齐王之乱，若不是因为他们，你的母后不会死……你也不会流落在外十五年饱受欺凌。”

大昱的皇族野心何其之大，连西楚和北燕这两大强国都可以下手，那东齐和南越可想而知。他们无所不在，却藏得了无踪迹。

烟落沉默。她从未想到洛家的血案会与已经灭亡近百年的大昱皇族牵连一起，而母亲是大昱人更是从未知晓。

“凰儿，听天儿说中州王来了燕京，你们之前还一起来过北燕皇宫，可是真的？”燕皇一边走一边问道，半晌不见边上的人出声，不由道，“凰儿？”

烟落回过神来：“父皇，何事？”

“父皇问你，是否与中州王相识已久了？”燕皇侧头问道。

烟落闻言沉默了片刻，淡然一笑回道：“几面之缘，算不得相识。”

燕皇笑了笑，也不再追问下去，虽不知她为何一再撇清与中州王的关系，但相信他们之间绝不仅仅只是几面之缘那么简单。

“陛下！”何方气喘吁吁地追了过来，在燕皇身旁耳语了几句。燕皇面色微变，侧头朝烟落道：“凰儿，你自己回宫吧，父皇要先去奉先殿。”

她点了点头，正欲回绮凰轩去见萧清越，便见有宫人疾步前来，行了礼道：“萧姑娘让奴婢通知公主殿下，初云公主将中州王和世子带入宫了。”

烟落拧眉沉默了片刻，出声道：“刑天将军可还在宫中？”

“大将军每日会到宫中巡查守卫状况，这时候差不多要出宫了。”

“你回绮凰轩回话，说本宫与刑将军去观音湖赏景去了，晚些再回去。”烟落吩咐完，便直接到宫门处去了。

无忧吵着要见烟落，燕初云带着父子二人到了绮凰轩，小家伙将殿内找了个遍，却只看到院中晒着太阳小睡的萧清越，哭丧着脸道：“烟姑姑不在这里？”

萧清越打了个呵欠，瞅了瞅几人，没好气道：“小烟约了刑天去观音湖赏景，刚走。”

“前些日子父皇赐婚，皇姐不是回绝了，怎么会跟刑天那家伙……”燕初云嘀咕道。

“小丫头你懂什么？你父皇不是也说了，让他们一年好好相处，感情是可以培养的嘛。”萧清越添油加醋地说道。

听了这话，一向好脾气的中州王殿下不高兴了，脸也黑了，抱起儿子也出宫赏景去，远远便看到正上了将军府马车的女子。

“爹爹，是烟姑姑上了马车。”无忧说道。

刑天侧头望了望远处的一行人，随着上了马车，平静说道：“公主殿下不是要约臣游湖赏景，是想拿臣做挡箭牌吧。”

“不是说了有一年时间相处吗？”烟落淡声说道。

刑天勾唇一笑，答非所问：“这挡箭牌的差事若再有，公主尽管吩咐。”

“多谢。”烟落道。

之后一连数日中州王入宫，便只从绮凰轩宫人口中听到，公主约刑天将军出宫踏青赏景去了。第四天的时候，父子二人干脆在宫里不走了，守株待兔。

等了一天一夜，何方过来说，公主与刑天将军去西山狩猎去了。

第十天，宫内传出消息说萧清越病情恶化，烟落这才急急回到宫中。萧清越一动不动地躺在榻上，欲哭无泪：“你再不回来，他们非把我吃了不可！”

烟落探手为其诊脉，修聿淡然出声：“我点了她的穴，御医误诊而已。”

“中州王不觉得自己行事过分吗？”烟落冷声说道。

修聿沉声道：“我不出此下策，你会回来？”

烟落望了望萧清越和窝在榻上睡着的无忧，不想吵着他们便起身出门。修聿跟着出去，便看到碧柳依依中静然而立的背影，上前沉声道：“为什么跟那个人走在一起？”

烟落敛目沉默片刻，转身清然一笑：“我与未来驸马相处些日子，增进些了解，需要跟你汇报吗？”

未来驸马？！

中州王殿下咬牙切齿地咀嚼着这四个字，深深吸了口气认真说道：“别拿刑天做挡箭牌，为什么躲着我？”

“我不喜欢你。”烟落直直望着他说道。

修聿微怔，却也明白，这个女人是不会轻易动心喜欢一个人的。如萧清越所说，感情是可以慢慢培养的嘛。

“我们不是一路人，回你该回的地方去。”烟落淡声说道。

“我若不走呢？”

她敛目沉吟片刻，直言道：“你知道大昱吗？”

修聿瞳孔微缩，眸底一抹清光掠过：“燕皇告诉你的？”

“嗯。”

“你恨大昱？”

“势不两立，不共戴天。”语气清淡，话音铮铮，让人不寒而栗。

修聿探手握住她微凉的柔荑，认真言道：“过去的已经过去，你还活着。你已经找到了自己的家人，何必再为了仇恨赔上自己的一生？”

“没有过去。”她不动声色抽回手，沉声说道，“没有经历过真正绝望的失去，你又如何了解那种恨的痛苦？它就像是梦魇一般的纠缠，像地狱的烈火一般地炙烤着灵魂，这样的恨……谁也无法救赎。”

修聿望着那双宁静沉着的眼睛，道：“我可以帮你。”

“不需要，我也不相信你。”她平静说道。

“你……”修聿沉声说道，“你可知道燕皇此刻在见什么人？”

她纤眉微微皱起，忆起望川楼上那一番沉重的对话，心中泛起隐约的不安：“何人？”

“西楚大帝和东齐太子都瞅准了北燕，已经派了使臣前来北燕。我想不用我说，你该明白燕皇说那番话的意思了？”他平静地说道，“没有哪个皇帝会因一人而置天下于不顾，即便你是他最疼爱的女儿。帝王家的宠爱都是要付出代价的。”

过了许久，她唇角绽起一抹轻浅的笑：“和亲吗？”

他说得对。帝王家的宠爱是要付出代价，尊贵的荣宠，为的就是今天吗？

“如今萧清越重伤未愈，以你的个性，你会弃她于不顾吗？”他一眨不眨地盯着她的眼睛。她就是那样，看似凉薄无情，却比任何人都重情义，只要自己认定了要保护的，就不惜一切去保护。

“你什么时候知道的？”烟落淡声问道。

“如果我猜得没错，东齐太子定与大昱有关，只怕如今的南越早已暗中易主了。如今北燕只有两条路，要么与东齐联手灭西楚，要么……与西楚联手对付东齐太子。”他探手握住她的手，沉声说道，“你既要救萧清越，就必须做出选择。”

“你要我利用你？”

他朗然一笑：“你是北燕公主也好，是萧家的女儿也好，我只认定，你是我看上的女人而已。”既然在意她，即便是利用，他也甘之如饴。

他从不在意她是什么身份，是美还是丑。他疼惜的是她眼底的沧桑与倔犟，是那颗饱经风霜却依旧坚韧的心。

何方带着宫人急步而来，看到湖边的两人，精锐的眸子一闪，抬手让宫人止步，自行上前躬身道：“公主殿下，中州王，陛下请你们到奉先殿。”

修聿温润的眉眼间锋芒一掠而过，目光定定地望着她默然不语。良久之后，侧头道：“何公公，我们走吧！”

一路之上，他狠狠攥着她的手，不动声色间便点了她的哑穴，咬牙在她耳边道：“你这女人，就是欠治。我告诉你，除了我，你没得选。”

他平日可以让着她，由着她，可是要跟另一个男人跑，门儿都没有！

她侧头狠狠瞪着他，任凭她如何使用内力，也难以冲破这手法怪异的穴道，只是干瞪着眼被他拉着进了奉先殿。

修聿瞥了一眼殿内的人，笑意淡漠：“大将军王，好久不见。”

西楚派来的使臣，正是当朝的大将军罗衍：“没想到西川平原一别，在北燕与中州王见上了。”

修聿抿唇淡笑不语，对眼前的这个大将军王他一直很好奇。只因为东征一战成名，那

样生性多疑的楚策就对他那样信任不移，将西楚的兵权都交由此人，如今西楚的武将十有八九都是他所管制。

“烟姑……现在该称绮凰公主了，我们又见面了。”罗衍朝她见礼道，目光带着异样的审视，似是在她身上寻找着什么一般。

话音刚落，一旁的东齐士大夫诸葛清上前含笑施礼：“公主殿下金安。”诸葛清是东齐太子最为信任的人，几乎在外的很多事都交由此人处理，此刻派他前来北燕，用心不简单哪！

烟落口不能言，心中焦急万分，一再努力意图冲破穴道，却只是憋得自己面色绯红。

燕皇起身从御座上下来，望向她的目光带着几分歉疚：“凰儿，西楚大帝楚策修书前来，有意娶你为皇贵妃。东齐太子派遣上大夫诸葛大人前来欲迎娶你为东齐太子妃，还有中州王前些日子亦向朕提过娶亲之事，告诉父皇，你选哪一个？”

她抿着唇半晌也没说话，燕皇欲追问下去，修聿开口言道：“陛下不必再问她了。实不相瞒，在西楚之时本王与绮凰已然互许终身，只是其间出了些意外，她回到了北燕，本王重伤未愈，故而未能及时前来。”说话间一手搂住她的纤腰，“她已经是我的人，本王如何能让自己的女人嫁与他人？”

三人的目光都不由望向两人，他们之间相识他们都是知晓的，可是要说这什么私订终身就有点让人难以置信了。

修聿按在她腰上的手骤一用力，她只觉一阵触电般的酥麻，身形一动靠在他怀中，看在他人眼中却是一副女儿含羞带怯之意。

修聿抬眸望向燕皇，目光冷锐，带着逼人的寒芒：“绮凰与楚帝和东齐太子都不相识，难道燕皇只顾着自己的江山皇位，不顾自己女儿的幸福了吗？”

燕皇低眉沉默，这个女儿他真的欠了太多，可是初云骄纵任性，如何能堪当和亲重任？

诸葛清望着一直沉默不语的烟落，出声道：“中州王，那只是你一面之词，和亲之事是要公主做选择，不是王爷你。”

“燕皇，谁对公主真心，你看不明白吗？”修聿淡笑侃侃而谈，言辞之间句句犀利，“论先后，本王比你们谁都先来；论诚意，本王亲身前来，而楚帝和东齐太子只是派使臣前来；论感情，我们已然相识近一年。楚帝与公主也只是匆匆几面而已，何况之前还将其列为西楚在逃钦犯；东齐太子更是毫不相识，这样的比较还不够明显吗？”

罗衍目光一直望着殿上的两人，举步上前道：“中州王心思睿智，自然该明了燕皇让公主和亲的意义，中州再强，终究只是一城而已。”

以一城之力敌诸国，他就不怕与天下人为敌吗？

烟落清冷的眸子泛起水汽，这正是她所担心的。中州只是一城，若是她和亲中州就是将中州推到了风口浪尖上，让他与天下人为敌。

他本可以不管不顾，和无忧过着他们的闲散生活，何必来搅这趟浑水？

修聿勾唇一笑，直直地望着罗衍，目光犀利，言语之间霸气凛然："本王若是要争西楚的皇位，现在的皇极大殿上的人就不会是他，现在也不会有你站在本王面前。"他不是不争，他只争他要的。

一时之间罗衍亦是无言以对。中州王少年成名、名动天下之时，楚帝还只是一个落魄皇子，他若要争，今日的西楚定是另一番局面。

"嫁给楚策的女人，似乎没几个有好下场。一个爱了他十三年的女人他都可以弃之不顾，从洛皇贵妃到锦贵妃哪一个不是死无葬身之地，况且还有一个萧相国无时无刻不想着要取她的性命，宫中还有相国之女为皇妃，燕皇让公主嫁去孤立无援的西楚等死吗？"修聿一眨不眨地盯着燕皇，字字尖锐，说得好像把她嫁给别人，就是把她推进万丈火坑一样。

燕皇闭目敛息，中州到底只是一个中州，这样的联姻根本庇佑不了北燕，反而有可能陷入更大的动乱！纵他心中不忍，却也不得不做出取舍。

修聿剑眉间一片锋锐，深深吸了吸气道："若是燕皇看不上一个小小的中州，本王不介意和亲之后归顺西楚！"

烟落闻言心剧烈一颤，霍然抬头望向那精致如神祇的侧面，心头涌起一大片的酸涩。

罗衍面色顿时一变，望向那一脸决然的雍容男子。他这么多年独立于西楚之外，如今……竟是为一个女子而归顺。

他要为她重归西楚，甘愿屈居于西楚大帝管制之下，如此一来，一个铁血的帝王，一个睿智的中州王，西楚还有何惧？

"王爷此话当真？"燕皇不可置信地望着他，又望了望被他拥在怀中的女子。

"只要和亲之事定下，本王愿携公主前往沧都成婚，由他主婚。"他搂着她的手那样紧，紧得要将她融入自己的骨血般。他可以放弃争夺天下的雄心，可以放下男儿的傲气，屈居他人之下，却唯独不能放弃她。

罗衍默然不语，比起和亲，现在的结果对于西楚才是最好的。诸葛清打量着被修聿护在怀中的绝色女子，这个女人……将来定会是中州王致命的软肋。

自此，北燕与西楚联姻，定局。

她最不想发生的事，终究还是发生了。

回到绮凰轩，修聿解了她的穴道，烟落腾地站起身，一把揪住他的衣襟，吼道："你疯了吗？你明知道我在怕什么，明知道我在担心什么，为何还要这样对我？"

她不怕权谋争斗，亦不怕被作为棋子摆弄，只是不想他和无忧卷入其中。她越是不想，他就越往里钻。

他木然地望着她，温柔地理了理她微乱的发："你信我，我会是你最好的归宿。"

他知道她担心什么，也知道她怕什么。她是在意着他的，她不想他陷入危险，他都懂，都明白。亦是因此，他甘愿放弃那些，只为拥有她。

她松开她的衣襟，便要转身朝奉先殿去。他眉眼一沉，大力拉住她："你干什么？"

"我的人生不要你来决定。"她语气决然而坚定。

修聿眼底暗光一闪，紧紧扣着她的手臂："跟着我，到底哪里让你委屈了？"

"你强迫我做不喜欢做的事，哪里不委屈？"她冷目直视着他，这个人温柔的时候能把人给化了，强硬起来让人又气又恨！

他心疼地擦去她眼底涌出的泪，语气不由柔和了起来："你是傻了吗？西楚和东齐哪是你想的那么简单，你去了被吞得连骨头都不剩，还报什么仇？"

内室的萧清越听着两人的对话，不由抿唇失笑。这一个疯子一个傻子，还真是天生一对，明明都紧张着对方，却偏偏都别扭得要死。

不过，也只有修聿能把她吃得死死的，该软则软，该硬就硬，根本就是她的克星嘛！

"可是西楚……"

他低首抵着她的额头打断她的话语："我的心很小，装不起这天下，装个你就够了。"

她拧眉望着近在咫尺笑语温柔的男子，与方才奉先殿上那强硬霸道的男子简直有着天壤之别，哪是平日那个风华俊逸的中州王？

连池推着萧清越慢悠悠地从内室转出来，萧清越打量着烟落的面色，秀眉微一挑："栽了吧！"

修聿大大方方地走近坐下，笑道："你这伤，伤得功德无量，不然我们也不可能有今天，多谢！"若不是因为萧清越受伤需要留在北燕，只怕依她的性子早就跑了，他哪还有机会逼婚？

萧清越望着面前一对璧人，扬唇一笑道："红绡传信说西楚有人来了，我想他们就没打好主意，如今倒让你得了便宜。"

"婚期定了吗？"连池笑语问道。

"下个月。"修聿道。

"三个月后。"烟落道。

她必须等萧清越的伤好了，否则一旦发生变故耽误她的伤，将是不堪设想的后果。

"三个月？你又打什么主意？"修聿拧眉瞪她。

烟落沉默，转身便出了门，短短一个时辰改变了太多事，她需要理清思绪。修聿也没有追上去打扰，朝萧清越问道："萧家只有你和她最为亲近，可知道她与大昱的事？"

"大昱？"萧清越秀眉拧起，小烟能与大昱有什么关系？

修聿眉眼微沉，看来萧清越也不知晓其中内情，沉声道：“萧家极有可能与大昱有关，但她的敌人，便也是我的敌人。”说着，眉宇间锋芒尽现，他的女人是绝不能受委屈的。

萧清越闻言深深地沉默了下来，心中迅速将所有的事串联思量，倏地抬眸望向对面的修聿道：“沧都的事，是我们估量错了，还以为你是站在萧家一边的。若是那样的话，从我找到小烟回沧都，所有的事总给我一种不祥的感觉，却又说不出哪里不对劲。”

修聿阴鸷的目光骤闪：“什么事？”

“乾元四年，我随军东征离开之后，小烟和留下照料的丫头被人下了毒，小烟这才寻到了百里流烟宫。萧家要人死是有千百种手段，这毒中得蹊跷啊！”萧清越坦然说道，“若说起她与大昱的恩怨，莫不是因为北燕先皇后的死？”

修聿轻轻摇了摇头：“不像是。”

萧清越沉吟了片刻，道：“罢了，还是先顾着眼下吧。东齐和西楚都派了人来，只怕这和亲之事，不会那么简单。”只是如今自己这一身伤，什么都做不了。

修聿勾唇一笑，起身朝外步去，却听得背后传来萧清越的声音：“中州王，你是小烟第一个相信的人，不要背叛她。”

她一直告诫烟落不要相信任何人，却也企盼她可以拥有真正的幸福，不再孤苦无依。

日暮，整座燕京城都笼罩在柔和的余晖之中，瑰丽动人。

身形娇小的女子默默坐在冰凉的白玉阶上，尖尖的下巴搁在膝盖上，低垂着眼眸望着地面。她的人生是不该拥有这样的爱与幸福的，可是那个人的出现却一点点瓦解了她自认坚固的心墙。

幸福来得太快，一切都像梦一般的不真实。她终于可以堂堂正正地成为无忧的母亲，听着他叫自己娘亲，可是因为她，又将他们卷入了怎样的旋涡？

一双白色缎面鞋出现在她眼中。她微一怔，目光顺着那双鞋上移，浅紫锦袍的高华男子含笑朝她伸出手来。

他望着一直盯着自己的手怔然出神的女子，俊眉微扬：“怎么，我手上长花了？”

她抿着唇，缓缓伸出手放到他的手上，温暖的感觉自指尖丝丝蔓延。他一把拉起她，她猝不及防地跌入他的怀中，松兰似的清郁之香扑面而来，最后将她整个人都笼罩着。

修聿，我怕啊！

我怕，我怕爱上你啊！

我怕眼前的一切又是命运对我的捉弄！

我怕苍天又会再一次无情地夺走我所拥有的一切！

他俊逸的脸上扬起大大的笑容，灿烂得胜过这动人的晚霞。夕阳把相依的影子拉得好长，映在玉阶之上，曲曲折折……

# 第九章　大婚惊变

北燕与西楚联姻，圣皇欣公主嫁与西楚皇叔中州王。这个消息以惊人的速度传遍诸国，这是百年以来四国之间的第一次联姻，注定举世瞩目。

北燕皇宫正紧锣密鼓地准备着公主出嫁的典礼，相比之下另一处的人却是清闲得出奇。燕京别宫之内，稀疏的阳光照进茶室之内，百里行素难得没有出去寻花问柳，双手支着下巴望着对面的女子，满面幽怨："你真的要嫁人了啊！"

"嗯。"她淡淡地应道。

他无比颓废地垂下头去："我真的生无可恋了！"

"那就去死吧，本王不介意送你一程。"修聿从外面大步进来，看到直盯着自己未来王妃看的男子很是不爽，虽然那是她所谓的师傅。

百里行素一把夺过她刚沏好的茶，仰头饮尽，数落道："烟儿啊，为师今日可要好好数落数落你了。你说你挑谁不好，怎么挑上他啊，领土就那么小一块，就这还带着小拖油瓶……"

"那你说选谁好呢？"修聿面色黑沉，咬牙切齿问道。

百里行素闻言摸着下巴，说道："楚帝那家伙整天绷着个脸，好似全天下人都欠了他银子似的，太没情趣。东齐太子啊，我前段时间去东齐的时候听说他好龙阳，自然也是选不得的。至于你嘛……"狭长的凤眸微微扬起打量着身旁的人，"最差劲。"

烟落抿唇失笑，拿着手中的茶杯喂着连美人喝茶。

"要选自然要选本宫主这样的。"百里行素樱花似的唇扬起得意的弧度，"本宫主玉树临风，文才风流，俊美无比，被誉为苍和大陆第一号的俊杰。天下女子无不趋之若鹜，芳心暗许，上至八十老妪，下至八岁少女，无不为本宫主之风采神魂颠倒，你比得了吗？”

一旁的连池很不给面子地喷水了，室内顿时爆出一片哄笑之声。

无忧从她身边绕过桌子欢快地跑过去，拉了拉百里行素的衣袖，小小的手指着屋顶道：“干爹，你看那里！”

百里行素顺着他指的方向，什么也没看到：“什么？”

无忧眨巴着大眼，笑嘻嘻地说道：“你没看到有牛在满天飞吗？”话一说完赶紧跑到了修聿身后，以免被人报复。

修聿宠溺地摸了摸他的头，赞赏道：“儿子，好样的。”

百里行素一脸委屈地望向对面浅然而笑的女子，好不可怜：“烟儿，他们两个欺负我一个。”说话间伸出手来拉扯她的手。

修聿眼疾手快，制住他的手：“行素，烟落现在是本王的未婚妻，你自重点。”

百里行素无谓地耸耸肩，一手支着下巴，懒懒地说道：“只是未婚妻而已嘛，要是我带着烟儿私奔的话，她就不是你的了。”凤眸微扬，朝着对面的女子眨了眨眼，“是不是，烟儿？”

“师傅，你可以再无耻一点吗？”连池望着那笑意盈盈的男子摇头叹息。

百里行素起身朝着连池一伸手道：“一千两。”

连池闻言一怒而起：“昨天不是给了你五百两。”

“还不够在眠月楼喝一顿花酒呢！”百里行素道。

连池咬牙切齿地掏出银票，心中哀叹不已，他怎么会有这么败家子的师傅？

出了茶室，百里行素风流不羁的笑容悄然逝去。他的宝贝徒弟要嫁人了，从此与他也再无瓜葛，心中只觉酸溜溜的，过往的画面在脑海中浮浮沉沉……

他想起那星月明亮的夜她在他怀中嘤嘤而泣，咬在他的肩膀上，血肉模糊；他想起看着她在后山迎风舞剑的优美风姿；他想起他曾握着她的手执剑起舞，教会她流云斩……

那些琐碎而平淡的回忆一遍一遍地在他脑海中回放，如今百里流烟宫的桃花又盛开了，他们可还回得去那里？

四年了，原来他们已经一起生活了四年了，可是四年的时间却敌不过那个人几个月的相处？

这茫茫红尘，他终究还是要一个人走下去的。

次日，百里行素没有回别宫，却只是差人送来一封信。信上大篇基本是无用的废话，总结下来只有几句：徒弟嫁人，为师心难舍之，不忍别离。思及往昔种种，回流烟宫暂居。待大婚结束，顺便帮他将连池、连城捎回西楚。

烟落默然看完信，抿唇笑了笑，原来已经四年了啊！忆起四年前初到百里流烟宫所见的那风流不羁的男子，四年来他依旧如此，眼中从来无一物。

这才是百里行素，狂妄嚣张、我行我素的百里行素！

“我看，他是受不了这刺激吧！”连池摸了摸桌上的连美人笑着说道，“一起生活了四年的小师妹竟然舍他而嫁他人，他觉得他的魅力大不如前，一时难以接受罢了。”

修聿探手覆上她有些微凉的柔荑，他不会看不出百里行素对她的特别。他总在危险的时候出手相助，却又在脱离危险的时候退去。他们毕竟在一起生活了四年，一个他都无法介入的四年……

正在此时，何公公一行人前来别宫，朝着两人躬身施礼：“见过中州王、公主殿下，锦绣坊制了嫁衣的式样，请公主进宫瞧瞧好做修改。”和亲这样的大事，自然事事都要做得完美无缺。

烟落侧头望了望身旁的人，起身随何方一道进了皇宫，哪知还未进到绮凰轩便听到殿内异样嘈杂的声音。进到殿内便看到满地碎红。一个身着紫衣劲装的少女执剑将挂在架子上的大红锦衣削成一片一片。那人，不是燕初云是谁?

“公主，你快住手，快住手，婚前嫁衣有损，这可是不吉利的，公主……”一旁的嬷嬷惊叫着阻止。

“滚开，不然本公主连你一起砍了。”燕初云吼道。

“公主，公主，快住手，你把嫁衣毁成这样……”何公公惊惶上前去拉她，“公主要惹陛下生气吗？”

燕初云提剑转身，恨恨地望着站在殿门口的女子，冰冷的剑锋直指她的面门，寒光冽冽：“皇姐，我的好皇姐，你说你不会抢的！你说你跟他只是朋友！为什么要骗我？！为什么？！”

烟落抿唇不语，她确实是有负对她所言，然而世事转换也非她所愿。

“是我先喜欢他的。我追着他走了那么多的地方，我一次次地不顾公主的颜面跑出去找他，只希望，只希望他可以看我一眼，哪怕一眼，我所做的所有都是值得的。”燕初云小脸因为愤怒和嫉恨开始扭曲，忆起这一年多自己所做的一切，“我追着他去了沧都，我在路上被盗匪所劫，银两和马匹都丢了。我去跟人刷马、做丫头一路到了沧都。我追着他去了中州，他怎么也不准我进城。我千方百计地混进去，一次次地被赶出来，我在城外守了几天几夜。我……我以为终有一天他可以看到我，可是你为什么要出现？！为什么？！”

烟落秀眉蹙起，却是无言以对，眸中闪过一丝不忍。

燕初云脸上一闪而过的厉色：“我杀了你，你死了，他就是我的！”她绝不容许别人抢走她所喜欢的。

燕初云狠狠一剑劈了过来。烟落足尖一点后退数步，一缕青丝无声飘落在空气中。一脸愤怒的少女持剑步步逼来，她没有还手，只是步步避让。

“公主，你快住手，若是伤了大公主你怎么……”何公公急步跟在后面劝道。这初云自小被娇宠惯了，喜欢什么就非抢到手不可，如今中州王娶了大公主，她已经在宫里闹了好几天了。

燕初云一剑将她逼至门口，一按剑上的机关，剑柄与剑身瞬间脱落直直刺向她，她全然没料到她的剑内竟然是暗有机关。

电光石火间，只见一片血光飞溅，一只手生生握住了剑身，剑尖还差半寸便刺进了她的咽喉，殷红的血在她面前一滴一滴地落在光洁的地砖之上。她抬眸望着立在她身侧一身藏青长衫的刚毅男子。

“初云，你给朕跪下！”燕皇一脸盛怒进门，看着满屋狼藉厉声喝道。

刑天松开手中利剑，染血的手悄然敛进长袖之中，烟落抿了抿唇：“你……”

他默然不语，眸中的沉痛之色如浮光掠过。就在不久之前他还信誓旦旦地说一年足以征服她的心，让她成为他的女人，可是转眼之间她便要嫁人，嫁的人却不是他。

燕初云一脸倔犟地望着盛怒的燕皇，颓然跪在地上，揪着他的衣袍乞求道：“父皇，你收回成命好不好。他是初云喜欢的，你怎么可以让皇姐嫁给他？”

“初云，你再这么刁蛮，就再到太庙去思过去！”燕皇怒声喝道，都怪他以往太宠着这丫头了。

“父皇，你变了！”燕初云不可置信地望着一脸怒意的燕皇摇着头道，“你从来不会罚初云的，不管初云做什么，要什么，父皇都不会生气的。可是为什么……为什么她一回来，什么都变了。父皇就对初云不管不顾，对哥哥弟弟们不闻不问，什么都想着她，什么都给她。”

“是朕平日太纵容你了吗？何方传旨仪皇贵妃让她好好管教管教……咳咳……”话还未完，燕皇便一阵剧烈的咳嗽。烟落见状上前扶住他，燕皇摆了摆手：“没事，朕只是老毛病了。”

“公主，朝堂大事你不知，大公主和亲是为北燕好……”何方上前劝说。

“什么为北燕？堂堂北燕需要她来做什么？我看她回来才是别有企图吧？”燕初云目光如刃刺向她，愤恨之下话语愈发难堪，“从她一回来，父皇你看什么都不对。析哥哥、谦哥哥一向最听话，你也开始挑这挑那，我们所有人加起来，在你心里还比不得一个来路不明的野丫头！一个从外面捡来的乞丐！”

“放肆！”燕皇一怒拍案而起，“何方把她给我带下去，大婚结束前不准放她出来，朕没有这样的女儿！”烟落默然，原来在这些人心里从来是看不起她的。

燕初云被禁卫军强行带了下去，殿内一片死一般的沉寂。何方瞥见刑天脚边那一摊血迹，大惊失色：“奴才这就去请御医！”

“我来吧！”烟落淡然出声，这伤是为救她所伤，她不可能不管不顾。转身到一旁的柜子取出了金创药和纱布，朝刑天道“伸手。”

刑天怔愣半晌方才伸出手去，抿着唇瞧着低眉帮他处理伤口的女子。那日他看到夕阳之下两人相拥的影子，才知道他们之间多么遥远。

或许，在她眼中他只是擦肩而过的陌生人，她却已经在他心中留下不可磨灭的印迹。

三个月转眼即过，婚期将近。

燕京北城的驿馆，大将军王罗衍静心等待着三日后那场举世瞩目的婚礼。这是百年以来四国之间的首次联姻，北燕看似虽强，但却已是强弩之末。

曾经的两大强国，如今西楚如日中天，北燕却因数十年前的夺位之争大伤元气。燕皇也算一位明君，虽保得北燕太平，却数十年来发展不大。

相比之下，西楚先帝和洛家让西楚开始走上了强盛之路，朝中体制的革新到了如今的西楚大帝已经大有成效。东齐自东齐太子掌权以来大刀阔斧地整顿，如今的东齐兵力强盛，农商业大有发展。东齐和西楚将来也终究是要决个高下的。

“王爷，皇上密信。”玄武大步进房出声道。

青龙、白虎、朱雀、玄武四人乃是西楚大帝身旁的四个得力助手。青龙善谋随楚帝身旁出谋划策；白虎善战如今已代替萧清越接管神策营；朱雀善机关锻造之术，如今的西楚神策营将士的军甲装备都出自他手；而玄武，则是善暗杀之术。

大将军王罗衍接过密信，一撩衣袍坐于榻上拆开信，看完之后面色微沉了几分，道：“拿下去烧了吧！”

“是。”玄武接过信回道。

罗衍正准备出门，便遇上风风火火冲进来的萧清越，顿时眉目纠结：“你一个女儿家天天往本王这里跑，还要不要脸面？”

萧清越闻言笑嘻嘻地撸袖子准备干架：“别人爱怎么说怎么说，你不知道我憋了四个月，手痒得不行。”

“手痒你就找上我？”罗衍翻了翻白眼，这女人简直让人无语，身体一好，就跑大街上看见地痞流氓都开打。短短几日，燕京街面上叫她收拾得那叫一个太平。

萧清越松了松筋骨：“你又不是不知道，这燕京城里能打的我都打了。中州王那家伙我不是对手；刑天估计最近闹失恋呢，本来是要赐婚给他的媳妇成了别人的，肯定郁闷。我去将军府找了几回也没见着，这不只有找你这老相好了。”

“萧清越！”罗衍顿时脸红脖子粗。

萧清越二话不说，就是拳脚上前。罗衍眼疾手快便挡了开去，两人便在驿馆的院子里比画开来。女子身法诡异灵活，出手快、狠、准，招招必杀。罗衍从开始的避让改为主动进功，两强交手，遭殃的就是驿站了。

玄武再进到院中，转眼之间就剩眼前的房子没给拆了。萧清越抬袖擦了擦嘴角的血迹，一脸的兴奋状。许是因为蛟龙血的关系，她的功夫不但恢复了，还更胜从前。

“老罗，身手还是那么利落啊！”萧清越一脸赞赏道。

“你这女人真该残废一辈子，那就天下太平了。”罗衍拍了拍自己一身的土咒道，他上辈子到底造了什么孽，遇上这灾星。

萧清越嘿嘿一笑，上前一勾他的肩膀，一身的痞子气：“走，咱们喝点儿去！”好久没这么痛快地打一架了。

玄武望着勾肩搭背出门的两人，头疼地抚了抚额，这世上怎么还会有这样的女人！

驿馆对面的酒馆，萧清越举杯一饮而尽，清亮的眸子望着对面的男子若有所思。

“老罗，我们也是老熟人了，你这次来北燕不会只是观礼这么简单吧！”萧清越开门见山问道。

大婚的日子越来越近，燕京里越来越多可疑的势力在活动着，她不得不小心提防起来。她绝不容许有人破坏小烟的幸福，绝对不能。

罗衍执着酒杯的手微一滞，似笑非笑：“你想太多了吧！”

“我想多了吗？”萧清越勾起一抹意味深长的笑，“玄武是干什么的，我会不知道吗？”

“玄武只是充当本王的护卫，以策万全而已。”罗衍平静地回话道。

“那赤水关的兵马调度，暗伏于区城之外，又是策什么万全？”她受伤并不代表她就什么都不关心了。

“是等在边境护送中州王和公主回沧都完婚的。”罗衍眼底的异色一掠而过，这些一直都秘密进行，她受伤居于别苑，又怎会知晓？

萧清越嗤笑，护卫队需要三万人马吗？

“罗衍，我告诉你，她走到今天不容易。但凡有要害她的，不管是你还是那姓楚的，我一样不会放过。”萧清越直直地望着对面神色深沉的男子，目光清冷而决绝，“我当你是朋友，所以说起这番话。在这个世界我除了这个妹妹，一无所有，绝对不许有任何人害她。她的敌人，就是我的敌人。”

“本王不会害……你们，你放这个心吧。”罗衍闻言淡然一笑，拎起酒壶自斟一杯，道，“今日我敬你一杯，萧清越，谢谢你！”

“谢我？”萧清越秀眉一挑，“谢我什么？谢我这些年对你的荼毒？”

罗衍举杯勾唇一笑，慨然长叹：“很多，总之……谢谢。”

他望着她的目光有些迷离，想起他们曾经在战场之上一起浴血奋战，一起披荆斩棘，生死同归；想起自己中箭重伤之时，她当着全军将士臭骂他的样子；想起她那娇小的肩背曾将他从死人堆里背出来……

萧清越仰头一饮而尽，转身长步出了酒馆，消失在熙攘人流之中。

华清宫，殿内弥漫着提神醒脑的熏香，却也掩盖不住浓浓的药味。自初云上次在绮凰轩大闹后，燕皇便一病不起，烟落每几日便会入宫为其诊治。

燕皇敛目靠在榻上，唇色有些苍白，听到外面的脚步声，出声："是凰儿来了吧！"

烟落举步撩开云幄，进到内殿，探手取过他手中的奏折放下："不是说了让你养病，你又操心这操心那，肝脾受损要细心调养。"

虽然他也为了他的国家，让她去和亲稳固皇位，但相比之下比相国府那些人要好得多，加上一直以来又对她和萧清越帮助有加。她不是无情之人。别人对她好，她必念其恩德；别人对她不好，她必还之。

燕皇略显苍白的唇勾起笑，静静地望着眼前的女儿，叹息道："凰儿要嫁人了，只可惜你母后见不到如今的你。"

烟落抿唇淡笑，取过一只锦囊道："这些是我和连池制的安神的香料，晚上就寝的时候点着，有助睡眠。"也许她这一走，就再也不可能回北燕。对于这个长者，她是心存感激的。

燕皇含笑点头，让何方将锦囊收起："这么多儿女中，数你最懂事。没想到分别十五年，短短数月又要将你送走了。"带着微微皱纹的手轻轻拍着她的手背，"以后若是在西楚遇到难处了，就去关外，找一座四海客栈。那里的人……与父皇是老相识，许能帮上你也不一定。"

她含笑点了点头："嗯，我知道了。"

"父皇知道，再多的赏赐，再丰厚的嫁妆，也难以弥补你这十五年所受的苦楚。只愿从今往后，你免受飘零之苦，一生安好。"燕皇笑意温和，继续说道，"看得出中州王是喜欢你的，嫁过去当不会委屈了你。"

"那初云……"她怔忡问道，那丫头毕竟只是一时气愤。

燕皇叹息着摇了摇头："这丫头，宫里上下都宠着她，什么都由着她来，她喜欢的就一定要得到，可是中州王确实不适合她，也是该磨磨她那刁蛮性子了。"

她闻言眉目微微皱起，替他把了脉，直到燕皇睡去，她才悄然起身离去。刚行至望川楼，一出轩辕门便看到那一大一小的两人立在那里冲着她笑，她举步走上前去。

"燕皇的病情还是没有好转？"修聿沉声问道。

"嗯，从初云上次闹事就一直如此。"说话间纤眉微一挑，"说到底这罪魁还是你吧！要不是你占了人家小姑娘便宜，会惹出这么多事吗？"

"我什么时候占她便宜了？"修聿俊眉皱起，突地扬唇一笑，"我怎么闻到了好大的醋味呢？"

一边的无忧，眼珠滴溜一转，就迈着小腿准备跑路，被修聿一把扯住后领："无忧，告诉你娘，那便宜是谁占的？”

无忧垂着头，绞着短短的手指，低声嗫嚅：“爹爹，我错了，祁月叔叔以前救漂亮姐姐就亲她，然后那漂亮姐姐就醒了，我……我就试一下嘛！”他哪知道会惹出这么多事啊！

烟落顿时嘴角抽搐，难以想象无忧口中那个祁月叔叔到底是个什么风流相！

三日后，碧空万里，天地欢颜，燕京上下张灯结彩，都为这场喻示两国和平的联姻所欣喜。

绮凰宫，仪皇贵妃领着梳妆的嬷嬷和宫人鱼贯而入，随之一阵香气随风飘进殿来，萧清越吸了吸气，扬唇望向宫人端着的精致小瓶：“这香好别致。”

烟落闻言淡然一笑，确实是很难得的香，纯净、清雅，感觉就像是水晶般透明。

“这叫千步香，是以雪山之巅的冰莲和塔罗国的白檀木精心制成的，天下只此一瓶，燕皇赐给公主以作大婚之用。”仪皇贵妃面无表情地说道，望着梳妆镜前女子的背影，眸中是一闪而过的锐利。

从这个女子一回来，燕皇几乎要把她宠上天去，对初云不管不顾，如今还将她关在太庙思过。那小丫头自小哪儿吃过什么苦，那里又没有宫人伺候着，她如何受得了？

萧清越瞥了眼仪皇贵妃，冷声道：“娘娘既然来了，就快些差人准备，以免误了吉时。”

仪皇贵妃侧目望了望身旁一身红衣劲装的女子：“萧姑娘，这是与本宫说话的口气吗？”

萧清越转身往锦榻上一坐，抬眸冷冷地瞥了她一眼：“娘娘想要什么口气？”

“你……”仪皇贵妃银牙暗咬，“若不是北燕的灵药，只怕今日你还是坐着轮椅、手不能动的废物吧！得人恩果千年记，萧姑娘，你的父亲没教过你吗？”

萧清越眉眼顿时一沉，敛目片刻，秀眉一扬：“本姑娘是受我妹妹和燕皇的恩，又与你何干呢？倒是你，好好教教你的女儿，以为全天下人都会宠着她吗？”上一次绮凰轩的事，若是落在她手上，她管她什么狗屁公主，早揍得她妈都不认识。

“你你你……”仪皇贵妃指着萧清越气得面色发青，拂袖冲着身后的宫人喝道：“看什么看！还不快点过去！”

嬷嬷和宫人们闻言赶紧散开，各自准备开来，取衣服的取衣服，画妆的画妆，绾发的绾发，却一个个都不敢出一点声响。

嬷嬷打开锦盒，递到她面前：“公主，这是同心锁，是从莲云同心寺特意制成的。听说在那里为夫妻制成的同心锁，夫妻成亲之后就能永结同心。”

她探手取过金制的同心锁，目光不禁有些迷离，同心吗？

许多年前，她从家里出嫁，母亲特地也去了莲云同心寺请人打制了同样的同心锁，上



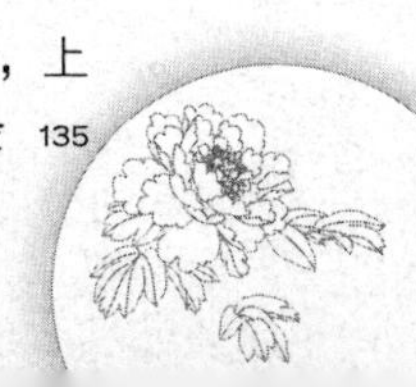

面一样刻着情比金坚，永结同心的字样，然而……

“公主，公主，是不是不喜欢？”嬷嬷见她望着手中之物怔然出神，轻声问道。

她回过神来，淡笑着摇了摇头：“留着吧！”

嬷嬷含笑收起锦盒，拿起桌上的象牙梳：“公主，要为你梳头了。”

萧清越百无聊赖地踱近前来，秀气的眉洋溢着喜悦：“小烟一定会是世上最漂亮的新娘子。”

“姐姐将来也会是啊！”她含笑侧目望向边上的萧清越。这样优秀的萧清越，到底要什么样的男子才配得上她?

萧清越面色微窘，秀眉一扬：“我才不要为男人活呢！我现在过得不知道多好，要为男人放弃这样美好的生活，就太不值得了。”

烟落抿唇失笑，不再与她争辩。萧清越饶有兴趣地望着为她绾发的嬷嬷，喃喃道：“嬷嬷，你的手真漂亮！”

十指纤纤如玉，全然不似一双嬷嬷的手，叫她不由有些意外。

嬷嬷闻言手上微怔，边上端着托盘的宫女闻言道：“姑娘你不知道，梳头可是个精细活，这手要不保养得好，伤了娘娘们的头发可如何是好？我们这些梳头的，最宝贝的就是这双手了。”

萧清越闻言低头望了望自己因常年握剑满是薄茧的手，相比之下根本是见不得人的，咧嘴一笑凑近前去：“那传授点保养的秘方给我？”

“这个……”宫女望了望嬷嬷，又望了望一旁的仪皇贵妃，面色有些为难。

“姐姐，你要真想，我也可以用药帮你保养好啊。”烟落看着两人为难，便出声解围道。

连美人跳到面前的桌上，蹦得欢实。烟落抬手抚了抚桌上雪白的小兽，看着它嘴边的糖汁摇头失笑：“你这小东西，又跟无忧一起偷吃甜食了。”

捧着托盘的宫女望着径自与小兽逗玩的女子，眸中的惊异之色一闪而过：“这小东西真可爱，叫什么？”

“叫连美人。”烟落淡笑说道。

嬷嬷利落地帮她将发绾好，将缀满珠玉的凤冠戴上她的头，没有任何繁复的钗饰，却更显得清丽绝伦，高贵出尘。

何公公与仪卫队一道来了绮凰轩，催促道：“贵妃娘娘，公主殿下，这边都好了吗?吉时快到了。”

燕皇坚持要在奉先殿为圣皇欣公主和中州王举行一次婚礼，然后再让他们前去中州由楚帝举行一次婚礼。这样盛大的联姻，绝对会成为四国之间的一段佳话。

萧清越扶着她出殿，公主仪卫队的护卫之前，刑天扶剑而立，敛眉微一躬身道：“公主，请！”

烟落闻声微一顿，沉吟半晌问道：“将军伤好了吧！”

刑天衣袖内的手微一颤，深深吸了吸气，沉声回道：“多谢公主关心，臣已经无碍。”

萧清越扶着她上了仪驾，仪卫队一行浩浩荡荡地穿过宫门去往奉先殿。韶乐悠扬回荡在皇宫的上空，清冽的千步香飘扬在风中，清冽而纯净。

她放在膝上的手紧紧交握着，手心沁出细细的汗来，心中前所未有的紧张，有些难以置信自己目前的一切。

上天待她，还是仁慈的吧！

此刻她忽然开始想起很多人，想起爹爹和娘亲，想起西楚的先帝，想起即将见到的修聿，想起无忧，想起身旁的萧清越，甚至……想起楚策，那个站在漫天飞扬的蒲公英中，眉目英朗的少年。

礼炮声声，百乐齐鸣。

她举步踏上绵延至奉先殿的红毯，火红的嫁衣上金线绣制的凤凰在阳光下熠熠生辉，灿烂耀眼，红毯两侧列队恭迎的侍卫齐齐单膝跪地。

修聿一身墨色中夹杂大红的喜服，雍容中平添了几分威仪，一身王者气度。望着一步一步走来的女子，面上缓缓扬起灿烂的笑容。她的脚步声那么清晰地传来，仿佛就是幸福在步步靠近的声音，那样的温柔醉人。

她透过垂坠的珠帘望着几步之外笑意温柔的男子，他缓缓朝她伸出手来，她含笑走近，将手放在他的手上。感觉到她手心湿湿的，他微一怔，便紧紧握住她的手，用微不可闻的声音道：“我又不是豺狼虎豹，你怕什么？”这女人，死都不怕，却在这时候胆小紧张成这样。

他牵着她进入大殿，千步香清冽的气息弥漫着整座大殿，纯净而美好。

百官跪拜，齐齐高呼：“恭贺公主与中州王百年好合，永结同心。”

天地灿烂，这一刻仿佛整个世界都在为他们祝福。无忧穿着一身红色的绣金袍，衬得俊秀的小脸也红扑扑的，煞是可爱。

“凰儿，你上前来。”高座之上，燕皇一脸慈爱的笑意。

她侧头望了望身旁的人，提起裙裾步上玉阶，跪地道：“儿臣见过父皇！”

燕皇一阵剧烈的咳嗽，顿时揪住了所有人的心。他想开口对她说什么，却只觉得胸中血气翻涌，满口腥咸。

“父皇！”她紧张地伸手扶住他，他的手却是冰冷得刺骨。

“陛下！”群臣焦急出声。

“凰儿！”燕皇身形剧烈一震，冰凉的手紧紧抓着她的手，宽大的袍袖内将一只手环套在她的手上，低头一眨不眨地望着她的眼睛，气若游丝：“这份嫁妆……收好！”

说完，他嘴角喷出一大口鲜血，猝然倒在了龙椅上，沉沉地闭上了眼睛。何方上前颤抖地伸出手探了探气息，颓然跪地，痛声呼道：“陛下！”

一瞬间，所有的喜悦灰飞烟灭，震天的哭声回荡在奉先殿内，惊破苍穹。

燕皇，驾崩。

天际，风卷云动，瞬息万变。

哀沉的钟声悠悠传出，响彻皇宫内外，哭声震天，响彻九霄。烟落静静地跪立在龙椅边，头上的凤冠不知何时已经跌落在地，三千青丝倾泻而下。

她缓缓转过头去望向修聿，扯出一丝缥缈的笑，沧桑而悲凉。

老天总是要她在最喜悦的时候，又将她推下黑暗冰冷的深渊，眼前的一切，恍然又是一个生命的轮回。幸福于她，总是那么遥不可及。

四年前，在她满怀着幸福等待着孩子出生时，却等到了她深爱的男子将她全家抄家灭门的消息。她的生命中，总是这样乐极而生悲。

萧清越最先反应过来：“小烟，快下来！”她预料了很多结果，却唯独没有想到这场动乱会是这样揭开了序幕。

修聿扫了一眼周围，快步上前将她拉到了身边。

“大胆燕绮凰，勾结西楚，觊觎北燕国土，毒害陛下，你该当何罪？”太子燕之析怒声喝道，眉眼间寒芒厉厉。

烟落抬眸望向立于玉阶之上的一身锦袍的男子，那一脸狠绝的人，她恢复往昔的冷静沉着：“欲加之罪，何患无辞！”

“我看是你觊觎皇位在毒害燕皇吧！”萧清越与烟落、修聿三人并肩而立。燕皇一死，他们几乎就会被困死在这皇宫之中啊，这些人倒是会算计。

燕之析望向她，一脸痛心道：“绮凰，你十五年未归，父皇寻你回国，对你百般荣宠，没想到你竟干出这般弑君杀父的事！”

“不是我做的。”她淡淡出声，不是解释，也不是愤怒，只是陈述事实。

“不是你？”燕之析冷然一笑，“自你回国以来，父皇除了忙于国事，便是与你相处最多，就连病了也是让你诊治。世人都知你师承百里行素之手，谁又知道你在父皇身上，用的是药还是毒？”

“走！”修聿眉眼一沉，冷声喝道。

“走？”燕之析一步一步站到玉阶最高处，一脸阴冷，“中州王真以为北燕就任你们来去自如不成？”

萧清越脑海中迅速思量着逃离皇宫的路线，一拉她便道：“那也要看你有没有那个本事拦得住！”

“刑天，还不动手！”燕之析高声喝道。

话音一落，殿外便响起整齐划一的脚步声，紧接着是重物落地的声音，震得整座大殿也随之摇动。几人转身一望，奉先殿下铁甲卫士将出路围了个水泄不通，铁盾之前一身铁甲的刑天持剑而立，眉目冷峻。

“看你们还闯得出去吗？”燕之析冷然笑道。

“闯不了，就杀出去！”萧清越厉声喝道，三人转瞬之间便出了奉先殿大门。以他们几人的功夫，就凭这些铁甲卫还奈何不了他们。

“中州王，你们还忘了个人吧！”一道似笑非笑的声音在后面响起。

不好！无忧！

烟落与修聿闻言，顿时心头大骇，回头一望那被诸葛清抓着的锦衣小童，不是无忧是谁？

“燕之析，你勾结东齐，还敢反咬一口！”萧清越怒声喝道，贼喊捉贼，他还真干得出！

“我堂堂北燕，强盛百年，何须依靠你西楚？”燕之析沉声喝道，“父皇糊涂，本太子可不糊涂。”

烟落咬唇望着被诸葛清点了穴昏睡的无忧，眸光冷冽：“你敢动他试试！”

“只要我们在明天日落之前到不了区城，我西楚赤水关三万大军就会打开区城，直逼燕京而来，太子殿下你可挡得住？”罗衍面色冷沉，一眨不眨地盯着高站玉阶之上的北燕太子。

临行之前楚帝猜想这次北燕必乱，也料到东齐来意不善，却如何也没想到会是这样一番局面。北燕的太子引狼入室，与东齐联了手。诸葛清这人心思狡诈，如今中州王世子被掳，他们已经处于完全被动的局面了。

修聿额上青筋浮动，紧紧盯着玉阶之上狼狈为奸的北燕太子与东齐上大夫诸葛清，怒意沉沉。他从来没像此刻这么想杀人：“说，条件！”

燕之析起身扫了一眼殿内被吓得退在大殿两侧的朝臣，只见老丞相一脸怒意上前：“太子殿下，你糊涂啊，你这是……引狼入室啊！”

先帝就是不想北燕被东齐所侵，东齐太子为人手段阴狠，如何会善待北燕百姓？而与西楚联姻，有了公主和中州王周旋，起码……起码不会让北燕百姓受战乱之苦。

“老丞相，本太子不想我堂堂北燕就这样亡在西楚手中，何错之有？”燕之析怒声喝道。

“你……”年迈的老丞相被气得发抖，“你……井蛙之见，刚愎自用！”

这样的人如何能救北燕于水火？他既无东齐太子的手段，又无中州王的睿智，亦无西楚大帝的霸气狠绝，更无先帝的仁德之心。

北燕……危矣！

“来人，请各位大人到华阳殿！”燕之析沉声喝道，顷刻之间殿内的一干臣子被带出了奉先殿。

冷风呼啸而起，卷起一缕红绸飞向天际，空旷的大殿内显得格外冷寂，双方无声地对峙。燕皇闭目坐在龙椅之上，了无生息，全然不知此刻在他的面前上演着什么。

“想杀我们，只怕你们还付不起那个代价！”修聿沉声道。

燕之析拂袖回身望向几人，唇边勾起阴冷的笑：“现在我当然不敢动你们，一个中州王，一个西楚大将军王，若是死在北燕皇宫，西楚神策军和中州飞云骑还不踏平了燕京。但是……你们若敢有异动，中州世子就会血溅当场。”

修聿抿着唇，望着被诸葛清所控制的无忧，即便他身手再快，也快不过架在无忧脖子上的刀，形势太过被动，毫无胜算。

“罗将军，只要你退了区城之外的三万神策大军，我们帮西楚除去中州，不也正好合了西楚大帝的心，从此他拔了这根肉中刺。”诸葛清望向罗衍似笑非笑言道。

无论这场动乱结果如何，东齐是稳赚不赔的，若能一举除了中州，便是为东齐除了心腹大患。

罗衍眸光微沉：“诸葛先生好意，本王受不起。”无论以后中州与西楚如何，此刻必须是同一阵线。

中州一动，西楚必乱，他从来就不敢小看这个人在西楚的影响力。那样的话，太便宜东齐了。反之如果出手帮了中州，一旦此事一了，中州与西楚联手，东齐太子就有得受了。

“既是如此，刑将军，本太子答应你的自然不会食言。”燕之析举目望向大殿之下的铁甲男子，眸底掠过一丝嘲笑。

三军将符，换一个女人，值得吗？

刑天扶剑进殿，一把拉过殿中一身大红嫁衣的女子。修聿身形微动，诸葛清架在无忧脖颈处的利刃划开一道血痕，烟落大惊失色咬牙道：“我跟你走！”

修聿面色铁青，袖中拳头咯咯作响，被身边的罗衍拉住。

诸葛清与燕之析将无忧带着离开，奉先殿被铁甲卫围得水泄不通，弓箭手密布殿外，铁黑的箭头发出冷厉的光芒，杀气凛然。

空旷的大殿谁也没有说话，气氛冷沉而压抑。

萧清越四下望了望，移目望向罗衍：“神策军攻入燕京，最快需多久？”

“沿途各城已经严加布防，再快也得十天了。”罗衍沉声回道。

“如果，加上飞云骑呢？”修聿望着窗外渐渐暗沉的天色，一身深冷的凌厉。

萧清越沉吟片刻，想起方才燕之析的话，面色骤变：“他们不可能一直这么看押着我们，早晚还是要动手的，既是如此，等什么？”

“等人。”罗衍低声叹息道，“东齐黄泉铁卫已经进入北燕，不出三日便可抵达燕京，那时……就是我们的死期！”

四国之间，最不容忽视的四支力量。

东齐的黄泉铁卫，手段残忍，出之必杀；西楚的神策营，战无不胜，攻无不克；中州的飞云骑，来去如飞云，骁勇善战；北燕的龙骑禁军，来无影，去无踪，神出鬼没。

世间传言，宁遇阎罗，莫遇黄泉。

这话绝对不仅仅是唬人的，然而这些年以来，这四支力量从未有真正交锋的时候。

修聿和萧清越都不由变了脸色，没想到燕之析竟然将黄泉铁卫引到了北燕，请神容易，送神难。只怕到时候不是帮他，而是真正亡了北燕。

“你怎么知道？”萧清越拧眉望向罗衍问道。

罗衍闻言思量片刻，坦然言道：“三日前，皇上密信说的，故而要我们务必明天日落抵达赤水关。”

萧清越心中不由暗叹，这西楚大帝倒真是冷静得不像话，坐镇沧都，知晓四国动向。只是不知身边这中州王，将来他们叔侄交手又会是谁胜谁负？

“所以，也就是说东齐的黄泉铁卫今天或是明日就抵达燕京了？”萧清越担忧地出声道，凭他们几个人，如何抵得过庞大的军队，况且还是从无败绩的黄泉铁卫？她侧头望向修聿道：“看来东齐太子还真是下了大本钱要你的命啊！”

“我们还有三天。”罗衍沉声说道，“此时燕京的探子估计已经送信前往赤水关，一旦和亲之事有变，楚帝会从沧都带兵截杀黄泉铁卫为我们争取时间脱身，但只有三天。”

“三天！”修聿闻言叹了叹息道，“本王欠下他了。”

三天，这是多么沉重的许诺。

神策营的精锐兵力都放在了赤水关一带备战，他能带多少人马去截杀，难以想象这三天会是多么惨烈的一战。

“据本王所知，燕之析没有接手龙骑禁军，所以我们要少了许多压力。”罗衍沉声说道，“只要我们明天下午没有到区城，赤水关的所有兵马就会开始攻打区城。北燕很快就会变成东齐和西楚的战场。”

萧清越秀眉一扬，眸底锐光微闪：“即便东齐不出手，楚策他也不会放着嘴边的肉不吃。”

罗衍望向大殿那金光闪闪的龙椅，缓缓道：“这是弱肉强食的时代。北燕气数已尽，燕皇不想北燕演变成现在的局面，所以提及和亲，愿臣服西楚。没想到……”

“他娘的燕之析，脑子被驴踢了，怎么会跟东齐扯在一起？”萧清越咒道。

罗衍闻言，笑意冷嘲：“东齐太子最喜欢玩的就是这把戏，西楚的萧家就是最好的例子。一不小心就整得你内忧外患，腹背受敌，如今，我们被这么多双眼睛盯着，还没出门

就被人射成个马蜂窝去。”

修聿始终不语，他不仅没保护好无忧，连烟落也保护不了。想起方才她回头那双盛满沧桑的眼睛，他的心便揪得紧紧的。

萧清越见状微微叹了叹气，大力拍了拍他的肩膀：“小烟会想办法脱身的，你别小看她。”她的妹妹可不是一般的娇弱女子，遇事比她还要冷静沉着，“我们必须等她的讯息，一起动手才有机会成功。”

烟落一路默然跟着刑天出了奉先殿，一路观察周围的布防，留意着诸葛清一行人离开的方向，盘算着自己能动手的时间。进到华清宫，她不由微微皱了皱眉。

“你不用盘算了，这皇宫上下到处都是眼睛，还不等你找到那孩子，他就会没命。”刑天声音冷沉如冰。

烟落闻言，冷声言道：“没想到你会与他们为伍。”迅速在殿中翻找自己的答案。

“本将只是争取自己想要的，其他人的生死与我无关。”刑天坦然回道。他想救的，能救的只有她一个。

“那父皇呢，他养育你十五年也与你无干吗？”她直面望向他，端着手中金制的镂空香炉，“你就眼睁睁地看着他冤死。”

“什么冤死？”刑天面色顿时一变。

她低眉望了望手中的香炉，沉吟片刻道：“是我大意了。他虽然肝脾受损，根本不至于病成这样。有人在他平日的熏香中动了手脚，表面看来是提神醒脑，实则是让他慢慢肝脾衰竭。”她闭了闭眼睛，“最后是千步香，嫁衣上的千步香，两者相克，所以……”所以才会有大殿上那一幕，而她嫁衣上所带的千步香就是最后一击致命的毒。

好狠毒的手段，好精巧的设计，所有的一切都算计得分毫不差。

刑天闻言目光复杂，如深海的风暴急速翻涌着：“你说……陛下是被毒死的？”

“刑天，我谢谢你救我脱身，但我……”她望着她，神色冷静而沉着。

“你救不了的。”刑天嘶声喝道，“你以为……东齐只来了一个诸葛清吗？数万的黄泉铁卫很快就会到达燕京。即便是你死，也不可能救了他们出去。”

“救不了也要救。”她目光冷漠而决绝。那是她的亲生骨肉，那是她的姐姐，那是她所喜欢的人，因为有他们活着，她才有了生的希望……

刑天闻言狠狠抓着她的手，恨恨言道：“你看看这是什么？”

她低眉望去，手腕上正是方才在奉先殿上燕皇套在她手上的手环，通体幽蓝，上面雕刻着栩栩如生的龙纹。

“这是卧龙令，统领龙骑禁军的信物，他传给了你是什么意义，你不明白吗？”刑天望着她，目光如剑，字字铮然，“他知道大势已去，说什么也要保住你。他把龙骑禁军交给了你，也就把整个北燕都交给了你，你想让他九泉之下都不瞑目吗，圣皇欣公主？”

沉默，死一般的沉默。

她不知道刑天是何时离去的，只是呆呆地坐在那里，望着那张空空如也的龙榻，为什么……为什么要把这一切交给她?

有人推门而入的声音打破了华清宫的死寂，一道熟悉得不可置信的声音在背后响起："萧烟落，或许……我该叫你洛烟吧！"

# 第十章 燕京之乱

这一声洛烟，恍如一道惊雷。

她霍然拂袖转身望向来人，一身简单宫女服的女子缓缓步入殿中，带着千步香清冽的香气飘散而来，正是绮凰轩帮她梳妆的那个宫女。

烟落抿唇望着来人，眸光清冷而锐利：“你是谁？”

那人勾唇一笑，抬手缓缓掀去掩饰她容颜的面具，一张熟悉得让她难以置信的面容暴露在她的眼前。

“锦瑟？”她咬牙，字字如冰。

眼前那似笑非笑的清丽女子正是曾经出卖洛家和她的锦瑟，那个已经在皇极大殿被她扼杀的女子，再一次出现在她的面前。

锦瑟唇角的笑意带着深深的嘲弄：“洛烟，死过一回没想到你依旧那么天真。”她优雅地在对面的雕花木椅中坐下，“你不是真以为那样就可以杀了我吧！”

她强自镇定下来，当时是她大意了，一心应付着朝臣和楚策，却忽视了这个女人，以她的心机和身手，怎么会跑到皇极大殿去找死？

她却因为替身的死，让其安然躲在暗处观察她的一切。锦瑟在北燕皇宫多久了？燕皇的死是否是她下的手？燕之析是否也是通过她而与东齐联系在了一起？

“我说过一定会让你死无葬身之地，又怎么会比你先死？”锦瑟望着对面一身火红嫁衣的女子冷冷出声，“我也不想相信你就是她，可是亲眼看着你在洛家旧宅跪拜，还有对着那同心锁的神色，也就不得不信了。”

她闻言瞳孔微缩，原来那天晚上她取马之时，躲在暗处的人是她。

锦瑟理了理袖子，起身踱步走近前来："再嫁一次人，再让你身边所有的人都死，再一次孤独地活下去。"她冷眸逼视着她的眼睛："洛烟，你斗不过我的。"

"是你把燕皇毒死的。"她决然言道，是她太小看了这个女人，还是……她真的藏得太深?

锦瑟清丽的面上勾起阴冷的笑容："他可是因为你死的，你才是凶手。"

"我低估了你。"权谋争斗中，她到底是个新手，哪比得上她的心机谋算?不过从今往后，她绝对……绝对不会再大意。

"你母亲的叛变害得我一无所有，我会一一还诸于你。"锦瑟望着她，眼神怨毒，清丽的面容有些狰狞，"既然你不死，我就让你活着，生不如死地活着，让你身边的人一个一个的死。"

"你是大昱人。"烟落望着她，眸光冷静而沉着。

锦瑟面色微变，似有些意外，她竟然这么早就发现了大昱，大大出乎了她的意料。

"你知道吗?在洛家的四年，我看到你们一家人，有多少次我想杀了你，杀了你们所有人，可是我忍下来了。终于等到了那一天……你最爱的男人将你抄家灭门的感觉，是不是很恨呢?"锦瑟眼睛有些发红，神色疯狂，"你很快就会再一次尝到失去的滋味，明天日落北燕的所有一切都将不复存在。你的姐姐会被万箭穿心射死，你的丈夫会被黄泉铁卫剿杀，中州世子我会将他放在雪山之巅，让他一点一点地冻死，让你一个人生不如死地活着!"

烟落看着她，语气前所未有的平静："你做得到吗?"

"她做不到，本宫做得到!"威严而冰冷的声音从外面传入，掷地有声。她侧头望去，戴着黄金面具的女子缓步踏入殿内，身姿高贵傲然，携着淡淡的千步香，一双眼睛一眨不眨地盯着她，"华容的女儿?"

烟落抿了抿唇，望着那十指如玉纤纤的手，想起出嫁之时替她梳头的嬷嬷，这样的一只手，又岂是一个宫仆所拥有的?

"皇后娘娘!"锦瑟换上一脸恭顺的姿态，"虽然换了容貌，但我与她相识数年，不会认错。她就是……洛烟，华容和洛华的女儿。"

来人缓缓在她面前落座，冰冷而不屑的目光打量着她："华容不是那么了不起吗?不是让天下男人都为她神魂颠倒吗?最后还不是死在本宫手中!"

烟落默然，静静地望着眼前的人，没有因她的话而愤怒。这两个人的出现是她所没想到的，然而此时已经不是震惊和追问的时候，还有即将到来的黄泉铁卫。一旦抵达燕京，纵然修聿再好的身手，又如何敌得过那么多的人?

"所以呢?你也要杀了我?"烟落望着她，语气平静。这个人是绝顶的高手，根本不是她所能对抗的，这件事也必须快点通知姐姐他们，早做应对。

“死了多无趣，本宫会让你活着，杀了你身边所有的人，让你一个人活着。”金面皇后死死地望着她，声音阴冷而骇人，“本宫会毁掉她所在意的一切，她的家、她的家人、她守护的西楚，让她九泉之下也休想安宁，你就替你母亲做个见证，可好？”

烟落咬着唇望着面前的两人，目光如冰封的深海，沉寂而冷冽。袖中的手紧紧攥着拳头，她要忍，一定要忍耐，还有人等着她去救，她不能在这里和她们拼命搏杀。

“大昱会重新屹立在这苍和大陆上，而你们所有人都会成为这个富盛皇朝脚步下的蝼蚁，那一天很快就要来了。”金面皇后冷冷地说道，华容做不到的，她可以做到。

“大昱曾经不就是被我们这些蝼蚁所推翻的，没有人会让这样一个皇朝重新统治天下。”烟落冷冷一笑，这样的大昱注定会被覆灭，注定会被新的王朝所代替。

“本宫会让你看到那一天。”金面皇后言辞铮铮，“而现在的北燕就是开始。”

金面皇后离去，锦瑟转过身来，面上勾起阴冷的笑：“你知道黄泉铁卫会是怎么杀人吗？他们的刀快得能在眨眼之间将一个活生生的人剔成一具白骨，血肉会化成泥一样，中州王、飞云骑就会死在他们刀下，化为一具白骨。”

她的呼吸不由一颤，早就知道东齐的黄泉铁卫作战手段诡异，原来……竟是这般骇人哪！

待到锦瑟从华清宫离开，她侧头望向窗外，只见残阳如血。她迅速将身上繁重的外袍脱了，在华清宫寻了一套宫人的衣服换上，点燃随身荷包内特制的香料。

一道白光迅如闪电般地从窗口扑了进来，蹿上她的肩头，口中咬着一块碎布，呜呜地叫了两声。她接过那块布料一看，前几日特地给无忧做了新衣，便是这样的布料。

她探手摸了摸小兽的头：“美人，谢谢你。”之前从绮凰轩走的时候，这小家伙就跑不见了，最近便一直与无忧玩在一起。

烟落飞快地回到偏殿，寻了笔墨写了纸条放到连美人口中，趁着夜色悄然潜出华清宫，指了指前面守卫严密的奉先殿。小兽吱吱叫了两声，便刷地一声消失得没影。

连美人又小又敏捷，在宫内窜来窜去也难以有人发现。皇极大殿内沉寂得没有一丝声响，忽闻一声破空之声，修聿长袖一挥，却只抓到一个软乎乎的东西，摊开手一看，不正是烟落平日养在身边的那只小兽？

连美人瞪着他很是不服，要知道它平日就仗着灵巧敏捷的速度来攻击人，他却能一把将它抓住，让它情何以堪。萧清越抬手便将小兽拎起扔到桌上，小兽慢吞吞地将藏在口内的东西吐出。

“锦妃未死，大昱皇后暗伏宫中，待我救出无忧，再行脱身。”修聿读着纸条上的话语，俊眉深深皱起。

外面险象环生，他却放着她一个人面对，只能在这里干等着。

萧清越和罗衍相互望了望，面色不由凝重起来，锦贵妃没死，那死在皇极大殿上的那个人……又是谁?

连美人趁着夜色很快便从里面跑了出来，趴在她肩头呜呜轻泣。它引以为傲的敏捷身手再一次被人打败，心何以甘哪！

烟落望着夜色中的皇极大殿，深深吸了口气。早知道和亲之事不会那么简单，却不曾想到会发展成这样的局面，既然是死路一条，那便拼死一搏。

谁知，刚一转身便看到刑天正立在她两步之外，将她方才的一举一动都看在了眼中……

天空黑沉沉的一片，宫中次第而亮的白色宫灯被风吹得狂舞，灯内烛光闪烁，明灭不定。一身铁甲的男子冷然望着近在咫尺的女子，黑色的眸子一掠而过沉痛之意。

“刑天，要么让我去救人，要么，你就杀了我。”她望着对面的人，目光坚定而决绝。

“我答应陛下会将你安全带出燕京。”刑天平静地说道，这皇宫之中险象环生，又岂是她一人可以对付得了的，“你救不了他们的。”

“是燕皇太高看我了，我连他们都救不了，又如何救得了北燕?龙骑禁军的信物，我会还给你们。”她感谢燕皇对她的宽容和仁爱，但是北燕这样沉重的担子不该压在她这个不相干的人身上，她没有那么大的力量承担。

她举步直直与其擦肩而过，他持剑的手抬起，冷冷言道：“凭你一个人，斗不过他们的。”

烟落抿唇，侧头望着他，目光冰冷而尖锐，伸手狠狠地挡开他的手，身形掠出几步之外。一道劲风直逼她后背，她反手一探接住，背后的人低声说：“去找谦王。”

她脚步一顿，转头望去，身后的人已经离去。低眉望了望手中之物，是一张密道地图。抬手抚了抚连美人，支使着它去守在无忧那里，照着密道所指悄然进到谦王府。

谦王府没有皇宫的华贵庄严，却多了几分清幽雅致。书房内灯火明亮，燕之谦坐在榻上，手中棋子摩挲了半晌也未落下，听得窗外一声异动，利剑破窗而出，快如迅雷。

烟落眉眼一沉，两指一伸，夹住了三尺青锋，生生顿住了刺向自己咽喉的一剑，望向燕之谦阴森的双目：“二哥！”

燕之谦面色瞬间回复到平日的儒雅之色，目光中难以置信地望着站在面前的女子：“凰儿今日大婚，怎地跑到二哥府上来了？”

烟落淡然一笑，燕之谦怕是早就知道了风声，所以才称病没有进宫。如今文武百官及其他皇子后妃们都被燕之析软禁在宫中，却只有他一人还在宫外。

“我想今日二哥也听到了宫中的钟声。父皇已经驾崩，太子已经控制了整个王宫，王公大臣和皇子后妃都被软禁在宫中，中州王世子被掳，中州王和大将军王都被制在奉先殿内。”她快速描述了宫中此时的情形，一眨不眨地望着燕之谦变换的眼神。

他虽有惊讶之色，但显然很多事都已经在他预料之中，闻言沉吟片刻问道：“那凰儿又是如何出来的？”

“父皇留了宫内密道的地图。”她坦然言道。

“密道？”燕之谦闻言面色顿变，宫中有密道，竟连他都不知晓，他这个父皇是藏得够深哪！

“现在情势危急，凰儿想请二哥相助。”她直言自己的来意，已经没有太多时间给她耽误了。

燕之谦收起剑，朝书房内走：“相助？二哥只是文臣，如今爱莫能助啊！”

烟落闻言微微皱了皱眉：“太子与东齐勾结，暗许东齐黄泉铁卫进发燕京。一旦他们来了，这燕京会成什么样？西楚赤水关三万神策军已经备战区城，中州飞云骑明日也将来到北燕城。若是等黄泉铁卫到达燕京，太子就会杀了中州王与大将军王，届时西楚与中州合力，群情激愤之下出兵，北燕就会成为东齐和西楚的战场。”

燕之谦低眉，面色有了细微的变化，这样的局面是完全出乎他的预料的：“大哥真的与东齐勾结？”

“是，太子谋权篡位，毒害父皇，如今战事一触即发。父皇一生仁孝治国，却在死后要成为北燕的千古罪人，二哥也不管不顾吗？”烟落一眨不眨地望着她，动之以情，晓之以理。

“燕京城内所有的兵马都是太子的人，连手握重兵的大将军都投于他麾下，我还能做什么？”燕之谦叹息地坐在榻上，他的这个妹妹看来并不是那么简单，“要是找到北燕的龙骑禁军就好了。”

烟落面色无波，袍袖内的手微一颤，蓦然想起在大殿之上燕皇的话，只觉手上那只龙令是异常的沉重与冰凉。

如今燕之析也在宫中四处搜寻龙令的下落，而燕之谦言语之间也在试探龙骑禁军的所在，可见其重要性。看来燕皇早看出了他们两个的心思，又怕她一时情急之下真的就交出龙令，所以才提前将龙骑禁军调到了关外，又暗中令刑天不惜一切要将她带离燕京，保存实力。

“父皇猝死大殿，还没来得及交代龙骑禁军的所在，不过太子正在宫中搜寻龙令。”烟落道。

燕之谦沉默了良久出声：“凰儿，可有对策？”

烟落沉吟不语，这个燕之谦这个时候还装，她思量片刻后道：“如今宫外只知父皇驾崩，却不知宫内情形如何，只要二哥将太子所做之事传出，燕京必然动乱。趁着太子分心之际，再带人从密道以勤王之名入宫平乱，救出中州王一行。即便黄泉铁卫来，没有了太子为其提供粮草，合西楚、中州、北燕之力也定能将他们困死在北燕境内。”一向惜字如金的她，从来没像今日这般与人说这么多的话。

燕之谦一向谦和的眉目此时冷锐一片，缓缓出手取出一枚白子，摩挲了片刻，啪地一声操入棋盘：“好！”

烟落闻言，嘴角勾起杀机尽现的冷笑，将密道的地图放到桌上：“丑时动手。”燕之谦转头，只看见飘然而去的纤秀背影。

北燕皇宫，燕之析暗中派人搜查龙令的所在，却又不敢声张。眼看着黄泉铁卫将要抵达燕京，一旦战事一起，龙骑禁军就是他保卫燕京的唯一筹码。然而这一年多以来他数次向父皇试探龙骑禁军的所在，却一直都未有结果。

丑时二刻，夜色正浓。

烟落回到皇宫之内，宫中并无动向，看来刑天并未让人发现她已经出来的事。她悄然燃香召回了连美人，通过密道悄然潜入到东宫。连美人对着一间灯火明亮的屋子吱吱叫了两声，闪电般地窜了进去。

寅时初刻，称病在府的谦王突然带兵出现在皇宫内苑，将太子禁卫打了个措手不及。刚刚沉静了几个时辰的北燕皇宫，再度陷入动乱之中。

夜风之中，血腥的气息弥漫在北燕皇宫的上空。这座庄严华丽的皇宫，在平静了十五年后再一次接受鲜血的洗礼。

朝华苑，是太子妃及太子侧妃们所居的院落。一身黑色武士服的纤细身形背着弓箭，如狸猫一般伏在房顶之上，裹着油布的箭支一点即燃。

三箭齐发流星追月般射向太子妃的寝殿，片刻之后只见屋内燃起大片火光。女子尖叫之声传出，东宫内守卫顿时警觉。闻得太子妃寝殿起火，刚一冲进朝华苑，只见空中火花如流星般射向各处，转眼之间苑内众侧妃的寝殿都起了大火，苑内登时乱成一团。

烟落飞快赶到连美人去的那间偏殿，轻啸两声。屋内的连美人顿时一蹿而起，见人就咬，烟落破窗而入，看到榻上沉睡的孩童，微微松了口气，探手解了他的穴道。

无忧大眼一睁，看到她，欣喜出声：“娘……”

“嘘！”她示意他住嘴停声，将他一抱便道，“无忧别怕，我们走！”

无忧望着她的眼睛，咧嘴一笑：“无忧不怕。”

连美人成功放倒外面所有的守卫，蹿回她的肩头吱吱叫了两声，表示已经完成任务。

刚出东宫，一支利箭破空而至。她带着无忧闪身一避，箭矢擦身而过，在肩上划了一道血痕。她抬眸一望，便看到对面宫殿顶上持弓而立的女子，那身形不是锦瑟是谁?

锦瑟从高殿之上飞身落在前面的广场，眸中杀意顿现：“你倒真是长本事了，今日你这般在意这孩子，我就让他第一个死。”说话间手中长弓一拉，箭尖直指她怀中的孩子。

烟落眉眼一沉，不退反进，趁着她瞄准的片刻工夫，手中寒星小剑激身而出，流星破

月般直逼对方面门。锦瑟手上一抖，剑锋一偏没有射中，只觉面上一阵尖锐的寒气划过，如玉的容颜刹那间被划开一道血口。

烟落唇角勾起一抹嗜血的冷笑："这上面可是沾了毒的，你就顶着这道疤过一辈子吧！"趁着她紧张着自己脸上的伤之时，几个起落已经出了数丈之远。她是很想杀她，但不是现在。

奉先殿遥遥在望，夜色中两人一兽，疾行如飞，肩头的连美人突然望着前面吆吆一叫。她慌忙顿步，数丈之外的宫灯之下，一张金色的面具华美中泛着森冷的光。

烟落的心顿时一沉，越不想遇到的人，却偏偏遇到了。

烟落躬身把无忧放下地，将连美人放到他肩膀上："一会儿我一动手，你们就朝那里跑。"烟落指了指奉先殿的方向。

谦王如今已经动身，引去了宫中大部分兵力；连美人攻击敏捷。只要她在这里拖住这个人，让无忧能跑到奉先殿那边；只要修聿他们知道无忧已经脱险，局面就会大大不同了。

无忧攥着小拳头，狠狠地点了点头："娘，我很快叫爹爹来救你。"

烟落抿唇笑了笑，抬手抚上他稚气的小脸。她的孩子经历了这么多的苦难才活了下来，她怎么容许有人去伤害他？

看到戴着黄金面具的大昱皇后，一步步走近前来，她缓缓探手拔出背在背后的长剑，目光一凌喝道："无忧快跑！"

话音一落，剑锋直直刺向金面皇后，同时无忧咬着牙跟着连美人朝奉先殿跑去。金面皇后冷然一笑便欲抽身去抓无忧，只要抓到那孩子，何必跟她动手？

烟落冷眸一沉，另一手暗藏的小剑狠狠刺了过去。金面皇后惊觉避让，手臂顷刻间被划破，一片血光飞溅，她捂着手臂上的伤口："好阴狠的招数！"

烟落冷然一笑："对付你们，这已经很客气了。"

金面皇后迅速出手欲封住筋脉，逼出毒。烟落哪会给她这机会，纵身便扑了上去，长剑招招攻其上盘，短剑寸寸逼人要害，一寸长一寸强，一寸短一寸险，两者结合，逼得金面皇后无暇去顾及手臂的伤。

"你跟华容一样，那么不怕死！"金面皇后咬牙恨恨道，她看到这双眼睛就想起那个背叛大昱的叛徒。

"死都死过了，还怕什么？"她咬牙冷声哼道。

夜空一道影子一掠而过奔向无忧离去的方向。她心骤然一紧，那紧追而去的身影不是锦瑟又是谁？左手一扬寒星小剑脱手而去，直刺其背心，却也在同时金面皇后一掌击在她心口，胸腔内顿时血气翻涌，后退了数步，以剑支地稳住身形。

她抬头望向无忧的方向。锦瑟避开了寒星小剑，却被连美人拦住了去路。无忧快步朝着奉先殿跑去，谁知背后一道劲风袭来，小小的身影狠狠地摔倒在地，滑出几丈，手脚上一片火辣辣的痛。

无忧扭头遥遥地望了她一眼，不知哪儿来的力气从地上爬起来，快步朝着奉先殿跑去。那倔犟的一回头，她的心瞬间被揪得紧紧的。她的孩子，她的无忧，是那样的坚强啊！

金面皇后瞧着她的神色，冷然一笑："怎么，想到自己的孩子了？"

她微一怔，心中却暗自庆幸。看来他们并不知道当年冷宫大火之后到底发生了什么，也并不知道这就是那个孩子。狠狠一咬牙自地上猛地一跃而起，如旋风流云般朝对面的人袭击，快如流星，气势如虹，却不由想起在百里流烟宫的山崖，翩然如仙的男子握着她的手教出这绝杀之技。

金面皇后一见眉眼微沉，凌厉的剑气逼近，她足尖一点飞速后退，纤纤十指飞速套上金钢的手套，生生抓住那旋转如风的剑刃："流云斩确实厉害，不过……你可没练到家。"

"那你就试试。"她狠狠一咬牙，另一手暗运内力，狠狠一掌击去。

金面皇后眸光一沉，十指如爪抓住她手："你要找死，本宫成全你。"十指尖锐的金刚手套闪着森冷的光，直直掏向她的心口，似是要挖出她的心来。

她呼吸一窒，满心绝望之际，却看到金面皇后背后一剑破空而来，带着万钧之力。金面皇后霍然收回手去避让，仅在这片刻之间，她被强硬的力量拉开数丈。

"你……"她抬头对上一双幽黑深沉的眸子，目光透出一分无奈的妥协。

刑天刚毅的面色冷沉一片，一把推开她奔向对面的金面皇后，吼道："还不快走！"

她一咬牙飞快朝着无忧离开的方向追去，扭头只看到缠斗不休的两人，嘶声道："半刻后，西城会合！"

夜风将她的话语带到他的耳边，刑天心头猛然一颤，眸中的光芒一闪而过。烟落疾行如飞追着前面的锦瑟，看到她离无忧越来越近，心缓缓凉了下去。一旦无忧被擒，所有的一切努力又将白费。

她抿唇轻啸两声，雪白的小兽从无忧背后一跃而起，直直扑向锦瑟面门。貂儿是剧毒之物，锦瑟立即闪身避让，转眼之间她手中长鞭一挥，卷向前面奋力奔跑的孩子。

此刻，就看谁快，擒到这孩子，一切就尽掌于手。

然而就是连美人争取的片刻之机，她狠狠将手中的长剑奋力掷出，喝道："无忧趴下！"

无忧一听是她的声音，二话不说就一下趴倒在地。刚刚碰到他身上的鞭子眨眼之间便被猝然而至的三尺青锋斩断。她接剑落地。一系列动作只在呼吸之间，快得难以想象！

她拉起无忧护在身后。貂儿体小敏捷，且速度极快，锦瑟根本碰不到它一根汗毛。连美人闪电般蹿回到她肩头，龇着小牙瞪着对面的女人，恨不能扑上去一口咬死她。

"无忧快走！"烟落盯着对面一脸杀意的女子，沉声道。连美人蹿到无忧肩头，一人一兽快步便跑了开去。

锦瑟想到脸上还痛如火灼的伤，满腔愤恨："你很在意那孩子！当初没亲眼看到那孩子死，真是可惜！"

烟落目光冷冽而肃杀，一手长剑，一手短剑，纵身便扑了上去，招招快如迅雷。锦瑟招架不及，手臂被划开一道深深的血口子！

"这一剑，为你四年的欺骗利用。"话音一落，再度扑上前去，冷声喝道，"这一剑是为我的孩子。"虽然活着，却让他要一生受尽病痛折磨。这一切，即便眼前这个人死也偿还不了。

"怎么？生气了？若不是楚策把你打入冷宫，我又何来机会下手呢？"锦瑟咬牙喘着气，望着对面的人，面上扬起阴冷的笑，"被自己心爱的男人背叛，滋味如何？"

她紧紧抿着唇，眉眼间如深秋的寒潭，深冷而沉静。蓦然忆起四年之前西楚皇宫之中的一幕幕，心中没有当年那样撕心裂肺的痛，却是异乎寻常的平静，只是泛着淡淡的苦涩和悲凉。

曾经是真的爱过他，深深地爱过他。

可是，阴谋、算计、背叛，已经将那份爱撕得支离破碎。

楚策，你争你的天下，我过我的人生，再无交集。

她已经不再是当年那个天真女子，她已经开始新的人生，她遇到了一个一个给予她希望与关爱的人，照亮了她灰暗的人生。

锦瑟看到她沉静的面色，不满她这样的平静。她要看着她痛，痛不欲生，生不如死，目光散发着疯狂："是不是很痛？是不是很恨？你不是那么爱他吗？为他让整个洛家逼得太子退位，将他扶上帝位，为了他什么都不顾吗？你爱了十三年又如何，终究敌不过他的天下，他的江山！他不要你了，任何人挡了他的路，他都会毫不犹豫地除掉，即便是你和孩子！哈哈哈……"

她只是静静地望着对面疯狂的女子，淡淡地说道："你喜欢他，可是……他看都不看你，可悲！"仇恨和嫉妒可以让一个人变得如此疯狂，太可怕了！

锦瑟银牙暗咬，是的，她妒忌，发疯一样的妒忌。烟落活着的时候他的眼里心里只有她。她死了，他依旧念念不忘。驻心宫夜夜灯火明亮，锦瑟不止一次在寂静无人的深夜看到那个傲然得不可一世的他，在那座死寂的宫殿一点点触摸她存在过的痕迹……

如果……他知道她还活着……

"洛烟，你这样的人，根本不配拥有幸福！你，该死！"话音一落，长鞭疾舞而至，恨不能将那张冷静得该死的脸打得粉碎。

烟落正欲提气而起，方才被金面皇后一击的掌劲在胸口散开，仿似有什么在胸腔内轰然炸开一般，面上瞬间血色褪尽，被长鞭卷着狠狠撞上厚厚的宫墙……

忽然，有稚气的童声从奉先殿的方向传来，惊破无边夜色，震颤着她的心。她咬牙长剑一挥斩了她的长鞭，恨恨道："要我死，你还不够那个资格！"不管未来如何，但她的命绝不能断送在这个女人手中！

夜色之中，一身红衣如火的身影翩然而至，温醇的气息越来越近，越来越近……

修聿一手将她扣入怀中，低眉望着她，沉沉的怒意与深深的心疼在目光中交织。她抓着他衣服，勾起一抹笑容："我没事！"

他带着她落地，望向数步之外的锦瑟，优雅如玉的神情顿时凌厉如邪神："是你？！"西楚的锦贵妃，果真是没死，可是……她为什么这般要追杀于烟落？

"她是大昱人。"烟落低声说道。

大昱？！

他低眉望着她，眼中一抹异色如流光闪过。直觉告诉他，她对大昱的仇恨没有那么简单。她甚少提及关于自己的过去。这种感觉，总让他觉得眼前的人明明离他这么近，心却那么遥远。

烟落抬眸望了望天色，道："走，先出宫再说！"他们只有这么几个人，如身陷燕京走不了，一旦黄泉铁卫赶来，就再无退路了。

修聿闻言带着她疾驰如飞，赶往萧清越他们所在的方向："无忧有萧清越和罗衍照看，一会合就马上出宫。"留在这里跟他们单打独斗，太吃亏，只要出去了惊动了神策军和飞云骑，他们才能立于不败之地。

锦瑟自知不是对手，便没有再追上来。燕之析带着禁卫疾奔而至，怒声喝斥："你怎么还不追！"让他们逃出去会有什么样的后果，可想而知。

烟落回头望了望东宫的方向，目光中难掩担忧之色。以刑天的身手应该能敌得过金面皇后吧！一定要出去，都要活着出去！

"我不是你的禁卫军！"锦瑟冷冷说道。

燕之析怒火中烧："让中州王和大将军王逃出去，我们所有人都得死！"

"封锁燕京城，截杀中州王，绝不能让他们活着出城！"一道威严而冷厉的女声在空中响起。众人回头去看，戴着黄金面具的人立于大殿之顶，身姿曼妙。

锦瑟冷目望了望一旁的燕之析："只要消息不传出燕京，神策军和飞云骑一时间还不敢轻举妄动，只要拖到黄泉铁卫前来就行！"

"刑天铁甲卫已反，谦王带兵攻入皇宫，一时之间让本太子从哪儿抽调那么多的兵马！"燕之析愤然道，本以为他们能帮多大的忙，如今宫里宫外乱成一团，抓到手的人质也跑了！

“谁让你的手下都那么饭桶，连个小孩都看不住！”锦瑟冷声斥道，只要抓到那个小孩子，中州王就不敢轻举妄动。

“你……”燕之析恨得直咬牙。

“罢了，再争下去，就等着神策营和飞云骑打到燕京来吧！”诸葛清从暗处走了出来，望了望大殿之顶上的人影，朝燕之析道：“他们要走，只得走西城最近到达区城。我已让随行人马在西城设伏。太子殿下即刻抽调人马，将其逼入包围圈中，一切自见分晓！”

北燕的精锐之师都由大将军刑天和燕皇掌控，太子禁卫根本靠不住，幸好他早做了打算。

金面皇后轻轻击掌两声，霎时之间数十道黑影如鬼魅般出现。她自殿顶翩然而落，冷声言道：“不惜一切代价，杀！”

“是。”话音一落，十道黑影一闪而去，奔向宫门。

燕之析一见，面色一喜，朝身后的禁卫统领道：“传令宫外所有人堵住燕京四门，弓箭手做好准备，绝不能……让他们活着出去！”

夜，深沉而漫长。

修聿带着她成功地在轩辕门与萧清越一行会师，轩辕门的禁军早已被放倒，一行百人的铁甲卫上前：“公主，末将铁石等已经奉将军之命，拿下轩辕门。望川楼已经布了弓箭手，闯不过去！”

修聿闻言微愣，刑天不是投靠了燕之析，又怎会反过来帮她？

烟落转头四下望了望：“刑将军还没过来吗？”

“将军去了东宫，还未出来！”铁石出声回道。

她眉头微微拧起，深深吸了吸气：“去华清宫！走密道！”从这里一路出宫定是阻碍重重，望川楼居高临下布满弓箭手，即便闯过去也免不了受伤。

铁石闻言，朝身后人道：“带几个人，把禁卫引开，其他人随行护送公主和中州王出京。”

烟落一行人路上小心避着来往的宫中禁卫，没有与其正面交手，神不知鬼不觉地到了华清宫内。铁石带着铁甲卫走在前面，烟落望了望被萧清越抱着的孩子，道：“姐姐，无忧交给他！”

“怎么信不过我？”萧清越闻言侧头望她，虽然嘴上那么说，还是将无忧递给了修聿。所有人中武功最高的就是修聿，只有将无忧放在他那里保护，她才安心。

修聿望了望她有些苍白的脸色，心中担忧不已。萧清越望了望两人，开口言道：“你看好你儿子，小烟我会照看的。”

“燕京城只怕比这皇宫更加凶险，诸葛清一直旁观，只怕带了人放在燕京城里等着咱们了！”罗衍在前面沉声开口道。

“东齐太子、北燕太子、大昱皇后，还有一个死而复生的锦贵妃，他们是非要把咱们困死在燕京城。”烟落眸中冷冽如冰，语气前所未有的平静，“中州之主和大将军王死在燕京，战事一起，中州无主，西楚军心动荡，东齐黄泉铁卫来了燕京，那么最得利的就会是大昱。”

好一个借刀杀人，好一出螳螂捕蝉，黄雀在后。

燕京之乱，仅仅只是他们复辟大昱的开始。

罗衍闻言，不由转头望了望她。在这样的危险中心思还能如此沉着冷静，短短几个时辰便说动谦王入宫勤王，救出中州王世子，比起萧清越更沉稳，更顾全大局。

一行人从皇宫地下密道悄然出了北燕皇宫，到了燕京城内。夜深人静，整座燕京城却安静得像一座死城一般。铁石朝身后的铁甲卫悄然打了个手势，所有铁甲卫分成两队，一队走前，一队走后，将他们一行人放在中间。

烟落悄然自随身的荷包掏出一粒药丸，连池一见面色微变："小师妹！"

修聿和萧清越闻声便朝她望去。看着她手中的药丸，烟落望了望几人："是治疗内伤的药丸。"

连池不再言语。那哪是什么伤药，分明就是强行提升内力的药丸，对身体伤害极大，她有伤在身还强行以药物提升内力，这样下去怎么吃得消？

铁蹄铮铮，踏破了夜的沉静，携着雷霆万钧之势朝他们合拢而来。

“铁盾防御！”铁石高声吩咐铁甲卫备战！

“收集所有弓箭给我。”烟落沉声令道。

话音一落，两百铁卫将所携弓箭尽数放到了中间的空地上，再度回到自己的位置站好。她将手中的剑收回背后的剑鞘，萧清越也同时步上前来与她一道拿弓取箭："小烟，你……"据她所知，她并不精通于骑射之术，心中不免有些担忧。

烟落勾唇一笑，将背后绑了三个箭囊："你别小看我！"以前她虽不会武功，但在沧都众多女子中骑射之术却是屈指可数。

“你……”修聿正欲出言反对她将要做的事，却被她一眼瞪了回去："放心，我的箭术不会比姐姐差。我们在前方解决弓箭手，大将军王和铁石给你们带路，连城照顾好连池，解决后面的尾巴，你……照顾好无忧！"字字铮铮，句句铿锵，不容他有半分反对。

萧清越也同她一般将所有的箭支都带上了。姐妹二人相互望了一眼，纵身一跃，飞檐走壁，朝着西门狂奔而去。修聿一行人从地面疾驰跟上，目光却紧紧盯着前方两个身形矫捷的女子，弓如满月，箭如流星，两人互为掩护，身形快得让人咋舌。

突然黑暗之中，有利箭破空将她们所发之箭在半空截住。两人相互一望，收弓拔剑，朝着出箭的方向狂奔而去，数道鬼魅般的黑影拦住了去路。

长街之上，两队人马陷入混乱之中，合围的兵马越逼越近。烟落朝着修聿几人嘶吼道："快走！"一旦包围圈子缩小，更难脱身。

就在她分神的片刻之际，身后一道黑影举剑便劈头朝她砍去。修聿一见将无忧放地，夺过身旁一柄刀，狠狠掷了过去。然而就在他出手的这片刻之间，后面一条长鞭如灵蛇般悄无声息缠上无忧。

"爹爹！"

他转头，伸手去抓，却只撕下了无忧的衣角。无忧被金面皇后一鞭拖出数十丈，金钢的手套以绝杀之势袭向无忧的头。

"不！"

"不！"

两道撕心裂肺的声音惊声呼道，那一瞬间她恍惚听到了世界崩塌的声音！

她惊恐地看着那幼小的孩童将要撞上那只尖锐的利爪，发疯般地扑了过去，再快一点，再快一点，再近一点，再近一点……

修聿也在同时飞扑了过去，然而任凭他使出了浑身之力也没能抓住他。

就在这电光石火之间，夜空之中一道身影如闪电般落下，一剑斩断鞭子接住了孩子，后背却生生被那尖锐的铁爪，抓下一块血肉。

他一手握剑一手抱着孩子，半跪在地上喘着气，抬眸朝着几步之外一脸惊恐的女子扯出一丝笑意。

烟落愣愣望着忽地从天而降的刑天，看到被他抱在怀中安然无恙的孩子，笑得泪流满面，难以名状的激动在她胸腔内扩散、震颤。

"这么小的孩子，你都下得去手？"刑天怒目望着几步之外的金面皇后，后背的伤口血流如注，他却连眉头都没皱一下。

金面皇后手上那精钢手套上，血一滴一滴地落下。她恨恨地甩开手上那一块血肉，冷声喝道："你要找死，本宫就成全了你！"没想到东宫那一掌，他还能活着出来！

修聿眉眼顿时一凌，眨眼之间已经站在了刑天之前，低低说了声："多谢！"

如果没有他及时出手，他无法想象会是一个什么样的局面！

烟落甩开身边的人奔上前去，无忧一头扑进她的怀里，小脸已经吓得血色尽失，搂着她的脖子，低低地唤道："娘！"

她心头百味交杂，轻轻拍着他的后背："没事了，没事了！"

刑天默然望着激动相拥的一大一小，苍白的脸扯出一丝笑意。方才那是他第一次从她眼中看到那样无助的恐惧，仿佛整个世界在她眼前坍塌一般。

她放开无忧，慌乱地找出随身的药丸，递了过去："这是止血和恢复内力的药，你吃了会好一些！"

刑天望着她仍旧微微颤抖着的手，默然接了过去吞入腹中，沉声道："快走，谦王那里已经撑不了多久了，时间不多了。"

她微一思量，朝他伸出手去："走吧！"看得出在东宫帮她拖住金面皇后，他已经重伤在身，方才那一爪更是伤上加伤。

他怔怔地望着那只伸出的手，伸出手去握住她细小修长的手，光滑得像是世间最上好的和田美玉，带着丝丝温润气息，仿佛三月暖暖的春风沁入他的心中。

这是，他第一次握住她的手。

"你还能走吗？"烟落扶着他站起身问道。

刑天敛目深深吸了吸气，松开她的手沉声道："除了大昱的十鬼将，还有诸葛清的人埋伏在西城。燕京上下所有的禁卫正向西城包围而来，誓要将你们截杀在西城。"沉吟片刻，低声言道，"城门之外，有最快的马匹，只要出了城就有生机。"

烟落微微抿唇，默然起身将无忧交到修聿手中，眉眼冷锐："你该保护的是他！不要再发生刚才的事！"

修聿抱着无忧的手不由紧了紧，冷冷地望着金面皇后一行人："走！"他很生气，亦很想杀了这个女人，可是现在不能，现在最重要的是逃出燕京。

刑天苍白失血的面上满是肃杀，长剑一举厉声叫道："铁甲卫听令，保护圣皇欣公主出京！"

数百人的队伍很快分为两组，铁石带队朝西城冲杀，刑天带一队阻截后面的追兵，回头朝着微愣的修聿和烟落一行吼道："还不快跑！"

燕之析带着禁卫奔驰而来，高声喝道："但凡取燕绮凰、中州王、大将军王三人性命者本太子赏金千两！"

乱箭如雨，密密麻麻地射了过来。

"铁盾排阵！"刑天高声喝道。

话音一落，铁甲卫数十人眨眼间便以铁盾拼起两人高铁墙，生生挡住了大部分的箭矢。禁卫轻骑策马冲了过来，铁甲卫上面一队攻人，下面一队刺马，盾墙之外马死人亡，血流成河。

大昱十鬼将见状纵身抡起长刀砍了过来，铁盾带人齐齐被劈成了两半，惨叫之声一片。

烟落闻着夜色中浓重的血腥之气，扭头一望，后面的铁甲一个接着一个倒了下去，她朝着剩下的人嘶声道："快走！"

一定要出去，一定都要活着出去！

燕京西城区被火把照得通明，尸横遍地，血流成河。城门遥遥在望，一千禁卫守在城门口，三百弓箭手密布城墙之上，二十东齐高手站在最前面。

“铁石，分一队人接应大将军。”烟落的手缓缓伸到背后，拔出长剑，“其他人随我们攻城，打开城门。”

萧清越、罗衍、烟落三人一步上前，连美人趴在她的肩头龇着森森小牙，磨了磨爪子。三人一兽飞快冲向城门口，一个快如旋风，一个迅如闪电，一个诡异难辨，缠住二十东齐高手，为后面的铁甲卫打开缺口，让他们冲过去。

修聿紧紧随在她几步之遥的地方，一手护着无忧，一手利剑狂舞，无形之中为她减轻了不少负担。连美人身小敏捷，见人就咬，手口并用，生生帮着铁石一行将一千人的禁卫撕开一道口子。越来越接近城门，却看到门后竟然是拿碗口粗的铁链锁着，任凭他们拿刀怎么砍都无济于事。

烟落瞥了一眼，朝修聿和连城、连池两人道：“快去帮忙！”

修聿眉眼微沉，虽不放心她，却也和连城、连池一道朝着城门口冲去。看到那碗口粗的铁链，连劈数剑也只留下轻微的痕迹，连池慌忙从布袋中取出一只特制的陶土瓶：“让开！”

修聿等人闻言退开两步，看着连池步上前去，拿着瓶子将绿色的液体倒在他们方才砍的缺口之上，一阵哧哧的声响，那铁链在开始融化，众人喜出望外。

“他们要开城了，放毒箭！”燕之析发疯一般吼道。

“太子殿下，那里多是我们自己的人，会误伤……”一名副将担忧地出声。

“放箭，快给我放箭！”燕之析疯狂地吼道。

“太子，那是近一千的禁卫弟兄……啊！”话还未完，燕之析已经一剑砍了他的头，鲜血喷溅而出，他高声吼道：“放箭，宁杀错，不放过，绝不能让他们活着出去！”

东齐的二十高手折损过半，听到北燕太子这样的话，便急忙抽身离去。刑天见后面数百人搭箭拉弓，狠狠一剑砍了身旁的几名禁卫，吼道：“铁盾护卫，其他人，撤！”

铁甲卫都在北燕多年，立即明了燕之析所说的毒箭为何物，不就是特制的黄泉箭？燕皇一再禁令不准使用这种毒箭，不成想太子曾经暗中大量打造，虽知其可怕，却没有一人落荒而逃，队形有致，相互掩护朝城门靠去。

森冷的利箭密密麻麻射了过来，众人纷纷擒住边上的禁卫挡箭，水银似的液体沾肉即腐，焦臭的气味令人作呕。连池望着还正在慢慢断裂的铁链，扭头望了望数丈之外血腥惨烈的画面，焦急万分。

“嘣！”碗口粗的锁门链彻底断裂，连城、连池合力将城门拉开，冲出城外，将马匹牵了过来。修聿将孩子交给连池：“快走！”

燕之析望着缓缓打开的城门，疯狂地吼道：“放箭，快放箭！”

连池一愣便抱上无忧策马先行离去，修聿折身便往城里冲去，焦急地寻找着她的身影。

烟落扭头吼道："都给我出城！"说话间，与萧清越、罗衍奋力朝着城门口跑去。

刑天与身旁还残存的数十名铁甲卫相互一望，不约而同奔向城门，不是朝外跑，却是跑向城门两侧，合力欲将高大沉重的城门关上。乱箭如雨地射来，刺入他们的后背，血肉开始腐烂，痛得撕心裂肺。没有一个人伸手，没有一个人冲出城去，拼命将那两扇高大的城门关上。

背后传来嘎吱嘎吱的响动，萧清越几人心头猛然一沉，转头去看，只见漫天箭雨中那高大的城门正在一点点地闭合。

"走啊！"刑天挥剑格挡着箭矢，扭头朝他们嘶吼道。城门外的马匹根本不够这么多人离开，一旦拖慢了行进速度，所有的努力都会白费。

"混蛋！都给我出来！"烟落双眼通红嘶声吼道，发疯般地朝门口处冲了过去，欲拉他们出来。

那一张张因痛苦而扭曲的脸抬起，齐声叫道："公主，快走啊！"

烟落扑近门前，巨门嘣地一声合上，她大力捶打着门板：嘶哑着声音吼道："刑天，你们都给我出来，出来啊！"却只听到大门之后传来阵阵厮杀之声，殷红的血汇成血色的小溪从里面流出，淹没了她的脚下，带着灼热的温度。

朝阳初升，金光万丈，驱散了这个漫长的黑夜。

大门之后，刑天从门缝之中看到被萧清越和修聿拉起的女子正嘶声叫着他的名字，刚毅的唇角缓缓勾起笑容，一手缓缓收握成拳抵在心口。

这一生之中，他最宝贵的是什么？

既不是他的大将军之位，亦不是令人艳羡的权势，而是此刻他紧握在手心中她残留的温度，如三月的春风吹拂着他的心……

燕绮凰，你是云端神女，我只是凡尘中卑微的蝼蚁，你是我一生也难以触碰的神祇。

朝阳初升，光华万丈，驱散了血腥的黑暗。

燕京城内厮杀之声震天，那高大沉重的城门却如大山一般岿然不动，烟落被修聿和萧清越拉着爬上马，扭头望着越来越远的燕京城，一颗心仿如坠进万丈冰渊。

冷冽的风卷着沙尘吹来，眼睛酸涩无比，却流不出一滴泪来。

她说好一定会在西城等着他，大家一起逃出燕京城，她却将他永远地留在了那里，永远地留在了那扇门的后面……

十五年前因为她的失踪，他才被燕皇所遇，才来到了燕京，才有了北燕大将军刑天。而在十五年后的今天，他为燕皇，亦为她，以命做了偿还。

她从不曾将他放在心上，更不记得那一个个为她而牺牲的铁甲卫叫什么。她是自私的，她只想救出她所在意的人，亦因为她的这份坚持，两百条生命为他们开路相助，她只能眼睁睁地看着那两百条活生生的人命在她眼前一个接着一个地倒下。

修聿一手持缰，低头望着神色沉痛的女子，无声将她扣入怀中温声安抚道：“都过去了，过去了！”

过得去吗？

那个她从来不想有交集的男子，那一条条她从来不曾相识的生命，因为她的坚持和自私，就那样死在了那里。

她还是那么懦弱无用，不能保护自己身边人，更累及他人丢了性命。

燕皇、刑天、铁甲卫，那么多鲜活的生命，因为她踏足北燕而丧命。她只是想救她的姐姐而已，没有想过要害死这么多的人啊！

萧清越与修聿的马并排行着，侧头望着他怀中面容苍白的女子依旧望着遥远的燕京城，心被刀割一般的疼：“小烟，我们快些脱身杀回去，兴许还能救下他！”

可是谁都知道那是不可能的，黄泉箭的威力是众所周知的，谁……还能活得下来！

她的妹妹看似薄凉无情，却是比谁都重情重义。她自己不怕死，最怕的却是身边的人陷入险境丧命。刑天一次又一次地出手相助，最后还丢了性命，她如何放得下？

那不是爱，是义，逆境中相互扶持的朋友之义。

修聿紧紧将她扣在怀中，万语千言却无从开口。那个人曾是他敬重的对手，也曾是他嫉妒的情敌，却在最后因为她的坚持而妥协，出手相救，将所有逃生的机会给了他们。

或许她从未喜欢过那个人，那个人却将一生所有的情寄予她，即便从未表达言明。

烟落闭目，深深吸了吸气，目光恢复一向的冷静沉着：“谦王还被困宫中。”

现在，不是她痛心悔恨的时候。是她将燕之谦拉入这场争斗之中，她不能弃之不顾，于燕皇，于北燕，她必须出手相助。

“祁月已经带飞云骑候在区城附近，祁连会快去接应，一会合就打回燕京。”修聿沉声应道。

她默然靠在他的怀中，听着那阵阵心跳之声，任由松兰的清郁之香将她包围，仿如坠入了一个温醇的梦。

她不是没有杀过人，亦不是没有见过死人，可是这是她第一次看到这么惨烈的流血牺牲，这就是帝王之家，这就是权谋争斗……

她的一生，注定要被这些帝王权谋所纠缠。她以为那场滔天的大火已经让她真正得以重生，原来却是将她推入了更大更深的大网。她，无路可逃。

一行数人纵马如飞，奔赴赤水关。

赤水关，玄武带着三万神策军暗伏备战，远远望着区城的方向。燕京没有一点消息出来，他们亦不敢轻举妄动。

一名副将急步上前来：“玄武大人，区城附近有可疑人马出现。”

玄武闻言面色顿时一变：“前面带路！”在这个时候还有别的军队在区城之外，一旦两军相争，进攻区城的计划就会生变，马虎不得。

区城东侧，远远就听到军营内传来阵阵喧哗之声，不堪入耳的歌声，划拳喝酒的吼声，还有打架围观的叫好声，那叫一个热闹非凡。

副将远远望了望军营中高持的旗子，喃喃道："大人，那好像是……中州的飞云骑？"

飞云骑？！

名动天下的中州飞云骑就是这副德行？跟一群地痞流氓有什么分别啊？

"你们在看什么？"一道似笑非笑的声音插话进来。

"我们在……"副将顺着便欲答话，突然惊觉不对，扭头一望便看到后面的树上坐着一红衣妖娆男子，一双桃花眼说不尽的风流气。

祁月打量了两人一眼，笑道："神策营，幸会幸会。"

玄武打量着眼前的人，沉吟片刻道："祁月副城主。"中州王麾下一人喜穿红衣，近年代替中州王坐镇中州，为人八面玲珑。

祁月闻言笑意妖娆："哟，没想到我名气还这么大，玄武侍卫。"楚帝身旁的四大高手之一，擅长暗杀，他可是一清二楚。

"祁副城主，这是何意？"玄武望着上面一众兵马出声问道。

周围一直都有卫队来回巡查，赤水关更是防守严密，他们就仿佛是凭空冒出来的，飞云骑的快果然是不可小瞧。

祁月闻言一脸无辜地摆了摆手："放心啦，我没有要跟你们干架的意思！西楚中州是一家，咱不打，不打。"

玄武知道他们也是受中州王之命在这里以策万全，便坦诚道："燕京已经失去消息两天了。"

祁月闻言俊眉微一扬，漫不经心地道："楚帝不是已经带兵去截杀黄泉铁卫了，燕京城里应该出不了什么乱子吧！"

玄武闻言眸光顿沉。楚帝带兵出京的事连朝中大臣都不知晓，他竟然都已经一清二楚了。若此刻联姻成功，西楚有了中州便如虎添翼，不然真要是为敌，难以想象这叔侄两个谁高谁下！

祁月望着下面乱得毫无形象的飞云骑，笑着说道："飞云骑现在都在下注，赌此刻联姻成功，我赌不成，大伙都来等着开盘呢？大人要不也来下一注？"

下注？！！

玄武闻言嘴角抽搐，眸中的冷锐一闪而过："难道……祁副城主不愿中州归顺西楚？"

祁月面上笑意不减，沉吟片刻道："顺不顺我都没意见，和气生财最好。"抬手摸了摸精致的下巴，思量道，“不过我家老大命太苦，这未来王妃也太难搞，这回破坏的人也不少，所以联姻成功的风险还是挺大的！”

两人相互望了望，望向燕京的方向，心中隐隐担忧着。

正在这时，有两人骑马奔驰而来，一个是神策营的，一个是飞云骑的，几乎同时到达，利落地翻身下马前来禀报。

“报，中州王大婚未成，北燕太子谋反，燕皇驾崩，大将军刑天护送圣皇欣公主一行出京身亡，王爷有令攻打区城，直逼燕京，擒拿燕之析和东齐人。”

“报，中州王大婚未成，北燕太子谋反，燕皇驾崩，大将军刑天护送圣皇欣公主一行出京身亡，王爷有令攻打区城，直逼燕京，擒拿燕之析和东齐人。”

两封一模一样的急报，祁月与玄武不由相互望了一望。祁月头疼地抚了抚额，嘴角却是勾起异常灿烂的笑。他知道，这场赌注他赚大发了。

祁月望了眼玄武一行人，红影几个起落便朝下面队形散乱的飞云骑高声吆喝：“老大被欺负了，抄家伙啊！”

玄武与那副将无奈地翻了翻白眼，不由想到了曾经在神策营的一号人物，某个一样红衣夺目的人也是这般禀性，带着一群痞子似的兵，这世上怎么还有这么像的人?

话音一落，本来乱得不堪入目的军营转眼之间便行动起来。不到半炷香，下面已经整肃军容，一万轻骑已经列队而立，一派军威赫赫。

破坏中州王的婚礼，他们一人五两银子下的赌注，齐齐输了五万两给副城主啊，这等刺激之下焉能不恨呢?

玄武朝身旁的副将微一扬手，示意他前去传令备战，望着那巍巍区城不由感叹。这座号称北燕门户的区城，没有了大将军刑天的守卫，这个曾强盛百年的北燕已经气数将近。

暮色时分，天地苍茫，平原之上一行人纵马如飞，远远看到对面山坡之上的一身红衣鲜艳的男子带领着轻骑兵，看到他们策马奔驰而来。

祁月扫了一行数人，每个人身上都难掩狼狈之色，毫不客气地调侃道：“看看，看看，一个中州王，一个大将军王，一个前西楚上将军，还有一个圣皇欣公主，被人打得这么惨，真是丢面子啊！”

修聿面色无波，望了望天色道：“天快下雨了，你带无忧先走。”

祁月伸着脖子打量着被他护在怀中的烟落，奈何护得太严实只看到一个背影，一掉马头从罗衍那里将无忧抱过来，无忧顿时疼得咬着唇，硬是没发出一丝声响。祁月不动声色地掀开他的衣袖，小小的手臂上严重的擦伤，面上已经开始结痂了。这小东西平日中州上下哪个不是对其爱护有加，如今还伤成这样，那还了得?

“没事，回头叔叔给你讨回来！”祁月压低声音笑语道。一接到急信，飞云骑和神策营联手，区城很快被破，他们一路长驱直入，行了一天终于与他们接上了头。

天黑时分，大雨倾盆，一行人到了已被飞云骑拿下的明阳城。没有了北燕大将军的守卫，神策军和飞云骑一日之内连取三城，气势如虹。

她站在门口处望着漫天雨帘，微微探出手接着冰凉的雨水，这场大雨是否会将洗尽燕京上下的鲜血，又会将那些葬身在黄泉箭下的亡灵带往何处？

修聿快步走了过来，道："先把衣服换了吧，小心着凉。"

她微一怔，擦了擦手将干净的衣服接过："你也快去把衣服换了。"此时对面的人一身都还滴着水，却跑来给她送衣服。

修聿点了点头，转身离去，仿佛他们之间又在这场动乱中恢复成曾经的淡漠疏离，他们欠那个人确实太多，她心中愧疚悔恨，他亦明白。

如果换作是他，在那样的情况也会做那样的选择吧！

他换了衣服过来，屋中却已经空无一人。他顿时皱了皱眉，一转头便看一身红衣妖娆的祁月倚在门口："无忧受了点小伤，她去看他去了。"

修聿闻言面色微沉，犹豫了片刻，举步朝着门口走去。祁月站在门口一脸鄙视："不是我看不起你，一遇到那女人的事，你的沉稳睿智都见鬼去了，人就跟白痴一样，太没出息了。"

修聿闻言狠狠瞪了他一眼，思量片刻问道："黄泉铁卫可有消息！"

祁月闻言顿时一脸兴奋，摩挲着下巴摇头叹道："我现在不得不承认，你那小侄子真不是人，带着两万的新兵，运用天时地利之便，硬是将黄泉铁卫拖在了狼牙山出不来，不过也损失惨重，折了大半人马。"

修聿闻言，面上毫不掩饰赞赏之色："他是个用兵高手！"他还未到及冠之年便已经入了军中，一生经历大小战役无数，到后来一手创立神策营，让其成为西楚精锐的兵力。

祁月闻言勾唇一笑："我倒很好奇，你们俩要是打起来，谁会赢？"

修聿闻言面色微沉，举步便朝外走："只要他不犯我中州，我不会跟他动手。"

"哦？"祁月跟上前去，思量了片刻凑近道，"那要是他看上王妃要抢呢？你也让他抢吗？"

"祁月！"修聿冷着脸喝道。

祁月满不在乎地笑了笑："要知道现在王妃可是名动天下的美人，何况最先起意朝燕皇提出联姻的是他，我只是预想一下嘛！"

修聿勾唇一笑："我不会让他有那个机会。"可是谁又曾料到，这小小的玩笑，竟在多年之后，一语成谶。

"真没想到你们这么多的大人物，竟然被一个北燕太子追得这般狼狈。可惜了那刑天，我还想跟他好好打一回呢！"祁月忍不住叹息道。北燕大将军虽位高权重，却对北燕皇室一直忠心耿耿，且在战场之上也是个难得的将才。

修聿闻言眸中的冷锐一掠而过："待北燕战事一了，全力追查东齐和大昱皇族的所有事！"他不知道她与大昱有什么样的恩怨，但只有知己知彼，才不会让燕京这样的事再发生。

祁月愣了愣，道："好。"思量片刻出声道，"黄泉铁卫的事怎么办，楚帝送了这么大个人情，咱们是不是得还个礼去！"

"当然。"修聿脸上勾起一抹冷冽的笑，侧头道，"明日我带一半人马去燕京，你带人与罗将军商议如何部署，我想，他不会反对。"

宁遇鬼神，莫遇黄泉吗？

是鬼是神敢欺负到他们头上，也让他有来无回。

祁月闻言俊眉微一扬，摸着下巴侧头打量着他的神色，断言道："又是王妃受了委屈了。"

修聿站在屋外望着屋内的两人，不由顿住了脚步，眉眼间泛起柔和的笑意。

灯影下，一身水蓝襦裙的女子正低眉小心地帮着孩子擦着药膏，丝绸般的黑发拿水蓝的丝带系着，衬得整个人别样的明净，不染铅华。

"无忧，痛不痛？"她朝着伤口处吹了吹气，担忧地问道。这孩子从受伤起一路回来都没吭声，忍得很辛苦吧！

无忧笑着摇了摇头："不痛！"伸出小手拉着她的手，轻轻摸着她手上凌乱的伤口，大大的眼睛泛起泪光，闷闷地说道，"一定很痛吧！无忧一定要快点长大，学武功，学射箭，不会再让娘受坏人欺负了！"

她抿唇低笑，温柔地抚摸着他稚气的小脸："无忧什么都不用学，娘会自己保护自己的。"她只希望他可以平安快乐地成长，不要去沾上这些血腥杀戮。

祁月打量了一下屋里屋外，轻咳了一声，识趣地离去。屋内的两人听到响动，抬头一看站在窗外的人，无忧脸上绽出大大的笑容："爹爹！"

修聿笑着走了进来，三人同桌用了晚膳，待到无忧睡着才一道离去。

雨停，云破月出，屋檐上的雨水滴滴答答地落下，声音细小而清脆。

"燕之谦虽然有些心思，但是我将他卷入其中的，别为难他！"她低声说道。

修聿闻言眉头轻轻一皱，应了声："嗯。"

夜风缓缓，空气清凉。

她侧头望着他，目光沉静而幽远。修聿伸手避开她手上的伤，拉着她的手腕，朝屋内走："不早了，你早点回屋休息，明天我……"

"修聿。"她轻声唤着他，修聿背影一滞，只听得背后的声音缓缓响起，"我要走了。"

"刚下了大雨，晚上会冷一些，小心着凉。"他佯装未闻，拉着她进屋，将屋内的窗户一一关上。

“修聿，我要走了。”她重复着说道。

修聿转身朝门外走，声音依旧温和：“刚才晚膳，你没吃几口，我让厨房再做些，你想吃什么？”

“修聿，我……”

“要不咱们出去吃，明阳城的鱼做得特别好，我带你去。”

“修聿，你听我说，我……”

“你想吃清淡的还是味道烈一点的？清淡的话西城的要好一些，要想吃辣一点的，就去东城。”

“修聿。”她急步上前拉住他，郑重地说道，“我们终究不是一路人，我有自己的路要走，不能跟你去中州了。”

修聿霍然转过身来，眸光冷锐如星：“为什么在我的身边，你总是一次次地想着要走，要离开？我到底哪里做错了，你就要离得我远远的？”

“不是这样的。”她一把抓着他的手，急切地说道，“锦贵妃假死的事，燕皇驾崩的事，从西楚到北燕的所有事都没有那么简单，我要快点去查明真相，还有……”

“燕皇也好，刑天也好，你不是一直都不在意的吗？是我逼着你答应大婚，如今他们死了，你难过了，愧疚了，你也动摇了，想放弃了？”修聿大力地捏着她的手腕，幽深的眸子怔怔地望着她，“是不是，你从来没有想过要嫁给我？”

她咬着唇望着近在咫尺的面容，低声说道：“我做不到。”

她是真的想过要嫁给她，与他和无忧一起生活，可是她不能，有人也容不得她能。

他缓缓松开她的手，转身朝门外走去，每一步是那样沉重而缓慢。他在等待着，等待着她的声音，只要她叫他一声，哪怕只要一点响动，他都会转身。

可是，他走出门外站了好久，好久好久，也没有听到背后传来一点声音。

她咬着唇望着门口的背影，喉间哽咽着千言万语，却难以开口。

修聿，我不能再依赖于你，依赖就会软弱。

我不能眼看着燕京的事再发生在我们身上，我不能再让无忧陷入险境，我不能再成为别人掣肘你的软肋，我不能再失去你们任何人……

我不能再像曾经的我，那样软弱无助，任由那些阴谋毁灭着我所拥有的幸福。我何其有幸能够找到无忧，能够遇到你，遇到这么多爱护我的人，我不能再让大昱毁了这美好的一切。

就让这乱世的风雨磨砺着我，让我真真正正地坚强起来，守护自己所珍视的一切。

“非走不可吗？”他站在门口，望着寂寥无边的夜色。

她深深吸了吸气，将心头所有的不忍和眷恋压下，低声回道：“嗯。”

修聿自嘲一笑，利落地举步离去。

她默默望着从门口照进来的月光，抬手擦了擦脸上的泪，手紧紧收握成拳，对自己说道：“洛烟，你要坚强，要好好活着回来！”

她的声音那么低，那么轻，那么心酸又那么沧桑。

次日，天还没亮，他慌乱地跑到她的房中，屋中却已经空无一人，桌上金制同心锁压着一纸短笺，娟秀的字迹写着：等我回来！

乾元八年，一场震动天下的燕京之乱打破了沉寂百年的四国并立的局面。中州王带兵入燕京，诛杀北燕太子燕之析，东齐使团除上大夫诸葛清，一一伏诛，西楚神策营和飞云骑联手将东齐进入北燕境内的黄泉铁卫诛杀。

北燕二皇子燕之谦整肃朝纲，登基为帝，追封大将军刑天为镇北王，为亡故二百铁甲卫立衣冠冢，建忠勇陵园。

乾元九年，北燕再度内乱，各城州拥兵自重，自立为王，北燕陷入四分五裂的局面。与此同时南越也开始了内乱，整个苍和大陆动荡不安，战事连连。

原北燕境内区城以西三城两州及南越四州划归于西楚版图，北燕以东明阳城、幽州、宁城等三州四城及南越五州归于中州，中州独立为夏国，中州王为夏皇，着封祁月为宰相，萧清越为大将军。

燕京之乱，拉开了乱世的序幕。而这场动乱中名动天下的圣皇欣公主，却于燕京动乱之后离奇失踪，再无消息。

# 第十一章　凤阳除夕

乾元九年，战乱不休的苍和大陆之上，东齐、西楚、大夏成为中原三大强国，北燕与南越两国内乱不止，关外大漠有异军突起，统一漠北。

苍茫无垠的大漠，沙垄相衔，盘桓回环，气势壮观，一支驼队正慢条斯理地行进，驼铃声声清脆，轻灵动人。

一身西域装扮的红衣女子，扭头说道："领主，楼兰城到了。"

驼背上面容沉静的男子没有大漠中男子的粗犷，却多了几分沉静雅致的风韵，闻声一掀眼帘："千千！"

一旁的长须老者笑着轻斥："千千，这里不是朔州，再叫领主，你想害死我们？"

千千吐了吐舌头，连忙求饶："那不叫领主叫什么？"扭头望向面容沉静的男子，狡黠一笑，"叫公主？"

这被称为领主的，正是从燕京之乱后离奇失踪近两年的北燕公主，燕绮凰。

当年一离开明阳城，便寻到漠北的四海客栈，进而找到龙骑禁军。这支只有每任燕皇才能见到的神秘军队，由她统领在这漠北之地趁势而起，一统漠北，定都朔州。

"天不早了，准备进城。"烟落淡声道。

夜幕降临，华灯初上，潋香楼内丝竹声声悦耳，两名面覆轻纱的舞姬缓缓步上彩台。一个红衣妖娆，一个蓝衣翩然，短小的抹胸，露出香肩，纤腰盈盈，手挽碧绫，玉腿在轻纱裙中若隐若现，举手投足间，舞尽万种风情。

这是西域最负盛名的风月场，这里有最好的美酒，最美的舞姬，名副其实的销金窟。

台下锦衣华服的男人，个个伸长脖子瞧着台上翩然起舞的美人，红衣舞姬一边扭腰一边靠近蓝衣舞姬的边上，低声问："领主，怎么办？"

烟落皱了皱眉："看看再说。"楼兰太子与高昌及安息使结盟，意欲与漠北开战，她才与千千设法扮成舞姬混入，想探得消息。

白衣翩翩的男子从二楼雅室步出，身姿极尽潇洒，瞥了眼下方台上的两人，眸光骤然一亮，倚着栏杆饶有兴致地欣赏起来。

他的肩上趴着一只醉醺醺的雪白小兽，突然一跃而起跳了下去，哪知酒劲一上来，直直跌在了下面桌上。楼兰太子乌奇及身旁几人顿时一惊，身后的护卫霍然拔刀上前便朝那小兽劈去。

小兽顿时毛都炸起，一个敏捷空翻避了开去。

烟落纤眉一皱，嘴角抽搐地望向二楼之上的白影。那一张圣洁如仙的面容，魅惑如妖的气度，不是百里行素是谁？

百里行素接收到她的目光，笑着招了招手，从楼上纵身跃下。乌奇一脸怒意地朝来人喝道："本太子今日包下了整座楼，你又是何人？"

百里行素面上万年不变的风流笑意，凤眸冷冷地扫了一眼几人："连城，把这家伙给我丢出去。"话音一落，连城提起几人，从窗口直接扔了下去。

小兽蹿起，扑到她怀中，亲昵地蹭了蹭脸。

百里行素笑盈盈步上前去，一张双臂："亲爱的徒弟，想死为师了！"

烟落身形一转避开他，淡淡言道："你怎么在这里？"

百里行素将外袍一脱搭在她身上，哼道："这么倒胃口的身材也拿出来显摆，你好意思？"

"倒胃口，你脸红什么？"千千望着那张圣洁如仙的面上隐约的绯红道。

"咳……"百里行素微微咳了下，凤眸一转望向千千道："还未请教姑娘芳名，可愿意到这潋香楼来做舞娘呢？"

烟落闻言嘴角抽搐，问道："你们怎么在楼兰？"

百里行素垮着一张俊脸委屈地哭诉道："还不是你这狠心的女人，那么无情地抛弃我们，我们才这么不远千里找你，所幸上天有眼……"

她无奈抚了抚额，望向连城道："怎么回事？"

"公子说西域的美酒难得，女子妩媚奔放，就来了楼兰开了这座潋香楼。"连城坦然回道。

"烟儿，一别良久，有没有想我啊？"百里行素坐在桌边，支着下巴笑眯眯地问道。

"没有。"

他面上的笑容瞬间垮了下来："人家说一日不见如隔三秋，我们都快两年没见，都不知道多少个秋了，怎么能不想呢？”

烟落头疼地揉着眉心，本想快些探听清楚楼兰太子与使臣密议对付漠北之事，如今所有的计划都被百里行素搅得一团乱。

自潋香楼的相遇，百里行素化作尾巴一只，走哪儿跟哪儿，让人几近抓狂。

“你的潋香楼关门了吗？”烟落停在卖埙的摊位边，拿起一只细细把玩。

百里行素望着她手中之物，眼底一掠而过的异色，挑了一只试了试音，买下递到她面前：“送你！”

她摇了摇头：“我不会吹这个！”

“不会可以学嘛，你师傅我可是万能的。”百里行素一脸自豪地说道，不由分说便将东西塞到了她手中。

烟落抿唇一笑：“你是人，还真把自己当神了不成？”

百里行素闻言低眉淡然一笑：“那你呢？”

“我？”烟落纤眉微皱，怎么扯到她身上了。

他侧头望了望她，面上的笑不再是平日的玩世不恭，透着微不可见的心疼：“你也只是人，只是个女人。燕皇的死你要背着，刑天的死你要背着，铁甲卫的死你要背着，你不会累吗？”

虽然她没说，但如今也大致猜出她现在的身份，真不敢想这两年在漠北一场场震惊中原的战争中，她是怎么活下来的。

她低眉把玩手中的埙，唇角勾起轻淡的笑：“人活着有些责任总是要承担的。”

她何尝不想过平静的生活，可是有人根本容不得她安生。

“你毕竟是个女人嘛，就该做点正常女人该做的事。”

烟落闻言失笑：“我该做什么？”

百里行素扳着手指一一数道：“比如弹弹琴啊，下下棋啊，绣个花儿什么的，多美好的生活，看看你们一个个非把自己折腾得要死要活，也不嫌累得慌。”

正在两人悠然闲聊之际，便看到从楼兰王宫的方向，奔来一队卫兵，领头指着百里行素便喝道：“就是他，快给我抓起来！”

烟落顿时拧眉，来人不正是那晚跟在楼兰太子身边的人？百里行素一撸袖子便欲上前干架，烟落一把拉他上了马背，快马奔出楼兰城。

“哎，你拉我干什么？”

“强龙不压地头蛇，你收敛点。”她还有很多事没办，不想打草惊蛇。

“我管他是地头蛇还是四脚蛇，敢欺负到我头上，是可忍孰不可忍。”

烟落举目望向浩瀚沙海，清凉的风迎面吹来，清澈中透着几分大漠的苍凉。

百里行素抱怨了几句，四下望了望，探手拉过她手中的缰绳，道：“难得来一回西域，我带你去瞧个地方！”

夕阳下的大漠格外的雄浑壮观，两人一骑纵马奔驰，一连走了两个时辰，百里行素勒马停下，道：“前面走着过去。”

烟落跟着下了马，不由好奇：“到底要瞧什么？”

百里行素拉着她疾行数十丈，爬上高高的沙丘，扬手一指：“看，那里！”

烟落顺着他指的方向望去，沙垄相环的盆地之中，一泓碧泉弯如新月，碧如翡翠明珠，泉边芦苇茂密，微风一过碧波荡漾，水声潺潺，瑰丽动人。

“这叫月牙泉，无论这沙漠怎么变，它依旧存在。”百里行素望着下面的绿洲，敛去了往日的风流，眉眼沉静。

“我听姐姐说过，很美！”她由衷赞叹道。

大漠无垠，能寻到这一处小小的绿洲，是多么难得。

“你先下去！”百里行素侧头笑着说道。

她闻言快步跑下了沙丘，转身望着站在沙丘之上白衣翩然的男子，仿若是将要乘风归去的仙人。

他冲着她，高声道：“烟儿，你听！”

他笑着从上面一步一步地走下来，风中带来细沙轻轻鸣响，百里行素欢喜地说道：“听到了吗？沙子在唱歌！”

她望着那潇洒尽失，在沙丘上笨拙得像个孩子似的人，不由一笑：“听到了！”

百里行素笑着跑了下来：“这是神沙山，以流沙积成。流沙分五色，赤黄绿白黑，刚来的时候听人说这里的沙子会唱歌，专门跑来试了好几回。”说话间他捧着五色的沙子到她面前，“你看，是不是五种颜色？”

她笑着点了点头，印象中永远风流潇洒的人，此刻像个孩子一般，着实有些意外。

“还有那边。”他指着泉边的花丛道，“那叫七星草，这里的人叫它罗布麻，是医治百病的药草。除了神沙山和七星草，就是这泉里的铁背鱼了。”

她拧着眉试探着问道：“你不会……吃过了吧？”月牙泉被当地的人视为圣地，他不会真跑来抓这泉里的鱼吃吧？

“鱼不就是养来吃的？比起中原的鱼，确实别有一番风味。一会儿咱们再抓两条上来。”百里行素笑着说道，举步朝前走去，“前面是玉泉寺，每个月初之时，周围的人才会赶来参拜。”

“你很喜欢这里？”烟落站在他背后出声问道。

他背影一滞，面上的笑容一点点黯淡下去：“有个人一直想来这里……”

似有模糊而沉痛的画面在眼前如浮光掠过，他不记得是在多久多久以前从那个人口中听到这月牙泉的美好。

烟落面上的笑容悄然沉寂，只是默默走在后面："这里很漂亮，仿佛有带给人希望的力量。"

"希望吗？"他低头，唇角勾起冷嘲的弧度，转身在玉泉寺的台阶上坐下。

她望着碧波荡漾的湖面，点了点头："是的，希望，这水就是行走大漠之人活命的希望。"

"这两年，过得好吗？"百里行素在背后缓缓出声问道。

"很好。"烟落笑着点了点头。

"离开他，就不后悔？"

她笑着摇了摇头，离开不是因为不爱，是因为爱上了，所以她要坚强起来，去守护自己所珍视的一切，她的姐妹，她的孩子，她的他……

她思量了许久，决定坦白漠北的事，于是说道："师傅，我带走了北燕的龙骑禁军，近两年来一直在漠北隐姓埋名。"

百里行素摸了摸下巴，望着她的背影，一脸正经："我想……问你个事。"

她转身也在玉泉寺外的台阶坐下："什么？"

他凑近前来，皱着眉头问道："你跟中州那家伙，洞房了吗？难道是他不怎么行……"

"没有。"她冷冷地瞪他一眼，拧眉，"让你失望了。"

"不失望。"百里行素扬唇一笑，那叫一个灿烂，"反正现在刑天也死了，修聿也不要你了，人家现在多了不起啊，威风凛凛的大夏皇帝，怎么还会看上你？索性咱俩凑合着过日子得了，趁着这两年，好好发展发展感情，规划规划未来……"看着她越来越冷沉的面色，顿时语气一转，"好了，好了，我不说，不说了。"

日暮西沉，洒下一地金辉，微风拂面而来，带着些许的凉意，整个月牙湾美得恍若世外的仙境。两人静坐不语，似是不忍打破这份唯美的景致。

百里行素取出方才买来的埙，十指修长摩挲着鹅蛋般大小的埙，悠悠的埙声从他的指间袅袅而起，幽深古朴。

时而悲戚，时而柔和，悠远而沉静，绵软似云，哀泣如歌，如同一曲孤独的天籁在悄然诉说沉寂多年的悲伤，一遍又一遍在月牙湾回荡不息，令人动容。

"这是什么曲子？"她出声问道，她不明白一向笑容可掬的百里行素竟然会吹出这般凄美而断肠的曲子。那一刹那间她发现，相识六年，她从来未曾了解过他。

他停下吹奏，低眉摩挲着手中之物："追梦。"

她也不由打量着手中的埙，这小小的一块黄土竟能造就这么神奇的东西，让它的声音道尽红尘沧桑，沉吟半晌问道："师傅最大的梦想是什么？"

百里行素闻言樱唇一勾："我的梦想啊，坐拥天下美人，尝尽世间点绛唇，是不是很

伟大？”

烟落闻言嘴角抽搐：“当我没问。”

百里行素笑得极其无赖，一撩衣袍起身道：“等着，我去抓鱼，来了西域要不吃这铁背鱼，那可是人生一大憾事。”说罢便朝湖边走去。

她一个人坐在台阶上低眉拿着手中的埙，试着勉强吹出音来。她学东西极快，但却怎么也吹不出百里行素方才的那番荡气回肠来。

然而，直到很多年以后，她回想起这碧水泉边，古刹神庙前的一幕，才真正领略到他的埙声中，那入骨的苍凉与孤寂。

回到城里，已是次日天明。

燕之谦暗中派了使者与乌奇太子，还有高昌、安息两国使者结盟，欲与漠北开战。

数日后，高昌和安息的密使遇刺身亡，楼兰太子乌奇阴谋夺位被楼兰王贬为庶民，将一向主和的二王子阿古泰立为太子，与漠北结为友好之邦。

一切，出自她手。

离开楼兰的那一天，她写了信，托去往大夏的西域商队送往中州。百里行素打定了主意要把潋香楼发展到朔州去，化作尾巴一只跟去了漠北。

乾元九年的初冬，中州下了今年的第一场雪，纯白笼罩了天地。

中州王府，暖阁之内丝毫没有外面的寒冷之气，裹着绣锦棉衣的孩子趴在窗口望着外面漫天飞舞的雪，俊秀的小脸透着几分可爱。

正埋头批阅奏章的男子抬头，笑意温和：“无忧，把窗关上，小心着凉。”

宽大的桌案之后，身着浅紫龙纹锦袍的男子丰神隽秀，雍容贵气，隐约透着一股唯我独尊的霸气，这便是如今中原三大强国之一的大夏之主，楚修聿。

无忧抿了抿唇，扭头问道：“爹爹，娘住的地方也会下雪吗？”

修聿提笔的手一滞，脸上的笑意缓缓沉寂了下去，将手中的朱笔搁下，握起放在手边的那只同心锁。又一个冬天，又过了一年了，她还是没有一点消息回来。

烟落，你何以忍心就走得这样干净？

正在这时，萧清越扛着个大包袱一脸欣喜地冲进了书房：“小烟来信了。”

修聿接过展信一看，只是寥寥数字：一切安好，勿念。

娟秀的笔迹，映入眼中，心头波澜顿起，激动难耐。

萧清越毫不客气地倒茶喝了一口，指了指桌上的包袱道：“这是她托西域的商旅带来的罗布麻茶，说是给无忧调养身体的。”

修聿闻言望了望桌上的包袱，道：“她在西域。”

罗布麻茶，除了在西域，没有第二个地方会有这种东西。

萧清越闻言从袖内掏出另一封信，说道：“嗯，她说在楼兰遇上百里行素了，还去了月牙泉。"

祁月望着萧清越手中洋洋洒洒写了三张纸的长信，桃花眼斜向修聿，笑语道："看来皇后娘娘跟皇帝陛下你还真是没话说啊！"

给萧清越的信写那么长，给他就那么几个字，这差别也太大了。

萧清越把信来来回回又看了两遍，喃喃道："不行，我不放心，我要去西域。"

祁月翻了翻白眼："你用点脑子好不好，这信半个月前送的，他们怎么可能还在楼兰？你傻啊！"

修聿默然打量着纸上短短几字，眉眼间洋溢着浅浅的笑意，淡声道："不必找了，她总会回来的。"只要知道她一切安好，他便放心了。

燕京之乱中，他看到为救无忧不顾一切的她。她不想受他的保护，只是为了保护无忧吧，不想再出现那种让他两难的局面。她将无忧看得比她的命还重啊！

朔州的冬天，格外冷冽。

百里行素裹着薄毯占着她的软榻，控诉道："这漠北的冬天真不是人过的，你说你怎么就跑到这鸟不拉屎的地方来了？"

烟落充耳不闻，望着桌上的地图不由皱起眉头，西楚边境军队频繁调动，到底用意何在？

漠北两年征战方才统一，还有在旁的北燕和西域三十六国虎视眈眈，若再起战事，漠北该如何应对？

千千带着人进来送膳，看到窝在榻上的人不由恼火："你又来了？"

百里行素凤目微一挑，扫了一眼她："今天换的这张脸不错，就是眼睛那里有点小小毛病。"论易容术，他才是天下第一。

"你不待在你的溦香楼，天天跑过来，有完没完？"千千手插腰，怒声吼道。

百里行素悠闲地抿了口茶，大言不惭道："溦香楼那里太冷了，本宫主身体娇弱，过来借住几日，等这场雪过了就走。"

身体娇弱？！

强悍得不是人一样，还娇弱？

烟落净了手准备用膳，百里行素扫了一眼满桌的菜色："怎么没有我要的乳鸽？"

"你还要在朔州待多久？"烟落淡声问道。

百里行素俊眉微一挑，闷闷地出声："嫌弃我了？"

"师傅不喜欢漠北的冬天，就去暖和一点的地方吧。"她抬眸望着他认真说道。

百里行素闻言拿起筷子，夹了肉放到她碗中，哼哼道："多吃点肉，看你那副排骨身材，以后看哪个男人会要你？"

“谢谢。”她淡声回道。

“客气什么，你现在是我的靠山嘛，当然是要巴结一下的。”百里行素一副要赖上她的模样。

她唇角微勾，淡声道：“天下第一的百里行素，想要什么没有，还要我做靠山吗？”

“我就喜欢现在这样，你做漠北的老大，我赚银子给你分，时不时来蹭顿饭，多好！”百里行素笑语道。

烟落微怔，沉吟片刻出声道：“师傅，很多时候，应该说我从来都看不透你。”他玩世不恭，却让她觉得高深莫测。

百里行素眉梢微挑，暧昧地眨了眨眼：“那今晚我给你机会看看可好？”

烟落无奈地翻了翻白眼，淡淡道：“我是说，你怎么从来不问我为什么要到漠北，还有关于过去？”

百里行素微微一愣，哂然一笑道：“你自己不想说，我问了有什么用？”埋头一边扒饭一边道，“每个人都有那么一两个放在心底不愿示人的秘密，没什么稀奇。”

她低眉，点了点头，扯开话题：“潋香楼生意怎么样？”

“有我坐镇当然是生意兴隆，最近来了几个俊男，你要不要去瞧瞧？”

“不去。”

“你不能在一棵树上吊死，好男人多的是，你眼光要长远一点。”

“不用。”

“中州那家伙有什么好啊！既没我英俊潇洒，又没我风采迷人，还带着那么大一拖油瓶，你到底是看上他哪儿了？”

“他没你风流。”

“我风流又不下流。你看看，你都走两年了，他都没来找你，肯定是另觅新欢了……”

“我吃饱了，走了。”烟落放下碗筷，起身出门。

“哎，我还没说完呢。”百里行素看着快步出门的女人，闷闷地撇了撇嘴，“没眼光。”

烟落进了书房，任重远几人等候已久，千千忍不住出声道：“领主，这百里行素，你还是防着点。咱们做什么不都被他瞧得明明白白？若是给别国送信，咱们就……”

“算了。”烟落淡然道，“他不会那么做，若真有心那么做，也防不住他，咱们四个加起来也不会是他对手。”

几人微微叹息，不再言语。

“西楚那边怎么样？”她一撩衣袍在桌案后坐下，扫了一眼地图。

“宗信已经带人去了。西楚军队兵力频繁调动，表面只是练兵演习，楚营里我们很难混进去打听消息。”任重远担忧道。

“练兵？威胁才是真的吧！”任重道怒声道，“咱们龙骑禁军出马，那点人马还不给他踏平了。”

任重远无奈地摇了摇头，道：“你啊，漠北经过两年征战，大有伤亡，又物资贫乏，怎么能与西楚开战？”

“不能打，难道就看着他们欺负到家门口？”任重道怒冲冲地坐下。

“那怎么办？”千千问道。

“一旦与西楚交战，北燕定然也会出兵漠北，还有漠南的追风族，咱们会数面受敌。北燕和漠南的追风族还好应付，西楚如今是中原三大强国之首，拥兵百万，咱们还惹不起。”任重远分析了如今的形势。

千千抿唇思量了好久，出声道：“领主，你与夏皇关系匪浅，且还有个姐姐在大夏做大将军，如果我们找大夏借兵……”

“不用。”她决然打断。

中原如今三国鼎立，一旦大夏与西楚开战，东齐和大昱便会从中生事。漠北是她一手统一起来的，就要她自己来保护。

宗信急匆匆冲进书房，望了望几人，禀报道：“领主，咱们在西楚所有的探子都被抓起来了。”

几人面色顿变。任重远敛目叹息：龙骑禁军中的探子从未失手，这一次竟然让他将所有人都抓了，这个楚帝，着实可怕啊！

宗信沉默片刻，道：“楚帝让人传话，约领主到凤阳一见。”

所有人的目光都不约而同望向端坐的女领主，等待着她的回话。若是去了便会身陷险境；若是不去，他们就得损失近千人的密探。

“我去。”烟落沉声说道。

到了凤阳，已经是大年三十，城中上下喜气洋洋，热闹非凡。

“楚帝真是不长眼，干吗非约在过年的时候会面？”千千抱怨道，人家都忙着过年，他们却冒雪赶路。

“领主，就咱们几个人，是不是太草率了？”任重远有些担心。

“毕竟统一漠北，西楚也帮了不少忙不是吗？”烟落浅浅而笑，说道，“他若真有心对付咱们，铁骑百万踏平漠北不在话下，何必多此一举？”

任重远闻言点了点头，沉吟片刻低声道：“不过楚帝心思深沉难测，咱们还是小心点好。”

“嗯。”烟落点了点头。

正在几人疑心之际，罗衍一身藏青便服带着青龙和玄武两人迎了上来，目光在她身上停留片刻，拱手见礼：“领主，各位一路辛苦，这边请！”

烟落淡笑点了点头，默然举步跟了上去，随着几人一道穿街过巷，渐渐发现不对劲："王爷，这好像……不是去驿馆的路？"

"我们没住驿馆。"罗衍侧头笑言道，而后扯开话题，"清越还好吧？你走了两年，那丫头定是急疯了。"

她闻言抿唇笑了笑，道："有给姐姐写信，王爷与越姐姐交情挺好，以前常听她说起在神策营的事。"

想到萧清越，她的心情不由畅快了起来。想到当年在北燕初见那个明艳洒脱的女子，赤水关上带着她冲锋陷阵的刚烈女子，沧都刑部大狱中为她忍受断筋之痛的女子……一幕一幕，让她心底生出暖意。

罗衍闻言无奈苦笑："听说近两年跟大夏宰相联手破敌无数，两个臭味相投的人终是碰一块去了。"

烟落抿唇失笑，虽身在漠北但大夏的事也有耳闻，萧清越与祁月两人一个骁勇善战，一个奇谋睿智，常被飞云骑戏说成是双剑合璧。

"前面就快到了。"罗衍侧身含笑道。

她望着熟悉而陌生的地方，身体陡然一僵，这里既不是驿馆，亦不是在凤阳的别庄，只是一座普普通通的民居。

"怎么了？"罗衍望着停住脚步的几人，看了看几人的神情道，"这里是皇上一位故人的旧居，来了凤阳，便定在这里住下了。"

故人！

多年以前，漠南追风族进攻西楚，凤阳一带数城失守。楚帝少年时初次领兵出征，战争一连数月，他在凤阳身负重伤，生死不明。

她连夜自沧都赶到凤阳寻到了他，躲在这座废旧的民居养伤。那是很艰难的日子，却也是很快乐的日子。那一年也是冬天，他们在这里过了年。

"领主，你怎么了？"千千见她有些面色苍白，不由问道。

她骤然回过神来，深深吸了口气："风有点冷。"不动声色间，将眼底所有的思绪敛尽，沉吟片刻道："任叔，你去寻家客栈吧！"

罗衍回头望着她异常的面色，道："今天大年三十，城里客栈都关门了。这里虽然小，但还住得下你们。"

几人相互望了望，又望向烟落。她抿唇道："那就打扰了。"

她不想见他，更不想去想起关于他们的过去，因为每一次想起都好像是将已经痊愈的伤口又一次血淋淋地撕裂开。

"罗公子，客人都接来了？"老妇人从院中出来问道。

罗衍笑着回道："安婶，人都接来了。"

“阿四跟你安叔在里面说话呢，快进去吧。”安婶笑道。

烟落站在门口，几乎有一种要转身逃离的冲动。这一切太熟悉，熟悉得让她恍然觉得这四年的生死流离只是一场噩梦……

阿四，楚策排行第四，那时便叫他楚四。

“安婶，这是燕……公子，刚从漠北来。”罗衍打量了她一身男装，就索性没有说穿她。

安婶打量了一行人，笑了笑，扭头朝隔壁高声道：“天赐，过来帮客人把马牵下去。”

话音一落，一个十几岁的少年跑了出来，安婶呵呵笑道：“这是我儿子，安天赐，让他帮你们把马牵下去喂吧！”

烟落不由多打量了那孩子几眼，这是当年她和楚策一起帮忙替安婶接生的孩子，都已经长这么大了。安天赐笑呵呵地将马牵了下去，安婶便道：“外面风大，都进屋吧！”

屋内并不宽敞，烧着炭火很暖和。一身黑色锦袍的男子坐在榻上，冷峻的面容泛着几分柔和的笑意，正与一旁的安叔说着什么，听到响动抬眸望了望几人，薄唇微启：“坐吧！”

安叔笑着起身：“你们先坐着，我去看看厨房饭好了没有，你们赶了一天的路也该饿了。”

任重远几人一时愣在那里，楚帝把他们叫来这是……要一起过年吃年夜饭？

“燕公子，坐吧！”罗衍笑着先行坐下出声道。

烟落抿唇点了点头，解下皮裘到炭炉边坐下。任重远几人也纷纷坐了下来，望了望屋中各人，本以来一到凤阳定有一番明枪暗箭的对决，怎么也没想到会是这样。

屋内挤满了人，却没有一人说话，气氛沉寂得有些压抑。

“漠北天很冷吧！”楚策漫不经心地问道。

烟落沉吟片刻，道：“嗯。”

“百里行素潋香楼的生意还好吧！”

“嗯。”

“听说漠北的雪景很漂亮？”

“嗯。”

“凤阳城晚上的花灯彩龙不错，一会儿去看看吧？”

“嗯。”她习惯性地回答道，话一出口倏地抬眸，慌忙道，“不用了，赶了几天的路，想早点休息。”

千千和任重道几人愣愣地望着围着火炉坐着的三人，这是什么情况？

千千忍不住凑头到任重远边上，问道：“老任，你确定那是西楚大帝吗？咱们没有来错地方？没有认错人吗？”

传言中心机深沉、铁血无情的西楚大帝会是这般模样吗？

正在这时，安叔和安天赐一道进了屋，在墙角搬过一张桌子，道：“这屋里太小坐不下两桌，我在隔壁屋里也支了一桌。”

罗衍起身道：“我帮你。”说话间青龙和玄武两人也上前去搭手，搬桌子，摆椅子。

千千愣了愣，道：“我帮忙端菜。”

“我也去。”任重道和任重远也一道出去了。

一群人进进出出地端菜、摆盘，烟落与楚策始终相对坐在炉火旁，一句话也不说。千千和任重远与青龙、玄武一起被安排在了隔壁屋，安叔和安婶便一道坐在了他们这一桌。

“阿四，燕公子都入席吧！”安叔提着两坛酒进屋道。

两人起身入席落座，菜色没有宫廷那般华丽，也没有客栈的那般精致，热气腾腾，透着浓浓的温暖。

安婶端着鱼笑着进屋：“来，让一让，鱼来了，这是今天特地去河里凿冰钓上来的，新鲜着呢，以前阿四和小言每回来都要吃的。”说到这儿安婶放下菜，在围裙上擦了擦手问道，“阿四今年怎么没带小言来？”

楚策面色微一沉，薄唇紧紧抿着，沉默不语。烟落捏着筷子的手指节泛着微微的青白，修长的眼睫掩去了她眼底的一瞬慌乱。

“以前你们每年都会来凤阳的，这都有五六年没来了。”安叔也不由望向楚策说道。

“就是啊。”安婶叹息着落座，朝楚策说道，“记得那时候小言差人来信说是有了身孕，还让我帮着给孩子做了虎头鞋和衣服。算算年头，你们的孩子也该有五六岁了。”

沉寂，死一般的沉寂。

无心的话语，揭开了沉寂多年的心伤，无声中撕扯得鲜血淋漓。

罗衍出声道：“安婶，汤好了吗？我帮你去端。”

安婶一拍额头，连忙起身往厨房去：“不用了，你们吃着，我去看看。”

楚策端起盛满酒的杯子仰头饮尽，辛辣的酒液呛喉入腹，如火一般烧灼着他的心，苦涩难言。

烟落漠然望着对面的人，举杯抿了一口，低垂的长睫掩去了眼底的神色。

安婶端着汤进屋，盛起一碗递给她：“燕公子头一回来凤阳吧？”

她含笑点了点头：“是头一回来。”

前尘旧事，该放的，该忘的，就让它过去吧。不管是小言也好，洛烟也罢，早已经在四年前的那场大火中灰飞烟灭。

“凤阳过年很热闹，过了年夜饭，外面到处都是花灯彩龙，要闹一晚上呢。一会儿让天赐带着你们出去转转，凤阳可是跟漠北不同的。”安婶笑着说道。

烟落淡笑摇了摇头：“不了，赶了几天的路有些累了，明天还有正事要办。”

“办什么正事？”安叔笑道，“就算当皇帝的，过年也封印呢。这时候都忙着过年，什么事也放放再说吧！”

“就是，正好阿四也好几年没来凤阳了，你们一起出去看看。”安婶也附和着说道。

一顿意想不到的年夜饭，吃了近一个时辰。楚策和罗衍时不时与安叔、安婶谈论着凤阳的近况，无非是些家长里短的，巧妙地避过了所有关于小言的话题。

晚饭过后，她和楚策及罗衍三人又傻傻地围着炉火坐着，有一搭没一搭地说着话。因为场合特殊，她便也没有提及关于漠北和西楚之间的国事，安天赐兴冲冲地回来拉着大伙一道出去赏灯。

凤阳的大街上华灯如昼，很是热闹，湖上有彩船划过，街上舞狮耍龙的人，每张脸上都洋溢着幸福的笑意，明亮而温暖。

一行人被人群挤得散开，她与楚策走在了一路，一个白衣纤尘，一个墨衣轩昂。烟落不想尴尬，打破沉默问道：“楚帝什么时候放人？”

楚策微一怔：“今日不谈国事，过完年再说。”

“漠北不会成为你的大患，我也从来没想过要跟西楚交战，我想对付的只有东齐而已。”她坦然言道。

“哦？”楚策冷眉微一扬，“既然有龙骑禁军在手，为何不取燕之谦而代之？”

烟落抿唇不语，当年毕竟是燕之谦助自己脱困，那皇位是他应得的，她不能再做那不义之事。

“你重情重义，人家未必会领你的情！”楚策冷声分析道，沉吟片刻道，“你可知道燕之谦派了多少人在回去的路上等着取你性命！”

她面色顿时一沉，冷冷地望向身侧的人。既然他知道会有这样的局面还叫她来凤阳，还是……他根本就是想借燕之谦的手来杀她？让漠北与北燕交战，以坐收渔利？

“成大事者，若为情义所绊，十条命都不够死的。”楚策语气一如往昔的冷锐逼人。

“所以呢？楚帝可以毫不犹豫做出杀妻弑子的大义灭亲之举？”她淡淡地望着他，语气清淡，字字铿锵。

她蓦然忆起，那个站在皇极大殿眉目英朗的少年。

他说，烟儿，我要你看到我成为旷古绝今的圣明天子，看到我马踏山河，看到我缔造一个前所未有的升平盛世。我要你看到这个天下，就会想起我。

世事百变，一世浮华尽去，他依旧是皇极大殿上骄傲的帝王，她却再也不会是站在他身旁的那个女人。他的皇位染上了她和洛家的鲜血，看到这个天下，她只会想到他的残忍和绝情。

他薄唇抿成坚毅的弧度，一眨不眨地望着她，似是想开口说些什么，最终只是颓然转过身朝着湖边走去，声音清清淡淡："这世上很多事，不是自己可以选择的。"

罗衍雇了船在湖边靠到岸边，朝他们招了招手。楚策缓步上了船，直直进了船舱里去。她默然站在岸边，罗衍便已经从船上下来："还发什么愣？上船吧！"

"不了，我找任叔他们去。"她淡声拒绝，不想再与那个人相处。

"天赐带他们去庙会了，上船吧！"罗衍笑着说道，见她依旧不动，疑声问道，"公主很怕皇上吗？从一见到皇上，就一直找借口走开，而且……神色还不是一般的紧张。"

她纤眉微皱，冷然一笑："我有一千人的命捏在他手里，我能不紧张吗？"说话间举步上了船。

罗衍摇头失笑，跟着上了船。船舱内陈设简单雅致，独有的沉香之气淡淡萦绕，岸边的喧哗之声渐去渐远，水声潺潺回荡在耳际，船舱内一室沉寂。

旁边的炉上水已经煮开，罗衍取出桌案上的茶叶茶盏，一看便是新手。烟落望着杯盏中那过多的茶叶微微皱了皱眉，淡声道："我来吧！"

罗衍笑着点了点头，尴尬地笑了笑："我是个粗人，不懂这些品茶煮茶，见笑了。"

烟落默然将三只杯盏放好茶叶，起身拎过边上的水壶倒水，淡声言道："楚帝要本主来凤阳，本主也来了，还有何条件才肯放人？"

楚策探手端过案几上的茶盏，淡声道："漠北那块贫瘠之地，朕还没兴趣动手。"

烟落闻言抿了抿唇，暗自思量着他的言下之意。如今紧挨西楚的北燕、漠北、西域三十六国，如果他不是要对漠北下手，西域三十六国形势复杂，以他的谋算定不会去打西域，那么就是那里了，锐眸一扬："你要打北燕？"

"燕之谦已经臣服于西楚，朕怎么打？"楚策垂眸打量着杯中浮沉不定的茶叶，目光深沉，心思难辨。

"既然北燕已经臣服，你还不放过？"

"谁也不知道他什么时候反咬一口，只有西楚的大旗插上燕京城，那才是真正的臣服。"他声音清淡，却字字冷利。

"楚帝的野心还真是不小。"她冷然一笑。

楚策将手中的茶盏搁下，眸中如万年不化的冰渊："朕不下手，一样还是有人会下手。燕之谦表面臣服西楚，暗中却在与东齐建交。他既不义，朕又何必给他喘息之机？"

"所以呢？"她冷然而笑，目光清锐，"西楚与漠北建交，燕之谦定然坐不住。对付不了你，必然会出手对付本主。有了破坏西楚与漠北交好为借口，你便可挥兵踏平北燕。"

楚策眼神深沉，缓缓说道："朕不出手，东齐也不会放过。成大事者，总是要有所牺牲的。"

为了成就大业，为了活着走下去，他已经舍去了太多东西，亲人，软弱，甚至……自己的良心。

烟落低眉抿了口茶，语气冰冷而尖锐："要不了多久，漠北也只会成为第二个北燕，既是如此我何必自寻死路？"

楚策薄唇紧抿，良久之后，淡淡说道："别说朕瞧不上漠北，即便想动手，大夏恐怕也不会答应。"一眨不眨地盯着她，嘲弄道，"皇叔对公主可是紧张得很。只要大夏在一日，朕便不会取漠北。"

烟落眉眼微沉，这句话的言下之意再明了不过。终有一天，他们会成为敌手。

"我警告你，你若敢伤害我身边的人。即便没有胜算，我也不会放过你。"她望着他，一字一句，冰冷铿锵。

她舍弃曾经的软弱和善良，在这乱世之中争斗杀伐，只是希望自己可以坚强，可以守护自己所在意的一切。任何人胆敢侵犯，她必让其付出代价。

即便是你，楚策。

楚策敛目不语，声音淡而冷锐："你这是在威胁朕吗？"沉吟片刻后道，"朕从来不受威胁，何况除了北燕对漠北是百利而无一害的。燕之谦已经与东齐暗交，东齐的手段你不是没有领教过。"

她端着茶盏的手一颤，茶水溅了一手。燕之谦一旦和东齐联手对付漠北，以修聿的性子定然出手相助，燕京之乱的一切又将上演。

不，她不能成为别人对付他的软肋，她要成为他的臂膀，能与他并肩作战，携手共进。

她放下手中杯盏，冷眸一抬，决然道："好，本主就做这借口，不过……赤渡城、锦州、坤城，还有这凤阳城，划归漠北，有付出定然要有回报，本主不想被人白白利用。"

楚策一眨不眨地望着她，一双黑眸似深沉："这四城划归漠北，便与大夏接壤，朕是不是可以认为漠北也将归于大夏了？有了飞云骑和龙骑禁军联手，即便是西楚一时之间也难以抗衡，好谋算。"

"本主也不想将来任人宰割。"她冷然而笑。

"好，朕可以相助，但还是靠漠北自己来打。"楚策冷冷言道。

烟落秀眉微一扬，有几分意外。

楚策见她面色有异，冷然一笑："朕要跟他交手，会光明正大地战，不屑东齐的手段。但愿那一天到来，他不会让朕失望。"

她抿唇不语，忆起数年之前，中州王名动天下之时，他们在哪里都可以听到关于他的事。眉目英朗的少年铮铮言道，总有一天，他会超越他，会代替他成为新的神话。

如今，这一天越来越近了，却是以这样的方式在她眼前发生。

“公子，船靠岸了。”船夫在外出声道。

烟落端起手中已经凉透的茶盏，一杯饮尽，起身道：“我明日起程回朔州。”说罢便先行离去。

罗衍沉吟半晌出声：“她不会反悔吗？”

“她没得选择，要么先下手为强，要么再让北燕和东齐来一回联手将自己逼上死路。”楚策淡淡出声，眉眼间清冷一片，“这个世界，一向都是这么残酷。”

“可是燕之谦一旦以此事做文章，北燕圣皇欣公主勾结外敌，谋害北燕的罪名……是会受尽世人唾弃的。”罗衍沉声说道，更有可能会让她陷入绝境。

“派人暗中护送，让她活着回朔州。”楚策起身出了船舱，一身墨衣仿佛是要融入这无边的黑夜。身后的夜空烟花齐放，火树银花，绚丽夺目。

他赫然回头望向不远处的观星楼，有遥远的记忆从心头奔涌而来。眉目英朗的少年牵着清丽动人的少女一步一步走上那座高楼，看尽万家灯火，烟花漫天……

寂寂深宫，世态炎凉，所有人都将他遗弃，却有那样一双温柔的手伸向他。

她说，楚策，你还有我。

船头之上，墨衣飞扬的男子闭目深深叹息，如今的他……还有什么？

光阴似箭，前尘如烟。有些人和事，终将成为过去，有些情愫，也终将被鲜血和白骨埋葬在不为人知的角落……

# 第十二章　亡国公主

天还没亮，烟落回到安家吩咐任重远几人收拾了东西准备返回漠北。罗衍从屋内出来，看到一身风尘的女子，道："进屋坐坐吧！"

室内还燃着烛火，玄衣墨发的男子敛目靠在榻边，面容俊美，神色沉静如无害的孩子，听到声音锐眸一扬，整个人顿时冷酷如地狱阎罗。

"楚帝的条件本主已经应下，什么时候放人？"烟落淡声问道。

楚策拂袖坐起身，语气清淡："只要你活着回到朔州，朕自会将你的人送回去。"

"最好别食言。"她冷言道，转身便朝门外走。

"等等。"

烟落脚步微顿，转头冷声问："何事？"

"路上小心。"

她怔愣片刻，头也不回地离去。

青龙便疾步进到屋中："皇上，夏皇带人来了凤阳，再过半个时辰就进城了。"

楚策静静望向窗外。冷风呼啸而起吹起女子宽大的皮裘，益发显得身形削瘦。她的身上没有女子的娇柔，却是带着刀锋般的冷锐之气，耀眼夺目。

窗外，女子翻身上马，一行人扬尘而去。

楚策拂袖起身，一身冷厉："青龙，备马。"

凤阳城门缓缓打开，黑甲轻骑从城内策马而出。刚赶到城外的修聿一行人勒马停下，对面铁骑让开，玄衣墨发的冷面帝王一夹马腹朝着几人而来："这大过年的，皇叔不在中州，跑到凤阳城来，倒是稀奇？”

修聿一拉缰绳迎了上去，面上笑意温和，目光冷锐：“朕听说，楚帝约了朕的皇后在凤阳城相见，特地来看看。”

话一说完，后面的祁月扑地笑出声来：“怎么看都有点像是皇后娘娘红杏出墙，老大带咱们来捉奸，如今奸夫现身，两男相争，丈夫与奸夫对决，好戏！”

祁连顿时嘴角抽搐，边上的萧清越咬牙切齿地瞪他一眼，恨不能一脚把这毒舌男给踹上天去。

“皇后？！”楚策面色冷沉如冰，语声清淡，“夏皇就任由自己的皇后流落关外两年，倒是舍得。”

修聿凤眸微微眯起危险的弧度，沉声道：“朕倒是好奇，楚帝为何要约朕的皇后来凤阳一见？”

平原之上，勒马而立的两国帝王，一个玄衣墨发，一身煞气如地狱阎罗；一个浅紫龙纹锦袍，一身贵气宛如九天神祇。天际风卷云动，两人的目光半空相撞，隐有锵然之声。

“朕多年有一心愿，想与皇叔一决高下，一直苦无时机，如今遇上了，不如比一场如何？”楚策冷然相望，少年成名的战神之王到底有何厉害，他必要一试。

修聿眉眼微沉，望了望被堵住的城门：“是不是比过，楚帝就肯让路？”

“当然。”楚策冷然道，抬起右手微一扬。玄武提着两杆银枪策马而来，抛入空中。楚策长臂一伸接下银枪。

修聿右手一举，那半空的银枪霍然落入他手中，他也想试试这个人到底有何能耐。

冷冽的北风呼啸而过，吹在身上如刀割般地生疼，数百双眼睛都一眨不眨地盯着平原中央相对而立的两人。

楚策眉眼间锋芒一闪，手上银枪锵然而起，迅如闪电刺向对面的人，力道惊人，霸气无比。修聿手中银枪当空一划，惊起一片雪光，招势飘逸灵动，却威力惊人。

众人远远望去，只见两道银光纵横交错，天际闷雷滚滚而来，响彻四海八荒。苍茫平原冷风呼啸，两队人马遥遥而立，一片肃杀沉重。

“果然是高手！”萧清越由衷叹道，这才是真正高手的对决。

“老大还是略胜一筹。”祁月笑着说道。

“切，楚帝五年前东征旧伤一直未愈，不然谁高谁低，还言之过早。”萧清越朗声说道。

祁月一听，好看的眉顿时挑起：“你怎么胳膊肘儿往外拐？”

萧清越默然望着平原之上依旧高下难分的两人，平静地说道：“要我说啊，他们这叔侄俩还是挺像的。”

“咱老大英俊绝伦，金玉其外，锦绣其中，哪是那姓楚的能比的？都不是一个档次。”祁月毫不客气地反驳，沉吟片刻，“相比之下，姓楚的会是个好皇帝，有手段，有心机，够隐忍，够无情。”

“连自己的妻儿都不放过，还做什么好皇帝，我呸！”萧清越冷冷哼道，她最见不得那般忘恩负义的男人。

“我说，你也太嫉恶如仇了。男人三妻四妾很正常，为大业牺牲女人的比比皆是。”祁月耸耸肩说道。

“哼！将来楚修聿敢三妻四妾负了小烟，我就宰了他的三妻四妾，再宰了他。”萧清越恶狠狠地说道，她的妹妹是绝对不能受半分委屈的。

祁月顿时打了个寒战，摇头叹息：“好狠毒的女人！”

冷风萧萧，平原之上的两人从马上打到马下，足足一个时辰过去了，也不见高下。修聿枪走偏锋直直刺向楚策咽喉处，楚策手中银枪亦在同时刺向他心口处。四目相对，锋芒毕露，只需要稍一用力，他们就可取对方性命。

“她在哪里？”修聿沉声问道。

“走了。”楚策回答得干脆。

修聿眉眼顿时冷沉，他果然故意在这里拖着他们。

楚策收回银枪，翻身上马，沉声说道：“朕不过与漠北领主做了笔交易，皇叔若真为她好，就不该来这里，徒增麻烦。”

修聿亦同时收手：“什么交易？”

“一旦她回到朔州，赤渡、坤城、锦州、凤阳四城都划归漠北。”楚策坦然言道。

修聿眸中精光一闪。一旦这四城归漠北，也就是说漠北与他大夏接壤了，换言之漠北和大夏就是一体，这样是对西楚极其不利的局面，这个人如何会答应？

“这就当是送夏皇今日应战之礼，他朝朕定会讨回。”楚策冷冷说道，一拉缰绳策马而去。

萧清越见人要走，一跃而起将罗衍从马上拉了下来，短剑抵上对方咽喉：“你们找她干什么？”

罗衍颇是不耐地望着眼前的火爆女子：“皇上只是请公主前来商议国事，顺便吃了个年夜饭，逛了下灯会……”

“吃年饭？逛灯会？还有呢？”萧清越咬牙切齿地重复，“楚策他想干什么？”

“还游了湖。”罗衍如实地回道。

一番话随风传到修聿耳中，顿时眉目纠结。他冒着寒风星夜兼程，她却跟他吃年饭，逛灯会，还游湖？

瞬时之间，有莫名的酸意在心头泛滥成灾，一发不可收拾。

“老大，你在吃醋吧？”祁月勒马停在边上，伸着脖子看着他正臭着一张脸，幸灾乐祸道，“当年就叫你去燕京霸王硬上弓，生米煮成熟饭，等她肚子大了，哪还有精神头跑？你偏说会委屈了她，现在好了，委屈自个儿了吧！”

修聿薄唇微抿，手中的长枪狠狠刺进脚下的土地。边上的祁月还在继续说道：“本来就有一个百里行素近水楼台，现在你的小皇侄也来抢。老大，情路漫漫，坎坷如斯，情敌越来越多，你怎么招架得住哟！”

“祁月！”修聿黑着脸瞪向边上笑得幸灾乐祸的妖魅男子。

祁月很识趣地闭上嘴。堂堂一国之君，什么都不怕，却偏偏怕委屈了那女子。这是怎么样的深情与温柔？

萧清越还在一旁逼供：“说，姓楚的什么企图？”

“没企图，只是想发展一下西楚和漠北的外交关系，还答应把漠北的一干密探都放回呢！”罗衍很诚实地回话道。

“小烟呢？”萧清越追问道。

“天一亮就走了。”罗衍很识相地坦白，“你问的我都答了，该放手了吧！”

萧清越霍然站起身，将短剑放回绑在脚上的剑囊之中，狠狠回头望向修聿：“你傻呀，跟他打什么打？现在好了，人也追不上了！”

祁月趴在马背上笑道：“谁知道你妹妹给老大下了什么药，一遇到她的事，什么精明睿智全没了，整个人就是白痴一个。”堂堂一国之君，对着一个女人跟个青涩的毛头小伙似的。他好心传授追女三十六计他还不领情，现在吃亏了吧！

罗衍拂了拂身上的草屑，准备爬上马背走人，却被萧清越一把揪住后领：“小烟从哪条路走的？”

他转过头，终是怒吼出声：“那么多路，我哪儿知道？”

“都怪你，要是早点得到消息，怎么会这样？”萧清越恨恨地瞪了祁月一眼，望向修聿问道：“怎么办？”

修聿望着凤阳城沉默了许久，翻身上马：“追！”

他曾以为自己一生都会是独守中州的闲散王爷，可如今真正爱上了一个人，他愿为她舍弃安宁，伴她风雨同路。权倾天下也好，万人朝拜也罢，怎及得她一个幸福的笑？

出了凤阳地界，烟落勒马望着下面辽阔的平原，坦然言道：“你们随我也有两年了，我不想欺瞒你们什么，西楚这一次盯上的不是漠北，而是北燕。燕之谦已经暗中与东齐结交，妄想借助东齐除掉漠北。”

任重远几人面色顿变，相互望了望：“这些都是楚帝说的？”

“是。”她坦然，沉吟片刻道，“如果这一路回去遭到北燕截杀，那么，他所说的一切就会是真的。漠北是我们一起打下的，北燕是燕皇一生心血，如今……”

当年将北燕交与燕之谦，她或许……真的做错了。

冷风冽冽，几人勒马而立，过了许久，任重远才出声道：“当年陛下将卧龙令交给你，用意再明了不过，太子刚愎自用，谦王心高却无远见，所以一直未将龙骑禁军交给他们。东齐的手段咱们不是不知晓，北燕气数将近，已经不是我们所能左右的了。”

任重道大着嗓门道：“我是个粗人，不懂那些帝王权术，但冲着领主这两年的待人接物，我没话说。”

烟落抿唇沉默了许久，分析道：“现在有三条路可走。一，漠北帮助北燕对抗西楚大军。二，两边都不顾，不过那一千兄弟就回不来。三，我答应此次条件。一旦燕之谦行刺破坏西楚和漠北建交，西楚以此为借口出征北燕，漠北可取赤渡、锦州、坤城、凤阳四城。”她平静地分析道。

任重远捋了捋胡须，微微点了点头。一旦取得这四城，漠北就与大夏接壤。飞云骑和漠北军联手，即便强势如西楚，也不敢再轻易打他们的主意。

“燕之谦已经不止一次派人暗杀公主，现在帮他，少不得被他反捅一刀。”千千冷声哼道。燕之谦为找龙骑禁军，将当年谋害燕皇的罪名加在圣皇欣公主身上，全国通缉，这样的人他们需要冒生死去帮他吗?

“咱们自身都难保了，还去帮那个忘恩负义的皇帝吗? 当年若不是公主从中周旋，燕京早就已经成了大夏国土了。燕之谦若是有些骨气，老子还愿帮他，又来一次燕京之乱吗? ”任重道声音如雷，“想到刑天将军的死，老子就一肚子火。”

听到那个已经久违的名字，她沉默很久方才出声：“任叔，你抄小路先行回朔州，将此事与所有龙骑禁军将士说明，他们愿走的就放他们走，愿留下的就留下。一旦战事一起，军心不稳是大忌。”

“可是这一路危险重重，你们三人……”任重远担忧地说道。

烟落浅然而笑：“楚帝既然要用这个借口，自然会暗中护送，倒是你一个人，要小心行事。”

任重远点了点头，一掉马头朝着山林奔驰而去。

一声长鸣自天际传来，漠北的战鹰盘旋上空。千千抿唇轻啸，黑鹰俯冲而下。千千解下绑在它翅膀上的信递给烟落，拍了拍黑鹰的头：“这家伙又长肥了。”

烟落接过信，展开一看，唇上顿时血色褪尽，狠狠一捏手中的薄纸。千千一见伸手取过一看，喃喃道：“二十万北燕大军奔袭朔州城，东齐黄泉铁卫进攻大夏，草原截杀燕绮凰及夏皇一行。”

“夏皇他们也来了凤阳? ”任重道闻言一惊。

北风呼啸而过，带起一地肃杀。烟落勒马回头望向凤阳城的方向，她就怕发生这样的事，才让在大夏的探子暗中截了他们的情报。他怎么还是来了?

他一来，姐姐定然也来了，若是祁月也跟着一道来了，夏皇、宰相、大将军都同时离国，不正给了东齐可乘之机？

"领主，怎么办？"任重道面色沉重地问道。

话音才落，远方便似有铁蹄铮铮之声传来，越来越快，越来越近。几人不由脸色变了变，她将千千手中的信取过一折，塞进美人口中。纯白的小兽一跃下地，冲着她吱吱叫了两声，风驰电掣般窜向凤阳的方向，眨眼之间便没了踪影。

烟落一勒马，远远望着滚滚而来的铁骑，道："回朔州！"

漠北尚不足虑，只要他们一回到朔州，西楚出兵，北燕危机很快就会解除，真正危险的……是大夏啊！

"可是这来的起码有一万大军，咱们三个人……"

烟落眉眼一凛，一掉马头向南狂奔而去，道："把他们引入南面沼泽！"

草原之上的沼泽并不深。他们座下都是大宛一等一的良驹，飞快地冲下山坡，冲过那片水草异常茂盛的草地。后面的一万大军闪电般呼啸而至，冲了下来，哪知下面的土地一陷，冲在最前面的近千人马陷入泥泞中，领军的将领一见，掉转马头，带着人绕过沼泽。

烟落一望，喝道："放毒烟！"

平原之上骤升一道诡异的绿烟，借着风势吹向后面的大军，呼吸便至，转眼又消散在风中，一万大军还未追上人便已经生生折了两千人马。

"领主，真痛快！"任重道兴奋地大吼道。

烟落目光冷沉，望了望凤阳城的方向，只希望连美人快点把信送过去。

凤阳城，落风坡，一道白光飞窜而来。修聿反射性地伸手一抓，白色的小兽在他手中吱吱直叫，这不是百里行素送她的貂？

萧清越听得山下平原铁蹄铮铮，扬手一指："他们在那儿！"

几人抬眸遥遥望去，山下的平原之上，只看到三道身影并驾齐驱，快如流星。后面大军穷追不舍，连美人在马上跳了跳，朝着他手里吐出一物。修聿解开一看，顿时变了脸色。

祁月面上的笑意一敛，伸手取过他手上的信，快速扫一眼望向修聿："我们该走了！"

"走，小烟就在下面被人追杀，我们……"萧清越顿时怒吼。他们追了几天几夜，人就在下面，这时候掉头走？

"他们的目标根本不是她，是咱们！"祁月面色沉重地打断她的话，"此时二十万燕军围攻朔州城，东齐黄泉铁卫已经进攻大夏。只要咱们一下去，几里之下的数十万北燕大军倾巢而出，是什么后果？"

"可是……"萧清越气得咬牙。

“她现在明明可以脱身，却拖着这么多人在草原上绕行，让貂儿送信来，不就是要咱们脱身？”他神色凝重地望向修聿：“你该相信她！”

他紧紧捏着马鞭，薄唇抿得紧紧的，望着下面的一幕。他明明想要保护她，却一次次让她身陷险境。他终于真正明白，她为何要离开他，远走漠北。

修聿深深吸了吸气，狠狠一咬牙，勒马掉头：“走！”

凤阳城外的平原，他们一行三人充分利用天时地利之便，折损北燕大军数千人马。小兽从林间飞扑过来，趴在她的肩头，吱吱叫着来邀功。

她抿唇一笑，扭头朝凤阳的方向望了望，沉声道：“走，回朔州！”

在他们赶回朔州的路上，战火已经悄然点燃。

北燕贴出皇榜，圣皇欣公主谋害先帝，盗取卧龙令，带领龙骑禁军叛国，罪恶滔天，悬赏千金取其首级。

短短几日，陷入混战的中原，战况瞬息万变。东齐的黄泉铁卫雷霆出击，在大夏境内长驱直入，直逼中州而去。二十万北燕军围困朔州，死战两天两夜。

与此同时，西楚出兵北燕，连战连捷，北燕愈加危急。围困朔州的二十万兵力抽调十万上前线救急。在这本该是欢庆的新年之初，中原诸国战火连连。

离开凤阳的第五天，烟落一行人到达漠北与北燕的边境，虽然一路乔装改扮又有西楚神策营的人暗中护送，但依旧与追踪而至的赏金猎人交上手。北燕边境诸城戒备森严，盘查严密，一时间她们也不敢贸然前去，藏身于树林之中。

小兽从林中跑了回来，将找回来的草药放到烟落怀中，吱吱叫了两声。

烟落睁眼一瞧，摸了摸它的头：“辛苦你了，回去吃烧鸡好不好？”小兽一听欣喜得直蹦，几人不由失笑。

“这小家伙真通灵性。”任重道笑着说道。第一次见这小东西时，他只当是她闲来养着的宠物，可是这一路之上，这小家伙又是送信，又是寻药草，又是破敌，真是了不得。

“美人很能干。”她笑着说道，小兽似是听懂她的夸奖，亲昵地蹭她的脸。

稍作休息之后，她决定让三个人分开走，以免惹眼再被人盯上。任重道和千千听了立即反对，却又不敢抗命。

她不得不承认燕之谦这一招高明。一纸告示，不仅让她成为整个北燕的罪人，还让四国所有的赏金猎人都齐齐涌到了漠北和北燕边境，个个都想取她的项上人头。

一连数日的奔波加上伤势未愈，让她面色带着些许的苍白。她深深吸了吸气，朝任重远道：“让燕京暗伏的人马做好准备，一切照计划行动！”

“领主你真的……”任重道重重一捶地，叹息不语。

她微微敛目，恍然看到华清宫中那抹慈爱的目光，叹息道：“我只是……不想看到有第二个燕之析！”更不想再发生第二次燕京之乱。她早已是西楚的通缉要犯，再多背一条

叛国之罪又如何？

“什么行动？”千千纤眉微拧，忍不住问道。

任重道难得认真地没有脱口就说，望了望一旁的烟落，只是道：“领主托我赶去燕京办件事，去凤阳之前就安排好了。”

千千低眉抿了抿唇，没再追问，只是担忧道：“领主你的伤，一个人走没问题吗？这么多赏金猎人要取你的命，若是……”

她淡笑摇了摇头：“我有美人帮忙，不成问题。”

千千先行离去，烟落疲惫地靠着树干望向燕京的方向，喃喃道：“任叔，我也姓燕，如今却要对付北燕，父皇知道，定会怪我吧！”

当年只是想借助北燕的灵药医治好萧清越的伤，又怎会想到会生出那么多的变故？她不是仁慈的人，但亦不是滥杀无辜之人。

“燕之谦明知当年事情真相如何，却污蔑公主谋害先帝，一次又一次派人取你性命，如今更是要置你于死地。你不杀人，人便杀你，当年燕皇一念之仁放过齐王，酿成大祸害了先皇后，也害得公主流落在外。”任重道坦然言道，“北燕上下，除了先帝，根本没有人认同你这个公主，即便是太子和谦王，你的同胞哥哥都只是将你视为一个外来侵入者。大哥说燕皇正是察觉到了这一点，才会让我们退到漠北，将卧龙令交于你。我想那不是要你担什么责任义务，只是……一个父亲对女儿最后的保护。”

烟落默然忆起当年奉先殿下，燕皇慈爱而无奈的目光，低眉望了望手上泛着幽幽蓝光的镯子，这是一份多么沉重的嫁妆啊！

任重道沉吟片刻，道：“其实真正的龙骑禁军远不止现在的这些人。燕皇暗中遣散了许多，留下的人才是完完全全会听你号令的人，但你仍然还有一次号令所有龙骑禁军的机会，这是大伙离去时对燕皇的承诺！”

烟落眸中掠过一丝了然，微微而笑：“你和任叔与父皇相识多年了吧！”能够让燕皇坦白这些心迹的人，定是十分信任的人吧！

任重道朗然一笑，豪气干云：“我们兄弟跟着他的时候，他还是个皇子。从皇子到皇帝，到现在转眼已经好几十年了。”

沉默了许久，她侧头望了望边上的人道：“时间不早了，任叔你也走吧。”

任重道起身从身上取出一支短小精致的袖箭和铁盒：“这些是我平日研制的暗器，这是可以连发的袖箭和暴雨针，你带着以防万一！”

烟落抿唇怔然片刻：“你自己留着吧，我有貂儿帮忙！”

任重道不由分说将东西放在她旁边，沉着脸道：“你留着我放心些，若再有个三长两短回去，大哥又得训我无用了！”说罢转身钻出丛林朝着前面的城门快步走去。

烟落收起东西，望了望前面的城镇，转身朝着相反的方向走去。北燕对付她的人力都放在边境，她就偏不往那里走……

三日后，天降大雪。

北燕十万大军后备粮草被人一把火烧了个精光，漠北军趁势出击，一路追击至锦州，战局逆转。

这一切，激起了北燕人的怒火，越来越多的赏金猎人涌向漠北和北燕边境，誓要取下叛国公主的项上人头。

大雪一连下了几日，朔州城满目皆白。烟落于暴风雪的深夜悄然回到了朔州城内，雪白的皮裘上，血色斑驳，脸色苍白失血，触目惊心。任重远一行人赶到了书房之内，看到疲惫不堪的女子敛目靠在榻上浅眠，轻轻道了声："领主！"

烟落倏地睁开眼眸，望了望任重远道："重道和千千都回来了吗？"

"嗯，前天已经到了，一会儿就过来。"任重远坦然回道，望了望她，"要找大夫来吗？"

她淡笑摇头，撑着坐起身来："我自己就是大夫，还找什么大夫？"端起边上的茶盏抿了口茶，问道，"城中伤亡怎么样？"

"依领主所言，咱们甚少与其正面交战，伤亡并不大，多亏得领主烧了北燕大军的粮草大营，他们这才退兵！"任重远回话道。

"大夏和东齐的战况如何？"她急忙问道。

任重远回道："大夏虽然被打了个措手不及，但夏皇回国亲征已经收回数城。只是如今两军胶着在区城，黄泉铁卫作战也与以前大有不同，我担心主帅会是……"

"你是说……东齐太子？"烟落面色微变，不由担忧起来。

任重远点了点头，继续说道："所有的一切显然是精心部署，从悄然屯兵大夏边境到后方粮草供应以及大规模军队调动。除了他，东齐不会再有第二人能做到。"

中州王和楚帝以骁勇善战而闻名天下，东齐太子却是以智谋心计名动天下。如今趁着西楚出兵北燕，东齐进攻大夏将其逐个击破，以免这皇侄两人再度联手成为心腹大患。

烟落抿唇沉默了半晌，沉声道："暗中挑选五百名最善暗杀和骑射的人，还要五百匹最精良的马匹……"

心思敏锐如任重远，立即明了她的意图，出声劝道："领主，如今北燕有多少人要你的命，你还有伤在身，再去北燕不是等于送死？"

她扬眸望向任重远，一字一句道："这一战，大夏不能输！"东齐若胜，这天下只怕就真的再无人是其敌手了。

任重远沉思半晌，沉声道："我带人去办此事，领主你还是留在朔州吧！"

她微微摇头，伸手拢了拢身上的皮裘郑重言道："你这就安排，伤势稍好我就动身，切莫让大夏那边知晓我不在漠北。"

“好！”任重远回道。

“交代重道叔在燕京准备的事，时机一到，按计划进行，不得有误！”烟落沉声说道，语气清淡，却字字铿锵，“这些事只有你知我知，不得对外提及。朔州城不太平，你要小心应对。”

任重远面色微一沉，捋了捋胡须：“属下明白！”

几天后的黑夜，在任重远的掩护下，她带着五百装备精良的轻骑悄然从翠云岭绕行进到北燕境内，潜入到东齐的后方……

乾元十年，北燕真正成了几国混战的战场，处处都弥漫着血腥之气。

翠云岭，山高险峻，一支黑甲轻骑无声无息地由这座久无人行的深山绕到东齐的后方。五百人马白天分散而行，到了晚上聚集汇报情报。

翠云岭回风口，一身黑衣的将领快步上了山巅，看着前方背影纤秀挺拔的女领主禀报道：“领主，已经探查清楚，为东齐押送粮草的是南越的军队。”

“南越？”烟落皱了皱眉，看来南越已经名存实亡了。

好一个东齐太子，不动声色间已经让南越成了东齐的帮手，以北燕为战场，以南越为后备，以黄泉铁卫为先锋主力，合三国之力对付大夏，何等的声势！

她沉默半晌，出声道：“先前在北燕暗伏的人马都已经联络到了吗？”

“都已经联络了，今夜子时都会进山来！”那人回道。

凌厉的北风，尖锐如刃割得人生疼，她深深吸了吸这深冷的气息，转身道：“回营！”

回风口深处，简单的帐篷搭着树枝，一眼望去只以为是一片丛林。主帐内支了简单的木桌，上面放着区城附近最精密的地图，精细到每一条小河、每一个村落都标注写明。

“金行，南越的粮草大军还有多久到？”她低眉望着桌上的地图，纤长的手指指着南越一路划向区城。南越地处南方，物产丰富，东齐有了南越提供粮草，这一战僵持下去，也会把大夏给拖垮，而且还会影响到西楚与北燕的战局。一旦东齐得胜，整个苍和大陆便再无人是其对手。

虽然如今还不敢肯定东齐和大昱到底有何关联，但这其中定有着莫大的关系。

“现在已到渭州，五天后就到区城境内，大约有一万人马押送，领军的是东齐的副将年时将军和南越的将军莫不平。”金行回道。

她手指轻轻敲击着地图，扬眸便道：“土行你带两百人赶到渭州，破坏沿路官道，拖延敌军速度，切记不能被发现行踪！”

土行点头抱拳道：“是！”

她抬头望了望其他两人，重重点了点雪狼谷，沉声道：“水行，火行，各带五百人马潜伏到雪狼谷，准备滚石。只要他们一到，前后夹击使其困在谷中，另活捉山中牲畜，一旦困住大军就将牲畜宰杀扔进谷里，狼群闻到血腥就会追去。一旦得手立时撤退，不得与他们正面交锋！”

“是。”水行、火行沉声应道。

“木行，你带五百轻骑谷外埋伏，不得放一个活口出来。”她指了指谷外的密林道，扫了四人一眼，郑重言道：“各自时间配合好，务必赶在天亮和天黑的时候行动，以便隐密行踪。”

“是！”四人齐齐朗声应道。

金行望向坐于桌案前眉眼冷静的女领主，她还那么年轻，秀气的小脸带着微微的苍白，难以想象这两年来就是这样一个纤瘦孱弱的女子带着他们驰骋大漠，统一漠北。

“金行，带着剩下的人马，今晚拿下北岭驿站，彻底切断东齐与后方的所有联系。”说话间重重指向翠云岭北面的驿站，说道，“所有人完成任务都去北岭会合，乔装为东齐军。”

数日之后，南越的粮草大军在雪狼谷全部丧命无一生还。一夜风雪将一万大军悄然掩埋在了那片深谷之中，了无踪迹。

北岭驿站一夜之间断粮的危险消息，迅速在东齐前线爆发，军心开始动荡。然而无人知晓，被北燕万人唾弃的圣皇欣公主，正悄然扭转着这影响苍和大陆的战局……

当诸葛清带人到北岭查探，那里已经人去楼空。前后两拨粮草大军都无故失踪，断粮近一个月的东齐大营已经开始军心涣散。而在此时，区城之外的大夏军营，却是另一番光景。

萧清越一身戎装，英姿飒飒，大步进到主帐之中，一脸欣喜道：“小烟来信了，她已经派人在区城后方截了东齐军两万人马的粮草，如今那边恐怕都揭不开锅了。”

正支着头浅眠的修聿闻言霍然而起，接过她手中的信件，眉头倏地蹙起：“她受伤了？”

“北燕境内赏金猎人太多，难缠得很，受伤也是正常的。”祁月上前道，“早说了，你该相信她嘛，现在不仅好好回去了，还帮了咱们这么大的忙。”

劫杀粮草大军他们不是没试过，但还未到区城便被发现，没想到最后让她得手了。

“我的妹妹，当然是不同一般的。”萧清越一脸自豪言道。

祁月理了理衣袖，唇角勾起不怀好意的笑；萧清越同时也露出奸诈的笑。两人一前一后走出大帐。

“死人妖，大伙好久没开荤了，弄点烤全羊呗？”

“那还用说，派人去后面的镇上再请几个做烧鸡的，能做菜的都请来，咱们开个宴会也不错！”

“你请客？”

“这个……记老大账上。”

……

两天之后，区城之外的飞云骑风风火火开起了宴会，肉香、酒香随风飘入区城之内。里面的人饿得头晕眼花，外面的吃得喝得那叫一个畅快，又是唱歌又是跳舞，足足闹了两天两夜。

区城内粮草一断便是近一月，战马都杀了，虽已快报请求后方粮草支援，但沿路的驿站都已被人破坏。送信到南越，再让粮草运来前线，来回也得大半个月。

区城被一举拿下，飞云骑士气大振，一路追击黄泉铁卫，数日之内连取三城。僵持已久的战局发生巨大逆转，大夏军士气大振。

燕京城，繁华依旧，前线的战乱并没有影响到它的繁盛。

烟落站在城门处，两年前的一幕幕在眼前浮现，恍惚间还能闻到那已经渗透地底的血腥之气。潜入到燕京城，在已经破坏的别苑见到了等候已久的任重道。

“领主，你怎么敢跑到燕京来！”任重道一见她，便有些气急败坏。

现在整个北燕的人个个都想要她的命，她竟然还敢来这里?

“西楚很快就会打到燕京，我放心不下这边。”她带着任重道进入到别宫地下密室，问道，“燕京最近有何动静？”

“前日燕之谦任命曲冲为大将军。那本是个江湖匪类，后来败在刑天手中，这样的人对上西楚，也是无济于事的，不过……”任重道欲言又止。

“不过什么？”

“燕之谦为了笼络曲冲，将初云公主下嫁。公主以死相胁，被软禁起来了，仪贵太妃也气得一病不起。”任重道说着，愤愤不平，“这两年燕之谦为排除异己，几个兄弟不是被害就是被流放了，还在宫里的也就是些年纪小的。”

“他当真这么做？”烟落追问，燕之谦一向很疼初云的，怎会……

任重道望了望她，说道：“你当他真疼初云那丫头？其他的皇子们死的死，流放的流放。初云公主若不是女子，只怕也活不到今日了。”

她抿唇默然不语，最无情是帝王家，真是如此吗?

“燕之谦一心置你于死地，你何必还这般冒险救他们？”

烟落淡然一笑，坦然言道：“我毕竟姓燕，合久必分，分久必合，乃天下大势。从两年前开始，西楚和东齐都已经暗中盯上北燕，我不想燕家的人死在他们手上，这也是我欠他们的。”纵然她已经不是真正的燕绮凰，但燕皇对她的恩情，她如今只能尽她努力保住他的血脉亲人而已。

夜幕沉沉，北燕皇宫上下都准备着三天后的公主大婚。烟落易容混入送嫁衣的宫女中进到了初云殿中。殿门一关便利用幻术将另外几名宫女催眠，快步进到内殿，只见那曾经神采飞扬的公主疲惫不堪地躺在床榻，手被精铁所制的铁链拴着。

“你是谁？”燕初云青涩的面上已褪去曾经的骄横之气，冷冷地望着骤然出现在内室的人。

烟落沉默片刻，掀了面上的面具，唤道：“初云！”

“皇姐？你……”燕初云不可置信地望着出现在眼前的人。

“我已经让人去接太妃了，如果你不想嫁给曲冲，就跟我出宫，离开燕京。”她望着她，一字一句道。

燕初云愣了愣，冷然一笑：“你连父皇都能杀，会好心救我？”

两年前她被关在太庙思过，哪知再出来之时，所有的一切都已变了。父皇驾崩，大哥死了，母妃疯了，而这个本该大婚的皇姐却盗了北燕卧龙令，杀了父皇潜逃出国。

“我没有偷卧龙令，也没有杀父皇。”她望着燕初云平静地说道。

“没有吗？”燕初云笑意嘲弄，“那与西楚合谋攻打北燕呢？”

烟落拿出任重道事先配制的钥匙将锁打开，沉声说道：“如果你不想嫁给曲冲，想看到你母妃就跟我走。”

“燕绮凰收起你这虚伪的嘴脸，我不会再信你。”燕初云愤然言道。

烟落将宫女拉到内殿，套了嫁衣扔到床上，拿着宫女服往燕初云身上套：“我承认我有私心想保住漠北，但燕之谦一心要置我于死地，又如何会与我合作对抗西楚？再有东齐包藏祸心，北燕如何对抗？”

“那是因为你带走了龙骑禁军，只要龙骑禁军在，北燕就不会是现在的样子。”燕初云望着她决然言道。

她望了初云一眼，神色淡漠，却字字利若刀锋：“几十年来，北燕朝中臣子多是年迈，思想守旧，数十年北燕故步自封，重文轻武。龙骑禁军他们只是一群江湖人，多数已经被父皇遣散，如今所剩不过几万人。这几万人拿什么去抵抗西楚的百万雄师，拿什么去对付东齐的黄泉铁卫？”

燕初云沉默良久，道：“好，我跟你走。”

二人一道出了初云宫，直奔华清宫去往密道入口。岂知刚一进宫，本来暗沉的宫内骤然灯火通明，她心一沉，拉住燕初云便欲夺门而出。

刚一转身，站在她身后的燕初云手中寒光一闪，冰冷锋利的刀刃猝不及防刺进她的身体：“燕绮凰，你以为……我还会信你吗？”

“你……”

她捂着血流潺潺的伤口踉跄地撞到门上，思绪飞快地转动着，到底是谁？是谁又在出卖她？

锦瑟从内宫掀帘而出，步步逼近，扬手间便撕了她的面具，冷然一笑：“你到底还是来了。”

她咽下口中的腥咸，望着面前的两人，目光沉寂而冷冽：“你怎么知道我会来？”

“凤阳城那么多赏金猎人，你都死不了，还真是命大呢。”锦瑟勾起一抹阴狠的笑意，“不过这一次，就不会那么幸运了。”

“你怎么知道我会来？”她固执地想要肯定心中的那个答案。

锦瑟一把拔出她腹部的短刀，顿时鲜血喷溅，冷然笑道：“急什么？你很快就知道她是谁了！”

“陛下驾到——”

燕之谦一身明黄的龙袍，快步进到华清宫中：“三妹，好久不见！”

他身后跟着一个身姿妖娆的女子，那身形……熟悉得让她窒息：“千千，是你吧！”

那女子面色微讶，步上前来：“你怎知是我？”

“从凤阳离开，不管我们怎么走都会被人追上，我才不得不怀疑有人与北燕勾结。”烟落淡声说道。

燕之谦探手一搂千千的肩膀，唇角勾起阴冷的笑意：“勾结？不要说得那么难听。千千本就是朕的人。”

烟落缓缓闭上眼睛，强自咽下心头升起的悲凉之意，缓缓道：“你早就在打龙骑禁军的主意，才让她混入龙骑禁军中的吧！”

“父皇从来不向大哥和朕提起龙骑禁军的事，朕只得另做打算。”燕之谦面色依旧儒雅，目光却阴冷得骇人，“可是最后，他却传给了你！”

“所以呢？”她一眨不眨地盯着对面的人，冷声质问，“所以你就在香料里下毒，杀害自己的亲生父亲？所以你就与东齐暗中合谋陷害兄长？所以你就一次一次要我死？”

燕之析虽然刚愎自用，却不会想得那么细致，直到如今东齐军进驻北燕，她才开始肯定燕皇的死没有那么简单。

“大哥心高，不想北燕臣服于西楚，自然会坐不住。而那样的情况下，你就只能找到朕相助，所有的事顺理成章。”燕之谦平静地说道。

燕初云面上顿时血色渐失，缓缓侧头望向燕之谦：“二哥，是你……害死父皇的？”

燕之谦霍然转头望向燕初云，沉声道：“既然你已经帮了我，婚约朕自会替你取消。”

“你骗我？”燕初云嘶声吼道，“你疯了吗？你怎么可以……怎么可以那样做？”

“来人，把初云公主带回寝宫。”燕之谦面色一沉，冲着殿外的禁卫军高声说道。

燕初云被人带了出去。密道打开，浑身是血的任重道被押了进来，恨恨望着千千：“你这叛徒！”

烟落面色顿白，不是让他在外面等着吗？

"怎么？心疼了吗？害怕了吗？"

锦瑟拿着巾帕擦着手中的短刀，冷冽的寒光映入她的眼里，让她的心都为之战栗，无尽的悔恨涌上心头。

当年，她为何要救这个女人？

"领主，你不该来，更不该盘算着救这帮没良心的东西！"任重道怒声吼道。如果不是心慈手软，不是她心心念念着先帝的恩情，如果她可以冷血无情一点不要跟来燕京，如何会中了他们的圈套？

"你勾结西楚对付北燕，还有脸说来救我们？"燕之谦冷哼道。

任重道啐了口血痰："你这弑君杀父的狗杂种，老子做鬼也不会放过你！"

燕之谦一把夺过锦瑟手中的利刃，一刀捅进满身是血的任重道身体："那朕就先送你做了鬼。"

"重道！"烟落怒声吼道。

锦瑟素手一翻，一掌便将她逼退到门口处："一次又一次看着这么多人为你送命，滋味如何啊？"

任重道口中鲜血狂喷，猛地一把抓住燕之谦的手，生生将刀拔出，抵在燕之谦脖颈："老子怎么死都行，绝不能死在你这个小人手上！"

就在任重道出手的同时，烟落突地如豹一般迅猛跃起，袖中的剑狠狠刺进锦瑟身体。千千一见便扑上前来阻拦，她倒地脚下一蹬，到了任重道脚边一跃而起，所有的动作一气呵成。

"走！"

一国之君在他们手中，即便是锦瑟也不敢轻举妄动，毕竟如今大昱还需要这个人。任重道押着燕之谦前行吼道："外面的人听着，不想要他死就给老子让条路！"

外面的禁卫军愕然，看到被押着出来的燕之谦不由纷纷退了开去。

"是圣皇欣公主！"

"就是她！刺杀先帝，盗取卧龙令的凶手！"

顷刻间所有禁卫军都涌了过来，眼中燃起熊熊怒火。这个失踪了两年的叛国公主，竟然敢回到北燕皇宫，挟持天子。

领头的禁卫军统领，拔刀怒喝："你这妖女，害了先帝，还敢谋害当今圣上！"

"就是她回来，北燕才动乱不断，是她燃起战火的，杀了她！"

"杀了她！"

"杀了她！"

北风呼啸而来，带着愤怒的吼声惊破苍穹，每个人的眼中都带着深冷的恨和怒意。她的心头涌起无尽的悲凉。

不是说公道自在人心吗？

可是她眼前又是一个什么样的世界？什么是黑？什么是白？什么是公道？

她不顾一切回来救的人，却要置她于死地。这是她一母同胞的兄长，是她同一父亲的皇妹。她只是想尽力让那已死的长者在九泉之下能够安息，她只是希望北燕皇族的后人不要被西楚的铁蹄践踏得一无所剩，她做错了吗？

"朕的勇士们！替先帝报仇！替朕报仇！"燕之谦满脸凄惶地高呼，开口的瞬间狠狠朝后一撞，借机脱身。

四周密布的弓箭手乱箭齐发射向广场中央的两人，任重道却反身一转挡在了她的身前，扭头朝她道："一定要活下去，杀了他，替先帝报仇！"

高大的身体几乎成了一个箭靶，依旧站在她的身前，怎么也不肯倒下，转头望向数步之外的燕之谦，吼道："人在做！天在看！燕之谦活该你要做亡国之君！"

一滴泪从她的眼角流出，她无力地站在偌大的广场，望着四周如潮水般愤怒的人群，看着那无数寒光冽冽的战刀，恨恨地望向燕之谦和锦瑟一行人，一字一句道："你们会付出代价，一定会！"

燕之谦拂袖面向众人高声道："圣皇欣公主谋害先帝，盗取卧龙令，阴谋叛国，行刺圣上。今削去圣皇欣尊一品封号，三日后处以火刑。"

一盆冷水劈头泼下来，寒意刺骨，烟落扬起犹自滴着水的脸，看清火光闪烁中女人笑意阴冷的面容："你还在这儿做什么？"

锦瑟勾唇一笑站起身来，缓步走近："当然是来看看你再一次被人背叛的惨样！"

烟落默然，抿着唇望着在自己面前踱步含笑的女子，缓缓说道："没到最后，谁更惨，还不一定。"

"怎么？你还想有人来救你？"锦瑟淡淡一笑，"任重道还有他带着的漠北人此刻都被挂在广场之上，还会有谁来救你？漠北龙骑禁军？大夏皇帝？还是……楚策？"

她默然不语，面色苍白。如今北燕人恨透了她，若是修聿和姐姐来救她便是与整个北燕为敌，只怕那时真的会再次让燕京血流成河。

"只要他们敢来，我就会让他们亲眼看着你被活活烧死。"锦瑟目光怨毒地瞪着她，狠狠揪起她的头发，"烧死的感觉如何？这一次让你再烧一回，我看你还怎么活过来？"

"老天爷让我再活一回，怎么会就死在你们手上呢？"烟落望着她，目光沉静而冷冽，淡声言道，"即便我死了，西楚十万大军也会踏平燕京，你以为他会不知道你假死？"

锦瑟倏地转身，一把揪起她的头发，目光如火："别跟我提西楚！更别跟我提那个人！"

她苍白的唇勾起一抹冷笑："你怕了？"

她不知道楚策对她做过什么，让她这般怨恨，但很明显她怕楚策找到她。

"害这么多无辜的人，你们也不怕死后下地狱吗？"

"那些人是因为你而死的，是你害死了他们，这累累血债也会记在你的身上，与我们何干？"锦瑟眼睛发红，神色癫狂，激动地说道，"下地狱的该是你们一家吧，你知道你那了不起的娘害了多少人吗？你知道因为她有多少大昱人过着痛不欲生的日子吗？因为你母亲的出现，上至大昱皇帝下至我们这些士家子弟，都过着什么样的日子？你和你娘一样该死！该死！"

大昱！又是大昱！

"我不知道大昱，也不想知道。我欠了别人的，我会还；别人欠了我的，我也一定会讨回来！"她咬牙望着面前的人，一字一句铮然言道。

"是吗？"锦瑟冷然一笑，"可惜……你没有那一天了。"

她默然垂眸，若有所思。

"只要楚修聿敢来燕京救你，东齐就会趁势直取中州。你不是那么疼爱那个大夏太子，他多像那个孩子呀，要是那个他还活着的话，也该那么大了吧！"锦瑟神色疯狂地望着她，笑意阴冷，"我就等着他们来，楚修聿，萧清越，所有人……都会跟你死在这燕京城里。大昱皇朝会重新建立，什么西楚皇帝，龙骑禁军，所有人都会臣服于崭新的大昱帝国。"

为了等这一天，她一直忍，一直忍了这么多年，什么痛苦、什么屈辱她都忍下了。就是为了这一天，将他们送上死路的这一天。

烟落眸子微微眯起，问道，"东齐和大昱，到底是什么关系？"

锦瑟微讶，望着她一字一句道："不怕告诉你，东齐就是大昱，东齐太子就是大昱皇帝。不仅如此，就连南越也已经是大昱的国土，很快连北燕和大夏都会是。到时候，楚策拿什么来抵抗，他会输得很惨，输得一败涂地。"锦瑟一把捏住她的下颌骨，尖锐的指甲嵌进她的皮肤，"烟落，你永远都是个废物，永远……都斗不过我！"

不过一天时间，圣皇欣公主燕绮凰在燕京被捕的消息传了出去，此时漠北军已经攻下凤阳，得到消息立即挥师直往北燕迎救。

北燕人被燕之谦蒙骗，对领主恨之入骨，可是两年来他们与她一起并肩作战，那心思冷静、行事果断的女子，是他们最为敬重之人，如今竟然被北燕人这般践踏，如何能忍？

丰州城，大夏军一路连战连胜，燕京的消息也传到了大夏军中，不敢有片刻耽搁立即去往驿馆正厅，正与萧清越商量行军计划的修聿顿时面色一喜："可是漠北的消息？"

祁月沉吟了片刻，点了点头："圣皇欣公主燕绮凰前日在燕京被捕，后天在升平广场处以火刑。"

修聿手中的奏折颓然掉落在地："你说什么？"

"她不是在朔州养伤，怎么会在燕京？"萧清越一把夺过密信，扫了一眼顿时面色惨白。

"如果我所料不差，截杀东齐粮草大军的人应该是她，不想你们担心，所以留了信在漠北，让任重远按时送来。"祁月低声道。

修聿缓缓闭目，深深吸了吸气，一捶桌子恨恨道："这该死的女人，又骗我！"

萧清越一咬牙，便要出帐："我去燕京。"

"站住！"祁月沉声叫道，侧头望了望也坐不住的修聿，"这是东齐的圈套。燕京情势复杂不能贸然前去，否则东齐立即反扑，直取中州，那里可是无忧一个人在。"

修聿手不由收握成拳，如果他打下的江山，拥有的权力不能保护她，要来何用?

"要去，也要有所准备才能救回人。"祁月沉声说道。

"就是！"刚赶到正厅外的飞云骑十将陆续进门。

"大夏的皇后娘娘，让人欺负了，飞云骑多没面子啊！"祁洪大声吼道。

"亏得皇后娘娘带人截了东齐粮草，咱们才能扭转战局，咱们这群大老爷们，也不能不讲这义气是不是？"

正在这时，门外侍卫急步进来禀报道："启禀皇上，后方有两千漠北轻骑来城求见！"

修聿与祁月相互望了望，顿时了然，定然是她从漠北带来在区城截杀东齐粮草的骑兵，侧头望了望萧清越："你去安排！"

萧清越点了点头，转身快步出门，准备启程事宜。

修聿敛目沉思片刻，起身道："祁连即刻调五千轻骑在城中待命！"

"是！"祁连抱拳转身便走。

"今日起，祁扬率你部下弓箭手严阵以待！"

"是！"

"祁洪，盾甲兵主力听候祁月统筹调度，灵活作战！"

"是！"

"祁山，带你手下轻骑从后山绕道，烧了东齐粮草大营！"

"是！"

"祁月，即刻替朕传信楚帝，朕愿协助他一日内拿下燕京。"

"是！"

"朕不在丰州，所有一切事务皆由祁月安排调度。记住，只守城，不出战！"他神色凝重地望了望所有人，吸了吸气道，"给我两天！"

是我，不是朕!

是以一个朋友兄弟的身份在请求，而不是一个君王的身份来命令。

众将相互一望，大笑出声："抢不回人，你们也别回来了！飞云骑上下还等着喝喜酒呢，是不是！"

乌云低沉，空气压抑而沉闷，时值正午，却见不到一丝阳光。

燕京城所有人都聚集在升平广场，仰望着被绑在火刑台上的叛国公主，燕绮凰。

她弑君杀父，盗取卧龙令，带领守卫北燕的龙骑禁军叛逃出国，与西楚勾结谋夺北燕江山，行刺当今圣上。她是北燕百年以来受封最尊贵的公主，也是北燕百年以来最大的耻辱。

满身血污的烟落被绑在高高的刑台之上，脚下是大堆的柴火，下面举着火把的禁卫军，外围的弓箭手，盾甲兵，重重守卫，最外面围观的百姓，振臂高呼着："烧死她！"

"烧死她！"

"烧死她！"

怒吼之音，声震九天。

她幽幽醒转，抬头望了望天，又要死了吗?

她突然想起很多年都不敢想的家人们，母亲温柔含笑的脸，父亲慈爱的神情，还有教她骑马射箭的大哥，逝世多年疼她如亲生的西楚先帝，仁爱慈祥的燕皇……

原来，她已经好多年没有想起他们了，不是她不愿想，是她不敢去想啊！

她缓缓闭了闭眼，真的很累了。她以为她的重生可以是另一番局面，她会揪出凶手，会为他们报仇，可是……她终究是败了。

长风呼啸，广场和长街上挤满了人，都等待着点燃那堆火，烧死那个罪大恶极的叛国公主，以消心头之恨。

"行刑！"一声高喝响彻升平广场。

站在刑台之下的数名禁卫军持着火把便欲点火，此时不知从哪儿窜出来一道白光，持火把的几人捂着脖子倒地。周围的人赫然回头一看，空无一人，只有在刑台之下一只小如鼠的雪白小兽在那里，一身的毛炸起，嗞嗞地叫着。

"是毒貂！"有人大声喝道。

"放箭，行刑！"禁卫军统领扬手高声道。

所有的弓箭手都换上了点火的箭矢，乱箭如流星般窜向广场中央的刑台。小兽飞快地窜起，咬住箭甩开，再窜起，再咬住，再甩开……

任凭它动作再快，也难挡得住这么多的火箭。它身后的柴堆，遇火便燃，下方围观的百姓顿时振臂高吼道："烧死她！烧死她！"

小兽望了望远方，又扭头望了望燃起的刑台，飞快地爬到顶架之上。她不可置信地望

着肩头的小兽，小兽使劲地咬着锁着她的铁锁。

滚滚的浓烟，带着灼人的热气席卷而来，已经烧到她的脚下。

正在这时，北城响起震天巨响。

“西楚大军攻城了！”远方有人高声吼道。

广场上空骤然出现黑压压的一片，黑色的雄鹰在火刑台上空盘旋高鸣。人群之后一阵轻啸声响起，所有的战鹰齐齐冲向刑台下方的火堆，柴火被撞得四处乱飞，减缓了火势的蔓延。

“那是漠北的战鹰！”有人指着天空那黑压压的一片高声道。

马蹄之声破空而来，如骤起的狂风暴雨打在每个人的心下，玄衣黑甲的帝王一身煞气如地狱修罗，振臂勒马：“弓箭手！”

话音一落，身后的神策军转眼架起两人高的人墙。弓箭手站在最顶端，搭箭拉弓，箭雨破空而去，同时落在支撑刑台的柱子上。

一名北燕禁卫军立即反应过来，他们是要射断那木柱，木柱一断倒了下去，就烧不到人了，好精准的箭法，好可怕的手段！

燕京的百姓一见，顿时激愤而起，纷纷以血肉之躯冲向西楚大军，怒声吼道：“保卫燕京，杀了他们！”

一马当先的玄衣帝王冷冷地望着涌来的人群，薄唇轻启，喝道：“杀！”

燕京人已经被燕之谦骗得疯了，所有人都杀红了眼，此时在这座城里没有对错，没有是非，没有黑白，只有生与死，只有以杀止杀，才能平息这场暴动。

修聿和萧清越从另一方冲向火刑台的方向，被潮水一般涌来的人群阻挡。远处楚策一把接过青龙手中的银弓，一箭破空而去，携着千钧之力。那高耸的刑台摇摇晃晃起来，柱子从中断裂。绑在刑台上的人连着上面的台架直直从数十丈的高空坠下，这一摔下去定然是粉身碎骨。

萧清越惊恐地望着坠下的高架，修聿扭头一看，一跃而起背起那沉重的刑台落地，顿时一口鲜血吐出：“萧清越，救人！”

萧清越一跃而起，爬了上去：“身上浇了桐油，灭不了，精铁锁没有钥匙！”

他们被围在广场中央，仅靠修聿一只手和连美人应对四面八方涌来的人，可是这时候从哪里去找水来灭这火。就在这时，听得远处有人高声道：“萧将军，接水！”

萧清越扭头望去，北面的长街之上任重远一行漠北人将马上的水囊高高扔出，盘旋在高空的战鹰抓过水囊呼啸而至广场上空，把所有水囊都扔了下来。她手中长剑一阵狂舞，冰凉的水淋下来浇灭了刑架之上的火势。

萧清越刚一跳下来，便被人群再度包围。两人一兽带着一个伤重昏迷的人被万人包围，如何冲得出去！

“都住手！”低沉的男声从望川楼上传来，威仪自成。

众人停手望向高高的望川楼，白衣如仙的男子押着燕之谦登上顶楼，人群中有人道：“是燕皇陛下！”

“都给我听听，你们燕皇陛下的圣旨！”百里行素面色冷沉如冰，擒着燕之谦从望川楼飞跃而下，白衣翻飞，有如九天降世的仙神。

燕之谦颤抖着声音开口：“是朕在先帝香料中下毒，是朕设计陷害太子燕之析。卧龙令是先帝亲传，并非被人所盗……”

周围的人群登时喧哗开来，有胆大的出声道：“陛下，你是受人胁迫才说的，你们这些……”

百里行素霍然转头，一双眼睛冷厉如刃，说话的人生生地闭上嘴。

任重远等漠北人一拥而上，擒下燕之谦。百里行素一把掏出燕之谦身上的钥匙，打开刑架上的精铁锁，用外袍将人一裹，冷然道：“既然你保护不了她，不如我来保护。”

说罢，带着人几个起落便到了人群之外，踏着满地鲜血，一骑绝尘而去。

# 第十三章　莲湖之错

乾元十年，第二度燕京之乱中，燕皇燕之谦被愤怒的漠北军队和燕京百姓所杀，西楚的黑龙旗插上了燕京的城门，北燕亡国。

大夏固守丰州。东齐大军弃丰州转而以最快的速度占了北燕的半壁江山，极大地扩张了东齐的势力。漠北只取了赤渡、坤城、凤阳、锦州四城，与大夏接壤。燕绮凰被百里行素一带走，任重远依她之前命令暗中将初云公主及皇族中人都带离燕京。

动乱之后，东齐成为大陆第一强国，拥有东齐、南越及北燕的一半领土，实力远远超越西楚和大夏，苍和大陆真正进入到三国鼎立的局面。而这第一强国的掌权者，东齐太子，始终未露面。

奉先殿内，玄衣墨发的帝王一身煞气慑人，冷眸扫了一眼立在殿侧的青龙几人："还是没找到？"

"回皇上，臣等已经搜遍了燕京上下，还是没有锦贵妃的踪影。"青龙上前回话道。

罗衍沉吟片刻，道："会不会是你想错了，皇极大殿上她明明已经死了。"

楚策目光冷冽如冰，步下金阶："楚修聿亲口告诉我，两年前看到她在这里与一个金面人在一起。这一次的事，只怕也与他们脱不了干系。"

罗衍面色冷沉了几分，目光掠过一丝隐恨，道："她不仅是萧赫的义女，还是东齐太子的人，也就是说……东齐和大昱绝对脱不了干系！"

冷冽的风自殿外刮进来，殿内绣金龙纹的帷幄哗哗作响，楚策面色冷然朝殿外走去："罗将军，燕京的事交由你处理，青龙白虎留下协助，朕回沧都。"

“是。”三人沉声回道。

走出几步，他蓦然顿住脚步，淡声问道：“百里行素有消息吗？”

罗衍微一怔，开口回道：“回了百里流烟宫。”他要问的，哪是百里行素？分明是想问他带走的人嘛！

楚策薄唇微抿，轻轻点了点头，道：“燕京情势复杂，你多费心，神策营一半兵力留给你，以防万一。”

罗衍点了点头，沉吟片刻道：“回去横竖是要经过汴州的，要是不放心去看看吧！”

楚策转身步下长阶，声音清冷：“不用朕费这个心，有人会去操心的。”当日那样的状况下，若不是万不得已，那个人也不会放任百里行素带人走，他答应的已经做到。至于那些事，已经不是他所能去插手的。

罗衍站在奉先殿外，目送着那玄衣墨发的帝王消失在殿宇连绵的深宫。那孤傲的背影，看在眼中只觉是那样的寂寞……

百里流烟宫，桃花嫣然，景致如画。

旧伤加新伤，又加上多年陈疾，让本就身体孱弱的烟落难以支撑。虽然百里行素已经尽力救治，但一个多月过去了也不见醒转。

初春的阳光穿窗而入，微风卷着绯红的花瓣落于榻上，面色苍白的女子敛目沉睡，呼吸轻浅。被烧得皮毛受损的小兽趴在边上，发出细微的鼾声。

百里行素坐在榻边一边行针一边咕哝：“我怎么会喜欢上这么个蠢得无可救药的女人，自己的小命不好好珍惜，管别人什么闲事？”

萧清越轻步进了房中，低声哼道：“这么久了都没醒，你还敢说你医术天下第一？”

“我是人，又不是神，能捡回小命已经不容易了。”百里行素说着收针起身，刚一站起便觉眼前一黑，险些栽倒在地。

萧清越望着面色苍白的人皱了皱眉：“狐狸精，你没事吧？”

百里行素咧嘴一笑：“就是有点虚！”

萧清越顿时翻了翻白眼，低声哼道：“谁让你流连花丛，现在顶不住了吧！”

“本宫主洁身自好了，你别动不动往歪处想！”

萧清越不屑地瞅了他一眼：“你要洁身自好了，我萧清越三个字倒过来写！”

两人一前一后出了房，有一句没一句地调侃着。

“百里行素，谢谢你。”萧清越突然冒出一句话。

百里行素闻言眉梢微挑，这绝对是他认识这个女人以来第一次从她口中听到自己的名字。她向来是狐狸精、狐狸精地叫，如今还开口说谢谢？

他侧头望了望天上的太阳，喃喃道：“今天太阳没从西边出来啊！”一双凤眸上下打

量着边上的人，“你是在燕京被人打傻了？”

萧清越抿了抿唇，认真地望着他：“谢谢你在沧都的出手相救，谢谢你在燕京的帮忙，也谢谢你这数年以来对小烟的照顾！”

百里行素扬唇一笑：“我自己的徒弟，当然我自己救，不指望别人！”

萧清越眸光微沉。聪明如她自然听出话中之意，这个人对小烟已经不是一个师傅对徒弟那么简单。

黄昏日暮，斜晖脉脉，百里流烟宫响起阵阵埙声，熟悉的曲调，凄清幽冷。床榻上的人睫毛微颤，趴在边上的小兽吱地一叫，拿小小的爪子碰了碰她的手。

窗外的桃花树下白衣翩然如仙的男子闭目吹埙，绯红的桃花落在他的身上，绝美如画。小兽从窗户跳下来，窜到他面前吱吱叫了两声。

烟落刚一睁眼便看到趴在窗口处如仙般的面容，愣了愣，沙哑着声音开口：“师傅？”

“还好，还没傻。”百里行素唇角微微扬起。

小兽蹿上窗台吱吱直叫，身上的皮毛被烧得有些狼狈。烟落记起起火之时那窜出保护她的小兽，道：“谢谢你，美人。”

百里行素揪了揪小兽身上的毛：“都毁容成这样了，还美什么人，改名叫阿丑吧！”

小兽顿时一怒而起，恶狠狠地龇着小牙，吆吆直叫。百里行素全然无视它的威胁，哼道：“救人的是我，谢它做什么？”

她沉默了片刻，一脸真诚地说道：“师傅，谢谢你！”

“别说些没用的，来点实际行动。”

她纤眉微微扬起：“什么？”

“你要真想谢我的话，不如……以身相许啊，留在这百里流烟宫再也不出去。”眉目如画的男子倚在窗边，敛去了平日的玩世不恭，一眨不眨地望着她。

百里行素见她不语，继续说道：“那家伙不过是武功比我高那么一点点，财产比我多上一点点，既没我英俊潇洒，又没我聪明智慧，你看他带着帮人跑去燕京那土匪样，跟楚策那小子联手，还一点好处没捞着。看我多聪明，擒贼先擒王，一出手就搞定了，你当时没看到我从望川楼下来那个英姿啊……”

她哂笑，打趣道：“那一定有很多燕京美人看着对你倾心了？”

百里行素摆了摆手，道：“有是有，全都是歪瓜劣枣，没一个能入眼的。”说着一回神道，“哎，我问你话呢，还没回答。”

倚在窗边的男子一身轻袍缓带，潇洒如风，她望着他，说道：“师傅，那是不可能的。”

这美若人间仙境的百里流烟宫，终究不是他们归宿之地。

百里行素笑着侧头望向天边渐逝的夕阳，轻袍广袖随风而舞，轻轻叹道："或许，当年就不该让你从这里出去。"

她微然而笑，撑着坐起身，长时间未活动的身体顿时痛得她倒抽气。

百里行素直接翻窗而入一把扶住她："行了行了，你是嫌自己命太长了是不是？"

"我想出去透透气。"她淡笑道。

百里行素恨得牙痒，扶着她起身出门，恨恨道："老子为了你半条命都快搭上了，你却是为了些不相干的人出生入死的。你就是蠢，蠢得无可救药！"

她抿唇沉默，瞧见他苍白失血的面色不由皱了皱眉："师傅，你不舒服？"

百里行素不悦地白她一眼："你眼睛长哪儿了，现在才看到！还不是你害的！"

"这里一点都没变。"她望着满目桃花，恍然有一种错觉，好似自己从来没有从这里离开过一样。

百里行素扶着她到亭中坐下。那四年有多少时光，他就坐在这里品着桃花酿望着风中舞剑的秀致身影，却不知，天长日久，那抹身影就像无解的蛊一点一点地渗进了心里。

他挣扎，逃避，不见她，不看她，不想她，以为可以放下，终究还是难以释怀。

百里行素默然在她对面坐下，眉眼间不再是以往的玩乐之色，微笑地望着她。那样灼灼的目光让她有些无所适从，侧头望向渺远的天际。

"你可以为萧清越委屈自己留在北燕，你可以为了修聿深入敌后犯险，甚至为了燕初云他们那样的人只身犯险，却唯独对我这么无情无义。"他只是静静地望着她，仿若是在对她说，又恍若是在自语，"从当年离开燕京，我决定让自己放下，不去找你，不去想你，不去见你。两年，我走过很多地方，遇到过很多人，然而在楼兰再见到，我才发现自己终究是做不到！"

烟落望着眼前的人一时间有些无所适从。她一直希望他们可以永远像以前那样，亦师亦友，不越雷池。如今看来，似乎已经是不可能了。

风微凉，斜晖脉脉，已近黄昏，整座百里流烟宫笼罩在柔和的光晖中，瑰丽而动人。两人默默坐着，百里行素一眨不眨地望着她，似是在等待着什么。

她侧头望着远方，唇角溢着淡淡的微笑，似是陷入了悠远的回忆之中，缓缓说道："很小的时候，母亲告诉我，说很远的地方有一种荆棘鸟，它的一生只会歌唱一次，歌声婉转如霞让世间万物都为之失色。自离巢的一刻，它就开始寻找着，不眠不休，只为寻找那棵只属于它的荆棘树，最后它会停在那株荆棘树上放声歌唱，直至锐利的尖刺穿透它的身躯，然后就会死在那株树上，只为一生一次的绝唱。"

百里行素默然听着，喃喃道："很美的故事。"

"每个人一生都在寻找那样一棵属于自己的荆棘树，可是……"她移目望向他，目光沉静而淡然，"师傅，我不是你那棵荆棘树。"

百里行素闻言轻然一笑："寻找树的是那只鸟，到底是不是，该由它来决定。"

他若是那只鸟，她必定就会是那棵承载他一生的荆棘树。明明知道会殒身，也会毫不犹豫地飞过去。

"你也不是那只鸟。"她淡淡说道。

百里行素垂眸撇了撇嘴，低声咕哝道："那什么破鸟，找死。"这是她第一次说起过去，让他恍然觉得他们之间已经近了一步，不由心情有些愉悦。

两人正说着，萧清越和连池一道回来，老远便道："你要再不好起来，我真准备宰了这狐狸精了。"

百里行素凤眸一扬："你不是带刀了吗？动手啊！不捅我看不起你。"

"我看你是欠揍吧！"萧清越白了他一眼哼道。

连池懒得理会两人，先行扶着她离去。

"师傅脸色不太好，是怎么回事？"她忍不住问道。

连池闻言扭头望了望远处的人影，说道："好像是在燕京跟什么人交手受了伤，回来又替你治伤，所以现在内力全失，不过调养几个月应该就好了。"

受伤？！

百里行素的身手何等了得，这能伤了他的，又是何等的高手？

他们相识六年，她从来不曾真正看清他。他总是在笑，总是那样风流不羁，可能只有低眉吹埙的那个忧伤男子才是真正的他吧！

欢笑也好，风流也罢，只是为了掩盖那个孤寂的灵魂。

她与连池回到庄内，刚沏好茶，萧清越便怒冲冲地进门，一拍桌子："这狐狸精太可恨了，要不是看在他救你的份上，早揍他了。"

烟落淡笑，帮她倒了茶，问道："在燕京，姐姐你们没受伤吧！"

"我们？"萧清越扬唇一笑，压低声音道，"你是想问那个人吧？"

她低眉叹息："本是想帮大夏，却不想到头来害人害己。"

萧清越望着眼前的人不由心头酸涩，那瘦削的脸庞颧骨高高突起，令人心疼不已："那日从接到消息只有两天，我们与西楚合作打入燕京，他总是第一个过关斩将，连番作战体力本就严重消耗。为了护着你，那几百斤滚烫的刑架扛在身上，伤得不轻，等伤好些了去中州看看他吧！"

她轻轻点了点头，手心却早已满是冷汗。

萧清越起身到边上的柜子里取出锦盒，放到桌上："这全都是中州传来的信，一天一封，倒是勤快得很，我都帮你存在这里了。"

她默然打开锦盒，最上面的一只信封，歪歪斜斜写着大大的字：娘。

萧清越头疼地抚了抚额，笑语道："无忧在学写字，估计是他写给你的。"她是真服了那父子两个了。

她取出信封，摩挲着那稚气的笔迹，唇角绽起微微的笑意，心头涌起莫大的激动和喜悦。拆开信，纸上的字歪歪斜斜，墨迹一块一块的，大大地写着几个字：娘，无忧想你，回来。

“无忧长大了。”她浅然而笑，眉眼间染上温柔。她的无忧写给她的信，她已经有两年多没有见到他了，他该长高了，长大了。

她细细将信件一封一封地拆阅，每封信很短，寥寥数字，只是写了些琐碎的小事。

烟落，丰州的战乱平定了，这里上元灯节很热闹。天上很多许愿灯，我买了灯，许了愿，望你平安。

烟落，府里栖霞阁那里的莲花开了一湖，比去年都早了一个月。无忧吵着要给你写信，给他找了教书先生，他学得很认真。

烟落，区城有北燕的旧部作乱了，死了很多人。突然发现人的生命好脆弱，你答应我的要好好活着，我也好好活着，等你回来。

烟落，漠南追风族趁乱攻打漠北了，我派人去助战了。那是你的心血，不会让人抢了去。

……

每一封信几乎都是来自不同的地方，她可以想象得到这一个月他奔波在战乱后的丰城忙碌的样子。没有绵绵的情话，亦没有动人的词句，却字字句句都透着远方那个人相思无尽的心情。

她微微抿着唇，黯然无语。百里行素不知何时站在了背后，懒懒地出声：“中州那家伙又给你写情书了？”凑上前瞅了一眼，撇撇嘴，“文采也不怎么样嘛！”

“嗯。”她低眉淡然而笑。那洒脱飘逸的字迹书写的并不是如何动人的情话，却字字句句唤醒她沉寂的心潮，有一种宛若风停后尘埃落定的宁静，琐碎而温暖的回忆缓缓涌上心头，忆起在沧都那一段若即若离的往事，一切恍然如隔世般遥远。

百里行素抬眸看到她眉眼间流转的温柔，眸中一掠而过几分沉痛，是不是……他已经错过了？

她不再是那个初到百里流烟宫清冷淡然的女子。六年，已经有人渗进了她的心。他在她身边徘徊了六年，明明是触手可及的距离，整整六年他却没有勇气去跨出那一步……

她默然将信折起收好，重新放入锦盒：“师傅，我想去中州……”

“我反对！”百里行素一脸幽怨。

“我反对你的反对！”萧清越恶狠狠地望向他，“狐狸精你救了小烟没错，要是趁机有不轨企图，我就宰了你，以绝后患。”

“凭什么在姓楚的那里就是有情有义，到我这里就成不轨企图了。”百里行素反驳道，“你别忘了，我不仅救过她，还救过你的小命。你不知恩图报，还落井下石，无耻！”

“花心大萝卜一个，少打我妹妹的主意！”萧清越不由分说便将百里行素给轰出门去。

烟落一脸无奈地笑：“师傅他……”

“一切不轨的企图必须扼杀在摇篮里。”萧清越坐回桌边，握住她冰凉的手，说道，“等去了中州，就不要再走了吧。如今漠北与大夏接壤，你在中州一样可以掌控漠北，这样姐姐也好放心。”

她淡然而笑，眸中一掠而过隐忧。真正的敌人已经出现，她能安定下来吗？即便她不出手，那些人也会先下手对付她。

东齐太子！大昱皇帝！

萧清越看到她眼底变幻的思绪，握着她的手紧了紧，“你到底有什么事？非要自己一个人扛着，说出来姐姐才好帮你啊！”

“东齐就是大昱，锦贵妃就是大昱人，相信……萧赫也是大昱人。只要他们在，我这一生都是无法安宁的。”她语气清淡，眉宇间一掠而过的杀意，令人心惊。

“到底有什么事，让你能恨成这般？”萧清越急忙追问道。

她静静地望着眼前的人，沉默了很久，说道：“姐姐，对不起，有些事我现在还不能说，但总有一天我一定全部告诉你。”

萧清越深深望着她，叹息道：“好吧，等你想说的时候再说吧。”沉吟了片刻，低声道，“可是楚修聿呢？他一直在等你。”

那个人，为她做了多少事，这些年她都看在眼里，这样的人是会带给小烟幸福的吧！

烟落低眉，轻语道：“我知道。”

“他坐到如今的位置，不为争权夺利，不为名动天下，只为拥有可以保护你的力量。能在这乱世之中，许你一方安宁。这世上有哪个男人再能为你做到这般？”

烟落闻言，轻轻点了点头：“有些东西，不是我想就可以真正拥有的。如果我不能真正坚强，不能与他并肩同行，当年燕京的事定会再次上演。我不能……再看到身边有任何人牺牲。”

历尽红尘万丈，尝尽人世辛酸，她开始学会成长，学会真正去面对自己的人生，真正让自己坚强起来。没有什么人是可以永远都保护自己的。

春光明媚的午后，低眉坐在桃花树下的女子十指灵巧地摆弄着手中的红绳，转眼间便成了一个漂亮的绳结，简单却精致。

“那是什么？”百里行素不知何时从背后窜了出来。

她随口说道：“同心结，小时候母亲教的。”

百里行素伸手便抢：“这东西送我。”

她一把拉住绳结的另一头，便欲夺回来。

“给我了。”百里行素俊眉微皱，死活不撒手。

用力之下，绳结哗地一声散了，回复成原来的红绳一条。百里行素愣愣地瞧着，眸中掠过一丝迷惘和沉痛，颓然松开手：“对不起。”

她抿唇笑了笑，十指灵动如飞，转眼又重新打好一个：“给你。”

百里行素欣喜地接过，打量了片刻，闷闷出声：“这个跟刚才那个不一样。”

“这是平安结。”她微笑言道。

百里行素面上的笑垮下来，像个倔犟的孩子般：“不行，我要刚才那个。”

“不喜欢啊？”

“我要刚才那个。”

“不喜欢，那扔了吧。”

“算了算了，我收了。”

一个月后已至初夏，烟落一行人到了中州。看到眼前的一切，她才真正了解到当年无忧为何说中州是个会让人幸福的地方。来往的行人都熟稔地打着招呼，处处都是温暖而亲切的气息。

马车进城，守城卫兵一见便围了上来：“萧将军，回来了！”

“嗯，回来了！”萧清越挥了挥手道，“皇上和太子在府里吗？”

“漠南起了战事，皇上去朔州好几天了。”守城副将望了望天色，说道，“太子每天下学会去留香斋吃点心，去了准能找着。”

马车内，烟落不由失笑，放眼天下，怕也只有中州这里，皇帝会忙得满世界跑，太子天天在外面逛街找吃的。

“我们先去找无忧。”烟落迫不及待想见到儿子。

副将伸直了脖子往马车里望，笑嘻嘻地问：“萧将军，马车里是不是皇后娘娘？”

萧清越跳下马车吼道：“该干吗干吗去。”

那副将一见心中了然，踢了踢边上的人：“还不去告诉城主通知皇上快些回来！”

萧清越让人用马车带百里行素回王府，与烟落一道穿街过巷去往留香斋。

“这个地方真好。”烟落道。

萧清越闻言点了点头：“这里的人为人豪气，待人热诚，你很快也会喜欢的。”说着一指前面，“留香斋到了。”

留香斋内宾客满座，一见进门的两人，都不由扬手打招呼：“萧将军回来了！”



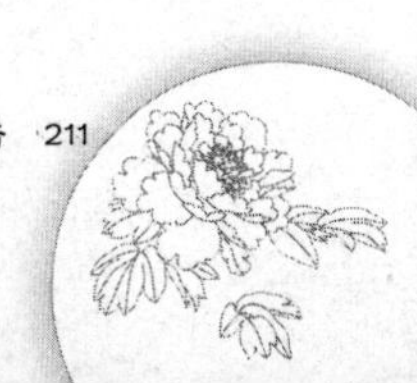

萧清越笑着点了点头，朝边上店小二问道："太子来了没？"

"差不多……这不，就来了。"店小二扬手一指门口处。

烟落侧头望去，一身绣金龙纹锦袍的孩子跑了进来，看到烟落，小脸顿时绽起灿烂无比的笑，扑进她怀里，低低地叫道："娘，你真的来看无忧了？"

骨肉重聚，娇儿在怀，她不由红了眼眶。

无忧仰起小脸，迫不及待地问道："娘，你什么时候来的？怎么不去府里找我？爹爹说你病了，病好了吗？我给你写的信收到了吗？"

"你问这么多，我该回答哪个？"烟落无奈失笑，抬袖擦了擦他额头的汗，"我刚来，听说你每天到这里就过来等着了。你的信我也收到了，无忧真了不起。"

"那病都好了吗？"

"都好了。"

无忧坐到桌边，拿起糕点咬了一口，口齿不清地说道："爹爹要是知道你来了，一定很开心。"

从留香斋出来，小家伙直拉着她在城里转悠，直到了天黑才一道回了府里，萧清越直接带她送无忧回房。

祁月正从拙政园出来，几人便上前道："皇上已经在路上了，估计再有半个时辰就到中州了。"

烟落点了点头，低眉瞧了瞧已经睡熟的孩子，小心将他抱进屋放到床榻，脱了外袍鞋袜，掖上被子，睡梦中的孩子却还紧紧抓着她的衣袖。

烟落无奈一笑，轻轻握住孩子小小的手，心头喜悦与苦涩交织："无忧，娘对不起你。"

她生下他，却从来不曾好好照顾他，不曾陪伴他成长。

等到小家伙松了手，她才起身收拾被折腾得一团乱的书桌。身后有脚步声响起，还不待她回头，腰身突然被人环住，随之被清淡的松兰之香包围。

"你终于回来了。"男子温热的呼吸喷洒在她的后颈。

过了许久，她拉着他的手转过身去，一身风尘的男子噙着笑，面色有些苍白，眼圈黑黑的，下巴上还有青色的胡楂。

她微微皱了皱眉，闻到淡淡的血腥之气："你受伤了？"

"小伤。"他勾唇一笑，瞥了眼床榻上睡得香甜的无忧，低声道，"我们出去吧！"

两人一道进了对面的寝居，她连忙问道："伤药在哪儿？"

修聿笑着朝内室的柜子望了望，她快步过去找出金创药和止血散："快把衣服脱了。"

"没力气。"某人丝毫没有自己动手的意思。

她抿了抿唇，只得自己上去动手，脱了外衫才看到，整个背部都是触目的血红，狰狞的伤口已经有些腐烂。

“疼吗？”她的声音有些哽咽。

他扭头朗然一笑：“不疼。”

她深深吸了吸气，小心地止血，上药，动作轻柔无比，到一旁衣柜寻干净的内衫替他套上，系好衣带，抬眸道：“好了，这几日别沾水，别再骑马动武，别……”

修聿低首吻上她柔软的唇，贪恋那温润的触感流连不止，喘息渐浓，四肢百骸窜出一阵火热，迫切的渴望随之升腾而起。他拦腰将她抱起，放到床榻。

“修……聿……”烟落无措地睁大眼睛，还未来得及出口的话被扑面而来的炙热气息覆盖，干净温和的气息萦绕在鼻息之间，让她一向引以为傲的冷静，也变得混乱不堪。

温热的手缓缓探入衣襟，她呼吸骤然变得急促无比：“修聿……快……快停下……”

手上丝滑般的触感，瞬间燃尽了他最后一丝理智，低哑的声音响起：“我不想忍了。”心爱的女人阔别两年回到他的面前，他如何忍得住？

她衣衫滑落，雪白的肩上狰狞的伤痕映入他眼帘，迷离的目光渐渐回复清明，那是燕京火刑台上烧伤的痕迹。

她闷闷地说道：“很难看是不是？”

修聿微微一愣，随即又气又笑地瞪她一眼，伸手拉上她的衣襟：“你这女人每次都是这么不负责任。”

她闻言，秀眉一挑：“我哪有？”

“每次点了火，又不灭火，就是不负责任。”修聿深深吸了吸气，在她唇上轻轻印下一吻，起身理了理衣服。

她的脸顿时艳如朝霞：“你……你不讲理，明明是你……”是他先动手动脚的。

他笑着瞅着她俏脸绯红的样子，探手搂住她的肩，恨恨道：“就是跟你太讲理，才对你一点办法都没有。”舍不得委屈了她，一直迁就她，等着她。若真不讲道理，两年前就不会由着她走了。

她低着头沉默了一会儿，起身道：“你早点休息，我回房了。”

他长臂一伸又将人揽入怀中：“今晚别走了。”

“不行。”

“我又不会对你怎么样。”修聿俊眉一挑，说道，“许久不见了，想跟你说说话。”

“明天再说。”她说着便推他，又顾着他有伤在身，不敢下手太重。

他恨恨瞪她一眼，眸中闪着幽光，嘴角勾起邪魅的弧度：“你再动一下试试看，我不介意把刚才的事继续完。”

她顿时僵在那里，一动也不敢动。修聿顿时哈哈大笑，两人和衣而卧。没说几句，他



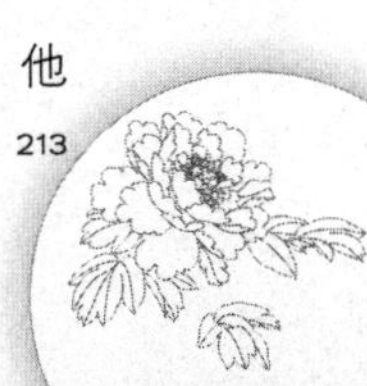

便疲惫地睡去。

晨光曦微，清晨的阳光穿窗而入，她望着近在咫尺疲惫的睡颜不由微笑，心疼地抚过他英挺的眉宇，他瘦削的面庞，他苍白的唇……

“修聿，原谅我……还无法像你爱我这般去爱你。”她的声音那么轻，那么心酸而沧桑。

她望了望天色，悄悄起身下床，对面屋里的无忧刚刚起床，看到她进门灿然一笑：“娘！”

“我帮你穿。”她笑着取过衣服，细心地替他将衣服鞋袜穿好，帮他洗脸梳头，每一件事无不让她喜悦与激动。这么多年，她从未像一个母亲般去照顾他。

无忧看到眼眶泛红的烟落，不由问道：“娘，你怎么了？”昨天看到她是这样，现在是这样，以前好多次也是这样。

她勾起笑容，轻轻摇了摇头：“没事。”

无忧望了望对面的屋子：“爹爹回来了吗？”

“嗯。”烟落笑着点了点头，想来是近日奔波劳累未曾休息，这会儿才这般贪睡。

午后，风轻云淡，微风中带着莲子的清香，沁人心脾。

栖霞阁碧荷满湖，九曲回廊延伸到湖上的映心亭，烟落坐在那里剥着莲子，无忧趴在栏杆边拿着鱼食喂鱼。修聿步入亭中坐下，拿起桌上的莲子，喃喃道：“无忧的母亲，小时候也爱吃莲子。”

她怔然望着坐在对面的男子，幽远的目光恍似要穿越无数的时光看清楚他，这个人……曾经到底在她生命中的什么地方？

修聿抿唇淡然一笑，摩挲着手中的莲子，缓缓道：“西楚皇宫里有很大一片莲湖，每到夏天都会结好多莲子。那时候她眼睛看不见，却每天都缠着她父亲和大哥帮她摘莲子。那日我从边上路过，她听到脚步声，还以为是自己的哥哥，便叫着让我帮她摘莲蓬。”

“那你……那你帮她摘了吗？”她声音不觉带着微微的颤抖，心头翻腾的思绪疯狂地撕扯着她的心。

她期待着那个答案，却又害怕知道那个答案。

修聿低眉，抿唇失笑：“摘了，还连着好多回呢。”他恍然忆起那碧湖轻舟上，他将一颗颗清香圆润的莲子放入少女柔嫩的手中。

烟落慌乱地别开眼，手中的莲子骤然滚落了一地，那个人……那个在莲湖边上帮她摘莲子的人，不是楚策吗？

那个夏末，她治好了眼睛，明明在莲湖边上看到的是楚策啊！

“你怎么了？”他伸手去拉她的手，却只觉一片冰凉。

她低眉，强自忍下涌上心头的复杂思绪，轻轻摇了摇头：“没事。”

“我说这些，不是那个意思，我只是……”他慌乱地向她解释着。

该死！自己怎么会在她面前，说起另一个女人？

“我……我去看看无忧。”她起身迫不及待想要从他面前逃离。

修聿一把抓着她的手：“烟落，你听我说，听我说……”

“无忧不见了，我去找他。”她侧头避开他灼灼的目光，大力挣脱他的手。

“烟落！”修聿狠狠一把拉起她，便朝外走，“你跟我去个地方。”

他一路拉着她穿廊过桥出了栖霞阁，无忧远远看着两人，便朝这边追过来：“爹爹，娘，你们等等我！”

修聿全然不顾远处跑过来的无忧，沉着脸拉着她出了府。一路策马出城，到了深山之中，那是中州王族的墓园。墓园深处一座墓却立着一块无字的碑，墓前显然是有人精心打理过的。

“这是无忧母亲的墓，我将她的骨灰带了回来，葬在这里，怕会被外人知晓无忧的身份，我……只能这么做。”他望了望她，平静地说道。

烟落怔怔地站在那里，望着那空无一字的墓碑。这是她的墓，能够在死后看到自己的墓，她怕是世上的第一个吧！

“你跟她，认识很多年了吧！”她喃喃低声问道。

修聿望着那无字的碑，侧头望着她，点了点头：“是很多年了，不过她不一定就认识我。我离开沧都后，听说她的眼睛好了，那以后就再也没见面了。”

“你……喜欢她？”她小心翼翼地问道。

修聿抿着唇怔怔地望着她，终于还是点了点头：“年少之时确实喜欢过，不过那时候也只是喜欢而已，后来听说她与四皇子订了亲，后来嫁了人，一直过得很幸福，只是后来……”

“既然喜欢，为什么不去见她？”她侧头望着他，目光有些怔然。

他淡然一笑：“那只是喜欢而已，她是注定要嫁到帝王家的。而我纵情山水，喜欢自由自在的生活；再说……她根本也没见过我，只是遇到过那么几次而已。”那只是年少时一份青涩的心意萌动，听到她与他在一起的消息，他也便就放下了。

烟落默然，心弦震颤，最初心意萌动的男子，不是楚策而是他。

只是，她错过了，他放弃了。

那一错，便是十三年。

她因他而认识了楚策，进而爱上了他，相依相伴十三年，却直到死后才真正见到当初想要寻找的人。上天到底是在捉弄她，还是在厚待她？

四野寂静，初夏的风干净而温暖，偶尔有几声蝉鸣传来。

他深深地望着她，微笑言道：“烟落，等一切风雨过去，等你真正解开缠绕在心里的结，那时候，嫁给我。"

纵然他希望她就此留下，然而他更知道她有太多的心结难解。他爱她，他不想所爱的女人带着任何遗憾和负担留在他身边。

他无法预知前路凶险，但也会尽力守着她，即便风雨兼程，也会陪她走下去。

她愣了愣，轻轻点头："嗯，到时候再说。"

到时候再说？！

修聿顿时凤眸一挑，恨恨地瞪她："什么叫到时候再说？"

"谁知道，你中间会不会移情别恋什么的，或者……"她漫不经心地说道。

"或者你想移情别恋？"修聿咬牙恶狠狠地瞪着她。

两人你瞪着我，我瞪着你，最后失笑出声。

"回去吧，无忧一会儿又急了。"修聿出声道。

她回头望了望那块无字的石碑，修聿，总有一天你会知道我就是她，那个时候……我们又要如何走下去？

回到城里，天已经黑了，无忧看到两人欣喜地跑过来："爹爹，娘亲，你们去哪里了？"

修聿侧头望了望她，躬身将儿子抱起："去留香斋吃点心去不去？"

无忧顿时眸光一亮："那我可以吃桂花糖吗？"

"你还想拔牙是不是？"修聿哼道。

"坏爹爹。"无忧扁了扁嘴，挣脱他下地自己走。

烟落望着前面欢快奔跑的孩童笑意温柔，修聿低头喃喃说道："有时候，我真希望无忧会是我们的孩子。"

她笑意微敛，那个人永远也想不到她和孩子都还活着，他的骨肉却在别人的抚育下成长着。

修聿瞧着前面的孩子，说道："以后咱们也会有很多这样聪明漂亮的孩子，看着他咿呀学语，教他学走路，看着他慢慢成长，看着我们慢慢老去。"

她心头顿时一暖，那一天……真的会到来吗？

两人正走着，祁月自长街打马而来，勒马望了望两人，沉声道："百里行素遇刺了！"

遇刺？！

烟落皱了皱眉，百里行素虽然行事乖张，但并未结上什么深仇大恨，怎会有人刺杀他？

栖霞阁，莲香淡淡，清澈纯净。

烟落先行回到府中，百里行素本就重伤在身，又加上替她疗伤内力全失。若是重伤，后果不堪设想。

刚一进门，便遇上萧清越，快步迎了上去：“姐姐，师傅呢？”

“他说要自己处理，不让人帮忙，不过伤得不轻。”萧清越懊恼地皱了皱眉，“当时我要是早点过去，就不会让人得手了。”

烟落抿了抿唇，道：“我过去看看。”

屋内一片暗黑的死寂，她到桌边摸到火折子，点了灯火，屋内空无一人，却瞧见碧湖之上映心亭中若隐若现的白影。

“师傅！”她快步进到亭中。

百里行素靠着栏杆坐着，一句话也不说，也不回头。

“师傅，你的伤……”她上前拉他。

百里行素一把拉着她坐下，身子微倾，头重重地抵上她的肩头，声音疲惫：“你回来了。”

烟落被他突然的动作吓到，僵在那里，迷醉的桃花香和着淡淡的清莲香气萦绕着，沉默了一会儿问道：“师傅，伤得重吗？”

百里行素轻轻摇了摇头，没有出声，像个受了委屈的孩子。

沉默了许久，她忍不住问道：“师傅，你怎么了？”今天的百里行素很怪异，他从来不会这样放肆地在别人面前软弱。他是谁，是那个所向披靡的天下第一啊！

百里行素仍旧不说话，她无奈叹了叹气，便也不再追问下去。

“你跟那家伙去哪里幽会了？”百里行素闷闷地出声道。

“看到是什么人要杀你吗？”她直言问道。

“可能欠了谁家风流债，还是抢了人家媳妇，又或是我长得太过英俊，有人羡慕嫉妒又愤恨，就想宰了我。”百里行素漫不经心地说道。

“你正经点。”若是以往，别说刺杀，就是一个不善的眼神，他都会计较半天。今日这般云淡风轻，实在有些奇怪。

“我哪儿不正经，不像那家伙，尽会花言巧语。”百里行素不满地控诉，进而威胁，“现在给你两条路，一是咱们回百里流烟宫，二是，我跟你去漠北，反正不准留在中州。”

“师傅！”她语气微沉。

百里行素抬起头望她，一脸幽怨：“答不答应？不答应我死给你看！”

“这么有精神，看来还死不了。”她说着起身欲走，却被人一把拉住，扭头便看到一张毫无血色的容颜，雪白的衣衫上，一片鲜红正在扩散着。

她秀眉拧起：“你没治伤？”

百里行素一脸委屈地点了点头。

“走了，回房。”她冷着脸说道。

百里行素丝毫不买账，幽怨地说道：“你看了又不心疼，心疼了也不负责，不如不看。你知道的，男女授受不亲，万一那家伙撞见，一时醋火滔天找我拼命，我就真的小命玩完了。”

“我没意见。”修聿缓步从九曲回廊走来，瞅了瞅两人淡笑言道。

百里行素凤眸微扬，朝她伸手：“还不扶我？”

烟落扶着他回房，修聿缓步跟在后面，问道：“你跟什么人结了仇？瞅着你内力全失的时候下手，真是要你的命。”

百里行素闻言扭头，打量了他一眼，哼道：“你的嫌疑最大，情敌相见，分外眼红。你知道我现在内力全无就派人想杀了我，独占我徒弟。”

烟落甚是无语，扶着他进了房治伤，对方下手极狠，伤在心口处，若是再深一寸便真会致命。

百里行素低眉瞅着她，唇角坏坏地勾起，瞥了眼一旁的修聿，问道：“他身材好，还是我身材好？”

屏风外的萧清越一口茶没稳住，便喷了出来。

烟落一咬牙，手上力道一重，百里行素顿时鬼哭狼嚎：“不说就不说，干吗动手动脚？”

夜风轻轻拂来，带着碧荷初绽的清香，笼罩着整座栖霞阁，沉静而动人。

修聿吩咐晚膳移到了栖霞阁来，百里行素毫不客气地坐在那里：“徒弟，我手没力气，喂我！”

萧清越咬牙切齿，一记眼刀便飞了过去，恶狠狠地道：“狐狸精，你嫌命太长的话，我不介意给你补上一刀。”

修聿便笑着端起碗，一边夹菜，一边道：“我帮你！”

百里行素乖乖拿起筷子：“我还是自己来吧。”

晚膳过后，无忧在这边玩得累了便趴在榻上打起了瞌睡，修聿拿外衫裹着抱起他，道：“不早了，我送他回去。”

“师傅，你也早点休息。”烟落起身说道。

“你敢走，我死给你看。”某人以死相胁。

“百里行素你抽的什么风？”烟落有些恼火，但终究争不过他，又留了下来。

看到修聿送无忧离开，百里行素嘴角勾起大大的笑容，把玩着腰际的平安结，懒懒地瞅着她：“你到底什么时候回漠北？”

“等你伤好些再说。”烟落淡声道。

“已经好了，我们现在就私奔吧！”百里行素笑眯眯地说道。

烟落眉目纠结，直言说道：“不然还是送你回百里流烟宫吧，我让连城也回去。有他们兄弟照顾你，我也放心些。”

“你嫌弃我？”百里行素瞅着她哼道。

“当我没说。”

一时间两人都沉默了下来，百里行素望了望桌上的棋盘，打破沉默：“陪我下盘棋再走。”

她抿唇沉默了一会儿，在榻边坐下来：“只一盘。”

百里行素扬起狐狸般狡黠的笑：“咱们玩个游戏好不好？”

“什么游戏？”她淡眉微扬，直觉告诉她不是好事。

“赢一颗棋，可以要求对方做一件事。”他笑眯眯地说道。

“好。”对于自己的棋艺，她一向是很自信的。

“别说我欺负你，你先。”百里行素撸了撸袖子，神情好不嚣张。

烟落默然执棋扣入棋盘之中。虽然已经很多年未下棋，但父亲和母亲都是弈棋高手，从小耳濡目染，她的棋艺亦是少有敌手的。

一炷香后，百里行素唇角一勾，从棋盘之上拈起几粒棋子，笑眯眯地望着她：“萧清越是不是还是个黄花闺女？”

她眉头一皱：“换一个。”

百里行素指着她便控诉：“哪哪哪，愿赌服输，我这问题并不过分，只不过是顺带关心一下那个凶女人的感情生活。”

“是。”她淡声回道。

百里行素登时笑得直捶床：“哈哈，我就知道那么凶悍的女人，哪个男人敢要她？”笑着笑着，扯动伤口，痛得他龇牙咧嘴，赶忙忍了下去。

又过了没多久，百里行素再度收起她几粒棋子，笑着凑近前来，神秘兮兮地问道：“那个……你跟姓楚的亲过几回？”

“不知道。”她断然拒绝。

百里行素撇了撇嘴，继续执子下棋：“不说就不说，有什么了不起，小气！”

烟落拧眉望着棋盘之上黑白错落的棋子，不知是自己多年未对弈棋艺生疏了，还是自己真的遇到了对弈的高手，总之无论她怎么走，都会被百里行素截杀。下了近一个时辰，她一子都未赢过。

百里行素抬眸瞅了瞅对面神色凝重的女子：“下输了也不用垮着个脸吧，我可是从小玩到大的，你想赢我，门儿都没有。”

她微微敛目，放下手中的棋子，叹道：“我输了。”

百里行素顿时笑开了花，摸了摸下巴，眸中精光一闪，笑盈盈地瞅着她眼睛：“我身材好，还是姓楚的身材好？”

“你……”她咬牙切齿地瞪他。

“你不是都看过，有那么难比较？”百里行素一副吊儿郎当的痞样，狡黠一笑道，“要不我再脱了衫子你瞧瞧，比较比较再回答我？”

“百里行素。”她恼火了。

“不解风情的女人！”百里行素捂着伤口处，敛去笑意，道，“好，那我换一个问。”

“问什么？”她隐忍着怒气瞅着他问道。

他敛去玩笑之色，出声道：“如果我们分开了，你还会记得我吗？”

“会。”她坦然回道，遇上这等的冤孽，怕是想忘也忘不了。

他闻言轻轻点了点头，侧头望了望窗外。雨打荷叶的簌簌声，清晰地传入屋内，他道：“下雨了。”

她也望向窗外，远远看到荷塘边上，有人撑着伞缓步而来，身形是那样熟悉。她唇角不由勾起一抹轻浅的笑意，沉静而温柔。

百里行素打了个大大的哈欠：“我要睡了，还不走？”

烟落起身，走了两步扭头叮嘱道：“这两日若是下雨，你别出门乱跑，伤势加重了，我懒得管。”

“知道了，我又不是三岁小孩。”百里行素轻声哼道，只是唇角却难掩笑意。

烟落开门出去，刚走几步，便看着不远处正撑着伞走来的人，快步走上前去：“无忧睡了吗？”

修聿点了点头，道：“我送你回房。”

“嗯。”她轻声应道。

“什么时候回漠北？”

“等师傅伤好些就走。”

“让萧清越跟你一起去吧，有她在，我放心些。”

“还是让姐姐留在这里，漠北那里的事我会自己解决。大夏如今也刚刚稳定，你也够忙的，让姐姐留下帮大夏吧。”

“那好吧，有事不许再自作主张，每七天必须写信，至少每个月要见我一次。”

“好，师傅遇刺的事，你多费心查探，我怕背后没那么简单。”

……

夜风清凉，倚窗而立的人望着雨中渐行渐远的背影，一身萧索。

半个月后，在百里行素一次又一次“以死相胁”之下，烟落决定起程返回漠北。修聿担心刺杀百里行素的人不会罢手，坚持亲自将他们送回漠北。

回到朔州，她第一时间去了英烈祠，正遇上任重远在这里拜祭。看到面容沧桑的老人，她一撩衣袍跪了下去："对不起！我没有将任二叔带回来。"

那个性子冲动又火爆的长者在北燕皇宫就那样在她面前被乱箭射杀，她却还未替他报仇。

任重远默然站在那里，神色难掩悲伤："领主不必自责，有些事也不是你一人之力可以阻止的。"

烟落跪在那里巍然不动，面容悲戚。这么多的生命都是这些年在她眼前逝去的，在漠北一次次战争中并肩作战，出生入死，他们忠诚，正直，豪气……

"是我考虑不周，才害他们丢了性命。"她低声说道。

"这不是你的错。"任重远叹息道。

数年的相处，他知道她看似薄凉冷漠，却也是个重情重义的女子。她比他们任何人都珍重龙骑禁军将士的生命。所有的战争她呕心沥血只求以最小的牺牲换取最大的胜利，想尽一切方法保存他们。

"也许他们不值得救，可我毕竟流着燕氏皇族的血。我救不了北燕，只是想保住他们的性命。"她低声说道，只是她将一切想得太过简单了。

任重远站在边上，坦然言道："燕皇也正是知你会如此，才会做那样的决定。"沉吟片刻，说道，"先帝曾说过，这乱世的战火终将是会在北燕点燃，合久必分，分久必合，这是天下大势，但是……绝对不能再让大昱一统天下，否则当年四大家族反出大昱的一切都是白费。"

"大昱就是东齐，东齐太子就是大昱皇帝。"她沉声说道。

任重远闻言久久地沉默，而后道："漠北不比西楚和大夏那般兵强马壮，且又与东齐临近。一旦漠南被其控制，漠北便真的岌岌可危。"

她朝着灵位重重地磕了三个头，一撩衣袍起身："漠南确是心头大患，咱们必须要站稳东齐后方这片土地。"

"东齐那边已经与漠南相交，再不出手，就要被动挨打了。"任重远直言说道，本想建议向大夏借兵，思量再三终究还是没有开口。

离开祠堂，她悄然出了城，到了一座简单宁静的村庄，刚进了院子，便看到从屋里出来的女子。

"皇姐……"燕初云怔怔地望着她。

"太妃的病好些了吗？"烟落上前问道。

燕初云愣了愣，而后点了点头："已经好多了。"当初是她骗了她，还差点害死她，她却还是将她们救出了燕京城。

“那就好。”烟落淡笑，望了望周围，“有什么需要就跟人说，若是住不惯便搬到庄内去住吧，给你娘医病也方便些……”

“皇姐，这里很好。”燕初云连忙打断她的话，说道，“虽然没有燕京繁华，但简单平静，已经有两个大夫轮流照看，在这里很好。”

烟落闻言也不再坚持，一时间两人都沉默着不说话。

“皇姐，你的伤好了吗？”燕初云小心问道。

不知何时，那骄傲的公主已经敛尽了曾经的刁蛮之气，变得这般沉静了。烟落点了点头：“嗯，都好了。”

燕初云没再说话，只是静静望着站在门口的人。她曾经有多么嫉妒她，怨恨她，可是当她真正经历皇宫大位之争的残酷，她才发现，自己的嫉妒和怨恨是多么天真。

来到漠北，看到不同于燕京的等级森严，不同于北燕的官员体制，看到漠北百姓将龙骑禁军及领主奉若神明，那是她从未见过的朴实可亲。她开始明白，父皇所做的一切，是对的。

“皇姐，对不起。”燕初云低头言道。

“都过去了。”烟落淡然一笑，拍了拍她的肩，“以后的路，要靠你自己去走。这里可能不会再有锦衣玉食，也不会再有宫人伺候。”

“嗯。”燕初云点了点头。

她曾经是那样的骄傲，她不服她为何得了父皇那般的宠爱，为何会让修聿那般不舍不弃。当自己离开燕京才知道，自己终究是比不过她的。

她没有她那般聪慧过人，没有她那般冷静沉着，没有她那般心胸豁达……而自己，除去了初云公主这个身份和殊荣，什么都不是。

烟落取出一枚铁令递过：“漠北最近与漠南也不太平，我可能不会有太多时间过来。若是有事，你可以带这铁令让庄内任何人帮忙。”

初云接过令牌：“谢谢。”

烟落到屋内替仪贵太妃把了脉，重新开了药方交给大夫，嘱咐了用药分量，方才返回城中。

刚一进庄，修聿便快步过来：“你去哪儿了？”

“出城去了。”她坦然言道，沉吟片刻问，“你什么时候回中州？”

“你就那么急着赶我走？”修聿哼道。

“你好歹也是一国之君，老待在漠北不合适，现在也到朔州了，便是刺杀的人来了，也出不了什么意外。”

修聿闲步跟在她边上，认真说道：“我是担心百里行素遇刺的事，没有表面那么简单。”

烟落闻言脚步一顿："怎么说？"

"下手的人动作很干净，试想如今这天下有谁敢在大夏境内动手，且不留一丝痕迹？"修聿沉声问道。

"你是说东齐和西楚的人？"她不由问道。

修聿点了点头，沉默了片刻："不管是哪一方，这件事太过蹊跷，在还没查清这件事前，我会留在漠北。"

刺杀之事，让他不得不去注意这个一向狂放不羁的武林骄子，他的背后到底藏了什么秘密？而他一直在她的身边是无意，还是有心为之？

"那大夏……"大夏战事刚平，定然有许多事情等着他去做。

"烟落，我真的不想……燕京的事再重演一遍。"修聿深深望着她，忆起升平广场上的一幕幕，声音不由低沉了下去，"我当时差一点，差一点就救不了你，差一点……就眼睁睁地看着你烧死在那里。"

她闻言不由沉默了下去，过了许久道："大夏很多事情要你去做，你是一国之君，已经不只是中州的闲散王爷，我这边会自己小心的。"

他静静地望着她，面色有些沉重，探手牵起她的手："你说的我都知道，可是江山皇位，从来不是我所要的。我不是想要争什么，只是想能够有足够的力量帮助你，在你放下你的坚强时，可以放心地依靠我。"

她突地重重撞入他的怀中，紧紧抱着他的腰身，头紧紧地贴在他的胸口。熟悉的松兰香气萦绕在鼻息间，温醇得让她几乎想要醉了。

这一刻，她突然在想，如果当初在莲湖之畔他们没有错过，也许她的人生就不会是这般苦涩难言。

他被她骤然而至的拥抱撞得脚下一踉跄，低眉瞧着她，小心翼翼问道："怎么了？"

她摇了摇头："只是想你了。"

即便这个人就在她的面前，依旧让她忍不住去想，去思念。

修聿微微一愣，唇角无声牵起，所有笼罩在心头的不安和迷茫只因这一句都悄然散去，俯首轻吻着她的发："我也在想。"

过了许久，她有些困窘地松开环在他腰身的手，低着头从腰际的锦囊摸出一块松石："送你。"

他细细打量了几眼，皱了皱眉："跟百里行素的一样。"

"不一样。"她强调道。

"除了那玉，不都是一样的？"他闷闷地哼道。

"那是平安结，这是同心结，当然不一样。"她红着脸又气又急。

"同心结。"修聿眼底一抹清光掠过，面上绽起灿然的笑容。

“不要算了。”她转身便道。

修聿笑着硬是将东西抢了过来，拿在手间仔细瞧了瞧：“这是什么玉？”

“是松石，在漠北喻意幸运吉祥的意思，之前在大漠救了一队西域商队，有人送了这个，瞧着顺眼就留下了。”

“等漠南的战事了结，把这里交给任重远，你跟我去中州吧！”修聿侧头望她，说道，“漠北冬天冷，你本就身体不好，常年住在这里不好。”

“那时侯漠南和漠北就相当于西楚、大夏、东齐三国的后方，只怕难得安宁。”她平静地说道。

“哎……”修聿无奈地叹息，“难道我真要等得头发花白了才能把你娶回去？”

“修聿，你多大了？”烟落蓦然侧头问道，西楚的皇叔，怎么算也该老大不小了。

“二十有八。”修聿坦然直言道。

烟落闻言皱了皱眉，咕哝道：“你不是皇叔吗？怎么算也该三十好几了吧！”

修聿顿时沉着脸，瞪她：“我不过也只比楚策大一岁零几个月而已，你想什么呢？”

“你什么时候回去？”她再一次问起这个问题，立马换来了某人的白眼，烟落抿了抿唇，一本正经说道，“大夏需要你，我会自己小心的……”

他深深地望着她的眼，直言问道：“那你呢？你不需要我吗？”

她垂着头沉默着。她需要他，一直需要他，即便聚少离多，即便没有相守，他和无忧一直是她灰暗人生的希望。

两个人一时间都不说话了，任重远急步穿过走廊过来，道：“领主，楚帝来了。”

# 第十四章　东齐太子

朔州城外，风卷沙尘，一身墨色锦袍的男子高踞于马上，身姿挺拔，望着那座巨龙般巍峨的城池，眼若寒霜。那一身清冷凌厉的气质，如同破锋的宝剑，令人不寒而栗。

烟落快马而来，勒马停在城门口，直直望向玄衣墨发的年轻帝王："楚帝有何贵干？"

楚策薄唇紧抿着，脚下一夹马腹上前数步："漠南蠢蠢欲动，朕愿助你平定漠南。"

"她不需要。"修聿自城内打马而出。

楚策望着并骑而立的两人，眸中暗影沉沉："是吗？"

"进城再说。"烟落掉转马头，先行进了城。

修聿面色微沉，冷冷地望了楚策一眼，一拉缰绳跟着进了城，进了庄才将她追上，沉声问道："你要干什么？"

"借兵。"她坦然言道。

"你宁愿向西楚借兵，也不愿让我帮你？"他紧紧盯着她的眼睛，声音有些冷沉。

她望着他，认真说道："修聿，我自己的路，我希望我自己走下去。"说罢举步先进了云起阁。

任重远将楚策一行人带进云起阁，出来之时见修聿还站在走廊处，举步上前："如果她想要你帮忙，当年就不会一个人来到漠北了。"

修聿闻言朝云起阁望了望。他想帮她，他想陪她走所有的路，她却一次又一次放开他的手，独自前行。

“她不想利用你。”任重远缓缓说道，“与西楚之间不过是交易，各取所需，但是对你不同。”

大夏与东齐连番大战，已经大有损失，再卷入大漠之争，会更加削弱大夏国力，亦更让东齐有机可乘，她不能冒那个险。

云起阁内，楚策漫不经心地问道：“朕听闻百里宫主遇刺在漠北养伤，不知可好？”

烟落锐眸微微眯起：“楚帝的耳朵还真长呢！本主前脚回到朔州，楚帝后脚就到了。”

这个人对她身边的人和事了若指掌。这个人是大敌，她从来都知道，亦从不敢轻视。

“朕也是想早日解决漠北的问题，对付东齐。”楚策面色无波。

烟落冷然一笑，道：“楚帝只身前来，不怕有来无回吗？”

“朕敢来，又有何惧？”年轻的帝王声音骄傲而狂妄，“区区漠北，还奈何不得朕。”

“那是，楚帝一声令下，百万铁骑就可踏平漠北。”她一边说着，一边摊开漠南的地图。

楚策抬眸便看到正座之上低眉敛目的女子。夕阳的光辉照在她的面上，光洁的面容带着和田软玉般的淡淡光茫，整个人清瘦得很，却浑身透着寒梅般的清冷气质。他默默地望着她，目光有些怔然。

烟落抬眸正撞上那他怔然的目光，那样犀利中透着淡淡温柔的目光，微一皱眉道：“说吧，什么条件？”他既出手，必有所图。

“平定漠南之后，必须由西楚和漠北的两路人马共同驻守。”楚策一敛心神，沉声说道。

“在自己身边放一把利刃，本主会答应吗？”即便打下漠南，有西楚十万兵马驻守，她将来所有的计划都会被动。

“你会答应。”楚策望着她，语气冷冽，“否则朕等到漠北与漠南两败俱伤之际出兵也一样。”

烟落眸中一掠而过的寒光，冰冷慑人。这个人的眼光太过犀利，西楚可以选择帮或不帮，但漠北和她都没有选择，亦没有退路。

楚策起身临窗而立，冷声说道：“朕要对付的是东齐，对关外这不毛之地，没什么兴趣。”

烟落默然望着他的背影，不得不承认这个人的冷静犀利，将漠北的形势看得比谁都透彻。然而这个曾经一起生活了十三年的人，此刻却显得那样陌生，陌生得仿若从未相识。

“事不宜迟，本主要做战前准备，恐怕没空招呼楚帝，明日一早会派人护送楚帝归国。”她不想与这人共事，非常不想。

楚帝负手回身，沉声道：“朕的十万兵马可以供你调度，朕又怎么会知道你会不会拿着朕的兵出生入死，为漠北谋利呢？”

“你想怎样？”

“朕会留在漠北督战。”

漠北与西楚结盟共对漠南，朔州很快便积极备战，调度各方军需物资，商议作战计划，分析探子传回的情报，一切紧张而有序地进行着。

云起阁，一身墨色锦袍的帝王默然望着身形瘦削的男装女子与诸将侃侃而谈，那样的自信而沉着，刹那间仿佛穿透了浮尘万千，穿透了这张陌生的面容看到了某个人的影子。

烟落抬眸正对上那道目光，眉眼微一沉：“楚帝有何意见吗？”她不喜欢他那样的目光，十分不喜欢。

楚策神色恢复一向的冷峻，问道：“朕想知道多长时间可以解决漠南的战事？”

烟落抿唇沉吟片刻，冷言道：“战场之上瞬息万变，此战牵涉甚广，任何一个小小动向都会改变战局，本主无法回答楚帝的问题。”

“朕希望速战速决，我没多少时间耗在这里。”楚策淡声道。

“楚帝日理万机，没有人请你留下。”修聿大步进门沉声道。

楚策淡淡望向踏进书房的人，面色冷沉：“这是军机重地，夏皇……是不是该回避一下？”这个人站在这里刺眼得很，甚至有些让人呼吸不畅的感觉。

“朕想，没这个必要。”修聿锐眸一扬望过去，四目相对，似是在无声较量着什么。

“夏皇是以什么身份站在这里？”楚策面目冷然，瞥了一眼边上的烟落，“是领主的夫婿身份吗？不过朕记得，夏皇与领主还算不得夫妻吧！”

修聿淡然一笑：“我想很快就会是了。”

“夏皇还是别对未来的事下这样的定论，未来会发生什么，谁也无法预料。”楚策道。

“是吗？起码……朕不会像你，弃妻儿于不顾，坐在他们血肉白骨堆积的皇位上，你安心吗？”修聿面色微沉了几分，这不是恨，只是替那个女子不值。

烟落不动声色侧过头去，眼前一幕，说不出的讽刺。错过的人，爱错的人，齐齐站在她的眼前，只是她又何曾想到，他们的纠缠还在继续，这一生都难了断。

楚策薄唇抿成锋锐的线条，瞥了眼背对而立的纤细背影，唇角勾起微不可见的苦涩，拂袖起身道：“还是明日再议吧！”

烟落低头撑着桌案，谁也没看到她面色如何。

楚策不经意瞥见修聿腰际的松石，那样熟悉的绳结，鲜艳的红色刺得他眼睛直发疼。与修聿擦肩而过之时，他顿住脚步，沉声道：“朕从未后悔，亦无愧于心。”

修聿冷然一笑："好一个从未后悔，好一个无愧于心，但愿百年之后，你在黄泉底下见到她也能说得出来。"沉吟片刻又道，"或者，你是根本见不到她的。"

楚策面色无波，或许，真如他说的吧，他是见不到她的，他是该下地狱的。

"既然皇叔那么在意，当年若是坐上那皇位，或许娶她的人就是你了。"楚策声音冷沉，辨不出悲喜。

修聿身形一震，眸中风浪骤起，却未能开口说出一句话来。

楚策长步离去，挺拔而孤傲的身影显得格外寂寞，无人可见的眉眼间抹不开的浓重。

云起阁的诸将陆续离去，烟落沉默了许久，举步出门，却猛然被边上的人拉住了手。

"我是真的想帮你，想陪你一辈子走下去，不管那条路是平坦的还是艰难的。"修聿沉声说道，"我希望你遇到任何事，第一个想到的人，是我。"

"修聿……"

"烟落，不要总是拒绝我的帮助，那对我是很残忍的事。"他握着她的手紧了紧，继续说道，"爱一个人，就是要陪她风雨同路，生死相依，可是我却只能远远看着你一个人挣扎拼搏，那种感觉……会把我逼疯的。"

她深深吸了口气，叹息："对不起。"

她也曾经在一个男人身上期待能够一起风雨同路，不离不弃，然而他们却各奔天涯。隔世而来，当这一切又出现在她生命中唾手可得时，她却不敢再触碰。

庄内的仆人过来通知该用晚膳了，两人一道去了前苑，正拐过走廊的楚策看到携手并肩而来的两人怔然站在那里，蓦然一笑，无尽苦涩。

任重远不经意望去，触到那道深沉而平静的眸子。那一刻他看到了那个年轻帝王眼底刻骨的沧桑，明明只是一个不到三十的人，却好似已经是经历了无尽岁月轮转的老人。

百里行素也跟着过来了，瞧着一桌精致的菜色很是欢喜："哟，今天什么日子，竟然加这么多菜。"

烟落闻言眸光一暗，一旁的任重远笑道："下午从青龙侍卫那里得知，今日是楚帝生辰，便吩咐厨房简单准备了下。"

修聿侧头望了望一旁面色冷漠的楚策，似是从他眼底看到了一闪即逝的沉痛之意，快得让他辨不清是真还是假！

楚策默然坐在那里，薄唇紧紧抿着，一句话也没有说。又过了一年了啊，以前最期待的生辰，在她离开之后都被自己遗忘了。

"这样吧，看在这顿饭的份上，一会儿我请你们上潋香楼喝花酒。"百里行素笑嘻嘻地说道。

话音一落，便被烟落狠狠瞪了一眼："你是最近太闲了吗？"

百里行素恍若未闻，朝修聿道："你就是女人见得少了，才会那么没眼光，一会儿帮你找两个身材好的，保准你一夜春宵之后……”

“不必，多谢。”修聿决然拒绝。

百里行素一转头又朝楚策说道：“我带你去，那里的美女比起你后宫那些女人可诱人多了。看在你生辰的份儿上，我给你算便宜点。”

楚策简单吃了几口，一语不发，起身回了西苑。

沉寂的房中，烛火摇曳，年轻的帝王疲惫地坐到榻上，低眉从怀中取出一枚简单的玉佩，玉佩上坠着陈旧褪色的同心结。

他敛目靠在榻上，将玉佩轻轻握起抵在心口处，微不可闻地叹息：“烟儿……”

六年了，漫长的六年，他每年对着空荡荡的驻心宫，心中亦是空空如也，什么都填补不了这个巨大的空洞……

夜色沉沉，冷月清辉，仿似为朔州城笼上了一层轻纱，朦胧而迷离。

修聿瞧着立在窗边的女子，轻步走近自身后环住她，轻问：“又在想什么？”

“漠南的战事结束了，我跟你去中州。”她侧头望了望他柔声说道。

修聿低眉瞧着她，眸中难掩惊喜之色：“你说真的？”

“嗯。”她点了点头，沉吟片刻说道，“东齐已经暗中调兵驻守延平，可能会与漠南正式结盟，这一战怕是不好打。”

修聿闻言沉默了半晌，低语道：“祁月也传消息过来，这一次来的恐怕是东齐太子，这个人……不好对付。”

烟落眸中暗影沉沉，但愿所有的一切，不是她所想的那样残酷吧！

修聿见她又发愣，不由出声：“怎么了？”

“你什么时候回去？”

“烟落。”修聿无奈地叹了叹气，头搁在她的肩头，“你非要每次都这么煞风景吗？”明明柔情眷眷的气氛，全被她一句话给打破了。

“我不放心大夏的情况，这边的战事，你也插不上手，不如早些回去吧！”她侧头低声说道。

“你就这么不想见到我？”修聿眉梢一挑，低眉瞅着她，语气酸溜溜地说道，“我的女人，天天跟着别的男人在一起，你说我能安心回去吗？”

每次不经意看到楚策瞧她的眼神，都让他不由莫名有些心慌。

“什么你的女人？”她不服气地一扬眉哼道。

“不是我的，你还是谁的？”修聿轻轻吻着她的耳垂，电流般的酥麻瞬间传遍全身。她面上顿时红如火烧，细密温柔的吻落在她的侧脸，脖颈……

“修……聿……”她含糊地唤道。

修聿呼吸急促，突地埋在她的颈部懊恼地叹息一声，松开她深深吸了吸气，声音微微喑哑："不早了，你睡吧。"说罢快步出了房门。

她微微愣了愣，快步追出房门，轻声唤道："修聿！"

"什么事……"他愕然转身望着追出来的纤秀身影。

话还未完，女子温软的唇带着清甜的香气印上他的唇，如蜻蜓点水般一触即离。他愣愣地望着她，她红着脸抿唇转身进屋，靠在门背后，一颗心狂跳如雷。

修聿愣愣地站在门外，抬手抚了抚自己的唇，唇上还残留着她的清甜和温度，回头望了望紧闭的房门，傻傻地笑了。

天色未明，烟落接到任重远送来的密报，悄然带着人马离开了朔州城，直奔延平。只是未曾想到，所要揭开的是那样残酷的真相……

夜色沉沉，西苑内一片黑暗，黑衣锦袍的帝王端坐榻上，整个人仿佛要与这无边的黑暗融入一体。玄武悄然进到房中，道："皇上，领主已经带人出城了。"

黑暗中的男人轻轻点了点头："人都召齐了吗？"

"皇上要跟着去吗？"玄武沉声问道。

"等了这么多年，不就是等这一天吗？"楚策的声音顿时冷厉，杀气尽现。

"那沧都……"

"依计划行动。"楚策起身打开房门，突地顿住脚步，"夏皇呢？"

"在东苑，似乎……并不知晓领主出城之事。"

楚策望了望东苑的方向，目光幽深如寒潭，举步出门："走！"

两个时辰的快马奔驰，烟落一行人悄然潜入延平境内密林之中，如鬼魅般地穿行在山林中，直到看到远处东齐大营的灯火，才齐齐停了下来。

"领主，前方就是东齐大营，近日已经调了三城的兵马会聚于此。"

黑暗中女子眸底寒芒厉厉，低语道："看来这次是打定主意要对付咱们漠北了。"

"领主，怎么办？"他们只有几百人，东齐大营可是数万人马，不懂领主带他们来这里做什么。

"等人。"烟落沉声说道。

"什么人？"斥候问道。

她眼底一掠而过的不安之色，轻轻摇了摇头："我也不知道。"

那个暗伏在苍和大陆，神秘莫测的大昱皇族中人，到底是谁？她比任何人都更想知道。

"诸葛清出营了。"另一名斥候来报。

烟落眉眼一沉，道："再探！"

那个人……会露面吗？

她较量数年藏身于萧家背后的幕后人，苦苦追寻六年的灭门主谋……

她狠狠拍了把粗糙的树干，沉声道："追！"

一行人小心地追向诸葛清离去的方向，远远看到平原上的火光，一辆简单的马车从远处驶来，与诸葛清的队伍会合……

"杀！"清冷的声音，带起一地肃杀。

铁黑的箭头自林间悄然而起直指那片火光，冷厉的刀锋划破夜的黑暗，密密麻麻的箭雨破空而去，天地一片萧索。

平原之上惨叫连连，惊破了沉寂的夜，溅起一地血光。

"一个不留！"冷酷而决绝的命令。

话音一落，暗伏在林间的黑衣刺客一跃而起，数丈的链刀在林间舞得虎虎生风，扎入树干，又拔出……

"咚！咚！咚！"急促而凌厉，渐去渐远。

"通知二队做好接应！"话间一落，她抿唇轻啸一声。一匹马儿自林间疾驰而来，纤秀的身影拔地而走，手中的钩索灵巧地抛起，带着她凌空掠过，眨眼之间便到了林外数丈，稳稳落于马背之上。

身后的数十人一见，疾追而上，奔向平原之上那片火光。今夜的领主是前所未有的冷酷与决绝，连他们都不由震慑。

快马疾驰而至，诸葛清所带人马伏诛大半，斥候掀开马车，车上空无一人，扭头便道："领主……"

话音未落，一支冷箭贯穿了他的头颅。高大的身子直直从马车上跌了下来，眨眼之间林间骤然响起如雷般的马蹄声。烟落侧头一望，清冷的眸子缓缓眯起，眼底风浪骤起……

"螳螂捕蝉，黄雀在后。"诸葛清从另一辆马车出来，冷声言道，"圣皇欣公主，束手就擒吧！"

"领主，正前方一千步兵！"

"领主，西面五百弓箭手！"

"领主，东面一千骑兵！"

……

她紧紧握着手中的缰绳冷冷地望向山坡之上的马车，一掉马头快如闪电冲了过去。

她不是要报仇，亦不是要来杀他，只是要……真正看清她的对手！

夜风肃杀，呼啸而过，如野兽低沉的喘息，声声慑人。

"领主！！"数十人望着纵马朝着山坡狂奔而去的身影惊声呼道。

第二队接应的人马未到，他们被人反包围了。再不设法脱身与队伍会合，就会被困死在这平原之上。

烟落头也不回，厉声喝道："拿下诸葛清！"擒贼先擒王，既然来了，她一定要看到

那个人到底是谁。

数十人一听立即一打手势，放弃突围，转而向中央诸葛清的马车扑去。他们都是龙骑禁军中一等一的暗杀高手，诸葛清的护卫哪是对手?

诸葛清是谋臣，一时间对上这么多暗杀高手也不由变了脸色，但夜色暗黑又怕伤了自己人，不敢让外围弓箭手放箭。

茫茫夜色中，女子伏在马背上，迅速朝着山坡之上的马车接近，清冷的眸子锐利如刃，似是要划开无边夜色看清那个隐藏的神秘黑手，遥远的记忆如潮水般涌现。就是这个人害得她家破人亡，骨肉分离，魂无归依，此仇此恨，上穷碧落下黄泉也难消半分。

“嗖！”

一箭破空而至，快如流星，擦着她的脸飞过，带出一道血痕。

再快一点!

再近一点!

她就要看到她追寻六年的答案了。

“嗖！”一箭裂空而至，射穿了她的马脖子。马儿重重地栽了下去，她一个翻身落地。看着涌来的人潮，缓缓拔出背在背后的长剑，一身杀气凌厉，清冷的眸子泛着嗜血的光芒，直叫这些在战地上摸爬滚打多年的将士也不由胆寒。

那样孱弱的女子迅猛如豹般弹地而起，一身杀气纵横，那些刻骨的恨在她心头疯狂地泛滥着。寒光冽冽的长剑在月光下，挥起、落下、斩杀、穿刺，她连眼都没眨一下，目光定定地望着那辆马车，温热的血喷溅到她的身上，她的脸上，双眼血红，残忍如地狱而来的修罗。

近了!

越来越近了!

她甚至可以感觉到马车之内那道冰冷的目光此刻正落在她的身上，那样深冷而凌厉!

随行而来的黑衣杀手已经成功将诸葛清生擒，包围上来的人马见上大夫诸葛大人在对方手中，亦不敢轻举妄动。

“领主！快走啊！”几人朝着远方依旧浴血搏杀的女子高声喝道。

此处离东齐的大营并不远，一旦对方倾巢出动，他们就再无反胜之地了。

长风席卷，带起浓重的血腥之气，她什么都听不到，脑海中只有一个声音在不断告诉她：冲过去！冲过去！冲过去!

恍然听到父亲朗朗的笑声，母亲温柔的低语，大哥自边关大胜归来的马蹄声……那些她六年想都不敢想的人，梦都不敢梦的画面，在她心底翻涌着，撕扯着……

“殿下有令，活捉圣皇欣公主！”一将领高声喝道。

更多的人蜂拥而来，远处生擒诸葛清的一行人见状，相互一望，领队的汉子喝道：

"走！"

数十人防守的防守，开路的开路，押着诸葛清朝她所在的方向靠拢过去，只要撑到第二队人马前来接应，他们就可以安全撤离。

正在这时，树林之中再度响起马蹄声，如骤起的狂风暴雨打在人心上，转眼便出了树林到了平原之上。黑龙旗帜飘舞在夜空，玄衣墨发的帝王振臂勒马望着下面混乱的战场，眸光冷如寒冰，微一抬手，身后的神策军如潮水般涌入平原，将东齐军齐齐围困。

山坡上的马车一动，掉头向后方离去。伏在地上的女子迅猛跃起，一把摸着腰际的钩索，携着雷霆万钧之力袭向马车，马车顷刻间碎裂坍塌，一人拉着钩索的另一头，凌空翩然落地。

东齐太子？！

那张熟悉的面容撞入她的眼帘，震得她五内俱痛……

她拉着钩索的另一头，凌厉的目光刹那刺穿浓重的黑暗落在数步之外的人身上，冷然一笑："果然是你！"

数步之外，一身白衣的男子高洁如仙，眉眼清冷，敛尽了平日风流不羁的神色，高贵如神祇："烟儿，我不想我们走到这一步。"

不想？！

她笑，讽刺而薄凉。

"师傅，我是该叫你东齐太子，还是……"她步步逼近，三尺青锋直指他咽喉，"大昱皇帝！"

百里行素面色无波，平静问道："你从什么时候开始怀疑的？"

"我该从什么时候？从北燕之乱的时候？还是从沧都的时候？抑或是……我踏进百里流烟宫的时候？"她直直望着他，眸光深如寒潭。

百里行素默默地望着她。就在几个时辰前，他们还在一桌用膳，谈笑风生，转眼之间便是兵戎相见的死敌，这一切转变太快，快得让他难以置信！

冷冽的风迎面吹来，她只觉眼眶酸涩不已："从一开始，你就在算计我，利用我。"

百里行素眸中沉痛之色一掠而过，轻语道："烟儿，你要是不这么聪明冷静，该有多好？"

她痛苦地点了点头，嘶哑着声音道："那样好做你随意摆弄的棋子，是不是？"手中的利剑微动，在他脖颈处划开一道浅浅的血痕，"当年齐王之乱，大昱逼得母后带我跳江，却将未死的我送到萧家，就等着有一天将我送回北燕，进而挑起内乱，让北燕分崩离析。为怕我暴露引起北燕注意，下毒让我一病数年，为了让我进到百里流烟宫让人将我推下山崖。"

百里行素无言以对，只是痛苦地看着她。有些东西，她不能选择，他更不能啊！

“三年，时机到了，你让连美人故意将我带往北燕，只是没想到修聿会出现乱了计划，我又回到了沧都，大闹宫廷，怀疑上了萧家，所以你不得不去另作部署。所以……你指使萧赫挑断越姐姐的手筋脚筋，逼得我不得不去北燕！”她厉声吼道，手中利剑逼得百里行素步步后退，“金线莲，进皇陵，遇蛟龙，你一面帮着我医治越姐姐，一面又在暗中与燕之谦安排，策动北燕内乱。”

好可怕的心机！

好精密的谋算！

她苦苦追寻六年的仇人，就在身边与她朝夕相对。她走的每一步，做的每件事都逃不过他的掌控，谋害她的生父，逼得她的兄弟间互相残杀，不动声色间就将北燕半壁江山收入到他的手中。

百里行素一语不发，只是静静地望着她，痛苦而悲伤。

“燕之谦一再失手，龙骑禁军一统漠北威胁到了东齐，你再一次在楼兰与我巧遇，随我到了朔州，监视我的一举一动，暗中又利用连美人传递消息，指挥诸葛清与漠南结盟。”她一字一句地说道。

他低眉淡然一笑，道：“我有两次机会杀你，可是连美人当年却助你们逃脱了燕京……”

“那是因为你没想到朕会截了你的黄泉铁卫，乱了你的局，所以……你才反其道而行之，让他们都逃出了燕京，才会有第二次的燕京之乱。”楚策勒马望着几步之外的两人，沉声打断了百里行素的话，“东齐太子，或者朕该叫你大昱皇帝，咱们的账也该算算了！”

“山下就是东齐大营，你能秘密带神策营来，为何我就不能？”百里行素扬眸望向高踞于马上的玄衣帝王，冷然一笑，“你布了这个局逼我出来，我既然敢应，会不做准备吗？”

楚策目光微微瞥了眼延平城的方向，道：“如果你以为来的只有朕，就大错特错了。”

话音刚落，便闻得延平方向战鼓如雷震天而来，东齐大营的方向火光冲天而起，照亮了半边夜空，百里行素淡然一笑：“好一个中州王。”

他提防了楚策，却没想到大夏皇帝会突然跑来朔州，还悄然带了这么多人来，暗伏在延平。这三个人不约而同，将他逼入了这个死局。

百里行素握着剑身，拿剑尖抵在自己心口处：“我知道这一天早晚会来，只是没想到来得这么快。”勾起一抹清淡的笑意，“那么恨我的话，就杀了我，否则……你会后悔。”

修聿带着飞云骑破了东齐大营赶到北朔平原，远远看到山坡之上，白衣胜雪的男子与一身黑衣的纤瘦女子相对而立。

所有厮杀的人都不由停住了手，望向山坡之上对峙的两人，此刻苍和大陆第一强国的东齐太子生死性命，只在她一念之间。

只要这一剑下去，不仅报得大仇，更会改变这个乱世格局……

楚策勒马而立，望着几步之外对峙的两人，眸光幽深如寒潭。夜风扬起他身后玄色的披风，宛若是地狱而来的魔君，腰际的利剑隐约发出铮鸣，似是要震鞘而出。

只要杀了这个人，所有的一切……都可以了结了。

百里行素平静地望着她，唇角含着淡淡的笑，圣洁如仙的面容在月光下宛若和田美玉，带着柔和的光辉，夜风吹起他一身白衣，仿若是要羽化而去的仙人。

谁会想到这样一个人，风流不羁，游荡红尘，却有着那样深沉的心机，那样残忍的手段。数万人的生死存亡，都在他一念之间。

他默默地看着她，天地万物都自他眼底退去，淡声道："是我利用了你，也是我害死了燕皇，致使北燕灭亡，现在这样的机会，不会再有第二次，别后悔！"

此刻，他的生死，东齐的命运都在她的手中。

她冷然一笑，眼底的泪夺眶而出："百里行素，我们之间不是利用那么简单！"

你害得我父母含冤而死，大哥万箭穿心而死，害得我葬身火海魂无归依，骨肉分离，害得我一无所有。

重生而来，竟还成为你手中之棋，你又一次让我家破人亡，流离无依。

你害了我两生两世，这样的仇，这样的恨，如何能消?

楚策眸中一闪而过的清光，握着缰绳的手不由一紧，望向百里行素沉声道："百里行素，你的手很长，伸到了东齐和南越，伸到了北燕，也伸到了我西楚。南越和北燕都落在了你的手里，朕若再让你如愿，只怕连老天都看不过去。"

修聿远远地翻身下马，快步朝着她走去，从中州到朔州一路不断与祁月互通消息，安排部署，她要做的事，他岂能袖手旁观?

他淡淡望了眼一旁高踞于马上的楚策，默然站到了她的身后，等待着她做出决定。

聚集数万人的平原，却沉寂得恍若无人，清晰地听到夜风穿林而过的声音。所有人的目光都望着她手中的剑，这改变三国共立局面的一剑，该是怎么样的惊天动地！

百里行素含笑轻轻闭上眼，恍惚间看到桃花嫣然的山崖之上，女子迎风舞剑的绝世风姿，就那样一天一天，一年一年地刻入他的心底，唯美得仿若梦境，叹息道："我将你训练为最完美的棋子，也将你磨砺成了将我穿心过肺的利刃。"

他说罢，笑出了声，无望而悲凉。

一个下棋之人，爱上手中之棋，注定是悲哀的结局。

她望着他，眉眼沉静如秋水，六年的师徒情分悄然间灰飞烟灭。一道寒光骤起，百里行素身上的外袍被劈开飘散在风中："你救我一命，我还你一命，自此，你我师徒犹如此袍，一刀两断。"

一时间所有人都愕然望着女子诡异的动作，她……没有杀他？！

百里行素倏地掀开眼帘，对上一双冰冷含恨的眸子。那双眼睛望着他是如此强烈的憎恨，似是化作尖刀，要将他一寸一寸凌迟。

一身黑衣女子剑指长天，铮铮立誓道："苍天为证，我，北燕第三代公主燕绮凰，以吾之灵魂立誓，此生，必灭东齐。"

长风呼啸，带着女子铮铮泣血的誓言，直上九霄，惊破四海八荒。

"她放过你，朕可不会放过。"

楚策眸光一沉，纵身下马，白光裂空劈头便朝百里行素罩了过去，突地一道黑影闪至他身前，一剑挡住了雷霆之击，两剑相击撞出刺眼的火花，烟落被逼得猛然后退数步。

百里行素被撞得朝后一个踉跄，不可置信地望着挡在自己身前的人。

"你在干什么？"楚策望着她，目光幽深而冰冷。

"我说过，他救我一命，我还他一命。"烟落面色苍白而清冷，一字一顿道，"他的命，我会取。"

楚策眉眼间一片冷厉："你知道放虎归山的后果吗？"

这个隐匿多年的大昱皇帝，数年来翻手为云，覆手为雨，有多少人的命运在手上变迁，他害了多少人，他如何……如何还能放走他？

烟落没有说话，目光冷静而沉着，只是定定地挡在百里行素身前。

"杀父之仇！亡国之恨！你就这样放他走？"楚策望着她，沉声问道。

延平城的战鼓之声如雷，声声震得人心都颤抖，所有人都屏息望着山坡之上的几人，心都提到了嗓子眼儿上。

智谋过人的东齐太子，深沉莫测的西楚大帝，名动天下的大夏皇帝，神秘传奇的亡国公主，这苍和大陆上最惊才绝艳的男女，生死对决。

百里行素望着她单薄的背影凄然一笑，这世上有多少人欲将他杀之而后快，而此刻最想杀他的人，却在舍命救他！

楚策面色一沉，剑锋一转，修聿却瞬息到了眼前，制住了他的剑："楚帝高抬贵手，放人吧！"

她就是这样恩义分明的人。百里行素算计过她，却真心救过她。她若要杀他，他帮她御敌；她若要放他，未来风雨生死，他陪她同行。

"放了他，你知道会是什么后果吗？"楚策沉声问道。

六年啊，他等了六年，精心筹谋了六年，与他明里暗里斗智斗勇六年，就等手刃仇敌的这一天。要他放人，如何甘心？

“朕知道，只是赫赫有名的东齐太子就死在了这里，岂不是太窝囊了？要斗，就到战场之上一决高下。”修聿淡淡望了一眼百里行素，“朕也想看看，智谋过人的东齐太子，到底有何能耐？”

东齐与漠北为敌，亦是与大夏为敌。

平原尽头一片火光闪耀，黄泉铁卫自平原尽头奔驰而来。神策营、飞云骑、黄泉铁卫、龙骑禁军，这苍和大陆最神奇的四支力量在这血腥而杀戮的黑夜齐聚在北朔平原之上。

一场旷世之战，一触即发。

“夏皇自信就能拦下朕吗？”楚策冷冷望向修聿。

“与漠北为敌便是与大夏为敌。与她为敌，便是与我为敌。”修聿淡淡望着对面的人，语气暗含威胁，“楚帝大可一试，看朕有没有本事让你有来无回？”

楚策面色无波，一眨不眨地望着她，眼底蔓延出沉重的失望，缓缓闭目叹息：“但愿……你不会后悔你今日所做的一切。”

世事难料，却不想真的有朝一日，被他一语成谶。

楚策收剑转身，望着如潮水般涌来的黄泉铁卫，眸中闪过刀锋般的寒光。六年来，他苦心筹谋，步步为营，才逼得这个人现身，如今却要眼睁睁地放走毕生大敌，如何甘心？

黄泉铁卫大统领阎罗扬手一挥，数万人马齐齐顿步，众将翻身下马扶剑上前，单膝跪地：“末将恭迎太子殿下回国！”

百里行素望着那道单薄的背影，目光沉郁而悲伤，轻声道：“保重。”

命运是那么无情，他们相识六年的情分，只在这一夜之间划下一道天堑鸿沟，任他如何挣扎也到不了彼岸。

夜风呼啸，他颓然转身走开，翻身上马，沉声喝道：“走！”

这一去，再也没有百里流烟宫的百里行素，只有野心勃勃的东齐太子。

六年来，他一直挣扎徘徊在早在两年前就该在燕京了结的恩怨之中。奈何，他却不愿放开抓住她的机会，即便不能相爱，也可以守着过下去。他苦心孤诣地编织着这个谎言，骗到连自己都相信了。

如今，这场梦终还是醒了。

天地萧索，一片凄迷，身形单薄的女子在风中独立，缓缓闭上眼，敛去眼底的酸涩之意。良久之后，掀开眼帘，一片清明。

六年转瞬即逝，她于红尘中艰难跋涉，他于黑暗中覆雨翻云，最终殊途。

他一手教习她武艺和医术，让她得以在这乱世中生存。然而，却也是他害得她家破人亡，受尽流离。

修聿回头望了望诸葛清等人，微一扬手，示意放人。诸葛清望了望两人，一撩衣袍半

跪在地："诸葛清多谢夏皇之恩德，他日必会还之。"

"下次再见，朕不会再手下留情。"修聿冷声道。

诸葛清站起身，望向山坡之上的女子，说道："这世上有些东西，生来就是注定，无从选择的。"

他虽为人阴险，但亦欣赏这个女子恩义分明的心怀，只是她又如何知道那个人曾为她费了多少心血。

诸葛清望了望延平的方向，沉默了片刻，带着人奔赴漠南而去。

烟落满脸血污僵硬地站在那里，如同石雕一般，修聿一把将她扣入怀中，温声低语："你还有我。"

纵然她什么都没说，什么都没做，他也可以感觉到她此刻是多么的恐惧和痛苦，蓦然想起她多年之前的话。

无关我相不相信你，我连自己都不相信，有时候……心也是会骗人的。

楚策远远勒马回望，漆黑如墨的眸子，沉默而苍凉。远处山坡上那相拥而立的身影，是那样的刺目。

"皇上，为什么不……"青龙低低出声。

"走！"他一掉马头，一人一骑奔驰如飞，仿若是要振翅而飞的孤鹰，绝尘而去。

半个月后，百里行素回到了东齐。

东齐夷都城是百年之前大昱旧都，其城雄踞沧江上游，倚沧澜山而建。东齐帝宫高于城池数十丈，宏伟壮丽，可将整座夷都尽收眼底。

紫阳殿外，一身雪色龙纹锦袍的男子望着下方宏伟的都城，夜风之中衣袂飞扬，恍若是要乘风而去的仙人，遗世出尘。

"太子殿下，飞云骑一再拦截派往漠南的援兵，还需要再派人过去吗？"诸葛清出声问道。

漠南的战报一封一封飞入帝宫，东齐的援兵根本进不了大漠，漠南那边节节败退。照此下去，要不了多久，那个女子很快就会将大漠南北统一起来，届时必是东齐大患。

"不必了。"百里行素淡声道。如今神策营、飞云骑、龙骑禁军都在那边，任他的人再怎么神通，怎敌这三军之力？

"不必？难道要眼看着东齐的后方落入他人之手？"身姿窈窕的女子戴着精致的黄金面具缓步上了台阶，宽大的风帽几近遮住了她半张脸。

"微臣参见太后千岁。"诸葛清一撩衣袍跪地行礼，东齐的皇后，亦是大昱的太后——华淳。

华淳太后一双冷眸望着百里行素，目光满是不屑："延平已经落入漠北，还要丢了漠南吗？你这废物！”

百里行素望着眼前的人，面色平静而漠然，沉声道：“此时漠南战事胶着，与其费力援兵漠南，不如……挥军西楚，直捣沧都。”

诸葛清闻言，立即上前道：“臣以为此计可行，如今西楚大将军王在燕京，而大夏却有萧清越和祁月两人镇守。太后已经将萧大人一家救回，沧都正是空虚之际。”

华淳太后闻言默然沉思片刻：“你最好说到做到，否则休怪本宫无情。”语气中暗含威胁，凌厉逼人。

无情？！

百里行素冷然一笑，苦涩而薄凉：“太后又什么时候有情过？”

华淳太后顿时周身杀气荡然，拂袖转眼冷冷地望着他，步步逼近道：“好，离宫六年，你倒是学会了不少，学会了反驳本宫，学会了谋逆犯上。”

百里行素默然站在那里，只觉这月光照得太寒，这风太冷，让他如坠冰渊般的寒冷刺骨。

“两年前在燕京，你放走那个死丫头，害得本宫计划前功尽弃。若此次挥兵沧都再失败，你知道是什么后果？”华淳太后一眨不眨地盯着他的眼睛，字字尖锐。

“当年黄泉铁卫被截杀，燕京根本不可能困住他们，那是必然结果。”百里行素面目冷然，淡声回话道。

“好一个必然结果！”华淳太后眸光冰冷，厉声斥道，“若不是你暗中破坏，害得本宫错失良机，让他们逃出燕京，何来今日的大夏和漠北？你不惜与本宫动手，也要带走燕之谦助她脱身，这又是什么必然结果？”

百里行素眸中一闪而过异色，袍袖中的手不由握紧了手中的平安结，无言以对。

“告诉我，是什么让你不惜违逆本宫的命令，放弃大好攻破大夏的机会，潜入燕京城救那个死丫头，为什么？”华淳太后目光阴沉而锐利，一眨不眨地盯着他的眼睛，似是在寻找她要的答案，一字一顿道，“还是……你动心了？”

百里行素手不由一紧，面色漠然，目光如一潭死水般沉寂，平静地说道：“太后说过，臣是没有心的。既然没有，如何动心？”

华淳太后冷声一笑，目光阴狠，逼问道：“那你告诉本宫，为什么？不惜与本宫动手，不惜让自己毒发也要救她的原因？”

百里行素抿唇沉默，他可以使任何阴谋诡计谋夺他人皇位、别国江山，却唯独面对她，他无能为力，他爱不起她！

从她踏入百里流烟宫开始，所有的一切都已经无可挽回了。他们的结局已经被注定，任他翻手为云覆手为雨，也难以改变那个命定的结局。

“太后，太子殿下也许……也许是别有用意，不会这么不顾大局的。”诸葛清看着针锋相对的母子二人忍不住上前插话道。

“本宫没有问你。”华淳太后冷声哼道，依旧定定地望着百里行素，“为了救她，如今你跟个废人一样地回来，还不是对她动心了？”

“不是，只是她还有用。”他哽咽着回话道。

华淳太后冷然一笑，转过身道：“你想要救她，也不是不可以。只要大昱灭了大夏和西楚，本宫不仅可以不杀她，还可以放你走。”

百里行素眸底一掠而过的清光，面色平静无波，转身朝着诸葛清道：“传令继续派兵增援漠南，临近西楚边境各城兵马潜入西楚，直入沧都。”

“是，微臣立即传令。”援兵扰乱楚帝视线，暗中却盯上沧都，好计！

华淳太后拂袖转身离去，只说道：“本宫已将萧赫一家带回夷都，该怎么用，你自己看着办！”

诸葛清看着一身黑色风帽的女子离去，长长舒了口气，望向百里行素道：“太子为何不答应太后……”

百里行素淡然一笑，举步朝紫阳殿内走去：“答不答应都是一样的结果，有分别吗？”

世上怎么会有这样的母亲？从来不让他叫她母亲，从来不给他半点关爱，从来只知道威胁利用，可是……即便是这样，眼前的这个人，还视她如母，不离不弃。

回到朔州，楚策先带兵去了乌兰察布草原与漠南追风族交手。烟落在朔州养伤半月便决定启程赶往漠南。修聿虽没有反对，却是将飞云骑十将全部从中州召来供她差遣。

朔州城外，十名飞云骑齐齐勒马持缰而立，他们身后是三千前锋军和一万漠北将士，个个军容整肃，军威赫赫，远远望着城门口的两人，眉目都有些纠结。

“你还是留在朔州吧，漠南那边派祁洪他们去。”修聿又一次重复了这几日说过无数遍的话，大伤初愈便要领兵出征，他是怎么想都不放心的。

她坚决摇头：“我是主帅，躲在朔州说不过去。”一向清冷的眉眼柔和起来，低声道，“你帮我解了延平之围，又调兵拦截了东齐援兵，已经帮了我很多了。”

修聿不满地哼道：“若不是你神经大条，老是上当受骗，我需要操这份心吗？”

“好好好，我以后一定小心，小心，再小心。”烟落保证道。

“你就嘴上说得好听，死活不长记性。”修聿恨恨地瞪她一眼。

“天地良心，我这回真记住了，再记不住，我就是傻子。”她举掌立誓道。

“你傻得也不是一两天了。”修聿毫不客气地低声斥道，不傻当年能跑回燕京被人白白捅了一刀，差点烧熟了。

“好，我傻，我傻。”她点头承认道，望了望天色，秀眉微微拧起，再拖下去今天还走不走得成了。

远处的漠北将士们，看到他们冷静漠然、凌厉果敢的漠北领主竟然被人训得跟个小媳妇儿似的，一个个不由都憋着笑。

“你身体还没好，别老骑马，还是吩咐人准备马车上路吧！”修聿望着她还有些微微苍白的脸色，担忧出声，转头便欲吩咐人把马车赶来。

“从这里到漠南全是沙漠，马车不好走。”她很冷静地提醒他道。

“哦。”修聿闷闷地点了点头，抿唇沉默了起来。

这时，站在数步之外的任重远才上前来，提醒道：“领主，时候不早了，该走了。”

“嗯，好。”她点了点头，转身就准备走，手却被人一把拉住，她再一次无奈地转过身去望着一脸担忧的男子：“我真的会很小心很小心，你不用担心了。”

任重远笑着无奈地摇了摇头，再度退了回去，不再打扰两人继续依依惜别，前去吩咐大军和前锋营启程上路。

修聿拧着眉头望着她，拉了拉身上的黑裘，道：“我还是不放心，每回一分开，你总会出事，我怕自己不能每回都那么好运气能及时赶到你身边。”

当年沧都的擦肩而过，燕京两次动乱，已经让他悔恨不已。若这回再出了差错，他不敢想象会是什么局面。

她无奈抿唇一笑，望着那边已经转身启程开始走远的大军，伸出小手拉住他的手，笑眯眯地说道：“好了，好了，我知道你最了不起，你本事最大，中州王一亮名号就能吓得敌人望风而逃，可是现在大夏也需要你回去坐镇，我后面也要你帮忙嘛！好歹大漠这里也是我的地盘，你不要老抢风头，我很丢面子的。几年辛苦树立的威信全扫地了。就请尊贵的皇帝陛下高抬贵手吧，可怜可怜我，让我好歹还有点脸面在大漠混下去。”

他一来了朔州，跟来自己家一样，指使着她的属下做这做那，偏偏那一个个还将他奉若神明，将她这个主子视而不见。

修聿被她狡黠俏皮的样子逗得失笑出声。不远处的飞云骑一个个伸长了脖子瞧着两人，见漠北领主一会儿点头，一会儿作揖，而他们的皇帝陛下却是笑得格外开怀，一个个心中猜测纷纭。

“是不是皇帝陛下终于降服领主，准备回中州大婚了。”

“我看应该是吧，看皇上高兴成那样。”

“哎呀，不容易呀，咱们光棍了数十年的老大终于要娶媳妇儿了，简直比等铁树开花还艰难哪！”

“谁说不是呢？回头赶紧把这消息回报给祁月城主。”

“就是就是，让他早点准备着，这顿喜酒可是等得我好苦啊！”

……

十名飞云骑在马上，你一句我一句讨论得热火朝天。

“漠北已经冷了，自己小心点，别再病着了，让我知道了，有你好看。”修聿叮嘱道。

“好，我记着了。”烟落很乖很合作地点头。

“两军交战，漠南人擅骑兵，个个都是力大无穷的大汉，你别自己动不动就往前冲，大军主帅指挥行军布阵就行了，知道吗？”修聿沉声道。

“嗯，我知道了。”她狠狠地点头，面容很是无奈，这些话这几天他都已经说了几百遍了。

“祁恒他们几人跟着你，有事吩咐他们去做。我让人从中州捎了最好的伤药让他们带着了，伤着了记得找他们拿药。”

“好，我记着了。”

“还有，有解决不了的事写信给我，我会想办法。”

“好。”

“还有，祁恒将金丝软甲带去了，晚上就记得换上，吃饭睡觉也不许脱下来，知道吗？”

“好。”

“还有，打仗就打仗，别老跟楚策混一起。”他的声音泛着微微的酸意。男人的直觉告诉他，那家伙看着不温不火的，心思鬼着呢。

“好。”

“还有，再忙也记得吃饭。我让祁恒把庄里的厨子带去了，天冷了，别喝凉水，别吃凉的东西，别没事出去乱跑。”堂堂的大夏皇帝像个女人一般站在朔州城门之外，喋喋不休。

烟落闻言嘴角抽搐，她这是去漠南御敌打仗，不是去游山玩水，还带什么厨子？纵然心中这么想，嘴上却不敢有半句反驳，只得一个劲点头。

“还有……”

“到底还有多少？”她终于忍不住问道，望着眼前的人无奈又痛苦。不过就是告个别，他已经拉着她在这里说了近两个时辰了。

“还有，记得你答应我的事。”他定定地望着她，沉声说道。

答应的事？！

烟落拧眉沉思，半晌后无解：“什么事？”

修聿面色顿时阴沉下来，咬着森森白牙，大有掐死这女人的冲动：“你说，等漠南战事平息，就跟我去中州。”

她抿唇思量，喃喃自语道：“我说过吗？”

修聿一把扣住她的手，恶狠狠地道："你这女人，又想赖账是不是？什么都答应得好好好，每次跟你说的，说了你又不听，听了你又不做，回回都这样，我是上辈子欠了你的？这回你再敢不写信，不跟我走，试试看？"

她打了个寒战，果断地回道："我不敢。"

男人俊眉一挑，对她的态度很是不满："你不敢，那就是心里想了？"

"我不想。"她赶紧摇头，欲哭无泪，却不敢有半分反驳。只要她敢，这男人立马就跟着跑去漠南了，那才真的要乱了套了。

修聿抿唇叹了叹气，扶着她的肩膀，沉声道："祁恒他们十个也都是军中将领，行军打仗要能帮上忙的，就听听他们的，没坏处。东齐肯定不会善罢甘休，我要尽快赶回去，不能跟你去漠南，得防着他们在后面搞鬼，早作安排。你自己要多加小心。"

她抿唇轻然一笑，心中柔情万千，轻语道："我会的，你自己也是，又要顾着我这边，还要担心大夏和西楚生变，别累坏了。"

他点了点头，狠狠将她扣入怀中，轻吻着她的额头，沉声道："我等你回来！"

"我一定回来。"她头抵着他的胸口处轻声回道，而后一踮脚尖吻上他的唇角。

他还未反应过来，她已经快步跑开，翻身上了马，策马扬尘而去。祁恒等飞云骑看着还站在那儿发傻的主子，齐齐无奈摇头，而后一拉缰绳跟着飞驰而去的女子奔向大漠之中。

修聿站在城门口目送着她离去，低声道："一定要回来！"

祁连牵着马自城门出来，望着绝尘而去的人影，低声道："皇上，现在的大夏，只要你想，足以有称霸天下的实力，你真的不想吗？"

以他的声望、实力以及中州这么多鼎力相助的人，只要他想，夺取天下几可说是易如反掌。偏偏他多年以来，从未有这心思。

修聿抿唇一笑，翻身上马，望着远处越来越远的背影："我知道我真正要的是什么。"话音一落，策马奔赴中州。

他不要天下，他只要她。

# 第十五章　此情可诗

夜里的乌兰察布草原上，远远望去，一个个灯火明亮的帐篷如罗列夜空的星辰，别有一番景致，一行人勒马停在山坡之上。

“漠南原来是这般辽阔啊！”祁恒望着月色下一望无际的平原叹道。

“是啊，还以为漠南和漠北是一样的，相比之下，漠南比漠北还要好些。”祁秦跟着附和道。

“当年领主怎么放着漠南不打，却在漠北跟突厥、犬戎交战，相比之下漠南各部还不及他们凶悍。漠北都能打下来，漠南应该不成问题。”祁恒点了点头。

烟落抿唇淡笑，微微摇了摇头，朝军营走去，一边走一边说道：“漠北多山川河流，从西向东，阿尔泰山、萨彦岭、肯特山等，加上众多湖泊河流，更利于龙骑禁军隐身作战，寻找有利的地势。而漠南不同，漠南多是草原，一旦交战连藏身之处都没有，那必须是实力的较量。那时候刚到大漠的龙骑禁军，军需、马匹都不如漠南各部，只能选择较为有利的漠北。即便用尽天时地利，也用了两年时间才统一漠北各部。”

祁恒闻言，几人相互望了望，点了点头。漠北的领主果然是个作战的高手，两年统一漠北，自己手上的兵力却得到了大部分的保存，这样的战争放在他们手里也难打得出来。

“这一战，有把握赢吗？”祁恒忍不住问道。

烟落抿唇一笑：“原本可以说有四成把握，如今，当有六成。”没有东齐的搅局，大夏帮着解决了个大麻烦，已经大大增加了此战的胜算。

“六成？”几人相互望了望，有些不解。

烟落淡然，平静回道："战场之上会发生什么，瞬息万变，保守估计，漠北确实只有六成胜算。两年的漠北之战，军队消耗颇大，还未来得及休养生息，又要开战。战斗力也好，备战准备也好，都未完全准备好。"

"不是还有西楚的十万精兵？"祁恒说道。

她勒马望了望四下，眉眼沉静道："秋天已经到了，冬天很快就来了。漠南的冬天千里冰封，万里雪飘，严寒难耐。西楚兵毕竟初临大漠，这样的冬天，战斗力又会削减。漠南各族常年居住在此，对这里的各种情况都了若指掌，而漠北军对漠南了解并不是那么多。决定一场战争的胜利，有很多方面，综合算下来，漠北只有六成胜算。"

"这话听着怎么这么耳熟？"祁秦咕哝道。

"那不是萧将军经常说的？"祁恒道。

几人相互一望，大笑失声，远远看到军营之中出来一队人马，是漠北先行大军的将军，伍诚。

烟落一边走一边听伍诚小声汇报近日的战况，刚到大营便闻得夜色中一阵马蹄声，扭头望去，便见一身黑衣的帝王正带着人马归营。

"伍将军，通知诸将到大帐，商议要事。"烟落淡声说道。

伍诚望了望她，又望了望楚帝，道："领主和楚帝都刚回营，用过晚膳再开会吧，还有几位将军在外巡查未回来呢！"

"去吧。"楚策翻身下马说道。

半个时辰后，西楚和漠北的高级将领齐聚大帐，都望着主座之上的一男一女。

"漠南追风族有什么动静吗？"烟落打破沉默。

"各部虽然结盟，但内部不稳，有主战也有少数主和，这点还是对漠北有利的。"楚策沉声说道。

烟落闻言点了点头，而后道："我明日启程到呼伦和锡林去一趟，一切等我回来再说。"

"呼伦？"伍诚闻言面色微变，"那可是要经过漠南追风族的地界，若是被发现了……"

"早年初到大漠时，安排了人在漠南各部，而且呼伦的大公主和锡林可汗都与我有些交情，他们一向是主和的。如果顺利和谈，里应外合，这场仗必然对漠北更有利。"她平静说道。

楚策闻言面色微沉，望着对面一脸平静的女子，冷然一笑道："领主还真是深谋远虑。"

两年前就在为这场仗暗中做准备，与锡林和呼伦交好，安排人混在漠南，就是为统一大漠的这一天，好一番深沉的心计。

诸将相互望了望，都知道这确实是最好的方法，但这毕竟是太过冒险的事。

“领主，还是派人前去吧！”伍诚出声劝道。

烟落抿唇摇了摇头，沉声说道：“事关重大，在漠南各部的探子不见到我是不会出面的，而且要说动呼伦大公主和锡林可汗还是我亲自去。”

“领主还是考虑清楚比较好，省得再做出些害人害己的事。”楚策冷声道。

“楚帝若是无心结盟，自可离去，本主不留。”烟落针锋相对道。

楚策目光冷峻而犀利，直直望着她：“朕说错了吗？从沧都刑场，到燕京两次动乱，哪一回不是如此？没有那个斤两就不要去干那个事，结果害人害己。”

“楚帝不是希望早日结束漠南的战事，本主这么做又有何错？莫不是你想带着人在这大漠耗上三年两载？”烟落冷声问道。

楚策薄唇紧抿，不再说话，他自然知道前去和谈是良策，可是这风险太大。

“若是在座各位自信有通晓漠南各部语言且熟悉地形的人，本主自然不必亲自前去！”她咄咄逼问。

诸将一语不发，别说是西楚的兵马，便是漠北跟来的人，也没几个真正对漠南各部熟悉的。

“既然没有，此事便这样定下来，军中事务仰仗楚帝多费心了。”烟落说罢起身离帐。

等在帐外的祁恒几步跟了上去，问道：“领主真要亲自去？”

“嗯。”布了两年的棋，若是不去，岂不是白费工夫？

“可是皇上那边……”祁恒忍不住担忧道。

皇上千叮万嘱不能让她涉险，要知道她要干这事，还指不定会气成什么样。

“此事你们不要回报中州了。”烟落转身望向两人，恳求道。

祁恒和祁秦两人面色有些为难，要是让老大知道他们说谎，一定会宰了他们的。

“只要办成此事，此战便有八成把握能赢，在年关附近便可以结束这场仗，要省很大工夫。”她平静地说道，“如今大夏局势不稳，他在后方要掌控全局，还要提防东齐，此事不要回报他知道了。”

两人无奈，只得暂时将此事隐瞒不报。

夜色沉沉，冷冽的长风吹过大漠的天空。一身黑衣的帝王掀帘而出，扑面而来的夜风吹得他满头青丝乱舞。楚策骑马出了军营，玄武悄然现身跟在旁边：“皇上。”

“什么消息？”楚策一边朝军营外走，一边问道。

“萧赫和萧淑儿姐妹二人被东齐人暗中救走了，其他人都已伏诛。”玄武低声回话道，虽然他们早做了准备，却还是让那老狐狸逃了。

“能让东齐花这么多工夫救人，萧赫这老狐狸在东齐地位可见不一般。”楚策沉声道，眉眼间一片冷锐。

“幸好皇上你早有所觉，做了准备，否则此时沧都怕会成为当年第二个燕京了。”玄武叹息道。东齐最喜欢玩这种手段，让自己的人混入他国内部，最后内外夹击；东齐、南越、北燕就是这样被他们害得分崩离析，但四国之中，只有西楚安然度过了这一劫。

“东齐不会就这么罢休。”楚策认真叮嘱道，沉吟片刻，低声道，“若我所料不差，东齐暂必趁着朕不在沧都有所动作，让罗将军暗中小心应付，万不可大意。”

这六年以来，明里暗里，与东齐交手无数次，好歹还是摸准了点对手的心思。趁火打劫、落井下石东齐最乐意干，最喜欢花最小的力气得到最大的收获。如今他人不在沧都，这样大的便宜，他们不会不占，等的就是这样的结果。

北朔平原放过他，注定从此以后要有一番漫长的生死较量。他要以这天下为棋，他就陪他斗下去，看看到底谁死谁活?

“是。”玄武沉声回道。

“夏皇可还在朔州？”楚策微微仰头望向漫天的星光，漫不经心问道。

玄武闻言一愣，思量片刻后道：“夏皇送领主离开朔州，就已经回了中州，而且……”

“而且什么？”楚策剑眉微拧，追问道。

玄武回道：“夏皇回了中州，并暗中派人潜入了西楚境内，需要……”

楚策闻言薄唇抿起，沉默了片刻，说道：“他的人要做什么都不必在意，做好你们的事就行。”

“可是如今情况特殊，如果大夏有异动，西楚就……”玄武担忧出声，东齐虎视眈眈，大夏再去搅局，西楚就真的要危险了。

楚策抬手，打断他的话，平静地说道：“大夏与西楚不会为敌，起码现在还不会。我们只是有共同的敌人，东齐。”

东齐一天不灭，西楚和大夏就不会有敌对的一天。这么多年，他们对彼此的心思还是有些了解的，不然那个人不会让他们的人往西楚跑。他信任他不会阻拦，他怎好不去遂他的意?

玄武闻言微怔，没有再追问下去。他相信他们的皇帝会做出最英明的决断，抱拳回话道：“是，我这就通知沧都。”

玄武刚走几步，听得背后的人又叫住他：“等等。”

“皇上还有何吩咐？”玄武转身走回来，单膝跪地道。

“送完消息，你跟领主暗中前去锡林。”楚策转身，沉声言道。

“皇上，这……”玄武不可置信地抬头，只看到那孤傲而挺拔的背影，思量片刻道，“有飞云骑十将随行，应该不用……”

“只要暗中跟着就行，别让她死在那里了就行。”楚策冷声道，呼啸的夜风吹起他一身黑衣，猎猎作响，声音寂寥而悲伤。

"是。"玄武沉声回道，沉吟片刻道，"我们兄弟四人如今都不能留下护驾，皇上自己万事小心。"

楚策点了点头，望向灯火明亮的大营，返身回营。

玄武翻身上马，望着那缓缓而行的孤独背影，铁血男儿心也不由泛起酸涩。六年，让这个年轻的帝王，仿佛已经流转岁月，沧桑如迟暮的老人。

次日，锡林三王子巴图秘密前来，烟落一行人扮成牧人随其一道绕道默川避过了呼延烈部落的盘查，见了锡林老大汗定下了结盟之事。随之在呼伦部落，呼伦大公主那兰借孩子满月之宴，暗中召集了主和各族的首领。

呼伦的皇叔朝鲁勾结呼延烈企图破坏和谈，但好在早有准备，很快将动乱平息。呼伦大公主当上了呼伦部大汗，成为漠南部落中唯一一个女汗王。

乾元十年秋，漠南之战交战数月，在漠北大军与锡林及呼伦各部联合下，漠南追风族呼延烈大军溃不成军。

漠南之争，战战捷报，而此刻的中原三国却是暗潮汹涌。

乾元十年冬，东齐皇帝驾崩，太子继位，称昱帝，尊其母华淳为仪庄太后，东齐成为中原三国中疆域最为辽阔的三大强国之首。

大漠的冬天，格外寒冷，漠北大军刚刚打下崇州城。

一阵风吹开驿馆书房的窗门，一身男装的女子趴在桌上睡得深沉，清丽的小脸满是倦容。风卷起她指间轻拈的信落在地上，信上苍劲俊拔的字扬扬洒洒写了几页，尽是些嘱咐吃饭、睡觉、保暖的温馨话语，字字句句无微不至。

玄衣墨发的男子从外面疾步而归，走过窗前看到趴在桌上浅眠的女子，薄唇不由扬起，看到被风吹着散落一地的信，目光倏地一暗。

"皇上……"玄武站在他背后低声唤道。

楚策回过神来，深深吸了口气，探手将窗户从外面关上，举步回了房中："沧都那边有什么动静？"

"不出皇上所料，东齐果然来了，幸好皇上早让大将军王暗中回了沧都坐镇，加上大夏的相助，重创了东齐大军，不过就是可惜没有让其全军覆没。"玄武沉声回道。

楚策面色无波，一撩衣袍落座，冷声道："他要来，朕就等着他来。"

"皇上怎么知道，东齐一定会出手？"玄武问道。

楚策起手自行斟了杯茶，冷然一笑道："他来了，要么说明他没有看破这个局，要么，就是有人逼得他不得不派人来。不管是哪一种，对朕而言都是好事。"

玄武顿时明了他话中之意，出声道："也就是说，东齐看来并没有表面上的那么强盛。朝中权势间关系复杂，起码不会是百里行素他一人独掌大权。"

楚策低眉抿了口茶，轻轻点了点头。

“可是中州那边……”玄武忍不住出声道。

“罢了，他自有他的用意。”楚策面色冷峻说道，“中原三国鼎立，任何一方倾塌，都会动乱不堪，他在等待时机。”

如果说百里行素是心思诡谲，那中州的那个人，就真的是心深似海。他永远知道纵观全局，永远深谋远虑，不会贪图一时的胜利。

百里行素喜欢用最少的付出换取最大的利益，而楚修聿就永远是不显山不露水，却永远懂得最大程度地保护自己所要保全的一切。当年明明可以争夺皇位，他却放弃，却在四国之中将中州一座守得铁桶般坚固。正是因为他不好对付，百里行素才不打中州的主意。

“可是中州始终……”始终是西楚的心腹大患，这个皇叔什么都不争，但要真斗起来比百里行素还要难对付。

“现在要对付的是东齐，西楚还不是大夏的对手。”楚策平静地说道。他一生没对什么服过，但是他这个皇叔，他不得不服。一个新崛起的大夏却是这般稳固，中州城中的人，更没几个是简单的，平凡到退隐江湖的高手，还有天下最精密完善的情报机构，更有一个包揽几国商业的城主给他当管家……

玄武闻言沉默，微不可闻地叹了叹气：“但愿大夏和西楚，不会有敌对的那一天！”

这么多年，中州立于西楚之外，却也对西楚帮助良多。琼华夫人也是商场强者，但却是东齐人的势力，趁乱在西楚制造动乱。若不是中州祁月城主名下所有商家相助，只怕西楚又得出现一场动乱不可。

“那一天，总会来的。”楚策握着茶杯的手一紧。

玄武望向坐在榻上玄衣墨发的帝王，是啊，那一天总是要来的。

过了许久，楚策方才出声道：“崇州刚刚拿下，城中将士连战数月疲惫不堪，你要暗中好生注意敌方动向。”

“是。”玄武沉声回道，沉吟片刻道，“漠南的战事，这个月估计就能了结，皇上是要留在崇州过年吗？”

“嗯？”楚策闻言微一扬眉。

“去年新年，皇上没有在沧都过，为此礼部一直议论纷纷。若是今年是回沧都过，属下好吩咐礼部早做准备。”玄武坦然回道。

楚策闻言敛目，微微叹息：“又过了一年了。”蓦然忆起，去年在凤阳城的情形，那迷离的烟花，如醉的灯火，那阔别多年的小院……

玄武默然站在一旁，过了许久不见他发话，出声询问：“皇上，要回沧都吗？”

楚策抿了口茶，道：“等战事结束了再说吧。”搁下手中的茶杯，起身到内室，“不早了，你下去吧！”

攻打崇州，加上一连数月的奔波，确实有些累了。明早还要去巡视城防，商议下一步

军事计划……时间还是飞快，一转眼在关外已经过了数月了。

一夜北风呼啸，大雪纷飞，未及拂晓，崇州城便被盖了几尺厚的雪。烟落幽幽醒转望着空落的手，倏地坐起，望着散在地上的信，深深吸了口气，起身将信都捡了起来，举步走到窗边。

楚策正从窗外路过，便听得窗户吱呀一声打开，四目相对不由一震。

烟落愣愣地看着站在窗外一身黑衣锦袍的男子："你站在这里做什么？"

楚策瞥了眼她手中拿着的信，淡淡道："路过而已。"

烟落眉眼微沉，砰地一声将窗户重新关上。楚策一脸莫名其妙，微微皱了皱眉，举步离去。

她简单梳洗用了早膳，便拿起厚重的皮裘，特地换上了中州那边送来的新棉靴，打起精神出门。崇州刚刚攻下，城中局势不稳，必须得亲自前去查看将士们和城防状况，再决定下次出战事宜。

经过祁恒几人的房间，她抬手轻轻敲了敲门，屋内传来微微的鼾声，没有人起来应声。她无奈摇头失笑，这几个月，他们不仅要跟着帮她忙，还要顾着中州那边，也确实累坏了。她拉了拉身上的皮裘，没有再叫醒几人，独自出门。

空旷的长街一片雪白，她刚走一步便听到背后有脚步声，转头便见一身黑色皮裘的男子出来，转过头去继续前行。

楚策没有说话，只是举步跟在后面，脚踩在雪上发出嘎吱嘎吱的声响。雪地上留下两排脚印，悄然蔓延在长长的街道。

走了一段，她不悦地扭过头去："你跟着我做什么？"

楚策面色无波，几步便走近前来："谁跟你，顺路而已。"

她抿了抿唇，扭头继续前行，一脚下去踩到坑中，顿时失去重心。楚策及时伸手扶住她，那只手全然不似一个皇帝的手，因为常年握剑而起了厚厚的老茧，有些粗糙。

她怔愣片刻，冷冷挥手："放开！"

楚策被猝不及防一推，两人齐齐摔倒在雪地里。她整个人砸在他怀中，正好撞到伤口处，疼得他闷哼一声。

烟落三两下便起身，瞪向还倒在雪里的人："你干什么？"

楚策坐在雪地里，面色雪一般的苍白，哼道："不识好歹。"

烟落起身走了几步，转身望着还躺在雪地上不动的男人，拧眉哼道："你还不起来？"

"你是想谋杀吗？"楚策没好气地瞪她一眼，吼道，"还不拉我起来？"要不是某个女人急功近利，他怎么会被人射了这冷箭？现在不知恩图报，还恩将仇报。

烟落深深吸了口气，几步走了回去伸出手拉他。楚策借力站起来，却握着那只手忘了松开，她尴尬地抽回自己的手。

楚策手指微一颤，抖了抖身上的雪，举步走在了前面，迎面而来的风吹起宽大的黑裘在他背后飞扬着。

烟落抿唇站在原地，望着空旷而死寂的长街，好像全世界此时就剩下他们两个人了。这个世界上最不该相遇的两个人，却一次又一次碰撞在一起，是天意，还是宿命，注定了他们一生都要纠缠不息。

楚策走了一段，转身望向还在原地的女子，俊眉一拧："还不走？"

烟落抿了抿唇，拢了拢肩上的狐裘，举步在后面沿着楚策所走的脚印走了几步，发现比自己在一边走要轻松一些，便踏着前面已经踩下的脚印低头前行。

修聿和萧清越已经一再来信，询问她过年是不是要去中州。

该去吗？

要去吗？

她怕自己这一次再去了，就再也不想走了……

楚策走了一段，停下脚步，捂着胸口处微微喘着粗气。这么多年新伤旧伤，加上最近数月的奔波，身体确实有些难以支撑了。

烟落闷头走着，没有看到前面已经停下的人，结果一头撞在了他的后背。楚策顿时轻咳了两声，恨恨扭头望向背后的人："你干什么？"是非要让他重伤身亡才甘心吗？

她抚了抚微疼的额头，冷眼相对："你挡路了。"

楚策咬着森森白牙瞪她一眼，转过头去，继续走，苍白的唇却不由勾起一抹浅浅的弧度。这一刻他有些希望这条街，永远，永远都不要有尽头。

朝阳初升，光华万丈，照入沉寂的崇州城，空旷的长街之上一男一女前后走着，女子跟在后面，踏着前面的脚印，步步前行……

历时七个月，漠北漠南正式统一。在乾元十一年的新年之际，燕绮凰这个名字再度传遍四国，不再是当初的叛国公主，而是如今大漠领主的名字。

所有的风波动乱，似乎都随着新年的到来而尘埃落定，中州城上下一派喜气洋洋。无忧一身宝蓝绣锦龙纹的袍子，俊秀中透着几分可爱，守在拙政园外看到萧清越出来，便跑了过去，亲昵唤道："清越阿姨，给我讲故事！"

萧清越闻言翻了翻白眼，道："什么清越阿姨，好老，叫清越姐姐。"

祁月极度无语地望向女人："萧清越，你真够无耻的，让人家母子两个都叫你姐姐？"

"要你管？"萧清越毫不客气地还以颜色。

祁月撇了撇嘴，举步走开："今天过年，我不想跟你打。"他们两个一向是意见不同，拳脚定胜负。

萧清越低头望了望无忧，四下张望了一眼道："你老爹呢？"

"你那宝贝妹妹还没消息来，老大这会儿正急着呢。"祁月一边走一边说道，"真搞不懂，看着挺聪明的一人，偏偏对着个女人怕这怕那，跟个白痴一样。"

年关越来越近，他们的大夏皇帝却跟得了躁狂症似的，坐立不安。

"祁恒他们不是天天都有报告来，他还有什么不放心的？"萧清越哼道。

"你那妹妹太狠了，咱们老大好歹也是一国之君，有钱有权，有才有貌，再这么耗下去，老大哪天等不住另娶了，那就……"

"他敢？"萧清越秀眉一扬，咬着森森白牙，"敢欺负我妹妹，我就宰了他，再鞭尸，再炸了他祖坟……"

祁月一脸惊悚地望着那一身杀气腾腾的女人，这个人一天脑子里都想的些什么啊，杀人？鞭尸？炸祖坟？

"你这女人，天天喊打喊杀，活该你嫁不出去！"祁月望着那一脸阴狠的女人不由皱眉，这世上哪个男人敢要这样的母老虎？

萧清越不怒反笑，一拍他的肩膀，眸光狡黠："要是我嫁出去了呢？"

祁月俊眉高挑打量着她，不可置信，道："你有男人了？"摸了摸下巴，喃喃道，"哪个不怕死的敢娶你啊？"

萧清越一手勾着他的肩膀，道："死人妖，你不是逢赌必赢吗？"

"当然，从来没输过。"祁月一脸自豪地说道。

话音刚落，无忧便伸出脑袋道："祁月叔叔，你不是输给爹爹好几回了吗？"

祁月脸上的笑容顿时垮了下来，瞪了某个小人一眼："大人说话，小孩别插嘴！"他承认，他的逢赌必赢，是除了某个人以外的。

无忧委屈地扁了扁嘴，萧清越笑眯眯地望向他，商量道："无忧听话，你去找你爹玩去，清姨跟你祁月叔叔商量点事，一会儿就给你讲故事好不好？"

无忧一听，小脸顿时乌云转晴，双眼放光地望向萧清越："真的吗？"

萧清越点了点头："真的。"无忧咧嘴一笑，欢快地朝着书房跑去。

祁月倚栏而立，拧着眉望着她，摸着下巴思量着是不是飞云骑里有她相好的了，可是不应该，那些个人不是都不把她当女人的吗？

萧清越唇角勾起邪恶的弧度，走近道："死人妖，咱们也赌一回，敢不敢？"

祁月瞥了她一眼，哼道："赌什么？"

"赌我能不能嫁出去啊！"萧清越笑眯眯地说道，一手搭在他肩膀道，"要是我嫁出去了，把你的家产分我一半。"

"你胃口也太大了点吧！"祁月声调顿时拔高。

"不敢赌？"萧清越一脸鄙视，"你不是逢赌必赢的吗？"

“赌就赌，谁怕谁？你要嫁出去了，我把我一半家产给你做嫁妆，可是你要没嫁出去呢？”祁月目光一斜，瞅着她道。

“我怎么可能会输？所有穿越故事表明，穿越的女人最后都是会有好归宿的。”萧清越一脸得意地说道。

祁月拧眉望着满嘴胡话的女人很是无语：“什么穿越故事，什么穿越女人？”

“跟你说了你也不懂，好，我要是输了就给你当一年丫环，打不还手，骂不还口，怎么样？”萧清越扬眉朝祁月道。

“哪哪哪，你说的啊。”祁月道，思量片刻又道，“我有个条件，以两年为期，而且兔子不吃窝边草，你不得找飞云骑的男人，还有那个男的必须是心甘情愿娶你的，否则还是算你输。”

萧清越闻言拧眉思量片刻道：“行，两年为期。”我是穿越，我怕谁？

祁月一听，便撸了撸袖子道：“来来来，击掌为誓。谁要是反悔了，你就不是两条腿走路的。”

萧清越很爽快地与其击掌为誓，而后好心情地哼起小调，朝着松涛阁书房走去，想到那祁月的一半家产就兴奋哪！

“哎，你真有男人了？”祁月挑着眉望着边上心情大好的女人，问道。

到底是哪个不长眼的男人会看上她的啊？

一定是个瞎子，对，一定是。

“萧清越，条件再加几条，那个男人一定要是四肢健全的，而且绝对不是些瞎子什么的，要是残疾也算你输！”祁月连忙跟上前补充道。

萧清越咬牙瞪他：“你有完没完？”

“就这一个条件，我这也是为你着想啊。要是嫁个残疾男，你的一辈子就毁了。”祁月语重心长地劝道，“我全是为你考虑啊。”

萧清越白了他一眼，点了点头，应道：“行，我答应，过了年我就出去找去，你就早些清算你的家产吧。”

两人一到松涛阁书房，但见某个大夏皇帝正一脸愁容在屋里来回踱步。祁月毫不客气地在软榻坐下，自行倒茶、品茶，全然没有一个臣子见了皇帝的礼仪：“管事说年夜饭做好了。”

萧清越一脸同情地说道：“府里备了最快的马，你倒是走不走？”

“爹爹，你要去找娘亲吗？无忧也要去！”无忧跑到修聿身边，一脸坚定地说道。

修聿淡然一笑，捏了捏他的脸道：“她会回来的！”

他也是这样一遍一遍地告诉自己，可是为何还是那样急躁不安？他面对任何事都可以运筹帷幄，掌控大局，然而面对这个女人却是束手无策。他的自信和骄傲在她面前都会褪尽，什么沉稳睿智通通不管用了，小心翼翼，如履薄冰。

从一点点靠近她，一点点走进她的生命，其实他已经慢慢拥有很多。可是幸福越接近，他便越不自信，想要自私地拥有多一点，想要将她留在自己身边，却又害怕会委屈了她，会最终失去了她，心中患得患失……

从小到大，他从未对一个人、一件事有如此深的执著。鸿图霸业也好，江山名利也罢，在他眼中都不及她一个幸福的笑。

正在这时，祁连快步从外园中进来，道："皇上，祁恒他们回来了！"

话音一落，屋内的某人已经疾步如风到了府门之外，看到一身风尘的女子自长街打马而来，唇角无声扬起，而后渐渐扩散成大大的笑容……

王府花厅，长桌数丈，菜色精致，祁恒等飞云骑将领都聚到府中，一伙人凑在一起纷纷叫苦连天。

"你们是不知道，每几天都要我安排朝关外送东西，累得我的宝马都瘦了一圈。"一人痛心疾首状，控诉着某个无良的主子。

"你那算什么，有我们苦吗？"祁恒说道。

"就是。关外那冷得能冻死人。一晚上过去雪都几尺厚，一脚踩下去脚都拔不出来，天天跑得那靴子里都结的是冰。"祁秦跟着附和道。

"又要当护卫，又要当信使，还要盯着西楚的皇帝，还要帮忙行军打仗，忙得连娘都不认识了。"

……

一个接着一个地数落着，修聿坐在那里也不气，唇角的笑意深了几分，祁恒几人顿时闭上嘴。

"说啊，接着说。"修聿抿了口酒，冲他们扬了扬眉。

烟落无奈失笑。这一桌人哪有点君臣的样子，反倒像是兄弟良友一般，很是温暖融洽。

祁恒清了清嗓子，笑眯眯地望向修聿："皇上，微臣们不是要抱怨，只是互相感慨一下。"

"是的。"祁秦跟着附和。

"我们只是希望皇上有点小赏赐。"

"我们辛苦了几个月，没有功劳也有苦劳。"

"没有苦劳，也有疲劳是不是？你总得意思意思一下。"

……

一伙人你一句我一句地接话，那叫一个热闹，看得一旁的萧清越和祁月两人憋笑不已。

修聿抿了口酒，很大方地打赏了几人。烟落端起酒杯起身，朝祁恒几人道："这几个月，多谢各位鼎力相助了，我敬各位一杯。"

祁恒等人也不客气，纷纷端着杯子起身说道："领主你要真谢咱们，就赶紧答应跟皇上成亲。"

"就是。"祁秦跟着出声，"这样咱们也能放下心来，免得你一回漠北，我们又要忙活起来。"

"我们盼星星盼月亮，好不容易盼到老大开窍了，知道娶媳妇了。你就当可怜可怜我们老大，赶紧嫁了他，免得他再折磨我们。"祁威跟着出声道。

修聿也不拦着他们，坐在她边上笑着瞅着她："是啊，你就当可怜可怜我吧！"

烟落顿时面色一窘，面如火烧，脚下狠狠一脚踢了过去。他眉头微一皱，面上依旧笑意不减，望着她的目光有些迷醉，刹那间回想起与她相识的许多画面。

他如何会想到，那个冷漠淡然的女子背后是这样一颗柔软的心？倔犟任性的她，娇俏动人的她，铅华不染的她，聪慧果敢的她……无论是哪一个她，他只知道这一辈子认定了眼前的这个女子。

他不爱则已，爱了，便是一生矢志不渝。

"行了，你们一群人，有这么逼婚的吗？"萧清越一拍桌子，瞪了祁恒等人几眼，"皮痒了是不是？"

几人赶紧垂下头去，闷着头把酒喝了。得罪萧清越是决没有好果子吃的，唯女子与小人难养也，偏偏她把这两样都占尽了。

烟落将酒饮尽，坐下恨恨瞪了他一眼。祁恒他们闹也就算了，他竟然也跟着起哄。修聿淡笑抿了口酒，起手夹了块鱼给她，笑语言道："这鱼不错，快尝尝。"

萧清越仰头饮尽一杯酒，朝祁恒问道："漠南那边的男人怎么样？"

话音一落，坐在她对面的祁月一口酒没稳住喷了，这女人到底是想男人想疯了，还是惦记他那一份家产惦记疯了？

这是六年以来她过得最为平静安心的一个新年，没有在百里流烟宫的心情沉郁，没有在漠北的时时谋算和提防，一种久违多年的幸福和快乐将她一丝一丝地包围着。

喝了药，无忧跑来松涛阁拉着她要一道守岁。虽然修聿一再反对，她还是带着无忧一道出来了，拉着孩子小小的手，心中满是欢喜。

城里传来噼里啪啦的鞭炮声，很是热闹，无忧吹亮了火折子，跑去点了快步跑回她身边，捂着耳朵，欢乐不已。

而后小家伙又拉着她一道过去，母子两个拿着火折子点燃就跑。修聿在一旁瞧着孩子气的两人，无奈失笑。

她被这里的喜悦所感染，神思恍惚间仿佛是看到了多年前的自己。那时候每回大哥去放鞭炮，她就赶紧捂着耳朵躲在母亲身后，父亲在一旁含笑着望着他们……

她一直希望自己可以像父亲和母亲那样幸福地生活，而这一切历经风雨波折终于来到的时候，他们都已经离开了她，她也不再是原来的她……

修聿不经意看到了她眼底起伏的暗涌，探手搂着她的肩膀带入怀中，笑着望着她。她的心底到底藏了什么样沉痛的过往，让她每次都这样不安？

萧清越一伙人带着无忧去看城里舞狮，她一路冒雪回来染了风寒，被某个大夏皇帝强行扣押在府内。这几日在马车上昼夜不停地处理各城各州送来的奏报，已经数日没有合眼了，一个人坐在榻上便不由睡着了。

修聿端了药进来便见她靠在榻边睡熟了，拿起热巾帕敷着她满是冻疮的手。他已经不断让人将特制的棉衣和冻伤药投往漠南，结果她还是弄成这副德行回来。

手上的冻伤因为受热有些麻痒，她微微皱了皱眉，看清眼前的人，不由一笑。

“不是跟你说了小心点，还弄得又是风寒，又是冻伤回来，你真本事。”他瞪了她一眼，又是责备，又是心疼，拿着药膏轻轻涂在她的手上。

她抿唇浅笑，褪尽了漠北领主的沉静锐利，明净得不染铅华，楚楚动人。

“楚策呢，回沧都了？”

“不知道。”

“听说漠南的战事，他帮了你不少？”

“大家精诚合作，互相帮助嘛！”

“听说你们朝夕相对，形影不离？”

“哪有，就是研究作战会议，平时不搭边的。”

……

她望着眼前有些孩子气的男人不由有些好笑。他是这样好得近乎完美的人，她却一次次地辜负他的深情。隔世重生，错过后他们又重新相遇，到底是缘，还是劫？

“怎么了？”他抬眸见她正怔然出神。

她淡然一笑，垂眸说道：“修聿，真不敢相信我能遇到你。”

他瞅了她一眼，笑语道：“那你还满世界跑，把我晾在这里？”

她抿唇沉默了片刻，轻声说道：“命运总是喜欢捉弄人的，总会在人最幸福的时候，又夺走一切。如果注定会失去，还不如……从未去拥有。”

那样，就不会痛，不会伤……

他笑意温暖如冬阳，探手理了理她耳边微乱的发：“我是你的，你是我的，谁也抢不走！”

她沉默不语，她懂他的情意，却永远也无法回报这份深情。

“不管发生什么，你还有我，有无忧，有中州，有这个家。”修聿低眉瞅着她，温声言道。

她含笑点了点头，心底流溢着阵阵暖意。可是那些事，那些阴谋，都过去了吗?

不，没有，它们……还在继续。

过了正月十一，她的风寒也大好了。修聿早早处理了拙政园的事务回到松涛阁，换了身浅紫龙纹的锦袍，将珍藏的松石坠挂在腰上，瞧着镜子里的影子甚是满意，决定去找她好好谈谈婚事。楚策意图不明，百里行素心怀不轨，他不能再等了。

出门刚走一步，又折回去，从暗阁内取出一只锦盒，满意地瞧了瞧锦盒内的指环。那是萧清越特别找人定做的，还将他们的名字都刻在了上面，叮嘱他一定要带着这个去求婚。

花园内梅香阵阵，修聿沿着青石小径寻去，远远便听到一阵欢笑之声，快步走了过去，看到她正陪着无忧在花圃里种一株桂树。

“等桂树开花了，是不是可以做桂花糕?”无忧一边填着土，一边问道。

“嗯，还能做酒酿圆子，桂花味的。”烟落笑着说道，伸出沾着泥土的手捏了捏他的脸，无忧一张小脸顿时花了。

“那娘以后做给无忧吃，好不好?”无忧扬着小脸笑着问道。

“好。”烟落笑着点头。

无忧抬头便看到正从青石小路走来的男子，欣喜地唤道：“爹爹!”

烟落闻言扭头望了望走来的人，微一愣。他今天有点不一样，但又说不出哪里不一样，总之，有点奇怪。

修聿举步走近前来，望了望两人种下的桂树，朝无忧道：“种了花要浇水，无忧去提水来。”

无忧闻言提着小木桶便跑开了，烟落站起身来：“有事?”

一向英明神武的大夏皇帝突然间有点紧张了，认真说道：“我想跟你商量下成亲的事。”

烟落闻言愣愣的，而后望向无忧走开的方向，漫不经心道：“交给祁月办不就行了……”

修聿一时没反应过来，怔愣了半晌，试探着问道：“你是……答应了?”

“我……”她话还未完，无忧便提着水跑了回来：“娘，水来了。”

于是某女人又将他晾在一边，跟着无忧凑在一起给树浇水。修聿气结无语地站在一旁：“你到底有没有听我说?”

她扭头望了他一眼，又埋头继续：“你说吧，我听着。”

修聿深深吸了口气，朝无忧道：“无忧，今天你还没去留香斋呢，今天可以吃桂花糖了。”

桂花糖？！

无忧顿时眼睛一亮，生怕父亲再反悔，扔下水桶，撒开脚丫子就往园外跑。

“无忧不是不能吃糖吗？”烟落拧着眉望向他问道。

修聿心虚地摸了摸鼻子，道：“偶尔吃一回，没什么大碍。”说话间舀水出来，让她就着洗手，很体贴地将自己随身的巾帕取出将她手上的水渍擦净。望着那修长的手，想着那指环戴到她手上一定很漂亮。

她微微拧眉瞅着他，道：“你到底想说什么？”

“我想把咱们的婚事定下来。”他一脸认真地望着她说道。

“现在漠南初定，有很多事没安定下来，而且西楚还有那么多兵力驻扎在漠南。反正我们还年轻，等以后……”烟落望了望他，说道。

修聿顿时面色黑沉沉的，咬牙道：“我不年轻了。”当年在燕京，他是心急之下逼了她，所以这两年来他也给她足够的时间来接受这一切，可是为免夜长梦多，这婚事一定要定下来。

烟落挑眉望着眼前的男人，有些好笑：“你也没老啊！急什么？”

“燕绮凰，你不要太过分啊！”某个大夏皇帝开始恼火了，这女人给她点颜色，她还真开起染坊了。

烟落瞅着那有些孩子气的男人，不由失笑。

修聿望着她含笑的眸子面色渐渐柔和下来，探手握住她的手，说道：“这些年，发生太多事，我们一直分离无常。你一个人在外，放再多人在你身边我也不放心。我怕再有危险逼近，我却不能及时救你。”两次燕京之乱，像噩梦一样萦绕在他心头。那个从高高刑台掉下来的她一次次让他从噩梦中惊醒。

烟落轻然浅笑，沉默了一会儿，说道：“我们成亲吧！”

修聿没想到她这么爽快便应下了，一时间有些发愣，而后唇角缓缓绽开笑意，将指环套在她手上：“这是萧清越请人做的，说这叫戒指，是夫妻订婚用的，这一只是你的。”

烟落伸手端详了半晌，傻傻地一笑，打量了一眼对面显然精心打扮的男人，取出另一枚指环套在他的指间：“姐姐没有告诉你拿着它求婚该说些什么吗？”

“说什么？”修聿俊眉一扬。

烟落无奈摇头失笑，缓缓说道：“要拿着戒指对人问，你愿意嫁我为妻吗？若是对方应下了，才能把戒指戴上去。”无奈望了他一眼，“哪有你这样不讲道理就往人手上套的？”

修聿顿时面色一窘，好像是说过，心急之下全忘了。

中原有风俗，但凡是要成婚的男女都会求取莲云同心寺的同心锁，保佑夫妻和顺，一生不离。趁着交春，修聿也带着她与无忧去往莲云山。

烟落低眉瞅着靠在自己身上昏昏欲睡的孩子，目光慈爱而温柔。修聿拿起边上的披风盖在无忧身上，望着孩子纯真的睡颜，恍然看到了故人的影子，微微叹息道：“听说西楚又纳了新妃，但愿……他永远都不要知道这个孩子的存在。”

这六年来，无忧与他相依为命，不是父子却胜过世间诸多父子。

烟落闻言微微抿了抿唇，低垂的眼睑敛去了她眼底一闪而逝的慌乱之色，深深吸了口气，喃喃道：“但愿真的如此。”

修聿唇角微微勾起，轻轻握住她的手，低语言道：“我也想快点有我们的孩子，是儿子我就教他骑马射箭，是女儿你就教她琴棋书画，刺绣女红……”

“你想得太好了，我既不会抚琴，也不会作画，更不会绣花。”烟落直言说道。

“你……”修聿恨恨地瞪了她一眼，哼道，“总之不能再让她像你跟萧清越一样，满世界跑。”

“祁月说你两位师傅也在漠北，你怎么没说过？”烟落漫不经心问道。

修聿想到两个人，不由皱了皱眉：“最近说是闭关，过几日怕就来中州了，两个老小孩而已。”想着那俩老顽童，便不禁头疼不已。

两人正说着，马车停了下来，祁连道：“皇上，领主，到山下了。”

山花烂漫，绿树成荫，林间时不时传来鸟鸣声，轻灵悦耳。无忧欢快地顺着山路跑在最前面，不时回头催促后面缓步而行的两人。

莲云山上有一座长桥，人称姻缘桥。桥上挂满了各色的彩带，每条彩带都是前来求姻缘的情侣许下的愿望。传说真心相爱的情侣手牵着手从这座桥上走三个来回，他们就可以订下三生的约定。

山风微寒，一身墨色锦袍的男子立于长桥之上，低垂着眸子望着风中飘舞的一条红色丝带。写在丝带上的字迹已经模糊不清，隐约可见一行笔迹，娟秀中透着几分苍劲，显然是一男一女握笔同书的。

无忧蹦蹦跳跳地跑上桥，望着站在桥上的男子皱了皱眉：“你也跟爹爹和娘亲一样来求同心锁吗？”

男子闻言微微皱了皱眉，低眉望向站在自己边上的俊秀孩童，稚气的眉眼竟与自己有着几分相似……

如果他的孩子还在的话，也该有这么大了吧！

楚策敛目微微叹息，望向那风中飘舞的丝带，姻缘桥、同心锁，真的可以订下三生之约吗？

无忧扬着脸望着他，顺着他的目光望向那条飘舞的丝带，凑过脸袋过去瞧了好久，小脸扬起灿烂的笑容，自豪地说道：“这两个字我认识哦！这个字念洛，这个字念烟，好像我娘亲的名字！”

楚策闻言身形一滞，转身离开了长桥。无忧却不依不饶地跟在他屁股后面："你怎么是一个人来的？我爹和我娘就是一起来的。"

楚策越走越快，无忧小跑了一段却也没有跟上他，皱了皱小脸："怪人叔叔！"转头又跑过了长桥，看到山路上走来的一男一女，小家伙跑过来拉着她便上桥："娘亲，我刚才在桥上看到你的名字了，我带你去看。"

还未踏上桥，修聿一把拉住她，道："这桥要两个人手牵手一起过，不然不吉利。"

无忧跑在前面，找到那条丝带，朝他们招手："娘亲，娘亲，快来看，在这里！"

修聿牵着她缓步走了过去，笑语道："你写个信都满是错字，别是认错了吧！"

无忧指着那风中飘舞的丝带，道："娘亲，你看，真的像你的名字，这个字念洛，这个字念烟，我说得没错吧！"

烟落呼吸一滞，手缓缓冰凉了下去。那是与楚策大婚前在这里绑上的，过了许多年，没想到还在这座桥上。

修聿感觉到她略微的异样，侧头望她，问道："怎么了？"

她敛去眼底翻腾的思绪，扬眸淡然一笑道："没事，山上有点冷。"

修聿握着她的手紧了紧，望向那条丝带上已经字迹有些模糊的名字，上面隐约可以看到写着永结同心、百年好合的字样，眼底一掠而过的叹息，深深吸了口气道："这里风凉，走吧！"

山风骤狂，那系在桥上的丝带经过岁月狂风的吹拂，打着的结缓缓松了开来。丝带随风而舞，卷向了渺远的天际……

他们进了庙里。无忧一个人在林间追着鸟儿跑了一段，听到头顶有鸟叫的声音，仰着头才看到树上的鸟窝，小眼倏地一亮，便从不远处搬了几块石头叠起，踏着爬上树，一步一步朝着高处的鸟巢爬去，抱着树干逗着窝里的雏鸟玩。过了好一会儿想起要去找爹娘了，才发现自己上来容易，要下树却不知从何下脚，抱着树干朝远方望了望，看到不远处正从山路上走过的黑衣男子，便出声唤道："怪叔叔！"

楚策闻声望去，方才在桥上偶遇的孩童此刻正爬在树上冲着他招手。他拧了拧眉举步离开，走了两步又折了回去，望着树上一脸稚气的孩童道："你说什么？"

"怪叔叔啊！"无忧眨了眨眼重复说道，谁让他又不说话又不理人，还是他的爹爹比较好。

楚策也不气，淡淡扫了他一眼，转身便欲离开。无忧立刻叫出声来："你别走，别走，帮我下来啊！"一会儿爹爹知道他爬树了，又要生气罚他了。

"自己下来。"

"我……下不来。"无忧苦着小脸望向他求救。

"有本事爬上去，就自己下来。"楚策丝毫没有出手帮忙的样子，瞅着孩子窘迫的样子，薄唇不由勾起一抹微小的弧度。

“你……自己下就自己下。”无忧哼了一声，抱着树干往下滑。

嗞啦一声，无忧的裤子被树枝挂破，只觉屁股后一阵凉飕飕的，抱着树差点没有哭爹喊娘，伸手朝后面摸了摸。另一只手一个不稳，便直直朝着树下掉去。

楚策眉头微微皱了皱，纵身跃上树把无忧一把接住，才免于让他撞上横生的枝丫，冷声斥道：“你爹娘没有教你，不能爬那么高的地方吗？”

无忧吐了吐舌头，要让爹爹知道了还不揍他才怪！

楚策抱着他下了树，放下地。无忧一脸欣喜地瞧着他，道：“你也会轻功吗？不过还是没有我爹爹厉害！”

“你爹那么厉害，怎么你爬个树都不敢下来？”楚策低头瞅了他一眼，淡声道。

“爹爹说无忧要一生平安无忧，所以不可以学人打架的。”无忧一脸郑重地说起父亲的教诲，而后扭头看了看屁股后面被挂破的裤子，小脸揪成一团道，“惨了，一会儿爹爹肯定知道我又爬树了，一定会打我屁股！”

楚策闻言嘴角抽搐：“我送你去见你爹，看看他敢不敢打你！”不知为何，竟对这孩子多了几分亲近之意，只是想到那早夭的亲生骨肉，心中不由一阵涩涩的痛。

无忧一听，闷闷地扯了扯衣服，哼道：“我爹爹又不怕你，你去了也没用！”

楚策不由有些好奇他那个天不怕地不怕的爹，剑眉微挑：“那你爹怕什么？”

“我爹最怕我娘，我娘一不高兴，爹爹就什么都会答应了！”无忧一手捂着屁股后面挂破的裤子，一边小跑着跟在楚策边上。

“无忧！无忧！……”烟落和修聿两人四周找不到儿子，便分头找了开来。

无忧听到声音，眼睛一亮，朝着边上的人道：“是我娘来了，你救了我，她一定会谢谢你的，我娘人可好了……”

他正说着，烟落已经听到响动，快步走了过去，看到迎面走来的两人，目光落在无忧边上玄衣墨发的男子身上，顿时觉得一股无边的寒意袭来……

“娘亲，我在这里！”无忧朝着不远处的女子招了招手。

楚策顺着他望的方向望过去，一身水蓝绢裳的女子迎风而立，蓦然忆起几年前她抱着重病的孩子截下他马车的事，难怪觉得那孩子眼熟。如此一来，这孩子便是修聿的儿子，大夏的太子。

无忧扬着小脸，道：“那就是我娘哦！”

楚策薄唇微抿，默然不语，唇角勾起一抹讥诮的笑意：“领主，倒是悠闲得很？”漠南战事初定，她就迫不及待地离开漠北赶去中州，其中所为何事，他如何不知？

修聿远远看到她站在那儿半晌未动，快步赶了过来，望了望对面的两人，道：“无忧，过来！”

无忧小跑着躲在烟落身边，修聿眉梢微挑，看到他被挂破的裤子颇有些哭笑不得，轻斥道："你又爬树了？"

"我……"无忧可怜巴巴地扯着她的衣袖，"娘亲！"

烟落低头望了望无忧身后，朝修聿道："衣服都在山下，我去庙里借针线先帮他补上。"这里的气氛太过压抑，她不想多留。

看到无忧站在楚策边上那一刻，她无比恐惧着自己所担心的事。这个世上没有永远的秘密，她怕终有一天，他还是会知道她还活着，无忧也还活着……

修聿点了点头，道："去吧！"

无忧转头朝着数步之外的楚策，挥了挥手道："怪叔叔，谢谢你！"

修聿淡淡望着对面的人，平静说道："朕与领主过些日子便行大婚之礼，楚帝若是得空，可来中州。"

楚策眸底刹那间如疾风过浪，又瞬间掩饰得毫无踪迹，然而这细微的变化却被对面的人尽收眼底。修聿微微皱了皱眉，他们之间果真不是那么简单，这之间到底藏了什么事？

"是吗？"楚策面色无波，淡声道，"朕该恭喜夏皇了。"

两人一道回了庙里，烟落牵着无忧出来道："天不早了，下山吧，山里风大，无忧穿得少，免得一会儿受了风寒。"

修聿闻言微怔，他们这才刚上山，还有很多事没有做呢。

"数日不见，领主就与朕素不相识了吗？"楚策冷冷望着对面的人沉声道。

"漠南战事已定，本主与楚帝各有所得，也再无瓜葛。"烟落面目冷然。

楚策定定地望着她，一双黑眸波光明灭，深沉似海："领主有这个闲心游山玩水，不如多注意点东齐的动静，别以为现在关外就真的平静下来了。"

烟落闻言微怔，神色一如往昔的冷漠淡然："不劳楚帝费心，本主自会处理。"

修聿不动声色拉住她的手，示意她放心："多谢楚帝提醒，只要有我大夏一日，就有漠北和漠南一日。"

"看来，是朕多事了。"楚策说罢与其擦身而过。

烟落木然站在那里，直到背后的脚步声远去，低头望了望无忧，出声道："我担心漠北生变，咱们早些回中州去吧。"

修聿淡然一笑，探手牵住她的手道："我已经让祁月派了人注意东齐的动静，萧清越也调了兵在边境候着，你安心做你的新娘子就好。"

她抿了抿唇："谢谢！"他总是如此，不动声色就会为她设想万全，想来离开前昼夜与萧清越、祁月商议的便是漠北的事了。

"光说有什么用？来点实际的。"修聿唇角勾起邪肆的笑意。

她秀眉微一挑，左右望了望，踮起脚尖，轻轻吻上他的唇，一触即离。修聿却不满这点谢意，一把扣住她的腰，随之加深这个吻，全然忘了边上还站了个无忧。

无忧一愣，小手捂住脸，透过指缝瞄着两人，道："无忧什么都没看到哦！"

她狠狠一把拧在他腰际，两步退开，瞧着一旁无忧的样子又是好气又是好笑。

夕阳西下，山中的空气那么清澈透明，微风轻轻吹过，带起片片落花。无忧顺着山路跑在最前，转身远远望着山路上缓步而行的两道身影。那是他的娘亲和他的爹爹，他终于找到了他的娘亲，好幸福！

修聿牵着她的手，手指微微摩挲着她已经渐渐柔软的手，喃喃赞叹："你的手，现在越来越像女人的手了。"

烟落闻言侧头拧眉瞪他，哼道："你说什么？"

修聿眉梢微扬，道："刚回来的时候，瞧瞧你那手，肿得跟猪蹄没什么两样，怎么会像个女人的手？"某人完全没有身为女子的自觉，人家哪个女子不是对自己多加爱护，她倒好，全然不顾。

烟落恼怒，一把抽回手。修聿笑着握紧，瞧着她小女儿的任性之态不由心情大好："怎么了，这就生气了？"

她扭头望向一边，懒得理他。

修聿低低一笑，拉着她的手一紧，笑意如风："放心，猪蹄也好，还是我的。"他认定的只是她，无关她美与丑，无关她的过去与未来，只是她而已。

烟落顿时恼火，抬腿就踹。修聿笑着闪身避过，一把将她抱起，大叫着追着前面的无忧跑，欢快的笑声洒落在林间。

夜色沉沉，她刚将无忧安顿着睡下，正准备就寝，修聿便闯了进来，瞅了眼内室："无忧睡了吗？"

"嗯。"她点了点头。

修聿取出从庙里带出来祈愿的丝带，将她按在书桌边的椅子上："快写吧。"

"写什么？"

他急切地将笔塞到她的手中："当然是心愿啊！"

她一时怔然，半晌也未下笔。她这一生越是她希望的总会破灭，越是她害怕的却总会来到，修聿见她发愣，探手握住她的手在锦帛上一笔一画地写下心中祈愿：愿得一心人，此生不相离。

她只觉心中涌出无尽的酸涩，又混杂着无尽的喜悦。

夜色深沉，修聿一手提着灯笼，一手牵着她沿着山路去了姻缘桥："要诚心许过愿，才能走。"

"嗯。"烟落淡声回道。

两人闭目沉思片刻，修聿侧头问："你许了什么愿？"

“这里太冷了，愿能早点下山。”烟落拉了拉皮裘漫不经心地回道。

修聿顿时眉眼一沉，道：“你给我认真一点行不行？”

“谁叫你大晚上不睡觉，跑这儿来发疯。”说话间先举步走了出去，扭头瞪他一眼，“你还走不走？”

修聿几步跟了上来，狠狠一把攥住她的手，沿着桥一步一步走。行到桥上，将手上的丝带绑在桥上，满意地点了点头，硬是带着她从桥上走了不知多少个来回。

“哎，你有完没完，不是说走三个来回就够了！”她有些恼怒地哼道。

修聿扬眉一笑，道：“三个来回，三生三世，我嫌少了，多走几个来回。说不定，我下辈子，下下辈子，下下下辈子，下下下下辈子……也能遇到你呢。”

到再一次走到桥头，她扶着栏杆摆手：“你走吧，我不走了。”他是傻了还是疯了，明明知道不可信，还大半夜拉着她跑来在这桥上白痴似的走了这么多来回。

修聿望了望天色，躬身拉着她爬上自己的背，道：“我背你再走一会儿，你要累了便睡，我背你下山。”

直到晨光曦微之际，修聿才背着她沿着山路朝山下走，侧头望着已经趴在自己肩头沉睡的女子，唇角勾起一抹轻浅的弧度。

从相识以来，他们这一路走得艰难。一次次生死别离，他们都走了过来，这看似薄凉冷心的女子一点点融入他的生命，让他为之痴狂。

他爱她，惜她，每每看到她不经意的笑容，他知道那抹笑容是因他而绽放的。她会在他面前任性、耍赖、温柔，全然褪去了纵横漠北那传奇领主的冷锐之气。为留住这些美好，他便无怨无悔了。

回到中州，刚一入城便见祁恒快马来报：“皇上，你两位师傅来了，再不回去房子都让他们拆了……”

修聿闻言嘴角抽搐，头疼地抚了抚额：“就他们两个？”

“还有雷震。”祁恒道。

烟落闻言面色微变，雷震是楚策和大哥的师傅，他们怎么会凑到一块儿来了中州？

刚一进府门便听到雷吼一般的声音，再看到头发花白的一男一女正穿着他们大婚的喜袍和嫁衣追着一青衣老头打架，看到他们进门，两人连忙跑了过来：“修聿小子，听说你要娶媳妇了。”

修聿压下心头的火气，朝烟落介绍道：“这是大师傅诸葛候，这是二师傅皇甫柔。”

两人不由分说将她拉到一边，两人围着她，左转三圈，右转三圈细细打量了一番，点了点头，道：“嗯，骨骼清奇，是个练功的好材料。”

雷震也跟着凑过来，打量了他一眼：“修聿小子，你太没眼光了，看那小身板瘦得跟猴似的，你也不嫌抱起来硌人。”

“滚！”诸葛候夫妇齐齐怒吼。

“雷师叔不去沧都，怎么跑到中州来了？”修聿淡声问道。

“那闷葫芦，不好玩，娶的妃子也不好玩，西楚皇宫无趣透了。”雷震哼道。

修聿望着已经被他们糟蹋得不成样子的喜服，几欲气结：“你们穿的是什么？”

“哦，刚才在你房里看到两套新衣服，我们帮着试试，是不是很好看？”说罢，两人齐齐转了个圈，笑眯眯地问道。

烟落抿唇，失笑：“很好看！”

一人拉着修聿，一人拉着烟落往松涛阁走：“师傅我们可帮你们备了大礼哦！”

祁月和萧清越闻言也跟上前去，心想会不会是什么旷世武学秘笈。

诸葛候神秘兮兮地把两人拉进房，皇甫柔取出一个大大的包袱，道：“知道你要成亲，我们可说是费尽心思帮你搜罗这些秘笈！”

秘笈？

萧清越几人赶紧跟着进了门，看到散了一桌的书，几人面色各异。祁月扫了一眼，笑得直捶桌子：“鸳鸯秘笈，房内艳历……哈哈哈！”

修聿面色黑如锅底，诸葛候拍了拍他肩膀，道：“为师是担心你没经验，洞房之时无从下手，所以为师为你准备了这么多，你在成亲前好生研究一下……”

“诸葛老头！”修聿脸红脖子粗地吼道。

皇甫柔也上前道：“哎呀，不用不好意思啦，为师知道你到现在也还是个雏儿……”

“咱们的徒弟肯定是要外家功夫无人能敌，自然床上功夫也要所向披靡，不然传出去多没面子啊。”诸葛候跟着说道。

修聿气急拉着烟落暴走而去，只留得后面房中阵阵爆笑之声……

相较于王府的热闹，将军府倒显得格外清静。在诸葛候等人来的第二天，修聿便让她住到了将军府，每日处理完政事便会悄悄过来。

她从厨房端出刚做的糕点，淡笑道：“这几日没事，便跟留香斋学着做了几样。”

修聿唇角无声扬起：“你啊，太惯着无忧那小子了。”她对无忧的宠爱，简直到了连他都嫉妒的地步。

她抿唇笑了笑，问道：“漠北最近如何？”

“驻守漠北的西楚军似有异动，看来东齐和西楚必是要再起战事了。那两个人明争暗斗这么多年，总是要分个高下的。”修聿说着打量着她的神色，东齐之事她又要怎么做？

烟落低眉抿唇，纤长的指轻轻转动着手中的茶杯：“你说，东齐和西楚，最后谁会赢？”

“从各方面看，东齐是略胜一筹，这么多年不动声色就掌控了东齐和南越，更有一个心思诡谲的昱帝，自然不容易对付。”修聿坦然言道。

“那就是西楚必输，是吗？”烟落抿了口茶，眸中一掠而过精光。她从来没有忘过她在北朔平原立下的誓言，一刻都没有……

修聿摇了摇头，直言道：“楚策这个人够冷静，够隐忍，与大昱暗中周旋六年。南越和北燕都分崩离析，西楚不但没有亡国，还在这动乱之中强盛起来。掌权西楚还不足十年时间，在内忧外患的情况下不仅保全了西楚，还扩张了领土，至于他们到底谁高谁下，这不是谁能够去预料的。”

“修聿，你……真不想争吗？”烟落望向她，眉眼沉静如水，“东齐西楚相斗，只要你想，大夏就会是最后的赢家。”

修聿淡笑摇了摇头，沉默了许久说道：“当年父王何曾没有想过，最终还是放弃了。”

烟落闻言抿唇，中州先王也曾谋夺西楚皇位吗？

“当年内乱只在一夜之间，父亲都带人杀到了皇极大殿。母亲在动乱中几乎丧命，父亲放弃了唾手可得的帝位，带我们来到了中州，再不过问西楚之事。先帝没有追究罪责，且将这段逆转抹杀，外界并不知晓。”他低眉望着手中的茶杯，喃喃道，“若不是当年我还年幼，父亲只怕也会随母亲去了，我不想这样的悲剧再重演。”

她悄然伸手覆上他的手，默然不语，只是觉得心头酸涩：“修聿，对不起。”突然间，她发现自己竟然从未真正去用心了解他的过去，所有的事无非只是曾经从外人口中听说而来。

这样的事，若是传扬出去会惹出什么样的风波，他却这样坦然地告诉了她。

“嗯？”修聿眉头微拧，望着她微微泛红的眼睛，淡然一笑，“算了，都过去那么多年了，好男儿是该建一番宏图伟业。若自己所求成了所爱之人的痛苦，就算得到了又有什么意义？”

都是楚家的儿郎，一个可以为天下弃她于不顾，一个却可以为她而倾尽天下。

春光明媚，天地欢颜，悠扬的韶乐响彻中州内外，城中上下一片欢腾，聚集在通往王府的长街，等待着他们的皇后。

烟落坐在将军府房中，手心沁着薄汗。这不是第一次出嫁了，却比以往任何一次都紧张，害怕眼前的一切美好会是一场梦。她曾是多么期待着生命中有这样一份简单的幸福，有这样一个男人一直守候在她身边，风雨同路。当历经生死波折，她才触摸到这一切，也真正明白它是那样的珍贵。

萧清越带着数名喜娘进来：“该上銮驾了。”

民间是新郎上门迎亲，但依皇家礼仪皇帝是不必迎亲的，修聿却一再坚持按中州的习俗举行婚礼。出了将军府，透过凤冠的金玉流苏依稀可看到一身红色龙纹锦袍的男子，正含笑看着她一步步走近。

她蓦然想起很多画面：那个在荒野平原之上纵火追杀她的他，那个在九曲深谷的黑暗潮水中带她逃生的他，那个在燕京升平广场冒死接住她的他，那个在她出征前唠叨不休的他……

“你在干什么？”

“我在救我的女人。”

……

“烟落，如果跳下去我们还活着，答应我离开萧家，离开沧都，跟我去中州重新开始生活。”

……

“三个来回，三生三世，我嫌少了，多走几个来回。说不定，我下辈子，下下辈子，下下下辈子，下下下下辈子……也能遇到你呢。”

……

昔日的笑语温柔回荡在脑海里，像是一曲动听的乐，令人沉醉。

女子一身红衣如霞，上面金丝飞舞，绣着凤凰于飞，袍尾拖展在后有如凤尾，仪态万方。

修聿立于大将军府门外，一身绣锦龙纹的红袍更显轩昂。看着从府内慢慢而出的身影，他唇角缓缓勾起，蔓延成大大的笑容，比这三月的春风还要醉人。

他几步走到门口处，朝她伸出手，一如往昔般的自然。

她透过静垂的流苏望着那只修长洁净的手，就是这掌心的温暖一直缠绕着她，浸润着她的生命，一点点渗入了她的心。她深深吸了口气，伸手放到他的手中。

执子之手，与子偕老。

鼓乐齐鸣，礼炮绽放，金箔如雪般洒了一路，从将军府到王府的路走了不知多少回，此刻却觉得格外漫长。

銮驾刚到府门外，长街之上顿起一阵马蹄之声。只见长街之上一行黑影如狂风卷至近前，为首玄衣墨发的帝王振臂勒马，直直望向那一身红衣如火的女子，目光沉郁如无底的深海。

烟落默然站在銮驾之上，隔着那么远，她依旧可以清晰感觉那道冷锐的目光以及那让人如坠冰渊的深沉寒意。

所有人都望着强势闯城而来的年轻帝王，修聿面上笑意淡漠：“楚帝日理万机，还亲自前来参加朕的大婚之礼，朕在此多谢。”

楚策淡淡望向他，四目相对间隐有铿然之声，无声的较量。

人潮汹涌，却没有一人发出一点声音，静谧中带着一丝诡异的气氛。那双如鹰隼般锐利的双眸直直望向她，无人可见那黑眸眼底翻涌的黑潮："西楚以半壁江山为聘，迎娶漠北领主为西楚皇后！"

瞬间周围一片倒抽气的声音，公然跑到中州，在中州王府的大门口抢亲，好大的胆子！

珠帘下女子唇角勾起一抹笑意，讽刺而薄凉："没想到在楚帝眼中，本主还有这样高的价值。"

楚策闻言握着缰绳的手一紧，淡如轻风的一句话，却仿似是一道薄刃无声划开他的心。明知不该来，却偏还是来了，只是他来了，又能改变什么？

烟落步下銮驾，骤起的风吹起她一身红衣，金丝凤纹发出耀眼的光芒。她仿若是欲振翅而去的凤凰般，隔着静垂的流苏，直直望向高踞马上的人："怎么？楚帝的后宫新妃这么快就玩腻了？"

楚策只是望着她，静静地望着她。他想要看清那双眼睛，然而那随着她脚步而抖动的金色流苏，摇曳出华丽的光辉，生生刺痛了他的眼，他沉声道："北燕的半壁江山，你不想拿回去吗？"

烟落冷然一笑，道："别说是半壁江山，便是你拿整个天下来，本主也不稀罕。"有些东西她会亲手讨回来，从他们每一个人身上；而这一天，不会太远。

修聿步下銮驾到她身侧，探手握住她的手，朝楚策道："朕的皇后，不外借！"扫了一眼随楚策而来的青龙、白虎、玄武、朱雀四卫，淡笑言道："若楚帝是来喝喜酒的，朕欢迎之至。如若不是，朕便不多招待了。"

边上的飞云骑们一个个眼睛冒火，敢冲到中州来闹事，当他们飞云骑是吃干饭的不成。大夏帮了西楚那么多，如今不知恩图报，还敢抢他们老大的媳妇儿，真是岂有此理！

正在这时，雷震不知从哪里跑了出来，瞧见这场面顿时来劲儿："闷葫芦，听说你看上修聿小子的新媳妇儿了，是不是准备抢亲来了？"

楚策淡淡地望向他，道："师傅！"

雷震上前道："既然是人家的媳妇就别打主意了吧，我倒是看上了后面那个穿紫衣劲装的丫头，给你抢回去行不行啊？"

青龙几人闻言望了望他所说的紫衣女子，顿时嘴角抽搐。他们神策营上下谁不知道，得罪了她，比得罪了阎王还难缠，敢抢萧清越，也只有雷震这不怕死的。

萧清越见雷震对着楚策，又朝自己指指点点，顿时心里那个恨哪，恨不得立刻提剑上去宰了那老不死的，为民除害。

"好吧，闷葫芦，你要真看上了，师傅就帮你把人抢了，不过事后，你可要答应我把那个穿紫衣服的也娶回去哦！"雷震还在那边不分场合地说话。所有人的目光都望着他，飞云骑众人打起了十二分的精神，准备干架。

萧清越一听杀气狂飙，打着她妹妹的主意，还想打她的主意。雷震你个老不死的，得罪了姑奶奶，有你受的。

在府内等了半天也不见修聿和烟落进去拜堂的诸葛候夫妇心急地跑出来，正好听到雷震在那里大放厥词。诸葛候一撸袖子便吼："雷震你个老不要脸的，连我们的徒弟媳妇你都想抢，不想活了是不是？"

雷震闻言不慌不忙地转过身，淡淡扫了两人一眼："我这闷葫芦徒弟千里迢迢跑来，为师的总不能让他空手而归，大家抢一抢更热闹嘛！"

众人绝倒，什么叫抢一抢更热闹？怎么还有这么唯恐天下不乱的人？

"我呸！"皇甫柔两人一撸袖子便冲了上去，"看我们不揍得你连祖宗都不认识。"

于是三人就最先交起手来，楚策漠然相望，握着马缰的手，骨节青白，死死望着那一身红衣如火的明艳女子，沉声道："那领主是不愿跟朕走了？"

"没有人能逼本主做本主不愿意的事，你……更不可能。"烟落声音冷然一笑，话语冰冷而决绝。

"是吗？"楚策薄唇勾起一抹嘲弄的笑，冰冷而倨傲。

话音刚落，一名神策营卫快马疾驰而至，马上带着已经昏睡的孩童，振臂勒马道："皇上，人带来了。"

无忧？！

烟落唇上的血色顿时褪尽，他竟然……竟然抓了无忧来威胁她？

修聿眉眼微沉，一身难掩的杀气。烟落抽离他的手，举步朝着楚策一行人走去："放了他！"

"朕只是想请领主带着太子暂回漠北，待到一切尘埃落定。"楚策面目冷然，一眨不眨地盯着她，清晰地感觉到自她身上荡然而出的杀气。

"放了他！"她站在马前，一身红衣在风中飒飒起舞。

燕京之乱让无忧落入敌手，她就立誓，绝不容许再有任何人伤害她的孩子，只是如何也想不到有一天，这个人会是他！

楚策漠然望着她，一掉马头带着人朝城外的方向而去。数道身影几乎在同一时间疾奔而上，修聿当即被青龙四人挡住去路。烟落身形矫健，凌空一脚踢上马的死穴，马儿仰天长嘶，轰然倒地，马上的人一个敏捷的空翻落地。脚下还未稳，萧清越的剑已经抵上他的后背。烟落一把夺回他怀中的孩子，目光冷冽如冰："你会为此付出代价。"

楚策闻言薄唇微抿，淡淡扫了一眼修聿等人，目光落在烟落身上："但愿你现在的选择不会后悔。"说罢翻身上马，扬长而去。

修聿没有下令拦截，看着一行人绝尘而去。雷震与诸葛候停了手，望着离开的人吆喝："这就不抢了啊？浪费人感情。"害得他白白激动了这么久。

诸葛侯赶紧吆喝着奏乐，催着赶紧拜堂。修聿正欲转身回府，却蓦然看到楚策方才所立之处所落的一件物什，举步躬身将其拾起，瞳孔顿时一缩。那是一枚玉佩，只是上面缀着和他腰际松石上一模一样的同心结。

烟落将无忧交给祁连，转身看到还立在那里的修聿，上前问道："怎么了？"

修聿淡然一笑，将东西悄然收回袍袖："没事，进府吧！"

楚策一行人奔出中州城，勒马回望，隐约可以听到城中传出的鼓乐之声，原野上的风吹起他宽大的袍袖，翻卷如云。

"皇上，一切都还来得及，只要你……"青龙勒马停在他身边，低声提醒道。

楚策微微扬了扬手，示意他止声，深深吸了口气："这样也好。"

"可是你……值得吗？"青龙沉声问道，这句话他不知问过多少回。

这一次仍旧是无言的沉默。这在很多人看来只是一场闹剧，也是除了当年的东征之外，西楚大帝做的第二件蠢事。只是这背后种种永远都是个谜。

夜色渐深，前厅的喧闹还在继续，诸葛侯神不知鬼不觉地朝着松涛阁进发，祁月从房顶上跳了下来，笑嘻嘻地问道："诸葛前辈，你这是……准备干什么呢？"

诸葛侯干笑两声，指了指天，道："你看，今天晚上的月亮好圆哪！"

祁月嘴角抽搐："今晚没月亮。"天上云层密布，别说月亮，连星星都没见几颗。

正在这时，便听到雷震怒吼声："洞房都不让闹，修聿小子太过分了。"祁连跟着雷震在两步之外出现了。

皇甫柔也被祁恒逮着了。三人一碰面，同时叹了叹气，可怜巴巴地望向松涛阁："我们要闹洞房！"

"你说，我们三个，怎么会被这三个毛小子抓着？"皇甫柔头晕沉沉地哼道。

"就是哦！"诸葛侯打了个酒嗝道，挥了挥拳头，"我们可是高手，高得不得了的高手，怎么会被他们逮到呢？"

"我要闹洞房！"雷震跟着又吼了一声，表示抗议。

"皇上知道你们要搞破坏，松涛阁外已经布满了人，而且……你们每个人喝的酒里，我已经下了足够放倒两头牛的蒙汗药。"祁月笑眯眯地说道。

诸葛侯很是不满："好不容易等到这臭小子娶媳妇了，还不让人闹洞房，天理何在啊！"

"没关系。"皇甫柔打了个酒嗝，坏笑着说道，"我上回在百花楼里顺了点依兰依兰给他们点在房里了，嘿嘿！"

祁月三人闻言差点没应声倒地，千防万防，防不胜防啊。依兰依兰是青楼之地常用的催情香料，他们竟然……

看着三人药力发作都倒在地上，祁月伸了个懒腰带着人各自回房睡觉。

诸葛候几人晕乎乎地躺在院子里，雷震打个了酒嗝，不满地抗议："你看你们都教了个什么徒弟，我家那个闷葫芦虽然不怎么讨人喜欢，但也不像修聿小子那么狠。"

诸葛候朝雷震望了一眼，哼道："你那徒弟，有什么好啊？你那小徒弟一家不是被他害死了，连那烟丫头的孩子都死了……那样的徒弟要是我……我早就废了他去！"

雷震闻言，手中的酒葫芦砸了过来，反驳道："修聿小子命好，要什么有什么。楚策那小子什么都没有，要什么都得抢，都得夺……你什么都不知道，有什么资格说我徒弟？世上人都骂他，都恨他……可是他为了烟丫头命都差点丢了，怎么会……怎么会害她……"他含糊不清地咕哝着，说着说着便倒地睡了去。

诸葛候两人也昏昏沉沉地倒地就睡，打起了呼噜。那不经意的话语，淹没在了无边的夜色中，了无踪迹……

红烛高照，异样的香弥漫着。她静静地坐在床榻上听见越来越近的脚步声，唇角不由勾起。修聿小心地掀起盖头，拿下凤冠，任由那三千青丝倾泻而下。

男子俊逸的面容映入眼帘，白皙的面容光洁如上好的和田白玉，贵气而优雅，一双凤眸噙着微微的笑意，不经意对上那道目光，她不由红着脸垂下眸子。

他温热的呼吸喷洒在面上，带着淡淡的酒香，温醇而醉人。她捏着袖子，紧张得一塌糊涂，不由闭上了眼睛。

修聿被她的样子逗乐了，一脸无辜地望着她："你在……干什么？"

烟落顿时面色酡红如醉，气恼地瞪他一眼，起身便朝内室走去。修聿起身跟在后面，面上漾着深深的笑意："生气了？那我给你补回来。"说话间一把将她抱起，掀帐而入。

"你……"温热的唇覆上她的嘴，带着浓浓的酒香在她口中弥漫开来，"唔……"她推着他的肩膀，骤然而起的热情让她一点心理准备都没有。

"你是不是忘记今天是什么日子了？"他拉着她坐起身，喘息着望着她，面上挂着深深的笑意。从一送她回房，她就跟防贼似的防着他，让他又好气又好笑。

方才的一番纠缠，两人松松垮垮的衣衫有些凌乱，她红着脸瞪他："吹灯。"

修聿朗然一笑，反手一扬，内室中的照明灯灭了，只留一盏朦胧的灯，透过红纱帐照在她的身上，平添了几分妩媚。两个一向聪明的人竟然都未曾发现室内的熏香已经被人动了手脚。

他低头抵着她的额头，目光迷离而灼热，她被吻得昏昏沉沉："修……聿……"

"嗯……"他动情地搂着她的腰际。

"东齐西楚起……起了战事，我要早些……早些回漠北。"

"你专心点！"他低头吻住她喋喋不休的唇，一只手悄然滑在她的身下兴风作浪，手指悄然探入她最柔软隐匿的所在。

“修聿！”她嘤咛着，羞恼地别过脸去。

他低低一笑，吻着她的眉眼，食指又往内滑进半寸。她顿时身形一僵，肌肤染上粉红的晕彩，空气中都弥漫着情欲的味道。他沉重的身子压下，她只觉身下一热，随即一阵剧痛，让她情不自禁地嘤咛出声，痛得身体弓起，手狠狠揪着身下的锦褥。

他动作停了下来，深深地望着她，温软的唇轻轻吻上她咬着的唇，温柔而缠绵，引得她不由自主地迎合，揪着褥子的手悄悄松了开来，探身环住他的腰身。

他沉迷而专注地望着她的眼睛，身体开始缓慢地移动，起伏中速度越来越快，力道越来越重，神销魂灭间将她逼上极致的巅峰……

呢喃低语和轻泣哀求一次次在室内回旋、盘绕，一室风情旖旎。

春宵苦短，日上三竿，松涛阁上下还是一片沉寂。

修聿低头瞧着在自己怀中安眠的女子，唇角勾起一丝满足的笑意，倾身轻轻吻了吻她的额头，起身更衣下床却蓦然看到昨日在府门前拾到的玉佩。端详了半晌，拿出自己的松石与之对比，那上面的绳结虽然已经破旧，却隐约透着是出自一人之手。

良久，听到床上沉睡之人翻身的声音，侧头朝那静垂的纱帐望去。烟落，你与楚策之间到底藏了什么秘密？

# 第十六章　千帆过尽

在大夏帝后新婚期间，楚帝御驾亲征东齐。这中原的两大强国战火点燃，诸葛清接到泉州的战报，连夜入宫只看到紫阳殿外一身雪衣锦袍的帝王正默然望着城中万家灯火，背景寂寥。

“陛下，平州、泉州的战报送来了。”诸葛清轻步上前道。

百里行素转身朝殿内走去，淡声道：“西楚又胜了？”

“是。”诸葛清一边走，一边道，“楚帝御驾亲征，大将军王坐镇沧都，两两配合，短短一月时间，一路破城无数，真的不需要派黄泉铁卫前去相助吗？”

“不必。”百里行素冷然言道。

紫阳殿富丽堂皇，殿内却空旷无人，昱帝喜静，身边的人极少，即便是内侍也很少会留在殿内，沉寂的大殿只听得两人的脚步声。

“可是这样下去，太后和太爷那里，恐怕不好交代。”

“开始的赢家，不一定最后会赢。”百里行素淡声说道，声音平静，了无波澜。

诸葛清没再追问，他虽也是一介谋臣，但也总是无法看破此人的心思。既然这般说，自然已经想到办法扭转这场战局。

“陛下有几分把握？”诸葛清忍不住出声问道。

“不知道，还要等一个人出现。”百里行素在榻上坐下，瞥了眼棋盘之上未下完的残局，朝诸葛清望了望。

诸葛清躬身行了礼，落座，执子落棋：“陛下在等……漠北领主？”

百里行素默然，修长的指摩挲着手中清凉的棋子，半晌未落下。

诸葛清望了望他的面色，直言道："漠北领主已与大夏皇帝成婚，如今人在中州，如何出手？"

"她一定会出手。"他探手扣下一子，眼前却蓦然想起北朔平原之上那指天立誓的女子，她是那样地恨，那样地恨着他，"她不会放过杀我的机会。"

话音一落，诸葛清身形一震，思量片刻坦然言道："陛下，若是漠南和漠北卷入其中，大夏定然也不会坐视不理。如此一来，便会形成西楚、大夏、漠北三方联手，届时东齐就真的处于重重包围之中了。"

百里行素摩挲着手中的棋子，淡声道："那也要看这步棋，她要怎么走。若胜，东齐从此便可以真正一统天下，若败则再无翻身之日。朕与楚策之间，总有一个人要死的。"

"陛下。"诸葛清起身，伏跪在地，"臣说句不该说的话。"

百里行素眉梢微扬，眉眼沉静："起来说吧！"

"谢主隆恩。"诸葛清站起身，深深吸了口气直言道，"微臣知道陛下对绮凰公主不寻常，但如今她已为大夏皇后。你们之间早在当年大昱将她送入萧府就已经注定结果。一个下棋之人，是不该对手中棋子有情的。"

世人都知他阴险狠毒，不择手段，那又如何？不过是不同的人有不同的生存手段而已，只是如今眼前这个人心中有情，如何还会是那个冷眼看天下，只手翻云覆雨的百里行素？

燕京之乱，那个女子被缚火刑台，他放下进攻大夏的良机，不惜与生母华淳太后交手带走燕之谦。那一刻他知道那个女子成了他不可触碰的逆鳞。

他算计了所有，却算丢了自己的心，这到底是缘，还是孽？

百里行素默然不语，手不觉握着袖中的那坠着平安结的玉佩。

"陛下该知道，她是恨你的。既然如此，还是及早放下吧，为了你也为了她，否则……太后的手段你不是不知道，你对她的保护和情意不仅会害了你自己，也会害了她。"诸葛清一眨不眨地望着他，这是他作为一个与他相处多年的伙伴衷心所言，"陛下睿智，当明白微臣话中之意。

百里行素怔怔地望着他，良久之后，轻轻点了点头："朕知道了。"

他以天下人为棋，他自己……又何尝不是别人手中的棋子？

苍穹高远，战鹰盘旋，萧清越勒马望着宛若巨龙的朔州城，才真正发现身边的这个女子已经不是曾经那个任人欺凌的小妹，她已经成了这关外各族的王者。

正值新婚燕尔之时，中州接到任重远加急奏报仪贵太妃病重。修聿让萧清越陪她一道回了漠北，限她一个月后必须回到中州，否则他就亲自到漠北来抓人。

她们一路马不停蹄赶回朔州，到了村里时，仪贵太妃已经去了，燕初云一个人跪在床边，不让任何人靠近前去。

烟落站在门口，望着满院的白孝，心情也不由沉重起来。这世上终究有很多事是他们所无法改变的，譬如命运，譬如生死。

“怎么了？”萧清越见她神色奇怪，不由问道。

她抬头望了望渺远的天际，低声叹道：“只是觉得有些世事无常。”六年来跌宕生活，让她一次次经历权谋、争斗、流血，看到身边的人一个一个地逝去，感觉自己的心就在这一天一天中变得苍老了。

“世上有太多人力所改变不了的，我们所能做的，就是在活着的时候好好生活，好好珍惜。”萧清越叹息言道，侧头望了望她，“皇上让我一定要再三告诫你小心行事，一定要平安把你带回去。”

不知是被这里的悲伤所影响还是太过想念中州的生活，她低着头说道：“我挺对不起他的，他一直体谅，包容，我却连陪在他身边都无法做到，每次的分离总会发生太多太多，突然间有些怕了。”

“既然知道，为什么还要来？”萧清越拧眉望着她。

她埋头苦笑，微微叹息：“我知道自己不该来，可是有些事不做，即便我留在中州，一辈子也不会安宁。”有时候，明知道不该那样做，但是自己却不得不走上那条路。

萧清越默然望着她，过了许久，扬唇一笑道：“姐姐一定会把你活着带回去，等你回去好好过日子了，姐姐也就放心了。”

烟落闻言眉梢微动，试探着出声：“姐姐你……”

“等你真正安定下来，姐姐就该去我自己该去的地方了。”萧清越淡笑，坦然言道。

烟落抿了抿唇，追问：“你要去哪里？？不留在中州吗？”

“我不属于这个地方，我要去找到回家的路。”她仰头望着浩瀚夜空，深深呼了口气，“不知道是我倒霉还是幸运，竟然也狗血地穿越了一把。虽然在这个地方混得风生水起，但是还是想念自己的家乡。”

烟落闻言微微皱了皱眉，默然思量着她所说的话：“那姐姐怎么才能回得去？”

“这些年我也一直在找。以前在《苍月本纪》中看到，苍砻王曾以镇魂珠引魂，想要复活元清皇后。而那个引魂而来的女子也是我那个世界的人。也有古书记载，那个女子最后回到了原来的世界，这事除了苍月皇族的人甚少有人知道。而苍月便是大昱的前身，想来这些能在东齐找到答案。”

烟落闻言默然，一句话也没有说。

“除了这个人，以前西楚相国夫人华容也是如此。本来是想找洛皇贵妃一探究竟，但是随着她的死，所有线索也断了。”萧清越叹息言道。

烟落垂眸不语，以前也确实听母亲提过那个世界的事，一直觉得萧清越与母亲身上有很多相似的地方，原来如此。

“所以我只能再从东齐那里找到回去的路。”萧清越叹息言道，只是这件事的成功率，几乎是让人穿越一样的渺茫。

“你肯定洛夫人华容真的是跟你一个世界来的吗？”烟落小心翼翼地问道，这个疑问已经在她心中很久了。

“我曾在夷都两年，大昱原是想将华容和华淳两人送入西楚皇宫为内应，却不想华容与当初的洛相国相爱了。西楚先帝虽对华容有情，但还是成全了两人。”萧清越直言说道，唇角一勾，“穿越人哪能是被人摆布的？”

若如萧清越所说，华淳太后曾经还是西楚的皇妃。当年到底发生了什么事，华淳太后那么恨母亲，恨她们一家，这个答案真的要她踏进夷都的那一天才会真正揭晓吗？

三日后，她帮着燕初云为仪贵太妃举行了简单的葬礼。燕初云三天都没有开口，整个人像抽离了灵魂一般空洞无神。

“初云，你有什么打算？”两人站在仪贵太妃墓前，她忍不住出声问道。

“离开朔州。”

烟落闻言微微皱了皱眉：“其实你不用走，这里……”

燕初云淡然一笑，侧头望着她：“皇姐，你能保护我一时，能保护我一世吗？父皇走了，母妃也走了，我不能一辈子都在他人的保护下生活。”

“可是现在正逢乱世，各国交战不断，你一个人离开朔州能去哪里？”烟落担忧道。

燕初云对着墓地，深深磕了三个头，站起身望向她：“我和母妃，甚至很多皇兄都曾害过你，你为我们做的已经够多了，我已经不是当初那个任性的燕初云。我知道自己该走什么路，该去做什么。”

烟落抿唇一笑，道：“初云，你真的变了。”

“我没有变，只是长大了而已。”燕初云淡然一笑道。在经历了那么多的事还不能让她成长起来，她就不配为燕氏的子孙。

她陪着燕初云守完头七，送她离开了朔州，暗中依旧安排了人护卫其安全，回到城里立即召了任重远及军中诸将前到云起阁议事。

诸将进来，拱手行礼：“见过领主。”看到站在她身边一身红衣劲装的女子不由有些意外。

烟落淡然一笑，道：“这是我姐姐，萧清越。”

众将闻言不由一震，曾经的西楚第一女将已然名动天下，如今为大夏当朝大将军。这个女子带兵从无败绩，作战方式刁钻怪异，往往让敌人防不胜防，他们早有耳闻。

“见过萧将军。”众将拱手道，面上难掩敬仰之色。

“此战非同寻常，姐姐特来漠北相助于我，她的话也是本主的话，她的命令亦是本主的命令，还请各位将军记下。”烟落扫了一眼众人，沉声道。

“是。”众将领命。

烟落闻言点了点头，朝任重远道：“西楚和东齐的战况如何了？”

“西楚已经攻到了东齐平州和泉州及南陵关附近一带，如今已经停下了攻势。东齐朝廷一直未派兵增援，如今双方不知何故，战局僵持了下来。”任重远在地图上指了指南陵关一带，坦然言道。

“难道是楚帝打算见好就收，准备停战？”伍诚出声道。

“不会。”烟落勾起一抹薄笑，平静说道，“这一战他筹备数年，岂会轻易罢手？只是如今战事不断推进，深入东齐腹地，大军需要时间休整保证后备供给，否则很容易陷入被动。”

萧清越闻言点了点头，伸手指了指南陵关及最近西楚所攻陷的城池：“楚帝是个心思极缜密的人，虽然深入腹地，但为免被围困，大军战线较长，这样虽然能保证自己，但兵力难免会有些疏散。再往南陵关向前就是上阳关，上阳关地势险要，易守难攻，且上阳关周围城池密集，兵力不够很容易陷入困境。”

众将听了分析，纷纷点了点头，这姐妹两个一个是驰骋漠北的领主，一个是名动天下的传奇女将，都是战场之上的好手，让他们这些男儿都觉汗颜。

烟落望了望她，萧清越笑了笑，继续说道：“这样既能保证兵力灵活运用，又能拉长战线，以免被敌军包围。这样的作战手法，放眼天下我相信只有神策营能做到。”

“萧将军这话就有些长他人志气了。”伍诚笑语道。

萧清越闻言淡然一笑，扫一眼众人，坦然言道：“放眼天下间，东齐的黄泉铁卫虽然杀伤力大，但都是蛮力，说得难听点就是杀人的工具。龙骑禁军严格说起来不算是正规作战的军队，人太复杂，各有所长，但真到了战场之上遇上强敌，是要吃亏的。”

烟落闻言轻轻点了点头，龙骑禁军也就是在这两年不断交战间才成长起来。

“那大夏的飞云骑呢？”任重远也不由开口问道。

萧清越抿唇思量了片刻，沉声道：“该是各有所长吧。如果论骑兵战斗力，神策营定然是不如飞云骑的，但到了马下，那就是神策营的天下。我在神策营任职统领几年，多少是有些了解的。神策营的将士多是少年随着楚策征战的好手，都是从死人堆里走出来的，所经历的大小战役无数，如今由楚策四大亲卫青龙、白虎、朱雀、玄武四人分别统领。这四个人虽各有所长，但在战场之上同样都是好手，那才是真正有着强大战斗力的军队。”

“若是飞云骑对上神策营，谁会赢？”伍诚追问道，那叔侄两个多年来亦敌亦友，但将来也终究是要一决高下的，却不知到时胜负如何？

“我也不知道。”萧清越摇了摇头，但愿那一天不会真的到来。

烟落看到她眼底一闪而过的细碎挣扎，沉默了片刻，指向地图上阳关一带道："西楚接下来一定会攻打上阳关，我们要助他们拿下上阳关，逼得东齐不得不派兵前去，然后……"她目光一凛，落在一处，"漠北从后方破凤城、忻州，直取夷都！"

众人闻言不由都沉默了下去，这无疑是给东齐最致命的一击，但其中风险也是不可估量的。

"这一天，我已经筹备了两年，这是难得的机会，我不会放过。"她目光森寒，手紧紧握成拳。从她来到漠北的那一天，她就想过有一天一定亲手打开夷都的大门，把这刀插在东齐的心脏，给它最沉重的一击。

那里是她仇人所在的地方，也是母亲曾经成长的地方。当年母亲反出大昱的真相，她全家惨死的真相都在那里，都在那里等着她。

"可是那毕竟是夷都，数百年从未有人攻克下那座城，以漠北目前的兵力……"萧清越担忧地出声道。

烟落淡然一笑："现在不只是一个漠北了，还有漠南。东齐境内还有我们的人。只要里应外合，定能一举拿下夷都。"精心部署两年，岂能轻易罢手？

萧清越扬唇一笑，决然道："好，我们就一起打进夷都去！"

"一起打进夷都！"众将起身决然道。

"现在第一要做的就是帮助西楚打下上阳关。"烟落沉声说道。

萧清越低眉望着地图，思量着几方国土的划分，扬手一指上阳关附近道："上阳关确实难以攻克，但世上就没有攻不下的城，防守再严密总有疏漏的地方。上阳关北侧横断山，山势陡峭，四处绝壁，这是他们所倚仗的天险，所以防守薄弱。若是咱们从这里进去，谁也想不到。"

任重远闻言不由一笑，说道："萧将军和领主不愧为姐妹，领主早就训练了五千精兵用来翻过横断山脉，打开上阳关。"

萧清越闻言侧头望她，姐妹二人相视一笑，默然不语。

"虽然这里可行，但是为免起疑，漠北大军可以假意攻打上阳关附近的天阳关，以扰乱东齐军的视线。那五千人马进到东齐境内，分成两百人一组，利用两百人一组各自作战，让上阳关内乱起来。"萧清越继续说道，游击作战，在古代作战中已经屡试不爽。

"可是咱们乱了上阳关内，西楚大军若是不进攻，那岂不是白忙一场？"有人忍不住出声道，毕竟两军并未结盟。

萧清越闻言一笑："楚策放着这样好的机会不进攻，他就是傻子。"

烟落点了点头，道："姐姐说得对，漠北的大军假意攻打天阳关，西楚大军又在上阳关外，东齐定会放重兵在这两个关口，比较之下后方就会比较薄弱。只要这五千人马进去了，咱们就赢了大半。"

任重远暗自思量着什么，良久之后出声道：“百里行素这个人心思诡异，如果他不上当，不派黄泉铁卫增援上阳关，咱们的一切工夫就都会白费。”

烟落按在桌案上的手不由一紧，这也是她所担心的，只要她一出手，百里行素定会看穿她的布局，论权谋心计，她远远比不过他。

“上阳关是东齐的门户，打开了上阳关，西楚大军就有可能直逼夷都而去，咱们后方也会出手，他不会让自己陷入这样两面夹击的境地，攻入上阳关这道门户，已经是对东齐最大的打击，所以……他一定会出手。”萧清越沉声说道，侧头望了望烟落。

他们六年师徒，最后终还是要走向你死我活的境地。只是论心计，论谋略，论实力，如今的百里行素都远在她之上。这一仗，真的太过冒险，可是她为什么要拒绝大夏出兵相助?

烟落深深吸了口气，郑重说道：“这些只是目前的作战计划，到时候中间会发生什么谁也无法预料，所以我们必须多做几手准备。今日就议到这里，伍诚将军调集五万人马，备战天阳关。”

众将离开云起阁，已经是暮色降临之际，屋内只剩下她们姐妹二人。烟落抿唇望着地图上的夷都城，目光冰冷而锐利。

“小烟，姐姐问句不该问的话，真打到夷都，你杀得了百里行素吗？”萧清越望着她平静地说道。

烟落闻言一震，抿了抿唇道：“我的一身武功都是由他所授，如何是他的对手？论武功，论谋略，我一样都比不得他。所以，必须想办法将他引离夷都，有他坐镇夷都，我们很难赢。”

“可是这个人，我们能想到的，想不到的，他都能想到，怎么才能让他离开夷都？”萧清越不由叹息，便是自负如她，也不得不承认这个智谋齐天的百里行素是个难缠的对手。

出了云起阁，只见天际明月高悬，星子满天，她独自站在院中虔诚祈愿：爹爹，母亲，大哥，你们若在天有灵，请你们保佑女儿能安然渡过这一关，我不想再与他错过了……

“怎么？又在想他了？”萧清越从屋内走出来，看着她的样子不由取笑道。

她也没反驳，轻轻点了点头：“嗯。”

是的，她想他了。繁忙过后，她就会忍不住地想，想念在中州的一切，想念他霸道不讲理却又拿她无可奈何的样子，想念他怀抱的温暖，想念关于他所有的一切……

“小烟，一辈子找到这么一个对自己执著不弃的人不容易，你一定要好好珍惜。有些东西不及时抓住，是会后悔的。”萧清越伸手拍了拍她的肩膀。

她闻言点了点头，唇角微微勾起：“那姐姐呢？姐姐想找谁？”

"我找什么找？"萧清越微恼地瞪她一眼，"本姑娘文武全才，谁配得上？"

"嗯？"烟落拉着她朝寝居走去，调侃道，"姐姐想找谁呢？是不是祁月？你们不是欢喜冤家吗？"两人常常斗嘴，还动不动就打起来，但一遇大事，两人却又是出奇地默契合拍。

"切！"萧清越不屑地翻翻白眼，"贪财好色又小气，我怎么会看得上他？"

烟落扬唇一笑，眸中一闪而过的狡黠："那是……西楚大将军王罗衍？"

萧清越狠狠瞪了她一眼："跟他有什么关系？"

"可是我觉得你们的关系非同一般呢。"烟落笑眯眯地说道，罗衍对萧清越可不是一般的纵容。

"放心吧，在遇到真心对我的人之前，我的心会好生收藏的。"萧清越扬唇一笑道。

"可是如果你不去试着接受，也许……就错过了。"烟落侧头望了望她，她也希望她能够拥有幸福的生活。

萧清越淡笑不语，拉着她坐下，从随身的荷包掏出一颗圆润的珍珠放在她手心里，扬眉一笑道："我们不过茫茫红尘中的渺小沙砾，但如果遇到一只适合自己的蚌。他的包容与浸润，就会让沙砾成为世上最柔美无瑕的珍珠。"

她闻言抿了抿唇，默然不语。

萧清越继续说道："小烟，你找到了。可是蚌在将沙砾变成珍珠的过程是很痛的，而珍珠并不知道自己在伤害着它。这么些年修聿对你的好，姐姐是看在眼里的。回去以后你要再不知道珍惜眼前，我这个做姐姐的都没法站在你这边了啊！"

她微微一笑，摩挲着手里圆润的珍珠，她和无忧所亏欠他的又岂止是这些呢！只是真到了揭开她身份的那一天，他又会怎么做，她不敢去想……

在经历了那么多的变故之后，即便面对真爱，她如何敢再那样义无反顾，如何敢再相信爱情，如何敢再相信自己的心？然而那个人终究还是一点点浸入了她的生命，让她重新学会相信……

"以前吧，我一定会说嫁谁不要嫁帝王家，不过遇到楚修聿这样的怪胎，还真是千载难逢。帝王家的爱情太过危险，一旦爱情与皇权冲突的时候，他们通常是会选择后者，皇帝都免不了三宫六院，那是我最鄙视的。"萧清越朝着她说道，沉吟片刻道，"我想这就是当年华容选择洛相国，而没有爱上西楚先帝的原因吧！我们那个世界的女人最接受不了男人有其他的女人。爱就是唯一，它是不允许和他人分享的。"

烟落默然，她所求的不过也是和母亲一般：愿得一心人，此生不相离。

萧清越起身打了个呵欠转身回房睡了，烟落起身回房在桌案边坐下，将那颗圆润的珍珠端详了半晌。一颗沙砾被人宠爱，竟然会变得这样珍贵。

烛光摇曳，她独坐良久，终于下定决心提笔写了一封信，一封道尽她前世今生的信，当夜便送出了朔州城。

只是她没想到，这封信几经辗转，也未送达到他的手中。

五日后，漠北收到消息，西楚也在备战上阳关，萧清越第一个站出来要替她打头阵，带兵去攻打天阳关，烟落亲率诸将在朔州城外送行。

萧清越一身红装银甲，英姿飒爽，听到副将伍诚前来禀报大军集结完毕，便道："放心，我一定帮你把天阳关打下来，到时一起打到夷都，把萧赫那老家伙脱光吊在城楼上。"

烟落无奈失笑，叮嘱道："战场上刀枪无眼，姐姐要小心。"

"我又不是三岁小孩。"萧清越不由失笑，思量了片刻道，"漠南那边驻扎有西楚十万大军，可能是西楚的后备军。若是罗衍有什么动作，请你关照点，我欠那家伙人情挺多的。"

烟落闻言微怔。萧清越从不开口求人，却为了大将军王罗衍向她开口，着实让她有些意外，敛眉点了点头："我会注意的。"

萧清越深深吸了口气，拍了拍她肩膀，调侃道："你自己也要保重，我可是答应楚修聿一个月后要把你完完整整带回去的。你要是缺胳膊少腿了，他可要找我拼命了。"

"我会小心的。"烟落重重地点了点头。

萧清越翻身上马，握着缰绳朝她一笑道："说好的，在凤城等我。"

"好，凤城再见。"烟落淡笑言道。

萧清越振臂一拉缰绳掉头，扬手一挥道："出发！"十万大军马蹄声声如雷，卷起漫天沙尘，消失在茫茫旷野。

回到庄内，任重远便前来禀报道："西楚又有密折送往漠南，已经截下了。"说话间将折子递了过来。

烟落快步进了云起阁，展开一瞧，冷然一笑："要驻守的十万西楚军出兵上阳关，侧翼包抄东齐大军。"

任重远沉默了许久，忍不住出声道："漠南驻守的西楚大军似乎有些异动，已经派了探子前往沧都与大将军王罗衍密会。"

"人呢？"烟落冷声问道。

"已经关押在朔州了。"任重远低首回道。

烟落靠着椅背微微叹了叹气，只觉疲累不堪，揉了揉发疼的眉心道："明日天阳关差不多就开战了。你带五千精兵潜入上阳关，暗杀东齐主将，一切依计划行动。"

"是，领主。"任重远沉声回道，怔然良久出声道，"领主既想灭东齐，为何不让西楚侧翼军出手？到时前后夹击，夷都必破。"

烟落冷然一笑，沉声说道："那到时夷都归谁？咱们忙活了那么久，东齐是破了，西楚也就此做大了，那时只怕大夏和漠北都危矣！仗是要打，也要为自己的将来留条后路。”

“可是这样……”任重远忍不住出声。这一个小小的决定，是会影响整个战局的。她不是不知道，为何……还要做这样的决定呢？

正在这时，守卫急忙进房禀报：“领主，任老，西楚第三军孔副将前来求见。”

烟落微微抿了抿唇，瞥了眼桌上的折子，沉声道：“说本主有事不在庄内，打发他走吧。”

守卫闻言领命出去，过了不到一炷香时间，便听得外面一阵打斗之声。烟落微微皱了皱眉，起身出阁，远远望着院中闯进一身西楚军装的中年男子，周围多名护卫都已被他所伤。

“住手！”任重远沉声喝道。

来人望着高阶之上一身黑色武士服的女子，拱手见礼：“西楚第三军副将孔武，见过领主！”

烟落面色无波，步下石阶沉声问道：“孔副将这是做什么？”

“西楚送往沧都的密折被漠北军所截，末将替西楚第三军前来向领主讨个说法而已。”孔武直直望向一脸冷漠的男装女子，国之军机，岂容他人窥探？

“本主不知，近日东齐探子潜入漠北，孔副将或许是弄错了。”

“送信的驿兵现在还在朔州的大牢，是我弄错了，还是领主弄错了？”孔武目光精锐，一眨不眨地望着她，“领主欺我西楚吗？”

“本主不知。”她沉声回道，眉眼微沉直望向来人，字字铿锵，“孔副将这是在威胁本主不成？本主与楚帝达成协议，西楚十万兵马驻守此地，若楚军有任何兵力袭击，本主有权将其逐出领地。”

“燕绮凰，你……”

“敢对领主无礼，拿下！”任重远让人将其拿下，押入大牢。

烟落默然转身回到书房，拿起桌案上的密折就着烛火将其点燃，化为灰烬，而后沉声道：“传本主令，即日起朔州闭城五日，没有本主手令，不得开城。”

皇极大殿，百官议政，大将军王罗衍持天子令监国执政，坐镇沧都。

“漠北八百里加急，大军行至朔州，城门紧闭，请大将军王定夺。战，还是不战？”斥候直入大殿高声奏报。

百官骇然，在此紧要关头，漠北将西楚的大军拒之门外，这可是会直接影响到上阳关之战的胜负的，这可如何是好？

好一个漠北领主！

好一番精心谋算！

好大的野心！

罗衍闻言，手中的折子颓然掉落在地，神色微乱。这是他从未料到的情况，他如何会想到值此生死关头，那个人竟然会……

“大将军王，战还是不战？”斥候重复道。

罗衍微微抬了抬手，叹息道：“容本王想想。”

“萧统领不是去了漠北吗，她如何会坐视不理？”

“漠北不是与西楚结盟吗，燕绮凰要做什么？”

“战，区区漠北，敢阻我西楚铁骑。”

……

大臣们你一言我一语地争论起来。

“够了！”大将军王罗衍霍然站起身，冷冷扫了一眼朝臣。

话音一落，偌大的朝堂顿时沉静了下来。所有人都静静地望着站在玉阶之上一身锦袍的男子，等待着他做出决定。

“司空大人，周大人，朝中之事暂由二位大人费心，本王须得亲赴漠北一趟。”大将军王罗衍望了望殿下的群臣，沉声道。

“王爷！”众臣惊怔，此时全靠他坐镇沧都指挥后方，岂可在此紧要关头离去？

“王爷，这个时候你不能离京。”左相司空上前劝道。

“王爷，沧都和燕京都靠你支撑，此时万万不能离京。”尚书也上前劝道。

“王爷……”

罗衍深深吸了口气，沉声道：“各位大人不必再劝，本王必须亲自前去，才能打开这朔州城，才能让大军进到上阳关内。”

“实在不行，就强攻吧！”一人上前进言道。

“打下朔州城，那朔州城的后面呢？”罗衍沉声问道，敛目叹息，“十万人，打下一个朔州城，后面还有那么多的城池。关外是漠北军的领地，沙漠作战我们根本不如他们。若没有他们援手提供水源，大军到不了上阳关就会葬身在大漠之中。不管战还是不战，我们都占不了便宜。为今之计，只有本王亲赴漠北面见领主，才能让大军过城。”

罗衍连朝服都未换，直接打马出宫，奔赴漠北，只有他……才能逆转这一切。

而在此时，漠南各部大军与漠北军会合在河津平原，一封接一封的奏报送入大军主帐，一身黑衣武士服的女子居正座，听着斥候回报各方情报。

“领主，任老五千人马已经成功进到东齐境内。”

“领主，萧将军和伍诚将军已破天阳关。”

“领主，上阳关已破，西楚大军进驻上阳关内。”

“领主，东齐黄泉铁卫增援上阳关附近诸城。”

“领主，西楚十万大军被阻朔州城外安营。”

“领主，西楚大军被东齐诸城合围。”

……

女领主闻言抿唇点了点头，面色前所未有的平静，了无一丝波澜。

所有的事都如她所计划的一样发展着。然而到头来，她精心谋算的一切，却成了此生不可逆转的伤痛，所有的一切将再一次颠覆……

上阳关，旌旗半卷，空气中弥漫着大战之后的血腥，一身黑甲的帝王立于城楼之上，呼啸的风扬起他身后宽大的玄色披风，远远望去仿若是要振翅而去的苍鹰一般。城中，青龙一身黑衣快马驰来，快步上了城墙：“皇上，你怎么在这里？”

楚策望着远方，沉声道：“那里……就是夷都！”

青龙闻言顺着他的目光望去，微微叹息。六年了，六年隐忍只为有朝一日能打进那里，与那个人一较高下，可是如今……

良久之后，青龙出声劝道：“皇上，军医已经在驿馆候着了，你的伤要早些诊治，耽误不得。”

楚策闻言微微点了点头，转身朝着城下而去：“漠北那边还是没有消息吗？”

“侧翼的二十万大军至今没有消息传来，如今整个漠北好似与世隔绝了一般，属下担心是……”青龙跟在其后，坦然直言道。

他微微扬了扬手，默然下了城楼。刚回到驿站，玄武便快马来报：“皇上，沧都八百里加急奏折。”

楚策接过一瞧，面上瞬间血色褪尽，一个踉跄跌坐在榻上，手中折子掉落在地，清晰可见几字：朔州城门紧闭，大军被阻。

他突然一笑，随即一阵剧烈地咳嗽，地上的奏折被溅上血红点点，刺目惊心。

她这是……要他死啊！

“皇上！”玄武急步上前扶住他。

青龙连忙出门让守卫去请军医过来诊治，而后赶紧倒了水端过去。楚策低眉静静地望着地上的奏折，握着茶杯的手微微颤抖着，却始终没有说出一句话来。

青龙默然将折子捡起放到一旁的桌上，思量片刻，沉声道：“皇上，退兵吧！”漠北铁定会扣着侧翼的兵马，两军不能会合，先前所有的计划都乱了。如今不但打不到夷都去，还被黄泉铁卫和东齐大军合围。一旦东齐的包围圈形成，他们就真的陷入绝境了。

楚帝面色苍白而沉重，轻轻放下手中的茶杯，沉声道：“不能退！”

“皇上！”青龙和玄武二人急声唤道。

他们都是随军多年的将才，对于战势的利弊分析快而犀利。如今的战势发展已经对西楚大大不利了，他们的几十万大军，西楚最引以为傲的神策大军将面临前所未有的困境。

"漠北定然已经开始出兵攻打夷都，咱们此时退兵，黄泉铁卫大军掉头反扑，整个漠北都会荡然无存。"他平静地说道，除了飞云骑，能与黄泉铁卫一拼高下的只有神策营。一旦他们退兵，后果不堪设想。

青龙和玄武没有再说话，只是默然望着那面色苍白的帝王，目光有敬仰，亦是心疼。

是的，心疼。

他们跟随他一次次从死人堆里爬出来，一起走出绝境，一起建立神策营，这支西楚帝国最强悍精锐的军队。他们伴着这个年轻的帝王，从落魄皇子，到荣登九五。

江山如画，帝王荣光，可是只有真正置身其中的人才能体会到其中的血腥残酷。他们看着他失去了一生最爱的女人，失去了即将出世的孩子，失去了所有的亲人，独木擎天，支撑起西楚的百年基业。

在打下上阳关的第五天，这个在西楚如神祇一般的西楚大帝病倒在关内的驿馆之内。而这个消息被近身的四大侍卫严密封锁，外人不得而知。

第三天，楚策从昏迷中醒来，第一时间下了一道密旨，让玄武不惜一切办法将旨意送到罗衍手中。而密旨的内容，无人知晓。

然后，他下令让附近大军弃城全部会合到上阳关。四大侍卫没有人追问，因为他们都知道，失了城池可以再夺回来，但如果在这个时候被黄泉铁卫逐个击破，那才是最可怕的。楚帝与昱帝这些年交手无数，对手一个小小的动向，都能猜度出对方下一步的行动。这样敏锐的军事嗅觉，是他们所不及的。

与此同时，百里行素已经亲率精兵收复了甘州城，听着诸葛清禀报了上阳关的动向，微不可闻低语道："她终究还是出手了。"

黄泉铁卫统领带着一人进到驿馆，禀报道："陛下，夷都来人了。"

百里行素面色微沉，抬眸望去，看到一身黑衣斗篷的人进到屋中，冷声道："你来做什么？"

锦瑟拿下风帽，取出一枚令牌放到桌上，道："太后口谕，诛杀夏皇。"

诸葛清闻言不由望向百里行素，看到他眼底一闪而过的慌乱之色，太后这是要把陛下往绝路上逼啊！

锦瑟见他不语，说道："太后还有句话说，若是陛下不方便出手，她会自己动手，只是死的就会另有其人了。"

洛烟啊洛烟，前世让你因你最爱的男人而死，这一世又让你爱的男人因你而死，这样的折磨真比让你死还要让人痛快。

百里行素沉默了许久，道："我会去办。"

"陛下！"诸葛清上前唤道。

锦瑟罩起风帽，望了一眼百里行素，冷然一笑："反正即便你是为她死了，她也不会看你一眼。"一个毁灭她一次的仇敌，即便是做再多，她也只会有恨，恨不得他死！

"滚！"百里行素冷声斥道。

锦瑟转身离开，百里行素一动不动地坐在那里，一句话也不说。

"陛下。"诸葛清上前道。

百里行素深深吸了口气，木然地端起已经凉透的茶，入口冰凉而苦涩，他……要杀了那个人吗？

"陛下是怕杀了夏皇，她会恨你吗？"诸葛清低声问道。

百里行素闻言自嘲一笑："她恨我的还少吗？"

这天下有多少人恨不得他死，恨不得他死无葬身之地，他又何时怕过？

只是楚修聿死了，谁还会那样不顾一切地保护她，谁还能陪她走未来的路？

"漠北那边已经有所异动，陛下还是早做打算吧！"诸葛清转移话题说起漠北的战事。

"若无意外，她很快会攻打凤城，再取忻州，而后直入夷都。如今帝都空虚，是下手的好机会。"他语气淡然如在谈论一件与自己毫不相干的事。

诸葛清几欲气结："既然你猜到她的动机，为什么还把黄泉铁卫都调离夷都，让人乘虚而入？"

"是他们下令要我出兵援助上阳关的，朕有何错？"百里行素侧头望着他，笑意如花，"长老会的老家伙们都生活得太安逸了，朕自然不能拿他们怎么样，可是别人动手，就不是朕的错了。"

诸葛清闻言微愣，好一个借刀杀人。

望着前面的背影，他微微笑了笑。以前长老会和太后不管有多过分，他都未有反抗的举动；而这一次，他们以那个女子为威胁，他怒了。

他一直以为这个人是无心无情的，然而离宫的六年，那个女子就那样进驻了他的心，成为他一生都走不出的梦魇。这是他的幸运，还是他的不幸？

一旦大军攻入夷都，对长老会定是个不小的冲击，也是他对长老会的另一种警告，让他们意识到东齐皇帝不仅仅是他们手中的工具，而他们若是失去这个工具，又会是什么后果。

这才是他跟随的主子。不论在任何情况，都会为自己争取最大的利益。权阀争斗，能走到这权势巅峰的人，有几个手上是干净的？无所谓手段心机，成王败寇才是硬道理。

"陛下，真要动手吗？"诸葛清低声问道，夏皇一死，那个人该有多恨他啊！

百里行素理了理衣袖，起身出门："试试看吧。"即便恨他，也总比丢了性命好。

由于西楚兵马全部撤回上阳关，附近州城都不费一兵一卒地收了回来。诸葛清不由叹道：“楚帝还真是舍得，费了这么多心血打下的，现在都不要了。”

百里行素牵着马甚是悠然，全然不似是来打仗，倒更像是游山玩水的：“西楚大帝可不傻，精明着呢！”

诸葛清默然不语，似是明白了几分意思。

“西楚侧翼军没有出现，无法继续按之前的作战方式，一边拉长战线，一边进攻。兵力分散于各城，东齐正好各个击破，一步一步削弱神策大军的力量。一旦人马削减过三分之一，黄泉铁卫与东齐大军合围，他插翅难逃。”百里行素一边走，一边说道，“黄泉铁卫没有再进攻，楚策定然已经知道我离开夷都找他来了，先一步将兵马撤回上阳关，占据地利之便。即便是两军交战，上阳关易守难攻，他也多几分胜算。”

“所以，他是要保存实力，对付黄泉铁卫。”诸葛清沉声说道。

“楚策最近出来露面少，有些可疑，去探探虚实，再作打算。”百里行素漫不经心地说道，沉吟了片刻，侧头朝诸葛清问道：“大夏皇帝可有动静？”

“夏皇只身去了沧都，就行踪全无，派去沧都的探子至今都没有消息。”诸葛清面色有些担忧。

百里行素只是平静地说道：“他会来的。”因为她在东齐，他就一定会来。

那个人是那样勇敢，为心中所爱可以决然舍弃一切，可是他却做不到，也没有那个资格去做，从一开始就注定他们之间是要拼个你死我活的仇人。

一到上阳关，便看到关外平原上黑压压的军队，玄衣墨发的帝王勒马立在最前，眉眼凌厉，冷锐逼人。

黄泉铁卫如潮水般涌到上阳关上的平原上，两队对垒，剑拔弩张的杀气荡然开来。

一身雪衣的男子打马慢行，雪白的小兽趴在马头上，动作拉风之极，好似上阵领军的是它一般，百里行素闲闲问道：“楚帝来东齐也有些日子了，过得可好？”

楚策面目冷然：“有何贵干？”

“楚帝将那么多城池拱手相让，朕心感激，亲自前来道声谢。”百里行素打着太极，目光却不住打量着周围的布防，兵力部署，快速计划着交手的胜算几何，“上阳关是个好地方，就是不知道楚帝能守多少时日？”

楚策冷然一笑：“上阳关确实是个好地方，但现在它已经踏在朕的脚下了。”

百里行素勾起一抹冷淡的笑，锋锐暗藏：“既然楚帝那么喜欢，朕会让你一直留在这里。”

乾元十一年的初夏，东齐黄泉铁卫与西楚神策军在上阳关展开会战。与此同时，坐镇中州的祁月接到来自大夏皇帝的密旨：出兵东齐，营救楚帝。

上阳关之战的同时，萧清越已经成功拿下天阳关，马不停蹄赶往凤城与烟落一行会合。连番作战之后的她，趴在马背上便睡着了。

“报——萧将军，伍将军，前面发现可疑人物，已与我军先锋交手。”斥候策马前来禀报。

萧清越顿时惊醒，喝道：“多少人马？”

“一个人。”斥候回话道。

“一个人报什么报，宰了！”萧清越翻了翻白眼哼道。

“萧将军，来人身手过人，先锋营不是对手。”斥候坦然言道。

萧清越一听，眼睛登时闪闪发亮道：“带我过去。”最近有些手痒，正好找人练练拳脚。

萧清越快马行到队伍最前，看到五百人中间一道青色身影矫健非常，不由顿起兴奋之意，是个高手，可是那身段怎么看着有些眼熟？

罗衍一路打听萧清越及燕绮凰的行踪，不想正与大军碰上了，便交起手来。他的身手，这些漠北先锋又岂是对手，数招之内已把近百人放倒在地，一转身便看到红衣银甲的女子：“萧清越？”

萧清越一见来人，秀眉一挑：“你不在沧都跑漠北来做什么？刺探军情？”

“燕绮凰在哪里？”

萧清越皱着眉看着那一身风尘的男子：“你找小烟什么事？”

“如今西楚十万人马被她扣在朔州城外，你说我找她有什么事？”

萧清越面色顿变，摇了摇头：“不会是她。”她答应过她不会为难神策营的人。

“不会是她还有谁？放眼关外，除了她还有谁有这个权力下令封城。”罗衍咬牙沉声道，她这是要将西楚大军往死路上逼啊！

萧清越勒马沉默了一会儿，秀眉一扬：“我带你去找她。”

两人快马加鞭赶到中军大营时，烟落已经带着第一军先行攻打凤城。二人赶到时，凤城已经被漠北军拿下。

驿馆书房，灯火明亮，烟落疲倦地靠着椅背，眉目微敛，似睡非睡，似醒又非醒。听得院内一阵喧哗之声，萧清越已经带着罗衍冲到了书房中。

“姐姐？”她望着冲入屋内一身红装银甲的女子有些意外，目光又落到她身后的罗衍身上：“大将军王？”

“小烟，我们有事问你。”萧清越直言开口道。

“领主，他们……”驿馆的守卫都聚集在了书房门外，一脸防备地望着这两个闯入者。

她起身微微抬了抬手：“你们下去吧。”守卫纷纷散去，她举步走到桌边替萧清越斟茶：“姐姐怎么会……”

“朔州城外十万大军是怎么回事？”萧清越打断她的话直言问道，两步走近身前，

“你不是答应过我不会为难神策营的人吗？”

“我没有杀他们任何一个人。”她平静地回道。

萧清越面色沉重地望着她，突然有点不认识眼前的这个人了，她什么时候变得这般心机深沉，冷漠无情了？

罗衍大步走上前来，一眨不眨地盯着她的眼睛：“这就是你在北朔平原放走百里行素的目的？”

烟落默然不语，神色淡淡。

“你放走他，就是为了今天，为了让东齐与西楚争个你死我活，你好乘虚而入，是不是？”罗衍一脸怒意沉沉。

“大将军王千里迢迢来凤城，就是为了教训本主吗？”烟落目光冷冷地望着他。

“立即下令放人。”罗衍望着她，沉声道。

“大将军王，这里是关外，不是西楚。”烟落冷然一笑，放下手中的茶杯，举步朝外走，“要拿手令，莫说是你，就算西楚皇帝他亲自前来，本主不想给，谁也强迫不得。”

“小烟，你……”

罗衍一把扣住她的手臂，厉声吼道：“洛烟，你是疯了吗？”

屋内顿时陷入死一般的沉寂，她眼底瞬间风起云涌，唇上的血色瞬间褪尽，颤抖了半晌也未说出一个字。

罗衍一眨不眨地盯着她的眼睛，一字一顿地说道：“你根本不是真正的燕绮凰，也不是什么萧烟落。你就是洛烟，西楚死于冷宫大火的皇贵妃洛烟。”

她不可抑制地一颤，但瞬间便收敛起眼底的慌乱之色，扶着边上的桌子，冷然笑道：“既然皇贵妃洛烟已经死于冷宫大火，大将军王却说本主是洛烟，太过荒谬了吧！”

“任何人都可以说这件事荒谬，唯独你不能。你就是她，借身还魂的洛烟。”罗衍逼近前来，斩钉截铁地说道。

“我不是她。”她扭头对上罗衍的眼睛，决然否认。

“你不是她，那你现在所做的一切是为什么？”萧清越冷然一笑，“这般费尽心机地要将西楚和东齐逼上绝路，为的是什么？”

她缓缓收敛起眼底异样的思绪，沉着应对，笑意决然：“这天下，他们争得，我就争不得吗？”目光一转望向罗衍：“你只是想要朔州的通关手令，即便现在西楚侧翼军去到上阳关，也改变不了什么了。”

“你就这么恨他，这么恨不得他死，他……”罗衍不可置信地望着那一脸狠绝的女子，眼底涌出深深的失望。

“这就是个弱肉强食的世界，我只是不想再成为别人手中的棋子，不要再被人主宰我的命运生死。”她冷冷地望着他，字字铮然。六年生死浮沉，这就是她学到的生存道理，

这一切都是他们教她的，一次次血的教训教给她的。

“啪——”

罗衍扬手一记耳光打在她的脸上，烟落顿时一个踉跄，差点跌倒在地。他睁着血红的眼睛瞪着她：“这一耳光，我是替那个人打的。”

她捂着左脸，嘴角溢出一道血痕，死死地盯着一脸盛怒的男子，颤抖的声音几近虚无：“你……到底是谁？”

罗衍不知是气是怒，胸腔微微颤动着，打了她的手微微颤抖着，缓缓抬手揭开面上覆了数年的面具，一张曾经无比熟悉的脸缓缓出现在她眼前。

她一个踉跄后退，撞上边上的椅子，眼底的泪在一刹那崩溃，苍白的唇颤抖地出声：“……大哥。”

那俊朗而熟悉的面庞，曾有多少次在她梦中涌现，成为她六年来最深的伤痛。她六年跌宕浮沉，只为这些因她而死去的人报仇，可是如今……如今他却完完整整地站在她的面前。

烟落不可置信地摇头，心中拼命地告诉自己不是这样的，不是这样的，可是却压不住心头翻涌的思绪。

大哥还活着，还一直在楚策身边，这意味着什么……

她不敢再往下想，慌乱地扶着椅子坐下，颤抖地端起边上案几上的茶，水还未送到唇便洒了一手。她喝得很凶，像是渴了很久的人，冰凉的茶水和着口中的血呛喉而入，难受至极。

“小烟。”罗衍步上前去，看到她红肿的侧脸，眼中顿时不忍，“下令吧，放神策军入城。再晚就真的来不及了，你会害死他的。”

“他不该死吗？”她霍然抬眸直直望向他，目光冰冷而嘲弄。

“我知道你放不下当年的事，可是一切并不是你想的那样……”

她撑着扶手站起身，一眨不眨地望着罗衍：“大哥，你怎么了，你忘了我是怎么死的吗，你忘了爹娘是怎么死的吗？你……”

“小烟……”罗衍神色沉痛，望着阔别六年的妹妹，心头百味杂陈。

“你知道我这六年是怎么过的吗？我每天都做着同样的噩梦，每天都梦到家里遍地伏尸的样子，每天都梦到自己身在火海，每天都听到好多好多声音在我脑子里叫我报仇……”她神色有些疯狂，压抑在心头六年的一切奔腾而来，让她几欲崩溃。

“不要说了，小烟……”

“每天醒过来，我都分不清自己是活着还是死了，所有人都死了，我不知道我为什么还活着，为什么成了萧家的女儿。我忍着，忍着病痛，忍着他们的迫害辱骂……”她发疯一样地望着眼前的人，一边说，眼泪止不住地落下。

“小烟……”罗衍大力扶住她的肩，想要让她冷静下来。

她神情激动而疯狂，血淋淋的手紧紧抓着罗衍的手：“我在想一定是你们死不瞑目，让我活了下来，让我为洛家报仇。可是我学了武功，学了医术，学了我所有能学的，我还是斗不过他们，无权无势，我只有一个人，我学着阴谋算计，学着借刀杀人，学着我曾经憎恨的一切。”

罗衍眸中泪光闪动，一句话也说不出来。

她泪落如雨，声音嘶哑，仿若陷入梦魇般地呓语：“我以为我已经获得重生，可以放下过去重新生活。可是他们不放过我，锦瑟总会如幽灵一样地出现，大昱的人一个又一个地出现。只有他们死了，我才会解脱……”

罗衍望着那单薄的背影，一滴泪自眼角滑落。人说男儿有泪不轻弹，只是未到伤心处，可是几经沧海波折，兄妹再重逢，再看到眼前这个已经历生死的妹妹，他哭了。

萧清越默然站在一旁，怔怔地望着烟落满是沧桑的眼眸，心中难掩苦涩和心疼。这六年来，她的心里压了这么多的事，这么多的恨，她一无所知，有什么资格指责她呢？

都是换魂重生，她来到另一个世界，而她重生却要背负那么重的仇恨，从一无所有，到争权夺利，让自己强大，这其中艰难，没有亲身经历的她，又如何知道其中的艰难？

罗衍深深吸了口气，步上前去：“听大哥一句，下令开城，放大军过城，楚策带伤亲征，晚了就来不及了。”

她抬起空洞的眼眸望着罗衍，冷然一笑：“伤害洛家的人，我一个都不会放过。”洛家六年含冤，她冷宫惨死，与骨肉分离难聚，这一切的一切，她怎敢忘？

“小烟，他若是真想害你，想害洛家，今时今日，你我就不会站在这里。”罗衍沉声道。

夜风从背后的窗户吹了进来，她只觉得自己的血液一寸一寸地冰凉了下去。万千思绪在她脑海中翻涌着，一张已经几乎遗忘了的容颜在她脑海中缓缓浮现，愈来愈清晰……

罗衍的话，连萧清越也不由大感意外。当年洛家的血案，天下皆知是西楚皇帝所为，当日更是另纳新妃，将洛烟打入冷宫，随后便起了大火，所有一切的迹象都指向那个铁血帝王，楚策。

可是如今，西楚的大将军王罗衍，曾经的洛家长子，洛祈衍一直活着，就在楚帝身边，位及人臣，这也解开了一直在她心头多年的疑问。

她一直不明白，楚帝此人心性多疑，对朝中大臣多有防范，且安排眼线，然而却毫无顾忌地将西楚所有的兵权都交由这个人手中。这样的信任，不仅是将西楚托付于他，更是将自己的性命交于他人之手，原来让他如此信任的原因是这样。

萧清越移目望向坐在榻上、面色苍白的女子，只是觉得现在的她好累，好累，累得仿佛随时都会倒下，甚至死去……

“不会是那样。”她喃喃开口，似是在对罗衍说，更像是对自己说。

罗衍缓缓闭目，尽量让自己的声音平静下来：“大昱的事情你一无所知，当我们发现锦瑟是内奸之时，她就在你身边，随时都会取了你的性命。你心急之下回了沧都，才逼得他无路可退。”

烟落不语，一动不动地坐在那里，浑身被抽空了力气。

罗衍望着她，缓缓说道：“你成了大昱威胁他的筹码。锦瑟在你身上下了四年的毒，为了拿到解药，他一边与他们周旋，纳萧淑儿为妃，重用萧赫让他们放松警惕，一边还要设法让爹娘和我脱身，还要顾着你这边。”

“爹和娘呢？是不是他杀的？”她颤声问道。

“是大昱逼死了他们……”

“我问你是不是他杀的？”她定定地望着罗衍问道。

罗衍无奈闭目，掩去眼底的叹息，答案不言而喻。

她的泪夺眶而出，前所未有的疲倦和无力铺天盖地地将她包围……

“如果当初，他没有来救我，留在宫中，也许你就不会……”罗衍声音颤抖地说道，“他曾从母亲口中得知镇魂珠的秘密，更探得它在九冥山，于是挥兵东征。他只身潜入，被人发现行踪。当我和师傅赶去，他真的……真的就只剩下一口气了。若不是师傅耗费几十年功力相助，也许他当时就死在那里了。”

萧清越闻言也不由有些酸涩。当年自己也是得到消息，才会卷入那场战争，可是大战中混乱无比。那是她所经历过最惨烈的战场，神策军死伤无数。攻下九冥山后，楚帝下令将所有巫衣族人屠杀，不仅掩盖了镇魂珠的秘密，也掩盖了他自己的目的。

没有亲身经历过东征的人是难以想象那场战争的可怕。九冥山血流成河，周边诸城民怨四起。当时带兵回沧都之时，西楚大帝就一路被自己的子民指着怒骂，被数万的百姓诅咒不得好死。这么沉重的杀孽，到底是为了什么？

算算时间，也就是那个时候，府中的小烟开始发生了变化，镇魂珠可以召唤异世的魂魄这个传说，是真的。

“说到底，他还是杀了他们。”她笑，薄凉而讽刺。

“有些事，有些时候，没有是非对错，只是无从选择。”罗衍望着她缓缓说道，“大昱虎视眈眈，周围番国趁乱而起，如果他不撑起西楚，如今这早已是大昱的天下。直到幽灵皇妃的事件，他才开始怀疑你，故意让红绡将马匹藏在洛家旧宅。那晚锦瑟在那里，他也在，才肯定是你真的回来了。”

“然后呢？”她望着这个曾经最疼爱自己的大哥，笑得极尽嘲弄，“然后明明知道一切，却当做不知，看着我和姐姐入刑部，看着萧赫迫害我们，看着百里行素出现，一步一步实现他的计划，看着北燕分崩离析，我就成了你们博弈的棋子吗？”

“北燕亡国，是必然结果。”罗衍沉声说道。北燕已经不再是当初的强国，几经内乱，燕皇已老，众皇子目光短浅，根本撑不起北燕。即便西楚不出手，北燕也会全部落入大昱手中。

她笑着落泪，语气冰冷：“好一个将计就计，好一出螳螂捕蝉，黄雀在后。”

“因为百里行素救命授业之恩，你可以甘心被他利用；因为修聿对你的帮助，你可以以命相护。这么多年以来，他一直在你身后，帮你除去身边的危险，帮你统一漠北，两次燕京之乱的拼死相护。他这么多年的付出，这么多年为你谋算，可是到头来，你要他死，你亲手将他与西楚逼上绝路？”罗衍一眨不眨地盯着她质问道。

她笑得凄凉，嘶声道：“为什么现在才说出来？为什么要在我铸成大错后才说出来？为什么明明知道我是谁却冷眼相看？为什么我六年辗转浮沉，与天争命，却成了跳梁小丑一般可笑？”

“小烟……”罗衍唤她。

“哈哈哈哈……”她笑，无望而悲凉。

萧清越悄然走近前来。命运何其残忍，让这样一个女子一伤再伤。这样的真相，比起当初打入冷宫之时，还要残酷吧！

自己坚持多年的信念，自己恨了这么多年的人，不过一场笑话，这种绝望……该有多痛?

罗衍望着她，叹息言道：“他若死在上阳关，你也活不成。镇魂珠让他为你以命养命，他的命就是你的命。”

她怔怔地望着面前的人，踉跄着冲到书案边，颤抖的手却连笔都拿不稳。她不能让那个人死，起码不要欠着这么多，一生悔恨。

萧清越快步走上前，将笔醮了墨递给她。她慌乱地写下手令，而后重重地倒在椅子中，仿佛已经用尽了所有的力气。萧清越立即拿着手令出营让人快马送去朔州。

罗衍静静地望着面色苍白的女子，试探着叫她的名字：“小烟。”

她恍若未闻，疲惫得再也不想醒来。她曾经为之疯狂、执著多年的一切，在这个夜里化作飞灰，心里仿佛被强行放了很多很多东西，不断地翻涌着。她无力去想，甚至没有勇气睁开眼来面对这现实的一切。

“小烟。”罗衍走近一步唤着她的名字，徒然有一种莫名的恐慌涌上他的心底。眼前这个人是她的妹妹，却再也不是当年那个会跟在他身后，亲昵地唤她哥哥的丫头。

她长大了，她勇敢了，可是现在眼前的她，让他有一种无法言喻的心痛揪着心。

“我知道我们这六年将你置之不顾，让你受了苦，可是我们想要击败百里行素就必须步步小心，更不能让人抓住他的软肋，旧事重演。”

相见却不能相认，多少次就近在咫尺，触手可及，却难以伸出手去。这种无奈，这种

恨又有谁会了解?

“我想知道……镇魂珠的事。”她平静地望向罗衍,她想要知道自己到底是怎么活过来的。

罗衍闻言深深吸了口气,平静说道:“以命养命。你多活一天,他便少活一天。你多活一年,他就短命一年。他生,你生;他死,你死。”

这样是不是也是一种同生共死呢?

他就像是维系她生命的原料,然而谁也不知道它会在什么时候枯竭殆尽!

她抿唇不语,撑着桌子站起身,沉默地走到一旁拿披风,取佩剑,沉声道:“我会把他带回来。”

罗衍闻言,望着她的背影,道:“你……还恨他?”

“我不恨,只是……已经不爱了。”

她不否认曾爱过他,只是经过六年的跌宕沉浮,再也回不了过去了。她已为人妻,那个人一腔深情,她怎可相负?

罗衍举步走近,无奈缓缓言道:“小烟,以前无论做什么,你都会包容,都会理解。他有他肩负的责任,他不仅是你的丈夫,更是西楚的皇帝,十三年的情分你都不顾了吗?”

她深深地吸了口气,转身望着这世上唯一的亲人,说道:“这六年来,每每回想起过去,就像是有人拿着刀子一点一点挖着我的心。”她重重地指在心口处,泪盈然而落,“这里,这里会痛,痛到最后只剩空荡荡一片。”

“小烟……”

“哥哥,我只是女人,我没有那么伟大。”她疲惫地叹息,说道,“这六年改变了太多东西,再也回不到只有我和他的时候了。我只想过平静一点的生活,不用处处提防,不用苦心谋算。皇权阴谋,我累了。”

“可是他……”罗衍沉痛地望着女子单薄的背影,那个人从来没放下过你啊。

“哥,我欠他的,洛家欠他的,便是为他去死,我也会还。”可是这六年,她的生命沁满了一个叫楚修聿的男人,如何……还回得到过去?

她快步出门,高声喝道:“备马!”

罗衍疾步追出驿馆,只看女子策马而去的身影消失在浓浓夜色中,那样坚定而决绝。

岁月是那样无情,六年便斩断了所有一切。曾经十三年相依相伴的两个人,在这跌宕乱中沉浮。回首再望,已然隔了千山万水。

(上册完)

六宫无妃
下
重庆出版集团
重庆出版社

目录

# 第一章　前情旧爱

东齐，岐州。

一身银甲的东南门守将林阳骑着骏马穿街而过，满面春风。守城的将士见了，纷纷上前打招呼瞧着他新买的坐骑。

一身藏青常服的男子从城门而入，面容俊美，眉目英朗，身后跟着几名青衣护卫。刚一进城，座下的马突地停了下来，冲着林阳的马扬头一嘶。被围在人群中的马冲出人群，望着对面高踞马上的男子，冲着他座下的马儿打着响鼻，一副很亲昵的模样。

修聿翻身下马，仔细打量一番低声道："流星？"马儿顿时双耳一竖，朝他望过来。

流星和他座下的追月都是他亲自驯服的，可是流星不是已经跟她去了漠北，怎么会出现在岐州城?

祁连立即上前去打听了马的来历，回来禀报："那人是东南门的守将，说是从一个年轻商人手中买下的，听他描述那身形年纪，可能是……皇后娘娘。"

修聿皱了皱眉："人去哪儿了？"

"上阳关。"祁连道。

修聿翻身上马出城，要去上阳关必过昆山，赶得快也许还追得上。

从大婚那日拾到了楚策的玉佩，看到一模一样的同心结之时起，他便知道所有的事并没有表面那么简单。这半个月在沧都秘密查询，从西楚皇宫、萧家、洛家……所有的一切告诉了他所有的答案。

他的妻子是楚策的妃子，他的儿子是楚策的骨肉。烟落，未来的路，我们可还走得下去？

从相识以来，即便她一再逃避，即便她一再不接受，他也从未有过这般患得患失的心情。可是如今这个人的出现，一切都不再是那么简单了，关于他们的十三年，是一个他永远都介入不了的世界。

“皇上，还是我们去找皇后娘娘，你去与祁月会合吧。”祁连快马追上说道。这一路东齐密探分明是冲着他来的，若是让他有意外，他回去如何向大夏交代？

“他想要我的命，还没那么容易。你去找祁月以飞云骑牵制黄泉铁卫，我寻到人便去与你们会合。”修聿沉声说道。

祁连劝不过他，便吩咐了其他侍卫暗中跟随保护，独自前去与祁月所带的飞云骑会合。

日暮西沉，昆山码头上船只来往不息。一身西域商旅打扮的人快步走到码头，看到江边孤身而立的青衣男子，低声道：“领主，快开船了。”

烟落点了点头转身准备上船。在漠北一夜之间她改变了布置两年的计划，让萧清越坐镇中军大营主持大营，连夜带着五百精兵扮成西域商队潜入东齐。

为免引起怀疑，在岐州便将马匹贩卖给了东齐的守城官军，也借机探得上阳关的消息；几天之前上阳关暴发瘟疫，神策营突围而出，楚帝却在战乱中失踪，东齐和西楚几十万大军遍寻不见。

她不敢再有耽误，连夜带着人赶到昆山，转走水路，从阳明江再去往上阳关。

今天，本是她答应回到中州的日子，可是如今，她如何还能若无其事地回去，不管不顾那个人的生死……

上了船，蓦然之间看到运河岸上纵马疾驰的身影那样熟悉，不由快步奔到船头。奈何船离河岸越来越远，还不等她看清，那道身影便越来越模糊……

她自嘲一笑，是自己眼花了吧，他怎么会在东齐呢？

运河岸上，男子遍寻不见，勒马望着运河上远去的船只，却不知自己所追寻之人正在那艘船上看着自己的影子……

上阳关，百里行素强行将所有染上瘟疫的人隔离治疗，所有染病而死的人当即火化，并设立众多医馆施药，很快控制了疫情。瘟疫的暴发没有困死楚军，却让东齐损失颇大。

诸葛清快马入城，上前禀报道：“陛下，长老会又发难了。”没有困死楚军，还让上阳关数城受损，这让长老会很不满这位皇帝。

百里行素面色了无波澜：“由他们去吧！”

“可是……”

“过不了几天，漠北打到夷都，他们就会求着咱们回朝了。”百里行素冷声哼道。

诸葛清也不再多言，沉默了片刻递过信道："太后有密诏。"他们派出了那么多人，竟然连中州王的行踪都查不到，着实是个难缠的对手。

"大夏可有动静？"百里行素看了密诏，淡声问道。

"飞云骑已经出兵上阳关。"

百里行素凤眸微微眯起，沉默了片刻道："上阳关这边就交给你了，楚策定然还在附近，绝不能放他活着回去。"

"陛下你……"诸葛清望着他，试探着问道。

"朕去会会这个大夏皇帝！"百里行素翻身上马，扬尘而去。

烟落一行人刚刚进入上阳关，便看到长街之上打马而过的雪衣男子，面目清冷，一身威仪，那是一个她全然陌生的百里行素。

百里行素似是感觉到了那道目光，勒马转头望了望。袖中的小兽爬了出来，朝着她所站立的方向吱了两声。他只看到卖烤肉的摊铺，一把将小兽塞进了袖中，朝城门口的守卫道："传令诸葛清，搜城！"他怎么就大意了，也许楚策根本就没有出上阳关。

不到半个时辰，大批东齐兵在上阳关挨家挨户搜查，但凡遇上面生的一律抓捕。烟落刚转过小巷便被迎面一队东齐兵制住，不想暴露身份惹麻烦，便没有动手反抗被带到了地牢，推进了阴暗的囚室。屋里的人抬起一双清冷苍凉的眸子："是你？"

她闻声一滞，这声音……

"你不该来。"低沉的声音在背后响起。

她身形一震愣在那里，深深吸了口气平复下翻涌的思绪，转身望向面色苍白的冷峻男子，沉默了许久，万语千言出口只有一句："楚策，对不起！"

他静静地望着她蓦然一笑，等了这么多年，盼了这么多年，当她终于又站在他的面前，却发现已经这么遥远了。

六年，他在朝堂争权夺利，她在红尘辗转浮沉。六年的分离，却感觉久远得已经天荒地老，已经历经几世轮回，沧海桑田。

再度看到遥远记忆中的目光，她只觉喉间哽咽，慌乱地别开眼问道："你的伤……"

"无碍。"他刚一说完就咳嗽起来。

烟落快步上前，递过药瓶："这是治内伤的药。"

楚策探手接过，往边上挪了挪："坐吧！"将药服了一粒，拉了拉身上的披风道，"带你进来的是青龙他们，这里还算安全。"

"我会带你出去。"她坚定地说道。

"你不来，我一样回得去。"无论如何，他也不会让自己死在东齐，不管有多艰难他都会让自己活下来。只有他活着，她才能活着，平安地活着。

"为什么不早些说出来？如果在北朔平原说出来，如果在中州大婚说出来，就不会发生今天的事。”她轻声说道。

楚策抬眸望着她的侧脸，勾起一抹苍白的笑：“说出来，你会回来吗？”

会吗？

她深深地沉默，这个答案她无法去想象。

“这样也好。”楚策叹息地闭上眼。从皇极大殿的决裂开始，他就已经失去了回头的资格。

烟落深深吸了口气，低声道：“对不起！”他的以命相护，他的暗中相助，所有一切的一切，她只能说对不起。

楚策苍白的薄唇勾起冰冷的弧度：“本来就不属于我，现在只是一切归到了本来的位置而已。”他缓缓忆起许多年前，碧色连天的莲湖之畔，那个人带着失明的少女荡舟穿湖摘下一颗颗如玉莲子，他在岸边观望……

“当年，你到莲湖边上，要找的人……是楚修聿，而不是我。”

他像个卑劣的小偷，偷走了别人的幸福；而偷走的东西，终究还是要归还的。

烟落默然望着他，怎么也没想到，他会在这个时候说出这个秘密。

“可是我明明知道，却没有说出来，任由这个错继续。我想自己总有一天会超越那个人，会取代他的一切。然而他就像是我心里的一根刺一般，不管过了多久，不管我们经历多少，我都会担心那个人会出现，会夺走你。”他缓缓地说着，薄唇扬着一抹自嘲的弧度。

而他所担心的一切，终于还是发生了。

她侧头望着面容苍白冷峻的男子，仿佛随着他的话语，看到了很多年前西楚皇宫内那片莲湖。那一场邂逅，到底是缘分，还是劫难？

“你一直不喜欢皇宫的生活，以后……就可以过得随心些。”他依旧闭着眼，苍白的唇勾起浅淡的笑意。看得出来，她在中州过得很幸福。

是的，是幸福。

是他想都不敢想的幸福，是他已经失去很多年的幸福。

烟落默然将带来的药物理好，探手搭上他的脉搏。那种熟悉的温暖让他身体不由一颤。

她低垂着眉，瞧见他手臂上有一些已经浅淡的烧伤和烫伤的痕迹，深深吸了口气道：“内伤较重，还染上城中的瘟疫，要尽快离开上阳关。”

“等青龙他们过来再说吧。”他沉声说道，思量片刻道，“这两日就得动身，你自己休息吧。”

部署两年的计划，一夜之间全部扭转并赶来上阳关，这其中艰难，他又如何不知？

烟落侧头靠着冰凉的墙壁，望着窗口越来越暗的天色，眼皮越来越重。真的太累了，人累了，心也累了。

夜幕降临，楚策起来拿火折子点亮了桌上的灯，侧头便看到靠着墙熟睡的女子手习惯性地放在腰际软剑的剑柄处，突然觉得有些心酸和悲凉，是他一步一步将她逼到了这个样子啊！

他轻步上前将披风盖在她身上。这是六年以来，他第一次如此认真地打量着这个熟悉又陌生的她，忍不住想伸手去触摸她的容颜，却在距离半寸之遥停了下来，修长的手指缓缓蜷入掌心。

囚室外传来轻微的脚步声，青龙几人悄然潜了进来："皇上！"

突来的响动，她顿时惊醒，青龙朝她望了过来："方才情势所逼，我们二人对领主有失礼之处，还请见谅。"

烟落淡然一笑："无碍。"

"外面情形如何？"楚策转过身来，望向青龙问道。

"百里行素已经让诸葛清开始搜城，上阳关也不安全了。"青龙回话道。

楚策闻言点了点头，那个人一时想不到他会在这里，但不代表永远都想不到。

"白虎和朱雀已经将主力的神策军带离了上阳关，但是如今与西楚接壤的各城已经被黄泉铁卫封死，不能进也不能出。"玄武出声回道。

楚策闻言皱了皱眉，看来百里行素是非要把他堵死在上阳关了。只可惜自己如今一身伤，只能这般逃生。但总有一天，这一切他会全部讨回来。

青龙闻言望了望烟落，朝楚策道："萧清越已经率领漠北四十万大军奇袭夷都，夷都告急，相信很快百里行素就不得不带黄泉铁卫回都。届时各城防守就会松了，咱们应该可以趁机离城。"

"方才我在诸葛清的书房，已经探听得知，大夏已经出兵上阳关。"玄武道。

东齐合围他们，如今也被大夏和漠北合围，要不了多少日子，大将军王必然也会率兵前来。届时三国齐动，看他百里行素有什么本事逆转战局？

烟落闻言微微皱了皱眉，垂眸抿了抿唇。大夏出兵上阳关，修聿是要帮她救楚策，还是已经知道她在上阳关了？

当天夜里，他们四人逃离上阳关。当诸葛清搜查到地牢之时，早已人去屋空了。

烟落让随行几名侍卫易容成楚策及青龙几人的样子离开。诸葛清立即认定是调虎离山，带着大批人马朝相反方向追去，一无所获立即掉头再追。他们四人便沿着他先前追过的方向走了。

楚策的伤势越来越重，又感染上了瘟疫，到达昆山之时已经病重昏迷，无奈之下便寻了处民居暂时落脚。周围盘查严密，她只能从山中采药来为其医治。

天色黄昏，她采了药回到民居。楚策坐起身闭着眼睛靠在榻上，整个人清瘦得可怕，眼窝有些深陷，听到脚步声看到她不由愣了愣。

“你醒了。”烟落放下药篓，倒了水端过去。

楚策接过水抿了一口：“几天了？”

“三天。”她将药草收拾了，说道，“你几天没吃东西了，我去做些吃的来。”

诸葛清很快也会发现蛛丝马迹，这渔村也不能待太久，等他伤势好一些必须赶紧离开。

楚策起身下床到桌边坐下，望着厨房里忙碌的身影，微风轻轻吹进屋来，带着饭菜的香气，有种久违的温暖和幸福。

过了许久，她将药端过去放到桌上，道：“先把药喝了，饭一会儿就好。”

当她再端着饭菜过来，楚策已经将药喝了，帮着她将菜端上桌一同用膳。

她刚坐下吃了两口便一把捂住嘴快步出了门，扶着院中的树，硬是将吃下的东西吐了出来，依旧觉着阵阵恶心。

她抬袖擦了擦额头的薄汗，低眉抚了抚小腹叹息：“孩子，你乖一点。”

上次从昆山到阳明江就一直这样，当时以为晕了船，上了岸才后知后觉知道自己已经做了母亲。

过了半晌，她转身便看到愣愣站在门口处的人，一时间顿住了脚步。

楚策僵硬地站在那里，握着茶杯的手指节泛着微微的青白。夏日的热风迎面吹来，让他眼睛有些涩涩发酸，薄唇抿得紧紧的，一双黑眸波光明灭。

他举步走了过来，将茶水递过，而后转身沉声道：“你走吧！”

这样的状况代表什么，他不会看不出来。他们都有了孩子了，可是他与她的孩子却再也回不来了……

“楚策！”她望着他的背影沉声唤道，认真说道，“不管有什么事，也等出东齐再说。”

如果在这个时候，她就这样自私地离去，她还是人吗？

他没有说话，默默回了屋内，默默用膳，然后躺回榻上休息，直到夜色深沉，他悄然召来了青龙和玄武两人到屋内：“准备一下，一个时辰后走！”

青龙和玄武闻言沉默，立即明了他的意思。可是如果没有她的帮忙，皇上的伤只会更严重，只怕还没回到西楚，就已经没命了。

“皇上……不想见皇贵妃娘娘吗？”青龙问道。

等了这么多年，盼了这么多年，所有的一切终于揭开，却再也回不到过去。眼睁睁看着自己守候了这么多年的人另嫁他人，这该是怎么样的心痛……

如果早知道是今日这番局面，他还会背负一世骂名挥军东征，血洗九冥山吗？

如果早知道最后她会苦心谋算置他于死地，他还会费尽心血帮她统一漠北吗？

燕京之乱，他们带着入营不到一年的新兵截杀黄泉铁卫，只是为了让她能从燕京安然脱身。

从凤阳护送他回漠北，他们的五百暗卫和江湖赏金猎人，与北燕密探交锋无数，五百人最后回来的还不到五十人。

可是这一切的一切，她看到了多少，又有多少人知道？但他们是亲眼看到，亲身经历过来的。

楚策没有说话，起身穿衣，在黑暗中低声道："玄武留下，设法通知大夏的军队她的行踪，那个人会找来的。"说罢，举步出了房门，望了望她所在的屋子，义无反顾地走出了院子。

青龙站在门口望着消失在夜色中的背影，侧头望向那扇窗户，心情沉重而苦涩。

这天下苍生的鲜血，还不够告诉你，他所在意的是什么吗？

为什么你就是看不到，抑或是你看到了却不去在意？他可以不顾一切让已经死去的你重新回到这个世界，你却无法再回到他的身边……

次日天明，她起来之时那边的屋里已经空无一人。她一个人站在空荡荡的院子里突然有些不知所措，追了出去便遇上玄武，直言问道："他人呢？"

"请问，领主是以什么样的身份问这个问题？"玄武望着她，沉声问道。

烟落闻言微怔，道："这周围黄泉铁卫众多，他有伤在身一个人出去，会出事的。"

玄武直直望着她，说道："如果领主是以皇贵妃娘娘的身份问属下，属下自然作答。如果是以大夏皇后的身份来问，便无可奉告。"

"我……"走到今天这一步，又何尝是她心中所愿？

"我已经通知了大夏的人，你在这里等着他们就够了。"玄武说罢转身离去。

烟落怔怔站在空空的院落，闭眼深深地叹息。如果可以重来，她又何尝希望这一切发生……

天色阴沉，空气压抑得令人窒息。她很快收拾了东西进城与随行来的侍卫会合，吩咐人寻找楚策一行人的踪迹。无论如何，她一定要将他带出东齐。

"领主，你没事吧！"侍卫长看着面色有些苍白的女子不由问道。

烟落微微摇了摇头，扶着桌子坐下，待到交代完所有的事，方才去药店买了安胎药。

第三天，侍卫们才寻到了楚策一行人的消息。

暮色沉沉，大雨滂沱，赶车的人将马车停在山下，扭头对马车内的人道："领主，他们就在山上的庙里避雨。"

庙内火光闪耀，楚策靠在青龙支起的简榻上，面色苍白得吓人。一阵冷风吹开了破旧的庙门，玄武连忙起身去关，看到外面立在雨中的人不由一愣。

“什么事？”青龙侧头问道。

玄武侧头望了望楚策，道：“皇上，是漠北领主。”

楚策闻言一阵咳嗽，望向玄武的目光不由冷沉了几分。这一路他们已经一再小心，怎么会让她这么快就追上？定然是玄武在后面故意将人引了过来。

玄武见楚策不说话，便将门关上到火堆边坐下，一句话也不说。

楚策敛目听着越来越大的雨声，眉头皱得紧紧的，淡声道：“让她进来！”从小到大，他从来都拗不过她的脾气，但凡是她认准的事，就非要做到了才甘心。

玄武闻言起身开了门，道：“进来吧！”皇上病重，他们又不能找医馆医治，他只有设法将她引来。

烟落举步进了门，身上的雨披不住地滴着水。楚策坐起身便是一阵剧烈的咳嗽，她快步上前将药递过：“把药吃了！”

楚策侧头望着她：“谁让你跟来的？”

烟落抿唇深深吸了口气，直直望向那双深沉的黑眸：“楚策，从小到大，我从未认真好好为你做过什么。这一次……让我带你出东齐，求你。”

楚策静静地望着她，目光深沉如海，苍白的薄唇勾起嘲弄的笑意：“你这是在干什么？可怜我？”

烟落身形一震，伸出的手僵在那里，深深吸了口气道：“楚策，我们静下心来谈谈。”

青龙和玄武闻言也悄然出去了，楚策淡声道：“你想谈什么？”

她不由分说，将药丸放到他手里：“把药吃了再说。”

他望着她瘦小的侧脸，依稀看到了当年莲湖之畔亭亭如莲的少女，怔然说道：“烟儿，跟我回沧都吧！”

这句徘徊心头六年的话，却是在此时此刻才说出口。

她缓缓摇了摇头，没有说话。

“我不在意你嫁过他，只要你回来。”楚策低声说道。

烟落默默转头望着他，尘封多年的回忆涌上心头又悄然沉寂，低声说道：“这六年已经改变了我们之间太多的东西。即便没有他，也不可能再像以前。”

楚策默然不语，苍白的薄唇紧抿着。

她低头望着燃烧的火堆，缓缓说道：“从莲湖相识开始，我们一起长大，一起生活了十三年。我在意你，关心你。你的母亲和妹妹走了，那个时候我就告诉自己我要在你身边的每天带给你的都是幸福和快乐，我想看到你笑起来的样子。你开心，我会跟着开心，你难过，我会跟着难过，每次吵架了赌气了，不管是对是错，你总是最先妥协的一个。每次看到你那个样子，我就觉得自己是世界上最幸福的女人。我满心欢喜地等待着那个孩子出生，我想要我们就那样一直生活下去。”

楚策闻言动容，呼吸有些微微颤抖，薄唇微微勾着。他想要笑，却勾起了深深的苦涩……

“我以为，我的一生永远都只有你，有洛家，有先帝。可是当我再回到沧都，所有的一切都变了，我的世界天翻地覆。”她深深吸了口气，望了望窗外的雨帘，忍住欲夺眶而出的泪，“你没有做错。你以为那是对我的保护，可是如果一开始我知道这一切，便是死了，我也不会那样恨着你。”

楚策静静地望着她，有太多的话想要说，却一句也说不出口。

“楚策，我爱过你，也恨过你。”她望着他，多年爱恨伤悲在她眼底起伏沉寂，千帆过尽，已经无力再想。

他沉默了许久，颤抖地出声：“你爱上他了？”

她点了点头，说道：“我对不起你，辜负了你。我可以为你去做任何事，甚至去死。只是我们都已经走得太远了，再也回不去了。”

“你没有给过机会，没有试过重新开始，怎么就知道回不到过去。”楚策一眨不眨地望着她，眉眼沉静。

她深深吸了口气，望着他认真说道：“我爱过你，或许是我爱得不够深，不够坚定。六年来，它已经被很多东西磨蚀殆尽。我愧疚，甚至悔恨，但是……”她深深望着他的眼睛，“我做不到，我无法以我的爱情来偿还。”

六年，他们都走得满心沧桑。她曾为这个人心动过，心痛过，心死过……

两人都不由沉默着，无言以对。

她低头从包袱中拿出药递过去：“前日给你的药估计已经用完了，这是重新配的。”

楚策愣了愣，探手接过，沉声说道：“回去之后就别再离开中州了。华淳太后用毒手段厉害，你小心提防。”

两人不动声色扯开了话题，粉饰太平。

“说说华淳太后的事吧，你应该知道得比我多。”她淡声说道。

楚策沉默一会儿，出声道：“在你还未出生前，华淳和你母亲是一道来西楚的，本是入宫为妃，只是你母亲遇到了你父亲，华淳入宫做了皇妃，其中详细事情我也不是很明白。只是祈衍说过，华淳离开沧都之后，曾下毒暗害你母亲，虽然最后所幸保得性命，却让出生的你双目失明。”

她闻言思量许久，道：“如果是那样，百里行素是华淳太后的儿子，他会不会是……西楚人？”按百里行素的年纪推算，是华淳太后离开沧都后不久生下的。

楚策决然说道：“不是。”

“万一……”她忍不住出声，这是极有可能的事。

“他不是。”楚策面色阴沉说道，他怎么可能跟那个人是血脉手足？

烟落不再说话，西楚和大昱多年明争暗斗，你死我活，是与不是都已经不再重要了。

过了许久，楚策侧头望着她，神色平静：“其实，你的眼睛，当年是楚修聿请人治好的。”只是中州与西楚都很少人提及，知道此事的人并不多。

她闻言怔怔地望着他，问道：“回到沧都，你准备怎么办？”

上阳关一战，神策军损失惨重，她能够为他做的，就是倾尽所有的力量帮助他。

“大夏过些日子也到了上阳关，祈衍带兵到了，你就去大夏吧。”楚策道。

烟落闻言心思快速一转，道：“看来你还不想罢手。”

楚策眸光微沉，坦然言道：“百里行素捡了这么大个便宜，总要付出点代价。那么多人死在上阳关，不打回来，他们的灵魂都难得安息。”

烟落闻言低眉不语。如果没有她从中作梗，此刻上阳关已经是他囊中之物了吧。那么多的人即便不是她亲手所杀，却也因她而死。

楚策没见她出声，侧头瞥了一眼：“这与你无关，战场之上，总有生死输赢，侧翼军已经赶来了，很快就会再打回来。”

“领主若是想做点什么，不如帮咱们破了岐州。”玄武进门笑着说道，虽是玩笑的语气，但眼神中却极是认真。

楚策顿时目光一凛，望向玄武，锐利逼人。

烟落闻言望了望楚策，看来他让大哥带兵前来，不仅是想反败为胜，还想借机夺下东齐第二都岐州。在任何绝境都在深谋远虑的人，这才是帝王。

“岐州号称东齐第二都，兵力雄厚，要想拿下不是那么容易的事，而且你现在的身体不适合上阵。”她平静地说道。

“夷都告急，百里行素迟迟不肯回京援手。看来他与大昱的长老会，还没有那么和睦。”楚策淡声言道。

烟落闻言轻轻点了点头：“即使不会内乱，他们也会暗自较劲。”而眼前这人早就料想到这样的局面了吧。

次日天明，雨停。

一行人前往岐州，楚策默然望着靠着马车疲惫入睡的女子，有些心疼。

六年，恍然已经过了一个生命的轮回。他在孤独守望，她在苦苦挣扎，楚修聿的出现成了她的救赎。

他从未真正去了解过她真正想要什么，固执地以为自己尽力给予的就是对她最好的。可是在她最绝望艰难的时候，却未能陪伴她身边，让她一个人苦苦挣扎……

马车碾过一个石块，车身一个摇晃，他迅速出手扶住险些撞着头的人，低眉一看她竟然还未醒，无奈摇了摇头，看来这连日以来从漠北赶来上阳关，确实太过劳累了……

楚策挪了挪身子，让她的头正好靠在他的肩上能睡得安稳些。马车缓缓而行，只愿这条路，再长一些，再长一些……

山路崎岖，马车一个重重的摇晃，似是惊破谁的梦，烟落霍然睁开眼，正对上楚策的眼睛，不由一愣。

“咳！”楚策别开眼，朝马车外的青龙和玄武问道：“到哪儿了？”

“快到岐州了。”

为了能避过城门处的搜查，烟落帮他们每个人易容换装之后才去往岐州。青龙和玄武先行进了城，没有异样才向他们打了招呼。哪知眼看着快要过去进城了，城中有人快马前来道：“楚帝有伤在身，但凡男子搜身检查。”

烟落和楚策两人顿时眉眼一沉。她扫了一眼城门上下的守卫，动手定然是不可能的，如果用幻术催眠搜查的人也会引起注意，这时再往回走，更会起疑，进退不得。

城门守卫让楚策拿下蒙着脸的面巾，看到那一脸的脓疮顿时嫌恶地别开头去。烟落沉声上前道：“家兄有病在身，大夫说很容易传染……”

话还没说完，围上前来搜查的守卫纷纷散了开去。为首的扫了两人一眼，目光落在她身上道：“但凡男子都要搜身检查，你们自己动手解衣服吧！”

正在这时，一辆华丽的马车经过，几个士兵拦下马车，却被驾车的仆人喝退：“大胆，淑媛郡主的马车你也敢查。”

一只纤细优美的手撩开车帘，目光落在楚策与她身上。烟落侧头望去，那马车上的淑媛郡主，不正是萧淑儿？

这是自当年皇极大殿之后，六年多以来，她第一次再遇上这个女子。

萧淑儿仔细打量着他们，最后目光落在她身旁的楚策身上，眼底一掠而过的震惊之色。

“郡主，可以进城了。”车夫出声道。

萧淑儿依旧望着他们两人，淡淡出声道：“再等等。”

烟落不由紧张起来，难道她是认出他们两人了？如果此时一暴露，他们必被岐州几十万兵马围攻，如何还能脱得了身？

搜查的守卫扫了两人一眼，喝道：“还不动手。”

烟落皱眉，他们所谓的搜身，大庭广众之下解了衣衫，查看是否有伤。楚策一脱衣衫定然会被人瞧出伤势；她是女儿身，难道要被人这般搜身？

见他们还不动身，一人指着她喝道：“先搜这个！”

“慢着！”萧淑儿马车上的侍女跳下马车，打量了两人一眼，出声道，“这是郡主府上的人，几位还要搜吗？”

烟落闻言望向马车的方向，车帘已经放下，看不到马车内的人。

“姑娘，这是诸葛大人军令，小的……”

“放肆，你们眼中就只有诸葛大人，就不把相国府放在眼中吗？”侍女厉声喝道。

侍卫一听战战兢兢地回话：“没有，只是这是军令，若是放走了他们……”

烟落抿了抿唇，把扎着的头发一放，望向几人道：“几位还要搜吗？”

楚策一行几人都是男子，故而搜身只搜男子。如今眼前的是女人，边上的人那一脸痨病相，长成那样就更不可能是他们要找的人了。为首的一人连忙上前道：“姑娘，不知你们是郡主府上的人，方才得罪了。”

一进城门，烟落快步行到马车外道：“多谢郡主帮忙，我得带人前去求医，就此告辞。”

“这么多年未见，这么急着走吗？”萧淑儿撩开车帘，一眨不眨地望着她，低声道，“四妹。”

烟落笑着回道：“郡主认错人了，我……”

“我有没有认错，你心里清楚。”萧淑儿面上笑意依旧，望望城中来往巡城的守卫，低声道，“如果不想被抓住，就乖乖跟着。”

不一会儿，侍女朝随行的侍卫道：“郡主有令，把这两个人带回府。”

一时之间，她有些弄不明白萧淑儿的意图，她这是要帮她们，还是别有目的？

楚策一路什么话也没说，两人跟着进了郡主府。青龙和玄武暗中尾随而至，一时之间摸不清萧淑儿的意图，只得悄悄潜伏在郡主府附近，静观其变。

奢华而典雅的郡主府正厅，侍女屏退了仆从，萧淑儿望向烟落身旁的男子，淡然一笑：“我们又见面了。”

烟落闻言面色微沉，看来她不止认出了她，连楚策的身份也被识破了。

“你想干什么？”楚策冷冷地望着正座之下锦衣华服的端庄女子。

萧淑儿理了理衣袖，起身走近：“我要想干什么，方才在城门口，你们就被抓了。”

烟落沉吟片刻，望向她道：“你是……帮我们？”之前在漠北还听说萧淑儿有孕，之后萧府被抄斩，萧赫与她们姐妹逃离了沧都。不管是站在东齐的立场，还是站在萧家的立场去想，她都不会做出这样的事，更何况她的母亲还是死在西楚手上？

萧淑儿转身拿着鱼食，逗玩着厅内鱼缸中的锦鲤，淡声道：“我没那么好心，他放过我一回，我还他个人情罢了。”

烟落闻声望了眼楚策，朝萧淑儿道：“不管怎么样，这次谢谢你。”

萧淑儿面色淡漠，沉声道：“冬青，把人带下去安顿吧，小心别让外人瞧见了。”

“是。”侍女冬青回话，望了望楚策，哼道：“走吧！”

烟落望了望楚策，而后点了点头。如今城中情势紧张，这里不失为一个安全的藏身之处。

楚策默然跟着冬青出了正厅，烟落望着萧淑儿的背影不由一笑，没想到他们三人还会撞在一起。

萧淑儿放下手中装鱼食的玉碗，一眨不眨地望着她的眼睛，一字一句问道：“我是该叫你四妹，还是该叫你燕绮凰，抑或是……洛皇贵妃？”

“我不是萧家的人，不用再叫我四妹，洛烟是已死之人，还是叫燕绮凰吧！”她坦然承认道。

萧淑儿听到答案，轻轻点了点头：“在夷都听到太后和锦瑟的话，一直还不信。如今看到你们走在一起，不得不信了。”

烟落抿唇不语，静静地望着面前秀丽端庄的女子：“你这么做，就不怕萧赫知道吗？”

“我能为萧家做的已经做了，如今我的府第在岐州，与萧家没多大关系。”萧淑儿神色淡漠，默然望着对面的女子，问道，“你呢？你是洛烟，是西楚的皇妃，又怎么就做了大夏的皇后？”

烟落蓦然一笑，当年她被打入冷宫，所有人都说楚策负她，如今知道真相的人一个又一个又说是她负了他。到底爱与不爱，如人饮水，冷暖自知。

“你呢？西楚害了你的母亲，还害了你的孩子，你还肯出手相助？”烟落答非所问。

萧淑儿转身继续拿着鱼食喂起锦鲤，过了许久方才出声说道：“他从来不碰后宫任何一个女子，我也从来没有过孩子，不过是假的而已。”

烟落闻言一震，望着萧淑儿的背影只觉心上压了什么，难以喘息。

“后宫女子不过是他巩固权力的棋子，他的心里，从来只有你一个人。”萧淑儿缓缓说道，而后冷然一笑，“这世界真是可笑，他费尽心机要你回去，结果你却成了大夏的皇后。”

她蓦然忆起很多年前在沧都花灯会遇着他们的情形，她在那里瞧着花灯，他站在边上挡着拥挤的人流含笑相望，那时候她觉得洛烟是这世上最幸福的女人。

只是怎么也没想到，那样的两个人，会走到今天这一步。那夜夜徘徊在驻心宫的身影，后宫的女子一个又一个，却没有一个走进他的心……

烟落默然站在那里，一句话也没有说。

冬青很快就回到了正厅，朝萧淑儿行了一礼道：“郡主，已经安排好了。”

烟落深深吸了口气，认真说道：“谢谢！”

冬青将人送出了门，回来看到站在鱼缸边上的秀丽女子：“郡主，要是这事被查出来，不只是郡主府，连相国府恐怕也会受牵连，到时候……”

“小心些就是了。”萧淑儿淡声说道。

冬青沉吟片刻，忍不住问道：“那个人……真是西楚大帝吗？”

不管是在朝中，还是萧家，郡主一直是个知进退、明哲保身的人，可是这到底是什么样的人情，非要冒这么大的风险来偿还？

“嗯。”萧淑儿淡声回道，“方才出去的，就是漠北的领主，大夏的皇后燕绮凰。”

冬青面色微变，不管是哪一个都是与东齐水火不容、誓不两立的人啊！

“漠北领主在岐州，那带兵攻打夷都的人又是谁？”冬青皱了皱眉问道，难道是……

“是清越吧！”萧淑儿淡声说道。

她们都有勇气走出萧家，她却没有那个勇气走出去。她过惯了锦衣玉食的生活，没有一身超强的武艺，更没有任何可以帮助她的人，她能做的就是在萧家之下苟且偷安。

“夷都的密令一道接一道，也不见陛下班师回朝，他们是不是放弃夷都不顾了？”冬青问道。

萧淑儿冷然一笑，转身望了望她：“他们自有他们的谋算，不是咱们该关心的。”说罢起身朝寝居走去，吩咐道，“这几天放机灵点。”

之后萧淑儿再没有露面，倒是差冬青送来不少珍贵的药材供他们使用。虽然她一直用最好的药帮楚策治疗，但伤势依旧未见好转。

第五天一大早，一名侍女便进了院子，道：“燕姑娘，府外来了一匹马，冬青说是关外的马，让姑娘去看看，是不是你的。”

她闻言快步出了门，听到马儿嘶鸣的声音不由一笑：“流星。”

马儿听到主人的声音不由欢鸣。她牵着马儿进府到马厩喂食草料，马儿亲昵地舔着她的手，而她并不知流星已经在岐州见过了楚修聿。

“还是你好，什么都不用操心。”她探手抚了抚马头，喃喃道，“为什么，我的人生怎么走都是错的？”

以前如是，现在亦如是，她只是希望找到一条正确的路，过远离权谋争斗的生活。六年的岁月，争权夺利，仿佛已经耗尽了她全部的心血。

“我不想亏欠任何人，更不想伤害任何人，到头来……”她无力地靠着马厩的柱子抱膝坐在地上，声音带着说不出的疲惫，“谁都亏欠了，谁都伤害了，最不该伤害的却伤害最深。每一天，呼吸的每个瞬间，都在告诉我我欠了他什么，最该死的是我啊……”

此刻，她再也不是漠北那冷静果敢的领主。她是一个卑劣的罪人，她忘恩负义，她薄情寡义。回首再看这走过的六年，她所做的一切，是那样可笑。

真相昭然，他所做的一切都是为她好，可是为什么心里的伤痕依旧存在？她不可以将那十三年当作没发生过，亦不能当这六年是梦一场。她不知道该如何面对楚策，如何偿还他所付出的一切，她甚至想过以命还命，可是……她手抚上小腹，这个孩子……

马儿伸头蹭了蹭她的手臂，似是想安慰她又似是想要告诉她什么。她抬头，重重吐出一口气，满是辛酸和沧桑。

烟落抬手抚了抚马儿，深深吸了口气，对自己轻声道："一切都会过去的。"

她站起身来，一抬头看到一身玄衣俊拔的男子正站在马厩之外望着她这里……

轻风从两人之间穿梭而过，烟落僵硬地站在那里，只觉喉间郁结，连呼吸都不再顺畅，袖中的手紧紧攥着，他听到什么了？

楚策的目光深沉而阴郁，眼底似有万千风景流转而过：那些过往的少年时光，那些爱了却不知如何爱的青涩懵懂，还有皇极大殿决裂之后，失之交臂的幸福……

如果当初认出她，他就说明一切，也许……就不会走到今天这一步。可是他却担心所有的计划有变，冷静旁观，看着她挣扎求生，更把她看成了计划中的一步棋，一步诱出百里行素的棋。

烟落默然望着他，深吸一口气，将眼底所有的思绪掩藏，咽下所有的郁结，回复一如往昔的平静淡然，想要开口说什么，却不知该如何开口。

他蓦然转过身一步一步朝外走去，她不知该如何面对他，他更不知该如何面对已经成为大夏皇后的她。

"楚策！"烟落追出马厩唤道。

楚策背影一滞，道："何事？"

"天阳关战事紧急，我需要去一趟。"她低声说道。

楚策点了点头，没再追问，举步离去。

次日，她交代青龙和玄武如何用药照料楚策，便带着人离开了岐州。

苍穹高远，艳阳高照，连风都是热的。

百里行素带着数万黄泉铁卫，在东齐内陆辗转追捕大夏皇帝近半个月时间，却连个面都没打着，反而让他将内陆各城搅得一团乱。于是，他不得不放下这大肆的追捕计划，回到上阳关。

"陛下，夷都……"诸葛清接到夷都又一道长老会急令，快步进到书房。这已经数不清多少封了，每天一道，然而他们的大昱皇帝任由夷都战火弥漫，丝毫没有意思要班师回朝。

"不用管他们。"百里行素沉声喝道。

"陛下，还有一事。"诸葛清立在一旁忍不住出声道。

百里行素沉声道："讲。"

"夷都传来的密报中，带兵前往夷都的是萧清越和漠南诸军，但唯独不见……圣皇欣公主。"诸葛清坦然直言道。

百里行素凤眸微微眯起，她利用他与西楚交战的机会，同时削弱他和西楚的实力，趁

机攻占夷都，这一切都是顺理成章的事。而他也正好借这个机会，给大昱长老会一个警告，可是如今……她不在夷都，会在哪里？

“被扣在漠北的西楚兵马已经通过漠北，还有大夏、沧都都已经出兵，上阳关看来又有一场硬仗。”诸葛清沉声道，一旦让楚帝和大夏皇帝与两军会合，东齐将会面临前所未有的困境。

百里行素闻言蓦然一笑，回身望了望诸葛清道：“飞云骑十将领都去了漠北，在这样的情况下选择出兵，会是计划好的吗？我看……更像是仓促之下做出的决定。”

诸葛清闻言略一思量，而后点了点头：“飞云十将都在漠北，这时候大夏出兵，中州必定空虚，太过冒险了。”

百里行素负手在屋内踱步，喃喃道：“她没有去夷都，楚修聿来了上阳关，飞云骑也来了上阳关，难道……”蓦然想起在离开上阳关那日，背后隐隐熟悉的目光……

诸葛清听着他的话，思绪也渐渐明朗了，忍不住问道：“就算大夏皇帝是为了圣皇欣公主而来，那圣皇欣公主来上阳关……是为了什么？总不可能是为楚帝。这个局，可是她亲手布下的。”

百里行素抬手捏了捏有些发疼的眉心。若真如他所想的那般，她一来上阳关没多久，楚帝就从上阳关逃离了，会不会也是她暗中做的手脚？

“漠北最近有什么消息？”百里行素转头问道。

诸葛清闻言细细思量了一番，恍然大悟，出声道：“西楚兵马被扣朔州，西楚大将军王去了一趟漠北。如此算来，她见了罗衍之后就没有去夷都，反而来了上阳关？”

百里行素闻言凤眸微微眯起，喃喃道：“罗衍，罗衍……”

“当时搜查上阳关，有假扮楚帝一行的人朝岐州去了，我带人追上才发现是假的，还被人给逃了。”诸葛清一字一句地说道，“当时臣想定是调虎离山，立即折回去找，早已经没了踪影。

百里行素闻言猛地拂袖转身，目光落在那巨大地图之上，紧紧盯着一处——岐州。

就在百里行素发现这一切的时候，修聿已经与从漠北潜入东齐的祁恒一行人会合，并从漠北的侍卫口中得知了她带着楚策藏身岐州之事。

青龙从屋内出来便看到跃墙而入的人，一身紫色广袖长袍迎风而舞，气宇昂轩，风华傲然，只是他为何会出现在这里？

楚修聿打量了一眼院内，看到青龙便举步走了过去：“他们人呢？”

青龙闻言转身推门而入道：“皇上，夏皇来了。”

话音刚落，一身深紫锦袍的男子已经进了门，这是自大婚之后他们又一次碰面，然而却是全然不同的心境。两人没有说话，第一次细细打量对方，目光相交中，似有互为对手的敌意，又有惺惺相惜的赞赏。

修聿毫不客气在桌边坐下，端起已经沏好的茶抿了一口，道："峦川的君山银针。"

楚策瞥了他一眼，抿了口茶道："白毫银针混合君山银针，这都喝不出来？"

"看不出你除了在战场打打杀杀，还有时间做这品茶雅致之事。"修聿瞅了他一眼，淡声道，"看来还死不了。"

楚策立即还以颜色："朕没那么早死。"

修聿拎起茶壶自行斟了杯茶，抬眸望了望对面的人："吃了败仗，感想如何？"

"战场之上总有输赢，小小一个上阳关而已，我还输得起。"楚策沉声哼道。

修聿闻言轻轻点了点头，沉吟片刻淡声问道："她不在？"

"嗯。"楚策回道，放下手中的茶杯，"去了天阳关，走了两天了。"

修聿又点了点头，一句话也没有说，修长的手指转动着手中的茶杯，一圈又一圈，看到眼前这个人，心情沉重而百转。

曾经因为无忧，因为洛烟，他恨这个人的绝情，可是兜兜转转六年，最绝情的人却是最深情痴迷的人。他抿了口茶，沉声道："如果我早在发现异常的时候就去查探，也许……不会走到今天这一步。"

可是他不想无忧再回到沧都，再卷入权谋，对沧都和西楚的所有事便从此不闻不问，不管不顾。若是他早些知道那一切，就不会让她造成上阳关的大错，更不会这么多年让她独自背负那么多的枷锁，苦苦挣扎不得解脱。

楚策闻言薄唇紧紧抿着，苦涩一笑："你错过了十三年，还可以找回来。可是我错过了，又到哪里去找？"

修聿闻言眉眼一沉，望向他："什么十三年？"

楚策垂眸望着桌上的茶杯，茶叶在水中浮沉不定，平静地说道："你不知道当年她眼睛好了，曾去莲湖边找你，可是……我骗了她，骗了她十三年。"纵然他们相爱相守十三年，这件事永远是他心里难解的结。

修聿平静的眼底，骤然间风起云涌，握着茶杯的手一抖，茶水溅了一手，怔怔地望着对面眉眼沉静的冷峻男子："既然选择站在她身边，为什么又要把她隔绝在自己的世界之外？"

"如果当年是你站在那个位置，是你面对那一切，你会做什么选择？"楚策抬眸望着他，沉声问道。

"也许我会和你做一样的选择吧，但起码，我会让她知道我还在，她不是一个人绝望无助。"修聿沉声说道。

楚策薄唇勾起自嘲而苦涩的弧度："如果那样会让她卷入其中，你也会吗？"

"我不能，也没有资格来评判你所做的一切。你只是想保护她，何错之有？"修聿望着他，缓缓说道，"只是……你可有想过这六年，她以为自己害得洛家家破人亡有多痛

苦，她费尽心机地谋算要为这些死去的人报仇，如今所有的误会解开了，她又该怎么办？又该怎么面对你？”

楚策沉默了，他以为到误会清楚的那一天，一切都可以回到从前，原来不然。

修聿一眨不眨地望着他的眼睛，沉声说道：“即便所有的误会解开了，即便你不是要真的伤害她，可是这六年来她所经历的、承受的，不是就会随着一句误会烟消云散得了的。你没有害她，她却伤害了一直保护她的人，她筹谋多年，受尽苦难，精心谋算的报仇是多么可笑。这个一直支撑着她生存的信念轰然倒塌，这种痛，比起当年的一切……还要残忍千百倍。”

楚策端起已经凉透的茶饮尽，冰凉而苦涩，他所做的一切真的是为她好吗？

“她一直是个恩义分明的女子，别人给她一分好，她都会记十分。这六年以来，她想让自己冷心无情地生活，可是洛家的事、燕皇的死、刑天的死、北燕的分崩离析，无数条的人命压在她身上，让她难以喘息，夜夜梦魇。”而这个人所做的一切，让她更加难以面对。

他懂得她的好，懂得她的善良，懂得她恩义分明的心，所以理解，所以包容，所以心疼，所以……更舍不得她受半分委屈。

楚策望着对面雍容贵气的男子，他这一生都想着要超越这个人，可是这个人，什么都比他看得透，看得远……

修聿默然抬手替自己和楚策的杯子续了茶，眉眼沉静如水，淡声道：“我已经让人去天阳关了，找到她就一起走吧！”

楚策默然一笑，望向他：“你以为百里行素会放咱们走？”

“放不放是他的事，走不走就各凭本事了。”修聿淡笑言道。

“你不用这么费心帮我，我也不会感激你。”楚策冷声哼道。

修聿淡然一笑，瞥了他一眼，平静说道：“我没要你感激，如果我早一点发现这些事，她不会走到今天这一步。你出事，她会痛心，我不希望看到她再落一滴泪，即便是为你。”

楚策抿了口茶，扫了一眼还不识趣走人的大夏皇帝：“要说的说完了，门在那边。”

“你别不识好歹，我也没想留在这里。”修聿抿了口茶，哼道。

“让你堂堂的大夏皇帝来给我护驾，受用不起。”楚策瞅了他一眼道。

“最看不惯你这副德行，明明半死不活，还死撑着。”修聿道。

“彼此彼此，我也看不上你这假仁假义的嘴脸！”楚策道。

站在门外的祁恒和青龙等人，听着那叫一个心惊，这一个西楚大帝，一个大夏皇帝在里面竟然跟个孩子似的斗嘴，实在让人难以置信。

楚策瞧着对面一脸闲适的人，道：“你就不怕她跟着我回沧都？”

“当然怕。”修聿从袖内取出楚策遗失在中州的玉佩放到桌上，起身准备出门，“不管她做什么样的选择，我都不会为难她。”

“你当真舍得？”楚策望着他的背影问道。

“如果那是她的选择，我不舍得，也会放手。”他淡然一笑，举步出门离去。

他所害怕的，不是她离开他，不是他们无法一生相守，而是……她过得不幸福。

在修聿抵达岐州之时，烟落已经带着人进到了岐山深处。随行的侍卫长瞧了瞧地图，上前道：“领主，你脸色看起来不太好，休息一会儿再走吧。”

她稳了稳神，摇了摇头：“走吧。”在这里多耽误一天，岐州那里就多一天危险。

一行人翻山越岭终于寻到了金蛇岭，她立即吩咐人将雄黄粉撒在各自身上。周围的草丛发出阵阵细碎的声响，带着令人胆颤的寒意。

烟落望了望金蛇岭的最顶端，应该就在那里了吧！

百年乌乾，生有双头，且为双生，更是蛇中之王，生长于阴寒之地，通体透黑。

正在她思量之际，周边蛇群移动的声音愈来愈强烈，她顿时眉眼一凌，喝道：“有蛇毒，快跑。”

话音一落，周围顿起一阵黑色的烟雾，腥臭刺鼻。烟落连忙吩咐人闭气。

不能张口说话，侍卫长以手势指挥着手下带着她朝前面冲去，虽然行动已经是极快的速度，但其中有几人还是不小心吸了毒气，当场就倒在了丛林之中。烟落望着地上瞬间通体发黑的人，一行人不敢再有片刻耽搁冲出了丛林。

她远远望着那黑雾依旧弥漫的丛林，朝边上的侍卫长沉声道：“这里的蛇吐出一次毒气，起码要两个时辰才会恢复，必须抓住这时间。”

“这些东西已经这么厉害了，百年乌乾就更是难对付了。”一人望了望金蛇岭高处喃喃道。

烟落闻言抿了抿唇，一句话也没有说朝着金蛇岭走去。楚策的内伤一般的药已经难以调理好了，必须以百年乌乾的蛇胆入药，否则只怕他也撑不过明年了。

“领主，你看……”侍卫长扬手一指，几人望去都不由变了脸色。远处山坡之上，通体幽黑的双头乌乾盘踞在一块石头之上，幽冷的眼睛望着他们这群闯入它地盘的侵略者。

“小心，它……”她的话还没有说完，石头之上的乌乾便凌空扑了过来，速度快得难以想象。转眼工夫，她身边跟着的几名护卫倒了下去，侍卫长赶紧催促剩下的人跑。

烟落一边择路逃生，一边伺机下手，袖中的寒星小剑快如闪电。打蛇打七寸，乌乾却身形一歪躲了过去，然而躲过了寒星小剑，却没能躲过随之而来的银针。乌乾被银针扎身，在地上几个翻滚吐着蛇信，发出嘶嘶的声响。

“不好，它在召唤蛇群。”侍卫长惊惶叫道。

烟落眉眼一沉，长剑一刺，将其装入包袱中。而就在这片刻工夫，周围的蛇群已经聚集过来，雄黄粉已经无法阻止它们，蛇王被杀，蛇群蜂拥而上，那样的阵势瞧得人心里直发毛。

一行人被逼到山顶，迎面便升起一阵腥臭的黑雾，烟落一时不察吸了些进去，目光迷离间看到盘踞在前方的另一条双头乌乾。走在前面的两名侍卫当场毙命，后面驱敢蛇群的领队长连忙扶住她："领主！"

盘旋在天际的战鹰俯冲而来，与双头乌乾缠斗在一起。鹰是蛇的天敌，而此时它竟然在这条双头乌乾这儿占不到一点上风，乌乾还反过来咬它。一只战鹰被咬，蛇毒蔓延，试着飞起来，刚扑腾了两下翅膀，就坠下了悬崖。

无数的毒蛇围了过来，绿的，花的，大的，小的，一个个都吐着信子，一片嘶嘶的声响，闻之令人胆颤心惊。

她深深吸了口气，望了望边上的悬崖，望向几人指了指天上盘旋的战鹰："敢下去吗？"

下山的路已经被堵死，还有一条如此彪悍的蛇王要对付，再不走就真的死路一条了。

"踏着战鹰下去，在这里也是死，不如赌一把。"侍卫长坚定地说道，跟来的个个都是武艺卓绝的高手，轻功自然不成问题。

"好！"边上两人重重地点头。

侍卫长立刻召集天上盘旋着的战鹰飞到崖边，高低盘旋着。其中一人先行探路，纵身跃下悬崖，踏在一只鹰背上，借力一个起落，落在另一只战鹰背上，依次向下朝谷底而去。

半晌之后，两只战鹰飞了上来，脚上绑着那人的布条，几人相互一望，下去了。

侍卫长望向越来越近的蛇群和那边还在与鹰缠斗的乌乾，道："领主，你先走吧！"

烟落起身稳了稳心神，纵身跃下深谷，踏着战鹰借力，眼看着地面越来越近，目光却渐渐模糊了起来，整个人就那么直直从高空坠了下去……

岐州，天色阴沉。

修聿又一次不请自来，看到闭目躺在榻上的人，哼道："你倒是悠闲得很？"

楚策一掀眼帘坐起身："你天天来回跑，不是更闲？"

修聿自己动手倒茶，瞥了他一眼哼道："我就看看你死了没有。"

楚策丝毫没有为某人的毒舌所气，拂袖起身坐到桌边："百里行素还没找上你？"

"差不多快来了吧！"修聿抿了口茶，抬眼望了望楚策，"论阴谋诡计，你我都斗不过他，若不是大昱长老会与他之间有嫌隙，我看你也没法从他手上占半分便宜。"

"天阳关还是没消息吗？"楚策淡声问道。

“岐州上下已经安排好了，只要找到她，就能设法脱身了。”修聿说道，只是想到她去天阳关的事，总觉得有些不妥。

“这么多的黄泉铁卫，而且是在他的地盘上，就你区区那点人马，能走得了吗？”楚策有些怀疑地瞅了他一眼。

“反正不会让你死在这里。”修聿抿了口茶道，心中莫名有些烦躁，让人不安。

楚策也不还口，端起茶杯的手突地一紧，没来由地一阵心慌。他一把捂住心口处，面色瞬间铁青。

“你没事吧！”修聿见状立即站起身来。

正在这时，祁恒快步进屋，面色沉重地望着他道：“皇上，皇后娘娘她……根本没有去天阳关！”

“怎么回事？”修聿沉声追问。

“天阳关的人回报，她派了人去天阳关处理战事，自己带着人出了岐州，不知去向。”祈恒坦然直言道。

楚策看着那一向沉稳睿智的男子慌乱的目光，原来她竟对他有着这般大的影响力，一如当年燕京之乱时，战事在即，他却冲到了西楚军营要帮他攻打燕京，只是为她。

修聿缓缓坐了回去，端起茶抿了一口，强迫自己冷静下来，分析目前的状况。她没有去天阳关，那会去了哪里？

“东齐夷都已经派了暗使前去上阳关传令，百里行素估计也很快要带兵返回夷都。”祁恒面色沉重下来，望着两人说道：“十万黄泉铁卫已经呈合围之势，包围岐州。祁月和大将军王的人即便来了，也只能赶到上阳关，还赶不到岐州。如今咱们在岐州内的，算上西楚的、漠北的、大夏的，所有加起来也不够两千人。”

修聿和楚策都不由蹙起眉头，脑子里快速分析着如今的局势，思量脱身的对策。这是与百里行素斗智斗力的时候，那个人是铁了心要在班师回夷都前将他们两个一网打尽。能不能走出东齐，就看这一局了。

郡主府书房，锦衣华服的秀致女子端坐于书案之后，淡声问道：“大夏皇帝又来了？”

“是。”冬青一边研墨，一边回道，“陛下已经齐集了十万黄泉铁卫，若再加上岐州和周边几城，足有二十万之众，他们怕是走不了。”

萧淑儿笑意凉薄，抿了口茶望向冬青道：“你过去看看吧，看看他们那边有什么能帮上忙的。”

冬青面色一顿：“郡主，你不是要帮他们对付陛下吧？那可是……可是满门抄斩的大罪。”将他们藏在这里，若是让夷都那边的人知道了，还不知是何局面？

萧淑儿面色无波，从袖中取出一枚通透的玉制令牌放到桌上，朝冬青道：“这是府里调动暗卫的手令，一并带去吧。”

“郡主，你疯了。”冬青不可置信地望着那一脸沉静的端庄女子，那可是她留着将来保命的，深吸了口气，道，“奴婢不知道郡主欠了楚帝什么人情。帮他们对付陛下，这一被暴露出去就是死罪，郡主不要做让自己后悔的事。”

萧淑儿坦然一笑，平静地说道：“我这辈子后悔的事已经太多，总要做一件让自己不后悔的。”

冬青默然望着那端庄秀致的女子，一向沉静的目光变得锐利，似是想极力看穿她深藏在眼底的情绪，过了许久许久，道：“郡主，奴婢做不到。”

事情一旦败露，那会是什么后果，她不敢去想。

“冬青！”萧淑儿目光一凛望向她，“我只是想还楚帝一个人情而已，只要他们出了岐州，与我再无瓜葛。”

“上阳关时，你暗中放消息，在岐州又让他们藏身。”冬青一眨不眨地望着她，铮铮言道，“不管你要还什么人情，也不该拿自己的安危来冒险。”

“冬青！闭嘴！”萧淑儿拍案而起，眉眼间一片凌厉。

“奴婢敢问，郡主真的只是想还人情吗？”冬青定定地望着她，一步一步逼近前来，“还是郡主对楚帝有情，不想看他死在东齐。”

萧淑儿面目冷沉，拂袖转身：“我没有。”

“虽然这些年，我没有跟你在西楚，但有些事纵然老爷和二小姐看不出来，我又怎么会不知道，大昱的消息不是你透露给楚帝的吗？”冬青望着她的背影直言说道，“为一个根本没有将你放在眼中的男人背弃大昱，值得吗？”

“我没有背弃大昱。”萧淑儿冷声言道，“还了他这个人情，将来再遇上，必是敌人。”

冬青默然站在她身后久久不语，深深吸了口气，取过桌上的玉制令牌：“那就请郡主记住今天说的话，这是冬青最后一次帮你。若再有这样的事，我会直接禀报老爷。”

萧淑儿默然不语，轻轻点了点头。

冬青虽是她的侍女，但这些年对她是极为忠心的。若不是她帮自己在夷都这么些年布了眼线，自己也不可能将大昱上下的事掌握得这般细致。

“小姐，还记得当年华容郡主是什么下场，即便逃离大昱，但最后又是什么结局？大昱对于背叛者的手段，你比任何人都了解。”冬青背对着她，语气沉重，“更何况，那个人并不值得。”

冬青举步出了门，朝着楚策所居的小院走去，刚一进门便看到守在门外的玄武和几个大夏侍卫，玄武看到她眉眼微沉，步上前来，道：“冬青姑娘有事吗？”

“我奉郡主之命，找楚帝和夏皇有事相商。”冬青沉声言道。

玄武闻言微微皱了皱眉，淡笑道：“冬青姑娘稍后再来吧，皇上和夏皇有事还在商谈。”

冬青望了望紧闭的房门，沉声道：“你们要想走出这岐州城，就最好让我进去。”

玄武闻言默然不语，沉吟片刻，道：“姑娘稍候片刻。”说罢转身便进了门。

青龙望着突然闯入屋内的人皱了皱眉，低声斥道：“你干什么？”

玄武望了望他，举步上前，望向楚策和修聿二人，拱手道：“淑媛郡主让冬青过来，说是有事要见你们。”

修聿闻言望了望楚策，楚策薄唇紧抿，轻轻点了点头示意玄武放人进来。

冬青进到房中，望了望这西楚皇室中传奇的一帝一王，最后目光落在楚策身上，沉声言道：“郡主知道二位在商议要事，让我代为前来相助。”

楚策闻言微微皱了皱眉，却一句话也没有说。青龙看到楚策冷沉的面色顿时了然，上前道：“冬青姑娘，淑媛郡主的心意我们心领了，但是你们还是不要插手其中的好。”

冬青冷然一笑：“你们藏身在郡主府多日，以为我们还能脱得了干系吗？”她伸手将手中的玉令放到桌上，“这是郡主府调动暗卫的手令，有一千精兵。他们熟悉黄泉铁卫的作战手段和方式，会对你们有利。”

楚策依旧没有说话，薄唇抿得紧紧的，剑眉紧蹙。

修聿望了望他与冬青两人，而后道：“既然这样，我们就重新布置吧！”说话指了指桌上的地图，“她从东南门离开，必然是要经过岐山城，或者在上阳关一带。你们从东南门走，沿路去找，应该会找到她的消息。”

楚策闻言望了望他，“那你呢？”

一身紫色锦袍的男子修长的手指快速在地图上移动，部署兵力，分派任务：“我会带剩下的人一行拖住百里行素，你们尽快找到她，然后转出东齐。”不管怎么样，他也不可能让她一个人留在东齐境内，纵然他是多么想亲自前去寻她，可是如今的情况容不得他这么做。这件事他只能交给楚策，他们所有人才有希望逃出东齐。

“两千人马，拖住二十万大军，怎么可能？”冬青望向楚修聿沉声道。百里行素心思精明，黄泉铁卫战斗力强盛，由这支临时组建的两千队伍根本不可能对抗。

修聿抬头望了望楚策，郑重言道：“百里行素的人马到了岐州，上阳关一带必定空虚，你们行动会很方便。只要尽快传令到上阳关，祁月和罗衍带兵前来岐州，再加上天阳关的十万漠北兵，届时前后夹击，咱们就有胜算，但是……”他深深望向楚策，道，“一定要在三天内传令到上阳关。”

楚策闻言重重地点了点头，这不仅是一句嘱托，更是性命的交付。

修聿定定地望着他的眼睛，沉声说道：“一定要找到她，将她带去中州。我们三个人有什么恩怨，也等这一切过去了再说。”

# 第二章 软禁东齐

金蛇岭深谷下，几名侍卫手忙脚乱地将她从湍急的水流中带上河岸。侍卫长第一次看到一向沉着坚强的女领主眼中无边的惶恐无助，这世上有哪个身怀六甲的女子，像她这般苦命的。

她咬着唇，剧烈钻心的疼自小腹蔓延，鲜红的血顺着她身下的巨石蜿蜒而下，疼得她已经无力说话，强自提了口气，一把抓住他的手道："包袱……参片……岐山城……"

她不是不爱惜这个孩子，只是太多的事让她措手不及。楚策的事铺天盖地而来，她又如何能置之不顾?

侍卫长赶紧从包袱里取出她事先带在身边的参片给她含在嘴里，寻了最近的山洞生了火将其他的参片煮成参汤让她服用。

几个时辰后，她渐渐清醒了几分，望向火堆边的侍卫长，低声说道："先去岐山城，包袱里的乌乾是楚策入药的药引，先以蛇胆入药，蛇肉也是百年灵物，有助恢复内伤……再与岐州城里的人联系，设法尽快离开东齐。如果天阳关那边走不成，不能回漠北，就从水路转至阳明江，从明州出境到大夏，与西楚和大夏的兵马会合……"

"领主，属下一定照办。"领队的队长看着面色苍白的瘦削女子，不由一阵心酸。他们跟着她在漠北转战两年，也未看到她有这般沧桑无助的样子。

"一旦离开东齐境内，立即……立即传令房将军从夷都撤兵回漠北，不可……不可恋战。"每说一句话，都似在用尽她所有的力气。

"是。"侍卫长沉声回话。

烟落轻轻点了点头，无力地闭眼，眼角一滴清泪滑落没入浓密的发间。

孩子，你一定要活下来，一定要活下来啊！

因为落了水，她又发起了高烧，几名侍卫带着她连夜赶往岐山城，下山遇上连池正带着连美人上金蛇岭抓蛇，见她伤重便跟着一道去了岐山城。

刚一进城，便正好遇上从岐州转到岐山的楚策一行人，当即将她带到了冬青安排好的客栈，祁恒瞧着昏迷不醒的人问道："怎么回事？"

"胎息不稳，有些小产迹象。"连池淡声说道。

"什么胎息？小产？"祁恒不可置信地望向连池，这是……

连池抬头望了望祁恒："你们不知道她有身孕吗？"

祁恒闻言望向担架之上面色苍白失血的女子，她离开中州一个多月了，兜兜转转这么久才找到她，又怎会知道她怀孕的事？若是知道，皇上怎会让她一个人去漠北？

"本来身体就不好，有了孩子也不知道注意调养，过度劳累，又中了些蛇毒，现在还染了风寒，一时间还难醒。"连池冷声说道。

楚策面色沉重地站在一旁，一句话也不说。祁恒转身出了内室，看到随行的那几名护卫，沉声问道："不是说去天阳关，怎么会在岐山？"

侍卫长闻言上前拱手问道："这是领主的密令，此事除了随行几人，是不得外传的。"

祁恒闻言面色顿时一凛："要是娘娘有个三长两短，你们该当何罪？"

侍卫长解下自己身上的包袱，交到一边的青龙手中："这是楚帝治病的药引，百年乌乾的蛇胆，以其入药，可治楚帝内伤。"

正从里面出来的楚策望向青龙手上之物，扶着门框的手缓缓收紧，只觉万千思绪哽在喉间……

他竭力缓缓转过头去望向床榻之上的女子，她是在最孤独寂寞的少年岁月与他一路相伴的人，她是伴着他一步一步登上帝位的人。他曾经发誓要守护她一辈子，给予她最幸福安乐的生活……

可是到头来，他带给她的，只有……伤和痛。

夜色深沉，月凉如水。

一身墨衣的男子静然坐在沉寂的房中，仿佛已经凝成一座雕塑，也不知过了多久的时间，他就那么坐着，整个人淹没在黑暗中。

青龙端着药进来搁到案几上，点了灯火，道："皇上，药好了。"

楚策回过神来，怔怔望着那仍旧冒着热气的药，仿佛看到了她穿行山林爬上金蛇岭的种种画面……

过了许久，青龙见他依旧未动，便出声道："皇上，该用药了。"

楚策闻言轻轻点了点头，伸手端起药碗，只觉每一口都是满满的苦涩却又带着莫名的暖意，蔓延到他身体的四肢百骸每一个角落。

他喝得很慢，过了许久才把药碗放回桌上，望向青龙道："黄泉铁卫是否已经靠近岐州了？"

"是。"青龙坦然回道。

楚策闻言轻轻点了点头，看来一切都照着他所想的发展，跟百里行素交手，到底还是他更胜一筹。深深吸了口气，道："传信上阳关，三天之内赶赴岐州。"

青龙闻言没有回话，只是默然站在那里。

"怎么了？"楚策见他不出声，眉梢一扬，望向青龙问道。

青龙低头站在那里，闻言抬起头来望着他，过了许久，开口道："属下有些话，不知当讲不当讲。"

"讲。"楚策沉声道。

"皇上可想皇贵妃娘娘回到西楚，再回到驻心宫？"青龙抬头直直望向他的眼睛，一字一句问道。

楚策没有说话，薄唇紧紧抿起，他不是不想，而是他早已失去了回头的资格。

"皇贵妃娘娘肯为皇上冒险前去金蛇岭取乌乾蛇胆，相信也不是对皇上完全冷漠的，只是如今身不由己而已。"青龙抬头一眨不眨地望着他，沉声道，"如今正有一个绝好的机会解决皇上和娘娘之间的所有阻隔，只要……"

"住口！"楚策拍案而起，厉声喝道。

青龙直直望着他，急声说道："只要咱们不传令上阳关，夏皇就永远在岐州出不来。只要他不在了，皇贵妃娘娘总有一天会回到沧都，回到你身边。"

楚策面色铁青，望着青龙的目光凌厉如刃："不要再说了！"

"如今皇贵妃娘娘昏迷不醒，只要小心行事，一切自可做得天衣无缝。岐州一战夏皇必定以死相搏，百里行素亦会大有损失。夏皇一死，大夏便可纳入西楚，对付百里行素亦是如虎添翼。"青龙定定地望着他，字字铿锵。

"青龙，住口！"楚策声音冷沉如冰。

他是想让她回来，他也想早日完成一统天下的大业。可是那个人送他离开岐州，以性命交付，他在这个时候背后一刀，他做不出来。杀了那个人，对她是何其残忍的事。

"皇上要想完成大业，大夏将来必是大敌，如今既可以除掉大夏皇帝巩固西楚，又可以让皇贵妃娘娘回到西楚，还可以对付了大昱，于公于私这都是一举多得的机会，皇上……"青龙上前劝道。

楚策目光阴沉，只听一声铮鸣，长剑出鞘指着青龙咽喉："朕的江山还不需要耍这些手段来夺。”

“帝王皇权谁不是不择手段，当年布下局对付百里行素，因为大夏和漠北相阻而功亏一篑，如今有这样绝好的机会，为什么还要放过？只要夏皇一死，所有的一切都可以做个了结。西楚拥有了大夏和漠北，征伐大昱，指日可待，皇上！”青龙一撩衣袍跪地，目光铮然望着那一脸冷峻的帝王。

楚策一语不发，手中三尺青锋，寒光冽冽。

“夏皇一死，纵然娘娘心中伤心，但伤心总有一天会过去。他可以陪在她身边三年让她放下你，你可以有三年、十年，甚至三十年陪在她身边，让娘娘放下夏皇。”青龙抬头深深望着他们追随一生的帝王，沉声说道，“江山，挚爱，只在你一念之间。”

江山，挚爱，一念之间，他苦苦追寻一生的唾手可得。

这是多么强烈的诱惑力啊！

过了许久许久，他收剑拂袖转身，沉声道：“向上阳关传令，不得有误。”

“皇上！”青龙急声唤道。

楚策回身望着跪在地上的青龙，眸光冷锐逼人：“此事，敢再提半个字，休怪朕不念君臣情义。”

青龙深深吸了口气，低头拱手道：“属下记下了，这就传令上阳关。”说罢便朝门外走去。

“慢着！”楚策突然出声叫住他。

“皇上还有什么吩咐？”青龙回身，低头拱手问道。

楚策望着他许久，一句话也不说，转身将手中的剑放到桌上，沉声道：“此事不用你办了，帮朕叫祁恒过来吧！”

当天夜里祁恒便先行离开，赶往上阳关传令，而楚策一行人也启程从水路转阳明江离开岐山城。直到第三天烟落才醒了过来，看到守在边上的连池和连美人不由意外。

连池知道她是因为师傅不想再与他们接近，于是便道：“等把你送回中州，我自然会走的。”现在她与师傅是敌非友，他跟在她身边总归是不合适。

“连池……”

“明知道自己有孕也不注意点，这次我是帮你把孩子保住了。回去要再不好好调理，到时候孩子出生难产会很危险的。”连池淡声说道。

烟落探手抚了抚小腹，轻然一笑：“我会注意的。”

楚策过来时看到她已经醒来，不由暗自松了口气，道：“已经快到明州了。”出了明州就到大夏的国土了。

“嗯。”她轻轻点了点头，看到他面上已经恢复了血色，想来那百年乌乾是挺有效的，也不枉她去金蛇岭这一趟。

只是回到中州，她又该如何向那个人解释这所有的一切?

次日，到达明州的时候下起了大雨，玄武早早备了马车在码头等着，人靠着马车显得有些疲惫。青龙最先下了船，朝玄武望了望又望了望他身后的马车："都办好了?"

玄武点了点头，看到那边下船的一行人，连池扶着烟落下船走得很慢，楚策一个人站在下船的地方，挡着其他下船的人就是不走，等到前面连池已经扶着她上了岸方才举步下船。

楚策看到玄武面色有异，不由皱了皱眉："出了什么事?"

"城里有东齐的探子交了手，耽误了些时间，估计很快就会有人查探了，明州不能久留。"玄武垂首沉声回话道。

楚策闻言轻轻点了点头，转身上了马车没再追下去。

因着烟落胎息不稳，连池一再要求马车慢行，本来快马三天就能到，他们走走停停，直到十天之后才回到中州。

仲夏的午后，这座一向热闹繁华的中州城却是格外安静，静得仿佛已经是一座死城。马车一进城门突然停了下来，连池皱了皱眉有些不悦一掀车帘道："怎么不走了?"

烟落闻言抬眸望向马车外，满城都是刺目惊心的白，顿时只觉周身的血液一寸一寸地冰凉了下去……

满城的白绫在风中飞舞，举城上下的人身披孝服安静地沿街站着，人流延伸向某一个异常熟悉的地方，她唇上的血色缓缓褪尽。连池伸手去拉她，触手却是冰凉一片："小师妹，你怎么了?"

这是怎么了?

这样的画面让她整个人慌了，她爬下马车沿着长街快步走着，脚下一个不稳差点跌倒在地，连池快步上前扶住她："小师妹。"

她什么声音都听不到了，放开连池快步沿着人流的方向走着，越走越快，最后不顾一切跑了起来，身后的披风随着她的奔跑而飘飞，穿过了长街，转过了街角，越过了长桥，终于来到了中州王府正面的大街……

她忽然很害怕，不是面对于死亡的恐惧，不是害怕流离的苦痛，这种害怕就像是曾经千里迢迢回到沧都一样的害怕，她急切地想知道这条路尽头的答案，却害怕那个答案……

她气喘吁吁地跑到了王府的正门，看到府内所有的人都站在那里，姐姐、祁月、无忧……可是他们每个人都是一身刺眼的白，却唯独不见他。

王府正厅停放着一方巨大的金丝楠木的皇棺，所有人都围着它站着。她缓步走过去，也许是因为方才跑得太快，她腿有些软弱无力，差点摔倒在地。

好不容易走到了正厅，她走近那华丽的棺木，苍白的唇颤抖着，望向萧清越声音虚弱得几近虚无："这里……是谁啊？"

为什么……为什么这个面目全非的人会穿着修聿的衣服？

萧清越望着她痛苦地别开头，道："皇上他……驾崩了！"

她闻言愣了愣，突然笑了笑："怎么会呢？我走的时候他还好好的，说会等我回来的……"

她不想哭，眼底的泪却夺眶而下。

这是假的，一定是假的！

可是过了许久，也没有人告诉她这一切是假的，告诉她修聿到底在什么地方……

"这不是他！不是的……"她望向棺木之中那一身熟悉的浅紫龙纹锦袍，泪却止不住地涌了出来。

"小烟……"萧清越心疼地拉住她，泣声道，"这是他，是我和祁月亲自找到带回来的。"

"不是的，他不是的，姐姐你不要骗我……"她望着萧清越，眼中满是令人心痛的乞求。

"小烟，不要这样，是我们去晚了，是我们没有救到他。你怪姐姐，你恨姐姐，不要这样……"萧清越拉着她泣不成声。

她失控地甩开萧清越，发疯一样拉扯着棺木内的人，捞起袖子看到那人手上光洁的手掌，抬头望着萧清越信誓旦旦说道："你看，他不是的，他的手上没有指环，这是你送给我们的，他没有啊，他不是他……"

萧清越望着她满眼心痛，泣声道："那是右手啊！"

她闻言惊惶地低头去拉那个人的左手，然而左边的袖子里空空如也，什么都没有："他的左手呢？他的左手在哪里……"

她慌乱地在棺木内寻找着不是修聿的证剧，把里面的衣服翻得乱七八糟，却在找到那块坠着同心结的松石之时，整个人瞬间崩溃……

她捧着手中被鲜血浸染的松石坠子，不可置信地摇着头，"假的，都是假的……"

"娘亲！"无忧泪眼汪汪地仰头望着母亲，小小的孩子似乎在一刹那成长了起来，脱去了曾经的满脸稚气。

祁月举步上前，敛去了往日的玩世不恭，一脸悲凄："岐州一战，皇上于岐州城聚两千兵马突围，遭东齐黄泉铁卫二十万兵围攻四天四夜，全军覆没。"

楚策追至王府门口看到正厅的一幕，不由愣在那里。正厅之内她的背影是那样瘦弱，仿佛一阵风都会将她带走。他看不到她的脸，却清晰地感觉到了她泪水的味道。

他怔怔地站在那里，冷风扬起他宽大的衣袍，那样的孤绝而寂寞……

正在这时，一个满身是血的人冲了进来，望着那玄衣墨发的帝王，目光顿时凶狠如狼，刀锋寒冽夹杂着滔天之恨劈头砍了过去：“你这个杀人凶手，拿命来！”

青龙一拔长剑挡在楚策身前，刀剑相击，反手一转，剑锋朝那人脖子抹去。厅内的祁月身形一转，九节鞭快如闪电击上剑身，逼得青龙不由退了两步。

“楚帝在中州王府就想杀人灭口吗？”祁月面色冷沉直面望着对面玄衣墨发的西楚帝王，缓步走了过来。

祁恒一身是血，齐肩而断的左臂简单包扎着，扬长剑指向楚策：“你个忘恩负义的小人，皇上舍命助你逃出岐州，你却背后暗害，是何居心？”

楚策面目清冷，了无波澜，穿过重重人影望向正厅之内的女子，沉声回道：“我没有。”

“你没有？”祁恒冷声狂笑，突地暴跳而起一刀劈向玄武。玄武闪避不及，身上的衣服被劈得裂开，肩上青色的伤痕顿时暴露人前。在场的飞云骑卫都认得那是被祁恒特有的金钢指所伤。

玄武一语不发，望了望楚策的背影，赤着上身立在那里。

“明明计划好皇上牵制百里行素，我们给上阳关传令，前后夹击黄泉铁卫，可是你做了什么？”祁恒愤恨地望着那一脸冷漠的帝王，怒声吼道，“你却让人在我前去报信的路上截杀我，阻止上阳关出兵相助。”

此话一出，府内所有的飞云骑卫顿时怒意冲天，冷冷地望向站在王府正门处的三人。他们奔赴上阳关相助西楚，西楚皇帝却将他们大夏皇帝阴谋陷害，此仇此恨，如何不报？

楚策一句话也没有说，只是侧头望了望青龙，目光是那样的冰冷深寒。青龙垂首跪地：“属下该死。”

玄武也跟着跪地，沉声道：“人是我截的，属下无话可说。”如果当时他小心一点行事，事情就不会发展到现在的局面，只因时间紧迫来不及察探祁恒是死是活便急急赶了回去。

“楚帝是欺我大夏无主吗？区区几名侍卫若不是得了你的令，敢做出这样的事吗？”祁恒冷声质问。

王府之内顿时剑拔弩张，杀气弥漫，楚策面目清冷，只是怔怔地望着正厅之内那瘦削的背影，烟落攥着手中的松石缓缓转过身，隔着人影重重望向那玄衣墨发的男子……

萧清越心疼地看着她，她难以想象这个女子从西楚的洛皇贵妃走到今时今日，独自承受了多少辛酸血泪。

正在这时风中骤起一阵马蹄之声，一身黑甲的罗衍翻身下马带着白虎、朱雀和神策营人马进到中州王府，齐齐扶剑跪地：“臣等恭迎皇上归朝！”

楚策没有回头，只是微微抬了抬手，举步朝着中州王府正厅而去，走到她身前，沉声道：“我没有害他！”

烟落不语，泪水模糊了她的视线，眼前人的面容是那样的模糊。她望着他一句话也说不出来，只是觉得好累，好累，累得想从此睡去，永世不醒。

“你……不信我？”楚策望着她，低声喃喃道。

“我信。”烟落无力地转过身去，声音沙哑而无力，一步一步朝着里面走去：“是我害死了他，所有人都是我害的，该死的人……是我！”是她设计要对付楚策，修聿才会前去岐州，所有的一切……都是她的错！

话音一落，胸腔内血气翻腾，满口腥咸，染红了她苍白的唇。

罗衍跟着进到正厅，望了望停放在正厅的棺木，一把扶住摇摇欲坠的人：“小烟，跟我们回沧都吧！”

她抽回自己的手，无力地摇了摇头，走到今天了，还回得去吗？

萧清越几步上前，腰际长剑铮然出鞘，指着罗衍，扫了扫楚策，决然说道：“我不管她曾经与你们有过什么，她是我萧清越的妹妹，与你、与西楚都不再有任何关系！”

“小烟……”罗衍直直望着那单薄的背影。

楚策望着那倔犟单薄的背影，深深吸了口气，沉声道：“保重！”这事，虽不是他所为，却也是他的人所为。

他转过身朝外走，迎面而来的风吹起满厅的白绫。他一步一步朝外走着，绝望和无力的感觉一丝丝蔓延着。他不动声色将所有的思绪狠狠压了下去，期盼、相思、深爱……所有，所有的一切。

“娘娘！”飞云骑卫都望向女子单薄的背影，她要把这个凶手放走吗？

正厅之内的烟落一口鲜血喷出，无力地倒了下去。

楚策听到身后慌乱的声音，脚步微顿，而后快步出了王府，翻身上马低喝一声，绝尘而去。

夜色沉沉，皇极大殿一片死寂，玄衣墨发的帝王望着垂首跪地的四人，一身深冷的杀意。

“所有的一切都是属下所策划，是臣要玄武前去截杀送信的祁恒，是属下示意白虎和朱雀不让大将军王出兵前去岐州。”青龙仰头望着玉阶之上玄衣墨发的帝王，而后一个头深深磕了下去，语调深沉，缓缓说道，“臣想……为皇上寻一条生路，皇上下不了这个狠心，臣替你做。”

楚策望着他，一身杀气凛然：“朕生路也好，死路也罢，用不着他人插手其中。”

青龙缓缓抬头，望向这位他们立誓追随一生的西楚帝王，沉声道：“臣不求皇上开恩，臣只知道不管有什么样的愿望，只有活着的人才有机会实现，不管有什么样的恩怨，只要活着就有解开的一天。夏皇已死，再没有人会挡在你和娘娘之间。”

他知道这一切有违圣命，甚至有违道义，但有的时候，有些事必须要有人去做。

楚策沉默地站在那里，望着幽深沉寂的大殿，仿佛在一瞬间忆起了这几十年过往，隐约间看到当年在这皇极大殿的一幕幕画面，单纯的女子固执地回到这里，想要索要一个答案，可是他却……

“皇上，事已至此，青龙几人也是为你着想，如今西楚正值用人之际，你不可意气用事！”一直在旁沉默的罗衍上前劝道。

楚策敛去眼底的异样，扫了一眼跪着的四人：“你们跟了我这么多年，我重用你们，亦相信你们，可也不会任你们胡作非为。即便是为我好，朕……不会姑息养奸。”

“皇上！”罗衍闻声面色顿时一变，一撩衣袍跪下道，“当时我发现情况不对，却视而不见，臣一样有罪。如今东齐一场大战，西楚大有折损，青龙他们四个虽有错，但亦是为大局着想。”

楚策面目冷然：“你们走吧！”

青龙几人抬头望了望玄衣帝王，齐齐深深磕头：“臣等，告退！”

偌大的皇极大殿只剩下楚策与罗衍两人，夜风吹入大殿拂起绣着金龙纹的锦帷，哗哗作响。“你知道她当年是怎么走进这里，又是怎么从这里走出去的吗？”楚策怔怔地望着那空旷的大殿，喃喃道。

罗衍闻言沉吟不语，他知道他说的是她。

楚策缓缓坐在那龙椅之上，手握着龙椅的扶手，冰凉而坚硬：“我记得，永远都记得，我坐在这里的每一天，我都会看到那一幕。”他深深吸了口气，缓缓说道，“当时，她怎么都不肯相信所发生的一切，她想从我身上看到一丝丝足以让她坚信的证据，可是我亲手……将她这最后一丝希望毁灭了。”

他缓缓抬眸望去，恍然又看到怀胎九月的女子冲着他艰难跪地伏首，仿佛听到她泪水滴落在地上的声音，看到她绝然而去的背影，渐渐消失在殿门……

中州王府，有人在屋里来来去去，有人在床边一声声叫着她，有人在悲切哭泣……

她一直醒着，只是疲惫地睁不开眼，分不清白天和黑夜，一颗心仿佛都已经被掏得空空的。她不想想任何事，亦无力去想，甚至不敢睁开眼面对现实的一切，软弱地任自己闭着眼沉沦在一个又一个的梦中。梦中丰神隽永的男子来了又去，他总是眉眼含笑地望着她，就像是三月的春风吹拂着的感觉。

萧清越红着眼睛走进房内，望了望侍候在旁的连池。连池摇了摇头：“还是不吃，我只能每天给她灌了药，但再这样下去，肚子的孩子也撑不住了。”

萧清越望着榻上面色苍白得无一丝血色的女子，不由叹息。

她真的太累了，这么多年无论面对什么样的困境，她都能冷静地支撑下来，然而越来越多的东西压在她的心头，连番的巨变，她终于再也支撑不住，整颗心为之崩溃了……

“连池，你想想办法，总不能看着一尸两命。”他们盼了那么久才盼到这个孩子，如今却……

连池无奈摇了摇头，望了望床榻上毫无生气的人，轻轻叹息：“她自己心里过不去那个坎，谁也帮不上忙。”

一身明黄绣金龙纹的小少年从书房下学回来，看到松涛阁里人来人往，眼眶微微泛红，却生生忍住眼泪，悄然走了过去，进到屋中望了望萧清越：“清姨，娘还是没醒吗？”

萧清越闻言轻轻点了点头，看到站在边上一直很安静的无忧顿觉心酸。这个孩子似乎在一夜间长大了，再不是以前那个会跟人撒娇的稚气孩子。他每天定时去书房学习，而后跟着飞云骑的人学习骑马射箭，然后回到松涛阁看望母亲。

无忧轻步走近床边，接过侍女们手中的巾帕，轻轻擦拭着母亲苍白而瘦削的面庞，做完了所有的事，他一如往日安静地在床边的椅子上坐下，轻声道：“娘，累了，就多睡一会儿吧！”

床榻之上了无生气的女子，眼底缓缓滑落出泪水的痕迹。无忧从椅子上下来，伸着小手擦去那冰凉的痕迹，小小的脸扬起笑：“娘亲，无忧会听话的，你不用担心。”

站在边上的两个丫环瞧见，眼泪顿时涌出眼眶，一把捂住嘴别开头，不敢发出一丝声响。萧清越紧紧抿着唇，无奈又心疼地望着母子二人。

祁月刚走过来，瞧见屋内的人不由停下了脚步，萧清越轻步到外室：“有事吗？”

“东齐趁势而起，频频滋扰大夏边境。一些曾经北燕的降臣也趁着大夏无主开始生事，再这样下去，大夏真的要乱起来了。”祁月低声叹道。

萧清越闻言拳头狠狠握起，重重地捶在桌上：“百里行素是真要把大夏逼上绝路啊！”

“如今大夏无主，人心涣散，迟早要起乱子。”祁月愁容满面，这么多年即便面对再艰难的困境，也未有过如此无力的感觉。

“谁说大夏无主了，不是还有我？”清亮而略带稚气的声音传来，一身明黄龙袍的无忧从里面走出来，隐约透出几分难以置信的君王气度。

祁月和萧清越两人望着他，一句话也没有说出来。

“祁月叔叔，我是大夏的太子，爹爹现在不在，我就要替他守住大夏，替他保护娘亲，保护中州。”无忧扬起脸望向祁月，一脸的坚定决绝。

爹爹说过，一生之中唯有两样不可失去，一是母亲，那是他一生最爱的女人；二是中州，那是他们的家。

现在，他一定要替爹爹守住他一生最在意的所在，等着他回来。

“无忧，你还小，这些事……”祁月声音有些微微哽咽，皇上一直不想这个孩子与任何权谋争斗扯上关系，虽立他为大夏太子，却从未想过要让他与权力阴谋扯上关系。

“祁月叔叔，爹爹不在，我是这个家唯一的男儿，男子汉大丈夫一定要保护好自己的家人。”无忧一脸坚定地说道，扭头望了望内室，“我要代替爹爹保护这个家，保护娘亲。我不相信爹爹会那样走了，他一定会回来的。”

萧清越和祁月望着站在他们面前的孩子，心情前所未有的沉重。他还那么小，他连七岁都还不到，怎么可以负起这么多沉重的担子?

过了许久，祁月点了点头：“好，有你祁月叔叔一天，就有我们大夏一天，绝不会再让百里行素那家伙欺负了咱们。”

“还有我。”萧清越站上前道。

“还有我们。”祁连和祁恒齐齐进门道，门外聚集着飞云骑的十将领，所有人的目光都聚集在那个小小的孩子身上，不愧是中州王一手抚养大的孩子。

乾元十一年初秋，大夏太子代父临朝听政，漠北及漠南正式并入大夏版图。

在无忧登基的那一天，烟落醒了过来，安静地吃饭、吃药，没有再掉一滴泪，也没有再说一句话。萧清越好几个夜里去她房里看，她都是坐在那里睁着眼睛直到天明。

直到她在书房发现那封在漠北写给修聿的信，才知道信根本就没有送到他的手里，继而从祁连口中得知修聿在大婚当日拾到了楚策的玉佩，看到那一模一样的同心结决定前去沧都查明真相，不想她一念之差犯下大错，便去了上阳关寻她，却屡屡擦肩而过。

她沉默了许久，提笔写下：我要去岐州。

萧清越几人一再反对，却也无法改变她的决定，只得安排送她前去岐州。

当天她一个人在厨房做了一桌的菜，接了无忧下朝，一起用了晚膳，直到无忧睡了。她在床边坐了许久。天快亮时祁连前来敲门，她起身替无忧掖了掖被子方才离去。

她前脚出门，床榻上的孩子立即睁开了眼，连鞋都没穿就追了出去，躲在柱子后看着母亲上了马车，一句话也没说，甚至连一点声音都没有发出。

祁月望着消失在夜色中的马车，叹道：“这样真的好吗？”

萧清越深深吸了口气，说道：“就让她去吧。”再让她待在这个满是楚修聿影子的地方会把她逼疯的。

经历长达数月的混战，上阳关已经划归西楚，岐州及天阳关也成了大夏的领土。再次踏进这座城，这前后还不到一个月时间，她却觉得已经过了好多年，好多年……

她直直走到了东南门，望着人来人往的城门，一站便是两个时辰。连池默然在旁边跟着，也不相劝。

祁连快步穿过人流上前低声道：“娘娘，住的地方已经备好了，咱们走吧。”

她木然转过身去跟着走，喧闹的大街，可是所有的声音仿佛都与她隔绝了……

“小心。”祁连探手拉开她，一队人赶着马朝城外走去，看样子是前往东齐贩卖马匹的商队，一马仰头长嘶了一声，她空洞的目光瞬间一动。

牵着马的马奴见马儿不听话，狠狠抽了几鞭子：“让你还叫，还不走。”

她踉跄着跑了过去，祁连赶紧跟在边上护着，看到那被马奴抽打的马儿，整个人不由一震：“……追月！”

那是皇上的马，是王府里的追月，怪不得那马儿见了他们会叫出声。岐州战事后，他们一直没有找到它，以为它也战死了，没想到……

看到已经被打得遍体鳞伤的追月，祁连心中顿起怒意，流星和追月平日在府里，他们无不是宝贝着，如今竟然让这些人这般虐打。

“你们，你们干什么？”看到他们几个冲了过来，那马奴有些慌乱。

“快说你这马，是从什么地方来的？”祁连不由分说逼问道。

那马奴一慌，就扯着嗓子叫主子前来，领队的总管小跑着过来：“怎么了，怎么了？”

“这匹马我们要了。”祁连道。

“不行，这是夷都人家订好的……”

祁连一剑抵着那总管，威吓道：“卖不卖？”

那总管一看是惹不起的主，赶紧收了钱带着马队走了人。她伸出颤抖的手摸着马头，站在人来人往的大街上失声痛哭。那些潜藏在心底往日不经意的记忆，再一次喷薄而出，撕心裂肺的痛让她几近崩溃。

修聿，天下这么大，我要到哪里才找得到你？

数日之后，经过连池的细心医治，追月身上的伤势大有好转。烟落依旧不说话，很多的时候是待在马厩望着追月的。

清晨天色微明，她便牵着马儿出了碧云庄。连池赶紧吩咐了守卫，一路跟了上去。

她跟着马儿出了城，过了河，穿过平原到了一片荒芜的山林。那显然是经过大火之后的战场，林中寸草全无，一片焦黑。这里叫落风坡，是他们找到他的地方。

追月望着对面的山坡长嘶一声，她惊喜地抬眸望过去。一身白衣的男子迎风而立，翩然若仙，她眼底的喜悦缓缓沉寂了下去。

连池顺着望过去，低语道：“师傅！”

冷风呼啸而过，山坡之上四周林木被烧得发黑，唯有那一身白衣纤尘不染，洁净如九天而降的仙神，那样的光华夺目。

这是自北朔平原决裂以后，在她出兵捣了他的都城之后，在他……除掉楚修聿之后，他们之间第一次这样面对面地相见。

烟落面色漠然，握着缰绳的手不由紧了紧。连池不由有些紧张，低声说道："小师妹，咱们回城吧。"

百里行素望着她，目光深邃而悲凉，本以为一生都不会再见，却不想在这楚修聿丧命的地方又一次相逢了。

他举步走了过去，站到她的面前："楚修聿死了，你不恨我？"

她真的变了，整个人瘦得他都认不出来了。她的目光似是在望着他，又似是穿过了他，穿过了世间万物，空洞得可怕。

连池见状挡到她的身前，望向百里行素："师傅，你放过她吧，不要再逼她了，你会逼死她的。"

烟落牵着马走开了，一遍一遍地在落风坡上绕行着，然而目之所及只是一片焦黑，没有他，没有关于他的任何东西。

百里行素站在那里看着她在这片土一寸一寸地寻找关于那个人的东西，苦涩一笑，举步朝着马车走去，与她擦肩而过时，道："要想看到楚修聿，就跟我走。"

正举步走开的人骤然停下了脚步，空洞的目光掠过一丝光亮，木然转过身朝百里行素的马车走去……

连池一把拉住她："小师妹，你要干什么？"

她若跟他去了大昱，那里有多少人要她的命啊！

诸葛清站在马车旁，望了望几步之外的人："陛下，你……"

烟落望了望连池，还是跟了上去。连池见劝不住便索性一道跟了上去，扶着她上了马车，百里行素迅速出手，封住了她周身各处大穴，顿时疼得她冷汗淋漓。

"师傅，你……"连池惊恐地扶住差点倒地的烟落，不可置信地望向百里行素。

百里行素面色淡然："只是废了她半年的武功吧，我有分寸。"

待到祁连找到落风坡时，只看到被击昏的追月马，一路追踪而去却只看到马车驶进了岐山城。

夷都，潋香别苑沁雪阁。

因为一句"想见楚修聿"就跟他走，她来到了夷都，但是这里并没有她想见的人。她被骗了，不是她不够聪明，是她太需要那个人的消息了。

百里行素坐在桌边瞧着那边榻上躺着一动不动的女子。到了夷都三天，她没有见到楚修聿又无法离开，于是便不再吃饭，不再吃药。

"小师妹，你再这样，肚子里的孩子怎么办？"连池端着药坐在榻边劝说道。

百里行素静静地吃完一碗饭，起身走了过去，拿过连池手中的药碗："连池，扶她起来！"

“师傅，还是我来吧。”连池出声道。

“连城。”话音一落，连城快步上前将榻上的人扶起。百里行素一把捏住她的两颊，强行将药灌了下去，狠狠将药碗摔在地上：“不要拿你的命来跟我较劲，没那个价值。”

连池默然站在一旁，望了望一脸薄怒的百里行素，没有那个价值吗？

为什么师傅你还要那么着急？为什么你又担心得天天晚上守在门外？为什么你比谁都怕她会死？

师傅，心狠手辣如你，可以眼睛都不眨一下屠尽南越皇族，可以谈笑间覆灭一州一城，却不知该如何面对她呢！

此刻他终于明白这个男子这六年的一切异常举动：他渴望着她的爱，却也知道他生命中有太多东西会扼杀这份爱情，所以六年徘徊他始终不敢走出那一步。

屋内死一般的沉寂，空气中弥漫着浓浓的药味，褐色的药汁洒在她的衣服上，还有被子上。她漠然地躺在床上，不生气，亦不说话。

百里行素坐在床边，一眨不眨地望着她的眼睛，冷声斥道：“你不是不会说话，你就是不想说。楚修聿死了，你谁也不想搭理了。他死了不是天塌下来了，你这样要死不活的给谁看，给他看吗？他看不到。”

烟落依旧不语，不气，不怒，面色一如往昔的漠然。

“好，你想要死是不是？”百里行素眉眼一闪而过的冷厉，快速从身边的锦囊里取出一枚药丸，“这颗药就可以送你上路，带你肚子里的孩子去死，正好黄泉路上，你们三个也凑一起。”

“师傅！”连池顿时大惊失色，一把拉住他的手。

百里行素大力捏着她的双颊，将药丸塞入她口中。她一下趴到床边吐了出来，连带着刚才喝下的药也一并吐了。

百里行素唇角勾起冷然的弧度，躬身将她抱起放到桌边的椅子上：“不想死就自己乖乖吃药吃饭，否则……我可以先送你肚子里的孩子上路，反正你也不爱惜他。”说罢拂袖而去。

连池站在桌边，将碗筷摆到她面前：“小师妹，吃饭吧，你不吃孩子怎么办？”

过了许久，她木然地拿起碗筷，机械地将饭一口一口地扒进嘴里。连池瞧着有些难过，慌忙盛了汤给她：“这是我特地煮的药膳汤，对孩子好。”

她木然地接过碗，喝下了整碗汤。她不能再让自己困在这里，她必须自己想办法出去，他还在等她去找他。

在百里行素和连城离开了沁雪阁后，她起身在书桌边，写道：有没有办法让我恢复功力？

连池看了看她的字，赶紧将其收起道：“那是师傅亲自动的手，我怎么解得了？”

她微微皱了皱眉，又写道：我要出去，连池，帮我。

她失踪的消息很快会传到中州，无忧和姐姐一定会着急的。无忧那么小就要担着大夏的重担，她不可以再让他难过伤心。

“小师妹，你现在有孕在身，手法不当，会害了你们母子的。”连池左右望了望，低声说道。

烟落低眉抚上微微隆起的小腹，她不该再不顾这孩子的安危冒险，可是这潋香别苑防守严密，要出这夷都城，她没有武功根本就出不去。

“你身体状况才刚刚稳定下来，不能再出意外了。”连池面色有些沉重，认真说道，“便是你恢复了武功，也不可能是师傅的对手。”

烟落抿唇沉默着，实在思量不出百里行素将她软禁在此是何用意。

夜色下的帝宫更显恢弘磅礴，威严赫赫。

诸葛清望着幽深空寂的紫阳殿，举步走了进去，看到紫檀软榻上一身雪色龙袍的人，停下了脚步，这已经是大夏皇后失踪的第十天。

“大夏和西楚有什么动静？”百里行素淡淡出声问道。

她从岐州失踪的事，想必很快已经让中州和楚策的人知道，他倒要看看有什么值得她与楚修聿这般不顾一切地援手西楚。

“祁连已经几次潜入东齐打探消息，萧清越去了沧都见罗衍，可能是请人帮忙。”诸葛清思量片刻，出声道，“皇上打算一直将她放在潋香别苑吗？”

中州和沧都都在暗中动作，可是一旦大夏皇后在东齐的消息暴露，在夷都朝堂上下那会是什么样的轩然大波，他不敢去想。

“我有分寸。”百里行素淡声道。

“天下没有不透风的墙，若是传到这宫里来，后果便不可设想，还望皇上早做决断。”诸葛清沉声劝道。

“我知道。”百里行素凤眸一抬，道，“说说大夏和沧都的事。”

“消息传到中州，萧清越连夜便去了沧都，可是之前公主分明是要借东齐之手来对付西楚，但是自罗衍到了漠北见了她，所有的事都改变了。”诸葛清喃喃说道。

“罗衍，罗衍。”百里行素点了点头，重复着这个名字。

“这个大将军王从东征一跃成名，也由此成了楚帝身边的红人，精明如楚策都将兵权交到他手中，这几乎是把自己的身家性命都交到了这个人手上。他就不怕那姓罗的谋反，夺了他的帝位……”

百里行素凤眸微微眯起，眸光冷若冰渊：“没有哪个皇帝会把自己的身家性命交到一个臣子手中，要么他是昏君，要么那个人是他最信任的人。”

“西楚朝堂上下，楚帝最信任的除了近身的几个侍卫，就是这个大将军王，这些年来也是有着这个帮手才和东齐一直周旋着。难不成是上天不亡西楚，当年有洛家帮着他，洛家一倒，出来个罗衍帮着他。”诸葛清微微叹了叹气，继续道，“当年内有洛相帮着稳住西楚朝堂，外有洛祈衍平定边关。好不容易把洛家扳倒了，一场东征又冒出个罗衍，行军布阵的才能，一点都不输当年的洛大公子洛祈衍……”

百里行素面色顿时沉了下去，一字一顿道：“洛、祈、衍。”

“罗衍，洛祈衍，罗衍……”诸葛清愣愣地望着他，突然间面色一变，“陛下是说……”

百里行素手中的茶杯嘣的碎裂，声音冷厉如地狱修罗：“洛家……果然还有人活着！”

“陛下，这……只是我们的猜测，当年洛祈衍不是长老会派人动的手吗？”诸葛清小心翼翼瞧着面前目光阴狠的帝王。

可是怎么会有如此巧合的事？就在洛家倒下不久，这样一个天纵将才横空出世成了楚帝身边的红人。心思精明如楚帝对一个提拔的新臣也太过信任了，这让他们不得不想到洛祈衍这个人。

这个曾经被誉为西楚第一家的洛家，家主为西楚相国，其妻华容亦是个一等一聪慧之人，长子祈衍凭着出色的战绩和军事才能掌管着西楚兵马，其女洛烟入宫为妃，宠冠六宫。这样的一家人，却是眼前这个人一生痛恨的仇敌。

“这群老东西要是肯说，会发展成现在这样？”百里行素冷声说道。

诸葛清面色不由沉重起来：“陛下，可有什么打算？”

百里行素沉默了许久，道：“先不要声张，暗中派人去西楚查清楚，有了确凿证据再作打算。”

诸葛清闻言拱手道：“是。”回完思量片刻又出声道，“陛下是想亲自动手，还是……”

“就算要人死，也要让他死得有些价值。如果可以除了他断了楚策助力，又可打压长老会，何乐而不为？”百里行素笑意森凉，他……绝不容许洛家的人还活在这个世上。

诸葛清闻言点了点头，如果罗衍就是洛祈衍，那么就是长老会办事不力了，沉吟片刻问道：“可是太后那里……”

“不会牵扯到她。”纵然那个人对他再怎么不好，但始终是他在这世上唯一的亲人，唯一的母亲。

紫阳殿陷入无边的死寂，百里行素一动不动地坐在那里，清冷的月光洒在他的身上，整个人显得更加阴郁。

过了许久许久，他出声道：“诸葛清，你说她明明是想借我之手削弱西楚的实力，却

在见了罗衍之后反过来帮楚策脱身，这是为什么？”

诸葛清闻言默然思量了片刻，出声道：“如果不是她与西楚暗中达了什么交易，便是与罗衍有什么关系……”可是与罗衍有关系，便极有可能与洛家有关连，他小心翼翼地望了望百里行素的神色。

“继续说下去。”百里行素沉声说道。

诸葛清继续道：“如果说是达成交易就难免有些说不过去，就当时的情况而言，除掉了楚策对她对大夏都是极有好处的。即便有什么交易，不是还有楚修聿吗？应该不会舍近求远跟西楚做什么交易。”如果当时除掉了楚策，西楚必倒，届时楚修聿大可以凭西楚皇族唯一血脉接手西楚，哪还需要跟大将军王罗衍做什么交易？

百里行素目光渐渐冷沉了几分。罗衍见了她，到底发生了什么，到底有什么可以让她这般不顾一切地相救，甚至不顾自己和腹中孩子去闯金蛇岭……

他缓缓敛上凤眸，深深吸了口气，暗自笑道，她是北燕人，且一直在大昱的掌控下长大，又怎么会和罗衍有什么关系呢？

是自己太多疑了吧，一定是的。

见他久久不语，诸葛清不再追问，拱手道：“微臣会派人前去西楚查探真相。”思量片刻，又道，“关于公主与罗衍的事，可要查？”

“不必了。”百里行素断然拒绝。

诸葛清不可置信地望着他：“陛下，你怕了吗？”

你怕查出来的答案是你所难以接受的，所以你选择这样自欺欺人要让自己都不知道？诸葛清垂首出声道：“微臣斗胆问陛下一句。”

“讲。”百里行素淡声道。

“陛下明知就算再怎么做，她也不会成为你的。她是大夏的皇后，将来总有一日你们之间会是你死我活的结局，她终究还是会辜负你，还要继续吗？”诸葛清铮然言道。

百里行素沉默着，许久许久，方才回道：“我知道。”

是我，不是朕。

纵然她眼中无他，心中无他，纵然她千般辜负，依然是他唯一所爱的女人。

夏皇驾崩，大夏不稳，长老会很快拟定了进攻大夏的战略计划却被百里行素一口否决，再加上漠北进攻夷都时，百里行素拒绝班师回朝，从而让双方的矛盾越来越深。

朝会之后，文武大臣自大殿散去，诸葛清方才步上前道：“陛下是要与长老会翻脸吗？如今只怕……”

“是该给这些老东西一个教训。”百里行素冷声说道，起身步下玉阶，“沧都可有消息回来？”

诸葛清左右望了望，低声道：“还是回紫阳殿再说。”

百里行素点了点头，两人出了大殿朝紫阳殿而去，还未到殿中便看到一身凤纹宫袍的妇人背对而立，听到脚步声，那人拂袖转身：“本宫听说诸葛大人最近在密查一些事情。”

诸葛清面色微变，一撩衣袍跪地，见百里行素没有反对，便道：“陛下怀疑当年洛家还有人在世，让臣暗中查探。”

“哦！”华淳太后声音了无波澜，淡声问道，“可查到是何人了？”

“已经查到了，当年由长老会派人截杀的洛家长子洛祈衍，就是现在西楚大将军罗衍。”诸葛清深知在这个人面前耍花招只会让皇上更加为难，索性便直说了。

“罗衍？”华淳太后闻言拂袖转身，显然这个答案亦是出乎她意料之外的。

百里行素眸中一闪而过的锐光，暗自揣度着她前后的不同反应是为何意。

“是的。”诸葛清沉声回道，“当年被长老会截杀的洛祈衍根本就没有死，而且好好活着，在东征之后以大将军王的身份回到了西楚。”

他深知华淳太后对于洛家的仇恨，不动声色间便将罪责引向了长老会那边：是他们办事不力，让洛祈衍还活着，影响了整盘计划……

“不该活着的，就不必再活着。”华淳太后阴冷的声音回荡在空寂的紫阳殿内，格外地骇人，“杀了。”

“可是长老会那边……”诸葛清忍不住出声道。

“莫长老看来是年事高了，本宫会向太爷说明。”华淳太后拂袖起身朝外走去，谁挡了她的路，她都不会让他有好下场。走出几步，停下脚步又道，“洛家活在这世上的，可不止一个洛祈衍。”

百里行素闻言身形一震，袍袖内的手缓缓收握成拳，却终是无言。

“怎么？你还不知道吗？”华淳太后冷然一笑，极尽讽刺，“你可以去问问你的徒弟燕绮凰，她……是不是西楚的皇贵妃，洛烟。”说罢大步离去。

冰凉的夜风从殿门吹进来，殿内的龙纹锦帷随风哗哗作响，百里行素怔怔地站在站中央，手中缀着平安结的白玉跌落在地，支离破碎……

潋香别苑，沁雪阁。

烟落与连城、连池一道用完午膳，刚一出门便看到外面疾步而来的人，阳光下一身银丝锦袍流光溢彩，人走得极快，衣袂随之飘扬，恍若仙人。

几乎是眨眼之间，百里行素已经逼近身前扼住她的咽喉，强大的力道逼得她后背狠狠撞上边上的柱子，她下意识护住肚子，以免孩子出事。

“说！你是谁？你到底是谁？”百里行素面容有些扭曲，目光狠绝。

她渐渐觉得难以喘息，小脸涨红，目光却始终清淡如水。连池跑近抓住百里行素的手，急声道："师傅，你干什么？她是小师妹啊！"

"说！你到底是谁？你到底是燕绮凰，还是洛烟？"百里行素手上骤一用力，她只觉呼吸顿窒，这一刻真的让她感觉到死亡的临近。

连池使劲扳着百里行素扼在她咽候的手："师傅，你快住手啊，你会掐死小师妹的，快住手！"

烟落痛苦地皱起眉，双手护在小腹，她不能死在这里，她的孩子更不可以……她倏地眸光一沉望向百里行素："你……这么……怕我活着吗？"

百里行素手顿时一滞，连池慌忙拿开他的手："师傅，到底发生了什么事，你要……"

"为什么要是她？你为什么要是她？为什么？……"百里行素惶然地摇着头，一向冷静的凤眸涌起无边的绝望。

"我是燕绮凰也好，洛烟也罢，你我之间永远都是仇敌。"她淡淡地望向百里行素，不管是曾经的她，还是现在的她，与眼前这个人都有着血海深仇，"是你让我家破人亡，葬身火海；是你让我国破家亡，无所归依，这所有的所有，我都不想再恨了，真的恨得累了。可是……你连他也不放过……"

她曾有多少次想过，如果自己当年在北朔平原那一剑刺下去，也许这所有的一切都不会发生，她不会苦心谋算让楚策身陷险境，更不会让楚修聿卷入其中。然而所有的一切都已经发生了，任凭她怎么努力也无法改变。

她不清楚当年到底发生了什么，让他和华淳太后这么恨西楚恨洛家，然而这上一代的仇恨已经持续到他们这里。她不想这段仇恨继续下去，让无忧还有她的孩子将来再继续承受仇恨的痛苦。

百里行素望着她，终于发现眼前的这个人与自己是多么遥远，不是从她踏入百里流烟宫开始，而是更早更早的以前，便已经注定了他们之间的结局。

他以为自己覆灭仇敌，可以挣脱这命运的枷锁，然而任他满腹心机，翻云覆雨也难敌宿命的捉弄……

连池和连城担心又紧张地望着两人，小师妹跟西楚的皇贵妃又有什么关系？

可是他们知道洛家这个名字，是师傅大忌，可是小师妹跟洛家有关联的话，师傅会怎么办，他们根本无法去想。

烟落深深吸了口气，目光恢复以往的冷静清明，望向百里行素道："既然所有的事摊开了，那我也摊开了来说，过去的事，我不想再纠缠不放，我只问……楚修聿在哪里？"

百里行素冷冷地望着她，道："死了。"

烟落面色瞬时苍白，整个人站在那里摇摇欲坠，声音沙哑而无力："他没有死，他没有死……"

“他死了，二十万大军围攻落风坡，在密林之中大火连天烧了一天一夜，他就在里面身受重伤，活生生地烧死了。”百里行素面上勾起残忍冷酷的笑意，一步一步地逼近她面前，“如果不是跟你扯上关系，我不用费心对付他，对付中州。你不是早该死了吗，为什么要回来？为什么要回来？”

烟落踉跄着后退，神色惶然而无措，苍白的唇颤抖着：“该死的是我，是我害死他的，是我害死他的……”

“小师妹！”连池顾不得许多上前扶住她，望向百里行素，“师傅，别说了，你会逼死她的。”

看到她彷徨、痛苦、绝望，他眼底现出复仇的快意，却被涌起的落寞淹没。

心底有个声音在叫嚣：杀了她，杀了她，杀了她……

他举步走了过去，心底眼前全是这个女人，这个他所痛恨却又深爱的女人。他恨不能挖了自己的心，将她的影子剔除得干干净净。

从此，不再想，不再念，断了情，绝了爱。

“师傅，冤冤相报何时了。当年的事情她根本没有出生，又怎么知道，何况如今她已经不再是洛烟了。”连池看着步步逼近的他语气颤抖，这是他第一次看到师傅如此可怕的神情。

可是，他何尝不知道，西楚和洛家所带给他和华淳太后的根本……根本是难以想象的痛苦折磨。从小到大，他就在这样的仇恨折磨中长大，也正是因为他要亲手报了这仇，覆灭西楚，所以他一步一步走到了今天……

如今，她所爱的女人转眼成了洛家的人，这是多么大的讽刺。

百里行素神色冷漠，死死地盯着她：“与洛家有关的，与西楚有关的，都该死。洛祈衍，楚修聿，楚策……要怪，就怪当年楚峥他们的所作所为，如果不是他们，今时今日我不会站在这里。”

“我不知道当年发生了什么，可是我相信父亲和母亲。因为当年的事，华淳太后几次三番欲置我一家于死地，我从一出生就因为她下毒而双目失明数年，我家破人亡，死不瞑目。”烟落面色苍白如纸，直直望着他铮然言道，“你逼得我的父母不得不以死来保住西楚，我一直以为这个凶手是楚策。六年以来，我一心想要揪出这只幕后黑手，报仇雪恨。”

“既然知道了是我，在北朔平原又为何要放过那样的机会？”百里行素冷然一笑。

“我是想，很想很想，就那样一剑刺下去。”她声音沙哑而颤抖，如果当初那一剑刺下去，就不会发展到今天，就不会有上阳关之战，就不会害了楚修聿。

百里行素袍袖一扬，转眼之间便拔出连城身后的长剑直指她咽喉：“你现在是后悔了？可惜再没有那样的机会了。”

“我是后悔，我只后悔自己没有早一点看清这一切。”她深深吸了口气，沉声道，“我是恨你，恨不得杀了你，可是我一身技艺都是你所传授。我欠别人的，我会还；别人欠我的，我也会讨回来。即便再回到那个时候，我依旧会做一样的选择。”

连池望着他握剑的手，心都提到了嗓子眼儿，望向连城求助。连城冲着他轻轻摇了摇头，而后默然望向百里行素。

这世上只有一个人可以左右他的心思。而这个人，就在他的眼前。爱与恨，不过一线之差，只是要看透自己的心而已。那本就是上一代的恩怨，他们也不过是这仇恨较量中的牺牲者。

“我恨你，你亦恨我，没有谁对谁错。我没有经历你所经历的，你也没有经历我所经历的。当年发生了什么而让你和华淳太后这般痛恨洛家和西楚，我不知道，也没有资格去评断其中是非对错。”她强迫自己冷静下来，一字一句道，“父债子还，天经地义，既然你已经知道我是谁，想必大哥的事也已经查得一清二楚了，这是我们两家之间的恩怨，而至如今已经有太多人卷入其中而无辜丧命，是该做个了断。但是楚修聿这些事与他无关，即便是当年，中州也未曾插手其中。”

“他以前没有插手其中，可是他已经碍了很多事！”百里行素声音冷冽如冰。

“我只想知道一个答案，他到底……是生，还是死？”烟落深深吸了口气，缓缓跪了下去，“求你……告诉我。”

骄傲如她，如今这般跪在他的脚下，只为乞求那个人的消息。看到如此狼狈的她，他是该痛快，是该高兴啊，为何心里会是这般刺骨的痛。

“人都死了，你还想要什么答案？”百里行素冷然失笑。

“我只想知道他是生？是死？”她抬头直直望向他，一字一句道，“我只要这一个答案，以我性命为交换。”

百里行素望着一脸决然的女子，突然笑了：“你以为死就可以了结一切吗？没那么简单。”

烟落不语，只是望着他，等着她想要的答案。

百里行素拂袖转身，收剑而去，沉声道：“只要你在我手里，楚策、洛祈衍、楚修聿早晚都会送上门来，朕有的是时间对付他们。”

她愣愣地望着他的背影，连池赶紧伸手扶她，她抓着连池的手喜极而泣：“他没死，他没死，我就知道他没死……”

活着就好，活着总能相见，活着……才有幸福的希望。

“师傅！”连池望着远去的背影，他这是要拿她做诱饵吗？

一向沉默少言的连城望了望她，说道：“也许你该好好看一看，到底是什么把一个人变成那个样子。”

烟落愣了愣地站在那里，而后望了望连池。

连池沉默了许久，幽然说道："在你愉快成长的岁月，你永远也无法想象师傅是怎么活到现在的。即便你不知道，可是这一切确实是因为你母亲背离大昱而发生。没有谁想这样一辈子活在仇恨里，他也不想，只是他没有选择的余地。"

她有些慌乱，有些害怕去揣摩事情背后的真相，害怕揭开一切之后又是一片疮痍。

连城转身走了几步，沉声说道："二十万大军，五百暗阁卫，楚修聿能活着出去，是他的能耐，还是师傅有心放过，你看不明白吗？"

百里行素此后的每天都会在潋香别苑，却再也没有踏足沁雪阁，仿似已经忘记了一个被他千里迢迢带回夷都，软禁在此的人。

夜色迷离，与沁雪阁遥遥相隔的云旖阁，丝竹声声缠绵，舞姬翩翩起舞，玉腰粉臂，好一番妖娆景致。锦榻之上一身雪色锦袍的男子倚着软榻把玩着手中的酒杯，凤眸微微眯起，似有几分醉意。

旖云一个华丽旋身顺势落入他的怀中，柔若无骨的手顺着他的衣襟滑入，媚眼微挑，语调缠绵："公子，醉了吗？"

她们都知道这个人是东齐的昱帝，然而在这潋香山庄是不可称其为陛下的。她们是他的女人，却是无名无分的女人。

百里行素微醉的眼淡淡抬起，一身如雪的锦袍，领口微敞着，白皙却不失健美的体魄在迷离的灯光下更显诱惑。屋内的舞姬依旧舞动着，妖娆惑人。

旖云柔柔的玉手一路蜿蜒而上，抚上男子轻蹙的眉心，吐气如兰，微嗔道："谁又惹公子不开心了？是旖云的舞跳得不好吗？"

百里行素神色刹那间恍惚了片刻，一道影子在眼前静静浮现。他皱了皱眉，抬眸不由望向窗外，那一方，遥遥相隔的正是沁雪阁。

旖云低眉，含羞带嗔，目光落在他腰际坠玉的平安结。这种结是她从未见过的，一时见了欣喜，探手取下道："公子，这玉赏了旖云可好？"

百里行素侧头望了望，凤眸冷冷："放下！"

"旖云拿和田玉与公子换可好？"女子拿着玉佩丝毫没有放下的意思，一个旋身从软榻上起身。

百里行素起身走过去，一身杀意骇人。旖云再笨也发觉到了不对劲，战战兢兢地跪了下去。他一把拿回东西，冷冷出声："来人！"

门外的守卫扶剑而入，拱手道："公子。"

"把手剁了。"百里行素一撩衣袍坐在榻上，语气冷冽。

屋内暖意融融，那跪着的一众舞姬不由打着寒战，冷汗直冒。旖云惊恐地望着坐在榻上一脸冷绝的绝世男子，哭着扑到脚边："公子，旖云错了，旖云错了……"

当初他的一句话让她在这潋香别苑中一跃而起，如今一句话却又将她打入地狱。虽然没有要她的命，却会让她此后在这里过着生不如死的生活，她怎么也想不到自己就因为那一枚小小的绳结，断送了自己的一生。

“不该碰的东西，最好别碰。”百里行素眸光冷锐迫人，让人不寒而栗，“拖出去。”

旖云被两名守卫拖了出去，片刻之后，殿外传来女子尖锐的叫声，殿内的一众女子吓得个个面色苍白。

诸葛清快步进了屋内，朝跪在一旁抖成一团的舞姬挥了挥手：“散了吧！”

众人如获大赦，纷纷退去。

诸葛清闻言沉默了许久，出声道：“你是真的要以她为饵引他们前来吗？还是……另有打算？”

百里行素执着酒杯的手微滞，冷然一笑：“何以见得？”

诸葛清执起酒壶斟酒，道：“你将人放在这潋香别苑，却不告诉华淳太后和长老会。如果是要引他们前来，应该早放出消息了，何至于将人这般藏着？”

百里行素低眉瞅着手中的白玉杯，抿了一口哼道：“这酒难喝。“

诸葛清静静地望着他，此刻他面对的不只是一个东齐的皇帝，而是与他相交多年的好友，他不想他走错路而陷入万劫不复的绝境，沉声说道：“当年在燕京你与太后反目已经让长老会处处针对，落风坡的事再让他们或是太后、太爷知道，会是什么后果你想过吗？”

当初几十万大军将岐州围得滴水不漏，楚修聿的两千人殊死搏斗，却因为没有援军到来一再撤退至落风坡，那样的情况下完全可以杀了楚修聿。他却没有，反而将自己带来的五百暗阁卫杀人灭口，以防走漏消息。

这是为何?

因为他比任何人都了解楚修聿对于她的重要性，他终究不忍心放着她一个人，即便那个陪伴在她身边的人不是自己……

百里行素沉默地握玩着手中的白玉杯，抬眸望向诸葛清正欲开口，一名沁雪阁的守卫扶剑进屋，道：“陛下，诸葛大人，沁雪阁出事了。“

百里行素执着酒杯的手一颤，冰凉的酒液洒了一手，诸葛清微微叹息，出声问道：“何事？”

“连池说那个人感染风寒，大半个月未见好转，已经昏迷两天两夜了，他不知道怎么办。”守卫沉声说道。

百里行素起身，举步走了出去。诸葛清霍然起身：“陛下！”看到门口的人脚步一顿，出声道，“这一步走出去，就难以回头了。”

百里行素闻言望了望外面，沉声说道："我一辈子做过太多违心的事，就顺着自己的心做一件就好。"

诸葛清站在门口望着远去的背影深深叹息，你走得过生死地狱，谋得过天下人心，怎么……怎么就放不下一个女人?

沁雪阁内很静，连池一人守在床边，屋内弥漫着浓重的药味，连池拧干一方巾帕放到她的额头，起身便看到站在门口的人："师傅！"

百里行素径自走到榻前，把了脉道："取金针来。"

连池愣了愣，连忙取金针来，点燃一边以药酒制的灯。看着百里行素将一根根金针以火加热，下针快速，不由暗自松了口气。

沁雪阁一夜灯火通明，朝阳初升，清晨的风带着桃花香穿窗而入，冲淡了屋内的药味。百里行素最后一次收针，扫了眼床榻之上睫毛微颤的女子，哼道："别装了。"

烟落微微皱了皱眉掀开眼帘，望着屋顶，一句话也不说。

"是屋顶长花了? 还是你又哑巴了?"百里行素瞥了她一眼，收拾东西起身。

"为什么还要救我?"他当时恨不得她死的，却又在这个时候出手相救。

"想救，便救了。"百里行素漫不经心哼道。

他恨这个人，恨这么多年，竟然想不出，他该恨她什么?

连池带着人一道进来，看到她已经醒转，不由松了口气："早膳好了。"

百里行素起身到桌边先行坐下，一如以前一般自然地盛粥，用膳。

她坐起身披了外袍，腹部一阵异动，不由皱了皱眉。边上的连池顿时一脸紧张："怎么了，那小家伙又踢你了?"

烟落无奈笑了笑，这小家伙一点都不安分，时不时就拳打脚踢的。

连池扶着她起来，笑着说道："这么好动，肯定是个儿子。小师妹想要儿子，还是女儿?"

烟落轻然一笑，眉眼柔和："只要平安出生，儿子女儿都好。"已经有无忧了，倒希望这会是个女儿。

百里行素始终不语，用了膳也没有走的意思，窝在软榻上拿着果子逗连美人。烟落也没多问，用了膳便坐到书案边临字。

连池抱了琴进到书房，笑着说道："我看医书上说，孩子四五个月会知道外面的声音，小师妹没事可以抚琴给他听，看你每天临字挺闷的。"

烟落笑着点了点头："好。"抬眸望了望百里行素："很久不见你吹埙了。"

百里行素懒懒地靠在榻上，瞥了她一眼，从怀中摸出随身带着的埙。曲子不似以往的低沉沧桑，是一首简单的南方小调，让人听着心情愉悦。他吹着朝琴案挑了挑眉，她起身

到琴案坐下，琴声和埙声相和。这本不该一起合奏的乐声，此时听来倒别有一番味道，曲调欢快，轻灵动人。

连美人趴在琴案边，闭着眼睛摇头晃脑地听着，格外可爱。

半晌埙止琴停，百里行素低眉靠着锦榻，把玩着手中的埙，喃喃道："还是没有他吹着好听。"

烟落闻言微怔，知道他说的是他曾经提过的哥哥。

清风穿窗而入，卷着片片飞红落在他身上，百里行素伸手拈起一片花瓣道："大哥很喜欢桃花，总说长大了要寻外清净地方，种下满山的桃花，以花酿酒，过神仙般的日子，他……终究还是没有等到那一天。"他种了很多很多桃花，酿了很多桃花酿，他却再也回不来了。

烟落静静地听着，心中涌起大片大片的酸涩。

"太后不喜欢我，生下来就让人把我丢了，不过我命大被宫里的老太监养着了，一直到几岁我都没有名字，是大哥给我取了名字，随心随意，我行我素。他什么都比我好，教我吹埙，教我布局退敌，却没想到我们最后却成了彼此的敌人。"他低眉摩挲着手中的埙，声音微微沙哑着，"他明明已经赢了，为什么要去那儿救我？"

他们最后只能活一个，他却把这活命的机会让给了他，让他代替自己活着。他给了他一个名字，他却还了他一生，一生为大昱而在。

烟落默然坐在一旁。她口口声声说着相信父亲和母亲，可是她亦深知，有的时候在某些特殊时候人是没有选择的，譬如当年楚策，譬如曾经面对仇恨的她。这份仇恨与孽缘，从她一出生便已经注定相连，兜兜转转几十年，楚修聿、楚策、百里行素、她，曾经错过的人，不该相遇的人，都因为这场恩怨而纠缠在一起……

大昱长老会首席长老莫玄之因为当初的决策不当而被罢免，其中牵连长老会数人。这个决策大昱命运多年的长老会，数十年第一次产生了如此大的动荡，东齐朝堂上下亦是暗流潜涌无数，这位被长老会压制多年的大昱皇帝开始了真正掌权大昱的道路。

夜色沉沉，风雪萧萧，一身白衣如雪的男子撑着伞走入东齐帝宫的最深处，太和殿。

殿内灯火黯淡，百里行素收了伞走进大殿深处，厚重的帷幕之后传出一道苍老的声音："你来了。"

这个人，才是大昱站在最后的掌权人，唯一一个高于长老会的大昱皇族，太上皇百里勋。

大昱原为苍月王朝之后，只是几百年政权更替，掌权之人已再不是当年的萧氏一族，而成了百里一脉。但凡成为大昱皇帝的，赐姓百里。

百里行素在帷幕外站定："是。"

里面这个人，因为当年他的一句话，他才得以活了下来，从此卷入了这大昱皇位的生死争夺，然而直到今时今日，他也没见过这个人。

“华容的儿子女儿还活着？”苍老的声音冰冷而平静，辨不出喜怒。

“是。”百里行素坦然回道。

“华淳已经失手了，他们……交给你解决。”百里勋的声音响起，在空寂的大殿显得有些阴冷骇人。

百里行素沉默了，一句话也没有说。

空寂的大殿，死一般的沉寂，帷幕后传来微微的咳嗽声，隐约弥漫出阵阵药味。

许久不见他出声，里面的人声音冷沉了几分，“怎么？下不去手？因为华容的女儿？”

“朕要她活着。”百里行素声音坚定而决绝。

里面传出茶盏摔地的破碎声，百里勋的声音带着几分怒意：“你忘了上一任的大昱皇帝是怎么死的吗？”

很多年前，也有这样的一个人，走到他面前，说着同样的话。

大昱先帝便是因为贪恋华容，丧命西楚之手，所以他才以那样的方式培养大昱的继承人。他要他们无心无情，断情绝爱，然而终究还是走上了一样的路。

“朕知道，可朕不是他。”百里行素决然说道。

“你不动手，我有的是办法解决他们，你知道反抗和背叛是什么下场？”帷幕后的声音威严赫赫，冰冷狠绝。

“不过一死而已，我还怕死吗？”百里行素冷然一笑，铮铮言道，“如果不是因为大哥，我不会一直由你们摆布。每个人都有一个底线，这是我唯一要求的。”

“你以为我会答应？”帷幕后传出拐杖拄地的声音，声声震颤人心。

“你可以不答应，但我自有我自己的行事方式。”百里行素沉吟片刻，冷声道，“只是如果我死了，这大昱还有谁来帮你做事？还是……你再花十年、二十年培养一个新的继承人，可是西楚会给你这十年、二十年的时间吗？”

“你在威胁我？”百里勋沉声道。

“朕只是和太爷谈笔交易而已。”百里行素直言说道，“只要你不动她，我一样帮你做事。但若她死了伤了，当年的事少不得再来一回，不过这一回可就不会像当年那般草草了事了。”

数十年间，他已经不是当年那个一无所有的他，他有这个本钱威胁。

“即便我放过他，你以为华淳会轻易放过？”百里勋冷然一笑出声道。

“只要你不插手，其他的人，我足以应付。”百里行素沉声说道，这个蛰伏数十年的人，能够控制长老会的人，又岂是泛泛之辈，大昱真正的精锐力量不只一个黄泉铁卫，还

有握在他手中的神秘军队。

“你的母亲有多恨华容、多恨洛家、多恨西楚，你比谁都清楚，如今你为了华容的女儿背叛她，她会容得下你们吗？”百里勋语气内满是嘲弄之意。他答应放过，可没答应阻止华淳，那个已经被仇恨逼得发疯的女人也不是他能阻止得了的。

“朕知道。”百里行素沉声说道。

华淳所倚仗的也不过是这幕后之人百里勋的力量，最难对付的不是华淳太后，而是她背后的百里勋。只要他不插手其中，他就会少了很多麻烦。

“好，我答应你。不过你也最好做到你所承诺的。”苍老而冷厉的声音回荡在空寂的太和殿，格外骇人。

百里行素闻言狭长的凤眸掠过一丝笑意，转身朝着殿外走去。

“这样的代价，值吗？”背后传来苍老的声音，似是带着微不可闻的叹息。

当年，他也同样地问着那个人，他没有回答他。

百里行素身形一震：“我只想为自己做一件事，这辈子唯一的一件。”

# 第三章　爱恨之间

汴州，西贡坡。

在沧都停留了近一个月的萧清越和罗衍启程赶往东齐，只是浩浩东齐，要找一个人谈何容易，何况百里行素是有心藏起来。

萧清越深深叹息："你说，我们会找到她吗？"

"一定要找到。"罗衍沉声道。这六年来他这个做哥哥的已经亏欠她太多了，若再让她出了意外，将来还有何面目见九泉之下的父母？

萧清越闻言深深吸了口气，不让自己再胡思乱想，沉声道："是的，一定要找到，一天找不到，我就一天不回来。"

"怎么了？以前上阵杀敌也没见你这么苦恼？"罗衍瞥了她一眼哼道。

萧清越望着远方，叹息道："以前有什么事，我们都不会这么慌张无措，因为有楚修聿在，他什么都会处理好，小烟要做什么，他都会尽力安排好。漠南战事的时候，怕她病了、冻了，每个月都让中州送去特制的棉衣棉靴；怕她再亲上战场，将飞云十将全派去给她，天天要接到祁恒他们的报告才吃得下饭，睡得着觉，老被府里上下取笑。如今人不在了，中州上下也变了，做什么事都没了底。我们都这样不安，小烟和无忧心里定然比我们苦着不知多少倍。"萧清越喃喃念道，"无忧他那么小，从小就跟在楚修聿身边，与他感情最深，如今那孩子该怎么办？"

罗衍抿唇沉默着，想起那一脸稚气的孩子，几年前在沧都见到跟在楚修聿身边挺灵秀可爱的孩子，深深吸了口气，漫不经心道："那无忧的生母呢？以前中州王并未纳妃，这孩子是怎么来的？”

“罢了，不说了。”萧清越愣了愣，望向远方哼道，“这死人妖，怎么还不来？”

关于无忧的身世，现在这样的局面，她不能也没有权利将这个中州守了这么多年的秘密说出来。

罗衍望了望远处的官道，道：“他若是不来，就走吧。我担心百里行素知道了她的身份，那时候后果就不堪设想了。”

萧清越闻言，沉默了一会儿，出声问道：“当年到底发生了什么？让华淳和百里行素这般将洛家恨之入骨？”

罗衍闻言深深叹息，缓缓说道：“其实当年华淳并没有那么坏，而且与母亲关系也是极好的。母亲被大昱长老会抓住，她还相助搭救，也从那以后她再也没有回来。母亲以为她死了，还在沧都为她建了衣冠冢。但是母亲怀上小烟那一年，华淳突然回来了，要置母亲于死地，先帝带人将其追杀，但她逃出了西楚，从此再没了音讯。没想到她又回了大昱，还让自己的儿子做了大昱皇帝。”

萧清越闻言点了点头。当年营救华容，西楚曾与北燕联盟，当时时局很乱，华淳也是因为那场动乱而性情大变，而其中知道事实的除了华淳和大昱的少数人，其他的人都已经不在人世。谁也不知道到底发生了什么，让一个女人变得这样疯狂。

“女人的仇恨真可怕！”罗衍叹息道。

萧清越重重叹了叹气：“幸好，小烟还没有成为第二个华淳。”她忆起当初那不动声色将各方势力推上风口浪尖、冷漠如霜的她，若不是九曲深谷中自楚修聿那里得知无忧在世，若不是有那个人执著不弃的守候，也许她也会变成那样疯狂的复仇者。

罗衍闻言沉吟不语，突然之间发现自己这个做大哥的，还没有萧清越了解妹妹。

萧清越侧头望了望他，突地出声：“我想问一句，当年华淳是西楚的皇妃，那如今的百里行素……会不会是先帝的孩子？”那如果是，这楚家的男人也太强悍了，一个楚策，一个楚修聿，都已经是名动天下的帝皇，再来一个强悍得变态的人物，这楚家的血统也太强大了。

“不是。”罗衍肯定而决然地回道。

萧清越微微皱了皱眉，瞥了他一眼：“你说不是就不是，万一要是呢？你当时才多大点，怎么会了解是不是？当年的事情，十有八九是出在先帝那老家伙身上，关于女人的仇恨，以我的推断十有八九跟爱情有关系。”说着，自己点了点头，继续道，“你看，先帝看上了你娘华容，而你娘看上了你爹，而华淳呢又偏偏看上了先帝，这复杂又纠结的四角恋就开始了，于是华淳因妒成恨，因爱生恨，就想你娘死，可是先帝和你爹肯定就不干了。嗯，肯定是这样。”

罗衍无奈又无语地望着侃侃而谈的女人，真不明白她的脑子到底是什么构造：“什么因妒成恨，因爱生恨，你思想也太阴暗了吧！”

“切，你一没谈过恋爱的人懂什么？”萧清越一脸不屑地鄙视他。

罗衍无奈失笑，伸头瞅着她：“敢情你谈过那什么恋爱，你这样的女人有人敢要吗？”

“去，没吃过猪肉还没见过猪跑啊，我这新时代的穿越女性，目光比你们长远多了。”萧清越微一思量，哼道：“不信回头你问问楚策，他有没有因妒成恨，恨小烟无情的背弃，恨楚修聿抢他女人……”

“皇上他有他的难处……”罗衍打断他的话。

“是，他有他的难处，所以他放不下，所以他会因为他的难处而让她委屈，在他心中他始终是放不下江山的。”萧清越直言说道，望向罗衍道，“一个男人的心很大，可以装很多，江山、权力、阴谋，但一个女人的心很小，小得就可以装下一个男人。以前的她满心装着楚策，可是楚策生生将自己从她心里挖出来了，让她痛不欲生，心死成灰。楚修聿让这样一个心如死灰的人活过来了，这份情纵然没有楚策那般沉重，却可以温暖她的一生。”

罗衍突然有些无言以对，真的……再也回不去了。

两人循着一阵马蹄声望去，一身红衣飞扬的男子勒马停在一片银杏林外，一派风流。

“每次都这么骚包。”萧清越一脸鄙视，没好气地哼道，“有话快说！”

“我只是好心来告诉你，去了东齐，有事就与祁连联系。要是你死在那里，没人给你收尸。”祁月笑眯眯地说道。

“我呸，没拿到你那一半家产，我怎么舍得死。”

祁月闻言俊眉微扬：“你是舍不得我那家产，还是舍不得我啊？”

“死人妖，你是皮痒了是吧！”萧清越挥了挥拳头示威道。

祁月丝毫不将她的威胁放在眼中，望了望罗衍冷然一笑：“没想到大将军王还是洛家大公子，久仰了。”

罗衍瞥了一眼一身红衣妖娆的男子：“本王倒是好奇，天下第一名商的明月公子，怎么会跑去中州给人看门？”

锦绣山庄的少庄主欧阳明月年少气盛，经商手法多样，不过十几岁光景已然是富可敌国，早年被琼华夫人与东齐、南越勾结暗害，家业被人劫掠一空，还被通缉追杀，从此销声匿迹，不想竟在中州又风生水起了。

萧清越一听眼睛瞪得老大：“啊呀，我听说以前的锦绣山庄是天下最有钱的地方，连庄里的地板都是玉制的，屋子都是黄金打造的，没想到死人妖你还有如此拉风的过去啊！”

“我呸，谁会造那样的园子？”祁月哼道。

“瘦死的骆驼比马大，怪不得现在还有这么多的家产，这个打赌看来我是要赚大了，回去好好把你的家产算清楚，到时候别赖账。”萧清越一脸嚣张的笑。

“天不早了，该上路了。”罗衍出声提醒道。

祁月从袖中取出一枚小巧的银制令箭扔给她：“东齐每城都有百善庄，有事拿着这个找他们帮忙，这是我多年的家底，别给我败光了。”

萧清越接住令箭瞧了瞧，欢喜地揣进怀中：“死人妖，看来你这家伙私有产业还真不少。当年吞了琼华夫人那么多商号，赚翻了吧，竟然东齐还有产业，够贼！”

“这是早年发展的一些家业，要不是事情棘手，我才不拿出来呢！真是上辈子欠了这一家，当看门的还不够，还得我掏腰包！”祁月白了她一眼哼道。靠他们两个进东齐找人，还不知要找到何年何月去，百善庄与各行各业都有打交道，总会探出些消息。

“出了这么多事，你多照看着无忧，我会尽快把人找回来的。”萧清越认真说道。

“知道了，去了东齐，先找百善庄的人做安排，你这神经大条的女人别把自己搭进去了。”祁月叮嘱道。

“好了，知道了。”萧清越道，虽然这死人妖一脸欠揍样，所幸人品还是有点的。虽然平时抠门了点，但关键时候还是挺大方的。明明有能力出去自己闯一番事业，却甘愿窝在中州城里跟着他们打混过日子。

“还有，想办法接近诸葛清，他是百里行素的心腹，可能会有线索，不到万不得已别传消息出来。东齐朝廷眼线多，容易被发现，你们暴露了是小事，皇后娘娘会有大麻烦。”祁月一边打马走着，一边说道。

萧清越皱着一张脸回头望他：“你这男人怎么比女人还鸡婆！”

“我呸，我是担心你们找不回皇后娘娘，无忧那小子以后没爹没娘怎么办？”祁月反驳道，“谁让你们两个都是头脑简单、四肢发达的。”

“好了好了，你快滚吧。”萧清越摆了摆手，策马离去。

祁月一身红衣停在山坡之上看到两人直到不见，方才掉转马头折回中州。乱世烽烟起，他要帮助中州存活下来，这一生有过风光无限，有过富可敌国，有过落魄失意，有过彷徨无助，却只有那一个地方让人心安，有那么一个人让他付出什么都心甘情愿。

他们是生死相交的挚友。他要争霸天下，他愿为他出谋划策；他要退隐中州，他愿为他守城护院，只是如今，那个人不在，三国必有争斗，大夏该如何应对？他是该将那稚气的孩童推上帝位争霸天下，还是让中州退出这乱世争斗……

在萧清越赶往东齐的时候，华淳太后要百里行素暗杀罗衍和大夏皇后，却没想到百里行素正带着她遍寻几国都不获的大夏皇后离开了夷都。

烟落的身体状况越来越怪异，清醒的时候少了，有时候昏睡过去就是一天，连池也诊断不出是何缘故，百里行素只是说怀孕了，嗜睡。

朝阳初升，她从马车醒来发现有些不对劲，一掀车帘便看到已经熄灭的火堆边三人一兽睡得歪七倒八，不由摇头失笑。

百里行素听到响动，起身伸了个大大的懒腰："睡得可好？"

她抿唇笑了笑，提了提裙子想要下马车，可是笨重的身子又不敢往下跳。百里行素无奈撇了撇嘴，将她抱下马车，放到地上，哼道："怀孕的女人就是麻烦！"

连城和连城也起身："要走了吗？"

"我想走一段路。"她坦然言道，从夷都出来已经坐了两天马车，一身难受得很。

话音一落，百里行素倒比她还先走了出去，走了一段不见她跟上来，扭头一望："还不走。"

她举步跟了上去，道："你上马车睡觉去吧，我走一段就好。"

"一会儿你趁机跑了怎么办？"百里行素闲闲地哼道。

她顿时无语，她这个样子，跑得了吗？

连池望着走远的两人，不由道："小师妹最近脉象真的很奇。有一天我把脉的时候，发现那孩子竟然脉息全无，师傅非说我诊错了，我再把脉竟然又有脉息了。"

连城闻言眸光微沉，望了望远处白衣翩然的身影深深叹息，收拾了东西驾着马车跟过去。

"百里行素，你是不是有事瞒着我了？"烟落思量了许久，忍不住出声问道，总觉得百里行素将她带来东齐，并不是那么简单的事。

"嗯？"百里行素侧头，俊眉微挑，笑眯眯地问道，"你是我说我走的那天晚上在柔雪那儿过夜的事吗？"

"我是说，你把我带来东齐的事。"她坦然直言问道。

百里行素闻言凤眸微眯，笑着耸耸肩："这能有什么事？"

"你不要骗我，我不喜欢被人欺骗的感觉，即便有时候是为我好的。"她顿步，直直望着他的眼睛说道。

她不想再发生楚策那样的事，最后她除了悔恨，除了痛心，什么都做不了。他将她带来东齐，却冒着与朝堂反目的危险藏着她的行踪。

"哦。"百里行素认真地点了点头，沉默了许久，侧头静静望着她，笑得像只狐狸："好吧，我承认我瞒着你了，我就是喜欢你了，我就是不甘心楚修聿那家伙占了便宜。现在我就趁着他不在，将你带到了我地盘，想充分发挥我的人格魅力，让你将那家伙忘得一干二净，以后跟了我。放心，孩子出生，我会还给中州的，你留下就行。"

秋风萧瑟，青草的枯叶草屑飞扬而起。晨光中，男子一身白衣纤尘不染，圣洁若仙，玩世不恭的眼底透着深深的落寞与孤寂。

烟落愣愣地站在那里，张了张嘴想要说些什么，却不知该从何说起。

瞧着她窘迫的样子，百里行素突地大笑出声："看你那样儿，真以为我那么想，美死你。"说罢转身朝前走去，一边走，一边悠闲地吹起口哨。

她仍旧站在原地，迎面而来的风吹乱了满头青丝，直到如今她也难以相信自己竟然和这个立誓诛杀的人如此平静地站在一起。他在燕京救她一次，她放过他一次，可是如今他违背华淳太后和长老会，暗中放过修聿，这份成全，她又该如何偿还？

百里行素走了一段，扭头望着她，微一挑眉："你还走不走？"说着站在原地等着她走过去。

她深深吸了口气，缓步走了过去，淡淡说道："今天天气真好。"

"嗯，就是冷了点。"百里行素拉了拉衣裳哼道。

百里行素负手漫步走着，漫不经心地说道："其实很多时候，我都在后悔，自己当初怎么就那么没种，为什么就没有先下手为强呢？我要先下手了，哪还有他楚修聿的事？"他抬头望了望天，深深吸了口气，"可是自己都看到了结果如何，我宁愿……还是不要开始的好。"

一旦开始了，就注定会痛得更深，伤得更深。

可是，没有开始就不会痛、不会伤吗？

不过痛的是他，伤的亦是他而已。

"以你现在的势力可以脱离大昱了，可以过自己想要的生活，为什么还要留在那里？"烟落望着他的背影沉声问道。

百里行素不说话，抬头望了望天，声音低沉清冷，带着难掩的疲惫缓缓道："我想要的生活……这么多年，我学会的只有杀人，谋算利益，这已经成了生活的本能。我离不开这里，这里是我的出生地，是我的战场，也是我最后的坟墓，走不出去了……"

烟落闻言淡淡吐出口气："人一辈子不是非要这么活，富贵荣华是活，碌碌无为也是活，不一定要活得这么艰难，选一条轻松一点的路走吧！"这六年她都感觉那么累，那么艰难，这个人一生都是这样的生活，该怎么活下来。

"很多东西是没法选择的，你不是不知道！"百里行素淡淡一笑，说道。

他的出生注定他的一生要在仇恨搏杀中度日，注定他这一生都要与阴谋鲜血为伍，永生不得解脱。如果可以选择，今天他们就不会站在这里，如果可以像寻常百姓那般生活，也就不会有这么深的纠缠牵绊……

朝阳静静地照耀在他们身上，微风带着薄薄凉意，两人都沉默着不再说话。

走着走着，百里行素突然停下了脚步，静静望着她道："烟儿，抱抱我好吗？"

烟落闻言怔怔地望着他，一时之间不知该如何是好，百里行素张着手站在那里，风吹起他宽大的袍袖，透着几分萧瑟落寞。

她深深吸了吸气，步上前去。百里行素一步上前，探手轻轻揽住她的肩，一手按住她的头，眼底一片清明，唇角微微牵起："等楚修聿回来了，就好好跟他过日子，别人的事就别再管了。你管不了，也管不完。"

她微怔片刻："谢谢你，师傅！"

当初在落风坡放走楚修聿，不是一时心软，是他真的怕那家伙死了，她就真的一无所有了。这世上还有哪个家伙会像他那么疯，那么对她好……

"我想问你个事，你老实跟我说。"百里行素接着说道，狭长的凤眸微微眯起，像只狡猾的狐狸。

"什么？"她认真地问道。

"那个……"百里行素微微皱了皱眉，"你们一天几次？"

"什么几次？"她愕然，不解。

百里行素低头望着她，唇角缓缓绽开大大的笑容："房事几次？"

她愣了片刻，而后伸脚就踹。百里行素敏捷地躲了开去，瞧着她窘得满面潮红，笑得好不欢快。

烟柳山庄机关重重，隐于山林，这是百里行素秘密建造的，便是连池也不曾知晓。到了这里，她再度病倒，一连数日神智不清。

连池诊了脉，望向软榻上面色沉重的人，道："师傅，真的是……中蛊吗？"

"离魂蛊。"百里行素淡声说道。

"到底是什么人，要这样……"连池猛然一震，这世上能将毒蛊之术用得如此精妙的，除了师傅，便是……他都能想到，师傅如何会想不到？他深深吸了口气，"是华淳太后是不是？"

百里行素敛目，轻轻点了点头："当年在燕京，她与楚修聿大婚之后到燕京就已经动了手脚。她那个人不会给人逃脱的机会，早就留了后招。"恐怕也是在那个时候，她就已经知道了她是洛家人的真相。

连池闻言面上顿时血色尽失，腿一软瘫坐在地，望着坐在那里的百里行素一句话也说不出来。

当年华淳太后炼出第一只离魂蛊，就是用在了师傅身上，至今未解。

它不发作什么迹象都没有，只是人身体差了，容易生病，病了也难好，怪不得先前小师妹风寒都迟迟不好，怪不得他诊脉时，有时候会诊到孩子脉息全无。

"师傅……"连池声音哽咽，"怎么办啊……"

百里行素把玩着腰际的玉佩，淡淡笑了笑："这么大的人还哭鼻子，你丢人不丢人？"

“师傅，小师妹她……怎么办？”连池声音哽咽而颤抖，可是任师傅医术无双，也拿这离魂蛊没办法啊，否则他自己也不会被这蛊毒残害二十多年。

百里行素沉吟不语，修长的眼睫掩去了他眼底变幻的神色。连城步上前来，沉声说道：“师傅已经找到解毒的方法了。”

连池擦了擦泪，赶紧站起身：“真的吗？真的有办法可以解吗？那师傅你也可以……”

“师傅已经找了这种方法很多年。要想帮小师妹解毒，有两种方法：一、用师傅找到的方法解毒，第二个方法就是……将蛊毒逼入胎儿体内，把孩子生下来。”

“那孩子生出来不就是……”连池不可置信地转头望向屋内。

“死胎。”连城沉声说道。

死胎？！

连池扭头望了望榻上的人，她是那样企盼着这个孩子的出生，如果变成那样……

“师傅不是找到了解毒方法吗？”

百里行素闻言一句话也不说，起身走开了，背影萧瑟而落寞。

“大哥，到底怎么了，你说话啊……”连池一把抓着连城的衣袖追问道。

连城望了望离去的人，说道：“师傅近年一直在寻找解毒之法，我一直在帮着准备，东西差不多齐全了，如今……若是救了她，师傅身上的离魂蛊便再也解不了了。”

连池不可置信地摇头，怎么可以这样呢？

“华淳太后要师傅暗杀洛家的人不过是个幌子，若是师傅不动手，她定然也会催动蛊虫。要救她就必须赶在这之前，否则，母子两个，一个都活不了。”

“那师傅他……”

“师傅没让她知道，自有他的打算。”连城淡声说罢，转身走开。

这烟柳山庄本来是为他自己解毒所备的地方，当他带着她进了这烟柳山庄，连城就已经看到了他的选择……

连池抬袖擦了擦脸，快步朝着桃花林追去，在山涧边看到一身白衣如仙的人，低声唤道：“师傅……”

百里行素侧头望了望他：“哭什么哭，你师傅我还没死呢！”

连池深深吸了口气道：“师傅，告诉她吧。小师妹若是知道，会放弃那个孩子的。他们以后还可以有很多的孩子，可是你的命，只有一条啊……”

百里行素淡淡一笑，苦涩无尽，要她放弃自己的亲生骨肉，他又……于心何忍？

“你不是不知道这个孩子的危险。若是个死婴，她也活不了的。”百里行素扬唇一笑，“我还没那么容易死，太和殿的那个人，还不会让我死。”

他是爱她的，只是无法像楚修聿那样去爱。

他能做的，唯有成全而已……

大夏，中州。

夜静更深，无忧一个人回到松涛阁，一个人坐在房门外的石阶上望着对面黑漆漆的屋子。以往那里每天晚上都是亮着的，府里也是热闹的，他第一次觉得这座王府是这么大，这么空，这么寂静，静得让他害怕。

过了许久，他起身走进对面的屋子，拿着火折子，搭着凳子将屋里的灯火点亮，望了望，又出门到对面的台阶处坐下。

“爹，娘，你们都会回来吧！”他望着对面的屋子，对自己说道，而后起身回房，望了望对面的灯火，方才睡去。

祁月处理完拙政园的奏折，回到宓荷居倒头就睡，全然不知已经悄然进到府里的几人。一身青衣的男子，裹着宽大的披风，风帽遮住了他苍白的脸。

他急切地进了松涛阁，脚步有些虚浮，房内灯火通明却空无一人，这里那么静，静得没有一丝声响，静得让他不知所措。

他转身到了对面的屋子，床榻之上孩子安静地睡着，俊秀的眉也跟以前某个人一样轻轻地皱着，眼角挂着晶莹的泪珠，脸显得瘦了几分。

他叹息地伸手抚了抚孩子皱起的眉头，拭去他眼角湿润的痕迹，将孩子踢开的被子掖好，转身出门朝着宓荷居而去。

夜黑风高，宓荷苑内一片沉寂，荷塘内的碧荷已经枯败了一池，池水泛着清冷的波光。

“……祁月。”

床榻之上的人猛地打了个寒战，似是听到什么声音在唤自己，翻了个身，隐约看到面色苍白的男子逆光立在床边。背后的冷风吹起他满头青丝，模样似极了九幽地府出来的幽灵。

祁月揉了揉眼睛，再睁眼一瞧，顿时抱着被子缩到床角：“老大，你这是……你这是还魂还是诈尸啊？”

这个站在他床边的幽灵，不是别人，正是那个已经被他们下葬埋了的大夏皇帝——楚修聿。

冷风一过，屋内的烛火熄灭，祁月抱着被子打了个寒战，不是真见鬼吧！

“闹够了没有，你给我起来！咳咳……”站在床边的某只幽灵有些愤怒地开口吼道。

祁月睁眼将幽灵从头到脚瞅了瞅，喃喃道：“还有影子，好像不是鬼。”

“给我起来。”幽灵怒声道，声音却明显虚弱无力。

屋内的灯火突然亮了起来，两道人影窜到床边，不由分说便将祁月的被子掀了，把人拉下床："叫你起来，你还不起来，找打是不是？"

祁月瞅了瞅诸葛候和皇甫柔两人，再望了望边上一脸苍白的幽灵："老大，你……你没死？"

皇甫柔一记爆栗打在他头上："再咒我徒弟死，我先送你去见阎王。"

祁月开始确定坐在那里的某只幽灵不是幽灵，而是他们的老大，大夏的皇帝楚修聿，而后长长舒了口气，自行倒了杯茶压压惊："看来是诸葛前辈他们救了你！可是我明明找到了……你的尸身！"

"连你也被骗到了对不对？哈哈哈……"诸葛候一听自己的骗人计划成功，好不欢喜，得意地哈哈大笑。

祁月顿时抗议道："诸葛前辈，不带这么整人的好不好？我们都信以为真了，又是披麻又是戴孝，敢情是被你摆了一道，骗人很好玩吗？我们伤心倒也算了，就可怜了无忧跟皇后娘娘两个……"

"当时情势所逼，我不是让师傅给你们送信吗？"楚修聿面色苍白地说道，声音虚弱而无力。

"报信？报什么信？我要是接到信了，中州现在会搞成这样？"祁月恨恨咬牙道。

"烟落呢？她去哪儿了？松涛阁好像很久没有人住，咳咳……"他问得太急，一时间气息不顺，便咳了起来。

"好吧，告诉你个好消息，你要做爹了，皇后娘娘有身孕了。"说话间，祁月扳着手指数了数，"再过几个月估计就要生了。"

修聿倏地站起身，又惊又喜，连忙追问："那她人呢？从东齐回来没伤着吗？孩子还好吗？……"

祁月一把拉住某个激动的人，说道："还有个坏消息，皇后娘娘已经失踪好几个月了，大夏和西楚都派人在找，一点消息也没有回来。"

失踪？！

修聿闻言身形一震，差点没一头倒地，被边上的皇甫柔扶住，虚弱地问道："什么时候的事，怎么会这样……"

"就在你出事后的一个月，我们从落风坡带回了穿着你衣服的死尸，身形特征跟你无一不相似，还有那块松石坠。皇后娘娘当日吐血，昏迷数日，之后性情大变，没有再说话，执意要去岐州找你回来，去了就再没有回来。"祁月沉声说道。

修聿面色惨白，胸腔剧烈起伏着，口中泛起阵阵腥咸，扶着桌子起身便欲出门，被皇甫柔一把拉住："你去哪儿？"

"去岐州。"修聿甩开她的手便朝外走，伤重未愈加上一路奔波，脚下阵阵虚软。

诸葛候一把拉住他，按着坐下："你这样能去哪儿，还没到岐州就没命了。"

“不是让你送消息回来，你为什么没送？”修聿冷冷地望向诸葛候，如果她知道他平安，又怎么会出这样的事?

“我……谁让你当初把我们赶出去的，我是看在徒孙的分上才救你的啊！”诸葛候心虚地哼道。

“你早就知道她有孕的事，为什么不说？”如果不是他赶着回来了，只怕到现在还是一无所知。

“那个，我们也是看在徒孙的分上，才闭关让你早点醒过来的，你少那样瞪我们。”皇甫柔站到诸葛候身边，说道。

“就是就是，不是看在徒孙的分上，让你做一辈子活死人去，哼！”诸葛候一扭头道，让他醒过来，他们可是耗费了几十年的功力，最后还是干了吃力不讨好的事，太让人郁闷了。

“要不是你媳妇跑去救楚策那小子，也不会发生这样的事。她跟楚策那小子一定不简单，我们这是为你出气呢！”皇甫柔理直气壮地说道。

“你们出去！”修聿沉声道。

诸葛候知道这回是惹毛了他，乖乖地出门守着。

祁月探手沏了杯茶放到修聿手边，看到他苍白失血的面色有些担心：“你的伤……还好吧！”如果不是伤势极重，也不会这几个月都音信全无了。

“无碍。”修聿轻轻摇了摇头，追问道，“烟落失踪的事，说清楚。”

祁月望了望他，思量片刻说道：“可以肯定的是百里行素带走了她，只是夷都情势复杂，我们的人不好行动，以免打草惊蛇，让华淳太后和大昱长老会知道了她在东齐就更危险。可是萧清越带人找到东齐夷都时，百里行素已经走了，如今谁也不知道他们去了哪里。不过想来他没有将人交出去，也不会害她。”

“咳咳……”修聿微微咳了两声，沉声道，“当日落风坡周围二十万大军，若不是百里行素有心放过，只怕我也逃不出来。”

祁月不可置信地望着他，百里行素会有心放过他，是为谁，这答案不言而喻。若是如此，他便更不会伤害那个人了。

“可是如今事情只怕没有那么简单了，华淳太后已经知道了她是洛皇贵妃重生，连大将军王罗衍是洛祈衍的事也已经知晓了。在萧清越等人赶往东齐时，曾在上阳关遭人截杀，那些人正是华淳太后派来的，如今华淳太后让百里行素除掉洛家余孽。”祁月沉声言道。

修聿点了点头，说道：“天一亮我就去岐州，中州的事还是交给你了，我没死的消息不要再让第二个人知道，就连无忧也先不要说。一旦让大昱知道，百里行素就有大麻烦，他放我一马，我也不能反过来恩将仇报，落井下石。”

“去岐州？”祁月望了望他苍白失血的面色，一看便知道是内伤极重，方才连诸葛候两人都那般说，情况定然是不容乐观，思量片刻沉声道，“你留在中州，暗中指挥吧，我去东齐。”

修聿闻言微微摇了摇头：“我自己去。”她的生死，交给谁他也不会放心。

“可是你现在……”

“没事，大师傅和二师傅会跟着，不会有事。”修聿勾起一抹苍白的笑。

祁月沉默了一会儿，说道：“当日援兵未到，是楚帝手下青龙、玄武几人擅作主张，半路截杀祁恒，想替楚帝除了你，再让皇后娘娘回西楚。不过现在西楚发兵东齐，正牵制东齐朝廷的注意力，以便咱们的人在东齐找人。”

“楚策可以为她以命养命，百里行素可为她背弃华淳太后放我生路，反而是我……什么都没有为她做过。”修聿自嘲一笑。

“皇上是担心娘娘与楚帝……”祁月试探问道。

“他们还有一个无忧啊！”修聿低眉叹息道，这个孩子他视如亲生，抚养长大，但他终究是楚策的骨肉，是他们曾经的孩子。

“现在你们也有了孩子，她不会丢下不管的。”祁月道，沉吟片刻道，“更何况如今她已经不是当初的洛皇贵妃了，六年，什么都变了。无忧是你养大的，当年几近夭折，是你带着他四处求医寻药，才保住他的性命。两次燕京之乱你也救了她，当年火烧刑台，不是你冒死接住，她也早摔得粉身碎骨。楚策他以命养命如何，她危难的时候陪在她身边，让她走出困境的是你不是他，你不欠他什么。”

修聿敛目深深叹息：“这孩子不该这时候来啊！”他希望她是真的爱他，真的想跟他一生相守、白头偕老而留在他身边，而不是因为孩子和他牵绊而留下……

“一切等把人找回来再说吧。”祁月沉声说道。

修聿点了点头，面色有些沉重，说道：“百善庄还在东齐吧，可否让你在东齐的人，帮我查一个人。”

“什么人？”祁月瞧着他一脸沉重，不由有些认真起来。

“百里勋。”

祁月闻言皱了皱眉，喃喃道：“跟百里行素什么关系，他老子？”

修聿轻轻摇了摇头，说道：“百里勋是大昱的太上皇。大昱先帝百里谦因为当年西楚与大昱的动乱死了，百里勋却没了踪影，已经好几十年没露面了，有人说他已归天，我怀疑……他根本没死，不定就藏在东齐夷都。”

祁月闻言拧着眉头：“那百里谦是百里行素的老子？”可是之前不是怀疑百里行素是西楚先帝的儿子吗，这也太混乱了。

“不是，百里谦膝下无子，如今的大昱皇帝是大昱宗室子弟选拔出来的，并不是百里谦的血脉。”修聿沉声说道。

“你怎么知道得那么清楚？”祁月俊眉一扬问道，这些应该算是大昱皇室的机密了，他倒是挺了解的。

“当年动乱发生后，西楚先帝曾拜托父王调查过大昱皇室的一些情况。父王过世后，我虽然没有特意去查探，当年带无忧去东齐寻药也顺便去打听了下。”修聿坦然直言道。

“如果照你这般所说，那百里勋也该是老头子一个了，找他做什么？”

修聿敛目吸了口气，眼底一片清明，沉声说道：“如今所看到的大昱不过是东齐，而这一切是经百里行素手而来的，而真正的大昱是掌握在这个人手里的。当年一战大昱虽受重创，但并没有全军覆没，大昱的军队很有可能就在他的手上。”

“看来这老家伙还挺厉害。”祁月点了点头说道，思量片刻望向对面的人，“可是你打听他做什么，以你的德行肯定不是要攻打什么东齐，你不是想帮楚策吧？”

修聿抿了口茶，一句话也没有说。

“西楚跟东齐早晚是要打起来，楚策救了皇后娘娘的命，百里行素呢又放了你一条命，那将来他们真打起来，咱们大夏是该帮哪边呢？”祁月摸着精致的下巴思量着，一双桃花眼却在打量着他的神色，“还是两个都不帮，由着他们打，咱们捡便宜也好。”

修聿淡淡瞥了他一眼，祁月乖乖闭嘴不再说了。

房门之外，诸葛候与皇甫柔两人正趴在门外听着里面两人的对话，动作好不滑稽。

“刚才修聿小子那话是什么意思？他养的无忧是楚策的儿子？”诸葛候望向边上的人，压低声音道。

“修聿小子好可怜，给人养了六年儿子，现在媳妇还要被人抢。一个楚策，还来一个什么素。天下女人那么多，为什么这三个都非要吊死在一棵树上，笨死了！”皇甫柔低声咕哝道。

“百里勋，百里勋……这名字怎么听着有点耳熟呢？”诸葛候挠了挠头喃喃道。

“我听着也耳熟，不定是以前打过架的对手呢。”皇甫柔摆了摆手道，心里想了想，侧头望向诸葛候，“老头子，真让修聿小子再去东齐吗？再跑一回，我们说不定再带回去的就不是活死人，是真死人了。”

两人正说着，一道黑影从背后落下，一道声音有如雷吼：“你们两个在偷听什么？”

诸葛候两人猝不及防，被吓得齐齐扑进了房内，扭头望着插腰站在门口处的雷震：“姓雷的，你找死啊！”

雷震望了望两人，又望向坐在桌边的修聿，不由一震，随即上前：“哎，修聿小子，你怎么没死啊？”

修聿望了望他，也不生气：“雷师叔，你怎么到中州来了？”

雷震嘿嘿一笑："我去找了楚策那小子，他请我帮忙去东齐找烟丫头，听说你死了，就顺道过来给你上炷香呗！"

诸葛候两人立马就与雷震在房中交起手来，眨眼之间已经过手数十招。修聿微微皱了皱眉，起身："大师傅，二师傅，我们该走了。"

诸葛候和皇甫柔很听话地住了手，跟在他身后悄然出了王府。上了马车，皇甫柔问道："修聿小子，你真要自己去啊！"

修聿闭眼靠着马车，思量着进入东齐的部署，淡声道："你们再输给我几成内力，我的功力就会有所恢复。"

话音一落，一向玩世不恭的诸葛候不由面色一沉："修聿小子，我知道你急着救人，可是就你现在的伤不休养个一年半载根本好不了。即便我输了内力给你，以你现在的伤势状况，根本无法负荷。寒毒还未完全除掉，输了内力，两股力量相冲，搞不好你会筋脉尽断而死的。"

"就是就是，再想别的办法。"皇甫柔跟着附和道。

马车刚一动，雷震也跟着钻了上来，瞅着他们嘿嘿一笑："顺路搭个车。"

一路上，雷震跟诸葛候、皇甫柔两人打了无数回，就着徒弟媳妇归谁展开了激烈争论，修聿始终一语不发，改头换面，到了东岐州。刚一到碧云庄，便接到了一封神秘来信和他的松石坠。

楚修聿：

我知道你没死，要想见你媳妇儿子，赎金如下：北燕皇陵的蛟龙血，金蛇岭的百年乌乾，出云山的晶石莲……另外追加大夏十座城池。

接到百里行素勒索信的第二天，修聿便让诸葛候夫妇与祁连、雷震以及江湖朋友们分往各处寻找信中所说之物，自己只身前去与萧清越和罗衍会合。

为免让华淳太后有所察觉，罗衍第一时间赶回了西楚，借以引开华淳太后的势力，为他们赢得更多的时间。萧清越和修聿分头带着百善庄和龙骑禁军的密探在东齐的深山峻岭中寻人，烟柳山庄便坐落在阳州与明州交界的山谷之中……

十天之后，修聿和萧清越一道去往岐州与诸葛候等人会合，一进门便看到诸葛候竟然抓着一只百年乌乾缠在身上把玩着。萧清越顿时恶寒，这样的毒物在他手里都能这么听话，这老家伙当真是强悍得变态。

修聿望了望几人，沉声问道："东西都找到了吗？"

祁连拱手上前回话，指了指桌上的几只锦盒："北燕皇陵的蛟龙血，出云山的晶石莲，西海的海里花，血灵芝，还有……"指了指诸葛候腰间缠着的东西，"金蛇岭的百年乌乾，都齐了。”

修聿看了看，点了点头：“有劳各位了。”在短短十日内寻到这些东西，其中艰难可想而知，但也必须不惜一切代价去找。

诸葛侯把玩着腰间的蛇头，咕哝道：“我刚跟小黑培养点感情呢，就要给人啊，舍不得！”为了抓这乌乾，他在金蛇岭上放了把火，烧得那叫一个热闹，满山的烤肉香。

皇甫柔瞥了他一眼，哼道：“行了行了，救徒孙要紧。”

诸葛侯心不甘情不愿地与小黑依依惜别，而后一指快如闪电，乌乾便一动不动了。皇甫柔面色顿变：“你捏死了？死了送过去臭了，那家伙赖账不要怎么办？”

“谁捏死了，我点了它的穴而已，睡个十天八天的就好了。”诸葛侯笑嘻嘻地说道。

点穴？萧清越顿时嘴角抽搐，蛇也能点穴的吗？侧头望了望修聿，道：“东西都找齐了，现在怎么办？”

“等。”楚修聿沉声道，面色平静无波，然而袍袖内紧攥着松石坠的手泄露了他的紧张和急切，“百里行素要这些东西，定会找人来取，咱们等着他来。”

“嗯。”雷震点了点头，一捶桌子道，“然后再顺藤摸瓜，把他们一网打尽，就能找到烟丫头了。”

诸葛侯和皇甫柔望着雷震，而后两人相互望了望，心里暗自打起了主意。

正在这时，碧云庄有人进来，向祁连报道：“祁大人，有人求见。”

修聿眸光一亮，望了望几人，沉声道：“来了。”

祁连望了望他，朝守卫道：“请人进来。”

片刻之后，守卫带着两人进到书房，两人都罩着宽大的斗篷，以身形看来却是像女子，几人不由开始纳闷起来，会是百里行素派来的人吗？

两人进到书房，抬手拿下遮住面容的风帽，雷震不由瞪大了眼，指着来人：“你……你你，你不是萧赫的女儿吗？”

来人正是萧赫的女儿，东齐淑媛郡主萧淑儿与她的贴身侍女冬青。

萧淑儿淡淡望了望几人，朝楚修聿道：“我受陛下所托，前来取夏皇相赠之物。”

修聿闻言轻轻点了点头：“东西都在这里。”看来岐州并不是他所看到的这么简单，百里行素定然还有人在这里，不然他们什么时候来，什么时候找到东西，他都算得如此精准。

萧淑儿打开盒子，将东西看了看，道：“陛下让我转告夏皇，他们母子安好，至于能不能找到人，就看你们自己的本事了。”

冬青将所有的东西装入包袱，道：“郡主，可以走了。”当日她们窝藏西楚大帝的事，百里行素没有追究，也没有告发夷都，她们主仆才能继续留在岐州。百里行素要他们

来取东西，她们没法拒绝。

萧淑儿轻轻点了点头，便欲离去。诸葛候和皇甫柔身形一闪挡在门口："说，我徒弟媳妇和未来徒孙怎么样了，不然我叫你有来无回。"

萧淑儿面色无波，望向修聿，平静地说道："是吗？我若回不去，只怕你们的皇后娘娘也回不来了。"

修聿闻言面色微沉，冲着诸葛候两人道："让她们走。"

萧淑儿重新拿风帽遮住面容，望了望几人："告辞。"说罢与冬青带着东西大摇大摆地出了碧云庄。

祁连立即带人暗中尾随，却只看到他们带着东西回府。碧云庄内修聿等人坐立难安，然而两天过去了，郡主府依旧没有一丝动静。

"皇上，百里行素会不会是故意为之，让咱们转移注意力，没法去找人？"祁连忍不住出声道，为了寻找这些东西，他们耗费了太多的人力物力，也耽误了时间。

"应该不会，这些东西，我曾经听楚策小子说过，百里流烟宫以前也在搜罗这些个珍奇药材。"雷震喃喃道。

"听说百里行素常年被华淳太后以蛊毒控制，肯定是让咱们给他找解毒药材的。"皇甫柔跟着道。

修聿敛目沉吟不语，心中却越发不安。百里行素犯不着这般威胁他为自己寻找这些解毒药材，且要得这般急。所有的一切，让他心中升出一股极为不安的感觉。

岐州这座曾经号称东齐第二都的城池，虽归大夏却依旧繁华如昔，然而繁华的背后却是潜流暗涌无数。淑媛郡主府一如往昔的沉寂，萧淑儿开始抱恙，城中的有名大夫都朝郡主府里跑。

冬青刚把众大夫送出门，便见停在门口处的马车，眼底一抹精光掠过，正欲转身，马车上便听得身后一道声音唤道："冬青！"

冬青闻言望去，马车下来三人，她抿了抿唇，暗道：果然来了。

"太后，锦姑娘，二小姐，你们怎么来了？"

萧真儿望了望那些离去的大夫，微微皱了皱眉："冬青，大姐的病还是没好吗？"

冬青闻言叹了叹气，低头道："时好时坏的，这几日又犯病了，大夫来了一个又一个，也没治好。"

"哦？"华淳太后望了她一眼，举步进门，"那本宫去瞧瞧如何？"

"怎么敢劳烦太后您呢，太后一路风尘想必也乏了，奴婢带您去明月楼休息用些茶点，小姐更衣后马上就出来见你。"冬青笑着上前带路。

华淳太后没再说话，倒是锦瑟不由多打量了那丫头几眼，暗叹好个心眼伶俐的丫头。

冬青带着几人到了明月楼，差侍女们上茶备茶点，自己悄然回到萧淑儿的寝居：“郡主，太后带着锦姑娘和二小姐来了。”

萧淑儿闻言抿了抿唇，起身下床更衣：“该来的总是要来，躲不过的，去见见吧！”

冬青微微吁了口气，低声道：“幸好陛下早料到，让咱们早做准备，不然非露馅了不可。”

萧淑儿回头望了望她：“小心隔墙有耳。”

冬青点了点头，却皱了皱眉道：“可是郡主府外有碧云庄的人盯着，被太后等人发现了，一样会起疑。”

萧淑儿闻言沉默了片刻：“不用理会了。”理了理衣袖，起身道，“走吧，去明月楼。”

明月楼里，华淳太后端坐榻上，凤目低敛，似在思量着什么，漫不经心地问道：“真儿，淑儿……是什么病，这回来有不少日子了，也不见痊愈。”

“这个……真儿也不清楚，当初姐姐病的时候，真儿入宫了，后来姐姐便来了岐州休养，一直未见。”萧真儿如实答道。

华淳太后抿唇点了点头，凤目微斜：“锦瑟，你怎么看？”

这病，是真病？还是假病？

“以前在沧都时，总觉得淑儿和楚帝之间，似乎有些怪怪的。”锦瑟沉声道，眸中一逝而过的冷锐。

“哦？”华淳太后挑眉望向锦瑟，“说说看！”

“在西楚皇宫，几乎我每一步的行动都能够被楚策洞悉，而每一次都有淑儿插手其中。虽然没有证据表明她是在帮楚策，不过……她看楚策的眼神很古怪。”锦瑟坦然言道。她也是女人，她也爱过那个男人，那样的眼神是什么意思又岂会不明？

华淳太后闻言冷然一笑，别有深意地望了望她，明了她言下之意。

“太后还是早些看清较好，不然……难保淑儿不会成为第二个华容。”锦瑟冷声道。

华淳太后握着茶杯的手一紧，面色顿生寒意。萧真儿望了望锦瑟上前道：“锦姑娘，虽然真儿与大姐感情不是很好，但也不容你这般辱没家姐。是当初你自己擅自在洛烟身上下毒，以此威迫楚帝。楚帝为查找凶手而一直没有动作，最后是你自己见闹出幽灵皇妃的事沉不住气，不可事事都推到别人身上。”

虽然姐妹感情不好，但都是萧家人，一荣俱荣、一损俱损的道理她还是懂得。一旦萧淑儿出事，萧家和她必然也会牵连其中。锦瑟这女人目光短浅，行事偏激，与太后行事相似才走得近吧，这样早晚是要吃亏的。

“萧真儿你……”锦瑟顿时恼怒。

“行了！”华淳太后沉声喝道，“我谅她萧淑儿也没有那个胆。”

正在这时，便听得外面传来一阵轻咳之声，冬青扶着面色苍白、一身无力的萧淑儿缓步进了门，她放开冬青扶着的手上前行礼："臣女萧淑儿见过太后，千岁，千岁，千千岁。"

华淳太后淡淡地瞥了眼："起吧！"

萧真儿上前将人扶起到一边坐下，看到她被包着的手微微皱了皱眉："大姐手怎么了？"

冬青上前道："是前些日我不在房中，郡主不小心割伤的手，伤口愈合得慢，一时好不了。"

华淳太后瞧了瞧，漫不经心地出声道："淑儿得的是什么病，这回大昱都这么久了，在岐州也养病多日，还不见好转。"

"这是……咳咳……"萧淑儿捂着嘴咳嗽起来，白绢上沁出一块血色，萧真儿看着一阵紧张。

"回太后话，大夫说这是坏血症，不容易好。"冬青扶着她回话道。

华淳太后面色无波，说话间一眨不眨地盯着萧淑儿的神色变化："是挺棘手的病，陛下医术绝世，改日让他给你瞧瞧？"

"陛下政务繁忙，臣女不敢劳烦，多谢太后厚爱。"萧淑儿稳住心神回话，一脸病容望向华淳太后，"太后驾临岐州，所为何事？"

"淑儿居岐州多日，可知岐州最近有何异常吗？"华淳太后沉声问道。

"淑儿抱病在府，对外面的事知道的……"说话间便觉鼻中涌出阵阵热意。

萧真儿连忙拿绢帕捂住她鼻子，道："大姐，你流鼻血了。"

冬青赶紧上前望了望几人："对不起了，太后、锦姑娘、二小姐，郡主时常这样，奴婢先送郡主回房用药了，免得一会儿这血又止不住了。"

华淳太后没出声，摆了摆手，便让萧真儿、冬青送她回房，侧头望了望锦瑟："你四下看看可有异常，设法在岐州的官府和碧云庄打探一番，看看都是些什么人在岐州。"

与此同时，碧云庄也得知了华淳太后带人来了岐州的事，修聿立即让祁连撤去了郡主府外的眼线，同时也从雷震口中得知楚策也带兵来了岐州。为免与华淳太后的人碰面而给百里行素那边惹来麻烦，他留下书信让祁连守在岐州，当即动身离开了。

祁连与雷震刚赶到城门，便看到夜色之中一马当先而来的黑衣帝王，一身刀锋般的锐气，深冷而凌厉。

雷震笑呵呵地上前招呼："徒弟这么快就来了？"

楚策望了望他，一句话也没说。

祁连掏出信递过："有劳楚帝了。"

楚策一手接过信，借着身后神策营军士的火把看清了信上的字，那笔迹纵是不多见，却依旧可以断定就是出自那个人之手，一拉缰绳道，低喝："走！"

神策营将士一色的黑衣黑甲，策马疾驰入城，直逼郡主府。

祁连似乎没料到楚策的行动，不由有些意外，望向边上的雷震道："他……这要干吗？"

"围攻郡主府啊！"雷震笑着说道。

郡主府，华淳太后与萧真儿几人召见岐州城中的暗卫准备寻人，冬青便急急冲了进来，华淳顿时恼怒："谁让你进来的？"

冬青望了望几人，喘息未定："太后，锦姑娘，二小姐，外面……楚帝带兵进了岐州城，已经把郡主府包围了。"

华淳太后一怒而起，着实没料到楚策会在这个时候插手其中，还公然带兵进了大夏境内。

锦瑟面色微变，她知道楚策一直要取她性命，但好几次让她暗中逃脱了，如今他亲率神策营追来，怕是不那么容易放过她了，小心翼翼地望向华淳太后："太后，咱们怎么办？"

华淳太后面色无波，唇角勾起一抹冷冽的笑意，拂袖起身："本宫便出去会会这个西楚大帝。"

几人还未到前厅，便听到府门被大门撞开的声响，玄衣墨发的帝王扶剑大步而入，冷冷地望着几人："不枉朕来跑一趟。"

"楚帝千里奔袭而来捉拿本宫，还真是让人意外！"华淳太后笑意冷然，这是多年以来，她第一次与这个西楚的帝王照面，那眉眼之间与曾经的楚峥多有相似，她凤眸微微眯起，眼底寒芒厉厉。

楚策面目冷然，微微扬了扬手，院内顿起密集的脚步之声，弓箭手转眼之间密布四周，铁黑的箭头在月光下泛着森冷的杀意。

"楚帝是为杀本宫而来，还是为……找洛烟而来？你我心知肚明。"华淳太后面上笑意依旧，却冰冷到了极点。

雷震和祁连两人跟着进了府门，一见府中的几人，雷震便破口大骂："你个妖妇，你不就是气楚峥当年不要你吗？这么狠毒的女人，活该你一辈子没人要。"

华淳太后眸光一利，扫向雷震，袍袖内手紧攥成拳。

"你瞪什么瞪，瞪我你还是没人要。"雷震一甩头哼道，扬手一指华淳太后身边的锦瑟："还有你这妖女，烟丫头当年对你那么好，竟让你这蛇蝎女人暗算，活该你跟那老妖妇一样没人要。"

满院的神策营弓箭手差点绝倒，拉弓的手一颤，差点没放箭出去。

“徒弟别跟她们废话，一顿乱箭，射成马蜂窝才好。”雷震在边上道。

“即便你杀了我，你也注定跟楚峥一样，永远也得不到自己所爱的女人，爱不得，恨不了，滋味又如何呢？”华淳太后冷笑哼道。

楚策面目冷峻，看不出悲喜，只是缓缓抬起手，只要一个手势就可乱箭齐发。

华淳太后袍袖一扬拿出一枚精致的盒子，冷然一笑：“如果你想看到你最爱的女人再死一回，不妨试试看？”

楚策薄唇紧紧抿起，祁连和雷震相互望了望，都不由变了神色。

“这里面就是离魂母蛊。在当年燕京大婚之际，本宫已经将离魂子蛊放到了她的身上。只要本宫催动蛊虫，她体内的离魂子蛊就会苏醒发作，她的眼睛、鼻子、耳朵都会开始流血，一点都止不住，蛊虫一点点啃食她的心脏，最后让她的胸腔内空空如也死去。”华淳太后一眨不眨地望着他，缓缓说道，满意地看着那双冷冽的眸子渐渐泛起沉痛之色，冷然一笑，“你不是……想再看着她死一回吧？”

楚策站在那里，只觉得一股深冷的寒意从心底席卷而来，血红的眼睛望着眼前的人。他有多么想杀了眼前这个人，一雪心头之恨，却无法开口下令。

雷震担忧地望着男子如钢铁挺直的背脊，手不由自主地攥成拳：“楚策，别听她的，她骗你的。”

当年世间万民唾骂他杀妻灭子时，又有谁知道他是多么痛苦？他不顾一切前去九华山只为寻一颗传说中的镇魂珠，而那个传说是真是假都不顾，只是为了给自己一个希望，她还活着。

可是那样的痛苦，这个人……如何还能再承受第二次？

深秋风冷，无数的火把在一身黑甲的帝王周围燃起，却怎么也照不亮笼罩他周围的黑暗。他的神色那样平静，平静得没有一丝波动，深沉的黑眸却仿似夜幕中的深海，翻滚着汹涌的暗流……

许多年不敢想起的回忆排山倒海而来，那所有的一切一切，那些在她生命中已经灰飞烟灭的过去，却在他生命中刻下了不可磨灭的痕迹。他紧紧皱着眉，牙关紧咬，一双眼睛如同嗜血的狼，泛着血红的光。

祁连紧张地望着那道巍峨如苍松的背影，看到围绕在他周围的军队，黑龙旗在夜风中招展。他隐约可以看到这个帝王身上所压着的很多东西，他的军队，他的人马，他的天下，他的责任，是一条条无形的锁链，将他的心，他的爱恨情仇都紧紧束缚，挣脱不得。

站在以天下苍生鲜血白骨堆积而成的至高皇位，还能够拥有真爱吗？

说是帝王无情，不是他们要无情，而是这天下苍生容不得他有儿女情长。

华淳太后面上勾着冷厉的笑，望着楚策：“反正那个女人已经不再属于你了，不如本宫替你做个了断，你得不到，也不要让别人得到。”

一个可以以镇魂珠以命养命让她重生的人，又岂会让她这样死？她算准了他的心思，洛烟就是他的软肋，以前是，如今是，一直都是。

“楚策别信她，这女人定是唬你，编出来想让自己脱身的，什么离魂蛊，听都没听过。”雷震几步上前吼道。

“不信的话，你大可以一试！”华淳太后笑意冷然，望了望手中的盒子，“只不过这蛊毒一旦发作，只要本宫不让它停，就会直到她死，每发作一次都会比上一次痛苦数倍。”

“你这是……威胁朕？”楚策目光森凉地望着对面的人。

“你认为是便是了，你若想看着她再死一回，本宫乐意成全。所幸这一次，你还能为她收尸。”华淳太后冷声言道。

她知道，这个赌，楚策他赌不起。

“你已经下了毒，朕放了你，你一样会催动蛊虫，只不过是早晚的事。既是如此，朕只要在你催动蛊虫之前杀了你，岂不省事？”楚策冷然望着她，话音一落，长剑一声铮鸣出鞘，直指对方咽喉，寒光冽冽，杀气凛然。

“是吗？那……她恐怕等不到肚子里的孩子出生就丧命，正好也让你皇叔尝尝丧妻丧子之痛，与你也算同病相连。”华淳太后冷笑，眼底升起疯狂的快意。

“臭婆娘，你那张嘴都吃了什么，臭成这样？”雷震恨不得上前撕了这妖妇一张嘴，这样狠毒的话也说得出来。

当年的冷宫失火，将他逼得几近疯狂，他不怕万人唾骂，不怕世间诅咒，却怕她会死。

“走到今天，我华淳还怕死吗？死了也有大夏皇后、皇太子陪葬，而你们楚家的男人注定一生爱而不得，楚峥如此，你如此，楚修聿……亦如此！”华淳笑容冷冽而疯狂。

锦瑟始终站在华淳太后身边，眼底泛着与她一样的冷笑，楚策，你心痛了吗？

就是要你痛，要你这一生都痛不欲生。

冬青扶着萧淑儿从后园出来，站在走廊拐角处望着院中的情形，苍白的唇角勾起一抹自嘲的笑意，苦涩而悲凉。

你终究还是放不下她，即便她死了，即便重生嫁为人妻，你依旧放不下。

冬青侧头望了望她，顺着她的目光看到了那片火光中玄衣墨发的帝王，虽然远得看不清他的脸，却依旧可以感受到他身上那冷冽的气质。

他本是世间最无情的男子，却也是这世间最深情的男子。他的情全给了一个人，一个已经不属于自己的女人。

她几乎可以感觉到身旁郡主那颗跳动的心，可是这样的男人是爱不得的，你动心又如何，你不想与他为敌又如何，你一次次在暗地里帮他又如何？有人已经在他心里扎了根，

又如何容得你半分?

祁连紧张地望着面前发生的一切，思量着华淳太后的话到底是真是假，皇后娘娘真的中了蛊毒吗?

以当年的情况来看，华淳太后不是那么轻易收手的人。既然亲自去了燕京，不会就那么轻易罢手，这离魂蛊看来十有八九是真的。

如果这一切是真的，那百里行素的所作所为也就说得通了。他这般大费周章地将人掳了去，不让华淳太后和大昱长老会的人知道，又让他们寻这么多世间难求的灵药，难道……是要救皇后娘娘，解了这蛊?

心里这么一想，他更加担忧了。如果此时楚帝杀了华淳太后或是一时不慎让华淳太后催动蛊虫，那岂不是这所有的一切都白费了?

祁连快步走到雷震边上，附耳说了几句，要他们设法稳住华淳太后这边，他得快些去找皇上，加紧找人，通知百里行素那边才行。

修聿与祁连一行人寻到烟柳山庄之时，山庄的奇门遁甲阵已经被人破坏了。庄内桃花染血，显然刚刚经过一场恶战。

花林间一道白影扑面而来，修聿反射性接住，望了望手中的小兽："是你?"

这不正是百里行素养在身边的那只灵貂，连美人?

小兽眨了眨小眼睛，觉得气息有些熟悉，看到修聿卸了面上的面具，从他身上跳下，指了指庄内。修聿跟着它急步进了庄内，看到庄内尸横遍地，微微皱了皱眉。

小兽叼出一封信，修聿取过信展开一瞧，一向温润的眉眼顿起凌厉狠辣之色。

信上道:

**楚修聿，要能找到这里，也算你好样的，离魂已解。不过你媳妇儿子被人掳了，在下爱莫能助，你自己追去吧，由此向东南，至阳明江。**

修聿抿唇沉默了片刻，确实有人比他先闯入这里，看来来头也不小，会是谁的人?

华淳太后的，还是……百里勋的人?

"帮我送个信出去可好?"他望向桌上的小兽，试着跟它交流。

小兽小小地思考了一下，然后吱吱叫了两声。修聿提笔写下几行字，揉成纸团，放到桌上，指了指自己来的方向。小兽将纸团一叼便闪电般地窜了出去。

他在屋内四下望了望，深深吸了口气，快步朝着东南方向寻去。百里行素不插手其中，此行向东南，至阳明江转运河便是直达夷都，出手之人显然便是大昱的人。

连美人很快将信传到祁连手中，祁连立即带人下山，让人送信回岐州，自己骑着追月赶往东南方向，刚一到官道，便看到已经从山林出来的修聿，翻身下马便喝道："公子，马!"

追月几乎没停，他一个纵身落于马上，高声道："备快船到阳明江，至夷都运河一带，要快！"

晨光下，一身青衣的男子纵马如飞，想到即将到来的重逢，心中百味杂陈。

烟落，你说过要我们好好活着，你也要好好活着，我从来不曾忘记，你……一定等我。

从成婚到如今，他终于真正体会到了什么叫做别离。他们自相识，不断地聚散离别，好在……他们从未放弃过彼此，才一路走了下来。

而此刻，阳明江畔静静停着一辆马车，驾车的便是连城。车帘低垂，看不清车内之人，只听得里面，疲惫虚弱又略带焦急的声音："人还没来吗？"

连城沉吟片刻："还没有。"望了望码头即将起航的官船，沉声道，"师傅，那个人怕是赶不及了。"

"等着吧，他爱来不来。"车内的人声音低得几近虚无。

连城侧头望了望，目光中掠过一丝隐忧。楚修聿来救人固然是好，可是他一出来，假死之事定然大白于天下，而这个当初信誓旦旦说诛杀他的人，又该怎么办?

华淳太后不会放过他，长老会又会借势而起，太和殿内的那个人又会有什么样的决定?

这世上就有这么一个人，他不说爱她，亦不将她留在身边，却悄然将她放在心底深处，永远。

# 第四章　生死之隔

天色阴沉沉的，修聿快马赶到码头。天刚亮的码头船只甚少，只看到已经离岸起航的夷都官船。能够动用夷都的官船来劫人的，在东齐除了百里行素，还有谁？

那个隐匿数年的大昱太上皇百里勋终于……还是沉不住气了吗？

等了片刻，不见祁连寻来的船，一拉缰绳，策马沿着江岸追去，萧清越也接到消息赶过来。还没追上，便听得后面阵阵马蹄声，扭头一看只见玄衣墨发的帝王策马卷尘而来，迅若奔雷。

“华淳老妖婆呢？”萧清越扭头问道。

“走了。”楚策淡声说道。

“你……”萧清越心里那个恨呀。

“有人从百里行素那里把人带走了，正从水路去往夷都。”楚策说罢策马朝前追去。

萧清越愣了愣，百里行素那么强悍精明的一个人，也有吃亏的时候，这世界真是越来越神奇了！

萧清越没急着追，而是将自己带的所有应急设备翻了出来。远程交手弓箭最适合，她将东西准备齐全了，扬鞭策马追去。敢来劫她的妹妹，她就让这一船人有来无回。

祁连很快召了最好的水手船夫带船追击，天色刚亮，几十艘柳叶轻舟乘风破浪，快如离弦之箭。看到河岸边追击的一行人，祁连立即指挥着几叶轻舟，沿岸而行。修聿翻身下马，从高处纵身跃下，落在轻舟之上，低喝：“走！”

话音一落，柳叶轻舟便从激流中窜出几丈之远。从这阳明江转至运河，便有东齐的水师。若水师倾巢而出，他们在这东齐的地界上，根本捡不到便宜，只是争取时间早点救了人脱身。

萧清越看到行近岸边的轻舟，纵身跃下与祁连同乘一舟，望了望后面紧随而来的人，那是神策营中水师出身的士兵。她扭头望了望河岸上带兵前去阻截东齐水师的楚策一行人，深深吸了口气，冲后面的人打了打手势，而后朝祁连道："再快点，围住那官船，咱们把它凿沉了。"

祁连抬头望了望她，催促水手加快速度。

"你带船靠近，人一救出来就让他们先走，一个伤一个病，留在这里不好，我留下断后。"

萧清越沉声说道，望了望陆路上的已经渐渐消失的楚策一行人："楚帝带人阻截前方水师，人一旦上岸，立即传信让他们撤，这是东齐的地盘，打起来咱们吃亏。"

浊浪滚滚，江风凛冽，浪花打上船身，发出阵阵轰响。

烟落一直是昏睡的，对近月周围所发生的所有事一无所知。自己中毒之事不知道，百里行素帮她解毒也不知道，就连烟柳山庄一场恶战，她被人一路带至这船上也不知道。

甲板上聚满了灰衣人，每个人的腰际都坠着一块令牌，上面刻着二字：千秋。

这是大昱千秋阁的人，直属太上皇百里勋号令。他当初答应百里行素不插手其中，却在这个时候来劫人，可以拿这一个人，胁迫三国帝王，这样的机会没有人会放过。

"堂主，后面有船追上来了。"一名灰衣人急声报道。

被唤堂主的那人是个中年人，骨瘦如柴，更像个儒生般，平静地望着江面："分守各方，加快速度，尽快转入运河。"

船骤然加速，船身一个剧烈的晃动，船舱之中，烟落头狠狠撞在了墙上。她揉了揉头撑着站起身，走出去发现自己是在船上，可是怎么不见百里行素和连池他们。她扭头望向船尾的方向，看到那风浪之中，轻舟之上乘风破浪而来的男子，顿时呼吸停滞……

那梦中徘徊千回的卓然身影在惊涛骇浪中疾驰而入，那样真真切切地映入她的眼帘。一身青衫落拓，墨发飞扬，眉眼间柔情依旧，如天神般风华绝艳，只一眼便夺去了世间万物的光华，唯剩他一人。

那是他，是她已经梦了千千万万回的他！她扶着肚子快步冲到船尾，隔着茫茫江流嘶声唤着那个已经在心头缠绕千百回的名字："修聿！修聿——"

江风冽冽，波涛滚滚，带着女子急切的呼唤清晰地传入他耳际，修聿身形一震怔怔地望向船上那骤然出现的身影，狂喜与担忧交织。

烟落痴痴地望着那愈来愈近的身影，似是害怕这一切又是幻影，怎么也舍不得移开目光。船越来越近，他的身影越来越清晰，就在两船快要接近之时，大船突地加速一下驶出了数丈，那轻舟之上的人影骤然之间隔了好远，她的心猛然心慌得几欲崩溃，疯狂地朝着船尾处扑去，想要抓住那道影子。

千秋阁的人都面向江面，没注意到从船舱出来的人。听到声音，那一身灰衣的堂主急步走了过来，看了看她，望向江面追击而来的人，沉声道："把人带进船舱！"

话音一落，两名灰衣人便一左一右拉着她往船舱去。她惊恐万分，不知哪来的气力疯狂地扑到船边，死死抓住船沿，定定地望着江面上……

"快把人带下去。"灰衣堂主厉声喝道。

那两人大力扣着她手臂拉她，她紧紧抓着船沿，十指指尖血肉模糊，木刺深深地扎进指甲缝中，十指连心，痛彻心扉，却怎么也不肯松手。

那灰衣堂主面色一沉，堂堂两个千秋阁高手，竟连一个女人都对付不了，上前一把扣住她的手，硬生生将她手扳了下来，沉声喝道："带下去！"

"是。"

"修聿！修聿！修聿——"她声嘶力竭地叫着他的名字，害怕方才所见的一切，只是一场幻象。

数月以来，这种感觉几近将她逼疯了，她千百次地看到他，想要伸手去触摸他，拥抱他，却发现所有的一切不过是幻影，可是现在，他是那样真真切切地出现了……

她扭头狠狠一口咬在抓着她左臂的手上。那人吃痛，她大力挣开，狠狠一脚踢在边上另一人的下盘，再度奔向船尾处。

"废物！"那灰衣堂主沉声喝道。

边上的几人见状，纷纷上前要制住这几近疯狂的女人。没有了武功，抓人，咬人，她无所不用其极，攻击抓住自己的人。

追击在后的修聿看到大船之上纠缠打斗的人影，眉头深深皱着，好似有一只无形的手捏着他的心，紧张得让他难以喘息，急声喝道："快，快，快！"

萧清越和祁连紧张地望着船上的情形，心都提到了嗓子眼儿，也不停地催促着水手加快速度。眼见运河越来越近，若再不能上船救人，再撞上东齐水师，他们怕是一个都跑不掉了。

这船已经快得不能再快了，却依旧还是无法靠近那艘官船。他再也等不下去了，运力于掌，一掌击向水面，柳叶轻舟转眼便窜出数丈之远，飞快地朝着官船接近着。

祁连和萧清越担忧地望着前面飞速窜出去的轻舟，他如今的状况根本不适合动用内力，可千万不要再出什么事再好。

"再快，再快！"祁连急声催促着水手。

"不能再快了，大人，前面再过去转运河，激流旋涡，暗礁无数，船行太快一会儿收不住，会撞个船毁人亡的。"水手出声道。

"截不了那船，救不了人，一个都别想活！"祁连厉声喝道。

修聿的船快如离弦之箭，接近了官船。他纵身跃上官船，划船的水手一个猛子扎入江水中，轻舟收力不及，狠狠撞上了官船。官船一个猛烈的摇晃，速度稍微慢下了些。

一身青衫的男子从轻舟之上一跃而起，旋身落于甲板之上。千秋阁的人蜂拥而来，这是百里勋养了数年的近侍。养兵千日，用兵一时，个个都是身手了得。

“楚修聿，你果然没死！”灰衣堂主冷然一笑道。

百里行素的异常举动让太上皇起疑，本来只是猜测，如今看到眼前的人，便也肯定了太上皇的料想，百里行素果然是放过了大夏皇帝。

萧清越紧张地望着船上打斗的状况，扬手从背后取下一支银箭，将钢丝绑在箭上，取过背后的银弓，抬头望向那疾行的大船，沉声道：“我要上去帮忙，你带船快些靠过去接应他们，剩下的人下水给我把船凿沉了。”

“好。”祁连沉声回道。

江风之中女子一身红衣猎猎作响，弓如满月，箭如流星直射那官船之上。她将银弓一挎，拉着钢丝，借力弹起数丈，落于甲板之上，望了望被千秋阁高手围攻的楚修聿，一手拔出背后长剑，左手短刀一个旋转便将边上一人割喉毙命，沉声喝道：“快去找人，这里交给我！”

修聿望了望他，便设法脱身朝船舱去。灰衣堂主也看穿了他的意图，生生堵住去路，不让他接近船舱，将二人牢牢围在甲板之上。

烟落被锁进了船舱之中，她大力地捶着舱门，那是他吗？是他回来了吗？

过了许久没有人应她，她扶着肚子在船舱内来回走着，她记得是在烟柳山庄，怎么会到船上的，百里行素和连池他们又去了哪里？

她强迫自己冷静下来，分析着这一切的一切，而后在船舱内寻找对自己有利的武器，设法逃出船舱……

甲板之上，双方激斗，灰衣堂主指挥着人死死堵着前去船舱的路，修聿大伤未愈，身手又不如以前那般自如，一时间也难分出高下。

萧清越眉眼深深一沉，高声喝道：“这里交给你，我去救人。”

话音一落，放倒身前一人，朝着船舱处冲去。灰衣堂主一见连忙指挥着人围攻萧清越，一时间便正落了萧清越的圈套。修聿边上的人立即减少，他立刻冲到船舱处，一箭将紧闭的舱门劈开钻了进去。萧清越几乎在第一时间退到了舱门处守着，她以近身搏击见长，身手敏捷诡异，对方是占不上半分便宜。

祁连带着船队很快也靠近过来，纵身跃上船来帮她。随之而来的神策营的水军一个个扎入水中，凿着官船的底部。

烟落在船的第二层寻到了一扇窗，她将舱内的床单等结成绳索，攀着绳索小心地下往船的最底层，那里有可以逃生的小舟。

突然船身一个猛烈的摇晃，她肚子撞上船板，疼得她冷汗直冒，差点便直直掉了下去。

修聿疾步进了船舱，一层一层地找，看到窗口处结着的绳索，伸出头正看着掉了下去的人，想也没想便飞身扑了出去，拉住她齐齐落在船最下层的边沿。

她不可置信地望着从天而降般出现在眼前的人，顿时哽住了呼吸，泪汹涌而出，颤抖地伸出血迹斑驳的手去触摸他，他的眉，他的眼……

甲板之上传来萧清越的声音：“快点，我顶不住了！”

他一把抓住她的手，拉着她起身：“跟我走！”

眼前杀机重重，根本容不得这跨越生死的重逢有片刻温存，他拉着她朝祁连准备的船而去，冲上面的萧清越道：“我们出来了。”

萧清越闻声奔到船边，看到下面的两人，扬唇一笑，高声道：“船要沉了，你们先走！”

灰衣堂主一听，看到下面准备离去的两人，顿起一身杀气腾腾，沉声道：“计划改变，杀！”

临行前，他们接到两道指令：一，将大夏皇后平安带入夷都。二，一旦无法将她带回来，便当场格杀！

话音一落，灰衣人便齐齐纵身跳了下去，追击修聿与烟落两人，萧清越顿时变了脸色，高声吼道：“快走！”

说话间便与祁连跟着跳了下去，大船进水，船身摇摇晃晃，眼看快到运河口。那里激流旋涡无数，极是凶险。

灰衣堂主一行人，生生将他们二人拦截在了船上，招招阴狠毙命。修聿一面要应敌，一面要护着她，渐渐有些吃力。生死关头，她一身武功尽废，望着他们三人拼死杀敌，自己却只能在这里站着。

她目光倏地落在萧清越背后的弓箭上，秀气的眉眼一沉：“姐姐，弓箭给我！”

萧清越闻声一愣，将背在身上的银弓箭囊扔过去。她一把接住，搭箭拉弓便射杀了举刀劈向萧清越后背的人。修聿扬唇一笑，也不多言仍旧小心将她护在身后，弓箭远攻，他便负责近攻，两相配合，围近前来的敌人也愈来愈少。

脚下的船渐渐下沉，萧清越一边打，一边道：“船要沉了，快走！”熟悉水战的她知道，很快就会到前面的运河。那里有大旋涡，这船一旦沉下去，便会掀起更大的旋涡。而千秋阁这些人是要把他们困在船上，在那旋涡中同归于尽。

修聿亦是心中焦急，然而这些人丝毫不给他们喘息之机，根本没有机会下船。烟落一摸剑囊，箭矢已空，千秋阁的数人扑上前来。修聿将她护在身后，一人却避过他的剑锋，抡起大剑朝她劈了过去，她慌忙之中举弓去挡。就在那刀快要劈向她头顶之时，一支羽箭破空而至，贯穿那人的头颅，那人身形一个踉跄跌入江中。

江风冽冽，烟落站在疾行渐沉的船上望着江岸上勒马而立的楚策。他的身后跟着数千的神策军将士，她生平第一次觉得，原来他是那么的孤独。

须臾之间，目光相接，好似已经流转了漫长的一生一世。他勒马一直望着船上的情形，看到她与他并肩作战，看到她与他生死相随，原来……她是可以那么勇敢的。

修聿狠狠劈出一剑，一把拉着她纵身从船上跳下："走！"

灰衣堂主一见，眼底一片血红，带着人便跟着扑了过来。跟着的几人也齐齐抡起大刀劈了过来，修聿带她避过，身下的船转眼之间四分五裂，两人齐齐落入水中。

江流湍急，她身形笨重根本游不动，一个大浪打来便将她带出数丈之外。修聿侧头一望，顾不得周围的危险，扑过去想要拉住她，灰衣堂主趁其不防一刺便刺向了他的后背。

她惊恐地嘶声吼道："小心啊！"

修聿背后一痛，眼见她被江水越带越远，运力一掌击在水面，借着浪潮扑过去拉住她，两人齐齐被大浪带出好远，灰衣堂主几人也没能追过来。

萧清越大叫道："前面是旋涡，快回来！"

波涛滚滚，浪打沉船，生生淹没了她的声音，只能眼见着两人被大浪卷入旋涡之中，越去越远，她发疯一般地砍杀着周围的人。

楚策看着江流之中的两人，目光深沉而复杂，翻身下马奔到江边，却只看到两人齐齐被卷入江流之中，再也看不到人影。

神策营的水军也从水里浮上来与千秋阁的人缠斗到了一起，祁连指挥着后面的柳叶轻舟，朝旋涡处靠近寻找两人的踪影。

修聿小心搂着她，不让她被激流冲散，以免撞上礁石，惊涛骇浪中沉声道："别怕，有我。"

她仰头望着他笑，江水寒冽刺骨，她的心却如沐浴在三月的春风中一般温柔安然。每一次面对生死险境，他从未弃她于不顾，伽蓝寺的大火，九曲深谷的黑夜，两度燕京之乱……他们都一起活了下来。

眼见快要卷入旋涡中心，修聿奋力一掌击向水面，借力让二人退到了旋涡边缘，而飘向了运河之中。祁连带着几个水性好的水手划船过去，修聿带着她破水而出，祁连赶紧吩咐人划船靠过去，帮着他将已经溺水昏迷的烟落拉上船。修聿一身湿淋淋地上船，赶紧输送内力让她把水吐了出来。

江风凛冽，吹在身上像刀割一般的生疼，他抬袖擦了擦她脸上的水，仔细打量着她身上，焦急地问道："有没有伤到？伤到哪儿了？"

而他自己因为护着她，后背已经被礁石割得满是伤痕，大片大片的鲜红在背后晕染开来，祁连在后面看了，难过地别开眼。

修聿焦急地望向江面，一手贴在她后背输送内力，让她暖和起来。怀孕的人受不得寒，她掉在这深秋的江水中该有多冷，皱着眉望着她："暖和了没有？孩子有没有伤到？"

她摇了摇头，想起那会儿那灰衣堂主刺他的那一剑便要看伤。他笑着捉住她的手，摇了摇头："别担心，没刺到。"

祁连在后面催水手加紧划船，却看到那道剑伤几近深可见骨，指了指远处的江面下来的大船："皇上，娘娘，岐州的船过来了。"说话间吩咐水手朝大船划去。

轻舟自运河转回阳明江，萧清越等人已经解决了千秋阁的人，爬上船看到转入江面的轻舟，长长松了口气，总算都活着回来了。

楚策站在江边，墨发飞舞，玄色的披风在身后猎猎作响，看到江面上平安归来的两人，紧抿的薄唇勾起一抹若有若无的笑意。

一行人先后上了船，修聿催促着她进船舱换衣，她侧头看到江岸之上玄衣墨发的帝王策马而去。她想要开口叫他，想要对他说一声谢谢，话到嘴边却难以启口，他所要的又岂是这一句谢谢呢？

修聿站在她身边，没有说话，默然望着江岸边策马而去的神策营，默然探手拥她入怀，他是何其幸运，还能够拥有她！

回到中州数日，楚修聿以最快的速度向祁月和萧清越吩咐大夏边境的驻防安排，经此一事，百里勋定然不会再像以往那般信任百里行素，极有可能亲自动手，东齐与大夏免不得烽烟再起。

待到诸将从书房散去，萧清越忍不住出声道："要不要知会西楚一声，毕竟……"毕竟西楚和大夏任何一方败了，另一方都会承受更大的压力。

修聿淡笑摇了摇头："他们可比咱们还先知道，这么多年西楚步步为营，经过先帝和楚策之手，如今的西楚根基沉稳，百姓尚武，国力、兵力远在大夏之上。"

"可不是？"祁连点了点头，道，"谋取北燕，掣肘东齐，拿下上阳关扼住东齐的咽候。这一步一步，人家算得好好的，哪还用咱们操心？"

说话间望向他们的大夏皇帝，都是姓楚的，相比之下，眼前这位是个多么没追求的！

修聿望了望几人说道："中州和大夏的事，你们暂时多担待些，我回天山一趟，可能得几个月。"

"几个月？"萧清越顿时皱眉，"那小烟怎么办？"

"放心吧，我们会照看好的。你专心去治好你的伤再回来，别到时候两国交战了，你这堂堂一国之君，一点用处派不上。"祁月笑言道。

修聿点了点头，起身望向祁连道："设法帮我给百里行素传个信，请他到岐州一见。”

祁连愣了愣，接了书信快步离去。

“就算要刺探军情你也做得太明显了点吧，若是你们打了起来，现在的你也不是他对手啊。”祁月笑着调侃道。

修聿懒得理他，起身回了松涛阁，远远看到从厨房方向走来的两人，无忧欢喜地跑了过去：“爹爹，娘亲做了桂花糕。”

修聿闻言皱了皱眉，上前扶着她朝亭中走去：“不是说了，让你别做这些，无忧要吃，我替他做就是了。”

“我之前就答应了无忧今年要替他做的，再不做，过几天桂花全谢了，要等明年了。”烟落说着，抓着他的手猛然一震，“你手怎么这么凉？”

“入秋了，风吹的。”修聿淡笑言道。

她抿了抿唇没再追问下去，纵然他什么都没有说，但她亦察觉出从岐州回来，他们之间已有太多东西在悄然改变了。

无忧一个人趴在栏杆处吃着糕点，不时将桂花糕捏碎了喂池塘的鱼儿。修聿扶着她到亭中坐下，倒了茶水递过，道：“我明日要离开中州一段时间。”

“去哪里？”她急声追问道。

“无忧的病情一直时好时坏，师公对医术也颇有研究，只是多年闭关不出，我去天山找找他。还有岐州附近东齐守军调动频繁，东齐一旦发兵，大夏和关外可能两面受敌。大夏虽然疆域辽阔，但到底是新立，国力远不比西楚和东齐，我得一一去做安排，不然一旦交战，会吃大亏。”修聿微笑言道，主要还是他必须离开中州，早点医治身上的寒毒，再拖下去情况不容乐观。

她放下手中的茶杯，拧眉问道：“那要去多久？”

“可能会有好几个月。”修聿淡笑言道。

烟落神色有些慌乱：“怎么会那么久？交给祁月祁连他们去安排不行吗？”

“祁月他们都各有各的事要做，再说师公除了我谁也见不上，连大师傅和二师傅都见不上。”修聿含笑言道。

“可是也要不了几个月这么久！你到底要做什么？”她忍不住地追问道，心中总是隐隐不安。

修聿深深望着她，深深吸了口气道：“有些事，我想我还是说出来比较好。”这些日子纵然他们都粉饰太平，对楚策的事、对百里行素的事只字不提，可是不提就可以过去了吗？不提就能够抹杀事情的存在吗？

她心里不是没想过，只是没有对他言明而已。她也暗中去信让任重远探查百里行素的行踪以及沧都如今的状况，她不可能做到完全不在意他们……

她抿唇沉默了良久，方才抬眸问道："你要说什么？"

"百里行素从落风坡将你带去东齐，是为了……救你。"他望着她坦然言道，"当年在燕京，华淳太后在你身上下了蛊毒，虽是一直未发作，你未有所觉，我也不知道。"

她顿时呼吸一窒，握着茶杯的手一颤，茶水洒了一手。

"华淳太后以此威胁于他，百里行素才会听命于她在岐州截杀于我，只是最后终究还是放过我了。他这是为了稳住华淳太后，从而赢得时间帮你解毒。我回来便接到了他的信，要我寻了许多珍奇的药物，这才一路寻到了岐州，找到烟柳山庄。"修聿缓缓说道，这些事与她相关，他没有权利一直不让她知道，"数日前，我也查得消息，其实……百里行素一直被华淳太后用蛊毒控制，如果我猜得没错，他把唯一解毒的机会给了你。"

烟落垂着头，紧紧咬着唇，只觉呼吸困难。

不是那么恨她吗？何苦还要如此？

"他是因为你而放过我，如今救了你，自己却一生承受蛊毒之痛。他是恨你的，可是又需要多大的勇气才会做到这般？"修聿定定地望着她，一字一句地说道，"这些事，他没有跟你说，不过你应该知道。"

"为什么……都要这样？"她低头，肩膀微微颤抖着，声音低小而哽咽。

"楚策也好，百里行素也好，不是我们之间这样粉饰太平不提起就可以当作不存在。其他任何事，我可以为你做，甚至帮你做决定，可是关于他们和无忧，我没有权利这样做，所以我离开的这几个月，你可以好好想清楚，想要怎么做。"他探手握住她的手，温声道："因为爱你，想要跟你共度一生，白头偕老，所以我一直在你身边从不曾放弃，可是从未真正问过你，你是否真的爱我，真的想要跟我共度一生吗？以前我以为这世上爱你的只有我一个，能给你幸福的也只有我一个，可是现在不只我一个人，有你爱过的人，也有深爱着你的人。"

"修聿……"她抬头望着他，想要说什么，却终究不知该从何开口。

"我只是不想一直在这里影响你的思绪，这样对你我，对他们都不公平。"他含笑低语道，"我既没有如楚策一般带给你重生，也没有像百里行素一般挽救你于垂危之中，我甚至在想我是否还有资格继续爱你，是否还有资格将你留在身边。在我不在这段时间，关于楚策和无忧，关于百里行素，关于我们，希望你能想明白。我无法让自己一直这样粉饰太平留你在身边，而让你心中一生都背着沉重的包袱。"

她沉默了许久，深深吸了口气，而后点了点头。

次日一早，修聿离开了中州，直接去了岐州。刚到碧云庄还未下马，一只雪白的小兽便窜上马头，冲着他吱吱直叫。他伸手抓了过来，小兽将小纸团吐到他手里便欢快地在马上跳着玩。

一见信上只写了落风坡三字，当即掉头出了城，远远看到停在平原上的马车。驾车的连城一见来人，一语不发地下了马车走远。

修聿一夹马肚走近马车：“来都来了，给我出来。”

马车内的人打了个呵欠，慢吞吞地掀开车帘伸了个大大的懒腰。修聿望着马车之上的人，从头到脚纤尘不染的白，纯净有如九天而来的仙神，满头白发被风吹起，看得他阵阵惊心。

百里行素就着马车坐下，懒懒地望了望对面马上的男子：“看什么看，没见过美男啊！”

修聿气结，而后点了点头：“你今天发型很不错。”只是那满头白发，定然是因为救了她的关系吧。

“嗯，我也这么觉得。”百里行素很优雅地理了理被风吹乱的头发，漫不经心地瞥了他一眼，“别是你媳妇又跑了，又来找我要人来了？”

修聿笑着摇头，诚声道：“想来谢谢你。”可是他所做的一切，又岂是他一句感谢能还得了的?

百里行素闻言懒洋洋地瞅着他：“一点诚意都没有。”

“那你想怎么样？”修聿笑着问。

“空口白话的谢，有什么用? 你让我千里迢迢从夷都跑来，就为了听你一句谢谢，然后陪你在这里喝西北风?”百里行素没好气地瞅着他，探手自马车内摸出一只酒杯扔了过去。

修聿一把接住，一夹马腹靠近马车。百里行素摸出酒壶自己倒了一杯，又给他倒了一杯：“尝尝我平生最得意之作，桃花酿。”

修聿低眉瞅了瞅，仰头一杯饮尽，皱了皱眉：“也不怎么样。”

“好酒是要慢慢品的，你一番牛饮能喝出什么，没品味的人！”百里行素浅浅抿了一口，一脸享受。

修聿伸手拿过他手中的酒壶自己倒了一杯：“离魂蛊的事，我跟她说了。”

百里行素手一颤，侧头望向修聿：“说你傻，你还真傻，有什么好说的。”说了不过让她心中歉疚，左右为难而已。

修聿也不还嘴，只是轻轻笑了笑，举步跟他手中酒杯碰了碰：“谢谢你救了她一命，这杯敬你。”说罢一饮而尽。

百里行素不雅地白了他一眼：“拿着我的酒，跟我谢，你也好意思?”

“那你想怎样？”修聿凤眸眯起，笑着问他。

“真要谢我？”

“嗯。”修聿很诚恳地点了点头。

百里行素抬头望了望万里晴空，唇角勾起戏谑的笑，望着他道：“真要谢我的话，把

你媳妇打扮好了送来给我。”

话音一落，修聿顿时面色黑沉：“除了这个！”

“除了这个，那让你儿子跟我姓，姓百里，就叫百里修，也算对得起你。”百里行素笑得像只狡猾的狐狸。

修聿面色更加难看：“这个不行。”

“哎，你这也不行，那也不行，还有脸说要谢我。”百里行素白了他一眼，仰头饮尽一杯。

修聿沉默，说是要来谢谢这个人，可是就算他如何谢，也不可能给他所想要的，江山财富他也不输于他。

他沉默许久，出声道：“如果她会跟你走，你会怎么做？”

百里行素微然而笑，倒了一杯仰头饮尽：“我跟她隔山隔水，隔着前世今生。那样的如果，太遥远了，不想也罢。”

从他一出生就注定对洛家恨意深重，也从那一刻起，他们之间注定是这样的结局。既然都已经知道，又何必去抱希望？没有希望，便不会失望了。

旷野上的风突然大起来了，吹乱了他满头白发，一缕一缕飘扬在风中，触目惊心。

“没有走出那一步，你怎么就知道不可能？”修聿淡笑问道。

百里行素沉默，低头把玩着手中的酒杯，缓缓道：“我是爱她的。”这句藏在心里多年的话，却是在这个人面前说起。

修聿面上的笑容一窒，只是望着他，不惊不怒，一句话也不说。

“不过自始至终，我也没想过要跟她在一起。”百里行素低头倒了杯酒，浅浅地抿了一口。

“你是不想，还是不敢？”修聿一眨不眨地望着他道。

百里行素闻言一怔，无奈地叹了叹气，举手跟他碰了一杯：“好好好，被你看穿了，我就是不敢，怎么样吧！”

他不敢走出那一步，不敢全身心地爱她。他们之间隔着天堑鸿渊，他知道跨不过去，也没有那个勇气跨过去。

修聿失笑，这个看似潇洒如风的男子，不过是个满身枷锁的帝王。即便他翻手为云，覆手为雨，终究也只是他人手中的棋子。

“这大概是我们最后一次这样见面了。”百里行素苦涩一笑，沉声说道，战事一起，他们便各有各的立场。

修聿闻言沉默了许久，试探出声：“没想过离开大昱吗？”

百里行素摇头：“人一生有太多地方无法选择了，自己决定的路，就要自己走下去。离开大昱我也无处可去，还有那么多为我出生入死的人，我也不可能弃他们于不顾，以后真打起来，我可不会客气。”

“我也不会跟你客气。”修聿瞥了他一眼哼道，沉吟片刻道，“我们还没有真正较量过，正好一试。”

“我承认论单打独斗，你确实小胜我几招，不过战场之上那可就不一定了。”百里行素得意地扬了扬眉，从当年他带着无忧闯入百里流烟宫结识，两人便有种惺惺相惜之情，却没想到最后会走到这一步来。

“战场之上，一定赢你没话说。我披甲上阵的时候，你还玩着呢？”修聿冷声哼道。

虽然自小被父亲和师傅所逼，练就一身绝世武功，经国济世之能，除去少年时候的中州保卫战，便很少再上阵杀敌了。

“承认吧，你已经老了，打不动了。”百里行素毫不客气地调侃道。

修聿顿时面色黑沉，他不过比他大不了几岁，哪里老了？取过他手中的酒壶一倒，一滴也倒不出：“酒没了。”

百里行素仰头一杯饮尽：“酒喝完了，咱们也该散伙了。”

修聿沉默着不说话，抬头望了望远方，皱了皱眉：“怎么约这么晦气的地方？”他可没忘他当时可是在这里差点以多欺少要了他的命。

“怎么晦气了？人说大难不死，必有后福，这是你的福地。”百里行素哈哈笑道。

修聿无语气结，将酒杯扔给他：“岐州你要不要回去？”

“本来就是我的，要不要也没区别，暂时先寄放在你那里。”百里行素一脸无所谓，虽然如今的岐州名义上是大夏的，暗地里还是他的地盘。

“那也看你有没有那个本事要回去。”修聿瞥了他一眼哼道。

百里行素笑意吟吟地上下打量着他：“你还是顾好你自己吧。瞧你那半死不活的样，你要是死了，我就可以去中州霸占你的妻儿家业。”

“只怕你没这个机会。”修聿冷哼道。

百里行素也不再跟他争执，面色沉重了几分：“以后不管是你跟她，再见的话就只是为敌了，我可不会再放过你第二次。”

“我也不会让你再有第二次杀我的机会。”

“她还是跟着你比较有出路，别再便宜了楚策那家伙。”百里行素道。于她而言，如果楚策是一道悬崖，那他就是一条永远走不出的死路。

“你废话真多。”修聿哼道。

百里行素含笑靠着马车：“真要谢我的话，就帮我做两件事吧！”

“你说。”修聿沉声道。

“好好爱她吧，我没那个福分，你就把我那份也算上吧。她过得好，我所做的也就值了。”百里行素低声说道，满头白发在阳光下熠熠夺目，更显绝世，“我这辈子后悔的事多了，却唯一这一件，无怨无悔。”

修聿勒马立在马车边，旷里上的风迎面吹来，他久久沉默，点了点头：“好。”

“将来免不了会跟华淳太后交上手，不管怎么样，别伤她性命，她也有她的苦。”百里行素垂首低语，看不清他面上神色。

“好。”修聿沉声回道。

世人又何曾想到，杀人如麻的东齐皇帝，还会有这般孝义善良的一面。

百里行素深深吸了口气，笑了笑：“我说完了，走吧！”

修聿点了点头，深深望了望他一眼，策马扬尘而去，在远远的山坡处勒马回望。阳光下那一片洁净的白，是那样绚目而耀眼。

百里行素，但愿有一天你能真正挣脱命运的枷锁，走出那个牢笼。

岐州，郡主府。

冬青扶着一脸病容的萧淑儿缓步在府中走着，看着府里上下忙碌着，微微叹了叹气：“还是要走了。”

当日为了骗过华淳太后的眼，百里行素让人送了药，所以她才会呈现出坏血症的症状，虽然吃了解药，不过一时间还难完全恢复。

“奴婢不明白，郡主好不容易躲开了大昱，在这岐州过上几天安稳日子，现在这个关头，回去做什么？”冬青不悦地抱怨。放着这里好好的日子不过，回去做受他人摆弄的棋子吗？

萧淑儿面上勾起苍白的笑，望了望灰蒙蒙的天，淡淡道：“如今三国暗潮汹涌，这天下就要乱了，哪还会有安稳日子可过？”

“郡主，不如我们离开萧家吧，找个他们找不到的地方，比如去关外，你不是一直说想瞧瞧大漠风光吗？咱们去西域。”冬青激动地出声。

萧淑儿淡笑，摇了摇头，平静地说道：“冬青，我知道你是为我好，但我们走不了的。”大昱势力庞大，她们能走到哪里去？

“为什么走不了？怎么会走不了？四小姐和三小姐不是都可以走出去吗？为什么你就不行？实在不行，咱们就去中州啊，去找她们，也总比回到那里要好啊！”冬青急切出声劝道。

论聪慧机敏，她不输三小姐、四小姐，为什么就要一生都葬送在那里？

萧淑儿自嘲一笑，叹息道：“就是走出了，又能怎么样？”

她不是不想走，是不敢走，也没有那个勇气走。

“郡主……”冬青眼眶泛红地望着她。

“每个人有每个人的路，我只是要走自己的路。”萧淑儿淡然一笑，沉默了许久道，

“太爷这番亲自出手，这一战倏关萧家生死。大昱成败，我也好，清越她们也好，没有一个人可以置身事外，只是立场不同而已。”

“如今大昱已经是三国之首，还不满足吗？”冬青低喃道，战事一起，必是哀鸿遍野，苍生血流成河。

萧淑儿缓步走着，面上笑意淡淡：“权力和仇恨一样，是个足以让人疯狂的东西，有时候它比仇恨还可恨。仇恨也许有一天会消失，而它永远存在，对男人而言就是戒不掉的罂粟，永远不会有满足的一天。”

冬青不再多言，只是默然扶着她在府中走着。

“你去看看还有没有什么落下了，明天就起程回去了。”萧淑儿淡声说道。

“可是……”冬青瞧着她有些不放心。

“我自己走走就回房去，你快去吧。”萧淑儿轻然笑道。

冬青也不再坚持，走了好远望着只影独立的女子，喃喃道：“郡主，但愿你选了一条对的路。”

秋风清寒，满园萧瑟，桂花的香气一缕一缕地飘来，将她思绪带了好远。沧都的皇宫里也有桂花树，每到了秋天满园里都是香气，玄衣墨发的男子带着一身淡淡的香走进屋。

寂寂深宫，相处数年，她清晰地记得他每一次出现在眼前穿的什么样的衣服，说了什么样的话，甚至每一个眼神动作。

站了许久，萧淑儿举步朝那处空置的院落走去，那是当日他们避难来此的栖身之所。

屋中已经落了许多尘，榻边的桌案上茶杯中还有茶水未干。她探手拂去榻上的尘土，坐在他曾经坐过的地方，探手取过那杯他还未喝完的茶，轻轻转动着手中的杯子。

她记得，他通常想事情的时候就是这般一语不发，低眉瞧着手中转动的茶杯，直到一杯茶已经凉透，他才会喝下去……

她记得，他只喝银针，因为洛烟以前也只喝银针。

过了许久，萧淑儿放下茶杯，目光落在那未完的棋盘之上，苦涩一笑。

他是个弈棋高手，她知道他的棋艺也是洛烟教的。从洛烟不在了，他就只会和自己下，而每一盘都会是黑子输。这盘棋未完，黑子已经处于下风。

她坐在他曾经坐过的地方，默然将这残局下完，这才起身离开。棋盘之上，依旧黑子输。

面对洛烟，他输了心；面对他，她也输了心啊！

大夏，中州。

楚修聿离开的第二个月，燕初云来了中州。烟落才知道当年她离开了朔州，便被诸葛侯和皇甫柔给掳去了天山当徒弟。

萧清越一直担心她会难产，不但与燕初云两人住在了松涛阁轮番看护，还暗中让人找连池的行踪，希望到时候能请到他来帮忙。

拙政园军机处的会议刚散，萧清越坐在那里，咬牙恨恨道："那姓修的还不回来，连池也踪影全无，这一个个都死哪儿去了？"下个月就是预产期了，越想越是坐立不安。

"怎么，你想他了？"祁月俊眉一扬调侃道。

萧清越立马就一顿拳脚招呼过去。

祁月很笑意吟吟地接招："别老动手动脚的，让人瞧见不好。"

这是调戏，绝对是！

屋内几人立即瞅向两人准备看戏，但凡这大夏大将军和祁副城主凑在一块，十有八九都是热闹的，不是打就是吵。

"死人妖，你是几天不挨揍皮痒了是吧！"萧清越恶狠狠地瞪他。

祁月丝毫不惧，暧昧地眨了眨眼："怎么，百花楼的花酒好喝吗？"这个女人平日不像个女人也就算了，昨日她竟然女扮男装到了百花楼喝花酒。

屋中有人差点倒地，喝花酒？萧大将军？

纷纷望向坐在雕花木椅中一身深红劲装的女子，虽说她性情豪放，但这古往今来，有哪个女人会去青楼喝花酒的？

"看我干什么？"萧清越扫了一眼众人，"凭什么你们喝得，我就喝不得？"

众人齐齐愣住，这是什么逻辑？

祁月笑得像只狐狸般，一眨不眨地瞅着她："你喝花酒也就算了，还把人百花楼的姑娘调戏了个遍，是也不是？"

"虽然不是天香国色，但也勉强能入眼。"萧清越很大方地承认。

众人无语摇头，天下多少女子崇拜的第一女将，竟然是这副德行？

"别跟我这么多废话，赶紧把连池那臭小子给我找出来。"萧清越瞅了瞅几人哼道。

"府里不是请了大夫和稳婆，还找他做什么？"

"那些个大夫管个屁用，这落后的古代，遇上难产十有八九就出人命，到时候你们谁负责？"萧清越沉声道。

几人相互望了望，没再说话，祁月一边批着奏折，一边道："听说他在夷都，不过要把人带回来得费些工夫，我会办的。"

萧清越瞥了他一眼，起身道："我去松涛阁瞧瞧。"

话音一落，祁月侧头只看到长廊上快步离去的人影。

祁明瞅着他的神色，一伙人悄悄靠近书案边上，顺着他的目光望去："祁月，你在看什么啊？"

祁月一转头便看到几人凑在跟前："你们干什么，还不做事去？"

“祁月，你从实招来，是不是瞧上人家萧将军了？”祁明笑嘻嘻地问道。

祁月翻了翻白眼：“谁会看上去青楼喝花酒这样的女人？”

“虽然萧将军性子像男儿，不过仔细一看，人还是挺漂亮的。”

“就是就是。”

“而且还重情重义。”

“心地也善良。”

“跟祁月就是一对欢喜冤家。”

“每回打架祁月明明都让着人家萧将军。”

……

一伙人就在那儿七嘴八舌地讨论起来，祁月的眉头越皱越紧，面色越来越黑，那个女人哪有那么好?

漂亮吗？那是男不男女不女好不好！

重情重义，心地善良？那是贪婪狡诈，心胸狭小好不好！

欢喜冤家？那是看不顺眼好不好！

让着她？那是他有风度，好男不跟女斗好不好！

正朝松涛阁去的萧清越，一连打了数个喷嚏，一摸鼻子咒道：“哪个龟孙子又骂姑奶奶？让我逮着揍得你祖宗都不认识。”

还未进门，便看到燕初云正扶着大腹便便的女子出来，无忧跑近前来说是要去留香斋吃点心，几人便一道出了府。

“楚修聿没说什么时候回来吗？”萧清越扶着她一边走，一边问道。

“前天来信说要回来了，估计就这几天了。”烟落淡笑回道。

“那就好。”萧清越点了点头，“这小家伙下个月就要出世了，可取了名字了？”

烟落抿唇笑了笑：“乳名就叫瑞儿吧，跟着这几个月受了不少苦，但愿出生以后，福泽祥瑞，一生安好。”

“就像无忧的名字一样吗？”无忧仰起小脸笑嘻嘻地说道。每一个母亲给予孩子的名字，都寄予他们对孩子深切的祝福和深爱。

一行人还没走出王府，她便觉腹中阵阵疼痛难忍，片刻工夫便冷汗淋漓。燕初云见她面上血色顿失，连忙问道：“皇姐，你怎么了？”

“孩子……孩子……要生了。”她喘息着说道。

两人连忙将人扶回松涛阁。两个人虽然都是女子，但对生孩子这事又如何知晓？一时间慌乱不知所措。

拙政园里祁月正和兵部几位大人，还有飞云骑将领，商议着作战计划。无忧推门闯了进来，上气不接下气地说道：“我娘……我娘要生了。“

一屋子人闻声一愣，祁月一拍脑门儿："这家伙怎么要这个时候出生，也不等他老子回来。"

"那现在怎么办？"一屋子的人异口同声。

祁月快速稳住自己的思绪，道："祁明带人快把大夫和稳婆、奶娘都带过去。"

祁明一听赶紧起身去办，一屋子的人也不由跟着紧张起来。

"我这就去通知皇上，快些赶回来。"祁连也不待他吩咐便起身去办。

祁月点了点头，微一思量道："还有，你带着流星去回来的路上接应，他一匹马跑回来怕赶不及。"

孩子比预产时间早了半个月，一时间府里上下都乱了，松涛阁里人来人往，明明是大冬天，个个都急得满头大汗。开始制定的迎接孩子出生所计划的一切都乱了套。

"大夫，到底怎么样了？"萧清越见她疼得难受，迫不及待地问道。

大夫赶紧起身回道："是要生了，不过这孩子早期受创，如今怕是要难产……"

萧清越顿时一颗心都凉了下去，她知道难产最可怕，即便在现代也有多少因为难产而死的孕妇，何况在这医术落后的古代？

"那现在她疼得这么厉害，快想想办法！"燕初云紧张地问道。

"这个……这个没有办法，现在只是阵痛，羊水还没破，只能忍着。"一边的稳婆跟着出声道。

"那怎么办，皇姐，你……"燕初云急得快哭出来了。

"看来一时半分，这孩子还生不了，不过这样耗费体力，到真生产的时候恐怕会体内不支。"大夫忍不住担忧出声。

烟落疼得一句话也说不出来，冷汗直冒，寝衣已是一片湿淋淋的，深深吸了口气朝燕初云道："屋里还有人参配的香料……点上。"

燕初云赶紧到屋里翻找，将香料找出来，手抖了半天才把香点好，快步回到床边："皇姐，你有没有好点？"

萧清越也急出一身汗来，望了望满屋子的人道："稳婆留一个在里面，大夫留两个，其他的到外室候着。"都挤在屋里，让人会没法呼吸。

无忧站在床边，看着床上疼痛难忍的母亲，眼眶红红的。娘一定很痛吧，比他生病的时候还痛吧！

烟落也看到了站在一边一直没说话的无忧，心头百味杂陈。蓦然想起当年就在那暗黑无光的冷宫废墟中，让这个孩子来到了人世。那时候没有这么多的人帮她，也没有这么多的人救他，只有他，只有楚修聿一个人。

她记得到现在楚修聿手臂上都还有一道深深的牙印。那个时候她害怕有人发现他们母子没有死，她只能忍着不敢发出一丝声响，将他的手咬得血肉模糊，终于将这个孩子生了下来。

转眼之间，他已经长了这么大了，就在自己眼前……

“姐姐，把无忧……带出去。”她低声说道，他这么小，让他在这里看着终究不好。

萧清越抿唇望了望那边一句话也不说、望着烟落快要哭出来的孩子也不由心疼，起身到无忧面前道：“无忧，跟清姨出去好不好？”

他点了点头，望向床上因为疼痛而苍白的母亲，那一刻他的目光已然是超越了他年龄的复杂深沉。

萧清越拉着他出了内室，看到在外室坐立不安的祁月：“快想办法让他快点回来，大夫说可能会难产，怕是会……出人命的。”

“我已经让祁连送信，可是这一时半会儿也赶不回来啊。”祁月道。

漠北的战鹰飞过崇山峻岭到达汴州，从天山起程回中州的楚修聿归心似箭，在城中稍作休息，天没亮便已经起程，刚一出城便听到天际有苍鹰鸣叫的声响，不由勒马细听。

漠北战鹰独有的声音从上空传来，低沉而清晰。

修聿微微皱了皱眉，战鹰一般只有战场上传递紧急消息才会用，怎么会找来，难道是东齐已经开战了？微一思量，他抿唇轻啸两声。

天际盘旋的黑鹰听到声响，俯冲而来，收翅落在他的肩膀上，他解下鹰爪上绑着的东西，展开一看：皇后难产。

大夫不是说还有半个月才生产吗？

修聿一颗心狠狠沉了下去，当年在冷宫她艰难产子历历在目，这个孩子又是不到十个月就提前出世，不是什么好兆头。他不敢再有片刻耽误，一拉缰绳纵马如飞。

然而，中州王府里却是水深火热，孩子一直不出生，疼痛却一阵比一阵剧烈，整整痛了她一个晚上。萧清越红着眼睛从内室出来，恨恨道：“这混小子出来一定要揍他，这么折腾人！”

烟落好几次痛得晕过去，又痛着醒来，看得她阵阵揪心。

祁月在边上一句话也不说，面上亦是焦急万分。

“楚修聿那混蛋怎么还不回来？”萧清越怒声喝道。

“这会儿信也该送到他手里了，追月脚程快，加上祁连带着流星去接应，今晚应该就能赶回来了。”祁月出声说道。

“还要到晚上？”萧清越气得捶桌子，该死的古代，通讯慢，交通慢，什么都跟不上，急死个人。

燕初云和几个丫环端着汤进门：“快让快让，参汤来了。”

萧清越皱着眉催促：“快送进去。”小烟这会儿根本吃不下东西，只能喝着参汤让她恢复些体力，有时候喝着便吐了，他们只能强行灌下去。

“你别走来走去的行不行，我头晕！”祁月望着在屋里来回走动的萧清越道。

“那就闭上你的狗眼，别看。”萧清越喝道，这个时候她怎么可能坐得住？

“你急也没用，他又不能长了翅膀这个时候飞回来！”祁月出声劝道。

“生孩子的又不是你媳妇你妹妹，你当然不急。”萧清越没好气地斥道，手一抱胸恨恨道，“当女人真他娘命苦，真到什么时候让男人也生孩子试试看。”

“你也学着适应一下，将来你不是一样要成亲生子？”祁月哼道。

“我呸！我萧清越要给男人生孩子，除非这世上的男人能怀孕。”萧清越咬牙恨恨道，这光看着她都受不了，还去自己经历，她疯了不成？

祁月气结无语，这女人脑子里都装了些什么东西？

无忧站在边上，紧张地望着内室门口进进出出的人，小心地紧紧攥着衣袖，额头也是冷汗涔涔。

“无忧，你没事吧！”萧清越过去蹲下身瞧了瞧他。

无忧摇了摇头，任由萧清越擦着脸上的冷汗：“清姨，我怕我娘会……”

“傻孩子，别想太多，我们这么多人在呢，不会有事。”萧清越截然说道。

无忧咬着唇，点了点头。

“快回屋换身衣裳，一会儿小心着凉了。”萧清越揉了揉他的头说道。

祁月站起身：“我陪他去。”说话间牵起无忧朝对面的屋子走去。

萧清越站在外室，里面传出低低的叫声，心揪得紧紧的。昨晚她一直忍着不出声，这会儿都叫出声了，该是更痛了。

这小家伙还没出生就这么折腾你娘，出来了得好好修理！

正在这时，府外有人急急跑来禀报：“萧将军，有人来找娘娘！”

“这时候添什么乱，打发走了！”萧清越不耐烦地摆了摆手。

侍从听着便赶紧转身出门，一团白影便从窗外窜了进来，直直扑到萧清越的身上，吱吱叫了两声。她顿时一愣，赶紧追出门：“那人叫什么名字？”

“他说他姓连。”

萧清越施展轻功奔向府门之外，一把拉着门外的青衣少年进府：“还好你来了，快点。”

连池一时反应不及，差点被她拖得摔倒在地，连忙问：“小师妹怎么样了？之前想着这孩子可能会难产，不放心就来中州看看了……”

“昨天回府就开始阵痛，痛了一晚上了，孩子还是没出生，这些个大夫一个都不顶用。”萧清越急声道。

“那回从金蛇岭那么高的地方摔下来，这么久又是伤又是病的。孩子虽然侥幸存活，不过这生产肯定是要受苦了。”连池道。

“我不管了，你进去快想办法，让她少痛一些或是睡一会儿也好，吃点东西也好，从昨天到今天只喝了参汤，痛得整个人都毫无血色了。”萧清越几乎是将连池拖着走的，嫌他走得慢，将他身上的药箱也取过挎在自己身上。

刚带着无忧换好衣服出来的祁月便看到萧清越从外面拖着一人进园子，愣了愣，还没看清是谁，无忧便先出声了：“是连池叔叔。”

萧清越拉着他进到屋里，望了望众人：“大夫和稳婆都在这里了，你看着办！”

连池望了望屋里，取过自己的药箱：“不要聚这么多人，人参、香料本就珍贵，她还没吸多少，全让人给吸了。”

话音一落，清越就把空闲人等都往门外赶，拉着连池便进去：“小烟，连池来了。”

烟落面色苍白，湿湿的头发粘在脸上脖子上，看起来狼狈之极，只是望了望连池，说话都没什么力气。

“小师妹，你现在想吃什么？”连池一边把脉一边问道。

烟落摇了摇头，现在这时候她哪还有心想着要吃什么？

“参汤虽然补气，但这只是应急之法。这孩子近几个时辰还不会生，你得吃点东西保持体力。”连池望着她认真说道。

她虚弱地点了点头，萧清越赶紧朝外面的人道：“快准备些吃的来。”

“别太油，我药箱里放了张字条，是我近日研究的药膳，照那上面的做了吧！”连池望了望放在桌上的药箱对萧清越道。

萧清越赶紧从药箱里将东西找出来：“连池，你真是救星。”

连池笑了笑，望向烟落道：“小师妹，现在尽量调整呼吸，我会给你施针，让你先睡两个时辰……”

“睡着了，如果孩子有异动，很容易出危险！”边上的一名大夫出声劝道。

“她一直这样，只怕孩子还没出生，就把人累死了。”连池沉声说道，说话间拿出银针道，“这是师傅之前研制的沾了特殊麻药的银针，不会对孩子有害。我给你扎了，你先睡一会儿。”

烟落点了点头，如今也只有这样了。

“不是说阵痛是感知孩子的情况，要是用了麻药，感觉不到，会不会出问题？”萧清越忍不住地问道。

“这银针只是暂时压制她的筋脉，让她感觉不到疼痛，只要一收针就会好了。我会一直坐在这里把脉，孩子有变化就立即收针，现在让她休息是最重要的。”连池沉声说道。

“这样好。”萧清越点了点头，“你快施针吧。”

“留下一个人把香炉搬进来，将参香拿扇子扇向床上的方向，好让她多吸点，对身体好些。”连池一边施针一边说道，“这参香是雪参配合多种药材制成的，珍贵无比，放在这里，旁人吸了也没用。”

“我留在这里。”燕初云说话间赶紧将香炉搬到床边，朝萧清越道。

“其他人都出去吧，别在外面闹出动静就行。”连池扎完针，床上阵痛了一晚上的人慢慢睡去。

萧清越闻言摆了摆手，让其他人都出去：“那我们就在外面，有事你出声。”

“好。”连池点了点头，又朝初云道：“你拿盆温水来给她擦擦汗吧。”

燕初云没有再出声回话，以免打扰床上的人休息，起身到里面的泉室端了水出来。

外室内，萧清越长长松了口气，由衷叹道：“从来没觉得连池这么伟大，这个时候来中州，简直是大救星。”

“里面没动静了？”祁月听到内室安静得出奇，不由皱了眉头。

“连池施针让她睡两个时辰再起来吃些东西，只靠那些参汤吊着一口气，怕是孩子一出生，大人就没气了。”萧清越狠狠瞪了眼一边的一群大夫。

祁月闻声点了点头：“看来倒是有些本事，这样的话如果不出意外，能撑到皇上回来。”

“他回来顶个屁用，孩子又不是他生。”萧清越气愤地哼道。

祁月懒得再跟她争论，这女人脾气火爆，他可争不过，望了望边上的无忧，朝一边负责无忧病情调理的大夫道：“太子该喝药了！”

无忧很听话，跟着大夫回房诊治喝药，喝完药又跟着过来了，一句话也不说，坐在那里望着内室房门。

两个时辰后，厨房做好了药膳，便赶紧送回了房。连池让她醒来用膳，脸上也渐渐恢复了血色。用了膳，连池确定胎儿没有异动，便让她继续睡了。

外屋里候着的人，忙得人仰马翻，也都跟着在外面昏昏欲睡，松涛阁上下安静得出奇。

日暮西沉，天色渐渐暗了。燕初云点亮屋里的灯火，继续坐在床边扇着香炉，参香的气息弥漫了整个房间，突然看到床边晕开一片湿湿的，顿时一愣：“连池，你看，床上……”

连池顿时一个激灵，赶紧道：“羊水破了，快叫稳婆进来！”说话间赶紧将针收了。

燕初云疾步冲到外室，急声唤道：“孩子要生了，稳婆赶紧进去帮忙！”

突然而起的声音，吓得萧清越差点从椅子上摔下去，赶紧站起身催促着人进去帮忙，沉寂了几个时辰的松涛阁又一次乱起来。

“孩子生了没有？”低沉的男声响起，萧清越回头一望，一身风尘仆仆的男人已经进了门。

“啊——”

修聿刚一进门，便听到内室传出压抑不住的呼痛声，听得他顿时面色惨白，冷汗直冒，踉跄着便往内室闯。

“皇上，你不能进去，不吉利！”大夫出声道。

萧清越想了想，也道：“我进去告诉她你回来了，在外面等着，让她安心生产。”

修聿心里又是焦急，又是担忧，满脑子都是数年前在冷宫看无忧出生的画面。当年没有救了她，这一次可千万，千万不能有事啊！

萧清越快步进了房，到床边：“小烟，楚修聿回来了，就站在门外呢！什么都别想了，安心让孩子出生，一切……一切都会好起来的。”

“热水，快！”稳婆们在那里叫道。

“参片！”连池也赶紧出声道，一边替她整着脉，一边道，“跟着我吸气，吐气，再吸气……”虽然强自镇定，可是脸上也难掩焦急之色。

修聿愣了愣，站在房门之外，看着一盆盆清水端进去，一盆盆鲜红的血水端出来，面色越来越沉，越来越白，全身冷汗直冒，死死抓着房门。

一个时辰过去了……

两个时辰过去了……

三个时辰过去了……

夜色越来越沉，松涛阁内灯火通明，看到血水一盆盆端出，里面呼痛的声音越来越大。修聿惨白着一张脸，里面每传出一声，他整个人都一阵颤抖，满脸焦急与心疼。

早知道不该要这个孩子的，自己当初怎么就那么糊涂，害得她受这样的苦。

无忧也跟在他跟前，死死咬着唇，眼眶红红的。

祁月紧张地在园子里不停地转圈，转完一圈到门口一望，没动静，又继续转。

“啊——”屋内传出一道尖锐的叫声，惊得修聿再也站不住，便朝里冲，祁月快步进来一把拖住他。

萧清越坐在床边抓着她的手，一声一声地叫她：“小烟，小烟……”

床榻之上的人面上血色全无，双唇咬得鲜血淋漓，整个人像是从水里捞出来一般，湿淋淋的，汗水不断地从她额头滚落。

烟落疲倦地闭着眼，重重倒了下去，稳婆们一见连忙道：“不能晕过去，快掐人中，快！”

萧清越看着她人中被掐得青紫一片也没见醒转，眼底的泪夺眶而出，泣声叫道：“小烟，小烟，快起来，快起来啊！”

站在门外的修聿一听再也站不住了，一掀门帘便冲了进去，看到床上的人眼底血红一片，眼底泛起难以言喻的惊恐，此刻，他才领略到，什么叫深入骨髓的心痛。

楚修聿踉跄地冲到床边，拉开萧清越，一声一声唤她，轻轻拍着她冰凉的脸："烟落，烟落……"

"你们快想办法，快想想办法！"萧清越厉声催促道。

"王妃的力气用尽了，我们……我们也没办法。"稳婆们一个个额头也满是冷汗，战战兢兢地回道。

"连池，连池，快想办法，给她施针、用药，怎么都行，快点……"萧清越急得直哭，抓着连池的手恳求道。

连池面色一片惨白，摇了摇头："孩子初期受创，胎位不正，卡着出不来……"

"再拖下去，两个都保不住了。"稳婆也跟着出声道。

"怎么办，要怎么办？"一向温和的修聿望向几人厉声道。

连池望了望床上已经昏过去的人，咬了咬唇："为今之计，大人和孩子我只能尽力保住一个。"

修聿想也没想："救她，救她，我不要孩子了，不要了……"他自然舍不得他们的骨肉，可是她若出了事，他就什么都没有了。

"这……"萧清越望了望床上的人，泪止不住地落下。

稳婆一直不断掐着她的人中，掐得皮破血流。

"嗯……"烟落轻轻哼了一声，只听到修聿在说不要孩子了，顿时打了个寒战，撑着抬起眼，死死抓着他的手，"修聿……"

"我在这，我在这里。"修聿紧紧抓着她的手，抱着她。

"不要放弃他，我要……生下……来……"她死死抓着他的手，目光满是坚定。

这是他们的孩子，他们的骨肉，是他们期盼已久的孩子。她比任何人都知道生命的可贵，又怎么可以放弃他们的孩子？

"烟落，不要了好不好，孩子以后还可以有，就不要……"修聿痛苦地望着她，他不想看着她受这样的痛苦啊，这样几近把她折磨得死去的痛苦，她已经经历过一次了。

烟落摇头，坚定地望着他："不要放弃，我要……生下他……我还有力气……我可以的……"她说着又撑着要坐起身。

然而还没坐起身，手腕一软便又倒了下去。修聿红着眼抱着她，低头吻着她湿湿的头发，滚烫的泪一滴滴落在她的脸上。

烟落望着站在床边的连池，满是恳求与坚决，声音低不可闻："连池，求你……帮我……"

连池咬了咬牙，取出银针，在火上炙烤而后扎入她的穴动脉，她痛得死死咬着牙，深吸了口气朝修聿道："帮我……"

修聿咬了咬牙，悄然为她输送内力。她缓缓抬起手，指间泛起幽蓝的光狠狠点在腹部，痛得她一口咬住他的手臂，眼底的泪夺眶而出。

“王妃，再用力，孩子露出来了！”一个稳婆惊喜地出声。

无忧站在门口哭得泪流满面，他出生的时候，母亲是不是也是这般痛苦？

烟落咬着牙，再度抬起手，点在腹部，痛得整个人重重一颤。

“王妃，使劲，快出来了，快出来了！”

她再度拼尽全力抬起手，运用修聿输给她的内力，点在腹部，而后听到婴儿的啼哭声，稳婆出声：“出来了，生出来了，是个小皇子。”

烟落听到模糊的声音心中一松，还来不及看看孩子长什么样，身体重重一颤便倒了下去，眼前陷入无边的黑暗。

婴儿的啼哭声响彻屋内，修聿根本没心思去看，看到突然倒下去的烟落顿时惊恐万分：“烟落，烟落……”

“不好了，大出血，怎么办？”稳婆惊恐地出声。

萧清越抱着孩子站在边上，霎时间血液都一寸寸冰凉下去，赶紧出声道：“连池，快想办法，快啊！”

在古代孕妇难产本就是九死一生，如今还大出血，就算是在她们的世界也有不少闹出人命，这可如何是好？

连池咬了咬唇，赶紧将银针拔了出来，快速将随身锦囊取下扔给修聿：“快给她吃了。”说话间，抓着银针的手不断颤抖，不知该再往哪里扎了。

修聿抓着她越来越冰凉的手，一颗心揪得紧紧的，抬袖擦着她脸上的冷汗，朝连池吼道：“你给我快点！”

连池咬了咬唇，迅速施针：“继续把你的内力输给她！”

修聿没有片刻耽误，手贴在她湿淋淋的后背，将内力输送到她体内，低头吻着她冰凉的额头：“你说过要好好活着的，你不能食言，不准再食言！”

刚出生的孩子似乎被房里的状况吓着了，止不住地啼哭，萧清越怎么哄也不见止声。

“把他给我带出去。”修聿沉声吼道。

萧清越怔愣片刻，望了望榻上苍白失血的女子，拿边上的薄毯将孩子一裹赶紧出了内室。小烟拼了命将这孩子生了下来，此刻自己性命堪虞，修聿心急之下竟记恨起这孩子来。

孩子睁开黑漆漆的眼睛望着她，好似是被修聿吓着了，出了内室便止了哭声。

“快拿热水来。”萧清越吩咐道。

跟着出来的侍女赶紧端了热水，祁月也上前帮着将孩子身上的血洗干净，不时朝内室的方向望了望：“里面怎么了？”

萧清越眼睛红红的，望了望孩子：“都是你这坏家伙，怎么那么折腾你娘！”

祁月一把将孩子接了过去，拿毯子裹起："你小声点，吓着他了。"这么小的孩子，一出生又被老子凶，又被姨娘凶一顿。

孩子果然长得胖胖的，由他抱着也不再哭，小手捏成拳头在嘴里啃得口水直流，一双星辰般清亮的眸子望着他滴溜溜直转，看得祁月无奈叹了叹气："一出生就得罪了你老爹，以后你可苦喽！"

那个人这么些年来，有多少事，多少时间都是因为她的事而奔波忙碌，因为她而崛起于乱世建立大夏，因为她而一次次身陷险境至此不悔，因为她而将别人的骨肉视如亲生抚养。如今若是她不在了，他所做的一切，将真的失去了意义。

稳婆们都退了出来，大夫们又前前后后地进去了，里面始终不见动静。祁月抱着孩子不时在门口处张望，然而床跟前挤了太多的人，根本什么都看不见，又不敢把孩子再抱进去惹某人生气。

无忧从里面走了出来，眼睛哭得红红的，抬头望了望祁月怀里的孩子，咬着唇一句话也不说。

祁月将孩子交给边上的奶娘，道："带小殿下去偏殿那边歇着，小心照看，我会找个大夫马上跟过去。"

奶娘点了点头，抱着孩子赶紧跟着侍从出了松涛阁主楼。

祁月朝里面望了望，望向无忧道："无忧，听祁月叔叔话，现在赶紧回房去歇着……"

"祁月叔叔，我想……"无忧眼底泪光闪动。

"无忧听话，这边有我们照看着，你别把自己再病着了，你娘醒来又要伤心了，知不知道？"祁月揉了揉他的头道。

主要还是怕里面真出什么事，修聿一时气急，还迁怒于无忧。他连自己的儿子都不顾了，别说这不是亲生的了。

无忧担忧地望了望内室的方向，咬着唇怎么也不肯走。

"听话，快回房去，你娘一醒，叔叔就立即过去告诉你。"祁月安抚道。

无忧点了点头，随着大夫出了主楼，回到自己房里，却一直趴在窗口望着这边的动静，一句话也不说。

祁月这才掀帘进了内室，浓重的血腥气压抑得让人无法喘息。再看到坐在床边半搂着烟落的大夏皇帝，此刻什么帝王威仪，沉稳睿智早没了踪影，睁着血红的眼睛有些吓人。

连池紧张地施针，全身也是冷汗淋漓。

"血止住了，血止住了。"一名大夫亦是满头大汗地出声。

话音刚落，修聿感觉到不对劲，探手伸向她鼻间，一颗心如坠冰渊："为什么没气息了，怎么会没气息了？"

萧清越一听，推开前面的大夫，扑到床边，颤抖地伸出手去，扭头望向连池："怎么会这样？怎么会这样？”

“参香，快拿参香来。”连池大声叫道。

燕初云慌乱地将参香点燃，不停地将香气扇向床榻，眼泪却止不住地落下。

过了许久，连池把了脉，深深吸了口气道：“她气力耗尽又失血过多，我只能……只能保住她最后一丝脉息，听天由命！”

屋内一片死寂，站了一屋子的人却谁也不敢出声，大夫们低头站在那里连大气都不敢出，小心地望了望床边面色阴冷、骇人的大夏皇帝，脚下顿时一个寒战，差点就一下跪了下去。

祁月深深吸了口气，摆了摆手，示意他们出去。大夫们如获大赦，轻手轻脚地出了内室，不敢发出一点声响。

# 第五章 无忧认父

西楚沧都，天地间一片雪白，连空气也变得纯净而冰凉。

一行蓝衣的太监宫女正朝着元武殿而去，每个人手上提着一个保温的食盒，食盒底下放着炭火，中间放水，最上面放着膳食以保持其温度。

“冯公公，皇上已经一连好多天都在元武殿了，你也劝一劝，这样下去旧伤复发了可怎么好？”一名近身的太监出声道。

冯英走在最前，微微叹了叹气：“咱家要是能劝了，还用天天带着你们过去传膳。如今东齐和西楚战火已经点燃，皇上哪还顾得这么多？咱家也劝了，大将军王也劝了，皇上放心不下边关的战事，咱们也没办法。”

一行人正走着，远远看到玄武正疾步匆匆而来，看到冯英拱手打了招呼：“冯公公，皇上在何处？”

“这会儿在元武殿呢！玄侍卫什么事这么急？”冯英忍不住地问道。

玄武望了望他，没有说话便快步朝着元武殿而去，神色异常沉重。

“这是怎么了？”冯英望着玄武快步离去的背影喃喃道。

“青龙、玄武几位大人不是被皇上逐出宫了吗？不过我听说一直在大将军王府上听候差遣，如今东齐和西楚交战，皇上是不是把他们四人召回来了？”边上的太监出声道。

冯英沉默了一会儿，扭头望了望一行人：“快走吧，皇上还等着用膳呢。”

玄武殿内，武将们向正座之上的帝王陈说着自己的计划，众人出言商议讨论。楚帝一身玄色龙袍，面容清峻，眉眼凌厉地望着众将。

“现在东齐只是试探性的进犯，咱们花这么多力气去应付，岂不正中了他们圈套？”罗衍出声斥道，这些个将领虽说都是武将，但对作战计划的制定、行军布阵，远远不及曾经的萧清越和青龙玄武几人。

楚帝面色冷沉，薄唇轻启：“罗将军，调兵前往上阳关，无论是何代价，一定要守住这个关口。”

“是。”罗衍起身拱手回道。

正在这时，门外的守卫疾步入殿禀报：“禀报皇上，玄武侍卫求见！”

罗衍顿时一震，不是让他们在府里候着吗？玄武怎么在这个时候闯到宫里来了？

楚策面色顿时一沉，薄唇紧紧抿着，一时间满殿沉寂，都望着他，青龙、玄武几人被逐出去已是满朝皆知，这时候他们竟还进到宫中？

罗衍微微皱了皱眉，拱手道：“皇上，青龙、玄武几人已经在臣府中，到宫中……许是来找臣禀报事情的。”

楚策目光冷冽，望了望罗衍，沉声道：“让他进来，朕倒要看看，有什么大事，让他胆敢闯宫。”

片刻之后，侍卫带着玄武入殿，楚策冷冷地望着进殿的人，薄唇抿成锋锐的线条。罗衍沉默了片刻，出声道：“有何事禀报？”

玄武抬头正对上楚帝一双冷寒的眸子，道：“末将刚从大夏回来，从中州探得大夏皇后诞下二皇子……”

楚策眉眼微沉，扶着桌案，欲起身前往偏殿，薄削的唇勾起微不可见的苦涩。

罗衍望了望玄武，使了使眼色，示意他不要再说下去。

玄武直直望着起身的帝王，深深吸了口气：“大夏皇后难产，怕是不行了。”

一句话，恍若惊雷震天，楚策身形一震，扶着桌案方才稳住，冷冽的眸子缓缓涌起滔天的暗涌，罗衍伸手扶住他：“皇上！”

众将一时间瞧得一头雾水，除了当年洛皇贵妃之死，皇上从未在他们面前有这般失态之举。大夏皇后生子也好，难产也罢，那也该是大夏皇帝担心的事，西楚大帝这般意外的举动，一时间让众人摸不着头脑。

正走到殿门口的冯英也正好听到玄武的禀报，顿时停在那里，抬头望着人群簇拥之下的玄衣帝王。他没有说话，没有动作，却让人瞧着是那样彻心彻骨的痛。

那个女子即便是嫁了他人，也没有让他如此痛苦过，如今这不是……这不是要他的命吗？

以往还有个念想，起码她还活着，还过得好好的，如今怎么会成了这般模样？

罗衍一时也是手足无措，朝玄武问道：“到底是真是假？”

玄武垂首回道：“臣在中州城见过前去府上问诊的大夫，百里行素的徒弟也去就诊，只是孩子生下了，大人恐怕是……保不住了。”

楚策轻轻拂开罗衍扶着的手，转身朝殿外走去，步伐沉重，罗衍和冯英齐齐跟了上去：“皇上！”

楚策微微扬了扬手，示意他们不得跟着，一步一步地离开了元武殿。冯英站在殿外看着那雪地之上踽踽独行的帝王，只觉心头酸涩难忍。

他一个人走着，一直走着，自己也不知道要走到哪里去。天际飘飘扬扬又下起了雪，凛冽的北风卷起他的衣袍，发出细碎的声响。

最后，他站在驻心宫的门口，肩头发间落着一层雪白，恍然之间他竟看到一道梦萦千回的身影……

这是哪里？

烟落惊惶看着周围陌生而熟悉的景致，这里……这里是驻心宫，不是中州王府。

她惊惶地奔出宫殿，看到有来往的宫人，想要开口问话，迎面而来的人却对她恍若未见，最后……直直从她身体穿了过去。

“刚刚有人送膳去元武殿，听说玄武大人闯宫了。”

“闯宫？玄武大人他们不是被皇上逐出皇宫了吗？”

“是啊，不过听说一直在大将军王府上，不过这时候闯宫，也不怕皇上斩了他的头。”

“若是以往，定然会重罚，今天不知怎么的，玄武大人说大夏皇后诞下二皇子，难产不行了，皇上就完全变了一个人……”

“真的假的？大夏皇后跟皇上有什么关系？”

……

她怔愣地站在原地。她这是怎么了，她惊惶地后退，竟然穿墙而入，进到了屋内，她明明可以感觉到自己，却没有人看得见她，听得见她……

他们刚才在说什么？她……是死了吗？可是为什么又会在西楚皇宫里？

她不再待在这里，刚一走出殿门，便看到站在门口处玄衣墨发的帝王，一双黑眸似海深沉正定定地望着她，声音颤抖：“你怎么……”

她怎么会在这里？

确切地说，眼前的已经不再是大夏皇后，是洛烟，是他心心念念了七年的女子，终于又出现在这座空寂了七年的驻心宫。

烟落倏地抬起头：“你……看得到我？”可是为什么刚才过去的人看不到她，也听不到她说话？

他缓缓举步走到她的面前，伸出颤抖的手想要触摸她。当真的触摸上了这魂牵梦萦七年的面庞，压抑在心底七年的相思之情奔腾而出，他一把搂住她，那样的用力，几乎想要将怀中的她融入骨血。

“烟儿……”楚策低声唤她。

他以为他这一生再也看不到她了，刚刚听到玄武回报的消息，他真的万念俱灰了，却没想到回到这里，会看到她。不再是什么萧烟落，不再是燕绮凰，也不再是大夏皇后，是洛烟，是属于他的洛烟。

烟落愣了愣，站在那里，对发生的一切反应不及。楚策能看到她，还能触摸到她，可是她怎么会变成这样?

她脑子里渐渐浮现出一个可怕的事实：她……已经不再是萧烟落，亦不再是燕绮凰，她已经只是洛烟的魂魄!

过了许久，楚策松开了她，眉眼间泛起微微的笑意，想说什么，却发现想说的太多，竟无从开口说起。

“我死了吗？”她怔怔出声。

楚策抿唇不语，只是点了点头。

“你……你怎么会看得到我？我怎么会来这里？我要怎么回去？”她急切地出声。

楚策望着她，眉间的笑意随着她的话缓缓沉寂了下去。她要回去，要回到那个人的身边，与他恩爱缠绵，而他站在她的面前她却不管不顾。

“可能是因为镇魂珠的关系吧！”过了许久，他出声说道。别人都看不到她，只有他可以看到，只有他。

所有的一切，似乎又回到了很多年前，只有她和他的以前，而这一切，他再也不会让任何人带走她，再也不会……

“镇魂珠在哪里？我该怎么回去？”她急切地追问道，她已经让无忧一生受尽苦楚，这一个孩子也要让他没有母亲吗?

“回去？！”楚策深深地望着她，她还是想着回去。

烟落望着，沉默不语，如今的楚策与她记忆中的那个楚策，怎么会变化这么大?

“你说我们再也回不到以前，现在不是变回以前了。你不再是萧烟落，也不再是燕绮凰，你是洛烟，我还是我，所有的一切又回到只有我们两个人的时候……”楚策步步逼近，一字一句地说道。他不可以放她走，不能放她走，绝对不能。

“我已经不是人了！”她沉声打断他的话，定定地望着她，“活着的才是人，我已经不是了，没有人看得到我，没有人听得到我，我已经不是了。”

“我看得到你，我听得到你，不是吗？”楚策深深地望着她，即便别人看不到她，听不到她，可是他看得到她，听得到她说话，还可以触摸到她的存在。

“楚策……”她不可置信地看着他眼底缓缓涌起的疯狂，缓缓后退，狂奔出驻心宫，朝着宫外去。

她不顾一切朝着重阳门狂奔而去，楚策快步跟着她，不能像她那般穿墙而过，却凭着轻功一路疾追而去。正从元武殿出来的罗衍和冯英等人看着竟然在宫内施展轻功的楚策，以为是出了什么大事，赶紧带着人朝着重阳门追去。

然而，当她终于到了重阳门，才发现自己根本走不出去。最外围的宫墙，仿若筑起一道透明的屏障。别人可以随意行走穿梭的宫门，她却怎么也走不出去。

“西楚皇宫外围以灵石为基，没有镇魂珠，你永远也出不去。”楚策站在她身后平静地说道。

她回头望着站在几步之外的楚策，罗衍和冯英带着兵马快步跟了过来，却只看到站在宫门边的玄衣帝王，根本看不到她的存在。

一切又回到从前吗?

可是，她变了，他也变了。

以前的楚策不会这么对她，不会这样逼迫于她，不会这般自私地禁锢她……她无力地瘫坐在宫墙下，干涩的眼却流不出一滴泪来。

沧都下起了雪，越来越大，她从来不知道这座皇宫是那样的大。她从重阳门走遍了宫墙的外围，试图寻找任何一处可以出去的缝隙，却什么都没有找到，这偌大的西楚皇宫，这高可入天的灵石屏障，似是一个华丽的水晶瓶子，而她便困在这只瓶子之中，怎么也找不到出路。

楚策一直跟着她，看着她将西楚皇宫走了整整一圈，他看着心疼，却不想放开这个机会，这个唯一可以留下她、拥有她的机会。

七年，整整七年，他对着空荡荡的驻心宫，企盼能看到她的身影却无所得。如今她终于回来了，没有人知道在他看到她那一刻起的震撼。

一念生魔，他所有的理智、隐忍全部崩溃，他无法再失去她。

罗衍和冯英跟在楚策身后，搞不明白他为什么围着皇宫这样走了一圈又一圈，又在重阳门停下，不由想起了七年前的一幕。

“王爷，皇上他在干什么？”冯英忍不住出声道。

罗衍叹了叹气，而后摇了摇头，心想，是听到玄武回报的消息，一时难以承受，才会变得这般吧！

“王爷，上去看看吧，奴才担心怕是会出事！”冯英望了望风中独立的玄衣帝王担心不已。

罗衍微微摇了摇头，沉声道：“让他一个人待一会儿吧！”

“那王爷也送件袍子上去，或是让皇上回宫里，在这雪地里站着，再闹个旧伤复发。大战在即，可出不得乱子。”冯英从侍从手中接过皮裘递给罗衍。

罗衍拿了过去，沉默了一会儿，举步走了上去：“皇上，这里风大，你还是回宫里去吧。”

楚策似乎听不到他的声音，只是定定望着重阳门，望着那个只有他可以看到的她。他想也许一时间她是无法接受回到这里的一切，但这里有着他们那么多的回忆，总有一天她会放下一切，重新成为洛烟。

“皇上……”罗衍再度出声。

楚策沉声说道：“你们回去，别跟着我。”他还不想让人知道她在这里的事，即便是罗衍，也不能。

“皇上……”罗衍上前出声相劝。

楚策头也不回，只是说道：“这几日元武殿的事你看着办吧。朕身体不适，休养些日子，至于玄武他们，让他们带兵镇守上阳关。”

罗衍愣了愣，拱手道：“臣这就去办。”说罢朝他看的地方望了望，不由皱了皱眉，他到底在看什么?

过了半晌，罗衍还是走开了，冯英连忙上前：“王爷，皇上他说什么了？”

“让咱们不要跟着他，都各自回去。”罗衍坦然言道，回头看了看还站在那里的人，他的举动实在太奇怪了。

冯英也望了过去：“可是……”

“我先回元武殿办事，这里就劳烦冯公公照看着，先让他静一静也好。”罗衍沉声道。

冯英默然点了点头，还是朝事要紧，转身让跟在后面的侍卫也都退下，自己带着两个近侍远远地瞧着雪地里的帝王。

烟落站在重阳门，几乎可以听到从太平长街传来的人声，她却怎么也走不出去。只要镇魂珠一天还在楚策身上，还在这座皇宫里，她就永远也走不出去。

过了许久，楚策走近前去拉她。烟落闪身避开，自行朝着驻心宫而去。楚策也不说话，只是默然跟了过去，冯英一见赶紧带着人在后面悄悄跟着。

驻心宫，这里所有的一切还是和七年前一模一样，只是再走进这里，心境却是和七年前截然不同了。她亦无法想到，他们之间会走到今天这一步。

楚策跟着进来了，看着蜷缩在榻边的人便坐在对面，一句话也不说，只是望着她。烟落低垂着眼帘，一句话也不说地坐在那里，屋中死水一般的沉寂。

天色越来越暗，直到整座驻心宫被无边的黑暗笼罩，两人也始终没有说一句话。

黑暗中，楚策的声音前所未有的温和：“这里的东西都没有变，都是你走时候的样

子，现在……”

“我要回去。”烟落打断他的话。

楚策微微一震，侧头望向窗外的一株树，薄唇勾起轻浅的笑：“我们十年前种的合欢树都长高了，你说叶子很神奇，日出而开，日落而合，是真的，上上个月还开了花……”

“我要回去。”烟落抬头望着他，沉声说道。

“还要回去哪里？这里才是你该回来的地方，你已经回来了。”楚策平静地说道。

“我要回家。”她望着他认真说道。

“这里就是，你还要……”楚策面色无波。

“已经不是了。”她定定地望着他，“楚策你变了……”

“到底是你变了还是我变了，七年前你不是这个样子的。”楚策深深地望着她，眼底蔓延着深沉的痛，“你就真的把这里的一切都忘得干干净净，跟他在一起？我等了七年，一个人守着这空空的驻心宫，到头来……”

他忽地笑了，苦涩而落寞，她就在他的眼前，为什么还是远？远得让他难以触及。

中州，又是一场大雪，松涛阁内虽是暖意融融，却显得格外沉寂。

床榻之上，瑞儿躺在床上，小手抓着烟落的手指，手很小却劲大得很，抓着她的手就往嘴里送。不知是感触到了稚子的触碰，还是因为沧都那边的满心悲痛，烟落眼角滚落出晶莹的泪。

修聿顿时一震，颤抖地伸出手触摸那湿润的痕迹，一翻身起来，冲着外面叫：“大夫，大夫，叫大夫进来！”

守在外面的萧清越和祁月两人正在椅子上打着盹儿，一听声音差点没吓得摔下去，赶紧让候在对面无忧房中的大夫过来。

“怎么了？”萧清越最先进去，看到已经数日一动不动的楚修聿起身站在床边。

“她哭了，我看到她哭了。”修聿不知是惊是喜，站在床榻边，前所未有的惶然无错。

数日以来，她没有一丝动静，连呼吸都微弱得几近虚无，他害怕，恐惧，绝望，甚至……心如死灰。

萧清越闻言赶紧到床边一看，眼角真的有泪痕，再看看那边瑞儿正抓着她的手指啃着，见她站在床边，便咧嘴咯咯地笑着，看得她心里酸涩难耐。

“萧将军先将小殿下抱开吧。”大夫拱了拱手出声道。

萧清越默然将孩子从床上抱起，直接就塞到修聿怀里，转身便拿着扇子扇着那边的香炉，让参香的香气飘向床上的人。连池到现在也没有消息，估计不能将百里行素带来了，只能靠他们自己想办法了。

“祁月，去大觉寺请觉明方丈来。”修聿突然出声吩咐道。

城里的大夫都找来了，也没看出个所以然来，百里行素看来也不可能来了。觉明方丈也是一身医术，以往城中有不少医治不了的人都会寻他求医，希望他能帮上忙。

祁月愣了愣，赶紧转身出门，让人备马前去大觉寺请人。这人再治不好，大夏真的就岌岌可危了。东齐连连进犯，修聿天天待在松涛阁，哪还顾得上外面的事?

修聿抱着孩子站在床边，看着大夫忙碌地把脉、针灸，心揪得紧紧的。萧清越侧头望了望，见瑞儿在他怀里很乖。说也奇怪，这孩子就是出生的时候哭了那么几声，这几天一直由他们带着，不哭也不闹。就是太能吃了，就算吃饱了，还见什么啃什么，这会儿将修聿的肩膀处啃得满是口水，让人哭笑不得。

修聿低头擦了擦瑞儿嘴角的口水，孩子眨巴着大眼睛望着他，咧着嘴咯咯直笑。正在这时，祁月已经带着觉明方丈进了松涛阁。

“阿弥陀佛！”觉明进屋，冲着他双手合十。

修聿点了点头，深深吸了口气，沉声道：“请师傅救救她！”

“师傅？”萧清越眉头一皱，他怎么那么多的师傅，有了那两个老顽童，怎么还冒出个和尚师傅?

祁月低声言道：“老大儿时因为丧母之事，心性大变，老王爷曾带他拜在觉明方丈座下修习佛法数年，所以方丈算是他第一个师傅，只是他甚少向人提及而已。”

本以为他这一辈子就会像个和尚般不近女色，没想到还是情关难过，遇上了这么一个女子，让他为其执著一生。

萧清越闻言点了点头，怪不得一样是楚家人，跟楚策会差别那么大。

修聿将孩子抱着，瑞儿见觉明身上挂的佛珠圆溜溜的，伸着小手便要去抓。萧清越眼尖赶紧上前将他抱了过来，低声道：“臭小子，你别闹事。”

床边的大夫让开了，觉明方丈到床边把脉，眉眼微微一动，微微摇了摇头：“命中带煞，该有此一劫。”

这镇魂珠已经消失了那么多年，怎么又会跟这个人扯上关系？但凡与它沾上关系的人，一生命运多是劫难重重啊！

“还有救吗？她会醒过来吗？”修聿急声问道。

觉明方丈起身，捋了捋白须：“你要等的，已经不在这里了。”

不在这里了？！

一时间几人都没听明白，萧清越眉目纠结暗咒，说的什么屁话。

“不在这里，又在哪里？”修聿望了望床榻上的人，喃喃道。

“从来处来，往来处去。”觉明说道。

几人愣在那里，半晌也没想明白，待回过神来，觉明已经举步出门。萧清越顿时恼怒："死秃驴，把话说明白了会死啊！"

她平生最恨就是不把话说明白的人，听得她恨得牙痒痒："什么从来处来，往来处去，鬼话连篇。"

"别乱说！"祁月拉着她，轻斥道，"觉明方丈是得道高僧，既然肯来，既然说了这话，自然就有他的道理，咱们好好想想。"

"什么狗屁得道高僧，话都说不明白。"萧清越火大地哼道，"叫他来救人，他这就走人了，算什么事？"

"修养，注意修养，别教坏孩子。"祁月低声劝道。

"从来处来，到来处去，从来处来，到……"萧清越抱着瑞儿在榻边坐下，低头又看到瑞儿在啃东西，无奈叹了叹气，将东西拿了出来，"这东西吃不得，你怎么什么都吃？"

说完便将瑞儿放好，拿袖子擦着剑穗上的玛瑙珠子。这是颗难得的血玛瑙，当年在东齐一个富商手中，她以为是镇魂珠便花大价钱买了回来，到头来却不是，后来就一直随身带着。擦了擦上面的口水，眸光倏地一亮："从来处来，到来处去，从来处来……镇魂珠！"

"什么镇魂珠！"修聿闻言几步走近前来追问道。

"从来处来，到去处去！"萧清越起身望着他说道，"我一直以为觉明说的是这个小烟，其实他说的是那个小烟，小烟真正的灵魂，洛烟。"

修聿闻言面色一沉，转头望向床榻之上的人，沉声说道："祁月，给我召五十名家将，我要去沧都。"

萧清越面色一变，出声道："小烟说过，镇魂珠是个不祥之物，要是……"楚策当年救她还魂，已经付出了那样的代价。若是小烟知道他们要这样做，一定不会同意的。

修聿回头望着她，决然说道："我要救她，不管付出什么代价，一定要救她。"

"你这一去，想要拿镇魂珠，与楚帝必将相争，西楚和大夏便真的会势同水火。东齐必然趁虚而入，届时，西楚、大夏都完了，即便你拿回镇魂珠，中州可还保得住？这些都是一直以来你所顾虑的，如今……你就不顾了吗？"祁月步步走近前来，字字铿锵有力。

"我要……带她回来。"修聿背对着他，坚定地说道，"将来的路总有办法走下去，可是她若不在了，我一步……也走不下去。"

"可是总有一天，无忧会知道他的亲生父亲是谁！那时候，你让他怎么办？虽不是亲生，这七年来，你们父子感情甚好，可楚策毕竟是他的生父，你让他在你们之间怎么办？"祁月急急出声劝道。

修聿深深敛目，压下翻涌的思绪，沉声道："来人，叫祁连过来。"

候在外室的侍从领命离去，萧清越和祁月望着他沉默了，怎么劝，他也无法改变主意了，可是他所说的，他们又何尝不知道。

难道……真的要镇魂珠才能让她醒来？

萧清越默然到床边将瑞儿抱出内室，祁月也跟着出来了，在屋里来回走着。如今大夏内忧外患，此去西楚，沧都皇宫禁卫都是神策营出身，那是西楚的都城，若是楚策不给，两人必然交手，他们又何来胜算？

内室之中，一片沉寂，修聿默然坐在床边，探手握着她冰凉的手，低头轻轻吻上她的手背："一切都会好起来的，相信我！"他取下腰间的松石坠放在她的手心里，"你将这松石同心结交于我，便是将一生都交与了我，我又如何能负了这一片心意？说好了，这辈子要白头到老，还没有走到那一天，我不会放弃的，你也不可以放弃。"

如果可以，他愿化身石桥，带她跨过命运的深渊；他愿化作参天之树，为她挡尽世间风雨，只愿……她此生安然。

萧清越抱着瑞儿朝里面望了望，无奈叹了叹气，望向祁月："你倒是想想办法啊！"这一去了肯定没什么好事，若是小烟醒来知道了，还不得怪她。

"他决定了的事，没有人可以改变，除了里面躺着的那个。"祁月无奈摇头说道，他们劝说，即便是把嘴巴说穿了也不管用。

除非里面的那个人现在睁开眼，否则谁也无法改变。他可以为了她崛起于乱世撑起大夏。能够撼动他心意的，只有她。

祁连很快从拙政园赶了过来，看到祁月和萧清越两人面色凝重，还来不及细想，内室的人已经出来，他拱了拱手："皇上找属下有何吩咐？"

"从飞云骑中，给我挑五十个身手最好的，五十匹快马，两个时辰后随我前往沧都。"修聿沉声说道，眉眼间再不见往日的温和之色。

"皇上，这是……"祁连闻言愣了愣，这时候带人去沧都做什么？

"不用问了，照做就是了。"修聿沉声说道。

萧清越抱着瑞儿站在一旁，心念一动，上前道："我也去！我找镇魂珠已经数年，关于它没有人比我更了解。前去沧都，我比你们熟得多，要想找到楚策也比你们了解得清楚。"

修聿没有反对，轻轻点了点头，朝祁连道："快去办吧！"

刚说完，无忧便也进了园子，似是听到了他们的话："爹爹要去哪里？"

修聿闻言一怔，望着已经明显瘦削了些的孩子，沉默了许久，方才回道："爹去沧都请人救你娘，几天就回来了。"

无忧低头抿了抿唇，不再说话，只是默然等着祁连将一切准备好，与祁月一道将他们送出府。

西楚，沧都。

冯英裹着厚厚的皮裘在驻心宫冷得直打哆嗦，不时朝宫里面望一望，担忧不已。

“冯公公，皇上从那日在元武殿听到大夏皇后的消息就变得行为失常，现在把自己关在驻心宫里都三天了。大夏皇后是死是活跟西楚也没多大关系呀，皇上这里在干什么？”一名内侍冻得直哆嗦问道。

“不过这大夏皇帝还不知怎么样了？”又有人出声道。

“说来这大夏帝后二人也是难得，数度离乱，好不容易中州王未死生还，一家团聚，皇后也生了皇子……”

冯英听着眉头紧紧皱起，冷冷转头：“都闭嘴！”

这些人又如何知道，大夏皇后就是他们楚帝在驻心宫守了七年的女子。她若去了，他岂有不痛心之理？若是当年知道是这样的结局，他还会东征造下那样的杀孽，以命养命，让她生还吗？

“冯公公，大将军王来了。”一名侍卫出声提醒道。

一身朝服的罗衍走了过来，看到他便出声问：“有什么动静吗？”

“昨个儿送进去的膳食，我去收的时候，看着一口都没有动。”冯英出声回道，已经三天不吃不喝，这样下去如何撑得住？

罗衍闻言皱了皱眉，沉吟片刻道：“赶紧去御膳房传些简单的菜色，我们一道送进去。”

冯英闻言点了点头，赶紧让人从御膳房传膳过来，与罗衍一道进了驻心宫，进殿转过屏风，便看到依旧如昨日般坐在桌边的玄衣帝王。

“皇上，奴才刚让御膳房做了些平日你爱吃的菜色，吃点吧，你都三天粒米未进了。”冯英说话间刚好膳食布上桌。

罗衍坐在桌边，执起酒壶斟了两杯酒：“你从来不喝酒，如果心里实在难受，喝点也无妨。”

楚策始终一语不发，只是定定地望着紫檀软榻的一处，眉眼沉静。罗衍和冯英不由顺着他的目光望去，却是一片空无。

烟落静静地坐在那里，望了望自己曾经的哥哥，想要开口叫他，却还是沉默了下去，他终究是看不到她，也听不到她的。

这个曾经她认为盛满了幸福的驻心宫，已经再没有了当年的那些温暖和幸福。它是这么空荡，这么冰冷，冰冷得让她害怕。

如果知道会走到今天的局面，当初的她还会那样义无反顾踏入这座皇宫吗？

七年风雪跌宕，她的人生轨迹全然改变。踏出了这座深宫，过了与以前全然不同的人生，在权谋乱世中艰难跋涉，在血雨腥风中与天争命。七年磨砺出了一个全新的她，有人于风雨中与她携手，于危难中与她共进，将她从仇恨绝望的深渊拉起……

沉寂，死一般的沉寂。

“出去！”楚策声音冷沉。

罗衍和冯英闻言顿时一震，相互望了望，有些不明所以。

“皇上……”冯英出言相劝。

“出去。”楚策重复，声音更加森冷。

罗衍沉默了片刻，默然与冯英一道出了驻心宫。

屋中又恢复了沉寂，楚策侧头望了望桌上的菜色，薄唇微微扬起，平静地说道：“这些还是你七年前喜欢吃的菜色，做菜的御厨也还是那个人，你尝尝看？”说话间夹了菜放到对面的碟子中。

烟落淡淡一笑：“你真把我当人了吧！”

楚策捏着筷子的手顿时一颤，他忘了，现在的她是不一样的，是吃不了东西，也喝不了东西，人都看不见的一缕幽魂。

他轻轻放下筷子，薄唇紧抿坐在那里：“我到底哪里做得不好？”为什么他们之间就走到了这个地步？

“你没有不好。”她抬头望着他说道，沉默了片刻继续道，“七年前的，终究是七年前的。我不是那个时候的我了，你也不是那个时候的你了。七年来我们之间发生了太多，也各自经历了太多，便是我这样留在这里，就算回得了过去，也回不了当初。”

“所以呢？你的眼中、心中也不再会是我一个了。”楚策唇角勾起一抹笑，薄凉而苦涩。

时间真的是个残酷的东西，无形之中把什么都转变了。

正在这时，罗衍再度折回，站在驻心宫门外便道：“皇上，楚修聿来沧都了！”

一语如惊雷破空，楚策抬目望向烟落，显然双方都没有料到楚修聿会在这个时候跑到沧都来，但为何而来也都猜了十之八九。

楚策拂袖起身便欲拉她，烟落却在他起身的同时一跃而起，退出数丈，遇墙穿墙，让他一时间根本接近不了，屋内桌椅被撞倒掀翻的声音越来越大。

“皇上，怎么了？”罗衍闻声闯了进来，看到楚策把屋内翻得一片乱。

楚策紧紧盯着隐在墙间的影子，沉声道：“调宫中禁卫三千，神策营两千，把守重阳门，不得放一个大夏人进到宫里。”

烟落闻言顿时一惊，深深地望着那眉眼冷厉的帝王：“楚策，你真要做到如此地步？”

罗衍一时间也被他异样的命令给吓到了，大夏与西楚如今也不算敌对，需要如此劳师

动众吗？一不小心兵戎相见，局面便是一发不可收拾了。

“皇上，这样是不是……”罗衍出声相劝。

“来者不善，朕何须对他客气？”楚策一眨不眨地望着她沉声说道。

烟落默然望着他，张了张嘴，却终究一句话也不说。

楚策眉眼一沉，拂袖转身出了驻心宫。罗衍回头望了望一室狼藉的驻心宫，跟着离去，不敢再出言相劝，立即下令宫中禁卫前去重阳门处。

雪初霁，北风冷寒刺骨，宫中禁卫刚刚冲出重阳门，便闻得太平长街传来阵阵马蹄之声奔雷一般瞬息而至。为首的一人一身浅紫龙纹锦袍，正是大夏皇帝楚修聿。

“夏皇远来沧都，有何贵干？”侍卫统领扶剑上前问道。

修聿眉间冷锐一片，高踞马上，沉声道：“我要见楚策！”

侍卫统领闻言一时无言以对。堂堂西楚大帝被人直呼其名他们本该上前擒拿，奈何眼前之人还是西楚皇室中人，还是西楚大帝的小皇叔，微一思量回道：“近日边关战事紧急，皇上已经多日不见朝臣和任何人了。”

修聿凤眸微眯，眸中寒光尽现：“那又是谁传令，让这重阳门增派守卫的？”楚策知道他来了才会如此下令，如此看来他真不打算让出镇魂珠了。

那般冷锐逼人的目光让人不由打了个寒战，那统领垂首回道：“是……是……”

“是朕下的令。”禁卫军移开，一身玄色龙袍的帝王望着高踞马上的人眉眼深沉，“夏皇带兵入境，有何贵干？”说话间扬手让禁卫军退开。

“我要镇魂珠。”修聿直言说道。

楚策眼底一闪而过的锋锐：“朕没有夏皇要找的东西。”

“朕知道在你手里，烟落命在旦夕，我只想借它一用，自然我也不会白借。”修聿眉眼一沉，难掩焦急之色。从中州出发，他一刻都没敢停下，赶到了沧都，这已经是第三天了。

“哦？”楚策冷然一笑，缓步走到马前，“夏皇想出什么条件？”

“条件由你。”修聿眉眼沉沉，紧紧盯着楚策。

“由我？”楚策笑意冷寒，倏地抬眸，直直望向他，“朕若要你的命呢？”

话音一落，修聿身后五十家将瞬时刀锋齐动，禁卫军也齐齐上前一步，剑拔弩张的气氛荡然开来。

“你不想救她？”修聿直直望着他，似乎感觉到了有什么异样，却又说不出这种怪异的感觉。

“大夏皇后是生是死，与朕何干？何来朕想不想救？”楚策冷然一笑，冷漠桀骜。

修聿握着缰绳的手顿时一紧，眉眼凌厉：“与你何干？”话音一落翻身下马，长剑眨眼间出鞘，直指楚策，“你到是给还是不给？”

"朕没有你要的东西。"楚策面目冷然，拂袖转身而去。

一向沉稳的修聿再也按捺不住，一剑便架了过去。楚策缓步而行的身影陡然之间跃出数步，长袖一挥拔了罗衍腰际的佩剑，转身便生生挡住了修聿："楚修聿，别逼我杀你。"

"你敢说在岐州之时，你就没有要杀我的念头？"修聿眉间冷锐，即便他没下那个令，他却一定想过。

这个人，他太了解了。

"有又如何？"楚策狠狠一剑劈了过去，杀气腾腾。

双剑相击，火光刺目，所有人的心紧紧揪了起来，这么多年谁也没想过这两个人真会这么打了起来，而且就在这西楚皇宫的宫门口。

"今日我拿不到镇魂珠，救不得她，我也让你这一生难宁。"修聿双眼血红，剑光快得让人应对不及，"你要这天下，你也要她，你什么都要。她若死了，我让你什么都得不到！"

"你以为朕会给你这个机会？"楚策咬牙道。

"那你大可以试试看我有没有这个能耐。"说话间狠狠一剑劈下，楚策举剑去挡却难敌这霸道的气力，被一剑劈中左肩，顿时鲜血直溅。

楚策面色冷沉，一身煞气："你带区区五十人独闯沧都，朕会放你回去？"说罢手腕一转，一剑直刺修聿肩胛骨。

修聿持剑的手转眼间便滴出血来，落在雪地上格外刺眼，跟随而来的侍卫顿时都红了眼，但没有命令也不敢上前相帮。

"楚策，你好，好！"修聿眼底一片血红，也不顾身上的伤，提剑便砍了过去，"若不是因你，她何至于落到如此地步，让她两生两世都受这样的痛苦，你于心何忍？于心何忍？"

罗衍紧张地看着两人，他从没想过这两个人会发展到今天的局面。中州王一向沉稳睿智，今日直闯西楚，看来那个人的病情真的已经将他逼得几近疯狂了，否则这样的人又怎会不顾如今大夏的战事而跑来沧都。

冯公公从重阳门出来看到两人已经交手，顿时只觉心惊胆颤，朝罗衍道："这怎么……怎么就打起来了？"

"估计是冲着镇魂珠而来的。"罗衍喃喃道，如今大夏皇后命在旦夕，大夏皇帝不远千里赶来沧都，必定就是冲着那东西而来。

"不是说与皇上是一命相连的吗？怎么就成了这样的，这镇魂珠若是能救人，给了不就是了，何至于这般动起手来，皇上这是……"冯英在一旁低声念道。

罗衍闻言顿时一震，对啊，这就是不对劲的地方。

这世上没有谁比楚策更希望她活着，否则当年也不会付出那样的代价让她生还，可是为什么现在他要这样。他不给镇魂珠，就是不想让她再活过来。

为什么？

难道失去的嫉妒已经冲昏了他的头，失去了理智，宁可失去了，也不要那个人得到？

他倏地抬头望向远处缠斗不休的两人，目光紧紧地落在那玄衣墨发的帝王身上，心缓缓沉了下去，微不可闻地叹息道："你到底……变成了什么样？"

他知道楚策变了，这七年来，铲除异己，巩固政权，手上亦是沾染了不少血腥，但他知道这是为大局和对抗东齐必须要做的，可是从来没有想对她也会这样啊！

虽然他一直也希望她能够回来，可是小烟这七年在乱世中流离挣扎的苦又岂是他所能够想象出来的，能走到今日已是不易，如今……

风雪更大，雪地之上两人已经多处负伤，都杀红了眼，这隐忍了许多年权场、情场的矛盾都在此刻激化到了极点。

刀剑过处，卷起一阵狂风，雷霆万钧，招招必杀，以死相搏。

两双血红的眼睛相对，修聿满腔悲愤："你到底还是不甘心？是不是？"

"我守了十三年，苦等七载，却让你占了先，你让我如何甘心！"楚策语气冷厉森寒，以往即便他不甘心，他也无可奈何，可是如今不一样了……

"在你心里，爱是付出了就要索取的吗？你所做的一切，就是为了让她来回报你的吗？她不能再回你身边了，你便要她以命相抵了吗？"修聿怒不可遏，悲痛万分，"如此这般，你还敢说你爱她？"

"我爱她，我爱她，你不是我，有什么资格评判我对她的爱？"楚策眸中寒光冽冽，逼着修聿倒退数步。

"你若真是爱她，她要回来，我便放手。即便这一生遗憾，我亦无悔。"修聿被震，顿时喷出一口血来，眸中怒意滔天，"可是你呢？口口声声说着保护她，伤她最深的却是你。以命养命又如何？明明认出了她，你却以她为饵来对付百里行素，你又将她置于何地？"

"住口！我们的事用不着你来插嘴！"楚策沉声吼道。

"你比我早认出她，早找到她。你若说出来了，她又如何会走到这一步，如何会有上阳关一事，如何还会又一次因为你而承受这样的痛苦？"修聿满脸血污，咬牙切齿道，"你付出了她就该还，那她所经受的痛苦，你又该怎么还？你丧母之时，她陪你在冷宫几天几夜；你凤阳城被围，她不远千里冒死相寻；她甘心为你留在深宫，是为了什么？为了什么？"

楚策被逼得后退抵上宫墙，一双黑眸冷厉骇人。

"她想跟你风雨同路，你却把她推开，真正害她最深的，不是百里行素，也不是大昱，是你。"一个人身上的伤总能痊愈，可是心上的伤要怎么才能完好如初，"这么多年以来，她何曾有半分加害过你？是你逼她走到这一步的，是你逼她的！”

楚策永远是她心头难以愈合的伤，是她永远也跨不过去的一道坎。没有经历她所经历的人，永远也无法了解那种痛的感觉。

两边看着的人，心都提到了嗓子眼儿，却谁也不能上前去拉。

“王爷，这样下去不是办法，只会弄个两败俱伤，快想办法上去劝一劝！”冯英望着雪地里还在拼死搏杀的两人，额头冷汗涔涔。

“劝不住了。”罗衍沉声说道，眉头深深皱起，“皇上是怎么了？”

“王爷说什么？”冯英不由侧头望了望他。

“夏皇为镇魂珠而来，皇上为什么不给镇魂珠，他要……看着大夏皇后死吗？”罗衍喃喃念道，她死了，也就是小烟死了，他到底想干什么？

冯英闻言也沉默了，抬眸望向那玄衣墨发的帝王，他到底在想什么？

而此时，烟落正站在重重禁卫后的重阳门内，她分明可以听到外面的声音，她嘶声叫着外面的人，却没有一个人听到她的声音。

中州的侍卫们立在对面，为首的一人低低出声：“萧将军还没过来吗？”

萧清越已经先行潜入皇宫搜查镇魂珠，搜遍了驻心宫上下也一无所获，便立即抄近路出了皇宫，从太平长街一过来便看到方场上打得你死我活的两个人，翻身下马停在那里。

突地身形一震，瞳孔微缩，缓缓转头望向重阳门处，那是……小烟的声音？！

萧清越愣在了那里，直直望着被重重西楚禁卫挡住的重阳门，举步走了过去，脚下越走越快，最后直接飞快地跑了过去。

罗衍看着疯狂冲过来的人，一时间没反应过来，正与修聿交手的楚策一见冷眸顿沉，高声朝他吼道：“拦住她，不得让人入宫。”

罗衍闻言几乎在萧清越接近的同时，就着腰际的刀鞘去拦。这样突如其来的袭击对人而言是避无可避，但对反应异于常人且擅近身搏击的萧清越而言不在话下。

在罗衍出手的同时，她握着剑柄的手也同时拔剑，一剑白光裂空生生劈断了罗衍的剑鞘，震得罗衍连着倒退两步：“萧清越，你不是要跟我交手吧！”

“姐姐，我在这里，我在这里……”重阳门内的声音越来越清晰，萧清越秀眉一沉，淡淡地望着罗衍：“如果你非要挡路，我也不会客气。”

冷风冽冽，女子一身红衣如火，高束的黑发在风中飞舞，紧紧望着那重重禁卫之后的重阳门。她听到了小烟的声音，清清楚楚地听到了。

“萧清越，你非要如此？”罗衍皱着眉望着她。

“那你呢，非要挡我的路？”萧清越眉眼清锐一片，神色傲然。

说话间，两千禁卫齐齐举戈上前，杀气腾腾。萧清越秀眉一拧，举剑一指：“打开重阳门。”

冯英一听面色大变，这样下去，可真要演变成兵变，更可以蔓延起两国战火。那边的修聿听到萧清越的声音也不由一震，不清楚她要干什么。

罗衍挡在萧清越身前，一身墨蓝色的朝服，气宇轩昂："萧清越，你要干什么？带兵攻入重阳门，你知道是什么后果？"

"我们为何而来，你不会不清楚。既然楚策不仁，又何怪我们不义？"萧清越冷声说道，明知如今小烟危在旦夕，楚策这般推搪一定有鬼。

"可是你这般攻入重阳门……"罗衍面色冷沉，胸腔剧烈起伏着，他们之间相识数年，难道最后也要拼个你死我活才罢休？

"镇魂珠在楚策手里，他不给，便是要小烟死，你……也要她再死一回吗？"萧清越低声一字一句问道。

"我……"他如何忍心，再让她经历那样的苦痛。

"我只要到重阳门确认一件事，不是非要打起来不可，但若你不让我进去，我也只好动手。"萧清越沉声说道，目光不时望向重阳门的地方，小烟的声音就是从那里传来的。

罗衍沉默了，望了望远处还与修聿交手的楚策，深深吸了口气，沉声道："放你一个人，可以。"

萧清越闻言点了点头，微微抬了抬手示意后面的人不要轻举妄动，趁着楚策那边还没看过来，她已经迅速跑向了重阳门，看到站在重阳门口的人，瞬间哽住了呼吸。

她见过洛烟的画像，也看过她扮过的洛烟，一眼便认出了站在那里的确确实实是洛烟，那个住在烟落身体内的女子。

"小烟，小烟，你怎么了，你怎么在这里？"萧清越慌乱地跑上前来，一把抓住她。

烟落不可置信地望着眼前的人，哽咽着道："姐姐，你看得到我？你听得到我？你抓得到我？"她以为没有人再听得到她的声音，她叫了这么久，都没有一个人理会她，她明知道他们就在外面，却怎么也出不去。

"我看得到……"说着不由一愣，她看得到，可是她在这里叫了这么久，站了这么久，为什么就没有人发现她？

对啊，现在的她只是幽魂一缕，一般人又怎么能看得到她呢？若不是自己与她一样是还魂重生之人，恐怕此时也和别人一样看不到她，也听不到她了。

"走，我们这就出去。"萧清越说话间便拉着她离开。

哪知，她一踏出重阳门，烟落却还是留在了里面，她仰头亦看到了冲天而起的灵石屏障："这是……这是什么东西？"

烟落摇了摇头："我出不去的，这皇城四周以灵石为基，没有镇魂珠，我根本出不去。"

"镇魂珠？"萧清越闻言秀眉紧紧皱起，"楚策他呢？他……看得到你？"

她抿唇，缓缓点了点头。

萧清越顿时一身怒意沉沉，怪不得这家伙不肯给镇魂珠了，原来是这样。想把她永远留在这里，所以宁愿她死？他是疯了不成？

“那现在怎么办？”萧清越望着这透明的屏障甚是恼火，银牙一咬，“你等着！”

“姐姐——”还来不及叫住她，萧清越已经快步离开了。

罗衍刚一转身便被萧清越一把揪住了衣襟：“镇魂珠在哪里？”

“萧清越，你干什么？”罗衍面色冷沉，他好心放她过去，她却这般相对，一时间有些恼怒。

“我问你，镇魂珠在哪里？”萧清越气急，一剑便架在了他的脖子上。

冯英一时间惊惶失措，上前便要来拉她：“萧姑娘，有话好话，怎么就……”

“说，镇魂珠在哪里？”萧清越冷声逼问道。

罗衍眉眼一沉，手瞬时一动夹住她的剑刃，反手一转，便退开几步：“萧清越，你发什么疯？”

萧清越恨恨地望着他，扭头转身便提剑去给楚修聿助阵：“她就在重阳门里，宫墙以灵石为基，没有镇魂珠，她出不来。”

修聿闻言眉眼间一片狠厉，直直望向楚策：“你疯了？”

“我是疯了，从七年前就已经疯了。”楚策冷然笑道，从冷宫那场大火开始，他早就已经疯了，疯狂地寻找她的踪影，疯狂地想要抓住每一丝关于她的痕迹。

“镇魂珠给我！”修聿与萧清越几乎同时出剑，直指对方要害。

“我与她一脉相连，我死，她魂飞魄散。即便杀了我拿到镇魂珠，你也救不了她。”楚策满脸血污望着他们道。

修聿咬着牙，满腔悲愤，握剑的手颤抖着，鲜红的血已经染红了半边衣袖，那样的鲜艳刺目：“为什么要这么对她？为什么？”

萧清越又气又恨，这个人什么时候变成这个样子了：“难道你要一辈子都要把她关在这里，让她不人不鬼地在这座皇城里，你问过她的感受没有？她快乐吗？幸福吗？你问过没有？”

“慢慢就会好起来的，一切都会好起来的。”楚策喃喃说道，似是在对他们说，更像是在告诉自己。

他们在这里有十三年的回忆，只要有时间，他们之间总能回到过去的，再没有楚修聿，没有百里行素，没有任何人，只有他们……

“这七年来她因为你而承受的痛还不够多吗？你还要她一辈子都关在这皇城之中，一辈子都痛苦吗？”萧清越怒声吼道。

“跟他在一起就是幸福，跟我在一起就成了痛苦？”楚策冷然笑道。

罗衍和冯英也随着萧清越赶了过来，却站在一旁，不知该如何是好。

“你到底要怎么样才肯把镇魂珠给我，大夏也好，中州也好，你要都拿去，把镇魂珠给我！”修聿望着他激动地说道。

中州那边的参香和雪参丸也撑不了几天，他必须今天拿到镇魂珠赶回去，否则……一切都晚了。

罗衍不可置信地望向他，他连中州、守了这么多年的中州都不要了吗？只为求一颗镇魂珠，救她性命？

楚策面上笑意薄凉，远远望向重阳门。重阳门外的禁卫也跟着罗衍赶了过来，他可以远远看到站在重阳门处的身影。他只是想要留下她，他只是不想一个人生活在这空荡荡的皇宫里。

修聿手中的剑缓缓掉落在雪地之中，站在重阳门处的烟落突然心念一动，嘶声喊道：“不要……”

修聿无力地垂下手，撩起衣衫下摆，直直跪在了雪地之上，抬头一眨不眨地望向楚策，恳求道：“求你……给我镇魂珠！”

“不要，修聿，不要……”烟落站在重阳门，用力地敲打着那透明的屏障。

萧清越泪夺眶而出，手中的剑也颓然掉落下去：“要跪，就一起跪。”

男儿膝下有黄金，堂堂中州王是何等骄傲的人物，他都跪得，她又有何跪不得？

烟落站在重阳门，无助地嘶喊着，却无力阻止这一切。

楚策惊骇地望着眼前的一幕，薄唇勾起冷寒的笑意，抬头茫然地望向重阳门处的人：“堂堂的大夏皇帝向朕屈膝，难道你这一跪，我就该感动地将东西奉上吗？”

正在他说话间，随之而来的五十名中州家将，也齐齐翻身下马，齐刷刷跪在雪地之上。

天地沉寂，风雪呼啸，一辆简陋的马车飞快地驰过长平大街，在皇宫附近停了下来。一道小小的身影，披着厚厚的雪裘走了过来，直到走近了，那跪着的家将不由出声：“太子殿下！”

修聿闻声扭头一看，无忧已经小跑着走到他身前，二话没说便随着他一道跪着，直直望向楚策：“求你，放过我娘亲。”

修聿扭头望向马车，怒声喝道：“谁把他带来的？”心中升起极其不安的预感，朝后面的人道，“把他给我带回去。”

后面几人闻声便要上前将无忧拉起离开，无忧死活不起，甩开他们的手又跪了下去：“娘亲也是无忧的娘亲，爹爹跪了，无忧当然也要跪。”

烟落远远望着跑出来的无忧，无力地瘫坐在雪地中，她知道，所有的一切那个孩子已不知从何时知晓。他还那么小，又是怎么一个人千里迢迢来了沧都？

“无忧！”修聿沉声喝道。

罗衍和冯英看着那眉眼间有些熟悉的孩子不由怔愣，一个七岁的孩子是怎么从千里之外的中州跑到了沧都来的？

无忧抬头，一眨不眨地望着楚策：“无忧从小到大没有跪过任何人，连爹爹都没有。”

楚策闻言冷然一笑，冷酷而残忍。

无忧直直地望着气势磅礴的西楚皇宫，一字一句地说道：“七年前，在这座皇宫里有个妃子被皇帝打入冷宫，当时那个妃子已经有了九个月的身孕。冷宫里失火了，有个男人刚好也来了西楚，从大火里把那个妃子救了出去，那个妃子知道自己要死了，就在冰冷幽暗的夹墙之中剖腹取子，让那个孩子活了下来。”说着，无忧眼底涌出泪水，“可是那个孩子早产出生，天生体弱，大夫都说他活不了，那个男人就带着那个孩子走了好多好多地方，找了好多好多大夫，终于让那个被无数大夫断定必将夭折的孩子救活了。那个男人告诉所有人，那是自己的孩子，掩盖了那个孩子的身份……”

楚策一个踉跄后退了两步：“你到底……你到底是谁啊？”

无忧抬头望向楚策，泪眼盈盈：“你知道那个妃子是谁吗？那个皇帝又是谁吗？那个孩子……是我。”

楚策望向重阳门处痛苦不堪的女子，似是在无声询问着那个答案。

“无忧一出生就没有母亲了，没有娘的孩子最可怜了。弟弟刚刚出生，娘亲还没来得抱一抱他，甚至……还没来得及看他一眼，无忧不想弟弟也像无忧一样。”无忧仰头望着玄衣墨发的帝王，稚气的声音却是那样铿锵有力，“求你看在爹爹七年来救我、养育我的分上，看在母亲当年以命换命生下我的分上，请你放他们一条生路！……父亲！”

风雪交加，小小的孩子跪在雪地之中，俊秀的小脸冻得通红，目光却是超越了年龄的坚定而决绝，随着那一声“父亲”，孩子俯身重重磕在雪地之中。

那一声父亲，唤得所有人心神一颤。

修聿痛苦地闭上眼，他曾想过千万次让他们父子相认的情形，却怎么也没有想到会是这样的画面，由无忧亲口说出这一切。

萧清越侧头望着那边的孩子，眼眶微微泛红。他又是从什么时候知道这些的，难道最近他的异样转变，不仅仅是因为府中发生的变化，更是因为他已经知道了自己的身世，所以才会变得那样沉默安静。

可是中州到沧都千里迢迢，他一个人又是怎么来到这里的？

罗衍愣愣地望着跪在雪地上的孩子，以前还没有细细注意，今日一见，那眉眼之间与身旁的人是多么的神似。他们一直以为随她而去夭折的孩子已经不在人世，如何会想到他在中州王身边？思量着，他不由侧头望向楚策。

楚策愣愣地站在那里，宽大的衣袍在风中翻卷着，他微微摇着头，喃喃道："怎么……会是这样？"

"怎么会是这样？"萧清越闻声冷笑，"当年若不是你自以为是，但凡你有半分坦白让她知道真相，让她有所防范，她们母子何至于落到如此地步？当年她在冷宫剖腹取子，含恨而终，如今因为你，她再一次经受这样的痛苦，你于心何忍？"

楚策慢慢从惊骇之中清醒，薄唇勾起冷寒的笑意："大夏皇帝为了拿到镇魂珠，还真是无所不用其极啊！"

只是因为一个孩子几句话而已，他不能信，不能信！

修聿闻言望着他，有些不可置信："你以为这一切是假的？这七年来，我也时时刻刻不希望这个孩子是你的。"

萧清越冷然一笑，倏地站起身，直直望着玄衣墨发的帝王："就你苦大仇深，就你付出最多，她就该欠着你，全天下都该欠着你，是不是？"

"萧清越，你冷静一点，这件事一时之间很难让人相信。"罗衍上前拉她说道，突然之间，大夏太子成了西楚皇子，这事放在谁身上也难以接受。

"难以相信？"萧清越笑意讽刺，扬手一指楚策道，"那你当年跑去漠北，告诉她关于这个混蛋的一切时，有没有想过她要怎么相信？要怎么接受？她二话不说就去上阳关救他，如果不是因为这样，她怎么会变成现在这样？怎么会？"

如果没有出上阳关的事，她没有怀着身孕奔波千里，独上金蛇岭为他取药治伤，又怎会让腹中孩子受创，导致难产？

"无忧九个月出生，先天体弱，加上在母体内便中了奇毒，这么多年来一直体弱多病。楚修聿对他怎么样？中州上下对他怎么样？天下人都看在眼里。当年为了隐瞒他的身份，怕暴露引来祸端，中州派人千里追杀假扮洛皇贵妃的小烟，那一次……若不是因为得知无忧的身世，她怎么会甘心入狱？"萧清越冷冷望着楚策，"而你呢？明明认出了她，却装做不认，什么暗中保护相助，不过是你的借口，你若是明白她心里的苦，你怎么会还利用她来对付百里行素？你们若是明白她在知道真相后的痛苦，又怎么会在那个时候来说出一切？"

楚策面上血色褪尽，只是远远望着重阳门，空洞而绝望。

"你们有你们的皇图霸业，她所求的是你给予的吗？是荣华富贵吗？不过是一份安定的生活，一个温暖的家。试问你给过她吗？你要坐上皇位，坐上皇位你又要安定朝堂，坐拥了西楚你又要争夺天下。对，你可以说等一切好起来，你会给她想要的，可是你真正了解过她要什么吗？"萧清越一字一句，铮然有力。

罗衍闻言痛苦地别开头，突然之间发现，这么多年原来他并不真正了解自己那个妹妹。

萧清越深深吸了口气，沉声说道：“事已至此，无忧是怎么来的，我们并不知晓，中州府里的雪参只能帮她续命，后天日落之前她醒不过来，她也就真的死了。”

如果说她是随风流离的沙石，修聿便是那颗蚌，倾尽他一生的温柔与包容，让她粗糙的心化为柔美无瑕的珍珠，亦是他让她懂得了什么是世间真正的情爱。没有轰轰烈烈，却如冬日最明媚的阳光，照在她的心里，浸润着她的一生。

而这一切，是百里行素所做不到的，亦是楚策所做不到的。百里行素是冷静的理智的，他看到了结局，所以甘心放手，而楚策所做的一切，又何错之有?

他太想把美好的一切留下，当一个魂牵梦萦七年岁月的她回到自己面前，他不顾一切想要抓住这份美好，这份生命中最后一丝温暖，是没有错的。

风雪依旧，玄衣墨发的帝王手中的长剑倏地脱落，薄唇紧紧抿着，缓缓闭上眼，颤抖的手缓缓抬手捂在心口之处。红光越来越盛，他摊开掌心血红的珠子飞向重阳门。

萧清越飞快地追了过去，一把握住镇魂珠到重阳门将烟落拉了出来：“走吧，时间不多了。”

烟落扭头望向雪地上的孩子，唤道：“无忧。”

无忧也望了过来，他看不到她，小小的脸上却扬起了笑：“娘亲，快回去吧。”

修聿闻言伸手去拉他，低声道：“无忧，走吧。”

无忧站起身望着他，轻轻摇了摇头：“爹爹，我想……留在沧都。”

烟落望着不远处，眼底的泪瞬间夺眶而出，她从来不想他们大人之间的恩怨，将这无辜的孩子卷入其中。

修聿深深地望着他，只觉喉间哽咽：“无忧……”

这个孩子虽不是亲生，可却是他亲眼看着他出生，看着他一点点长大，看着他咿呀学语，听到他第一次叫自己爹爹，不是亲生，胜过亲生。

“爹爹永远都是无忧的爹爹，从小到大，不管无忧想要什么，爹爹都会答应，这一次也答应了无忧吧。”孩子仰起冻得通红的小脸望着他恳求道。

修聿深深吸了口气，从怀中掏出药瓶塞到他手中，这么多年都已经养成了替他将药带在身边的习惯，望了他许久，抬头朝罗衍道：“早点带他走，他受不得寒。”

说罢转身走开，越走越快，这是七年来他们父子二人第一次分别。无忧看到翻身上马的背影，脚下不由一动，追出了几步，眼底的泪夺眶而出：“爹爹！”

过了许久，楚策望着孩子小小的背影，深深吸了口气举步走了过去，朝无忧伸出手去。

无忧抿唇望着他的手，怔愣了片刻，将冰凉的小手放到他掌中。楚策薄唇勾起微不可见的弧度，分不清是喜悦还是苦涩。

七年，确实太远了，不是他们变了，而是他们都长大了，有了各自要走的路。

# 第六章　情深缘浅

萧清越跑死了两匹马，终于在第三天的日落之前将镇魂珠带回了中州，修聿随之也赶了回来，听到大夫说脉象气息已经恢复，近半个月紧绷的神经一松，整个人瞬间就倒在了松涛阁地上。

夜幕降临之时，她已经醒来，到了安顿修聿的房中看到来来往往的大夫，低声道："让我来吧！"

所有人闻声不由一愣，祁月扭头一看不由松了口气，道："留下两人帮忙，其他人出去候着吧。"

烟落望着床榻上满身是血的人，深深吸了口气，敛去心头激动的思绪，出声道："帮我把他扶起来。"

说话间，操起剪刀将他染血的衣剪开，肩胛处的伤口只做了简单的处理，至今还渗着血，触目惊心。

"下这么狠的手，太阴了吧。"祁月在一旁看着低声叹道。

那一剑刺着，可以起码让他手臂两个月不能使力，若再刺进去半分，这条手臂也就废了。

烟落抿着唇一句话也没说，眼睛却已是泪光闪动，清洗伤口，上药，包扎，谁都看到那双纤细青白的手在微微颤抖着。

帮着修聿处理完伤势，已经是大半夜过去了，烟落一语不发坐在床边。

"这边我看着吧，皇后娘娘你回房休息吧，奶娘已经把小殿下送过去了。"祁月上前出声道，难产已经让她耗尽太多心血，这十多天只靠着雪参和参香养着气，整个人瘦得有些吓人。

烟落拿着巾帕擦着他已经苍白失血的面庞，满是心疼，低低说了声："我在这边就好。"她从未如此想过他，明明他就在眼前，明明就握着他的手，心里却是发疯一样地想，她要看到他醒过来。

祁月站在边上，沉默了一会儿："那我让奶娘把孩子抱过来，让厨房送些吃的过来，你也好些日子没吃东西了。"

烟落没有说话，只是轻轻点了点头。

过了一会儿，奶娘抱着孩子进来了，笑着将孩子递给她："娘娘放心，小殿下这些日子听话得很，不哭也不闹，能吃能睡，还胖了不少。"

烟落抱过满是奶香的孩子，心中百味交集，泪夺眶而出，低低说了声："谢谢。"

奶娘望了望母子二人，出声道："我先出去了，皇后娘娘有事再叫我，小殿下刚喂过，哄睡了就好。"说罢便退出房门。

瑞儿比一般没满月的孩子胖，眼睛大大的，望着她咯咯直笑。烟落一时心酸，抱着孩子落泪："瑞儿！"

过了约半个时辰，瑞儿小脑袋子耷拉在她肩头睡着了，流了她一肩膀的口水。烟落小心将孩子靠近修聿放着，盖好了被子，看着睡相相像的父子两个，不由笑了。

窗外又下起了雪，屋里却是温暖如春，她一生最爱的男人就在她的眼前，他们的儿子在此安眠，这一生还有何求？

厨房送来的晚膳很简单，因为她多日未进食，只煮了些清淡的粥，她用了些便和衣在床边睡了。一颗流转了多年的心，终于在这一刻，落定。

这一夜，她做了很长的梦，梦里是他们岁月流转中许多琐碎而温暖的回忆，从汴州的初遇到九曲深谷的生死与共，到北燕两次动乱中的相逢，她的心随着他的每一次出现、每一个笑容，寸寸深陷，不可自拔。

她是何其幸运，历经生死跌宕，拥有了这天下女子都求之不得的男子。他懂她、怜她、包容她，于风雨中携手，于生死间相随。人生就是这样奇妙，有些努力半生也无法拥有的，却在不经意间许下了一生的缘分，蓦然回首，那人便在灯火阑珊处……

修聿醒的那一天正好瑞儿满月，萧清越和祁月要在府中大摆酒席，她在月子里不能出门，便也由着他们去安排了。

烟落好不容易按着瑞儿给他洗了澡擦干了放到床上，转身去找衣服。床上睡着的修聿觉得有什么人在拉自己，睁开眼便看到一身光溜溜的孩子一手拉着他的衣袍，一手便捏着自己的小肥脚往嘴里送，看得他眉目纠结："哪儿学的臭毛病？"

瑞儿眨巴着眼睛愣了愣，随即咧嘴就哭。正找着衣服的烟落一听赶紧跑了过来，这孩子一向不哭闹，还以为是从床上摔了下来，哪知一进屋便看见父子两个正大眼瞪小眼。

"怎么一醒来就欺负儿子？"烟落上前拿毯子将孩子裹起来，一边哄着，一边帮他穿衣服。

"我……"修聿黑了脸，郁闷地瞅着边上给孩子穿衣服的妻子。

烟落将瑞儿穿好了交给进来的奶娘，转身瞅着靠着床榻的男人："还不起来？"

修聿懒懒地坐起身，伸着手，闷闷地说道："给我穿衣服。"

正在桌边盛饭的女子闻言秀眉一挑："有手有脚，自己穿。"

"你给他穿得，给我就穿不得了？"小气的男人酸溜溜地说道。

烟落无奈放下碗，从屏风处拿下衣袍，走到床边还未站定，便被人大力一拉，拥入怀中，温润的声音在耳畔响起："回来了吗？"

"嗯。"她点了点头，"回来了。"

"还走吗？"

烟落探手环住他的腰，唇角无声扬起："不走了，再也不走了。"

修聿半晌也没有撤手的意思，烟落一个动作站久了，脚有些发麻，不自在地动了动，想要起身却被拥得更紧："怎么了？"

耳畔响起叹息般的低语："想你了。"

"我也是。"她低低说道。

烛影深深，可以清晰看到男人嘴角渐渐扬起的笑容，探手轻抚着她的背："都过去了，我们还在一起。"

所有的事，又岂是他口中一句简单的过去了就完的事？忆起重阳门外那一幕幕，她一颗心揪得紧紧的，环在他腰际的手微微收紧，泪水浸湿了他薄薄的寝衣："嗯，还在一起，再也不分开了。"

每一次的分离，最后都会是生离死别的困境，她再也不想经历这种绝望和痛楚。

修聿闻言低头轻吻着她的发，深深吸了口气道："是我不好，不该在你怀着孩子时就离开中州。"那一去，他差一点就永远错过了她。

"是我不好，是我不够坚定，是我顾虑太多，可是……我从来也没有想过要离开。"她低声喃道。

修聿愣了愣，唇角勾起大大的笑容，知她一向脸皮薄又心性内敛，这般坦白心迹的话平日里可是难得听到。

"我每次都以为自己可以解决所有的事，我以为我可以保护我身边的人，然而我终究是做不到的。这世上我最不想累及的人便是你，然而每次……"她环着他的腰，头靠在他的胸口叹息，"对不起，修聿。"

修聿微微皱了皱眉，今日的她太反常了，低头望了望："怎么了？"

“只是……发现自己真的爱上你了。”她唇角弯起悦然的弧度。既然爱了，就该大胆承认。

这么多年来，这个人守在她的身边，陪伴她、帮助她、爱护她，倾尽所有的一切为她，她却没有勇气和决心坦白自己的心迹。经此一事，她知道逃避退缩，事情永远也不可能解决。如萧清越所说，认清自己想要的，对自己坦承，对身边的人坦承。

修聿闻言一愣，笑得更加开心。记忆中相识以来，她从未如此认真向他坦白过。在经历过那样的心殇，她的心变得敏感而小心，再不敢轻易将整颗心交付。

满月酒很是热闹，城中不少人也前来贺喜，然而某个大夏皇帝却是一直黑着脸的。他的儿子一再表明了要与他势不两立的态度，不但不让他抱，就连与他坐一个桌上也不干。

祁月当即便笑道：“谁让他一出生，你就不要他的，现在知道小家伙不好惹了吧。”

直到黄昏之时，烟落见瑞儿睡了便带着他先行回了松涛阁，再出来看到对面空荡荡的屋子不由自主走了进去。桌案上还有无忧未写完的字，软榻的小几上还有他没吃完的炒栗子，屏风处还搭着他换下的衣服。

她坐到书桌前收拾着桌上的东西，却蓦然看到压在书最底下的一页信，展开一看，正是当初自己在漠北写的关于自己和无忧身世的信。她一把捂住嘴，眼底的泪夺眶而出。

他是什么时候找到这封信的？

他那时候突然变得冷静了，懂事了，所有不寻常的转变，原来是……因为这个。这么久以来无忧一个人默默承受着这些，她竟然一无所知。

修聿跟着回到松涛阁，看到站在无忧房中背影颤抖的女子不由心疼。这些年来看着自己的孩子却忍着不认，这种苦痛又岂是常人所能知晓的？

“过些日子就把他接回来吧。”修聿举步进门道，这孩子跟着他七年，他又如何舍得？只是当时看到那小小的孩子那样坚定的目光，他无法拒绝他的要求。

烟落慌乱地将信收了起来，深深吸了口气：“我是怕，他不肯再回来了。”

修聿默然握住她的手，她怕，他又何尝不怕呢？

瑞儿取名为楚奕，通光明希望之意。

小家伙很是霸道，坚决不跟楚修聿同处一室，无奈之下某个大夏皇帝只能委屈地搬去偏殿住着，被府中上下好一番调侃。

腊月二十七，烟落一行人赶到了沧都。

皇极大殿刚下了早朝，楚策从里面朝着元武殿而去，一边走一边听着罗衍报告调往上阳关的军队情况以及与东齐交战各城的状况。

“百里行素打一天停三天的，不知道在干什么。”罗衍出声言道。

“不用理他，守住上阳关就够了。”楚策眉眼冷锐，沉声说道。

百里行素不管怎么打，目标还是上阳关，这一战的成败便在上阳关。那些障眼法他大可不必理会，他倒要看看他能忍多久。

“青龙几人已经带兵抵达上阳关，有他们在，上阳关便可以放心了。只是看东齐如今的架势大有要长期跟我们打下去的苗头，几十万大军都驻扎在边关，每一天的军费开支都数额庞大，咱们现在可拖不起。”罗衍出声提醒道。

“调整兵力部署妥当后，就不必再跟他们耗了。”楚策冷声道。

两人正说着，便看到冯英迎面疾步而来，神色有些焦急，楚策皱了皱眉：“无忧怎么了？”

冯英站定回道：“回皇上，是夏皇和大夏皇后到沧都了，这会儿大夏皇后已经进宫了。”

楚策闻言眉梢微动，道：“这会儿人到哪儿了？”

“说要先看看小殿下，这会儿正朝驻心宫去了吧！”冯英坦然言道。

楚策站在原地点了点头，薄唇紧紧抿着，沉默了许久：“去驻心宫。”说罢大步朝着驻心宫而去。

冯英小跑着跟在后面，心却不由悬得紧紧的。夏皇他们这时候来，显然是因为小殿下的事。而无忧跟着他们在一起多年，若是真跟着他们去了大夏，这可如何是好？

烟落刚由太监领到驻心宫，无忧正起床，宫人要帮他更衣，无忧非拿着衣服自己穿，于是便和宫人争抢起来，她刚到殿门外便听到里面的响动。

无忧正站在床上，便看到已经到门口的人：“娘亲！”说话间便从床上跳到地上，跑了过来，连鞋袜都顾不上穿。

烟落顿时皱眉：“快回床上去，地上凉！”

无忧笑眯眯地由她拉着回到床上：“娘亲，你怎么会在这里？是不是跟爹爹一起来的？弟弟呢，也跟着一起来了吗？”

烟落笑了笑，拿起床上的袍子替他套上：“送的药可吃了，这些日子有没有再犯病？”

无忧笑着摇头：“药都吃了，一点事都没有。”

烟落默然一笑，帮他将鞋袜穿好，衣物都是新赶制的，一看便是皇家专用的锦缎。正帮他理着衣服，楚策已经到了门口，看到里面的两人却生生顿住脚步。

眼前的画面曾是他梦想过多少次的，然而终于看到却是苦涩盖过了欣喜。

她很瘦了，比当初从中州离开时看到的还要瘦，大抵是因为难产而造成的。无忧最先看到站在门口的人，出了声：“父亲！”

烟落手顿时一僵，抿唇沉默了片刻，转过身去看到站在门口一身玄色龙袍的帝王，目光沉静坦然："沧都天气冷，担忧无忧又病了，所以过来看一看！"

楚策没有说话，只是点了点头，举步进了门，罗衍也跟着进来了。冯英摆了摆手让殿内的侍从退下去，端着茶上桌："烟姑娘，坐吧！"

烟落点了点头，与无忧一道在桌边坐下，端起茶盏手微微一颤。这茶还是君山银针，七年前一样的茶香，几人坐在桌边却都没有说话。

"父亲和舅舅今天要带我去马场骑马，娘亲要不要去？"无忧左右望了望，出声打破平静。

烟落点了点头："好，那就一起去吧！"

楚策闻言眉梢微动，她的反应有些出乎他的意料，若是放到之前她定然是婉转拒绝，今日倒是答应得这般爽快。

冯英站在一旁愣了愣，立马笑着上前道："奴才这就去准备车马。"说罢便快步出了驻心宫。

烟落低眉从袖中取出锦盒，放到桌上："这是镇魂珠。"当日带镇魂珠回中州，让她魂魄才得以回去醒了过来。

楚策看了一眼，紧抿着唇一句话也不说。

"我知道说这些没用，但我还是得说，谢谢你，楚策。"烟落望着她，直言说道。

楚策薄唇微微勾起一抹自嘲的弧度："我那样逼迫你，你不恨我？"

她低眉笑了笑："我有什么资格恨你？"是她辜负了他，是她让他失望了，又何来的恨呢？

"那就是佛语中说的放不下吗？"无忧眨巴着眼睛喃喃道。关于过去的十三年，母亲和父亲都有一个放不下的结，是他，也是回忆。

罗衍闻言摸了摸他的头："人小鬼大！"

"觉明师父说过，一个人如果背负太多的负担，他的人生就只会固步不前，不就是那个意思？"无忧一副小大人的样子说道，"以前觉明师父给我说过一个故事，有一个人他遇到一名得道高僧。他对高僧说，我有太多东西放不下。于是呢，那名高僧就给了那个人一只杯子，然后高僧就往杯子里倒水。开水烫到那个人的手，那个人立即就放下杯子了。那个高僧说，看，这世上就没有放不下的事。"

楚策和烟落闻言都不由一笑，似有感慨，又似是释然。这世上没有放不下的事，痛了，自然就会放下了。

不到半个时辰，冯英便备好了车马，楚策到内室换了一身玄色常服，一行人马出宫朝西城马场而去，楚策和罗衍是骑马而行，赶车的是换了装的冯英，马车上便只有烟落与无忧两人。

“娘亲，你瘦了！”无忧一上马车便说道。

烟落抿唇笑了笑：“过些日子就好了。”

“娘亲和爹爹什么时候来的，怎么不写信告诉我？”无忧笑着问道，本以为再也见不上他们两个人了。

烟落闻言点了点头：“我们也是昨晚刚到，就住在以前将军府边上的宅子。”

无忧闻言笑了笑：“那还是我挑的地方。”当年人家不卖房子给他们，他们想尽了办法，还让祁连叔叔他们扮鬼去吓人。

烟落抿唇沉默了许久，出声：“无忧，对不起。”

无忧面上的笑意一僵，低声道：“娘亲，你怎么了？”

“生下你，我却忘了你；找到你，却又不敢认你，我……不是一个好母亲。”说话间声音不由有些哽咽。

无忧低着头眼底水雾蒙动，突然一伸手扑到她怀里，一句话也不说。他不是没有怪过她，只是那日看到她那般不顾一切也要生下瑞儿，他才知道他不可以怪她，更不可以恨她。当年如果娘亲放弃生下他，自己跟着爹爹离开，一定还可以活下来。可是她却让他出生了，即便知道他存活的机会渺茫，还是让他活了下来。

前些日子，他还去了当年自己出生的那座冷宫夹墙，甚至还依稀看到那里浸过血的痕迹……

“无忧，过了年跟我们回中州吧！”烟落拍了拍他的后背，低声说道。

无忧沉默了许久，抬头望着她认真说道：“娘亲，我想留在这里。”

烟落抬手抚了抚孩子有些清瘦的面庞，道：“无忧，娘亲知道你懂事也孝顺，但这是娘亲和父亲之间的事，不是该由你来承担的。”想到那日在重阳门外的一幕幕，心都不由揪得紧紧的。

“娘亲，我……”无忧望着她，他很想回去的，他很想爹爹，很想娘亲。

“娘亲亏欠父亲的，辜负父亲的，这都是大人的事。”烟落深深地望着他，一字一句道，“无忧，娘亲生下你，是因为娘亲爱你，想要你好好活着，不是为了让你成为为我赎罪的人。”

“无忧也想陪在父亲身边，他一个人……太寂寞了。”无忧低下头去轻声说道，他每天看到宫人侍从围着他，群臣百官簇拥着他，可是父亲的背影看着是那么苍凉寂寞，“娘亲有爹爹，爹爹有娘亲，你们还有瑞儿弟弟，可是父亲……只有我。”

父亲一直是放不下娘亲的。他一直住在娘亲住过的驻心宫，父亲有时候跟他说话，说着说着就会望着一处怔然出神。虽然他从来不说，不过他也看得出那一刻眼底出现的是母亲的影子。

“无忧……”烟落心头一酸。

“修聿爹爹是无忧的爹爹，父亲也是无忧的爹爹，不是吗？”无忧抬头望着她，一脸认真道，“无忧也想回中州，可是也想陪在父亲身边。”

烟落抿唇沉默着伸手抱着他，摸了摸他的手：“是娘亲不好，让你为难了。”

“有两个爹爹也是无忧的幸运，修聿爹爹是世上最好的爹爹。”无忧笑着说道。

“可是你身体一直不好，留在沧都，要是再病了，我们不放心。”烟落拉着他的手低声说道。

无忧闻言抿着唇不再说话。沧都的冬天很冷，在宫里这些日子，他连门都不敢出。只有太阳出来了，暖和了，才敢在外面走，就怕不小心又受了风寒。

“我们一直没有把你身世说出来，最开始是不知道西楚的事情真相，再者也是怕东齐会对你不利，像当年母亲和外公那样。”烟落微微叹息说道，华淳太后和锦瑟心思歹毒，不好对付，若是知道无忧是西楚太子肯定会趁机下手。

西楚目前也没有对外公开无忧的身份，连朝中的大臣也不清楚，知道的也只有楚策那些近身的侍卫，想来也是不希望这个消息传到东齐去。

“无忧知道。”无忧点了点头道，虽然不知其中恩怨如何，但他也知道东齐有人三番五次地想置母亲于死地，若是牵扯上他，他们只会更加为难。

“我会和你父亲、舅舅商量，每年春天或是夏天的时候你可以到沧都来，到秋冬冷的时候就留在中州，娘亲也好把你的病治好。虽然难治，但有一两年时间就能恢复得好好的。”烟落说道。

因为无忧是先天体弱，加上怀着他的时候自己就中了毒，这是很难医治的病。不过所幸这么多年来楚修聿带着他，让他吃了不少世间少有的珍奇药材，已经让他大有好转。如今她内力已经恢复了，只要好好替他针灸再配合药物调理，两年便可以让他恢复得跟正常孩子一样了。

“那一两年真的能好吗？以后我下雪天也可以出去了吗？以后也可以学游水了吗？”无忧抓着她的手，连忙追问道。

烟落笑着摸了摸他的头，点了点头。

两人正说着，马车停了下来，冯英一掀车帘道：“烟姑娘，小殿下，马场到了。”

这座马场她是熟悉的，小时候他们也经常跟着先帝和父亲母亲来这边骑马。她的骑术和箭术都是在这里跟着他们一起学出来的，再度站在这里有种恍若隔世的感觉，所有的一切都还是那么熟悉。

楚策下马回头不经意看到她一时怔然的目光，也跟着愣了一愣，很快便别开目光望向别处。这座马场确实有着太多年少时的记忆，关于他们，关于洛祈衍，关于过去所有的美好。

烟落先下了马车，扶着无忧跳了下来。罗衍笑着走了过来：“你骑不了大马，前两日

特地让人找了只小马驹。”

无忧侧头望了望她，脸上难掩的兴奋：“娘亲我们一起去看。”在中州他也有学骑马，有一回自己从马背上摔下来，修聿爹爹就不准他再一个人去马场了，每次去也是他跟着一起去，只是后来事情多了便也没怎么去了。

烟落笑着点了点头，几人由马场场主带着朝马厩走。楚策和冯英走在最后，一路上很少出声说话。

“皇上，你倒是说说话啊！”冯英在边上低声说道。

楚策侧头淡淡瞥了他一眼，望着前面跑在最前的孩子：“说什么？”

冯英无奈地叹了叹气，拉着楚策停下，小声道：“皇上还看不出来，夏皇和烟姑娘来沧都是为了接小殿下走的。小殿下跟他们都七年了，感情自然深些，若是要跟他们去中州了怎么办？”

“楚修聿他还真想抢了不成？”楚策冷声哼道，占着他儿子七年，现在还想抢？

“这不是还要看小殿下的意思嘛。小殿下懂事又细心，每回坐在一块你是一句话不说，尽是小殿下一个人在说了，那么小的孩子都知道迁就你，你这做父亲的怎么就看不出来？”冯英望了望已经走远的几人出声说道。

楚策闻声抿唇点了点头，眉头却微微有些皱起。虽然认回无忧心底是高兴的，不过作为父亲他到底是生疏的，对这个孩子了解太少，相处也太短，加上儿时自己与先帝父子感情也淡薄，面对无忧的出现，一时间是有些手足无措。

“刚才我赶马车，隐约听到马车里，烟姑娘在说让小殿下回中州的事情。”冯英低声说道。

楚策抿唇默然不语，举步朝着马厩的方向走去。到了马厩无忧已经自己将马牵了出来，敏捷地翻身上了马背，在马厩附近转了一圈回来，很是欢喜：“这马儿很听话，有名字吗？”

“留着你取吧！”楚策站在边上出声道。

无忧仍旧还骑在马上，侧头想了半天，望了望烟落：“娘亲，你说叫什么名字好？”

烟落笑着摇了摇头：“这马儿是你的，名字当然是要你来取了。”

无忧探手摸了摸马脖子，抿唇思量片刻，面上绽起笑容：“叫吉祥好不好？”

“人家的马儿都会取个霸气凛然的名字，你这名字……”罗衍笑着出声。

“吉祥又不用上阵杀敌，要那么吓人的名字干什么？”无忧笑着道，看着楚策也牵出了马，便道，“父亲，我们赛马好不好？”

楚策闻言眉梢微扬，思量了片刻，点了点头：“好。”

两人一道离开了马厩，父子二人并骑立在一边。冯英在不远处插立了一面旗子，冲着几人招了招手，楚策扬鞭一指冲着无忧道：“谁先跑到那里，谁就赢，知不知道？”

“哎，等等，这样不公平。”无忧出声反驳道。

楚策闻言微微皱眉，问道：“哪里不公平？”

无忧扬着鞭子指了指他的马：“你看你的是大马，我的是小马，小马腿短怎么跑得过大马，你不是摆明了欺负我？”

楚策一向冷峻的面上绽起笑意，点了点头道：“那你说怎么办？”

无忧侧着头想了一会儿，笑着道：“我先跑，我跑到那棵树那边了，你再跑！”说话间指了指已经过了路程一半的树。

楚策薄唇微扬，点了点头：“好，你先跑！”

无忧笑了笑，摸了摸马儿道：“吉祥，跑快点哦。”说罢一扬鞭一人一马便先冲了出去。

眼看着无忧已经跑过那棵树，后面的人狠狠一扬鞭，马儿顿时狂奔而出，快如闪电，转眼便到了旗子立着的地方。无忧眼看着快到终点，边上一人一马奔雷般瞬息而至，马上之人振臂勒马，马儿前蹄扬起停下，无忧小脸一下垮了下来。

“你偷跑！”无忧气愤地说道。

罗衍和冯英不由失笑，出声道：“我们都看着，他可没偷跑哦！”

无忧抿了抿唇，道：“我不信你们。”转头望了望烟落：“娘亲，你说他偷跑了没有？”

烟落笑着摇了摇头，上前扶着他下马：“你才刚学，能这么快已经很不错了，以后会赢的。”

无忧重重地点了点头，牵着吉祥望了望冯英：“冯公公，我要喂马。”

冯英望了望几人赶紧带着他找地方喂马去，罗衍也笑着跟了过去，一时间这边便只留下了她与楚策两人。

楚策远远看着无忧正牵着马儿在围场边上喂马，冷峻的眉眼间洋溢出温和的笑意，喃喃道：“我该谢谢你，还留下了无忧。”在当初那样的情况下，她该有多恨他，却还让他的孩子出生了，这需要多么大的勇气和决心。

烟落低眉笑了笑，带着些许苦涩：“作为父亲母亲，我们都欠无忧太多了。”

楚策薄唇紧抿，轻轻点了点头：“是欠太多了。”七年，他从未想过这个孩子还在世上，就在他眼前一次次地走过。

蓦然忆起几年前初次见到他们两人的时候，她抱着重病的孩子拦了他回沧都的马车。那个孩子在他怀中的时候都让他忍不住心悸，也许，那便是父子之间的感应吧！

如果没有错过这七年，如今的一切又会是另一番光景吧！一时之错，便是一生之错，只是在错过的当时他还以为，未来是可以挽回的。

“楚策，我想……带无忧回中州。”烟落坦然言道。

楚策薄唇紧抿，望着那边与马儿逗玩着的孩子，沉默了许久出声道：“我想把他留在身边，不是因为你不在，而想将他留着做个念想。是因为他是我的孩子，是我的骨肉，作为父亲我想照顾他，养育他，看着他一点一点长大成人，毕竟……我已经错过了他七年。”

烟落闻言心头涌起大片的苦涩，这是他们之间的问题，而在其中最为难的还是无忧啊！思量了半晌道：“如今西楚与东齐战火已燃，现在还不是公开他身份的时候，常年留在这里难免会惹人生疑，何况要不了多久你也要离开沧都指挥战事，总不能把他带在身边上战场吧？”

楚策一句话也没说，只是望着远处的孩子，久久地沉默着。

“我也想带他回去将他的病治好，沧都一到秋冬奇寒难挡，我想让他以后秋冬就在中州。春夏暖和要到沧都来，就将他送过来。华淳太后再怎么有手段，也不敢在中州城里动手。”烟落平静地说道。

过了许久，楚策点了点头：“也好，你可跟他说了？”

“嗯，已经说了。”烟落直言道。

楚策沉默了许久，出声道：“替我也谢谢楚修聿吧！”虽然不甘心自己的骨肉是在楚修聿的照顾下长大，不过他救了他的儿子是真的，他该谢谢他。

烟落沉默不语，这两个人就是这样，谁都看谁不顺眼，还好没凑在一起碰面。

“一会儿你直接带无忧回府吧。这两日上阳关的事情多，我也没时间陪着他，后天等罗衍上朝把他带进宫就是了。”楚策淡声言道。

楚修聿给了他面子，让她一个人来，没自己跟着来。他也不是不通情理之人，那家伙眼巴巴地跑来不就是为了看他儿子，这点面子他还是给得起。

“嗯，好。”烟落点了点头。

无忧与吉祥玩得很愉快，直到下午了才肯走。到了下午宫里来人送来前方战报，一行人才起程离开西城马场。

无忧知道修聿也来了沧都，想着跟她一道去见他，一路上又不好开口跟楚策说，在马车上有些坐立不安。烟落见着不由一笑：“刚刚他已经说了，今日边关有事要处理，你不用回宫去。”

无忧一听便眉开眼笑，一掀车帘望了望前面骑马而行的父亲：“爹，谢谢你哦！”

楚策闻言愣了愣，转头望了望探头出来的人，一句话没说又转回头去，薄削的唇却不由勾起浅然的笑意。

此时，修聿已经在府里转了一圈又一圈，眼看着太阳都落山了也没见着她回来，几近有闯进宫去找人的冲动了。府里的人都忙着收拾园子准备过年，就他一人闲着，于是瑞儿也交给了他。

修聿朝园子门口望了望，还是没见人回来，转头便看到摇篮里又抓着脚啃的家伙，眉目那叫一个纠结，他怎么就生了个只会啃脚丫子的儿子？

马车停在了锦园府门外，烟落抱着无忧下了马车，望了望高踞马上的玄衣男子，沉默着想不出要说什么。

无忧望了望她，而后朝冯英道："冯公公，你可要看着父亲和舅舅，要让他们按时吃饭。他要是一顿饭不吃，你就告诉我，我就一天不回去。"

冯英闻言愣了愣，而后笑着点头："好，奴才一定看得好好的。"皇上常常一忙着政务就忘记用膳休息，脾胃上的毛病也越来越厉害。以前吃饭时间是没一回准的，也只有这些日子小殿下在宫中，父子俩一同用膳，才慢慢好了起来。

楚策没有说话，皱了皱眉，侧头望了望站在边上的母子两个，沉默了片刻："我们先走了。"

烟落笑着点了点头，看到那渐渐远去的背影心头有些压抑，冷凉的风迎面吹来，那些深藏在记忆深处的过去浮现又隐去。

是谁说，烟儿，我要你看着我成为旷古绝今的圣明天子，看着我马踏山河，看着我缔造一个前所未有的太平盛世，我要你看到这个天下，就会想起我。

是谁说，就算世事百变，你始终会是我今生的唯一。

是谁说，烟儿，相信我，我会永远保护你。

……

这个世界，没有如果，更没有永远。

身后传来轻轻的脚步声，男人一手别扭地抱着孩子站在她的身边，一手大力揽住她的腰，酸溜溜地哼道："怎么？舍不得了？"

烟落侧头望着他，抿了抿唇道："有些难过。"

"嗯？"男人闻言眉梢微扬。

"原来那时候，真的把人生想得太简单了，以为轻易可以做到的事，有时候却是倾尽一生也做不到的。"她转过头望着已经走得很远的人影喃喃道。

那时候他以为他们可以永远在一起，他以为无论发生什么事，他们都不会分开。她以为陪在他的身边，最后也会过上所希望的生活，简单而快乐，然而长大了才发现，人生真的不是他们所想的那么简单。

无忧看到修聿抱着的孩子笑了起来，瑞儿一见他也跟着咧嘴直笑，伸着手便要无忧抱他。修聿躬身将瑞儿交给无忧："这家伙胖，你抱不抱得动？"

"能行。"无忧将孩子抱着便朝府里走，身形摇摇晃晃，让站在府门处的祁连看得心惊胆战。

“修聿，你说……这世上有永远吗？”她喃喃轻问道。

永远，那是一个多美的词啊！

修聿闻言笑了笑：“永远是有的，只是很多人看不到而已。人有生老病死，旦夕祸福，踏踏实实过好每一天，这就是永远。”

她闻言笑了，真正的永远就在当下，就在生活的每一刻，而不是虚无缥缈的未来，只是太多人看不到这个已经握在手里的永远，不好好珍惜，好好把握。

过了许久，修聿低头吻了吻她的额头，闷闷地说道：“走了，人都看不到了，回去了。”

烟落扬眉望了望他：“走吧。”这男人有时候小气得真是让人无语。

进了园子，无忧正坐在摇篮边跟瑞儿玩着，显然这兄弟两个感情好得很，瑞儿被逗得咯咯直笑。修聿见了便不由皱了眉头：“这家伙跟谁都和得来，就跟我对着干，我是上辈子得罪了他不成？”

“才不是上辈子，瑞儿一出生，你就不要他，现在他是有仇报仇，有怨报怨。”无忧笑嘻嘻地回头道。

“我……”修聿心里那个恨，那么小还跟他记仇。

“你什么？你活该？”烟落侧头瞪了他一眼哼道，“他是你儿子，不是你仇人，你天天动不动就瞪他吼他，他不喜欢你也是应该的。”

“不喜欢我，我是他爹！”修聿狠狠瞪了眼摇篮里的某人，一撩衣袍在边上的椅子坐下。

“哎，你别坐……”

话还没说完修聿便觉得椅子上有东西喀嚓一响，皱了皱眉，起身一看，正是无忧送给瑞儿的小鼓让自己一下坐坏了，心虚地望了望摇篮里的某人。

小家伙望着他手中的东西，大眼睛眨了眨，嘴一瘪便哇哇大哭。烟落无奈赶紧去抱起来哄，无忧也跟在边上逗他，修聿郁闷地坐在那里，面色阴沉。

从这家伙一出生，他就没安宁过，天天分房睡不说，还要受儿子的气。府里上下都围绕着那家伙转，全然不把他这个一家之主放在眼里，如今连无忧也要跟着叛变过去了。

修聿望着那边只顾着哄儿子，全然无视自己的妻子，起身一拉无忧道：“我们走。”

“去哪儿？”无忧问道。

“我们做酒酿丸子吃，梅花味的，吃不吃？”修聿诱哄道。

无忧一听顿时喜笑颜开，父子两个便朝厨房的方向去了。若是那小的有无忧这一半乖巧也好了，偏偏就是跟他不对盘，现在不会说话就知道哭，等大些两人还不得吵起来才怪。

“今天都干什么去了？”修聿一边走一边问道。

“一起去了西城的马场骑马，父亲送了我一匹马，我取了名字，叫吉祥。”无忧笑着说道。

修聿闻言心里有些闷闷的，好歹也是自己养育大的儿子，现在要被人抢走了，心里怎么想怎么不舒服，咕哝道：“不就一匹马嘛，回头我让人去漠南给你弄匹汗血马回来，肯定比他给你的好。”

无忧闻言直笑：“爹爹，你不是吃醋了吧？”

“我吃哪门子醋？”修聿否认。

“你是怕父亲把我抢走了，心里不是滋味才想着跟他比吧。”无忧笑着说道，伸手拉住他的手坚定地说道，“修聿爹爹永远都是无忧的爹爹，无忧永远都是爹爹的儿子。”

修聿闻言眉开眼笑，摸了摸他的头：“好儿子！走，给你做吃的去。”

“好。”无忧笑着跟着他走。

七年的养育之恩，七年的父子之情，他怎会转身就忘？没有这个人，就没有他还活在世上。

大年三十，府里上下忙活了一天准备年饭，整个锦园张灯结彩，一派喜气洋洋，就等着罗衍把无忧带过来。

天色渐晚，管事在门口张望，远远看到罗衍府上的马车过来了，赶紧进府通报。修聿和烟落也跟着出府接人，马车一停罗衍便最先下了马车，无忧跟着钻了出来跳下马车。

一行人正准备入府，马车车帘一掀，玄衣墨发的帝王躬身出了马车，望了望众人一句话也不说下了马车……

站在府门外的一行人面上笑意顿时一僵，怎么也没料到楚帝会跟着无忧一道来了锦园，不由望向站在最前的主子。

修聿面上笑意僵了片刻，淡声道：“宫里宫宴这么快就散了？”循例大年夜百官会在宫里与皇帝一道参加宫宴直到丑时三刻才会散去。

“今日宫宴早，也散得早。”楚策淡声回道。

一行人都站在门外，谁也不动，谁也不说话，烟落上前道：“都进去吧！”说话间暗中拉了拉修聿的袖子，示意让他冷静点。

无忧小心翼翼地瞧了瞧修聿有些黑沉的脸，拉着楚策和罗衍便道：“父亲，祈衍舅舅，我们进去吧！”

楚策毫不客气地跟着无忧先进了园子，修聿黑着脸站在原地，咬牙恨恨：“大过年的给人添堵！”

“好了，进去吧，不管因为什么，不准吵起来，也不准打起来，别让无忧难做。”烟落低声叮嘱道。

修聿无奈地呼出口气，与她一道进了园子。他怎么也没想到有一天自己要跟楚策坐在一桌过新年。不管从各方面考虑，他与这个人就是不对盘。

进到花厅，无忧看到正在摇篮边照顾瑞儿的奶娘便跑了过去，跟瑞儿逗玩着："叫哥哥，哥……哥……"

刚进门的修聿无奈地翻了翻白眼："两个月都不到，怎么叫你哥哥？你也太心急了！"

"那要什么时候？"无忧皱了皱眉，扭头问道。

"到明年这个时候，会走了也就会说话了。"修聿回道。

楚策默然坐在一边，朝无忧的方向望了望，眼底一掠而过的异色，转眼即逝。自己的孩子他却未能看到他一点点成长，没有看到蹒跚学步、咿呀学语，反而这一切都是另一个人教会了他。他没有看过他出生的样子、他儿时的样子，他错过了许多许多……

无忧将瑞儿抱起，在屋里转悠着："瑞儿又长胖了。"

"能吃又能睡，他不长谁长？"修聿淡淡哼道，他就是想不通自己怎么就生出这样的儿子，如果将来长成了大胖子可怎么好？

无忧抱得吃力，赶紧将孩子塞到最近的楚策怀里："好重！"

楚策一时没反应过来，愣愣地望着怀里的小家伙。瑞儿压根就不理会自家老爹跟别人的立场，抓着楚策的衣襟咯咯直笑，那边的修聿顿时面色黑如锅底。

那是他儿子吗？谁都能抱，就他抱不得，心里那个恨呀！

烟落带着府里下人端菜过来，一进门便看到楚策正抱着孩子，一时间愣在那里，修聿起身帮着她将菜端上桌。

"孩子叫什么？"楚策蓦然出声，面色平静无波，看不出心思几何。

无忧闻言愣了愣："楚奕，神采奕奕的奕，乳名叫瑞儿，祥瑞安康的瑞。"

楚策闻言轻轻点了点头，罗衍也跟着走近前来，伸手道："我抱抱看。"眼前的画面实在有些尴尬，这孩子算来也是他的外甥，他这做舅舅的也没抱过。

小家伙很配合地伸手让他抱，无忧见了顿时乐了："爹爹，看你欺负他，现在瑞儿让谁抱都不让你抱了吧！"

罗衍一听侧头望了望那边面色不好的修聿，笑道："这么小就这么皮？"

烟落无奈笑了笑，奶娘上前将孩子抱过来："你们该用膳了，小殿下该要睡了。"说完抱着孩子离开了花厅。

花厅围着坐了一桌子的人，却个个都不好开口说话。祁连站在一旁看着，额头都不由冒冷汗，这么一桌人坐在一起过年，画面实在有些诡异难测。

无忧一坐下便皱了皱眉："有樱桃香？"

"这寒冬腊月的哪有樱桃，你这小子又嘴馋了吧！"罗衍不由笑道。

修聿端起酒壶倒了一杯，递给无忧道："就你鼻子灵，之前你在将军府喝了你清姨的果酒嘴馋，今年府里酿了不少。这是樱桃酒，还有梅子酒、桑果酒，都做了不少，来的时候带了些。"

无忧凑近杯子嗅了嗅，一脸欣喜，小抿了一口："好甜！"

修聿自行倒了一杯，冲着楚策举杯道："来，皇侄，叔父祝你来年与东齐战事大捷，国运昌隆。"

罗衍闻言差点没喷酒，虽说中州王是西楚的皇叔，但年纪相仿，这么些年也没真叫过什么皇叔皇侄，这时候楚修聿在搞什么?

"朕叫皇叔也没什么，只不过……"楚策端着酒杯，漫不经心望了望正低头抿着果酒的无忧，"以后无忧不是得改口叫皇叔爷了？"

无忧一听顿时呛得满脸通红，罗衍和祁连不由嘴角抽搐。这两个倒是谁也不让谁，楚修聿仗着皇叔身份，这下好了，楚策比他更毒！

修聿眉眼微沉，闷闷地将酒喝了，他可没真想让无忧改口叫他什么皇叔爷，搞得他跟几十岁老头子似的。

"听说大夏最近战事吃紧，情况不怎么好？"楚策淡淡言道。

修聿面色无波："你那儿也比我好不到哪儿去，我也听说西楚国库紧张，若是军饷不够，大夏倒是可以借上些，不过利息还是要算的。"

"不劳夏皇费心了，小小一个东齐，西楚还打得起。"楚策淡声回道。

"不用跟我不好意思，反正东齐的生意也没法做了，放些银两给西楚收点利息也算点生财之道。"修聿道。

"西楚地大物博，还没穷到要跟人借钱过日子的地步。"楚策眉眼微沉道。

……

一顿饭吃得是状况连连，唇枪舌剑无数。无忧和烟落两人坐在那里心惊胆战，就怕这两个死对头一时不慎又闹腾起来。罗衍倒是一脸轻松，只是没想到一向少言的楚策跟楚修聿两人论起嘴上功夫也是不分上下，倒是有些意思。

吃过年夜饭，沧都城里的鞭炮声此起彼伏，夜空内火树银花，璀璨耀眼。无忧趴在窗前看着好不欢喜，扭头望了望坐在屋里都不说话的人："我们出去看灯好不好？"

楚策和罗衍两人闻言都不由望了一眼一旁静默不语的女子。说起大年夜的灯会，那是沧都每年最热闹的时候，然而他们都已经许多年不曾去看过了，以往是她喜欢热闹每年都会去，而如今……已然物是人非。

修聿侧头不经意看到他们三人都一瞬异样的神色，沧都这个地方有着他们太多从小到大的回忆，那是他不曾参与的，起身道："你们带无忧去吧，今天中州送来的战报还没有处理，还要安排回去的行程路线。”

烟落闻言眉梢微扬，他这言下之意是要她和楚策一起带无忧出去？

“爹爹，你不去了？”无忧跑近望着他道。

修聿笑着摇了摇头：“你们去吧，爹爹还有很多事要做，再拖着不做你祁月叔叔该气得撂挑子不干了。”

无忧低头抿了抿唇，虽然很想去，可是爹爹不去了心里难免有些失望。

“快去吧，你不是一直都很想去看吗？爹爹还有事，就不陪你去了。”修聿笑着摸了摸他的头道。

楚策闻言不由微一皱眉，自然看得出楚修聿是故意借口不去的，却让她跟着他们一道出去，他倒是放心得很。

修聿望了望几人：“你们快去吧！”说罢便叫上祁连，两人一道朝书房快步走去。

几人站在屋里，烟落转头望了望楚策和罗衍坦然道：“反正也是好多年没去过了，去看看也好，走吧。”说完拉着无忧就先出了门。

“确实好多年没去了。”罗衍低声叹道。

楚策默然不语，与他一道悄然跟着出门。街上很热闹，提着小灯笼的孩子来回跑着，从街头到街尾挂满了各式的花灯，亮如白昼，琳琅满目。

“娘亲，娘亲，你看，有兔子灯。”无忧扬手指了指远处挂着的动物灯欢喜地叫道。

烟落无奈笑了笑，付了银两取下一盏：“给你。”

无忧欢喜地提在手中把玩着：“做得真好看，不过爹爹做的走马灯更好看。”

“他还会做灯笼？”罗衍闻言不由惊奇，堂堂的大夏皇帝，又是进厨房，又是扎灯笼的，他一天到底都干什么？

“是啊，就是那种，那种……”无忧指了指不远处有人挂着的走马灯道，“不过爹爹做的比那个好看。中州也有灯会的时候，不过冬天太冷我不能出去，爹爹就做了挂在我房里，睡觉的时候可以看到那灯上的人影。”

楚策闻言薄唇紧紧抿起，相比之下，他这个亲生父亲确实很多不如那个人做得好。他亦知道在无忧的心目中他是亲生父亲，但最重要的还是养育他长大的楚修聿，那朝夕相处的童年时光是谁也无法从他心底抹杀的。

费尽心血救活无忧的是他，跋山涉水寻药照顾无忧的是他，将其视如亲子关爱的是他。他不是他的亲生父亲，却做了一个父亲能做的所有一切。

很多时候，他是羡慕楚修聿这个人的，他可以那么勇敢而坚定地追求自己所要的，然而他却在明明已经认出了她的时候，也没有勇气站在她的面前。

很多年来，他想着超越这个人所有的一切，然而越是了解，他才越发现，自己确实比不上他，比不上他坦率磊落，比不上他勇敢决绝。这么多年来，无论他怎么努力，他也冲不破内心的桎梏……

他本与她走在一路，只是不知何时他已经渐渐走进黑暗，和她走向了全然不同的两条路，再也回不到起点……

正在楚策怔愣之际，无忧望着湖面亮着的火光欣喜地道："那里有放河灯！"

罗衍见了摇头失笑，上前拉他道："走吧，我带你过去。"说着两人便钻进人流朝着湖边走去。

烟落无奈笑了笑，侧头望了望与自己相差半步的楚策，望了望周围熟悉得不能再熟悉的灯景，喃喃道："七年了，还是没什么变化，每年都是这些灯，其实……也没有那么热闹了。"

"其实变了，摆灯的人已经不是以前的人了，看灯的心情……也变了。"楚策淡声说道。

烟落闻言默然，一句话也没有说。物是人非，真的是很残酷的。

一群孩子很快跑过，撞得她差点一个踉跄摔倒。楚策眼疾手快拉住了她："小心点。"

她怔愣了许久，站在熙攘人流之中，低头道："对不起，楚策。我曾答应你会一直一直陪在你身边，我……无法做到了。"

楚策听了愣了愣，薄唇勾起一抹淡笑："说对不起的人，该是我。"他望着她，一字一句地说道，"对不起，这七年陪在你身边的那个人，不是我。对不起，我说会永远保护你，却没有做到。对不起，曾带给你那么深的绝望和伤害。对不起……"

烟落微微闭上眼，敛去眼底的酸涩湿润，颤声打断他的话："不要说了！"过了许久，扬眸望着他道，"即便走到了今天，我不后悔我们曾经相识过十三年，也不后悔……我曾爱过你。"

楚策闻言薄唇勾起苦涩的笑："从小到大，你总是比我勇敢的那一个。"曾经他每一次转身回头，都可以看到她的身影，然而如今当他无数次转头去看，却再也看不到她了。

无数的烟花在夜空绽放，绚烂夺目。相隔七年，再走在曾经一次次牵手走过的灯会，他却再也无法牵起她的手，明明触手可及，却已经远隔天涯。

楚策静静望着夜空不断绽放的烟花，目光深邃而幽远，过了许久，出声道："七年前，我们还有个约定，没有做到。我说会陪你到飞天湖放灯，结果都没有去成，今日陪你去了吧！"

沧都有个传说，从通天河放河灯，让河灯漂流到飞天湖。飞天湖与天相连，在那里放的许愿灯，如果有神仙看到了，心愿就会成真。

烟落闻言愣愣地望着他，一时间不知该如何说话。那一年本是要去的，但因为有了无忧，他也忙于政事，那一年没有来这灯会，也没有去飞天湖放灯。那一年，他们也走上了

各奔天涯的路。

“飞天湖的传说，终究不过是个传说罢了，我已经不信了。”她淡然一笑道。她每年许的愿望，一个都没有实现，还需要再去吗？

楚策目光坚定地望着她，缓缓伸出手去，道：“就在天亮以前，再做一次她，好不好？”

烟落闻言身形一震，过了许久，将手放到他的手上，点了点头：“好。”

楚策唇角无声扬起，如许多年前一样，拉着她穿过人流，买到河灯寻了处僻静的河岸，在台阶处坐下：“从这里放吧！”说话间将毛笔递给她。

她愣了愣才将毛笔接过，边上楚策已经提笔在纸上写着什么，侧头瞥了她一眼：“别顾着偷看，写你自己的。”

烟落笑了笑，望着河道不断漂流而过的河灯怔然出神，过了许久提笔写下了曾经许多年都写下的一句话：愿他所有的心愿，梦想成真。

“好了没有？”楚策出声问道。

“嗯，好了。”她说话间赶紧将纸条折起，小心放到河灯里面。

楚策取出买来的火折子，将河灯点亮：“走吧！”

两人一道起身到了河岸边，蹲在河边捧着河灯闭目祷祝许久，才小心将河灯放入水中，看着它顺流而去。

“快追。”楚策一把拉住她，顺着河岸，追着漂流而去的河灯。

夜风那么凉，吹得她眼底酸涩难耐。许多年来都是她每次放完河灯拉着他追着河灯，看着它顺利漂到飞天湖里才肯放心离去，那些年少轻狂的岁月，原来……从来不曾忘记。

他拉着她沿着河岸快步走着，穿过树林，越过小桥，一如许多年前她拉着他走过这条路一样。岁月流转，依旧是那条路，走来却不是当年那份心情了。

他走在最前，她看不到他紧抿的薄唇以及那微微泛红的眼眶。他一边走着，一边心里念着：路再长一点，灯再慢一点。到了飞天湖，他就要放开她的手了，永远地放开。

可是这条路总是有尽头的，就如当年那雪地里一起走过的脚印，总是会到达尽头的，路再长一点这些都不过是自欺欺人的念想。

眼看着飞天湖越来越近，他放慢了脚步看着水流中的两只河灯漂入了湖中，薄唇微微扬起，喃喃道：“到了！”

她看着渐渐漂向湖心的河灯，喃喃问道：“你写了什么？西楚战事大捷？还是无忧早日康复？还是……”

楚策侧头望她，轻轻摇了摇头：“不是说，说出来就不会灵了吗？”

她抿唇笑了笑，轻轻点了点头：“也是。”

“你们什么时候走？”楚策沉声问道，大夏战报一封接一封送来，想来战况不是很好，楚修聿不可能还安然待在沧都。

“天亮以后。”烟落低声回道，东齐已经得了风声，他们再不回去，只怕会越来越麻烦。

楚策闻言点了点头：“我一会儿要回宫早朝，就不能送你们了。无忧让他先在中州住着吧，等西楚安定了，我再去接他。”虽然他很想无忧能留在西楚，可是现在的情况是不允许的，只会让无忧陷入危险之中。相比之下，中州要安全得多。

“嗯，我知道。”烟落道。

楚策抬头望向天边，喃喃道：“天要亮了。”

烟落沉默着不说话，罗衍带着无忧在街上转了半天也没找到他们，便想过来看看是不是在这边，果不其然看到了站在湖边的两人。

“娘亲，父亲，你们怎么在这里？”无忧小跑着过去。

楚策颤抖地松开手，冷凉的风从指尖穿过，冷却了手心的温度，这时候天际飘飘扬扬下起了小雪。

“我们在街上都找不到你们，还以为你们先回去了呢！”无忧跑过来笑着问道。

烟落抿唇淡笑，躬身拉了拉无忧身上的袍子：“下雪了，该回去了。”

正说着，祁连已经赶着马车在道上停住，冲几人招了招手，无忧望了望几人道：“走吧，我们回去吧！”

楚策探手摸了摸他的头：“我要回宫了，就不送你们了。等战事结了，我再去接你。”

无忧闻言抿唇沉默了片刻，伸手勾着小指：“打勾，不许说话不算话。”

楚策无奈一笑，探手勾着小指与他约定：“好了，外面冷了，先上马车去。”罗衍望了望两人，带着无忧先走了。

站在湖岸边，冷风从两人中间穿梭而过，吹得湖面上的河灯漂流远去。

“快上马车吧，我也要回去了。”楚策先出声道。

烟落点了点头，却没有动身走，张了张嘴想说什么，又咽了下去。

“那我先走吧！”楚策薄唇微微勾起，缓缓转过身去，举步离开。

她站在原地，看着他一步步走远，只觉得那个背影看在眼里那般让人难过，追出几步唤道：“楚策——”

他闻声停住了脚步，却没有转身看她。

“楚策，保重。”她望着他的背影说道。

楚策点了点头，举步继续走着，越走越快，越走越远……

# 第七章 风波再起

乾元十一年，东齐与西楚和大夏的战争全面爆发。回到中州的时候，萧清越已经先行带兵前去漠北督战，飞云骑十将也带兵赶往济宁和合州抵御东齐军的进攻。

烟落每日留在松涛阁照顾孩子，帮无忧施针调理身体，只有到兄弟两个都睡下了，才会到拙政园参加他们的军事会议。

拙政园书房，楚修聿看着萧清越从边关八百里加急送回的战报，眉眼间一片沉重之色。大夏纵然疆域辽阔，但这也是吃亏的地方，边关防守战线过长，兵力疏散,就给了对方可乘之机。

“如今岐州、天阳关、云州、锦州都已经失守，百里勋占领了云州、锦州便屠城祭旗，云州、锦州驻守的兵马已经全军覆没，纵然萧将军守住了朔州和漠南一带，但这终究也坚持不了多久，百里勋的实力已经远远超过我们所估算的。”祁连沉声说道。

“这样的兵力，比之百里行素的黄泉铁卫还要难对付。”祁月深知这一次的对手不容小觑，面色再无往昔的玩世不恭。

百里勋知道百里行素不会真的下狠手对付大夏，便让他去对付楚策。反正他们两个是死对头，而这边他就亲自动手了。

几人正商议着，有人已经推门而入。

“你怎么过来了？”修聿拧眉道。

烟落望了望几人，径自走到桌边取过桌上的战报一看，眉眼微沉：“可想出对策了？”

“东齐军连战告捷，气势如虹，再这样发展下去，大夏可就真够窝囊了。”祁连出声叹息道，一向无往不胜的飞云骑在百里勋的手上吃了败仗，这样的感觉着实挫败。

“大夏主要兵力是飞云骑和龙骑禁军，但其他的军队实力相差太大，根本不堪一击，如何能御大敌，硬拼之下咱们只有吃亏的份儿。”祁月平静地说道。

修聿一直沉默不语，眸中若有所思：“再这样下去，只怕朔州也危险了。”漠北是她两年浴血奋战打下的基业，如何能在他手中丢失?

“虽然有困难，但也不是全无胜算。”她站在长桌边，望着桌上的地图。

修聿闻言眸光一亮，起身快步走到她身边，望向漠北的地图：“东齐人没有在大漠生活，可用天时地利之便。”

“什么意思？”祁月和祁连相互望了望。

“大漠每年到这个时候都会起大风暴，尤其是在大风口一带，这些没在大漠里生活过的人是不知晓的。只要安排妥当，可不费一兵一卒击溃敌军，是个好地方。”烟落沉声道。

“当年皇后娘娘便是在大风口单枪匹马破了突厥一万精兵？”祁月闻言道。

“只要算准了时间，一场风暴可比几十万大军还管用。”烟落侧头望了望修聿，沉声说道，“我会写信让任重远帮你，他精通天文地理，又熟知大漠的地形。”

修聿点了点头，手指在地图上一划，道：“只要布置妥当，再将其逼入死亡之海。即便他们有人幸存，没有熟识大漠的人，他们也进得去，出不来。”

“我马上去安排。”祁连闻声便道。

祁月望了望两人，唇角勾起戏谑的笑：“这叫那什么？妇唱夫随是吧！”

“是又怎样？”修聿笑着搂了搂她的肩膀。

烟落无奈笑了笑，拿开修聿搭在肩膀的手，到桌边给任重远写了信。

大半个月后，从漠北传来战报，大夏以五千兵马于大风口破敌三十万大军。这一役让一直处于紧张的大夏取得了与东齐交战数月以来第一次最大的胜利，也渐渐扭转了大夏被动的战局。

东齐大军自在大漠中吃了亏，便转从凤城方向发兵对付漠南。漠南虽已为漠北统一，然而各部首领摩擦无数，一时大敌当前便吃了亏。还好萧清越及时带兵从朔州赶去相助，这才解了燃眉之急。

“东齐第二路五十万大军从内陆转至明州，进攻济宁、合州。若不是咱们早有准备，让祁恒和祁洪等人在那里备战，这回又要吃大亏了。百里勋这老家伙还真是无孔不入。”祁月低眉瞧着刚刚从合州八百里加急回来的战报。

“凤城和济宁两面作战，怕是会顾此失彼。”祁连忍不住担心道。

“漠南一带交给任重远和萧清越他们应该可以放心，只是这济宁和合州才是困难，五十万大军怕也只是百里勋说出来探风的。漠北那边他们不熟战况，咱们又占尽天时地利之便，这才得了便宜，但济宁和合州可没有这样的便利。”修聿眉眼沉沉，担忧不已。

“济宁和合州处于运河下游，一旦东齐军投毒，就是死路一条，要早做提防。”烟落出声提醒道。

“投毒？那可是会让大夏运河一带都受波及。打仗是打仗，还真要拿这些无辜百姓开刀不成？”祁连闻言一时惊恐，运河穿过大夏境内许多城池，一旦出了问题，大夏就会陷入绝境。

“他可以屠城祭旗，又怎么不敢投毒？百里勋此人一向手段狠毒。”祁月沉声道。

“祁月明日便传令运河沿岸的各城，设立专门验毒苑，每日每一个时辰都必须在运河检测，确定没有问题，才可用运河之水。另传达各城尽快寻找山泉或是挖泉，早做准备。”修聿立即下令道。但愿百里勋不会真做到这么狠毒的地步。

“好，我一会儿就让人去办。”祁月点了点头回道。

“上阳关最近如何了？”修聿出声问道，最近大夏战况紧急，也没时间去关心西楚那边情况如何了。

“百里行素打打停停，上阳关也久攻不下。如今西楚军事调动频繁，看来楚帝是有心要主动出击了。”祁月出声禀报道，楚策就是楚策，永远不会让自己甘心被动挨打。

“大夏也不能一味防守，否则只会越来越被动。”祁连望了望修聿，沉声说道。

修聿闻言点了点头：“确实不能再这么被动了。”然而他对这个百里勋也是了解甚少，摸不准对方心思，这才是棘手之事。

烟落沉默不语，望了望他凝重的神色，知道再过些日子他就真的要离开中州到济宁去，这一去也不知道什么时候才能回来。

出了拙政园，天色已经完全黑了下来，两人一道回了松涛阁。一进屋内便不由皱了眉，一屋子乱得不堪入目，满地都是瑞儿的玩具。

烟落无奈笑了笑，将地上的东西一一捡起，放到旁边的桌上。进到内室看到兄弟两个已经在床上睡着了，瑞儿还抓着无忧的手啃得满是口水。

修聿悄然上前探手自背后拥住她，低喃道：“这样真好。”

烟落抿唇笑了笑，回头看了看他，小声道：“别闹了，我去拿药。”拿开他的手，悄悄取了早上才准备好的伤药，指了指外面，两人轻手轻脚地出门。

怕吵醒了无忧和瑞儿，两人便到了之前修聿临时睡的屋里。从瑞儿出生便一直跟他合不来，死活不跟修聿睡一个屋，便只好让他在这边屋里睡了。

“伤药再换两三天就好了。”她一边说着，一边帮他解着衣服。修聿扬眸瞅着她，长臂一伸便勾着她在自己怀中坐着。她推了推他：“别闹了，我换药呢。”

修聿低头轻咬着她的耳垂，声音低沉："身上都好了吗？"

"啊？"烟落一时没反应过来。

修聿低头吻着她的脖颈，气息火热："大夫不是说了，过了两个月就可以……"一边说着，一手却已经解了她的腰带。

烟落顿时俏脸绯红："你身上还有伤呢，我……唔……"修聿直接吻住她的唇，一手将桌上的东西全扫到了地上，直接抱起她放到桌上。

"一会儿瑞儿要醒了，我……"她艰难地自他的深吻中脱离，喘息着说道。

修聿望着衣衫半褪的她，目光中满是狂热，声音喑哑："你不能老这么虐待我。"从成亲以来，发生这么多事，又有了孩子，他根本碰不得她，早就已经忍无可忍了。

她低眉咬着红唇不敢看他那双满是渴求的眼睛，伸手替他解着衣服。难得看到她主动，修聿唇角勾起邪魅的弧度，霸道地吻住她已经红肿的唇，狂乱地纠缠着她的唇舌。

"嘶啦"一声，半晌脱不下的内衫被他直接撕了，狂热的唇辗转流连含住她娇嫩的丰盈，火热的温度抵着她的下身。

"嗯……"她不由弓起了身子，清明的眸子染上媚色，承受不住这般甜蜜灼热的入侵。娇媚的嘤咛却引来他更加激狂的占有，速度越来越快，力道越来越重。

突然摩擦到某一点的他感觉她异样的反应，动作愈发狂野，惹她兴奋得身子轻颤不断："不行了……"

修聿低头冲着她邪邪一笑，吻住她的唇。凶悍狂野的占有将她逼近了顶峰，她娇喘地瘫软在他怀中，全身泛着薄红，异常妩媚动人。

他喘息地搂着她，爱不释手地抚着她光滑的脊背，低头轻吻着她圆润的肩头，不愿从她体内撤离出来，抱着她便朝内室床榻走去。

她无力地攀着他的脖颈，这样的姿势让她难以接受："你……你放我下来。"

修聿闻言低笑出声，俯首吻住她已经红肿的唇，眸中满是戏谑和狂热。她惊恐地望着他，短短数步间，体内的火热又恢复过来……

"修聿……够了……"她无力地推拒着他。

他低头吻着她，压抑了一年的渴求，哪会这么轻易就喂饱了他？火热的手流连于玲珑的曲线，她在无边的快慰中晕眩，由着他予取予求，抵死缠绵。

活了几十年，破天荒头一次做了春梦。

梦里，他坚实的胸膛贴着她柔软的身躯，肌肤相贴的温度令人心悸，火热的温度撞入她的体内带起阵阵酥麻的快意。

"嗯……"她从春梦中醒来，睁眼便迎上一双邪魅含笑的眸子，下身传来酥麻湿润的感觉。

修聿低头吻住她，低语："醒了。"

烟落顿时恼怒，挣扎着便要起身走开，奈何他手臂撑在她身体两侧，整个人又压在身上，无路可逃，身体的亲密结合带来战栗的快意。

“瑞儿和无忧……要醒了……”她喘息着提醒道，柔顺地迎合着，希望能快点结束。

她主动的迎合让他转为激狂，一连串急促的深入，方才宣泄而出，头埋在她的肩窝，轻吻着她的脖颈，而后翻身侧躺着勾着她的腰，一脸餍足的笑意。

外室有奶娘和侍从们推门而入，她惊得一震，满面潮红，格外娇艳。那边屋里传来瑞儿的哭声和侍从奶娘们的说话声。

修聿低头吻了吻她的唇，道："我去看看。"说罢起身着衣。

她望着床边一脸神清气爽的男人恨得咬牙，撑着坐起身，一身酸疼得直皱眉。

“再躺会儿，孩子我让人照看着。”修聿捡起一地凌乱的衣衫放到床边，脸上的笑容灿烂得想让人打一拳。

她闻言扭头背过身去，懒得甩他。修聿低笑一声，起身出了门，到那边屋里时，无忧和瑞儿都已经醒了。

无忧正在换衣服，看到过来的人有些意外，出声问道："爹爹，娘亲呢？她说今天要教我练剑的。"

修聿心虚地摸了摸鼻子，道："今天我教你，你娘身体不适，晚点起来。"

烟落起来时无忧正在院中练剑，修聿抱着瑞儿在亭下坐着，小家伙竟然破天荒地没有哭闹，以往但凡是修聿走近三步以内，他都不干的。

“瑞儿今天这么乖？”烟落上前才看到修聿正喂孩子喝着什么，不由皱了皱眉，“什么东西？”

“核桃露。”修聿笑着说道，瞅了瞅喝得正香的小家伙哼道，“他就这点出息，一碗核桃露就收买了。”

烟落上前将孩子抱了过来，道："我来照看他们，你去拙政园吧。"近日战报一封接着一封到中州，情况不容乐观。

东齐军于合州、济宁被阻，两军僵持数日。东齐援军三十万，组成八十万大军围困济宁，这个消息第一时间送到了中州王府，修聿当即决定起程前往济宁亲身指挥济宁之战。

拙政园内祁连和祁月几人与其一道紧张地商议着备战的部署计划及城中事务的安排，商议完了天色已经黑了，祁连早早去了飞云骑大营召集一同前往济宁的将士。

“明天就要起程，你自己好好跟皇后娘娘道个别去吧！”祁月出门伸了个大大的懒腰便欲回房睡觉去。

“等等！”修聿皱了皱眉叫住他。

祁月打着哈欠转身望他，俊眉微挑："春宵一刻值千金哪，你不回松涛阁，还叫我干什么？"

“我有事说。”修聿沉声说道。

祁月不情不愿地走回来，与他一道走着：“什么事，快说！”

“我走之后，中州和朝廷的事就麻烦你多费心了，府里上下就托付你照顾了。”修聿一脸认真地恳求道。

“你媳妇儿子托付给我干什么？”祁月不雅地翻了翻白眼，这家伙从来不跟他客气，什么倒霉事都扔给他帮忙处理。

修聿瞪了他一眼，一边走一边道：“她要给无忧治病，又要照顾瑞儿，府里上下你就多照应点儿。”

“行行行，就知道你是见色忘义。可怜我这么多年为中州做牛做马你也没来半句感谢的话，轮到你媳妇，就心疼这心疼那，这就是差别啊！”祁月一副痛心疾首状。

“你不是拿了我那么多银子做感谢？”修聿瞥了他一眼。哼，跟他说感谢，他立马就会伸手讨好处。

祁月无奈撇撇嘴：“知道了，她又不是三岁孩子，好似离了你就不能活似的。”没他帮忙，人家在漠北两年不照样建功立业？

“还有我们走之后，中州便下令封城，除了边关的驿兵送信，不得再放任何人入城。”修聿沉声说道。

“封城，要不要那么绝？”祁月俊眉一皱哼道。

“中州虽然防守严密，但还是小心为上。华淳太后和锦瑟那一伙人现在也没消息，我怕她们再混到中州来，对他们母子三个下手。封城之后，在城中暗中严密排查，府里的暗哨也加强些。”修聿一脸郑重地吩咐道。

祁月闻言点了点头：“嗯，我会吩咐下去。”已经被那两个女人算计了几回了，这回在大夏的地盘上，在中州城里若让那伙人得逞了，他也就没脸活在这世上了。

“华淳太后擅使毒，中州城里你一定要密切注意。如果她们来，十有八九就是冲着两个孩子的，尽量不要让他们自己出去。松涛阁附近的机关都启动了，吩咐府里不知情的人不要乱闯过去。”修聿低声说道，虽说中州安全，但让他们母子三个留在这里，心里总归还是不放心。

华淳太后手段阴狠，之前在她身上下毒，百里行素帮着解了，定然不会就那么善罢甘休，他必须得做好万全防范。

“行了行了，你放心吧，我以我项上人头担保，你回来我把你老婆儿子整整齐齐地还给你。”祁月拍了拍他的肩膀保证道，实在有些受不了堂堂的大夏皇帝跟个女人似的在他面前婆婆妈妈。

“你人头我不放心，我回来他们要少了一根头发，我就抄了你的家。”修聿沉声道，谁让他爱钱如命。

祁月闻言俊脸顿时垮了下来："要不要这么狠？"

说话间，修聿已经负手缓步回了松涛阁，刚一进院内便听到屋内传来柔柔的歌声，唇角不由勾起，轻步进了房里。

室内弥漫着淡淡的安神香，无忧已经在榻上缩着睡着了，秀丽的女子一身水蓝的裙衫坐在摇篮边哄着孩子入睡，一边轻轻摇着摇篮，一边唱着柔柔的催眠小曲。

月儿明，风儿静，树叶遮窗棂呀，

蛐蛐儿叫铮铮，好比那琴弦儿声呀。

琴声儿轻，调儿动听，摇篮轻摆动呀，

娘的宝宝闭上眼睛，睡了那个睡在梦中。

……

歌声温柔婉转，静静飘荡在沉静的房中，灯火暖暖，将整间屋子照着特别温暖。

屋里的人并没有发现已经站在门口处的人，乌黑的长发随意散在单薄的肩膀上，一边唱着小曲儿，一边轻轻摇着头瞧着摇篮里的孩子。

瑞儿冲着她咯咯直笑，就是不肯睡。她很有耐心地哄着，全然不知背后一直站在门口处的男人，外室的灯火照在他的身上，俊朗卓然。

过了许久，摇篮里的孩子终于闭上眼睡去，她无奈哼道："连睡个觉都这么折腾人。"说话间将摇篮里的小被子给孩子盖好，起身给无忧掖好被子，把他掉在榻上的栗子一一捡了起来放到边上的小几上，微一侧头便看到倚门而立的男人。

修聿斜斜地倚在门框上，神色慵懒，眼底泛着温柔的笑意，饶有兴致地瞅着她："都睡了？"

她回头望了望两个孩子，而后点了点头："嗯，都睡了。"

"呀！"刚回过头来，便一阵天旋地转，被人抱了起来，气恼地瞪他，"你干什么？"

修聿低笑一声，抱着她快步回了房，门刚一关上便迫不及待低头吻了下来。

帘帐低垂，一地散落的衣衫，昭示着帐内的狂乱。

修聿一脸餍足的笑，低头轻吻着她圆润光洁的肩头，说道："济宁出事了，东齐援兵三十万围攻，情况不乐观，我要亲自去看看。"

烟落本是迷迷糊糊的，心神一下清明了。援军三十万，岂不是动了八十万大军，这岂止是不乐观？

"什么时候走？"她翻过身来，望着他问道。

他俯首轻轻吻上她的唇，低声道："天亮了就走，府里的事我已经交代了祁月。"

她抿了抿唇："这么急？"这样的情况是早晚都会发生的，只是没想到会来得这么快，这一去也不知要多少时日才能回来，一时间心里有些慌乱。

“今天刚得到消息，东齐内陆大军已经调动，我得早些赶过去做部署，才会免于被动。”修聿淡笑言道。

“嗯，也好。”她低声回道。

“如今三国战事已起，没有任何一个人可以置身事外。你觉得自己亏欠了楚策和百里行素，可是他们两个斗了这么多年，最后总得有个了结，现在所发生的一切已经不是你我可以阻止的了。”修聿望着她，认真说道。

“我知道。”她只是希望他们三个人都能好好活着，平安地活着。

“站在各自的立场，谁都没有错。我们要为中州、为大夏而战，楚策要为保卫西楚而战，百里行素要为他的国家而战，这关系到三国的生死存亡。旧的帝国和新的王朝，这是不可能共存的两股势力，发展到现在已经不是简单的个人恩怨了，谁都没退路了。”修聿一字一句地说道，微不可闻地叹息道，“既然改变不了，不如就求个结果吧！”

“修聿，我这一生负担太重，亏欠的人也太多，跟我在一起，你会累吗？”她抬眸望着他，一字一句说道。

从当初上阳关那般不顾只身犯险帮她营救楚策，到这一次次暗中相助西楚，到岐州见了百里行素。若他还是以前的他，他定然不会理会这些人，只是这一切牵扯上了她，他才卷入其中。

修聿闻声眉梢微扬，抿唇笑了笑：“妻债夫还，天经地义的。我若没有这样的觉悟，就不会抓着你不放了。”

他们两个走到今天，但凡他们任何一个有半分要放弃的意思，早就已经天涯殊途了。劫难重重都已经走过来了，哪还会在意累这个字？

她微微一笑，一句话也没有再说，能嫁得这样的男子，她还有何求？

“虽然是在中州，你也要小心为上。我怕华淳太后的人再有异动，我在外面帮不上你。”他有些担忧地说道。

“我会小心的。”她微笑着点了点头。

“虽然松涛阁布了暗哨，但我已经把机关都启动了。机关图我放在房里了，你记得让无忧小心些。”修聿叮嘱道。

“好。”她抿唇点了点头。

天色微明，烟落早起将常用的伤药和衣物帮他收拾好了，便去厨房做了简单的膳食。回到松涛阁时修聿刚起来，无忧便跑了过来：“娘亲，瑞儿尿床了。”

烟落将托盘放到桌上，见无忧只穿着单衣出来连忙推他进屋：“快把衣服穿上。”

无忧穿了衣服出来，看到房中的包袱不由出声问道：“爹爹要出门吗？”

“嗯。”修聿点了点头，盛了粥递给他。

无忧抿了抿唇，闷闷地说道：“那不是要去很久？”

“你和娘亲好好待在中州，事情办完我就回来了。”修聿温声说道，“教你的剑法，要天天练，以后长大了才能保护娘亲和弟弟，知不知道？”

无忧用力点了点头：“嗯。”

刚用过早膳，祁连便到松涛阁来催他上路了。烟落抱着瑞儿和无忧一路送他们出城，飞云骑的人马已经候在城外。

“我已经写信让大师傅和二师傅来中州，这两天就会到了。虽然他们做事胡闹了些，你习惯就好了。”修聿一边走，一边叮嘱道。

“嗯。”她低声应道。

“萧清越会暂时留在漠北和任重远留意关外的战场。我们都不在中州，若是没有什么重要的事，不要随意带着孩子出府，需要什么吩咐祁月去办就好。”修聿望了望她，继续叮咛道。

“知道了，昨晚你已经说过了。”她出声道。

修聿皱了皱眉，喃喃道：“是吗？”

烟落抿了抿唇，道：“你自己一定要小心，病了伤了一定要军医马上救治。每半个月必须给我写信，我要少一天收不到，就立刻带孩子去济宁。”

修聿闻言不由失笑，这些话怎么听着那么耳熟？

“你笑什么笑？”她扬眉望了望他，心里酸涩难耐，低着眉道：“一定要小心，你不能出事的，不然我和无忧，还有瑞儿怎么办？”

修聿笑了笑，一手牵着无忧，一手搂了搂她的肩：“放心吧，我有分寸的，一定头发都不少一根回来。”

“还有，你外伤好了，一到阴雨天伤口还痛的话，就吃那个蓝色瓶子的药……”她抬眸望着他说道。

修聿没有打断，由着她说着，这些话从用早膳时，她就已经在说了。由着她说完了，才笑道：“这下知道，当初你没心没肺地走，我是什么感觉了？”

她抿了抿唇不言语，瑞儿在她怀里望着城外齐刷刷站着的飞云骑招着小手，煞是可爱。

“东齐的水师作战厉害，尽量避免与他们在水上交战。要是东齐水师和陆军两路夹击的话……”她脑子乱乱的，抬头皱着眉望着他道，“我还是跟你一起去吧！”

修聿一听顿时哭笑不得，温声安抚道：“你留在中州我才能无后顾之忧，照顾好无忧和瑞儿就好了。我又不是三岁孩子，放心吧，没人欺负得了我。”

祁月站在城门口，无奈地望着依依话别的一家四口，朝祁连望了望：“这两个人，要说到什么时候去？”

祁连闻言望了望祁月：“还有你，别再那么吊儿郎当，好好照应着娘娘和两位殿下就是帮了大忙了。”

祁月撇了撇嘴，上前催促道：“走了走了，再不走天都黑了。”

修聿接过缰绳，翻身上马冲着她和孩子笑了笑，道：“外面风大，快带无忧回去，别再吹病了。”说罢，扬了扬手，将士齐动，齐齐掉转马头起程。

一行人回到城里，祁月立即就下令封城，带着侍卫送他们一道回府，见烟落一直不断回头看什么，上前问道：“娘娘在看什么？”

烟落微微摇了摇头：“感觉有双眼睛……”难道真有华淳太后的人已经混入了中州城？

祁月回头望了望，朝周围的侍卫使了个眼色，几个人悄然散开，混入人群之中去巡查踪迹。

“祁月叔叔，你在看什么？”无忧也跟着他回头看了看。

祁月笑了笑拉着他一边走一边道：“没看什么！就是那边有个姑娘挺漂亮的，看着有些眼熟。”

无忧鄙视地望了他一眼，快步走到烟落身边。

“保险起见，你们早些回府，这几日不要再出松涛阁了。”祁月一边走，一边低声说道。若让他们三个少了一根头发，攒了几十年的身家都要被抄了，这个代价他可付不起。

回到府里，烟落将瑞儿放到床上，赶紧找到了修聿所说的松涛阁布置的机关图，拉着无忧到桌边，细细给他讲了。无忧很听话，几个时辰就把机关图全记了下来。

祁月加派人手盘查了城里的人，然而一连数日都没有查到是什么人，一时间也不由有些头疼。烟落将瑞儿哄着睡了，趁着无忧也睡下了，便起身去了拙政园。

“还是没有找到吗？”烟落一进门便直接问道。

祁月摇了摇头：“中州城也不小，一时间很难查完，加上人手并不是很多，又是暗中查访，还没有查完。”

烟落低眉叹息道：“或许是我多疑了吧！”

“我已经加派了人手去查，这种事还是小心为上。”祁月眉眼沉沉，将信递过道，“皇上他们已经到了济宁。”

烟落接过书信，看了看，低声道：“中州发生的事，就别跟他说了，免得他再分心。”

“是。”祁月回话道。

烟落看完一边回信，一边对祁月道：“济宁和合州处于运河边，为免陷入被水陆夹击的困境，你帮我尽快寻到各州城漕帮擅水战的人，请他们前去济宁、合州帮忙。”

飞云骑擅陆战，到水上就会吃亏。以济宁和合州的地形，很容易让敌人以水陆两面夹击。

“这事皇上临走时已经吩咐了，已经寻了人这两日就起程前往济宁了。”祁月失笑言道，这两个人总是什么事都想到一处去。

松涛阁，无忧醒了，看到进到园中的燕初云，在园中左右打量，神色怪异，不由皱了皱眉，爬上榻继续装睡。

燕初云推门而入，望了望屋内睡得香甜的两个孩子，眸底一闪而过的冷锐。无忧揉了揉眼睛从榻上起来：“初云小姨，你怎么过来了？”

燕初云闻声一震，笑了笑回道：“你娘让我过来看着你们。”说着便朝摇篮处走去。

无忧皱了皱眉，初云小姨不是一直叫娘亲皇姐的吗？怎么会突然改口？

他心里这么想着，不动声色走到放摇篮的地方，漫不经心地问道：“初云小姨，娘亲下午让你送到拙政园的东西送去了吗？”

燕初云闻言愣了愣，点了点头：“送去了。”

无忧闻声眉头一皱，沉声道：“你不是初云小姨。”

拙政园除了母亲和清姨从来不会再让其他的女人进去，这是爹爹曾经下过令的，而且今天母亲根本就没有让她送东西过去。

燕初云闻言眉眼顿时冷沉，目光倏地冷厉骇人，纵身便要扑过来抓住无忧。无忧伸手一拉床帷边的绳子，屋里的机关一动，无数的利箭射向来人。

来人迅速退出数步，退到房门口处，望着站在最里面的无忧，目光阴冷狠毒：“不想死，就自己出来！”

无忧站在摇篮边，手拉着另一根绳索，神色目光全然不似一个八九岁的孩子：“对付不了我爹我娘，就想抓我们，没那么容易。”这屋里的机关图他早熟记于心，纵然武功身手不如人，但对付这一个还是绰绰有余。

来人眸光顿寒，拿下跟前的烛火扔了过来。屋内瞬间便起了火，无忧呛得捂住嘴，摇篮里的瑞儿也被惊醒，全然不知周围的危险，只是习惯性地望着他咯咯直笑。

无忧捂着嘴一连拉了几条绳索，趁着那人防守之际，抱着瑞儿钻到屏风后面，打开一道暗门便钻了进去将瑞儿放下，点了通道里的灯火。回头一看不由愣住了，瑞儿回头望着他笑了笑扯着嗓子吼了两声，扭过头去屁股左一晃右一晃地朝前爬。

无忧将火折子收起，抱起他道：“我们去找娘亲好不好？”暗道他之前试着走过，是直通往拙政园的，他要快点找到祁月叔叔过来把人抓住。

拙政园内，烟落和祁月正商议着调配济宁的军需物资，便有人冲进拙政园里高叫：“失火了，松涛阁失火了！”

烟落脸色顿时惨白，起身快步朝松涛阁跑去，无忧和瑞儿还在里面睡觉，要是没出来怎么办？

祁月也跟着赶了过去，看到已经烧到房顶的火光顿时呼吸一窒，立即招呼救火的人快些，然而夜里风大，火势趁风而起根本来不及救。

燕初云望着赶来的人赶紧迎了上去："我刚过来，就看到屋里起火了……"

烟落想也没想，直接踹开关着的门便冲了进去，四下寻找无忧和瑞儿的踪影。内室的火势更大，好不容易进到了里面，榻上摇篮里根本没人，心顿时狠狠沉了下去。

松涛阁防守这么严密，难道还有人潜进来抓走了他们?

燕初云一见她进了里面，也跟着赶了进去。祁月一见钻进火里的两人顿时急了，指挥着人快救火，进去帮忙找人。

无忧带着瑞儿钻出松涛阁，园里却已经空无一人，一时间不由慌了手脚。远远看到松涛阁那边起了火，心里顿时急了，要是那个假初云还在，肯定会对付娘亲。

抱着瑞儿就直接往外跑，可是瑞儿又太重，想了想回头将瑞儿放在书房后面的密室里："瑞儿，你在这里乖乖的，我去找娘亲一会儿就回来。"

瑞儿冲着他咿咿呀呀吼了两嗓子，无忧将暗门一关赶紧朝松涛阁跑去，远远看到院子里忙碌的人。

"无忧，你怎么在这里？"祁月望着跑到自己身边的孩子惊声问道。

"我娘呢？我娘在哪里？"无忧焦急地四下张望。

祁月望了望里面道："你娘进去找你们了，燕初云也进去了……"

无忧一听，望了望火势滔天的房子，咬了咬唇夺过边上一人端着的水，劈头倒在自己身上，就朝火里面冲。祁月一见顿时傻了眼儿："你干什么？"

"那个初云是假的。"无忧说罢甩开祁月的手就朝里面跑。

屋里，烟落正在火里焦急地找着孩子，急得都快哭了。燕初云跟在后面，袖中寒光一闪，握着短刀便朝她后背刺去。无忧正好冲进去，见状便握着一张着了火的椅子砸了过去，并大声叫道："娘亲，小心啊——"

烟落闻声回头一望，正看到一脸狠厉的燕初云，手腕一转制住了对方刺来的刀："你不是初云，你到底是谁？"

"送你下地狱的人！"对方手一松，另一手接过掉落的短刀又刺了过来。

烟落身边没有武器只能徒手对敌，看到无忧还往这边来，顿时心里一急，大声喊道："无忧，快出去！"

无忧站在那里想过去，奈何火势越来越大，捂着嘴呛得头昏眼花，身上浇了凉水，周围又是大火，一阵冷一阵热，难受至极。

祁月带着人冲了进来，直接将无忧扛了出去："哎哟，我的小祖宗，往身上浇凉水，你不要命了。"

"祁月叔叔，我娘，我娘还在里面。"无忧急着叫道。

"我知道我知道。"祁月将他放到地上，招呼着人道，"快带太子换衣服。"

话音一落，跟着进去的暗卫已经拿铁索将假的燕初云绑了出来。烟落从里面出来，看着站在外面的无忧，一把抱住他哭出声："你去哪里了？去哪里了？"

她在里面找了半天，也没找到人，真以为他们出了事。

"我从密道出来了，一点事都没有。"无忧笑了笑，擦了擦她满面的黑灰。

"瑞儿呢？瑞儿出来没有？"烟落立即追问道。

"弟弟在拙政园书房的密室里，我把他一起带出来了。"无忧说道。

烟落抱着他长长松了口气，刚才真以为他们俩在里面，吓得她真不知如何是好，突然皱了皱眉头，摸了摸他身上："怎么是湿的？"

"刚刚要跑进去，就给自己倒了一盆水。"祁月无奈地说道。

"快把衣服换了去。"说着抹了抹他脸上的水，拉着他朝着一边的屋里走去，走了几步回了回头。

祁月上前道："你带无忧换衣服吧，一会儿病了老大知道还不得杀了我，我去拙政园把小殿下带过来。"

老大刚走几天，这又是着火，又是刺客，让他知道他就死定了，回头望了望被烧掉的房子，一张俊脸垮得更厉害："又要花多少银子修啊？"

边上正欲赶着救火的人听了差点没栽个跟头，果真是爱钱如命的人啊！

祁月快步赶到拙政园书房，一打开暗门，小家伙就从里面爬出来，而后坐在地上冲着他咿咿呀呀地吼着，看得人哭笑不得。

"这就会爬了？"祁月头疼地抚了抚额，躬身将瑞儿抱起，"走，看你娘去。"

一想到这一把火，烧得他就窝火。这可是烧了半个王府的家当，这要重新置办都得花银子的啊！

烟落将无忧带回屋里赶紧吩咐人送了热水和姜汤过来，帮着换了干净的衣服，诊脉确定没有大碍方才松了口气。

"还冷不冷？"烟落拿着被子把他裹了个严实，紧张地问道。

无忧笑着摇了摇头："不冷了。"目光落在她已经有些烧伤的手上，抿了抿唇，"娘亲，你的手。"

烟落低头看了看，抿唇一笑："没事，一会儿擦点药就好了。"探手摸了摸他的头，"怎么那么冲动，那么大的火还往里跑，有事告诉你祁月叔叔不就好了？"

"我……我一急就忘了。"无忧不好意思地摸了摸头，当时想到那个假初云要害她，哪还想那么多呀?

烟落叹了叹气，说道："以后不许再这样了，娘亲是大人了，会照应好自己，再遇到危险就顾好自己，知不知道？"

无忧笑了笑："知道了，娘。"

祁月抱着瑞儿一进来，小家伙就伸着手要她抱。

“娘亲，弟弟会爬了哟，刚刚在秘道里手脚比我还快。”无忧望着瑞儿笑着说道。

“可不是，我刚过去一打开门，他就爬出来了。”祁月跟着言道。

小家伙看着几人都笑，也咧着嘴咯咯直笑，咿咿呀呀地叫唤。祁月站在窗口望了望已经烧得残败的屋子，堂堂大夏皇帝的寝居被烧成这样，这还真是天下奇事了。

几人正说着，侍卫站在门口禀报道：“皇后娘娘，祁副城主，抓到的人怎么处置？”

烟落闻言将瑞儿放到榻上，望向无忧道：“看着瑞儿，我出去一下！”转头望了望祁月，两人一道出了门。

假燕初云被几人以铁索缚着，看到远远走来的烟落，一身杀气腾腾却立马被几人摁跪在地：“老实点！”

纵然她可以易容成燕初云的样子躲过重重暗哨，但只要一失手，就再也插翅难飞，中州王府的暗卫可不是养着玩的。

烟落一身被烧得有些破烂的衣裳都没来得及换下，缓步走了过去：“锦瑟，你还真是胆大，敢来中州？”说话间手一扬撕去她脸上的面具，面具之下的面容正是她已经相识多年的锦瑟。

不管这个人怎么易容，却也难掩那双眼睛对她的憎恨和恶毒。方才在园中是因为她心系无忧和瑞儿的安危，才忽略了这可疑之处。

锦瑟冷冷地望着她，不甘心地被人摁跪在地：“洛烟，我倒真是小看了你，前有楚帝和中州王先后护着你、帮着你，如今连大昱的皇帝也肯舍命救你，死过一回你还真是长了不少能耐！”

“锦瑟，你一再要置我于死地，我可以不计较，可是那么小的孩子你都不放过，就休怪我无情！”烟落扬手便拔出侍卫腰际的佩剑架到锦瑟脖颈之上。

就是这个人，当年下毒害了她和无忧，放火将她烧死在冷宫里。如今更变本加厉，不惜跑到中州来要她的命。

“我们千算万算就是没算到，你会连百里行素也勾搭上了。若不是他出手，现在你和你的孽种早就死无葬身之地了。”锦瑟一脸不屑地望着她，只要想到这个人还活在这个世上，她就芒刺在背，不除不快。

烟落紧抿着唇，一句话也不说。

她欠了百里行素，她和瑞儿都欠了百里行素。若不是他帮她解毒，这个孩子根本无法出生，她也不可能活着回来。然而从烟柳山庄那一病昏迷，她便再也没有见过这个人，如今只是知道他在上阳关附近。

“初云在哪里？”烟落冷冷地望着她，沉声问道。

锦瑟得意地望着她，唇角阴冷的笑容渐渐扩散：“如果我天亮出不了中州城，明天燕

初云就会被吊在中州城外。"

"你真是丧心病狂！"烟落气得发抖。

"你装什么好人！若不是因为你，北燕如何会分崩离析，天下谁不知你是让北燕亡国的祸水。你害死了北燕那么多人，会好心救燕初云？"锦瑟冷笑哼道。

烟落敛目深深吸了口气："拿你的命，换初云的命，你还没那个价值。"转头望了望祁月，"送她出城。"

祁月闻言皱了皱眉，望了望这女人，虽然没正式交过手，不过这女人的恶名倒也听了不少，撸了撸袖子上前："骂人是祸水，你想当祸水，怕也没这个命。"

话音一落，便传出锦瑟尖锐的叫声，烟落回头一望，她的两只手已经被祁月折断了，痛得她倒在地上冷汗直冒。

祁月起身拍了拍手上的土，耸耸肩道："为了出城顺利，做点保险措施也是应该的，免得她耍花样。"

烟落望了望天色，道："你安排一下，我们尽快送她出城，一切以救回初云为重。"虽然她也很想杀这个人，可是如果拿她的命抵初云的命就太不值得了。

回到屋里便看到瑞儿在榻上爬来爬去，围着坐在榻上的无忧转圈，玩得不亦乐乎。

她换了衣服刚一出来，无忧便跑了过来："娘亲，这是治烧伤烫伤的药膏，以前爹爹留在这里的，正好还在。"

说着便拉着她到榻边坐下，帮着她挽起袖子，小心地将药膏帮她轻轻涂上，一边涂着一边轻轻低头帮她吹着。爬到边上的瑞儿也跟着有样学样，抓着她另一只手吹着气，结果口水全滴到了她手上，看得她和无忧哭笑不得。

烟落抿了抿唇，探手将无忧抱着，一句话也不说。边上的瑞儿见了也伸着手咿咿呀呀地叫唤，她笑了笑，伸出另一只手将小家伙搂着，低头亲了亲他的额头："都是娘亲的乖孩子。"

她的丈夫、她的儿子都在保护着她，与她一起保护着这个家，她还有什么怕的呢？

"娘亲，怎么了？"无忧抬头望了望她，低声问道。

烟落眼眶红红的，唇角勾起笑容："只是觉得已经拥有太多美好的东西了。"虽然这一生跌宕起伏，走过前世今生，走过血雨腥风，她还拥有了梦想的一切，这是多么的幸运！

一生的路，不是只有摆在面前的一条，其实还有很多选择，只是太多时候被眼前的一切所迷惑看不到它的存在。只有一条适合自己的道路，才会真正走得长远。

但愿他们每一个人，都能选择到一条适合自己的路走下去。

瑞儿趴在她的腿上，很快就进入了梦乡。烟落无奈笑了笑，将他放好盖上了被子，无忧坐在榻边抿了抿唇，出声道："娘亲，我可以……可以给父亲写信吗？"

烟落闻言愣了愣，探手摸了摸他的头，笑道："当然可以。"

无忧不好意思地笑了笑："我怕爹爹知道了会不高兴，没给父亲写过信，不知道写什么好。"

烟落闻言失笑："爹爹他不会生气，写好了让你祁月叔叔派人送到上阳关就行了，他看到一定会很高兴的。"

无忧闻言点了点头，裹着被子缩在榻上望着她的侧脸，沉吟了许久，喃喃问道："如果……如果没有爹爹出现，娘亲最后……会回到父亲身边吗？"

烟落不由一震，抿了抿唇侧头望向无忧："为什么……这么问？"

"其实从看到那封信开始，就想了很多回这个问题。"无忧低着头说道。

如果没有爹爹出现，娘亲最后还会不会回到沧都，还会不会再和父亲生活在一起？

父亲不是不够好，只是他要守住的东西太多了，只是他不够懂母亲的心，在关键的时候做了错误的选择，一步错，步步错，才到今天。

如果当年父亲选择说出一切，让母亲和他一起面对，一起守候着彼此，守候着他们的家。更或者，如果父亲早找到母亲说出了所有的事，所有的一切……都不会发展到今天的地步。

烟落沉默了许久，探手掖了掖裹在他身上的被子，说道："这个世上没有如果的事，人生的路只会往前走，很多时候是没有回头的余地的。如果真的那个样子的话，也许娘亲会去很远的地方，或是寻一个安静的地方开一所医馆，过些简单的生活。"

无忧抿唇点了点头，没有说一句话。

"无忧，你是不是觉得，娘亲……做错了？"烟落望向低着头的孩子，小心翼翼地问道。

无忧抬头笑着摇了摇头："如果娘亲错过了爹爹，也会像父亲那样后悔一生吧！"

他从来没有怪过他们，两个爹爹都是他挚爱的亲人。如果没有父亲，娘亲可能不会再出现在他生命中；如果没有爹爹，他不可能再遇上母亲，再成为她的儿子。

烟落抿唇微笑，静静地抱着他。如果再回到当年这个孩子出生的时候，她还是会毫不犹豫地生下这个孩子，哪怕以她的性命换取。

无忧也伸出小手拥着她，头搁在她的肩膀上，低声说道："能做娘亲的儿子，无忧好幸福！"

烟落抿唇笑了笑，深深吸了口气道："无忧早些睡吧，周围有人看着，娘亲要出城去找你初云小姨，天亮就回来了。"

无忧听话地点了点头拥着被子躺下，望了望瑞儿道："娘亲，你去吧，我会看着弟弟的。"

烟落帮他拉了拉被子，起身出了门，闭目深深吸了口气。每次提及与楚策相关的一

切，心情都是难以言喻的沉重。

爱情这东西太过美好，却也易碎。有些东西一旦破裂了，就再也拼不回原来的形状；即便是修复，也难以弥合那道裂痕……

夜色深沉，月光寂寥，祁月安排好松涛阁附近的守卫，烟落从屋内出来道：“天快亮了，带人出城吧！”

祁月闻声微一扬手，便有人将锦瑟捆着带了出来。双手被废的狼狈女子却依旧一脸阴狠之色，望着站在院中的烟落狠狠啐了一口：“洛烟，不要以为你这样就可以高枕无忧了。只要大昱还在，华淳太后绝不会放过你的，你等着，你等着……”

烟落缓步走上前，淡淡地望着她：“我会等着，等着看你们还有些什么手段！”

锦瑟咬牙望着她：“洛烟，我诅咒你，不得好死，不得好死……”

“你忘了我早就是个死人了。”烟落淡然一笑，站到她面前沉声问道，“你到底恨我什么？我自认从未加害过你，你却一次次要置我于死地。”

锦瑟闻言笑得疯狂，冷冷地望着她：“怎么？洛家两个老家伙还有楚峥没告诉你他们当初做了什么好事吗？”

“什么事？”烟落追问道。

锦瑟冷然一笑：“哼，他们怎么有脸把那样的丑陋勾当说出来给你听？”

“到底什么事？”烟落眉眼沉沉，追问道。

锦瑟抬头望着她，笑意冰冷而讽刺：“不如等你见到华淳太后，见到百里行素，你自己亲口问一问他们，当年那些你敬爱的亲人，都做了什么好事。”

烟落抿了抿唇，深深吸了口气，转身便朝府门外走去：“带人出城。”

可是，当年到底发生了什么事，竟可以让一个人恨得如此疯狂，如此毁天灭地，她要到哪里去找寻到这个答案的真相？

祁月眉眼微沉了几分，虽然不知道整件事情的来龙去脉，但他曾经也生活在东齐，只是隐约听到些传言，但真正知道那些事情的人，除了那几个，全都已经死了。

“敢来中州行刺，真不知你是疯了，还是傻了。”祁月淡淡瞥了一眼她，扬手道，“带着走吧！”

“堂堂明月公子，竟然窝在中州城甘为一个小小的副城主，这要说出去也不怕人笑话。”锦瑟冷声哼道。

“这中州城里你想不到的人多了去了，但凡是这城里的人知道你今日在王府里所做的一切，一人一刀，你还没走出这中州城就尸骨无存了。”祁月一边走一边笑语道。

中州城，是几国之中最为坚固的一座城，不只是因为守城的飞云骑，亦因为这城中各方的能人异士，个个都是以一敌百的高人，所以即便高明如百里行素也不敢来打它的主意，只是因为楚修聿不小心介入他的局中，才发展到了今天的局面。

锦瑟不屑地望了他一眼，由着府里的侍卫架着出府，一出府便看到随自己一起进城的几人已经被擒，齐齐捆在府外的马车上，顿时大惊："你们……"

祁月闲闲地理了理衣袖，翻身上马："你还真当中州城的人都是吃素的不成？我们想抓的人就没有抓不住的。"若不是不想惊动城里的人，只要一纸告示，不出半天就能把他们揪出来。

烟落一行人出了中州城，城外的平原一片黑沉，四野沉寂。

"初云在哪里？"烟落回头望了望马车上的锦瑟，沉声问道。

锦瑟冷冷望着她："横竖你是要杀了我的，又何必来假好心救燕初云呢？"

"你到底想怎样才放人？"烟落沉声问道。

锦瑟笑意嘲弄："洛烟，别来这套姐妹情深的把戏，看着让人恶心，曾经你就是这么跟我装了四年。"

烟落面色无波，眉眼间隐隐泛着怒意："锦瑟，你要对付我便冲着我来。"

"对付你有何用，只有对付你在意的人，你才会痛，痛不欲生，生不如死，不是吗？"锦瑟冷笑着望着她，"华淳太后说她一生最后悔的事，就是让华容那么简单地死了。她应该让她活着的，让她活着看最疼爱的女儿是怎么活着的。"

烟落紧紧抿着唇，握着缰绳的手微微颤抖着，深深吸了口气："既然你不说，那我们就自己找，但若找到了，你也失去了可以换你性命的筹码。"说罢，朝祁月望了望："快马通知中州周边各城，城里城外搜索，把人找出来。"

话音刚落，祁月望着远处一闪一闪的火光，扬鞭一指道："皇后娘娘，那边……好像有人过来了。"

锦瑟闻言顿时一惊，伸头朝着火光处望去，神色有些异样。

一辆马车自夜色中疾驰而来，马车在城外勒马停下，罩着黑色斗篷的人不紧不慢地下了马车，扬起脸唤道："四妹！"

夜色沉沉，长风寂寂，火把照亮着小小的一块地方，夜色中的女子宽大的斗篷在风中猎猎作响，绮丽灵秀的面容沉静如水，直直望着马上一身黑色武士服的女子。

"是你。"烟落微微皱了皱眉。

萧淑儿望着她笑了笑，侧头望了望马车之上狼狈不堪的锦瑟，眉眼间一闪而过的冷锐之色，复又望向烟落，沉声道："把人带出来吧！"

话音一落，身后的马车上跳下一人，扶着一人走近前来。

"皇姐。"燕初云一身有些狼狈，上前望着她出声唤道。

"萧淑儿，你……"锦瑟一看被带出来的燕初云顿时面色冷沉。

萧淑儿看也没有看她，直接望向烟落道："四妹，你要找的人，我给你找到了，就请

放了锦瑟吧！”

祁月在一旁默然望着萧淑儿。他知道这个女人曾经在西楚做了西楚的淑皇贵妃，一直以为不过是女子而已，如今这个人竟然在两国交战的关头不动声色潜入到大夏境内，中州却连一点消息都没有收到，看来他是小看了这个女人。

烟落抿唇，望了望马车之上的锦瑟，淡声问道：“你要救她？”

萧淑儿淡然一笑道：“受人之托而已。”

“她潜入中州城差一点害了太子和小殿下，还放火烧了王府，说放就放，中州岂是那般好欺负的？”祁月面上笑意淡淡，眼底锋芒锐利。

“我想，大夏太子和二殿下应该并无大碍。既然没有人命伤亡，如今燕姑娘我们也送回来了，为何还不能放人？”萧淑儿神色淡淡，不畏不惧。

烟落沉默不语，萧淑儿自始至终并没有真正与她为敌，在岐州落难之时，她也曾出手助她和楚策一行人脱险，这个人情她本就该还。

“锦瑟只是一时冲动到中州得罪了各位，还请大夏皇后娘娘看在我这个姐姐的面子上放了她这一回可好？”萧淑儿望着她，浅笑淡淡。

烟落沉默了许久，出声：“把人放了。”

“娘娘？”祁月出声劝道，这是除掉他们的大好机会，而且这萧淑儿是东齐相国长女，看来也不是个简单的角色，此时竟然来了，就是除掉她们的大好机会。

“放了。”烟落沉声重复道。

“多谢。”萧淑儿微微颔首道。

祁月就不乐意了，一夹马腹上前道：“人命是没什么大碍，不过也受了点小伤。这伤药费谁给，还有这么小的孩子被这么一吓，心里有阴影，这叫那什么，精神损失费，你也得给，而且烧了大夏皇帝的寝居，这也得赔。”一边说，一边扳着手指数着。

随行的侍卫看着某个爱财如命的人又在算账，不由齐齐无语。

萧淑儿闻言轻然一笑：“冬青。”

冬青走到祁月马前，递过一叠银票道：“我们已经在你的银号存了十万两。”转身回到马车，望了望锦瑟，冷声哼道：“真是麻烦！”

锦瑟被人推上马车，冷冷地望着萧淑儿：“谁要你来的？”

冬青帮着她将绳子解开，把边上几人也解了绳索：“若不是华淳太后和二小姐去求老太爷，郡主才不会管你们的闲事，你要找死没人拦着你，别祸及他人。”

“你……”锦瑟气得面色发青，等了半天见还是没有人帮她将手接回去，恨恨地望向冬青。冬青转头望了望萧淑儿：“郡主，她的手……”

“就那样带回去吧。”萧淑儿神色冷淡，她并不喜欢与锦瑟这个人打交道，大昱若不是念在她是当年阀门遗孤，又有华淳太后相护，也不会让她出面来带她回去。

冬青闻言唇角微勾，朝马车处叫道：“来人，带走吧。”

“萧淑儿，你……”锦瑟没想到她竟然就打算让她手一直这么断着回去。

“是太后和老爷请郡主帮忙把你带回去，只要活着带回去就行，识趣的话回去就乖乖跟着太后别再生事，否则，老太爷也不会再容得下你。”冬青冷声说道。

郡主回到夷都，就调配到老太爷身边帮忙，这是夷都朝中上下任何一个家族都没有的殊荣，这也是她们没有料想到的。如今的淑媛郡主地位除了老太爷便仅次于华淳太后和昱帝之下，哪有闲时间管这个女人的闲事?

烟落翻身下马，看了看初云，周身上下也只有些小伤，且都已经上药包扎好了，想来也是萧淑儿吩咐人做的。

萧淑儿冲她笑了笑，戴上风帽转身便要离去，走出两步突地出声：“漠北那一仗妹妹赢得漂亮，可那样的运气也不是时时都有的，下一回可就要小心了。”说罢便快步上了马车。

烟落站在原地，看着马车消失在浓浓的夜色中，神色有些沉重。

“娘娘，要不要半路……”祁月上前出声道，现在还是大夏境内，只要派人半路截杀，是完全可以除掉她们的。

“不用了。”烟落打断他的话，“她能悄无声息地来，想来是百里勋的人暗中帮忙，现在中州还是少些麻烦好。”

虽说事情解决了，但萧淑儿最后一句话却在心里萦绕不去，她这……算是提醒吗？提醒她，百里勋下一步会出手对付在漠北的姐姐，要她小心防备?

# 第八章　淑媛郡主

七日后，夷都帝宫，太和殿。

一身素净宫装的女子带着一行人进到幽深的宫殿，对着重重帷幕屈膝跪下："太爷，臣女已经将锦瑟等人带回夷都，前来复命。"

帷幕后的人微微咳嗽了几声，低低出声："淑儿，你起来吧。"言下之意，能起来的只有萧淑儿一个，而此时就连华淳太后都还跪在那里。

萧淑儿侧头望了望华淳太后，提裙起身站到一旁便听到帐内传出的声音："交手的是什么人？"

"是大夏皇后。"萧淑儿坦然回道。

"大夏皇后，是……华容的女儿？"苍老的声音中隐隐含着冷厉。

"是。"萧淑儿沉声回道。

"现在……倒愈发像华容年轻的时候了。"百里勋低声喃喃道。

萧淑儿低眉不语，关于华容的一切在大昱是禁忌，她不便评判其中对错。

"她答应放了人，还让你们通过大夏国境？"百里勋声音微沉了几分。据他所知，锦瑟和燕绮凰是死对头，怎么会那么轻易就放了人？

"是的。"

帷幕后的人沉默了许久，整座大殿也跟着陷入死一般的沉寂，百里勋淡淡出声："对一个一再置自己于死地的人，她会那么轻易放了？"

"锦瑟抓了前北燕公主燕初云，臣女寻到了燕初云做交换，才将人换了回来。"萧淑儿一脸平静。

“是这样？”百里勋低低出声，说着又轻咳起来。

“是的。”萧淑儿平静回道，这是事实也是很合理的解释，不会再有人怀疑到当年岐州的事情上来。

“华淳，这样的事，我不想再看到第二次，管好你的人。”帷幕后传出的声音变得森冷骇人，让人感觉如坠冰窖。

跪在一旁的锦瑟顿时一个寒战：“臣女是想……是想抓住那两个孩子。有了他们在手，大夏必定不敢再轻举妄动，东齐就可以……”她已经很多年没来过这个地方，也从来没有见过帷幕后这个人的真面目。

“那你抓到了吗？”帷幕后的人声音更加冷沉。

“臣女……没有。”锦瑟战战兢兢地回话道。

“你不但没有，还要我们派人大费周章前去救你的命，这就是你做的好事。中州城岂是你可以为所欲为的地方？你太小看那里的人了。若是留在中州城里的不是燕绮凰，只怕你死都回不来。”百里勋冷声哼道。

但若是楚修聿在中州，即便他们去了人，估计也救不回来人。少年成名的中州王，自有他的一番手段。这个人对待敌人是绝不会心慈手软的，否则这么多年如何能让中州立于四国之间？这也是东齐不去招惹中州的原因。然而这个人却阴差阳错也卷了进来，这是完全出乎于计划之外的。

华淳闻声抿唇低头道：“是，太爷，臣女会好生管教。”

“我知道你们与洛家不共戴天，可是这么多年来，费了这么多的力气，华容的女儿还是活得好好的，不仅如此，如今还有了中州王的帮忙，就连行素也……我不反对你们动手，但若是一直这般无用，就给我好生待在夷都，在这关键时候坏了我的大事，我也……容不得你们。”百里勋沉声说道。

华淳太后闻言一震，深深吸了口气，道：“是，臣女会好生管教手下，不会再自作主张，一切以协助太爷完成大业为主。”

如今她已经不需要再对那个臭丫头下手了。只要大昱大业一成，西楚、大夏都将不复存在，他们将流离失所，无处容身。那时候要他们生、要他们死还不是易如反掌的事，楚策、楚修聿、洛烟，一个都不会有好下场。

“行素那边如何了，听说已经和西楚数次交锋了？”里面的人声音不紧不慢，却透着压迫人心的威严。

萧淑儿闻声上前回话道：“攻打上阳关两次未成，楚策出兵三十万与黄泉铁卫交战于平野，两军各有伤亡，不分上下。”

如今这些送来夷都的消息都是由她处理的，百里勋的命令也是经由她的手去下达，如

今即便是华淳太后或是萧家，都归她来调令。

“上阳关久攻不下，楚帝已经御驾亲征，看来也不想善罢甘休了。淑儿，你有何主意？”百里勋喃喃出声念道，比起当年的楚峥，楚策有过之而无不及，只是他还没有楚峥那份冷血狠毒。

“如今漠北、上阳关，还有济宁，三面的战局都已经僵持着，再这样下去，对东齐是极其不利的。多面迎敌，这是自古以来的兵家大忌，同时对抗，东齐也不可以面面顾到。为今之际，唯有……各个击破。”萧淑儿望着帷幕，平静地说道。

她所想的，里面的那个人早就想到了，只不过是用来试探她而已。帮着这样的人做事，是荣幸吗？她可不觉得。

每一刻都要猜着他的意思，说每一句话都得思前想后、小心翼翼，任何事情也不能出一点错。这样的生活，她还要继续。

“各个击破？说说看？”里面的人继续道。

萧淑儿沉默片刻，深深吸了口气道：“如今三面受敌，济宁的中州王，上阳关的西楚大帝，再有漠北的大夏将军萧清越。济宁守卫重重，一时很难拿下；西楚兵强马壮，也不是容易对付的，唯有……漠北大夏将军萧清越实力相对薄弱。”

“淑儿，你果真不让我失望，心思谋略远在你的才情之上。若为男儿身，定是我大昱栋梁。”里面的人传出声来，带着微微的笑意。

“太爷谬赞了。”萧淑儿面上无半分喜色，平静回道。

“此事，就全权交由你处置了，这是开战以来的第一步计划，可不要让我失望。”百里勋沉声道。

“是。”萧淑儿低头回道。

百里勋对萧淑儿的反应出乎了所有人的料想，华淳太后不由打量起那低眉敛目的女子。这么多年来这个女子韬光养晦，丝毫没有让人瞧出她的聪慧之处。她淡漠，如云如风的淡漠，让人看不透她的心思，这是她第一次如此细细打量这个人。

萧淑儿感觉到身边审视的目光，面上了无波澜，朝着帷幕之后的人低头回道：“臣女定不负太爷所望，竭力办好此事。”

百里勋扬手掷出一枚令牌，萧淑儿探手接住，便听得里面的人说道：“在东齐境内，任何时候你需要帮助，可以出示此令，会有人出来帮你完成任务。”

萧淑儿低眉望了望令牌上的铁鹰标记。这应该是百里勋的密令了，可以用它调动大昱隐藏二十年的力量，可是这背后到底有多少人，她不可预知。深深吸了口气，回道：“多谢太爷，臣女定当办好事，回来向太爷复命。”

这么多年，她一直隐忍度日，不争不斗，而如今她已经没有安生之地了。三国之战，没有人可以置身事外。

华淳太后紧紧盯着萧淑儿手中的令牌，不由望向那重重帷幕。老太爷把自己掌管多年的密令竟然传给了这样一个黄毛丫头，这事情倒真教她有些摸不清了。

“太爷，那是……大昱的密令，交给淑媛郡主是不是不太合适，她毕竟还年轻……”华淳太后低声询问道。

“这不是年轻年长的问题，你若有她那份冷静和心思，我也会交给你，可惜……你没有。”百里勋沉声说道，华淳太后已经被仇恨磨却了她所有的聪慧睿智。她是个疯狂的复仇者，而不是可以帮他完成大业的人。

华淳太后闻言默然低着头，虽然心有不甘，却也不敢再有半句反驳之言。因为这个人握着她一生的生死命运，他可以让她活到今天，也可以顷刻之间取了她的性命。

萧真儿闻声不由微微抬头望向默然立在一旁的秀致女子。她自认聪明不输这个人，这么多年在沧都她刁蛮跋扈，却自藏着自己那一份心思，然而她到底是小看了这个姐姐，她才是藏得最深的那一个。

萧淑儿依旧一脸淡漠之色，从那一道旨令传到岐州要她回来，这一切早在预料之内。一切容不得她拒绝，她也没有理由拒绝做这一切。

“从现在起，真儿你就协助淑儿做事吧！萧家三个最出色的女儿成为对手，萧门双秀对决大夏将军，到底哪一边更胜一筹，我也想知道。”百里勋沉声说道。

“是，真儿定竭力助郡主完成任务。”萧真儿低头回道。

萧淑儿这个郡主是百里勋下令亲封的，虽然当时她并不明白为何一回京，百里勋便要百里行素封大姐为郡主，如今看来太爷早就有意要让大姐为自己所用。

“漠北那边就交给你们两个了，朝中自有萧相国和各位长老主事。华淳你就到上阳关走一趟，不得插手行素所做的任何事，只要把他做的如实汇报回来便可。”帷幕后的人沉声说道，威严赫赫。

华淳太后闻言皱了皱眉，这是什么意思，就让她去看着百里行素，什么都不做？思量片刻，低头回道：“是。”

帷幕后的人传出咳嗽声，半晌之后，里面传出声音：“值此大战紧要关头，谁若再做出坏我大计的事，后果如何你们知道！”

华淳太后顿时一震，众人齐齐回道：“是。”

“没事了，下去吧，淑儿你留下，我还有话要说。”百里勋的声音从里面传出来。

华淳太后起身望了望静立在一旁的萧淑儿，带着其他人退出太和殿，停在殿外转头望了望大殿，眉眼沉沉，怎么也没想到因为一个黄毛丫头自己又是被责怪，又是被警告。

“太后，还有事吗？”萧真儿上前问道。

“怎么，如今调到你大姐身边，你也了不得了？”锦瑟瞥了她一眼，冷声哼道。

萧真儿抿了抿唇，站在一旁不再说话。她懒得与这样的女人计较，她若要置她于死地，有千百种方法，只是不想得罪华淳太后而已。

华淳太后毕竟是昱帝生母，百里行素在一天，她就会在一天。老太爷年事已高，即便大昱完成统一大业，最后坐在皇位上的还会是百里行素，所以华淳太后她还得罪不得。

过了半晌，萧淑儿从太和殿缓步走了出来，看到华淳太后一行人还没走，上前行了礼："见过太后。"

"萧淑儿，不要以为你得了太爷的提携就可以目中无人，若是做了不该做的事……"锦瑟冷笑。

萧淑儿神色淡淡，平静回道："淑儿没有目中无人。淑儿做什么，起码不会做出不顾大局的事来。锦瑟姐姐你若再这般下去，只怕太后保不得你了。"一番简单的话语，劝言与威严并重。

"本宫的人，本宫会好好管教。"华淳太后说罢拂袖而去。

萧淑儿一人站在太和殿前，望着气势宏伟的帝宫唇角勾起一丝嘲弄。这座天下最华丽的牢笼，囚禁了他们所有人的爱恨情仇。这里的人是没有爱的，即便有了，爱也是死路一条，譬如百里行素，譬如……她。

大夏，中州。

烟落坐在拙政园书房，怔怔地望着宽大的桌案巨幅的地图，默然思量着那夜萧淑儿临行前的最后一句话，不由生出阵阵不安。

东齐三面对敌，济宁和上阳关久攻不下，漠北那一役虽然仗着天时地利之便取了胜利，但如今三面的战场僵持不下，百里勋会怎么做，肯定会另行他法，各个击破。

"皇后娘娘有什么事吗？"祁月处理完手边的事，看她还皱着眉头望着地图，不由出声问道。

烟落回过神来，沉声问道："姐姐还没有回信来吗？"当天在城外听了萧淑儿的话，她便写信去了漠北，让萧清越小心行事，只是一连数日萧清越也没有给她回信，心里就愈发担心。

"皇后娘娘你太担心了，那女人别人还欺负不得她，行军打仗是她的拿手本事，哪会吃亏？"祁月一边处理着各部送来的折子，一边回话道。

烟落揉了揉眉心，叹息道："我担心事情没有那么简单。"

"那是从萧家人口中说出的话，是真是假谁知道？"祁月笑着说道，只是微微皱起的眉头显然没有说服力。

那女人平日就那么精明，应该不会吃亏的吧！

"她说的话，不像是假的。"烟落喃喃低语，略一思忖道，"如今济宁那边的战事僵持不下，上阳关交战以来双方亦是不分上下。虽然漠北咱们有幸打了个胜仗，如萧淑儿所言这样天时地利不是时时都有的。三方僵持不下对我们、对东齐都不是好事，你说百里勋会干什么？"

祁月闻言心中一颤，喃喃道："各个击破。"

烟落轻轻点了点头："济宁和上阳关一时之间都难以拿下，只有漠北最为薄弱，而且漠北是东齐的后背，他们不得不除。"

祁月的心不由自主地凉了下去，皱着眉头低声道："所以……东齐会对萧清越下手。"过了片刻才发现自己的失态，干笑道，"萧清越那么精明，不会吃亏的，不会的……"

烟落望了望祁月异样的神色，微微皱了皱眉，继续说道："战场上我相信姐姐是不会吃亏的，可是就怕百里勋不会跟她在战场上较量，反而别有心思。我虽然写了信到漠北让姐姐小心，可是百里勋要下手的话，我怕她一个人真的对付不了。"

"那怎么办？"祁月也不由头疼了，这个时候中州根本抽不出人手前去漠北帮忙。

烟落在屋里踱步思量着，一句话也不说。

"要不，我去漠北看看？"祁月出声道。

烟落闻言摇了摇头，沉声说道："朝里上下的事，济宁和漠北后方的军事部署调度都经由你手，你这一走牵连甚大，可能连济宁那边也会出问题。再说你对漠北了解甚少，对那里的人也不熟悉，去了也帮不了太大的忙。"

"那怎么办？"

她深深吸了口气道："还是……我去吧！"

祁月闻言面色顿变，要是老大知道了，还不掐死他去："这事还是另想办法吧，你去了漠北，太子和小殿下怎么办？无忧还好说，可是小殿下才三个多月……"

烟落抿了抿唇，沉声说道："萧淑儿如今恐怕已经回了夷都，百里勋很快就会有所行动，再晚就真的来不及了。瑞儿虽然还小但府里有奶娘和初云照顾着，应该不会出什么问题。姐姐那边若没有人去帮忙，不但漠北有危险，就连姐姐可能也有性命之危。"

萧清越帮了她这么多，在她危险的时候，她怎么可以为了自己就留在中州不管不顾？

"可是你去了，皇上知道……"

"先不要告诉他，这事我会自己跟他解释清楚。"烟落深深吸了口气，一番激烈的思想斗争后，她知道她是非去不可，"所有人都在为这场战争而奋战，我怎么可以一直龟缩在中州，不管这外面的烽火连天？"

她何尝愿意扔下才三个月的孩子离开？可是如果萧清越在漠北出事了，她明知道她有危险却不去救，她会后悔一辈子的。

"皇后娘娘，这事我还是安排人去漠北帮忙，你就不要去了。"祁月起身，沉声说道，"皇上千叮万嘱，你不可以离开中州的。若是你出了什么事，我真没法跟他交代。"

"中州的人对漠北都不熟悉，去了也是于事无补。漠北的将领与我熟识，那里的情况只有我最了解，只有我去最合适。事不宜迟，你尽快准备吧，我今晚就动身。”烟落沉声说道，语气铮然，不容反驳。

祁月正欲出声相劝，便有一道声音从门外插话进来：“动身？动身去哪里？”说话间皇甫柔笑嘻嘻地走了进来。

诸葛候也跟着进门，瑞儿正骑在他的脖子上玩得好不开心，无忧和初云跟在后面望着诸葛候好不无奈。

诸葛候带着瑞儿走近，瞅着她笑得意有所指：“修聿小子走了，你这相思难耐，要去济宁找他了是吧！”

“去济宁啊，听说那里的鱼可好吃了，我也要去！”皇甫柔一脸欣喜地说道。

“那就一起去吧！”诸葛候笑着说道，将瑞儿从脖子上抱下来，笑眯眯地问道：“瑞儿，要不要去看你老爹呀？”

瑞儿咿咿呀呀地叫唤着，谁也听不懂他在说什么，皇甫柔却说：“瑞儿说他要去找修聿小子耶！”

祁月嘴角抽搐，望着突然出现的两个人上前说道：“皇后娘娘说她要去漠北，不是去济宁！”

“漠北？”皇甫柔和诸葛候你望我，我望你，“修聿小子什么时候跑去漠北了？”

祁月闻言为之气结，跟他们果然是无法沟通的。

“爹爹没有去漠北。”无忧出声，望向烟落道，“娘亲你要去漠北吗？”

烟落闻言抿了抿唇，蹲下身理了理无忧的衣服，温声说道：“清姨在漠北有危险，娘亲要去漠北帮她……”

无忧闻言想了一会儿，而后点了点头。

初云听到不由上前出声道：“皇姐，那瑞儿怎么办？”

烟落从诸葛候手中将孩子抱过来，沉吟半晌道：“瑞儿留在中州，你和奶娘帮我照看着吧，我办完事很快就回来。”

“什么时候动身？”燕初云出声问道，这几日看皇姐一直心事重重，想来也是为了这事吧。这时候说这样的话，想必已经是深思熟虑了吧！

“今晚。”烟落沉声说道。

“诸葛前辈，皇甫前辈，也请你们去一趟漠北帮忙吧，有你们随行，安全一些。”祁月望了望诸葛候和皇甫柔说道。

“可是修聿小子只叫我们来中州保护，没有让我们去漠北啊。”诸葛候一边拉着瑞儿的小手玩，一边说道。

“是啊，我要留在中州跟瑞儿玩。”皇甫柔也跟着附和道。

祁月头疼地抚了抚额，不知该如何回答。

“师公，你们跟我娘去吧，漠北有很好吃的烤羊肉哦！”无忧望着两人，笑眯眯地说道。

“烤羊肉。”诸葛候摸了摸嘴巴，而后摇了摇头继续跟瑞儿玩，“烤羊肉没有瑞儿好玩，我要留在中州教瑞儿打拳。”

祁月嘴角抽搐，说道：“他才三个月好不好，路都不会走，打什么拳？”跟这两个人说话，真的太头疼了。

“诸葛师公，你真的不去吗？”无忧一脸沉重地望着诸葛候和皇甫柔，摸了摸下巴喃喃道，“那要是娘亲在漠北被人绑架了，欺负了，怎么办？爹爹一定会很生气的！”

诸葛候两人脸顿时垮了下来，虽然他们是很想留在中州，可是要是徒弟媳妇出了事，修聿那小子肯定会怪他们没跟去。到时候说不定不光徒孙不给他们玩了，连徒弟也没了。

“我留在中州，你去漠北。”

“我留在中州，你去漠北。”

诸葛候和皇甫柔一思量，指着对方异口同声地说道。

“你去，我留下。”皇甫柔道。

“凭什么？我要留下，你去。”诸葛候反对道。

“你去。”

“你去。”

……

于是两人当即就闹腾了起来，烟落抱着瑞儿走到一边去，无忧和祁月一脸无奈地望着两人，连连摇头，没救了。

两个加起来都快两百岁的人了，还跟个孩子似的争吵，实在是让人无语。

“不如，抽签决定吧。”无忧出声提议道。

两人停止了争吵，望向无忧，交换了个眼色，齐齐点头。无忧笑着跑到桌案后拿纸写了两张纸条，折起来走到屋里道：“我把这两个抛到空中，你们抓哪个，就是哪个，好不好？”

“好，来吧！”两人齐齐说道，两双眼睛瞪得溜圆，活像要跟人拼命似的。

无忧将纸条使劲抛向空中。站在边上的两人顿时扑了上去，眨眼之间只听一阵拳脚相交之声，两个已经交手数个回合，看得人眼花缭乱。

两人握着拳，紧紧攥着抢到的纸条，你瞪着我，我瞪着你。

无忧上前望向皇甫柔：“皇甫奶奶，快打开看看。”

“等等！”诸葛候出声吼道，瞪了瞪皇甫柔，“我先看。”

皇甫柔翻了翻白眼：“你先看就你先看。”

诸葛候小心翼翼地将手中的纸条打开，脸上的笑容倏地垮了下去。皇甫柔凑上前一看，笑道："这下该你去了吧！"

"不公平，你的，你的拿出来看看。"诸葛候不服气地出声道。

皇甫柔得意扬扬地将自己抢到的纸条展开一看，纸上是一个留字，顿时激动得抱着无忧转了一圈："无忧，你真是乖徒孙，哈哈！"

诸葛候气鼓鼓地坐在一边，望了望烟落："什么时候走？"

烟落笑了笑："事不宜迟，天黑就走。"

暮色四合，漠北与东齐交界的天阳关外，一只黑鹰从天际俯冲而下落在草丛之中。丛中一阵微微的异动，传出低低的声音。

"萧将军，刚刚出去的东齐军已经被咱们的人截杀了。"一名副将趴在草丛中低声回报道。

右前方草丛中趴着的人转过头接过信看了看，低声道："叫他们继续盯着，出来一队杀一队，叫他们有来无回。"

"可是咱们已经在这边等了好几天了，到底要等到什么时候？"一名副将低低出声道。

经历过漠北大风口一役，东齐大部分军队已经撤回，但天阳关一带的东齐军时不时会进犯漠北边境。萧清越带着人追了几回，决定非把他们一锅端了不可，于是带领他们在这天阳关潜伏，准备伺机而动，占领天阳关，彻底以绝后患，也为大夏打入东齐内陆开一道门。

"就这几天了，这两天里面出来的人都没回去，肯定坐不住了，会继续派更多的人马出去找人，咱们就可趁机攻进去，打个措手不及。这个关口虽不及上阳关那般的天险，但占着了对咱们也没坏处。"萧清越微微抬头望了望城墙，咬着森森白牙道，"这些家伙跟姑奶奶打游击，老娘就打得他祖宗都不认识。"

"那个，萧将军，油鸡是什么鸡？"一直趴在另一边没出声的小兵好奇地问道。

"游击是……"萧清越无语地叹了叹气，"以后再说。"这个时候总不能在这里给他们讲毛爷爷的游击战术吧。

"咱们这么等，什么时候是个头，要是带大军来攻，也容易些！"副将望了望城墙出声说道，他们已经在这草丛里趴了好几天了，除了晚上可以自由活动，白天就只能一动不动地趴在草丛里盯着那天阳关。

话刚说完，萧清越一脚踹了过去："说什么屁话，现在是交战的紧要关头，调大军前来，不是惹人注意吗？让东齐也调大军过来打咱们是不是？猪头。"

副将疼得龇牙咧嘴："打仗，不就是两军对战吗？"

萧清越又是一脚踹了过去，低声道："谁说打仗就非得拿命跟人拼个你死我活？以最小的付出，换最大的胜利，那才叫赢。"

"这就是以前领主说的保存实力吧！"副将大悟道。

"谁不是爹生娘养的，能保命就保命，没必要拿命去拼。"萧清越沉声说道，转头望了望副将道，"快回信，问问他们东齐的军服收集了多少套了。"

"哦。"副将从身上掏出纸笔，写了写也没写上字，"萧将军墨干了，写不出啊！"

"用口水，猪头。"萧清越回头低喝道。

那副将拿着毛笔往舌上蘸了蘸，提笔回信，绑在黑鹰身上，松手让黑鹰飞走报信。

"咱们收集军服干什么？"一名士兵问道。

"咱们要悄无声息占领天阳关，让东齐以为天阳关还在他们手里，其实已经在咱们手里，以备后用。"萧清越沉声说道。

"拿下天阳关，咱们就有打进东齐的门道了。"一名小兵说道。

"不笨嘛。"萧清越望了望说话的人赞赏道。

"萧将军将来要是打到夷都，最想干什么？"副将嘿嘿笑着问道。

"我最想干的事啊？"萧清越皱着眉头想了想，恶狠狠地说道，"把萧赫那老家伙扒光了吊在城上示众三天；再把华淳太后和锦瑟那两个废了武功，送去尼姑庵再折磨得她们求生不得求死不能；还有嘛……听说夷都有座花满楼，那里的小倌儿水灵得很，我要去那里喝花酒，喝个三天三夜去。"

众人闻言齐窘，那是给一些有断袖癖好的人去的地方。她就算再性情豪迈也是个女儿家，竟然想跑去那地方喝花酒。

"干吗那么看着我？"萧清越瞅了瞅周边几人，都一脸惊恐地望着她。

"萧将军，你想干的事……还真是不同寻常。"几人干笑道。

"萧赫那老家伙当年挑了我手筋脚筋，我要对付他是正常的，我早就跟萧家脱离关系了，什么孝义不孝义跟我没关系。华淳太后和锦瑟这两个恶婆娘欺负我妹妹，那就是欺负我，这还算是轻的。第三个嘛也很正常啊，男人都喜欢漂亮女人，女人喜欢漂亮的男人也没什么错。"萧清越说得理直气壮。

众人大汗，素闻第一女将萧清越行事乖张，今日一见果真是比传言还要厉害。

"好了好了，里面的就这两天就要坐不住了，咱们再坚持这两天就好了。"萧清越望了望几人低声说道，"如今三方僵持，数漠北最薄弱，东齐很快就会再对漠北下手，咱们就要先下手为强。"

"咱们一切听萧将军的。"副将低低出声，边上几人齐齐低声附和。

萧清越望了望天阳关，目光沉沉。三方会战，谁都会挑最弱的先下手。大风口一役虽胜但终究是巧取，最终是要正面对敌，她必须要提前为大夏做好最有利的准备。

然而，针对她而来的危险，正在悄然靠近……

岐州的官道上，简单却不失贵气的马车疾驰着，马车内静坐着两名女子，一个绝艳倾城，一个绮丽不失灵秀，各有风华。

萧真儿望着对面靠着马车闭着眼的人，姐妹几十年到如今，她才真正明白，她从来看不透这个大姐。

在沧都的时候，平日在府里也不与她来往，与生母关系也是淡淡的，直到父亲计划着将她送入皇宫，她始终都是淡漠如云。她不知道到底是什么，让她如今可以得到老太爷如此的重用。

“郡主，再有一天就到漠北了。”冬青看了看马车外，出声说话。

一直闭目养神的萧淑儿微微点了点头，撩开车窗处的帘子看了看：“明天日落之前到天阳关。”

“天阳关？不是要去找萧清越吗？”萧真儿秀眉微皱，有些摸不准她的心思。

“萧清越就在天阳关。”萧淑儿淡声说道，伸手接过冬青递过的水囊，喝了一口。

萧真儿闻言沉默了片刻，淡然一笑：“大姐怎么知道，她就一定在天阳关？”

“她会去那里的。”萧淑儿优雅地拿巾帕拭了拭唇上的水迹，神色一如往昔的浅淡，没有紧张，没有因为得到重用的骄傲，没有对完成任务的一丝忧心。什么都没有，只有让人摸不透的平静。

萧真儿望着她，一句话也不说，眼前的这个人似乎从来都是这副不冷不热的样子，永远没有东西能激起她的情绪变化。

“萧清越在战场之上无人能阻其锋芒，坐到如今大夏大将军的位置，也不是白做的，论武功，论谋略，她不输任何人，大姐……真有把握能擒住她吗？”萧真儿一眨不眨地盯着她的眼睛问道。

萧清越这个人在战场之上行军布阵手法诡异，许多将领都怕与她对敌，也正因此才有人称她为军事鬼才，而就凭她们两个能解决萧清越吗？

萧淑儿淡淡望了她一眼，瞥了眼置在边上的棋盘：“真儿，你我姐妹多年，却从未在棋盘之上有过较量，下一局如何？”

萧真儿闻言愣了愣，点了点头：“好。”虽然在沧都外面传言她这个萧家二小姐是个绣花枕头加草包，全无才学，但那些不过是保护自己的一种手段而已。

萧淑儿默然落下一子，沉默了许久，淡淡出声道：“再精妙的棋局都会有它的漏洞，同样的道理，只要是人，总是会有弱点的，只要……找到了地方下手就可以了。”

萧真儿闻言手不由一颤，莫名发现眼前这个人与百里行素竟有几分相像。他们一样的冷静，一样的心深如海。

生活在大昱的人，再奢华的生活，再超人的智慧，不过都是权力支配下的棋子。他们一出生就注定了一生的路，有的人选择了反抗，有的人选择了承受，如此而已。

“那萧清越的弱点在哪里？”萧真儿落下一子，沉声问道。即便是她去完成这件事，也会心里没底，但眼前这个人为何就会如此淡定从容，胸有成竹？

“萧清越什么都好，就是不够冷静。”萧淑儿平静地说道，拈起一粒黑子落下，缓缓道，“她太骄傲，是个喜欢主动出击的人，这一次……我就给她这个主动出击的机会。”

萧真儿抬眸望着对面一脸平静的萧淑儿：“所以，你在天阳关下了套，等着她。”

“现在还是未知。”萧淑儿神色沉静，抬手落下一子望向萧真儿，“你输棋了。”

“我倒是很想看看，大姐和三妹，到底谁更技高一筹。”萧真儿微微一笑说道。

萧淑儿淡然一笑，望了望车窗外渐暗的天色，平静地说道：“我有选择的余地吗？”老太爷让她来办事，还将密令交给她，她就没有退路。她必须完成任务，必须解决萧清越，不惜任何代价。

看到萧淑儿微微异样的神色，萧真儿笑了笑：“大姐该不是不忍对萧清越下手吧！”

萧淑儿面色无波，只是淡淡地说道：“都是萧家的人，我不想看到手足相残的局面。”

“是她背叛大昱，背叛萧家。从那次在沧都废了她，如今指不定多恨着萧家呢。她宁愿帮着一个外人对付萧家，犯得着跟她讲什么手足情谊？”萧真儿冷然一笑。

“事情我会办好的。”萧淑儿平静地说道，而后闭目靠着马车养神。

人有的时候真的没有选择，不想做的事情，却不得不去做。其实她是打心底里佩服和羡慕萧清越的，可以那样率真洒脱地活着，敢作敢为，敢爱敢恨，只是她这一生都没有勇气去走出像她一样的路。

夜色降临，春寒料峭。寒风一过，草丛中的人打了个寒战。这漠北一到晚上冷得人真是受不了，一名士兵冷得打了个喷嚏，萧清越一脚踹了过去。

“小声点，看紧了……”萧清越低声说道。

“萧将军，出来了，出来了。”副将出声提醒道。

众人屏息望去，天阳关城门大开，足有三千人马从关内打着火把出来。

“之前的探子说天阳关内有近两万人马，算上如今出来的人，这几天里面出来的也有一半了。”副将低声说道。

萧清越看着渐渐关闭的城门，冷然一笑：“走了，抄家伙。”

边上的几人闻声一愣：“干什么？”

“趴了几天，憋死我了，先跟这一伙练练手脚，热热身。”萧清越猫着腰第一个走开了，在这草丛里趴了几天，手脚都快发麻了。

“不是有人在那边等着吗？咱们还要过去啊？”有人跟在后面嘀咕道。

“就是，那边不是有六千兵马，打这一伙小菜一碟，咱们还去什么？”

……

“废什么话？”萧清越扭头低喝道，“前后夹击节省时间，手脚都给我麻利点，换了东齐的军服。每个人手上给我捆个白带子，免得一会儿进去自己人打自己人。”

“是，萧将军。”一伙人再不敢有异议。

“萧将军，东齐军快到四风坡了。”探子快马来报。

萧清越闻言翻身上马，打量了一眼众人：“都给我精神点，去四风坡。”

东齐军三千人马经四风坡，被漠北军六千人马挡住去路。眼看实力悬殊，领军之人立即差人回关内请求援兵，信使刚从四风坡出来，便看到夜色中疾驰而来的红衣女将，还未来得及出声便被一箭射杀。

“来人，把衣服扒了。”萧清越打马而过喝道。

话音一落，跟在后面的一人翻身下马将东齐军服扒了换到自己身上。

不到一个时辰，东齐军三千人马在四风坡全军覆没。萧清越换了一身东齐军的将军服，指挥着将士将东齐军埋了，沉声问道：“我军损失多少人马？”

“不足一百。”副将回道。

萧清越闻言点了点头，出声道：“本将军所说的秘密任务，就是在今夜拿下天阳关，代替东齐军守住天阳关，为漠北大军攻入东齐内陆打开第一道门。”

“拿下天阳关！”

“拿下天阳关！”

“拿下天阳关！”

……

众将军举着刀剑高呼道，个个热血沸腾。东齐频频进犯漠北，抢占城池便屠城祭旗，那一战也让他们不少将士阵亡其中，如此血海深仇，岂能不报？

“好。”萧清越扬了扬手，所有人都止了声，只听她沉声说道，“这是一项绝密任务，咱们要化装成东齐军，守住天阳关。此事不能让漠北的自己人知道，更不能让东齐知道，明不明白？”

“明白！”众人齐齐回道。

“好，那就随我去拿下天阳关，为我大夏军队打开这道门。”萧清越翻身上马，一马当先，身后的八千兵马尾随，朝着天阳关而去。

天阳关守将李成正在带兵巡城，远远看到一行人马回来，便在城墙上高声询问：“什么人？”

萧清越边上的副将高声回话：“是我们回来了！”

李成眯着眼看着下面的人马，出去三千人马，这回来就变这么多，立即出声问道：

“人都找到了吗？”

“找到了，大漠起了风沙，在死亡之海迷路了，有些伤亡，大部分都找回来了。”副将继续回话道。

李成仔细看了看，确实是东齐的军装、东齐的军旗，高声道：“开城，放行！”

萧清越微微笑了笑，低声道：“记住刚才的话，近身战，别让人发现。”

城门一开，随在后面的人马悄然将开门的以及城墙之下的人马，一捂嘴一抹脖子挨个地解决，另一批人帮着将人拖到暗处，转眼之间下面的守卫便换成了他们的人马。

李成带着人从城墙上下来，城外剩下的人一扔钩索上墙。城墙之上的人听到响动，便欲近身去看，城外埋伏的弓箭手拉弓放箭，百发百中，一批人靠着钩索爬上城墙。

李成听到后面一阵异动，转头问道：“什么声音？”

刚刚爬上城墙的几人回道：“李将军，有人不小心打了瞌睡。”

李成微怒，吼道：“都给我精神点……”正在他说话之际，已经走近的萧清越，手中短剑一晃便割了他的咽喉，边上的副将将人拖走。

夜风肃杀，掩盖了这无声的杀戮，萧清越不到一个时辰便控制了天阳关，带着人马前去东齐后方军营。

军营内一片死寂，萧清越微一扬手，身后的人齐齐停了下来。就算东齐人马有损失，但也不该一个人都没有，不对劲。

正在她思量之际，前方一座大帐亮起了灯火，一身黑色斗篷的女子缓步走了出来，轻轻拿下风帽，望着她淡声道：“你果然来了。”

萧清越望着眼前的萧淑儿，心狠狠沉了下去。拿下天阳关比她想象中的要简单得多就让她有些怀疑，再一看眼前的人，她顿时明了，螳螂捕蝉，黄雀在后，中计了。

夜色沉沉，本来漆黑一片的东齐军营眨眼便亮如白昼。在萧淑儿从大帐走出的同时，周围涌出无数黑衣人将萧清越一行团团围住，外围还有箭机营利箭待发，一时间杀气荡然。

萧淑儿缓步走了出来，望着火光中一身银甲的英武女子，淡然一笑：“想必现在天阳关已经让你得手了，来得比我想象中要快。”

本来沉静无声的天阳关内，突然之间喊杀之时震天而起。萧清越闻言一震，紧紧盯着几步之外的萧淑儿，一咬牙道：“我也小看了你的心机。”

夜风带来血腥的气息，分不清是自己人的，还是敌人的。她的心狠狠收紧，这次是秘密任务，朔州城里的人根本不知道他们在哪里，根本不会有人来救援他们。萧淑儿布下这个套，显然是冲着她而来的。

三方会战，济宁难攻，上阳关久攻不下，只有漠北最为薄弱，他们便朝她下手了。她不是没有想到，只是没有想到会来得这么快，本以为自己占了先机，夺下了天阳关，谁知

却中了萧淑儿的套。

“直说吧，你到底想怎么样？”萧清越直言道。

萧淑儿只是望着她，淡淡出声道：“聪明如你，不会不知道我的来意，老太爷要我解决漠北困境，所以，请你去夷都走一趟。”

萧清越闻言冷然一笑：“你让我走，我就要走吗？当我吓大的。”先设法拖延时间，副将一见情况不对，立即就会让战鹰通知朔州增援，只要他们顶住了，就还有一线生机。

话音一落，又有一人从大帐内走出来，一身华丽的宫服，容颜绝世，众人见了也不由一怔。

萧清越望了望缓步走到萧淑儿身边的人，摸了摸下巴，一脸痞痞地笑：“曾经的沧都第一才女和第一美人都来迎接本将军，还真是让人受宠若惊，不过俗话说得好，最难消受美人恩，我还真受不起。”

话音一落，身后的众将士轰然大笑，她那副模样活生生像个登徒子在调戏女子。

萧真儿面色一凛，沉声道：“萧清越，看你还能猖狂到几时，放箭！”

然而，话音落了，周围却没有一个人听她的令，一时间让萧真儿有些窘迫尴尬。

“没那个本事，就别狐假虎威地在那里发号施令了。”萧清越身旁的一士兵笑道。

“好。”萧真儿深深吸了口气，压下心头的怒意朝萧淑儿道：“大姐，他们肯定是想拖延时间，通知援兵，不能再纠缠下去了，杀了他们。”

“好歹大家都还有那么一丁点血缘关系，我自问从小到大也没得罪过你们，真要弄得这样你死我活，那我也不会手软。”萧清越目光冷冽地望着对面的两人，沉声说道。

“你会手软？”萧真儿笑意嘲弄，直直望着她道，“你怕是恨不得把萧家个个人都千刀万剐以报你当年被废之恨吧。”

虽然相交不深，但这个女人一向是有仇必报的人。她敢反出萧家，背叛大昱，就是想要和她们、和萧家做对，还说什么手足之情？

“身为一家之主的父亲，不能保护自己的儿女，将骨肉儿女视为争权夺利的棋子。我的人生要掌握在自己手中，而不是受他的摆布。”萧清越面色清冷，一字一句地说道，“一个连自己儿女都不会保护的父亲，为了自己的利益，利用我，让我成为一个废人，这样的人，我还认他何用？”

萧淑儿闻言微微抿了抿唇，眸中一闪而过的悲凉之色。

是啊，这样的人，还是父亲吗？

她也曾千百次地问自己，却始终没有萧清越那样的勇气，做出那样决绝的选择。

过了半晌，萧淑儿深深吸了口气，沉声道：“活捉大夏将军萧清越。”

萧真儿闻言一愣，立即出声道：“大姐，你干什么？老太爷说让你解决漠北之事，让你杀了萧清越，你竟然……”

萧淑儿冷冷侧头望了萧真儿一眼："老太爷说让我处理漠北的事务，至于用什么方法，怎么处理，那是我的事。"冷淡的语气，带着让人心慑的威严。

萧真儿气得发抖，却一句话也反驳不得。

"一个要抓我，一个要杀我。"萧清越望了望两人，冷然一笑，"那也看你们有没有那个本事了。"

萧淑儿面色一沉，淡声道："动手吧，我也想看看第一女将到底有什么样的本事。"

话音一落，周围的黑衣卫士抡起大刀便冲上前去。箭机营依旧候在周围瞄准着那红衣银甲的女将，只等一声令下，便乱箭齐发，取其性命。

萧真儿望向萧淑儿，思量着她这般行为的背后之意，她不是真念及什么姐妹之情吧！萧清越跟她们根本就不是同一路人。

萧淑儿望了望漆黑的夜空，微微抿了抿唇，她不仅是要试探萧清越的身手，还要看看那个人会不会来！

而赶到朔州的烟落发现萧清越带人执行秘密任务，且一走数十天都没有消息，城中上下无一人知晓其行踪。

她当即召集了在朔州的所有将领，一一询问萧清越走之前的行动、出行带的人马、出行的地点，同时出动了所有紧急联络消息的战鹰和探子在各个防区探查其踪迹。

诸葛候一路跟着，看着她一脸愁容出声安慰道："徒弟媳妇啊，不用太担心啦，萧清越那丫头片子精明得很，应该不会吃亏的。"

"是啊，领主，况且萧将军也不是一个人走的，还有八千兵马在身边呢。"任重远也跟着劝道，然而心里却忍不住地发虚，若是萧将军出了事，这漠北必将一场大战啊。

烟落眉头紧紧皱着，这样安慰的话已经听了无数遍，可是百里勋要出手对付她，定然就不会轻易罢手。姐姐有时候又易冲动，她怎么放心得了？

"从大风口一役后，东齐军可有什么动静？"烟落突兀地问道。

任重远闻言愣了愣，思忖片刻回道："大部分人马已经撤回到东齐本土，只是之前天阳关和凤城有东齐军出来频频滋扰，萧将军也带着人追击了几回。但对方都来得快，去得快，一直没有交上手。"

烟落闻言眸光一亮，沉声道："去天阳关。"

"天阳关？"任重远闻言一愣，立即道，"如今咱们这里也只有三千人马，需得回城调兵遣将再去。天阳关虽不比上阳关，但也是东齐一大关口，守卫足有两三万人，咱们贸然前去恐怕……"

"没时间了，现在就去，姐姐就在那里。"烟落望了望几人，肯定地说道。

任重远几人相互望了望，还是有些不明白，找了这么久也没有一点线索，怎么她突然

断定萧将军去了天阳关?

烟落掉转马头，朝天阳关而去，一边走一边道："姐姐一向是有仇必报的，天阳关和凤城的东齐军频频滋扰，她定然是忍耐不下，悄悄带人去了。"

"那若是去了凤城如何是好？"任重远道，有疑点的是这两个地方，如果不在天阳关，岂不是白跑一趟，又耽误了救人的时间。

"凤城离朔州较远，如果她带兵前去凤城必会经过漠南，那边不会一点发现都没有。唯一的解释便是这最近的天阳关了，天阳关是东齐与漠北的一大关口，如果拿下了它，漠北的军队便可以入到东齐的内陆，再与济宁的兵马，还有漠南的部落，以及上阳关的西楚兵马合纵连横，便是生生将东齐困死了。姐姐必是想到了这些，才去了天阳关。"烟落急声说道。

关于合纵连横的战法，之前在府里修聿也曾说起过，只是与西楚双方都较着劲拉不下面子，如今三方与东齐军都僵持不下，正是合纵灭齐的大好时机。

"可是这已经去了十天了，一点消息都没有，会不会……"房将军一边策马跟上，一边说道。

烟落紧紧抿着唇，一马当先飞驰而去，心中默念：不会有事的，不会有事的，姐姐那么聪明会设法保全自己的。

"重远叔，你回朔州主事，找人的事交给我们，我会让战鹰随时与朔州联系。"烟落策马飞奔，扭头朝后面的人说道。

虽然找人重要，可是如果朔州一下连个主事的人都没有，一旦漠北、漠南有了敌情，他们一无所知，就会陷入更艰难的境地。她也需要任重远回城做好一切准备，如果萧清越真的有险，漠北与东齐马上就会有一场大战。

任重远心下明白她的意思，立即勒马掉头赶回朔州城。

烟落赶到四风坡时，天已经蒙蒙亮了，闻到风中淡淡的血腥之气，便勒马停了下来朝身后的人道："你们四下找找，看看有没有发现。"

诸葛侯见她下马，也跟着翻身下马随在身后，笑嘻嘻地问道："徒弟媳妇，你找什么呢？"

烟落接过他手中的火把，躬身在地上找着什么，蹲下身抓起一把沙土，就着火光一看呈暗红色，跟着过来的房将军也抓起一把沙土道："是血迹。"

"领主，这边也有。"

"这边也有血迹。"

……

不少人跟着出声禀报道，烟落站起身望着四风坡，深深吸了口气："看来这里几个时辰前才刚刚经历过一场血战。"

话音刚落，从中州跟来的护卫队长快步过来禀报：“皇后娘娘，那边发现很多尸体，身上的血迹都还没有干。”

“带我去。”烟落快步跟着护卫队长朝着找到尸体的地方走去。

所有人看到都不禁愣在那里，那边挖出来的足有几千人的尸体，而且个个都扒光了衣服，诸葛候张着嘴站在她边上：“哇！太壮观了。”

“死了这么多人，这些……”护卫队长出声道。

“是东齐人。”烟落沉声说道。

“以这样算，怕是足有八千人左右。”房将军说道。

烟落站在那里没有说话，脑子里飞速串联着所有事情，思量着萧清越可能想到的计划。

“没想到，这小丫头片子还有这样新奇的嗜好，哈哈哈。”诸葛候望着那满坑只着衬裤的人哈哈笑出声来。

烟落快步走开，翻身上马，沉声道：“去天阳关，他们可能才去不久，还追得上。”

“萧将军到底要干什么？”房将军一边上马一边问，这到底什么秘密计划，要把人家的衣服都扒了，这作战手法还真是让他望尘莫及。

正在这时，前方探子快马回报：“领主，前方寻到了萧将军带走的战鹰，这是信件。”

烟落伸手将信取过，就着边上的火光一看，面上顿时血色尽失，片刻之后一拉缰绳，喝道：“去天阳关。”

拂光破晓，天际日月同辉，天阳关内已经是一夜血战。

萧清越的八千人马已经折损大半，每个人都自发地将一身浴血的银甲女子围在最中间，以自己的鲜血和生命护着她朝天阳关口撤离。

“天已经快亮了，为什么还是没有援军来？”一名士兵低声说道，声音带着微微的颤抖。

“再这样下去，我们真的都要葬身在天阳关内了。”副将手臂受伤，只是简单包扎了，站在萧清越边上道，“我明明已经让战鹰送了信，朔州收到信不可能到现在都没有动静。”

萧清越抬手擦了擦脸上的血迹，扫了一眼周围的东齐箭机营，沉声道：“你以为边上那些人，都是站着好玩的？”

正说着，一直在看着的萧真儿出声了：“你们不是指望着那几只扁毛畜牲给你们报信吧？不过它们还没飞出天阳关就已经被射杀了。”这里带来的箭机营高手，即使看不到，也都是能够听声辨位的神箭手。

萧清越边上的人都不由齐齐变了面色，如今请求援助的战鹰也被射杀，他们是真要困死在这天阳关内了。

"萧将军，怎么办？"副将望向她，沉声问道。

萧清越沉默着望了望周围仅剩的两千多人马，神色前所未有的沉重，许久之后推开挡在她面前的人，走了出去。

"萧将军！"众人惊恐地看着她走出去。

萧清越走到最前，直直望着始终不说话的萧淑儿："咱们做个交易，我跟你去夷都，你放他们活着出关。"

"萧将军，要走一起走，用你来换我们，回去我们也没脸见朔州的弟兄。"副将跟着上前说道。

"要走一起走。"众人跟着附和道，战地之上哪有丢着主将不顾的士兵？

"蠢货！"萧清越扭头骂道，"我的命是命，你们的命就不是命了吗？"

萧淑儿布了这个套等着她，必是做了万全准备，再拼下去不过是搭上更多无辜性命。

"你就那么肯定，我一定会答应你的要求？"萧淑儿依旧神色淡淡。

"你不过是想要抓我而已，再说……你也不是什么嗜杀成性的人。"萧清越一眨不眨地望着她的眼睛，沉声说道。

"为了抓你，东齐前后损失了近两万人马，现在你们的命就捏在我手中，答不答应有区别吗？"萧淑儿平静地说道。

萧清越握剑的手紧了紧，她确实没有筹码提这样的要求。

"不过，我答应你。"萧淑儿淡淡地望着她，微一扬手让身后的几名高手护卫上前将人捆了，"只要他们不动手，我不会要他们的命。"

"大姐，你……"萧真儿万没想到萧淑儿竟然会答应这般荒唐的要求。

"既然你愿意走了，那就随我起程吧。"萧淑儿一脸平静。

晨光曦微，死一般沉寂的天阳关，骤起一阵兵戈之声，喊杀之声从关外传来。

诸葛候快马追上最前面的烟落，兴奋地叫道："踹门的事，就让我来。"

话音一落，原本一路喊累的疯老头从马上一跃而起，风驰电掣般地冲向城门，狠狠一脚踹了过去，那高达数丈的城门，便轰然倒塌。

诸葛候站在城门口，尘土飞扬也不觉呛人，拍了拍手大笑道："真过瘾啊！"

跟随而来的漠北将士齐齐愣在那里，要知道他们当初攻打这天阳关，可是数百人去撞都撞不开的城门，现在居然让一个头发花白的老头，一脚给踹开了，这是件多么惊悚的事。

烟落看到关内遍布的尸骨心不由凉了下去。这些人虽然穿着东齐的军服，但她认得出，这些都是漠北和飞云骑的将士。

姐姐一向心思精明，到底是什么人，竟然连她也吃了这般大的亏？

关内深处的军营，萧淑儿正欲带着萧清越起程前往夷都，探子快马回报："郡主，大夏皇后带了三千兵马攻入天阳关，向军营逼来。"

跟随萧清越而来的人一听沸腾起来，一扫方才颓败之色，副将高声道："把萧将军救回来！"

萧淑儿微微笑了笑："果然来了。"

"大姐，快点走，一会儿他们带着人过来就来不及了。"萧真儿上前催促，事情已经办成了，再出了差错，她们都不好交代。

萧淑儿面色无波，淡淡说道："你带着人先走，我还有一件事没有办。"

天阳关一夜之间经历了三场血战，烟落带兵攻入天阳关是萧淑儿意料之中的。在中州说下那番话，便料到这个人会来。

纵然萧清越身手了得，然而双手被缚终究是不敌，被人狠狠一掌劈中后颈，无力地倒了下去。那边的漠北将士顿时群情激愤，抡起大刀便冲了过来。

萧淑儿微微扬了扬手，静候多时的箭机营，乱箭齐发。那名冲在最前的副将，被一箭贯穿左臂，看到周围一个个倒下的人，顿时双眼血红："老子跟你们拼了！"

他一把拔出左臂的箭支，鲜血顿时喷溅而出，一摸腰后的铁钩索，弹射出去直直勾住了一名箭机营东齐兵，大力把那人拖了过来，以那人挡住箭矢便朝萧清越被带走的方向冲去。

眼看着便要冲过去了，又一轮箭雨瞬息而至，一道幽蓝寒光自后方呼啸而来，生生在半空将无数箭矢斩断，飞转一圈又回到后方。

众人寻着剑光望去，便看到一身黑色武士服的女子策马飞驰而来，扬手收回寒星剑，勒马望着站在箭机营之后的萧淑儿："是你？"

她想过会有人帮百里勋来对付漠北，对付姐姐，却怎么也没有想到会是这个人。

萧淑儿微微笑了笑，出声道："一别数日，咱们又再见了。"

正在他们说话间，房将军和诸葛候也跟着过来了，一看眼前的阵势顿时心惊。萧清越所带的八千兵多半已经阵亡，只剩下这边的残兵不足两千，想来是出自这东齐箭机营之手了。

诸葛候望着那边的萧淑儿，摸了摸头："哎，怎么看着那么眼熟？"

"诸葛前辈。"萧淑儿淡笑道。

诸葛候和皇甫柔曾经跟着雷震去过沧都，在西楚皇宫他们也是见过的。只是她没想到她会把这个人也带来，看来事情有些棘手。

"领主，末将该死，未能护得萧将军周全，让其落入敌人之手。"副将满脸血污走到

烟落马前，单膝跪地道。

烟落望着他身后负伤累累的兵士，深深吸了口气："萧将军在哪里？"

"萧将军甘愿受缚换我们出城，已经被人带往夷都的方向去了。"副将出声回道。

烟落抬眸望了望萧淑儿，而后迅速打量着周围的兵力部署状况。如今前方通往夷都的唯一关口被萧淑儿的箭机营和精兵把守，必须冲过那里才能追到人，可是再过去就是东齐内陆。

她拉了拉马缰，沉声道："这里交给你们，掩护我冲过去。"

"皇后娘娘！"跟随而来的护卫队长顿时出声。

即便冲过了这道关口，真正的凶险还在那后面。后面全是东齐的领土，她一个人单枪匹马那根本就是死路一条。

烟落望了望诸葛候，沉声道："大师傅跟我一道过去。"诸葛候一个人就能顶一千人，有他一道，人少目标小，才能尽快追上萧清越。

萧淑儿淡淡望着高踞马上的黑衣女子，微一扬手，片刻之后身后传来阵阵马蹄之声。箭机营退开，开出数队兵马，铁甲卫士，铁甲战马。

房将军一见顿时倒抽一口气："铁甲连环，这是黄泉铁卫中最精锐的部队，看来他们是铁了心要把萧将军抓走了。"

烟落望向高台之上的萧淑儿，她到底想干什么，要对付姐姐，又故意放消息给她，更或者她是想一箭双雕，拿下了大夏将军又对付了她，让漠北彻底陷入绝境。

"要救人，也过了这铁甲连环阵再说。"萧淑儿面上笑意浅淡。

她想要和她一决高下，亦是想拖住这些人，尽快让人将萧清越带去夷都。这件任务容不得她失败，她必须将萧清越带到老太爷那里。

"既然要对付漠北，你还告诉我，故意引我前来？"烟落冷冷地望着她，第一次觉得自己真的从未看透过这个一向隐忍不发的萧家大小姐。

萧淑儿闲步走上前，坦然言道："我想赢你。"

她无法跟他心中的她一较高下，在那个人的眼中从来不会有她的存在。她只是想赢眼前的人一回，证明她不是比她差而已。

"要是对付漠北，你大可以冲我来。"烟落沉声道。

萧淑儿闻言蓦然一笑，与她做对便是与那三个人做对，她有自知之明，她还没有那个本事，否则这么久老太爷也不会不对她下手了。

"你为姐妹之情要救人，我也有我的立场，必须要将萧清越带回夷都交给老太爷处置。若实在到了万不得已的关头，那就……"萧淑儿一眨不眨地盯着她，沉声说道，"杀人灭口。"

"你……"烟落握着缰绳的手一紧。

她不得不承认，她赢不了，这个人已经堵了她所有的路。

“所以这一局，你赢不了，我也不会让你有机会赢。”萧淑儿微微一笑，说道。

房将军望着前方的铁骑连环也不由皱起眉头，只要对方一声令下，这铁骑连环阵一过，他们所有人都会被踩成肉泥，这样的实力悬殊，如何救得了人？

烟落沉声说道：“房将军，铁骑连环阵，牵一发而动全身，有来便无回。”侧头望了望诸葛候：“我们走。”

诸葛候闻声一撸袖子，兴奋地搓了搓手。铁甲骑兵看着他怪异的动作不由一震，只见他缓缓伸手到后腰，众人顿时屏息以为他要掏出什么绝世神兵。

只见他从后面掏出一串鞭炮，众人齐窘，在这生死关头他是要……放鞭炮？！

烟落却只是笑了笑，远处的萧淑儿秀眉微皱，侧头朝边上的黑衣卫说了几句便转身离去。

诸葛候笑眯眯地取出火折子点燃，脚一点地纵身跃起数丈，将鞭炮扔进铁骑连环阵中，脚踩着骑兵的头便往后面的关口去了，一脚一个道：“一个笨瓜，两个笨瓜，三个笨瓜……”

沉寂的天阳关内，骤然响起鞭炮之声。铁骑连环内的马儿一惊，顿时乱了阵脚，将马背上的不少骑兵给扔下马去，烟落纵身从马上跃起与诸葛候一道朝着后面的关口追去。

东齐军一看情况不对，后面的箭机营便立马搭箭拉弓，乱箭如雨扑面而来。几乎在对方出手的同时，烟落一边疾行如飞，一边取弓搭箭，四箭齐发，冲着那缺口的一方狂奔而去。

扭头一看，诸葛候竟然迎着箭雨跑得欢快，左一蹦右一跳：“我闪，我闪，我闪闪闪。”

箭机营见状，箭锋一转朝烟落这边射来，诸葛候快步跑到她边上双臂一张，无数的箭活生生在半空中停住。他侧头冲她眨了眨眼睛，而后掌力一翻，半空中的箭矢掉转箭头对准箭机营的人。

箭机营的高手一时避无可避，死伤大半。

诸葛候拍拍手，一边跑一边笑嘻嘻地说道：“看着好玩吧，修聿小子也会的，不过没我这么厉害，将来我也教给徒孙。”

烟落笑了笑，没再出声。这样的功力，这世上还真没有几个能做到。功力的深浅，出手的快慢，哪一样跟不上，就会眨眼之间被射成马蜂窝。

两人很快摆脱了箭机营，出了天阳关，沿着官道上的车辙印追着，前方顿时出现两条岔路，两人齐在路口相互望了望。

“追哪边？”诸葛候摸了摸头，有些为难，两边都有马车印，哪边都摸不准。

“一人一边。”烟落说着，便施展轻功朝着一条路追去。

诸葛候在路口望了望，犹豫着要走哪边，喃喃道："走这边，徒弟媳妇一个人遇到坏人怎么办？走这边，又救不到人？"

思量再三，他决定先走另一边，以他的轻功能尽快追上马车一探究竟，再折回去找徒弟媳妇，时间还是够用的。

天阳关内，因为诸葛候的几串鞭炮，铁骑连环阵乱了阵脚。房将军一见顿时眼睛一亮，明白了方才她说的牵一发而动全身，有来无回是什么用意了。

铁骑连环是骑兵作战中较强的，然而马匹都用铁链相连，便少了轻骑的灵活性，一看那女子便是不懂行军打仗的。铁骑连环阵用在大军交战的旷野上便是势不可挡，但用在这天阳关内便是死路一条。

房将军一拔腰际的佩剑高呼道："都随我出城。"说罢掉转马头，便朝着漠北方向的关口奔去，随行而来的将士一见也纷纷朝着那边跑。

东齐铁骑追赶过去，然而到了关口头上，房将军马头一掉高呼道："进巷子。"关内主道两边是小巷子，所有人涌入巷中，铁骑连环一路追赶过来，却再无法掉头回去，生生堵在了城门口处。

房将军一声高喝："杀！"

漠北军困住铁甲兵，占领这座以他们数万将士鲜血换来的天阳关。这座关口也为后来漠北与东齐交战起了决定性的作用。

# 第九章　她最重要

东齐，阳州。

烟落追着马车到了阳州码头，看到东齐水军将人带上了船，而自己又被萧淑儿下令通缉，势单力孤不敢贸然行动救人，可是诸葛侯那边也消息全无。

思量之下，她决定从上阳关传消息给最近的济宁，让楚修聿派人前来帮忙救人。

夜色沉沉，一身黑衣的女子在丛林中疾行如飞，突地脚步一顿。黑暗中的呼吸比较沉重，应该是个男子，似乎也察觉到了她的存在，没有立即离开而是迎了上来。

乌云遮住了月亮，丛林中显得更加黑暗，两人只有靠着敏锐的听觉判断对方的位置。黑暗中的男人取出弓弩嗖地一箭便射了过来，烟落闻声一跃而起，一脚蹬在树上借力而起，袖箭连发朝对方射去。

只听一阵衣袂翻动之声，对方显然没被制服，三箭连发。她身形极度敏捷，翻腾躲避，才免遭毒手，扬手一挥间寒星小剑激射而出，直取对方要害。

哪知对手竟然轻易躲过，寒星小剑再度回到手中，这样下去根本不是办法，她一握短剑飞身扑了过去，对手动作丝毫不比她慢。

电光火石间，两人拳脚相交，手中短剑在她手腕间灵巧翻飞，招招直逼要害，封喉致命。对方身手丝毫不输于她，出手快如闪电。

两道寒光一闪，手中的利器几乎在同一时间抹向对方的咽喉，彼此都感觉到脖颈处被划开细小的口子，还有鲜血流出的温度。

云破月出，两人无声地对视，目光中充满深深的敌意，却都在看清对方的瞬间，齐齐

愣住。

“是你？”

“是你？”

两人齐齐出声，四目相对涌动着复杂的思绪，谁都没有回答，谁都没有说话，只是缓缓拿开了制在对方咽喉的短剑。

林中传出一阵脚步声，烟落眉心一皱，顿时警觉。

面前的男人出声道：“不用紧张，是我的人。”站在她面前的人不是别人，正是御驾亲征上阳关的西楚大帝，楚策。

话音一落，青龙和玄武从林中快步过来，看见站在楚策身边的黑衣女子不由一愣：“烟姑娘。”

烟落抿了抿唇，望了望三人：“你们怎么在这里？”阳州如今还是东齐境内，他们不在上阳关，而出现在这里，实在有些古怪。

“我们……”青龙望了望楚策，没有再说下去。

楚策面上恢复了一向的冷峻，沉声问道：“你怎么会在这里？”

“姐姐在天阳关被萧淑儿抓了，我一路追过来的。”她坦然回道。

青龙和玄武闻言相互望了望，怎么也难以相信那个在西楚皇宫一直深居简出、沉默少语的淑皇贵妃会是如此厉害。要知道萧清越是什么样的人，狡猾精明如狐，身手比一般男子还要彪悍，能拿下她的人自然是不可小觑的。

烟落望了望三人，见他们不说出现的目的，也不再追问下去。

“前面寻了个山洞，暂时可以栖身，我们过去吧。”玄武出声说道。

青龙伸手拿过楚策手中的弓弩，问道：“皇上，你的伤势……”

烟落闻声一惊，侧头望向他：“你……受伤了。”在负伤的情况下，还有那般敏捷的身手。方才他们两个任何一个动作慢一点，此时就有人已经死在这里了。

楚策轻轻摇了摇头：“无碍，走吧。”

四人一道进了树林深处的山洞，玄武立即生了火，青龙取出伤药，朝楚策道：“皇上，断箭要快点拔出来。”

楚策点了点头，默然解开了衣衫，赤着的上身伤痕累累，旧伤、新伤、刀伤、箭伤……

不经意的一眼，她顿时呼吸一窒，心口仿佛压下了沉重的巨石，让她难以喘息。这些伤……在七年前是不存在的。

她有着他不知的七年，他也过着她所不知的七年生活。至于其中的艰难，只有亲身经历走过的人，才会理解其中的苦楚。

他们之间不似她与修聿之间那般单纯，太过复杂的过去总是剪不断，理还乱。她爱过他，也恨过他；为他动心过，亦为他绝望过……那些沉重而疼痛的过去永远是他们记忆中难以触碰的伤。

楚策似乎是感觉到了她的目光，侧头望了望她，薄削的唇因为失血而有些苍白，疲惫地闭了闭眼，等着青龙帮忙将箭取出。

“我出去守着。”玄武往火堆加了些柴火，拿树枝将山洞盖严实了，守在外面注意着周围的动静。

烟落看着青龙将伤药取出，抿了抿唇出声道：“我来吧。”

青龙望了望楚策，见他没有出声，便伸手将短剑递了过去：“我们带的东西有限，还需要什么吗？”

烟落扫了一眼伤药和准备的东西，点了点头：“可以了。”说话间，取了块干净点的白布，接过青龙递来的水囊将布打湿，拭去伤口处的血迹，将刀刃在火上烤了烤对楚策道：“没有麻药，会有些疼，忍着点。”

楚策没有说话，只是点了点头。

烟落深吸了口气一手按在伤口处，一刀下去将断箭剜了出来。楚策没有发出一丝声响，但面上已经惨白一片，额头上冷汗涔涔。

她将止血的药粉洒在伤口处，看着血慢慢止住了，取过青龙递来的白布将伤口包好，道：“好了，这几天不要再动武，不然伤口再裂开不好医治。”

说话间顺手拿过边上的布擦着他额头的冷汗，楚策倏地睁开眼，四目相对，一时间都怔愣着。

“伤口刚处理，晚上可能会开始发烧，我再取些水回来。”烟落别开目光，取过水囊准备起身。

青龙望了望两人，出声道：“还是我去吧。”说着从她手中拿过水囊，起身出了山洞。

楚策取过边上的衣服慢慢穿上而后靠着石壁，闭着眼睛出声道：“无忧还好吗？”

“很好，前些日子给你写了信，看来你还没收到。”烟落道。

楚策闻言苍白的薄唇微微勾起，不由想到父子两个在宫里的一些趣事。她不经意侧头正巧看见他面上那抹笑意，微微皱了皱眉：“你笑什么？”

楚策薄唇扬起更深的弧度，说道：“无忧像你小时候，看到他我经常在想如果我没做西楚的皇帝，也许一切就会不一样。”

烟落沉默了一会儿，说道：“你是一个好皇帝。”

“可我不是一个好丈夫，更不是一个好父亲。”他深深叹息，望着燃烧的火堆缓缓说道，“小时候站在很远的地方看到祭天大典的时候，父皇一个人站在最高处，脚下万民俯首，所有人都说他掌握着太多人的命运。可是当我真正站在那里的时候才发现，它……并

没有那么美好。”

烟落低头，沉默不语。

他微微闭着眼睛，敛去了眼底翻腾的思绪，缓缓说道：“你想过平静简单的生活，我以为我可以给你，可是皇宫那个地方从来都是钩心斗角、尔虞我诈的战场，哪里来的平静？哪里来的简单？”他突然自嘲一笑，“我编织了一个最美好的假象，最后撕破这个假象的，却是我，还亲手将你推向了万劫不复的深渊。”

失去挚爱亲人的痛楚他不是没有体会过，在母妃死在冷宫的时候，他绝望得真的也想死去，是她一直在陪着他，一点一点将他从绝望的深渊拉起。

可是在她失去亲人的时候，他没有陪伴她、帮助她，而是将她推向了地狱。即便不是心中所愿，即便是为她好，可是那种痛……是无法磨灭的。

她坐在边上，呼吸微微颤抖，一语不发。

“所以我认了，我不如他。”他平静地说道，“当他连中州，连骄傲都放弃跪在我的脚下，我知道……我终究是不如他，不如他能带给你的一切。他给你的，我穷极一生也给不了。”

那个人，可以全心全意爱她，可以整颗心都装着她。可是他不能，他的心里已经装了太多东西，它们在他的心里根深蒂固。站在鲜血与白骨堆积的皇位之上，他已经失去了那样爱的能力和资格……

青龙已经取了水从外面回来，望了望沉默不语的两人，道：“皇上，再过两个时辰天就亮了，今天怕是过不了阳州了。”

楚策闻言望了望她，问道：“萧清越的事，你准备怎么办？”

“大师傅那边还没有消息，我打算通知济宁派人帮忙救人。”烟落坦然言道。

楚策点了点头，望向青龙问道：“接应的人什么时候能到？”

“明天晚上。”青龙回道，沉吟片刻又说道，“百里行素在阳州，我怕他已经知道什么动静了，阳州不好通过。”

烟落闻言眉眼微动，忆起在夷都的种种，从烟柳山庄离开也有大半年的时间了。之前只知道百里行素领兵与西楚交战，却没想到他就在阳州。

这一刹那的异样如何瞒得过楚策的眼睛？他抿了抿唇望向青龙道：“让玄武出去打探下情况，咱们明天再走。”

现在接应的人还没有来，以他现在的伤势出去，与人交手定会吃亏。

“是。”青龙闻声便又出了山洞，让玄武出去打探情况，自己在洞口守着。

山洞内一时间又只剩下了他们两人，楚策小心坐起身，伸手想往火堆里加柴火，她却先行伸手加了，沉声道：“别乱动，伤口再裂了也没药治了。”

“就这点小伤还死不了人。”楚策淡声道。

烟落低着头沉默许久，望向他道：“楚策，以后做事小心些，起码……为无忧想一想。”

楚策闻言一愣，而后点了点头：“知道了。”

“如今三方战事这么僵持下去也不是什么好事，百里勋已经先行出手了，西楚和大夏……若是合纵连横加上漠北和漠南以及西域三十六国的支持，这一战，还有胜算。”她低声说道。

“是要我听他的令？没兴趣。想必他也不会服我的令，还是各打各的。”楚策说罢，挪了挪身又靠着石壁闭目养神。

正在这时，玄武已经赶了回来，冲进山洞道：“皇上，阳州城有人马出来搜山了，好像……是百里行素冲咱们来的。”

楚策倏地坐起身，因为动作太大，伤口传来剧痛，微微皱了皱眉，一双黑眸深沉难辨，不知其中心思如何：“还有路离开吗？”

“还有路可以到岐州或是明州的地界，不过……时间来不及了。”玄武直言说道。

烟落闻声站起身道：“我帮你们把人引开，你们再想办法走吧。”百里行素是冲他们来的，想来他们潜入东齐的事非同小可了。

“不必。”楚策站起身，一脸冷沉，“你知道阳州有多少人在抓你吗？你知道华淳太后又有多少人在找你吗？”

“你亲自来东齐所行目的想来不小，此时不走，难道真想功亏一篑？”烟落平静地望着他，抿了抿唇道，“若是到了上阳关，帮我送个信到济宁。”

楚策目光微动，聪明如她，果然猜到了他是为何而来。这么些年，他就是这样想什么做什么从来不会跟她说，也就是这样在他们之间划下了一道天堑鸿沟，一生再难跨越。

玄武望了望僵持着的两人，沉声说道：“皇上，没时间耽误了，他们已经朝这边过来了。”

烟落深深吸了口气，举步朝着山洞外走去，却蓦然停下脚步说道：“楚策，七年了，我们都长大了，但愿……你能放下心结，走自己的路。”七年来，她也曾执迷过去，几经生死跌宕，终有人替她解开了心头的死结，才得以开始新的生活。

楚策，你是要问鼎天下的帝王，不要再因为我而羁绊了脚步。如果可以，我会为你开辟这条路，只是我再也无法陪你走这条路。

楚策闻声望过去，只看到她的背影没入夜色里，眨眼之间便了无踪迹。

“皇上，走吧！”青龙上前出声道。

楚策紧紧抿着唇望了望手中的包袱，这是东齐境内所有的军事部署图以及各方军备物资的出处。他让罗衍扮成他在上阳关指挥战事，自己却早已经潜入夷都，从夷都帝宫将东

齐所有的军事部署一一抄阅下来，到现在夷都那边并没有发现。不过百里行素似乎已经察觉到了不对劲，否则自己也不会被他所伤。

天下和她，到底哪一样更重要呢？

这是许多年来他反复问自己的问题，西楚离不开他，他也放不下西楚，可是他一样放不下她啊，为什么总是一次次为了大局而害了她……

他望着山洞外浓浓的夜色，深深吸了口气："走！"

烟落出了山洞，看着树林周围的火把，仗着轻功了得引得一伙人在林中转圈，为楚策一行人脱身赢得时间。

思量着他们该走了，正准备脱身离去，夜色中利器破空而至。她翻身避开，然而接踵而至的越来越多，仔细一看，那些不过是普通的树枝，此时却有着利箭一般的杀伤力。

此时在阳州有这般的功力的就只有两个人，如果是华淳太后，恐怕早就露面置她于死地了，除了她，便是……百里行素。

她抬头望去，树梢之上一身白衣如仙的男子飘然而立，夜风中飞扬的白发刺痛了她的眼睛，为什么……为什么会成这个样子了？

百里行素自树顶飘然而下，一身衣袂翻飞仿若踏月而来的仙神，绝世超然。虽然知道她在东齐境内，但也没有刻意去打听过她的消息，本来是为了拦截楚策一行人的，却没想到会在这里遇上了。

百里行素落地，淡淡看了她一眼："你走吧！"说罢便转身走开，背后传来她颤抖的声音："为什么会变成这样？"

百里行素脚步一顿，没有回头："还不走，一会儿若是华淳太后的人来了，你想走也走不了了。"

"为什么会变成这样？"她固执地追问道，其实那个答案不是早就已经在心里了吗？

"哎，你到底走不走，你不走我走。"百里行素回头瞅了她一眼，玩世不恭的神色之下，蕴藏着难以言喻的深沉。

"到底为什么会变成那样？是因为帮我解毒才变成那样的吗？是不是？"她追上前几步，沉声问道。

百里行素没有说话，举步便走，她追近一把拉住他的手："到底是不是？"

百里行素转头看着她泪光闪动的眼睛不由一震，片刻之后便恢复了以往的痞子神色："哎哎哎，男女授受不亲，你高抬贵手成不？"

"到底是不是？"她紧紧抓着他的手追问着。

"你问什么？"百里行素一如往昔的笑意吟吟。

"这个。"她抓着他一缕白发问道，情急之下力道有些重。

百里行素顿时鬼哭狼嚎，拉开她的手："你轻点行不行，别破坏我发型。"优雅地理了理头发，笑眯眯地说道，“我告诉你这东西别人想要还没呢，我觉得跟我这一身衣服挺配的，现在一出门那回头率都翻几倍呢！”

夜风瑟瑟，自两人之间穿梭而过，她直直地望着面前笑意吟吟的如仙男子，张了张嘴想要说什么，却又一句话都说不出。

百里行素瞅着她俊眉微挑，走开两步指着她便道：“别在我面前哭，回头楚修聿那家伙又得找我麻烦，说我欺负你了。”

“如果他不说出来，你是不是永远都不会说？”她定定地望着他，身形微微颤抖。

在自己病重之前她就感觉到了不对，所以问了他，他却隐瞒得滴水不漏。从她醒来眼前已经是另一番景象了，他也消失不见。

“说什么？楚修聿送了我十座城池把你赎回去了，有什么好说的，没想到你还这么值钱，早知道我该多敲他一笔。”百里行素有些后悔，自己当初要得太少了。

“当时我问你，为什么不告诉我？”她倔犟地追问着。

百里行素笑吟吟地瞅着她：“跟你说了，你要怎么选择？不接受我的帮助，带着孩子一起死，再让楚修聿来个殉情，于是一家三口在九泉之下团聚？”

“我……”她无言以对。

“现在你好，我好，大家好，你还哭丧着脸干什么？”百里行素瞥了她一眼，举步便走，“早跟你说了，我在忙正事，一会儿姓楚的那一伙该跑没影了，那一箭没射死他太便宜他了。”

“师傅……”她追上前来。

百里行素回头望着她，皱起眉头：“我抓人，你跟着我做什么？你替他引开人还不算，现在怎么着，还想跟我动手不成？”

烟落无言以对，百里行素与楚策明争暗斗这么多年，一交起手来定然会打个你死我活才罢休。

“我说你不好好在中州相夫教子，跑这儿来添什么乱。”百里行素一边走一边数落道，回头瞅她一眼哼道，“你不是背着楚修聿那家伙爬墙来这里跟你旧情人幽会吧。人说好马还不吃回头草呢，你也挑个好一点的草吃啊，比如我啊。”

烟落没有说话，只是紧跟在他后面。

“楚策有什么好，天天绷着个脸，活像人欠了他银子不还似的，那么大一块冰疙瘩也不怕冻死人，看楚修聿知道了不跟你急？”百里行素一边走一边数落着楚策，真搞不懂以前她怎么会跟这样的人过日子。

“师傅。”她站在后面叫他。

百里行素闻声停下脚步，转身瞅着她一笑：“哟，这会儿叫上师傅了，以前不是连名带姓地叫吗？”

“谢谢你。”她沉声说道，然而所有一切又岂是她一句谢谢可以还得清的?

小气的男人转过身，一边走一边抱怨道：“什么好处全让楚修聿那家伙占尽了，就连楚策那家伙也占过便宜，就我最倒霉，什么都没捞上，哼！”

正说着，连城从林中快步赶了过来，看到跟在他身后的她愣了愣，朝百里行素禀报道：“师傅，人没追上，怎么办?”

百里行素闻言气呼呼地转头瞪着她：“都是你害的！”

“对不起。”她低头出声道。

“对不起有个屁用，你把人放跑了，就你顶上吧。连城把人看紧了，带回去。”百里行素气得踹了一脚边上的树，一人走到前面。

烟落闻言一愣，没有跟着他再走，她还要设法救萧清越。

百里行素走了一段，回头看她还在原地，不耐烦地皱了皱眉：“你倒是走不走? 再不走，你等着帮萧清越收尸吧！”

“你知道什么?”烟落快步追上前去问道。

百里行素打了个哈欠，一边走一边道：“你不就是跟着萧清越来阳州的吗?”这是他的地盘，有什么事是他不知道的? 望了望她，继续道，“我猜，你是让楚策帮你送信给济宁，让楚修聿派人来帮你救人吧。”

她愣了愣，而后老实地点了点头。

百里行素无奈地瞅了她一眼，摇了摇头：“说你笨吧，有时候脑子又转得比谁都快；说你聪明吧，有时候还真是笨得令人发指。”走出了树林便看到连城驾着马车在路上等着。

百里行素先行上了马车，半天没见她上来，一撩车帘道：“不想被外面的人抓着，就上来，回头我会向楚修聿讨车马费的。”

烟落怔怔地站在马车边上，望着那玩世不恭的目光没有上马车，抿了抿唇道：“我自己会想办法的。”

百里行素撇了撇嘴，朝连城望了望。连城不由分说把她扔上马车，一扬马鞭赶着车就走了。

烟落上了马车规规矩矩坐在边上望着他：“师傅，你不该这样一直帮我。”

“谁帮你了? 我闲得没事，吃饱了撑着了不行?”百里行素寻了个舒服的姿势靠着。

烟落抿了抿唇，出声道：“华淳太后也在阳州，要是知道你帮我，她不会放过你的。”虽然对他们母子之间了解甚少，但多少知道他们母子之间关系并不是很好。

百里行素面上笑意微僵，眼底一掠而过的异色，撇了撇嘴：“她什么时候放过我了，也不差这一回。”最危险的地方，才是最安全的地方。这会儿华淳太后的人正满城地找她呢，估计怎么也想不到他会把她带着。

“师傅……”她眉头紧紧皱着。

百里行素突地出声道：“停车，连池你下车。”

连池闻声一撩车帘探头进来：“为什么？这大半夜的，你让我走回去啊。”

“你回烟柳山庄去，不让你出来，不许出来。”百里行素瞅了他一眼沉声说道。

“凭什么啊？”连池一听便不干了，那里一个人都没有，把他一个人关在那里啊？

“废什么话，再不下去，我让连城把你扔下去。”百里行素恶狠狠地威胁道，说话间在衣袖里翻出一张面具扔给她说：“把这戴上吧，从现在起，你就是连池了。”

“那我怎么办？”连池愣愣地望着和自己一模一样的另一个人。

“不是让你回烟柳山庄吗？”百里行素白了他一眼哼道。近些日子连城和连池一直跟在他身边，连池和她身形相似，易容过来也不会有人发现。

“可是这大半夜的，荒山野岭的，你让我怎么去？”连池哭丧着脸抗议道。

“自己想办法换身行头，悄悄地去，不让你回来，不许回来。”百里行素又一次警告道。

“我……”

“扔下去。”百里行素望向连城道。

连城点了点头，便将连池拎着放下马车，驾着马车就走出好远。烟落趴在车窗望了望后面：“把连池一个人留下，要是遇上什么……”

“他能遇上个什么，顶多遇上个强盗土匪的，他能应付的，不然白跟我这么多年了。”百里行素一脸无所谓，侧头瞅了瞅她沉声道，“倒是你，记清楚自己现在是谁，不然被人逮住了，我可不管。”

连城听到里面的声音不由摇了摇头，每次都说不管，哪次你真的不管了？

“现在去哪里？”烟落出声问道。

“你不是追着萧清越来的吗？她现在在哪里？”百里行素笑眯眯地瞅着她问道。

烟落愣了愣，坦然回道：“东齐水师大营。”

百里行素闻言顿时失笑：“没想到这萧清越也有栽跟头的时候，我倒还真是小看了萧淑儿这女人，她倒还有些本事。”

“她说是老太爷下令要她处理漠北的事，带走姐姐的。你若是插手其中帮我救人，百里勋不会善罢甘休的。”烟落担忧地说道。

因为他放过了修聿，又救了她，如今百里勋已经明显不再信任他了。如果这一次再挡了他的路，百里勋不会再对他手下留情了。

“你也太看不起我了，我好歹也是一国之君，又生得这般沉鱼落雁闭月羞花，谁敢欺负我？谁舍得欺负我？也就是你这不识货的女人。”百里行素笑眯眯地瞪她一眼哼道。

她一时间有些哭笑不得：“行行行，就你了不起。”

百里行素得意地笑了笑，拧眉思量了片刻："依我看，这水师大营的萧清越，十有八九是个冒牌货。"

"不可能。"烟落面色顿时一沉，她从天阳关一路追了过来，亲眼看着那马车上的人被带到了东齐水师大营。

"好，那我问你，从天阳关追出来的时候，你是和诸葛候一道追出来的吧！"百里行素笑着问道。

"是。在岔路的时候，看到两边都有车辙印，就分头追了。"烟落坦然言道。

"以诸葛候的轻功，要追上那马车，再追上你，需要这么多天吗？"百里行素笑着瞅着她，一字一句道，"你们都被萧淑儿那女人摆了一道，两辆马车上都不是萧清越，只怕真的根本就走在你们后边。"

烟落秀眉拧起，当时情急之下自己根本没有想那么多，便直直追着马车走了。以诸葛候的轻功追上马车也不是很难的事："你又怎么知道？"

"哦，今天得了消息有人单枪匹马闯了南州水师大营找什么人，结果没找着，一气之下把水师大营所有的战船放火烧了，还把南州城闹了个天翻地覆，连犯人的画像都送我这儿来了。"百里行素笑眯眯地说道，"除了诸葛候，谁会有这胆子去闯水师大营，还闹出这么大动静，我估摸着这几日他也该找到阳州来了。"

烟落拧眉，心下担忧不已："那姐姐会在哪里？"

"十有八九还在萧淑儿的手上，不过想来一时之间还不会丢了性命。一则，老太爷让她解决漠北的事，她大可直接下令杀了萧清越，可是她却费了这番工夫来活捉。二则，萧淑儿这个人与萧家关系并不是很好，而且也不是个嗜杀之人，纵然萧清越已经反出萧家，但终究与她还是血亲，她也下不了那个手。"百里行素望了望她，沉声说道。

烟落抿唇不语，即便萧淑儿不会对她下手，可是一旦把人带到了夷都，事情也就由不得萧淑儿一个人的愿了。莫说百里勋不会放过她，就是萧家的人也不会轻易罢手。

正说着，连城低声道："皇上，太后带着人在前面，怎么办？"

烟落闻言一震，手反射性地握住了袖中的短剑，一身防备。

百里行素瞧着她一脸沉重不由失笑，低声道："行了行了，用不着这么紧张。"

她抬眸望他，沉默半晌轻轻点了点头。

百里行素笑了笑，撩着车帘望了望城门处的人，笑意吟吟的眸底难掩复杂，瞅着让人揪心。

华淳太后远远看到了马车，面色冷沉地走近："你干什么去了？"

"庄里遭贼了，我追人去了。"百里行素撩着车帘漫不经心地说道。

"是追人，还是去找那臭丫头？"从接到大夏皇后进入东齐地界的消息起，他却一点动静都没有，着实让她有些意外。

“太后你们要找人，与我何干？”百里行素面色淡漠。

华淳太后冷冷地望了他一眼，一挥手道：“搜！”

众人闻言一愣，站在一旁不敢动手。那可是东齐皇帝的马车，他们哪敢去搜他的马车？但素闻太后和昱帝不和，如今看来真是不假。

“还不动手！”华淳太后声音冷沉了几分。

几人战战兢兢地走近马车，望着白衣白发的男子行礼：“陛下，我们……”

“要搜就快点，我还要赶回去睡觉呢。”百里行素不耐烦地哼道。

几名士兵伸头望了望马车内，见还是出城时的人，又望了望马车下方，而后回到华淳太后身边：“太后，没有其他人。”

华淳太后冷冷地望了望马车上的人：“你最好别再跟我耍花样。”说罢拂袖转身，“滚！”

百里行素面色无波，朝连城道：“走。”

烟落沉默了许久，出声问道：“她……对你不好？”她只听说他们母子不和，却不想是这般如仇敌一般。

百里行素无所谓地笑了笑：“没什么，习惯就好了。”

习惯？！

这是可以习惯的事吗？

她怔怔地望着他，沉默了许久出声道：“你恨她吗？”

“没什么好恨的，她……有她的苦。”百里行素侧头望着窗外的夜色，喃喃说道，“没有人想那样过一辈子，只是她也没有办法。”

烟落抿唇沉默，心头百味杂陈。一直以来，他的玩世不恭也不过是为了掩饰自己那个寂寞的灵魂。一生都被人如棋子般操控，这样的人生要如何活着？

“喂！”百里行素伸手在她眼前晃了晃，“干吗又盯着我发愣，是不是现在发现我比楚修聿那家伙好了，想移情别恋了？”说着，抛了个风情万种的媚眼。

她顿时为之气结，跟这个人就没法沟通，突地想起方才的事，出声问道：“你明明是出城去拦截西楚的人，怎么说是……”刚才追楚策的人，只有他和连城连池三个。那就是说他根本没有说出楚策在东齐的事，那些人多数是为了抓捕她的。

“发现上阳关那个家伙有些不对劲，原来正主已经跑到我地盘上来了，算他命大，没被一箭射死。”百里行素冷声哼道，“让他再跑到我地盘上偷鸡摸狗。”

“什么偷鸡摸狗？”烟落秀眉拧起。

百里行素闻言俊眉一挑：“堂堂西楚大帝，跑到东齐来做贼，传出去，我看他还怎么混？”

烟落抿唇沉默，楚策潜入东齐所为何事，自己也猜了个七七八八，只是他不说，她也

不问而已。

“好家伙，他让罗衍扮成他在上阳关，把我都给骗了好一阵。自己却跑到夷都帝宫，从长老会那里将东齐的军事部署及兵力多少、军需出处都摸清楚了。”百里行素恨恨地说道。

烟落闻言面色微沉：“若是这样，为什么现在夷都也没有动静？”

“因为他们都不知道被偷了啊。”百里行素一脸无所谓地说道。

“你不是知道了？”烟落道。

“我这么聪明，当然知道了，夷都那一帮老家伙现在还蒙在鼓里呢！”百里行素笑语言道。

烟落抿唇望着他：“那你还……”丢了这样重要的东西，他这时候还能这么平静？

“偷了就偷了呗，谁知道他偷的是真的假的，反正偷不着我那份就行了。”百里行素丝毫没有着急的意思，“东齐朝堂已经分为两派，一派以老太爷为首，一派以我为首。老太爷深居太和殿从不外出，如今身边的人，华淳太后在阳州，萧淑儿还没回夷都，萧赫要处理朝上事务，根本不会有人发现长老院失窃。再说楚策那家伙肯定不会直接偷走东西，会把东西看过抄一遍，这样不就神不知鬼不觉了。”

烟落无奈又无语，堂堂的东齐皇帝，帝国军事部署图外泄，他在这里像谈论天气一样云淡风轻，实在让人有些难以相信。

“再来这几天工夫，漠北那边已经交战，东齐连战连捷，他们哪还顾得上这些？我估摸着楚策这家伙回到上阳关，就会找上你家那口子，谈论什么三方合纵共伐东齐……”百里行素笑嘻嘻地说道。

“你知道还……”

“还不下令通缉他？”百里行素接着她的话说道，而后压低声音，“他能从我这儿偷，我也能从他那里偷呀。西楚可比东齐容易下手多了，他摸了我的底，我也摸了他的底，谁胜谁负就各凭本事了。”

烟落闻言默然一笑，百里行素果然是百里行素，不管在什么情况下都不会让自己吃亏。

夜色深沉，一辆马车停到了岐州郡主府第，裹着黑色斗篷的女子优雅地步下马车，一身青衣的侍女从府内出来：“郡主，你来了。”

“嗯。”萧淑儿轻轻应了声，举步进了府内，微一扬手让随行的护卫离去，一边走一边问道，“没出什么问题吧！”

“南州那边已经被发现了，诸葛候烧了南州水师大营的战船，大闹了一场。至于阳州城那边，暂时还没有什么动静，不过华淳太后的人听说大夏皇后进了东齐境内，已经大派人手在抓捕。”冬青跟在身后回话道。

萧淑儿闻声脚步慢了下来，黛眉微微皱起几分：“可找到人了？”

“还没有。”冬青低头回道。

萧淑儿微微笑了笑：“她倒还机警，没让华淳太后给抓了。”

“不是还有陛下在阳州，说不定还会暗中帮她。”冬青一边走一边说道。

萧淑儿听了，笑意深了几分：“注意着岐州的动向，不可露出蛛丝马迹让她找来了。”

“是，我会小心的。”冬青低声回道。

“还有，萧清越虽然带来了，但她也不是一般人，小心防备着。起码在我没放她之前，不能让她有机会逃脱出去。”萧淑儿认真叮嘱道。

她从天阳关起便早就作了安排，两辆马车驶向不同的方向，分散她和诸葛候两人，在他们走后再把人悄悄运到了岐州，放在了以前的郡主府。

“是，每天的食物和水都放了药，她根本不可能有力气逃出来。即便她不吃饭，也没有那个体力，我会小心看住的。”冬青沉声回道。

“带我去看看。”萧淑儿侧头望了望她，淡声说道。

“是。”冬青点了点头，带着她进了她以前的寝室，打开密道。

“我自己进去，你留在外面吧。”萧淑儿在入口处吩咐道。

冬青闻言怔然片刻，低首回道：“是。郡主……要留在岐州吗？”

“嗯，会留几日，解决了漠北的战事再设法回夷都。”萧淑儿语气淡漠。如今漠北无主，东齐大军连战连捷，如入无人之境，正是趁胜追击的大好时机。如果能顺利将漠北收于东齐，而后再回东齐，那她的任务才算是真正完成了。

现在阳州那边，还有华淳太后拖着她，一时间想来她也难脱身查到岐州这里来。

“郡主，冬青多问一句。”

“要问什么？”萧淑儿淡声问道。

“直接杀了萧清越比活捉她要省多少工夫，何必这般费尽心血将人囚禁于此？”冬青直言问道。

萧淑儿抿唇沉默，半晌之后说道：“权谋争斗，少不得手沾血腥，我不想我的人沾上萧家人的鲜血。若是我真在天阳关杀了她，此时大夏皇后会怎么做？”

冬青闻言一震，而后言道：“领兵出战，倾巢来袭，更有可能促成三方合纵连横，陷东齐于困境。”

“很多事，杀人并不可以解决问题，如今他们急于救援萧清越，自然也顾不得漠北。杀一个萧清越容易，要打下一个漠北，就得方法得当。”萧淑儿平静地说道。

冬青闻言点了点头，低头道：“是奴婢眼光太窄了。”

萧淑儿举步进了密道，走过阴暗的通道，下到了囚禁萧清越的密室，看到手脚被缚铁索的女子，走了过去："三妹。"

萧清越懒懒抬了抬眼，冷然一笑："是你。"

萧淑儿在台阶处坐下，望了望囚室桌上未动的饭菜："你还是不吃？"

萧清越抬头望着她："吃了这些变软脚虾吗？我没兴趣。"用脚指头想都知道这些食物里让人加了料，以防她逃跑。

萧淑儿笑了笑："那随你吧，不过堂堂的大夏将军，要在这里饿死吗？"

"行了，你还有什么阴招损招都尽快使出来吧，我陪你玩。"萧清越挑衅地望着囚室外坐在台阶处的女子，"以前是我小看你了。"

萧淑儿苦涩一笑，望着里面的人："其实这么些年，我一直很羡慕你。"

"羡慕我？羡慕我现在坐在这里边？"萧清翻了翻白眼哼道。

"你从小就爱憎分明，敢作敢当，想到什么都敢自己去做，拥有一个勇敢而自由的灵魂，这是我羡慕不来的。"萧淑儿淡笑言道。

萧清越闻言沉默了许久，抬眸望着她道："以你的聪明才智不需要留在萧家，这样助纣为虐，不会有好结果的。反正据我所知，妄想复国的，它就没有一个复辟得了的，那反清复明的多少好汉，比起大昱强多少，最后一样……"

"什么反清复明？"萧淑儿皱了皱眉。

萧清越撇了撇嘴，这里的人哪知道什么反清复明，于是说道："就是说一个王朝的灭亡，自然有它不存于世的原因，那是天意人心的结果。大昱已经过去近百年，你们这些人不想着好好过日子，几代人都想着什么复国复国，一辈子就那么长，全栽在那上面了，值得吗？不过都是那些争权夺利人手中的棋子，自己的人生就该掌握在自己手中，干吗为别人活？"

萧淑儿笑着望着她，点了点头，叹息道："如果不是这样的局面，我真希望我们姐妹感情能如寻常人家一般，相亲相爱，相互爱护，无话不谈。"

萧清越闻言失笑，真搞不懂萧赫那老狐狸人品那么差，为什么基因就好得这么天理难容！

"你笑什么？"萧淑儿见她一脸怪异的笑不由问道。

萧清越摇头笑了笑："没什么，就是觉得老家伙那么恶劣的人品，怎么就生出这么聪明的女儿来了，天理难容。"

萧淑儿也不由失笑："谁又能选择自己的出生呢？"

"既然无法选择自己的出生，起码也要自己选择自己的人生。"萧清越一脸骄傲言道。

萧淑儿微笑，沉吟片刻道："你想吃什么，我让人做些送来。姐妹这么些年，我们也从来没有在一起好好吃顿饭。"

“你就不怕我跑了？”萧清越秀眉一挑瞅着她问道。

萧淑儿微微一笑："我敢说出这样的话，自然会有分寸，不会让你有机可乘。"这地牢之中机关遍布，这囚室便是寒铁所制，岂是想出便能出的？

萧清越撇撇嘴，点了点头："行。"

萧淑儿起身到墙边按下一处机关，外面的冬青便赶紧进了地牢问道："郡主，什么事？"

“备些晚膳送到这里来，我和三妹在这里用晚膳。"萧淑儿淡笑言道。

“郡主，这……”冬青望了望囚室里的萧清越，桌上的膳食一口都未动。可是让她们一起用晚膳，如果萧清越耍什么花样，该如何是好？

萧淑儿侧头望了望她："去吧，我知道分寸。"

冬青沉默了片刻："我这就让人准备。"郡主是怎么了，以往十几年都不与这个人来往，如今怎么想着要跟她一桌吃饭了，这可是同在萧家这么多年的第一回。

萧淑儿又回来坐在之前的台阶处："我这里珍藏的百花酿不错，要不要也来点儿？"

“再好不过了。”萧清越笑着点了点头，怎么也想不到会有一天跟萧淑儿这个女人这般平心静气地说话，还要坐在一桌吃饭，而且……还是在这样的状况下。

萧淑儿点了点头："好，一会儿让冬青取些来。"

萧清越懒懒地靠在囚室的榻上，拧眉思量许久，出声道："小烟，她怎么样了？"

“她正在找你，不过在阳州，一时间还找不到这里来。"萧淑儿直言说道，知道她这么多年最紧张的便是这个妹妹了。洛烟丢下孩子不顾一切跑到漠北来，倒也不枉萧清越这么多年对她的姐妹之情。

“你把人引去的？”萧清越眸子微眯，沉声问道。

萧清越很诚实地点了点头："是的，华淳太后也正带着人找她，不过现在还没找到人。如果不是她自己藏得严实，便是百里行素或是楚修聿插手其中了。"

“你倒是挺会算计，枉我们聪明一世，也中了你的圈套了。"萧清越瞥了她一眼哼道。

萧淑儿笑了笑，道："不是我会算计，只是旁观者清而已。你有勇有谋，但也争强好胜，我只是抓住了这一点而已。至于洛烟，只要你出事她绝不会坐视不理，我之前早就告诫过她，早知道她会来，她心急要救你便也失去了冷静，这才让我有机可乘而已。"

“想来如今，我不在漠北，小烟也不在漠北主事，漠北无主，东齐定然趁机进犯，连战连捷，而小烟又被引去了阳州，有华淳太后牵制，有百里行素和楚修聿倒也不至于落得什么险地。所有的一切都发展成了你预想的结果，可满意？"萧清越直直望着坐在外面的秀丽女子，一字一句说道。

“再过些日子，漠北的战事一了，我就要带你去夷都面见老太爷复命。如果我想得不错，洛烟定然也会暗中跟着去，看来夷都是要热闹起来了。”萧淑儿微笑言道，届时百里行素、楚修聿都会朝夷都去，或许……还有那个人。

“你不想杀我，却要将我交给百里勋那个老狐狸，我一样得死。你不杀伯仁，伯仁却因你而死，这跟借刀杀人有什么区别？”萧清越扬眉说道，况且萧赫那个狐狸也不会轻易放过她。

“暂时你还不会有性命之危，杀了你只会鼓舞大夏士气，让他们更加英勇作战。这对东齐是不利的，老太爷不是华淳太后，他不会做吃力不讨好的事。”萧淑儿微微一笑，望着她道，“所以你放心吧，你还能多活些时日，至于以后就要看他们能不能把你救出去了。”

萧清闻言笑了笑，沉默着也不再说话，过了许久方才出声：“萧淑儿，你做这么多，到底想要什么？这些争权夺利的事原本就不该有女人插手其中，你为什么这么帮他们，难道……萧老头要你以后嫁给百里行素那狐狸精？”

萧淑儿笑而不语，萧清越继续道：“不过我记得，你不是对楚策那大冰块有意思吗？”

萧淑儿面上的笑容顿时一滞，眼底一掠而过的异色：“西楚东齐永为仇敌，我能有什么意思？”

“也是。”萧清越点了点头，调侃道，“楚策那家伙除了对一个女人掏心掏肺，对全天下女人都没心没肺，对他有意思的人注定要痛苦一生。其实狐狸精也不错，要是真让你跟他过，你就将就着过吧，哈哈！”

萧淑儿闻言失笑，摇了摇头：“这是老太爷交给我的任务，我只是完成它，就这么简单而已。”

“直觉告诉我，没有这么简单，你别有所图。”萧清越铮铮言道，“我的直觉一向很准。”

“恐怕这次，你真的要失灵了。”萧淑儿面上笑意更深了几分，无人可见眼底那一闪而逝的光芒。

“是吗？我拭目以待。”萧清越扬唇一笑。

萧淑儿这般心思玲珑的人，其目的也不会那么简单，更不会仅仅因为完成任务而做这一切。隐忍十几年的萧家大小姐，一朝得动到底所为何事，她倒是越来越感兴趣了。

济宁，大夏军营主帐。

祁连望了望桌上八百里加急送来的信件皱了皱眉头，之前来信都是皇后娘娘写来的，这次的一看就是祁月的笔迹，直觉告诉他不是什么好事。

祁洪掀帐而入，顺着祁连的目光望了望桌上的信件，笑呵呵地说道：“皇后娘娘又来信了？”

“祁月写的。”祁连淡声道。

“那家伙又哪根筋不对了，咱们在这拼死拼活的，他就守在中州还来添乱。”祁洪坐下不由愤然，“东齐这些狗崽子还真是不好对付，与明州交战这么些日子那些家伙还这么有精神，这么打下去，要到什么时候才是个头。”

“上阳关那边也没好到哪儿去，就不知漠北那边如何了？”祁连担忧道。

“不是有萧将军在吗？肯定是吃不了亏的。”

“漠北的情况，不比中州和西楚，军队战斗力就是个问题，就靠她和任重远还真是难放心，要是皇后娘娘……”祁连说着，不由止了声。

如果皇后娘娘去了倒也让人放心了。漠北都是她打下来的江山，都是她的人马，由她领兵定是一呼百应。只是如今东齐有多少人想要取她性命，而且小殿下才刚出生，即便是她肯去，皇上也不会同意。

祁洪一侧头便看到一身银甲扶剑进帐的楚修聿，举步便迎上前去：“正说你呢，这就回来了。”

“又说我什么了？”楚修聿扫了两人一眼，这一个个地凑在一起准说不上什么好话。

“中州来信了。”祁连沉声说道。

楚修聿闻言眉眼间顿时蔓延起喜悦之色：“这回这么快？”

“放在桌上呢。”祁连道。

楚修聿连铠甲都没来得及脱，便走到书案边拿起书信，一瞧信封上的字迹面上的笑意缓缓沉了下去，而后面色由黑转青，由青转白：“这女人是造反了？！”

吓得坐在边上的祁洪差点没从椅子上摔下来：“这又是怎么了？”

祁连望了望他青白的面色，将信拿起一看，面色不由一沉：“萧将军被抓了，漠北境内东齐敌军连连进犯，皇后娘娘营救萧将军东齐境内失踪？”

“萧将军被抓？谁抓的？”祁洪上前言道。

祁连沉声说道：“萧家大小姐，淑媛郡主，萧淑儿。”

“萧淑儿？”祁洪顿时一口水喷了出来，“有没有搞错，怎么可能就栽在了这么个手无缚鸡之力的女人手里？”

“漠北方向，如今东齐军中主事的人，就是她。”祁连一字一句说道，以前他们都太小看这个女人了，百里勋竟然会把这等大事交到她手中，又岂会是个没点心思手段的人？“现在漠北就靠任重远一个，怕是撑不了多久。任重远这个人擅谋略，却不擅领兵作战，战场之上瞬息万变，他一个人难免应顾不过来。”

祁洪闻言也不由一脸正色了，望了望坐在那里面色冷沉的楚修聿：“那怎么办？让祁月先去漠北顶上？”

祁连瞥了他一眼哼道：“他去了漠北，中州怎么办？太子和小殿下都还在中州，他一走中州还不乱了套了？”

“那就由着东齐那些狗崽子在漠北横行霸道？”祁洪沉声说道。

祁连和祁洪都不由望向一直默然不语的楚修聿，一同问道：“皇上，怎么办？”

修聿心头恼她不顾孩子就去了漠北，却又更担忧她在东齐遇上什么事，无人相助，敛目深深吸了口气，起身便道：“祁连，备马。”

“皇上要去哪里？”如今济宁和合州的局面刚刚稳定下来，他若是走了，再出什么事，如何是好？

“去上阳关。”修聿沉声说道。

上阳关寒风呼啸，一队人马从雪原驰过，带起雪雾阵阵，黑甲扬鞭一指朝边上并驾齐驱的黑裘男子道：“王爷，前面就到虎门关了。”

罗衍深深吸了口气，策马入关，朝守卫问道：“还没有消息回来吗？”

“还没有。”守卫望了望虎门关外面的茫茫雪原道，“王爷还是进去等吧，这里有咱们看着。”

罗衍微微抬了抬手道：“不必了，我们就在这里等着。”说罢将马匹交给守卫和朱雀两人一道上了虎门关的城墙之上。

“白虎已经去接应了，算算时间应该今天一早到的，这几个时辰过去了，也不见人回来，也没有消息，别是出了什么事。”朱雀一边走一边说道，潜入东齐夷都帝宫这是何等危险的事？当初他们要去办，楚帝坚决亲自前去，如今东齐那边也没动静，想来他是已经将东西成功带回来了。

罗衍默然不语，眸中暗影沉沉。

“只要皇上拿到了东西，东齐和西楚的战局就可逆转，咱们就会占尽先机。”朱雀喃喃说道，侧头看到罗衍一脸沉重，不由问道，“王爷，你还担心什么？”

“事情似乎太容易了，长老会那些人好糊弄，百里行素可一点都不好糊弄，而且那天交手之时，他似乎已经识破了咱们的计划，直到现在他也没动静，我们才摸不准他想干什么。”罗衍沉声说道。

这些年与百里行素斗智斗勇，都将对方的禀性摸得一清二楚，他能看出他的路数，他也能猜到他的计划。

两人正说着，守卫便高声叫道：“回来了！回来了！”

两人闻声望去，看到茫茫雪原之上快马而来的一行人，罗衍转身下了城墙，刚一出城便见一身黑色大裘的帝王一马当先而来，看到他勒马停了下来：“关内可还好？”

“与东齐交战过几次，一样胜负不分。”罗衍直言回道，望了望几人道，“不是说了一早回来，怎么现在才回来？我们还以为出了事，才到这虎门关来接的。”

“皇上受了伤，不能急于赶路，便耽搁了些时辰。”青龙出声回道。

罗衍闻言点了点头，而后又望了望几人，眉头皱起，沉声问道：“玄武怎么没回来？”

楚策薄唇微抿，出声道：“朕让他留在东齐还有些事要办，暂时不会回来。”只是那夜百里行素那般轻易放弃了追捕他，着实有些意外。

罗衍微微皱了皱眉，虽然心有疑问但也没再追问下去，看着他面色苍白不由问道：“伤势如何了？”

“无碍。”楚策淡声道，在虎门关四下望了望，“回上阳关。”

一行人齐齐翻身上马，回到上阳关已经是午后，罗衍立即召来了军医进大帐替楚策治伤，不过东齐一直没动静，这伤又是怎么来的？

“东齐发现了？”罗衍站在一旁出声问道。

青龙摇了摇头，道：“是百里行素的人。”

“果然是他。”罗衍微微叹息道，那天他果然发现了不对劲，望了望军医道：“皇上的伤势如何？”

“伤口再深半寸就有性命之忧，不过好在之前处理得很好，现在只要每天换药十天半月就能好起来了。”军医躬身回道。

罗衍抿唇不语，挥了挥手让军医退下，问道：“你自己也注意点，已经是做爹的人了，多替孩子想想。无忧给你写信了，都来两封了。”

楚策闻言薄唇微扬，起身穿好衣服，到桌案处坐下，取过信件的手不由一颤。信上的字迹有些稚嫩，甚至每个字都大小不一，不过看在眼中却是难以抑制的喜悦之情。

两封信并不长，楚策看了足有一个时辰，眉眼间难掩喜悦之色，思量了半晌决定提笔回信，捏着笔半晌竟想不到该怎么回，总不能跟一个几岁孩子讲战场上的事情吧。

罗衍见他的样子也不由失笑，就是面临千军万马，也没见过他这么一脸为难、手足无措的样子啊！

楚策放下笔，抬头朝他问道：“要不要……送个什么东西给他？”说着起身到一旁兵器架上取了自己随身的佩剑，“无忧说他学着练剑了，把这个送给他。”

罗衍摇头失笑，上前将剑收起：“他才七岁，这玄铁剑太重了，他拿不起。”再说了中州府里给他备下的，也会比这好得多。

楚策想了想，点了点头叹息道：“也是。”

罗衍思量了一会儿，眸光一亮，道：“对了，以前在燕京宫里寻到一柄短剑，精致小巧，给他用正合适，我一会儿就差人从燕京取了送到中州去。”

“先送到这里来看看，不合适了让人再修改一番也好。”楚策沉声道。

罗衍失笑：“行，我这就让人去送到上阳关来。”

两人正商议着，白虎从外面快步进了大帐，拱手禀报道：“皇上，大将军王，中州……大夏皇帝来了。”

楚策微微皱了皱眉，沉声问道：“多少人马？”

“就他一个人。”白虎回话道。

大帐内顿时肃然沉寂，罗衍和青龙都不由望向站在主案边上的玄衣帝王。西楚和大夏的关系只能用微妙两个字形容，是敌亦是友，要怎么处理还得看这两个人。

楚策面容冷峻，沉默了片刻道：“让他进来吧！”

“是。”白虎拱手回话，起身出了大帐。

楚策转头望了望罗衍，道：“准备晚膳送过来吧！”

青龙和罗衍闻声相互望了望，默然退出了主帐。一身银甲的大夏皇帝，锋芒锐利，罗衍含笑上前：“夏皇。”

楚修聿淡然一笑：“大将军王。”

两人微微颔首，修聿掀帐而入，自来熟地找地方坐下，自己倒了茶抿了一口，瞥见桌上的信，探手取过：“无忧给你写信了。”

楚策走近，将信取了回去：“不是给你看的。”

修聿悻悻地收回手，这臭小子给他写了一回，竟然给楚策这边写了两回，不公平。

“你不是大老远跑到我这上阳关来喝茶的吧？”楚策起身说道。

修聿抿了口茶，到桌边坐下，开门见山道：“大夏想和西楚联手，合纵共伐东齐。”

“如今大夏漠北连吃败仗，想让朕帮你收拾烂摊子吗？”楚策面色无波，冷冷说道。

修聿笑了笑，自行拎着茶壶续水：“你不是真以为凭你西楚，就可以打败东齐吧？！”

“朕只相信事在人为，人定胜天。”楚策沉声说道。

修聿笑意浅淡，直直望着对桌而坐的楚策：“这人，也不可能只是你一人吧！”如今不管是西楚还是大夏，要独立对抗东齐都是不可能的事，如今既要立于不败之地，他又要设法到东齐救人，就必须和西楚合作。

“是你求朕合作，朕可以选择不跟你合作。”楚策声音冷冽，眼前的这个人，他就是怎么看怎么不顺眼。

正在两人较劲之际，罗衍和青龙掀帐而入：“皇上，夏皇，午膳来了。”

军中的午膳很简单，没有皇宫里那般奢华精致，只求温饱而已，不过今天的菜色显然是特地做的，罗衍一边将菜放上桌，一边说道：“这是前日打下的野物，都做了来，还有上阳关独有的烧刀子。”

楚策默然不语，拿起碗倒了一碗，递到修聿面前。修聿瞥了眼碗中的酒，没有伸手去接。

“你是怕我毒死你不成？”楚策冷声道。

“就是。”修聿伸手接过碗抿了一口道，“这酒准兑过水，还没我中州街头的老白干好喝。”

罗衍嘴角抽搐，这两个人吃饭就吃饭，跟个孩子似的较什么劲儿。

楚策淡淡瞥了他一眼，朝罗衍道：“你也坐下一道吧。”他与罗衍一向是不分君臣的，既然要说合纵对战，他这大将军王自然也要在场。

罗衍也不客气，一撩衣袍在边上坐下，望了望青龙。青龙便悄然退出了大帐在外面守着，不再让外人进来。

“我接到消息，萧清越被萧淑儿设计抓捕，烟落已经追到东齐境内了。”修聿抿了口酒叹息道，他恨不能现在就进到东齐境内去。只是如今的状况，他也必须安排好大夏的战事，否则他也根本没法把人救出来。

“嗯，应该还在阳州。”楚策点了点头说道。

修聿凤眸倏地眯起，追问：“你怎么会知道？”

“前天晚上遇到了。”楚策坦然回道。

修聿一听恼火了，一拍桌子道：“遇上了，你不想办法把人带出来，华淳太后就在阳州，你是要她死在那里不成？”

楚策面色了无波澜，抬眸望了他一眼，淡声言道：“她追着抓萧清越的人到了阳州，让我给你送个信，派人前去阳州接应，帮她救人。”

修聿心里莫名平衡了一点，端起酒朝他举了举：“谢了。”之前还在头疼，偌大个东齐，不知该如何找起，如今知道在阳州就好了。

“当天晚上百里行素追来了，她去引开人马，估计是跟他撞上了。我让玄武留在阳州暗中跟踪，昨日传来消息她易容混在了百里行素身边。”楚策抿了口酒，直言说道。

修聿闻言微微松了口气，想来百里行素还不至于为难她。他安排好济宁和合州的事，就赶去阳州，调齐人手去阳州帮忙，应该还来得及！

“对了，说说你去东齐干什么去了？”修聿凤眸微微眯起，审视着对面一脸冷峻的西楚帝王，“能劳你亲自前去的，想来也不会是小事了。”

楚策薄唇紧抿，一眨不眨地望了他许久，道：“我拿到了东齐的军事部署图及军需出处名单。”

修聿闻言神色并不意外，轻轻点了点头：“想来百里行素也知道了你干的事，不过到现在他也没有所行动，看来是另有主张了。”

“哦？你倒是挺了解他的。”楚策瞅着他，沉声说道。

修聿淡然一笑，抿了口酒说道：“也不算了解，百里行素一向都是不肯吃亏的人，无论在任何情况下，都会为自己争取最大的利益。你占了他便宜，他是自然一定要占回来的。”说罢，抬手将一方小小的金印放到桌上，推到楚策面前。

罗衍和楚策一见，面色顿时一变，那是……大夏国玺？！

“我要去东齐，至于济宁和合州，就劳烦二位暂时相助。有大夏国玺在手你可调遣济宁、合州任何大夏兵将。大夏西楚合纵伐齐所打下的江山，我大夏寸土不取。”修聿直直望着对面的人，一字一句说道。

“你就不怕我趁机夺了你的大夏？”楚策冷然一笑道。

修聿抿唇一笑：“我相信，我的眼光还没那么差。”

楚策眉眼微沉：“那你要什么？”

“我只要你帮我救她回来。”修聿一眨不眨地望着对面的人。于他而言，在这世上，没有任何人、任何事，比她更为重要。

# 第十章　夷都之行

阳州，春寒料峭，庄内的桃花已经盛放了，风中携来微微的桃花香。阳光穿窗而入，靠窗的紫檀软榻上一身白衣如仙的男子低眉敛目研究着棋盘上的棋局，满头银丝在阳光下格外耀眼。

烟落抿唇坐在一旁，秀眉紧紧蹙起，纵然百里行素一直没有正面回答她，但这满头白发因何而来，她已经了然于心。

“你已经坐在那里看了我整整一个时辰了啊。”百里行素侧头望了望她，起身下榻笑眯眯地走了过来，“是不是觉得我比楚修聿长得好看了？”

烟落无奈别开眼，实在搞不懂一个男人天天纠结于长相，到底有什么意思？

百里行素笑吟吟地伸手，她秀眉一挑：“干什么？”

“茶。”百里行素笑嘻嘻地说道。

她倒了一杯，递过去：“自己没手吗？”

百里行素抿了一口，咧嘴一笑：“你也知道我从来不让自己吃亏的，想要我帮忙，不就得有点付出？”

“可是我已经在这里三天了，你只说水师大营的是假的，可是真的到底在哪里都不知道？你是真要帮我找人吗？”烟落瞪着她对面的人哼道。

“你要知道，心急吃不了热豆腐，救人这个事，咱们得从长计议。再说萧淑儿把人藏那么严实，这也不是我的错，反正一时半分萧清越也不会死。”百里行素一脸悠闲之色，笑眯眯地侧头望着她继续道，“正好咱们也趁这时间，好好联络联络感情，不是吗？”

她无奈起身，不想再跟他讨论下去：“如果还是找不到消息，我就自己去找。”

“其实，我有一个计划，你要不要听听？”百里行素双手撑着下巴，笑吟吟地朝她说道。

她闻声以为他想到了要怎么找到姐姐，又折身回来坐下：“什么计划？”

“嗯，这个计划有一定的危险性，你确定你能接受得了？”百里行素一本正经地望着她。

她坚定地点了点头，只要能找到萧清越救出人来，什么计划她都可以去尝试，深深吸了口气问道：“你说吧！”

百里行素四下望了望：“你等等啊！”说话间起身将门窗都关了。

看他这般谨慎的神色，她也不由跟着紧张起来：“你快说吧！”

“这可是你要我说的啊！”

“是我要你说的，快点。”

“那个……我是想说，反正现在楚策也不死心，我也不死心，不如我们一块找楚修聿商量一下……”他一边说着，一边小心翼翼瞅着她的神色。

烟落听得一头雾水：“商量什么？”

“商量……就是那个……”百里行素神秘兮兮地说道。

“那个？哪个？”

“就是那个啊！”百里行素道。

“那个到底是哪个？”她气急追问。

“嗯，就是针对目前的困境，我想出了一条完美无比、无与伦比的计划，就是……”他瞅着她，唇角缓缓勾起笑容。

“到底是什么？”她紧张地追问道。

“就是由你出任三国的皇后，楚修聿名正言顺的话，他就老大吧；楚策以前跟你有一腿，那就老二吧；我吃亏一点，做小。这样大夏一年，西楚一年，东齐一年，我们谁也不亏，三国还可以和睦相处，你说是不是完美无比的计划，关于……”百里行素笑眯眯地望着她说道。

“百里行素，你找死！”她在桌下狠狠一脚踹了过去。

百里行素顿时惨叫：“不答应就不答应，干吗动手动脚的！”

烟落气得咬牙切齿，她满以为他是想到办法帮她找萧清越和救人的计划，结果他就想的这些馊主意。

百里行素揉了揉被踢疼的脚，见她坐在一边半晌也不说一句话，凑上前道：“生气啦？”

烟落别开头，低声道：“没有萧清越，也就没有今天的我。每次我有难，她都会倾尽全力帮助，如今她身陷险境，我却什么都做不了。我想做个好母亲，可是此时此刻，我又丢下刚出生的孩子……我总是什么都做不好。”

百里行素面上玩世不恭的神色缓缓收敛起来：“人无完人，这世上又有几个人能把什么事都做好的？起码每件你所想做的事，你都竭尽全力去做了，至于事情的结果，有时候也不是你一个人可以改变的。别老把些乱七八糟的事情都往自己身上揽，你到底只是个女人，别让自己活得那么累！”

“难道看着自己身边的人有危险，看到不好的事情发生，也不去阻止吗？”她蓦然一笑，如果是那样，她真的做不到。

百里行素闻言微微叹息，语重心长地说道：“你啊，就是对人对事太过执著了，男人嘛都是喜欢小鸟依人型依靠自己的女人，也只有楚修聿那家伙会这么由着你。这世上不爱江山爱美人的男人真的不多，权势这东西对男人而言就像是上瘾的毒，一旦沾上了就很难再放手，楚修聿生来就是怪胎，不对这东西感兴趣。你现在有他、有孩子、有家庭，就该好好生活，做任何事你不顾着自己，也该顾着他们。”

很少看到百里行素这般与她说话，她一时间沉默着不再言语。

“烟儿，我喜欢你，所以我帮你救你，不过是希望你过得好。”百里行素认真地望着她，眼底褪尽了平日的玩世不恭，一字一句道，“我是没有资格说这样的话的，若不是我，你也不会走到今天。我帮你救你不是为了赎罪，亦不是为了成为你心中的负担，只是希望你可以过得好。只是我的身份、我的立场注定我无法像楚修聿那样陪你，所以我不跟他争，否则……我决不放手。”

因为早就看到了失落的结局，所以我宁愿不要开始，不求结果未来，不求相爱相守，只求你能过得比我幸福。

风瑟瑟地吹过，带来醉人的桃花香气，蔓延在屋里的每一个角落，两人默然相望，谁也没有再说话。

在榻上睡了许久的连美人爬了出来，看到对桌而坐的两人愣了愣，以一个无比优美的纵跃动作落在了两人中间的桌面上，冲着烟落吱吱叫了两声。烟落将茶杯递了过去，喂它喝水。

她低垂着眉眼，看着小兽喝水，说道：“师傅，你说我是不是……太自私了？”

百里行素闻言一笑：“这天下，谁不自私？你又不是圣人。”

“可是我确实欠了你们太多人情，到头来却……所能说的，所能做的不过是一句对不起，一句谢谢。明明说那些都是没用的话，可是除了这些，我真的没有办法。”她低声说道。

百里行素端着茶杯抿了一口，笑了笑说道：“我想……真心喜欢一个人，会是无怨无悔的付出，即便做再多事，受再多痛，只要看到对方过得幸福，心里也是喜悦的。”

“师傅……”她抬眸望着他。

这到底是一个什么样的人，可以恨得那么毁天灭地，却又可以爱得这般无怨无悔。

“真正让你心有顾虑的是我，可能最大的原因，还是楚策吧！十三年，不是说放就能放得彻底的，即便经过七年时间也许不再爱了，但你无法抹杀曾经的那份爱。可是七年，你也不再是当初的你，你学会了真正的成长，也该学会面对自己真正的心意。”百里行素认真地说道。

烟落没有说话，只是苦涩一笑：“只是……”

“只是觉得对不起他？”百里行素俊眉一挑，接着她的话说道。

她抿了抿唇，默然点了点头。七年改变了他们之间的太多东西，她对不起他，可是却更舍不得放弃修聿。

“这些话，你也只能跟我说，不能跟楚策说，怕更加纠缠难解；不能跟楚修聿说，怕他会胡思乱想，一直压在心头也不好，说出来就好了。”百里行素笑着说道。

一直以来，他羡慕过楚修聿，甚至嫉妒过他，不过他亦知道，那个人会是她最好的选择。

她低着头，缓缓说道：“是很怕，怕自己不小心任何一句话都会是伤害，可是说也是错，不说也是错，怎么做都会有伤害。怕会因为自己害了楚策一辈子，又怕自己对修聿心意不够坚定，怕见到大哥会经不住劝解……什么都怕。”

百里行素闻言沉默，轻然一笑：“你肯跟我说，是不是代表我们还是朋友？”

烟落抿唇低笑：“你还是我师傅。”

百里行素捂着心口，一脸心碎：“你竟然在我面前深情款款地说自己的丈夫带前夫，将我置于何地，心痛，心痛啊！”

烟落看着他夸张的样子，不由摇头失笑。

一连半个月，东齐在漠北的战报不断传入阳州，大军连战连捷，已经逼近朔州。

百里行素懒懒地靠在榻上品着小酒，一脸的惬意，不时侧头望了望对面在屋里急得团团转的假连池，狭长的眸子微微眯起：“你别转了，再转，我头晕。”

烟落瞥了眼一脸悠闲的男人，如今漠北战况日渐紧张，一旦朔州失守，漠北就真的一败涂地了，她如何不急？

百里行素一撩衣袍起身，笑嘻嘻地说道：“走吧，出去转转。”

“去哪儿？”

百里行素凤眸眯起，笑意吟吟：“听说阳州醉花楼新来了几个姑娘，水灵得很，当然要去瞅瞅喽！”说话间已经出了门，一边走一边哼着欢快的小调，笑容灿烂得不像话。

她无奈地跟着出了山庄，不好跟着进醉花楼，便一个人在城里转悠。想着修聿派来接应的人也差不多到了，刚想设法找人，便被猝不及防的力量拉入暗巷，警觉之下立即出手，待看清面前的人眉头顿时皱起：“你怎么来了？！”

暮色沉沉，面前的人已经明显瘦削，眼神中隐带着一丝风霜。

“跟我走。”修聿望了望周围，拉着她穿过暗巷。

夜风那么凉，有人牵着她的手，那样的温柔而坚定，飞快穿过巷子进了一所无人的废宅，怒冲冲地质问：“谁让你来的？不是答应我好好留在中州？为什么每次答应我的事，你一件都没有做到？你要出了事，你要我怎么办？你要无忧和瑞儿怎么办？”

烟落望着风尘仆仆的男人有些怔愣，一时间无言以对。

“说话！”修聿见她半晌也不吱声，恼怒地吼道。

他真是要被这女人气疯了！每次答应他的事，每次都做不到，偏偏他还每次都信了她的话，说一次信一次。

她静静地望着他，突然一头扎入他的怀中，探手环住他的腰，贪婪地呼吸着那熟悉而温暖的气息。猝不及防的力道撞得他一个不稳，低头望了望她：“怎么了？”

“想你了。”她低声说道。

男人一身怒意悄然卸去，一句话便将他哄得服服帖帖的。

过了半晌，她抬头望着他，微微皱了皱眉：“瘦了。”

修聿捉住抚上自己面庞的手，想起自己的立场：“别扯开话题？瑞儿才三个月，你就扔着不管了，一声不响跑到东齐来，要干什么？”

“可是姐姐……”她开口解释。

“我会处理。”修聿截然打断她的话，沉声道，“萧清越的事你要管，楚策的事你要管，谁出事你都要管，就唯独把我们父子几个丢在脑后。你的命是我们的，你爱惜一点好不好？不要总去冒这样的险，让我们担惊受怕。”

看着面前面色铁青的男人，她知道，这回他是真生气了，立即乖乖举手投降：“最后一次，真的最后一次。”

“你……”修聿气得扬手想要教训她，却比画了半晌也没打下手去。

“我错了，真的错了。”她缩着脖子可怜兮兮地认罪。

修聿无奈地垂下手去，敛目深深吸了口气：“萧清越的事我会处理，明天就送你回中州，你再敢往东齐跑，试试看？”

“救下姐姐我再回去。”她坚持说道。

“你……”修聿顿时咬牙切齿，这就是她认错的态度？敢情他刚才的话她都左耳进右耳出了。

“济宁和合州的战事才刚刚稳定，漠北也需要调派人手过去助战，你不能在东齐久留，让祁连留下帮我就好了。大师傅这几日也会赶来了，我找到姐姐救出人，立即就回中州。”她望着他坚持说道。

“我说，我会处理。”修聿声音冷沉了几分，这个女人存心跟他作对是不是？

“修聿，我不想待在中州一点忙都帮不上。只要姐姐脱离险境，我立即就回去。”她静静地看着他，目光倔犟而坚定。

修聿无奈，深深吸了口气："那无忧和瑞儿怎么办？"

烟落沉默着不再说话，她自然舍不得孩子，可是百里勋也不会轻易放过萧清越。她与孩子以后还可以有很长的时间、很多的机会相聚，如果萧清越出了事，她一辈子都无法原谅自己。

修聿望着她倔犟的眸子深深叹息："救出萧清越，你就回去。"

她抿唇一笑，点了点头："嗯。"

"百里行素呢？"修聿面色有些阴沉。

烟落摇头失笑，道："说是醉花楼新来了姑娘，喝花酒去了。"

"哼，真是狗改不了吃屎，永远那副德行。"修聿轻哼道，一撩衣袍挑了处较干净的台阶坐下，拉着她在边上坐下，"别再跟着他凑在一块了。"

烟落抿唇低笑，抬头望了望周围："这里……是什么地方？"

"以前祁月开在东齐的百善庄，后来撤出去了。"修聿淡声回道，心弦一放松，无边无际的疲惫便铺天盖地席卷而来。

烟落笑了笑，拍了拍自己肩膀，他也不客气头一歪靠了上去，唇角无声勾起浅浅的笑意。废弃荒芜的院内，一株桃树花儿开得正艳，夜风中送来淡淡的桃花香。

"东齐、西楚、大夏这场仗要打到什么时候，我们……会赢吗？"她望着前方一池碧水，喃喃出声，似是在问他，又似是在问自己。

赢则生，败则死，真的要走到那一步吗？

"要是输了，我们就一无所有了，怕不怕？"他低声问道。

"不怕。"她轻轻笑了，探手握住他的手。是他带着她走出了命运的魔障，也将带着她一直走下去，一生不弃。

轻风骤起，一池碧水荡起微微的涟漪，几夜未眠的男人就那样靠在她的肩头沉沉睡下。祁连许久不见人出来，远远看着一动不动坐着的两人，便将皮裘送了过来。

"等等！"烟落叫住欲走的祁连。

"皇后娘娘还有什么吩咐？"祁连压低声音问道。

烟落望了望靠着肩头熟睡的男人，低声问道："济宁和合州如何了？你们都走了，那边怎么处理的？"

祁连望了望睡意深沉的修聿，沉默了许久，方才道："交给了楚帝。"

烟落平静的眸底骤起风云，沉默了许久，道："你先下去吧。"

她伸手拉了拉被风吹开的皮裘，心疼地抚上男人瘦削的面庞，叹息道：“你这个人啊！”那是她欠下的债，却要他来背负，她于心何忍？

若不是因她，他还是他的中州王，过他的自在生活，偏偏这个人就是这般固执，认准的人、认准的事就是不愿轻易放弃。

修聿甚少提及儿时的事情，她也是从中州王府一些老人口中得知中州先王楚荀的事。西楚原先的皇帝该是传位于楚荀的，只是老皇帝驾崩之时，后宫动乱，楚荀生母在后宫猝死，他便忍辱偷生，暗中培植势力，期望有朝一日能夺回帝位。到了先帝楚峥继位之时，他发动宫变，只是宫变中他再度失去了挚爱的妻子，修聿也从那时候失去了自己的母亲。父子二人便离开了沧都，隐居中州数年。

或许正是因为儿时经历了皇权争斗的血腥残酷，他才更懂得有些东西是财富和权势所换不来的，也比任何人都懂得珍惜握在手里的。

夜很静，她望着夜空的星辰，想了很多的人，很多的事，有的人还在，有的人却已经走了……

母亲说，人死之后都会化作天上的星辰，在天上看着牵挂的人，是不是真的呢？

母亲和父亲会在天上吗？燕皇也会在那里吗？刑天会不会也在那里呢？

那一个个在她生命中涌现的鲜活生命又在岁月浮沉中悄然逝去，他们会去了哪里？

晨光曦微，朝阳初升，暖暖照在两人身上，男人的眼睑微动，掀开眼帘便看到正望着前面水潭怔然出神的女人，轻哼出声：“想什么呢？跟个傻子似的。”

烟落闻言顿时回过神来：“睡醒了？”

修聿揉着酸疼的脖子，疼得直皱眉：“怎么不叫我？”

“我叫了，你睡得跟猪一样，怎么都叫不醒？”她瞥了他一眼哼道。

“哟，你还长能耐了，敢说我了？”修聿挑眉瞅着她，这女人越宠越不成样子了。

“你刚不说我傻子吗？礼尚往来而已，不客气。”她笑嘻嘻地说道。

修聿望了望周围，拉着她起身，哪知刚一碰到她手，她便直皱眉：“轻点，轻点。”

他顿时一脸紧张，拉着她的手便小心察看：“什么时候伤着了？昨晚怎么不说？”

她无语地瞅着某个罪魁祸首：“手麻了，脚也麻了。”

修聿不好意思地笑了笑：“给你揉揉，一会儿就好了。”说话间，慢慢帮她活动筋骨，“还疼不疼？”

“你让祁连留下帮我就好了，我有他和大师傅帮忙不会有事的，你还是……回济宁去吧。一时间把所有事都交给楚策，这是你的意思，可是大夏的诸多将领却不一定会听西楚的号令，而且现在漠北情况也不好，都需要你回去处理。”她语重心长地劝说道。

“就你们几个去夷都，我不放心。”祁连虽然身手好，但做事一板一眼儿，没有祁月心眼多；诸葛候就更别说了，一个不高兴，还不闹得鸡飞狗跳，到时候准误事儿。

两人正说着，便有一道笑意难掩的声音插话进来："哟，跑这儿谈情说爱来了？"

修聿转过头便看到一张笑得欠扁的脸，百里行素不知何时已经进来了，瞅着两人笑得不怀好意："别瞪我，我只是路过而已，你们继续。"

修聿看着缓步走来的人颇是无语，这正春寒料峭之际某人却一柄折扇在手，折扇轻摇，一派风流潇洒。

"我说怎么进了醉花楼没见人呢？原来是他来了。"百里行素笑着走近。

修聿扶着她起身，瞅了眼百里行素："怎么，花酒喝得滋味如何啊？"

"这滋味啊！你没亲身体会，跟你说了也没用。"百里行素得意地说道。

修聿懒得甩他："我没兴趣。"

百里行素却笑眯眯地在他身旁转悠，瞅着他道："啧啧，果真是岁月不饶人哪，这才多少日子，你怎么就老了这么多？"

修聿一听顿时怒了："百里行素，你是欠揍了是吧！"

"你这是嫉妒，嫉妒我风华正茂，自己却容颜渐老，严重心理不平衡。这叫什么来着，以前萧清越说的那什么更年期综合征，对，就是这词儿。"百里行素拍手说道，脸上的笑容那叫一个光芒灿烂。

修聿气得脸都黑了，要多难看，有多难看。烟落在一旁瞅着两人无奈失笑，百里行素的那张嘴一向是不饶人的。

"要不我请你去醉花楼找几个漂亮姑娘滋润滋润？"百里行素伸手勾着他肩膀，笑眯眯地说道，"我跟你说，昨儿个新来几个姑娘，长得那叫一个水灵，身段那叫一个火辣妖娆，两条腿又细又白……"

修聿咬牙切齿地瞪着他："把你的爪子拿开。"

百里行素充耳不闻，好心说道："我很认真地跟你说呢，你呀就是女人见得太少了，今儿个我带你见见什么才叫人比花娇。你看看你家那个除了有几分长相，身材又干又瘦，多倒胃口……"

烟落面色阴沉地瞪着那边侃侃而谈的白衣男子，目光那叫一个犀利："你说够了没有？"

修聿侧头瞅了瞅她，上上下下打量了一番道："身材是不怎么样，不过我喜欢就够了。"

"你真是烂泥扶不上墙。"百里行素极为鄙视地瞪了他一眼，有些恨铁不成钢。

修聿懒得甩他，拿开他搭在自己肩上的手，理了理衣服，恢复一向的雍容贵气，笑着说道："那也比某些臭美、无赖又好色的人强。"

百里行素顿时垮下脸来："你说谁呢？"

"谁也没说。"修聿笑着言道。

百里行素指着他，半晌也没说出话来，要是再说不就等于承认自己就是臭美、无赖又好色的人？他才没那么傻。

“你不在济宁好好待着，跑来阳州干什么？怕我把你媳妇拐跑了？”百里行素把玩着手中的折扇，一脸悠闲。

“你还没那本事。”修聿冷声哼道。

“好吧，那咱们就算算她来我东齐的费用！”百里行素折扇一收，扳着漂亮的手指数道，“过路费、易容服装费、伙食费、住宿费、保护费，再加上带去夷都的车马费，加起来我算便宜点的话，你再割两座城给我吧！”

“百里行素，你这是讹诈我是吧！”修聿眉头直皱。

“我就是讹诈，怎么了？”百里行素斜睨着眼睛，一脸痞痞地笑。

修聿咬牙切齿地瞪他：“简直就是强盗无赖，有本事，咱们较量较量？”这家伙实在欠揍。

“明知道打不过你，我还打，我傻啊！”百里行素狭长的眸子眯起，像只狡猾的狐狸，“我只要大叫一声，就会有无数的黄泉铁卫冲进来，送你下黄泉，何须我动手？”

“卑鄙！”修聿恨恨地说道。

百里行素毫不在意，摸了摸下巴，笑嘻嘻地说道：“我想起，萧清越有一句怎么说来着，高尚是高尚者的墓志铭，卑鄙是卑鄙者的通行证，反正你我都不是什么高尚的人。”

修聿面色阴沉，萧清越都教出些什么，带坏他儿子不说，连百里行素也学她说话了。

“漠北连吃败仗，济宁岌岌可危，你却跑到这里来，我要是猜得不错，你是……”百里行素压低声音道，“把事情都交给楚策那小子了吧，你倒是大方啊，你怎么不把你大夏国玺交给我啊？好歹我也救过你媳妇儿子，小心楚策那小子吞并了你大夏，到时候回家无门，你哭都没地儿哭去。”

“我信他。”修聿一脸坚定地说道。

“行行行，你信你的。”百里行素瞥了他一眼哼道，“你是什么好处都占上了，媳妇儿子全有了，可怜我们这一个个都还光棍一条条。”

“你不是红颜知己无数吗？”修聿哼道。

“那是。”百里行素得意一笑，“本公子玉树临风，俊美无双，天下第一的俊杰人才，足以让天下女子为之神魂颠倒，哪像你那么没女人缘？”

烟落无语地望着两个互相调侃的男人，皱着眉走上前来：“你们什么时候关系这么好了？”

“我们关系从来没好过。”两人异口同声说道。

烟落望了望两人，上前对修聿认真说道：“你还是回济宁去吧，姐姐的事，我会小心处理，办完事就立即回中州。”

“不行。”修聿断然拒绝。

“你不回去正好，我立马就通知人去攻打济宁，再一路长驱直入，端了你的中州老窝。”百里行素一拍手笑眯眯地说道。

修聿沉默了许久，她的顾虑是对的，百里行素的话是玩笑也是提醒，可是他如何放心她一个人留在虎狼环伺的东齐？

“万一有事，你在外面也好有个接应，我会小心的。”烟落微笑着说道。

修聿敛目深深吸了口气，说道：“我让祁连带人留下，大师傅这两天也到了，你自己小心。”

“放心，不是还有我嘛？”百里行素笑眯眯地说道。

修聿瞪了他一眼：“有你我才不放心。”

“小气。”百里行素撇了撇嘴，伸了个懒腰便起身朝外走，“徒弟，走了。”

她紧紧握了握他的手，沉声道：“战场之上，你自己也要小心。”

修聿点了点头，看着远去的背影很不是滋味。他是多怕一个不小心，就会像父亲和母亲那样永远错失，相见无期。

百里行素走了一段，回头冲着他道：“哎，别忘了答应我的事。”

烟落闻言皱了皱眉：“他答应你什么事了？”这两个人绝对有事瞒着她。

百里行素神秘兮兮地笑了笑：“告诉你干什么，这是男人之间的秘密。”

东齐在漠北的捷报一封接着一封飞入夷都帝宫，让相府萧家在夷都更是门庭若市。百里勋开始密诏萧淑儿和百里行素秘密回京，以进行第二步计划。

接到消息的第二天，华淳太后就动身回了夷都。百里行素在阳州磨蹭了一天才起程，祁连和诸葛候也暗中跟到了夷都。

这是她第二次踏上这座壮阔的城池，燕京是典雅贵气，沧都是磅礴庄严，而夷都是这两者完美融合出的宏伟壮丽。

百里行素懒懒地躺在马车里把玩着腰间的玉佩，瞅着她道：“看我的地盘比起中州那鸟不拉屎的地方好吧。”

烟落只是笑了笑，也不与他争辩，随意问道：“师傅如果可以离开这里，你最想做什么？”

百里行素闻言掀开眼帘，笑眯眯地说道：“最想做的啊，那就是拆散你和楚修聿，把你拐走。”

“当我没问。”

百里行素坐起身，唇角掠过一丝苦涩的笑，目光幽远地望着车窗外来来往往的行人，似是陷入了遥远的回忆。

许多年前，他也曾问过这个问题。

“大哥，如果可以离开这里的一切，你最想做的是什么？”

“我要走遍天下，要像风一样的自由，翱翔天地之间。”

……

“行素，如果有一天你可以离开，请你代替我的双眼，看尽世间风景，云卷云舒；代替我的双脚，踏遍山川万里，天涯海角。”

……

那个在这冰冷人世，给予他唯一温暖与关怀的人，是那么渴望着风一样的自由。

她不经意转头便看到怔然出神的百里行素，那眼底流淌的悲伤那样令人揪心。他们虽相识七年，却甚少听到他提及过去。

“师傅，你想什么呢？”她看着边上神色微微落寞的人不由问道。

百里行素回过神来，一脸痞痞地笑：“我在想……将来要离开这里，我就要搜罗天下美人，开个天下第一的青楼，天天醉卧美人膝，多么消魂的事啊！”

烟落嘴角抽搐：“你的志向还真够远大的。”一个潋香山庄就不知搜罗了多少女人了，就这还不知足。

“过奖过奖。”百里行素笑嘻嘻地说道。

“跟你没法认真说话。”她别开头去看窗外。

“喂，我可是每次都很认真地跟你说啊。”百里行素一本正经地说道，“男人一辈子最想要的，不过就是一句话：醒握杀人权，醉卧美人膝。有什么不对的？”

“行行行，就你有理。”她懒得再与他争辩。

“那你呢，你最想要什么？”百里行素笑眯眯地凑近问道。

烟落默然一笑，望着外面来往的人群，淡然一笑道：“生命来之不易，想要努力过好每一天，想要天下太平不再有权谋争斗。”

百里行素闻言摇头失笑，缓缓说道：“你傻啊，有人的地方就会有争斗，哪来的太平？哪朝哪代没有权力相残，权力这个东西是鲜血浇灌出来的，就是因为沾染了血腥，才会光艳夺目。要做大事，要立大业，要成为人上人，有时候就不得不扫清一切障碍，即便是骨肉血亲，人上之人，不过也是个孤家寡人而已。”说话间，眼底似有一闪而过的复杂。

他便是这样从血腥坎坷岁月中步步谋算走到了今天。他才二十六岁，容颜依旧，却已经满心沧桑，只是习惯了将这颗苍老的心隐藏在笑容背后，没有人看得到，也不能让任何人看到。

不管是他，亦若是她，每个人的心底都有那么一块不愿示人的疮痍，只是每个人以不同的方式把它藏了起来。

“即便如此，总还是会有人去做，古往今来都是如此。”她淡然一笑说道。

百里行素闻言点了点头，靠着车窗远远望着越来越近的帝宫，笑着言道：“你以为谁都像楚修聿那怪胎，目光短浅，娶个媳妇生个儿子就乐得屁颠儿屁颠儿的。人往高处走那是自然的，那个地方的人能拥有很多东西，谁不喜欢？”

“会拥有很多东西，不也会失去很多东西？”烟落苦涩一笑，如果拥有了不想拥有的，失去了想要拥有的，还有什么意义。

“算了，跟你说了你也不懂，真想明白就下辈子投胎做男人，自己去试一回不就知道了。”百里行素笑着说道。

烟落蓦然一笑：“谁知道有没有下辈子？”

“你能死而重生，萧清越说她从另一个世界来到这里，想来大约是有的。”百里行素喃喃说道，“只是人死了真会过奈何桥吗？真的会有那让人前尘尽忘的孟婆汤吗？”

烟落微微皱了皱眉，瞥了他一眼哼道：“这辈子都还没有过完，想下辈子干什么。但求今生，不问来世，谁知道未来会发生什么？所以想做的事，都要趁早去做，这才是要紧的。”

百里行素笑了笑，从窗口探出手去，微微闭上眼睛，感觉着风从指尖划过的轻柔，面上勾起笑容。那个人死了，是不是真的化作了清风？

马车渐渐驶入皇城的地段，连城放慢了速度，转头低声问道：“师傅，快要入宫了，怎么办？”

百里行素睁开眼，淡声问道：“先去潋香别苑。”他一向在宫里独来独往惯了，这次若是带这么多人入宫，必然让人起疑。

烟落望了望他，也没再追问。马车转道去了潋香别苑，诸葛清比他们早一天回夷都，知道他定然会先到别苑，便早早过来等着了，看到跟着一行侍卫不由皱了皱眉。

百里行素闲步走在最前，看了看诸葛清：“你倒是来得及时。”

诸葛清望了望他身后的一行人，淡然一笑道：“陛下回都，微臣只是过来看看有没有可以效劳的。”

百里行素从来不会带侍卫随行。为免引起怀疑，便把诸葛候易容的一行人安排给了诸葛清带回府，让其熟悉夷都的地图及兵力布置状况，以便他们安排撤退计划，烟落与连城留在了别苑。

“萧淑儿真的会将人带到帝宫吗？”烟落一边记着帝宫地图，一边问道。

“她一定会将人带去太和殿复命，交给老太爷。只要摸清了状况，你就有机会救人，不过……”百里行素认真地望着她，沉声说道，“帝宫之内不是你想的那么简单，那里都是老太爷的侍卫，便是我也插手不得。”

烟落抿唇点了点头，大昱内的势力比她想象的要复杂很多，深深吸了口气：“如果我将姐姐救出了，他们第一个就会怀疑你，你怎么办？”

百里行素一撩衣袍落座，咕哝道：“真不知道倒了几辈子霉，摊上你这爱管闲事的女人。”

烟落不与他争辩，却忍不住担心自己的计划会给这个人带来多大的麻烦。

“萧淑儿这个人心思缜密，又善于利用每个人的性格弱点，揣摩人的心思。要跟她交手，你可要小心了。”百里行素闭目躺在榻上，漫不经心地咕哝道。

“嗯。”她轻轻应了声，抬头望向窗外，隐约可以看到东齐帝宫。

百里行素侧头望了望天色，道：“宫里一会儿可能就会来人，我得去太和殿，你跟着连城去紫阳殿等着。”

烟落点了点头，看着对面笑意潋滟的白发男子，实在难以将天下人口中那满手血腥、杀人不眨眼的东齐太子与之联想在一起。

“在夷都，你要防的不止华淳太后，还有萧家的眼线，还有老太爷的人。这里到处都有别人的眼睛，你必须小心小心再小心，否则到时候出了事，咱们两个都玩完，我也保不住你。”百里行素小心叮嘱道。说实话对营救萧清越，他心里都没底。这个地方有多危险，他比任何人都清楚。

“嗯。”烟落点了点头。

百里行素不雅地翻了翻白眼：“你别一直嗯，到底听清楚了没有？”

“听到了，也记下了。”她沉声说道。

“还有，除了自己认识的人，不要跟任何人说话。”百里行素继续叮嘱道。

“是。”烟落重重点了点头。很多事是她不清楚的，说多错多，不说便不错，这个道理她还是懂得的。

百里行素皱了皱眉，把窝在怀里还睡着的连美人抓出来，扔给她：“这东西你留着，总归是有用处的。”

小兽被吵醒，扭头不满地冲着他龇牙咧嘴，吱吱直叫。烟落将它放入袖中让它继续睡，这才安静下来，管事带着人送来吃的。

两人刚用完，管事便带着人进来道：“公子，宫里来人了，老太爷派人请你去太和殿。”

百里行素默然望了望坐在一旁的烟落，眼底一掠而过的复杂之色，朝外面禀报的人道：“知道了，下去吧！”

外面的脚步声越来越小，最后归于沉寂。

烟落沉默了片刻，深深吸了口气，道：“走吧！”

“连城和连池经常入宫，一般不会惹人怀疑，不过你还是小心别跟华淳太后和长老会的人碰上。总之，我没有同意你动手，不得轻举妄动。”百里行素起身望着她认真说道。

烟落抿唇思量了一会儿，认真点了点头：“好。”百里行素对夷都的情况比她了解，相信是不会害她的，只是更担心时间一久会露出破绽反而坏事。

“那就走吧。”百里行素负手举步朝外走。

烟落默然跟在后面，看着前方的背影心中酸涩难耐。这一次若是连累了他，那该是什么后果，她都无法去想。

“师傅。”她突然低声叫他。

“嗯？”百里行素负手回头望了望她，“什么事？”

她抿了抿唇走近说道：“若是……若是真的不想留在这里，就跟我们一起走吧！”

百里行素俊眉微扬，嘴角缓缓咧开不怀好意的笑：“你这是……约我私奔啊！楚修聿知道还不宰了我？”

“我不是……”这个人怎么尽曲解人的话中之意？

“不是什么？一个女人跟一个男人说这样的话，不是私奔是什么？”百里行素笑眯眯地瞅着她。

她无奈叹了叹气：“当我没说。”说罢举步先行朝外走去。

百里行素站在原地沉默了一会儿，扬唇一笑跟了出去，一边走一边低声说道：“都给你说了八百回了，别老认为你欠我命似的，好好过你的日子就够了。”

“师傅……”她皱着眉望他，想说什么却又哽在喉间。

“现在这样不是很好？”百里行素微仰着头，唇角勾着浅淡的笑意。

曾经许多年，他何曾想过自己会与一个女人有这般深的纠葛？如今她可以把许多不对人说起的话对他说，可是如此坦荡地面对他，是对他的信任，同样也是因为她并不爱他，因为不爱所以说出来不会有所顾忌。

她与楚修聿之间永远都有一个楚策，那个人无法从她心里抹去。一个男人可以让一个女人爱到极致，又绝望到极致，那么他已经深深刻在了她的生命中。

他不得不说楚修聿那家伙真的有够可以的，在一个女人身上浪费这么多青春，还要容忍她心中牵挂着不同的人。在知道她跟楚策的过去后，竟然还这么死皮赖脸地追去，若然当时他有半分迟疑和放弃，只怕他们也走不到今天了。

烟落走了一段，回头看到后面的人还怔然出神，不由皱眉：“又怎么了？”

百里行素闻言俊眉一扬，贼兮兮地笑了：“要不我跟你去中州得了，我吃亏一点，楚修聿做大，我做小，我这个人很好说话的……”

她顿时面色一沉：“当我没问。”

百里行素撇了撇嘴，哼道：“没眼光的女人。”

两人先后上了马车，便朝帝宫驶去。从别苑到帝宫看着不远，但坐马车去也差不多要半个时辰才到得了。两人坐在马车里，谁也不搭理谁。

马车行至宫门，连城出声道：“师傅，宫门到了。”

两人刚下了马车，转头便看到相国府的马车从大道上缓缓驶来。百里行素眉眼微沉：“是萧淑儿！”

烟落顿时心头一紧，紧紧盯着越来越近的马车。百里行素漫不经心地上前一步，挡住她的视线，沉声说道：“镇定点行不行，你这个样子，一眼就被人认出来了。”

烟落敛目深深吸了口气，强迫自己冷静下来，看到一身简单宫装的萧淑儿下了马车。身后的护卫从后面的马车押下一人来，正是萧清越。

天还没有亮，一阵风过，宫门处灯影摇曳。

萧淑儿下了马车，看到宫门处的百里行素一行人微一愣，上前欠身行礼：“臣女萧淑儿见过陛下！”

百里行素面容含笑，微微点了点头：“郡主如今是老太爷跟前的红人儿，朕如何当得起？”

萧淑儿闻言微怔，淡然一笑，没有起身：“臣女只是一时侥幸得了老太爷赏识，怎敢与陛下相提并论？”

百里行素见她还不起来，望了一眼道：“起身吧！”这个女子对人对事都太过冷静，且知审时度势，更知分寸进退，只是以前隐忍不发，连他也忽略了。

“谢陛下！”萧淑儿起身道，每一句话、每一个动作眼神都拿捏得恰到好处，没有做作，也没有骄傲。

百里行素抬眸望了望后面被押着的人，佯装惊异：“哟，这不是大夏将军萧清越吗？”说话间踱步上前打量，闻到淡淡的药味，想来萧清越是被人药晕了。

萧淑儿垂首站在边上一句话也没有说。百里行素没有让她走，她也没有走。若是此刻就这般走了，便是恃宠而骄，不将这个人放在眼里，要真跟这个人斗，她还不是对手。

“漠北连番大捷，连大夏将军也被你捉来了夷都，郡主好手段，朕以前怎么就没发现郡主有此等之才？”百里行素笑意吟吟，狭长的凤眸闪耀着锋锐的光芒。

萧淑儿闻言低首回道：“臣女手无缚鸡之力，不过凭一时侥幸捉了萧将军，陛下谬赞了。”

百里行素闻言笑了笑，瞅着她打量了一番道：“侥幸得了老太爷的赏识，又侥幸捉了大夏将军，再侥幸让漠北连番大捷，这样的好运连朕都羡慕啊，借朕点好运如何？”

一次是侥幸，一次又一次，谁会相信是侥幸之说?

萧淑儿抿了抿唇，只觉今日这大昱皇帝陛下着实有些怪异，但之前并未与这个人正面打过交道，却又一时间说不出怪异在哪里，沉默了片刻，微笑上前道：“陛下莫再取笑臣女了！”

“这怎么是取笑呢，这是赞赏嘛。朕最喜欢漂亮又聪明的女人了，萧相国真是生了三

个了不得的女儿，一个比一个厉害。”百里行素笑着说道。

萧淑儿闻言只是微笑，也不回话。

百里行素围着萧清越转了两圈，撇了撇嘴：“你这女人也有今天。”

烟落知道他是在探察萧清越的状况，默然站在连城边上，目光若有若无地望向那被人押着昏迷不醒的萧清越。

此处宫门看似守卫少，但四下的暗卫还真是不少。看来这东齐帝宫里面还真是龙潭虎穴之地，怪不得百里行素要对她一再叮嘱了。

百里行素望了望萧淑儿笑语道：“你们有事就先走吧，有时间到潋香别苑喝茶。”

萧淑儿微笑上前：“多谢陛下，臣女告退。”说罢朝后面的护卫望了一眼，一行人先行入了帝宫。

百里行素转头瞅了瞅她与连城，俊眉一扬：“还愣着干什么？走吧！”抬袖闻了闻衣服，喃喃道：“先回宫换衣服，臭了。”

烟落一路不动声色打量着周围的地形以及守卫部署，隐藏在这周围的暗卫听那吐纳气息，个个都是身手卓绝的高手。

回到紫阳殿，百里行素径直去内殿换衣服，烟落打量着空荡的大殿，不由皱眉：“这里没有人吗？”

按朝例，皇帝的寝宫多多少少都有当值的宫人，这里却是空无一人，安静得完全不似一个皇帝的寝宫。

“师傅不习惯有生人在身边，这里一直如此。”连城道。

烟落抿唇点了点头，望着空荡荡的宫殿，心里不由有些复杂，看到一身银丝龙袍的人出来，直言问道：“姐姐怎么样了？”

百里行素瞅了她一眼，说道：“受了些伤，还要不了命，只是被人药晕了。”

“什么药？有解吗？”她急切追问道。

“这是太后以不同的药物配制而成，药物排列先后不同，解药也不同。若是贸然去解，除非你想她七窍流血而亡。”百里行素望了望她，而后举步出殿，“你在这儿等着，我去太和殿瞧瞧。”

烟落默然不语，出了紫阳殿望着去往太和殿的人。那一身纤尘不染的白衣、满头如雪的白发在晨光中格外耀眼刺目。

太和殿，沉寂而压抑。

萧赫看见进到大殿的人上前见礼：“微臣参见陛下。”

萧淑儿和萧真儿也跟着上前：“臣女参见陛下。”

百里行素扫了几人一眼，目光落在一旁已经醒转的萧清越身上，笑得别有深意：“恭喜萧大人，阔别数年，难得萧门三秀齐聚太和殿，难得啊！”

萧赫闻言微震，拱手道：“萧家出了这样的逆女，是臣之罪过。”

百里行素淡笑，意味不明：“萧门三秀，个个俊杰，萧大人何罪之有？”

这只老狐狸比谁都精明，从来不表明自己的立场。他既是老太爷的人，也不得罪他，怪不得萧淑儿精明如斯。

这时，萧清越已经完全清醒过来，迅速打量了一眼周围的环境，看到萧赫几人秀眉顿时拧起，百里行素笑吟吟地走了过来：“恭喜你啊，一家团聚啊。”

萧清越眉眼顿时冷锐：“我呸，别把我跟他们扯一家，老娘早八百年就不是了。”语气一如往昔的嚣张蛮横。

百里行素俊眉微挑，笑嘻嘻地说道：“都阶下囚了，还这么嚣张？”

萧清越懒得甩他，只是皱着眉打量着周围。凭着近乎兽性的灵觉发现这大殿暗处起码有近百的暗卫高手，加上自己如今四肢无力，还到了大昱的老巢，要逃出去根本就是不可能的事了。可是还没死，谁不想活，她可不想她一世英明就死在这些人手上。

萧清越瞥了眼转身走开的百里行素，却看到他一手小指在那里晃动着，那是……那是她教小烟的手势。

数年之前，她就是那样向她伸出手指：“以前是姐妹，现在是姐妹，以后还是姐妹，一辈子都是姐妹。”

“好，永远是姐妹。”

有某人也伸手凑上来：“算我一个好不好？”

她立刻拔剑递过：“你立刻挥剑自宫，就算你一个。”

……

她迅速冷静下来，看来小烟也跟着来了夷都，还跟这狐狸精在一起，可是这虎狼环伺的地方，若是因她有个三长两短，她回去又如何向楚修聿交代，如何去面对那尚不足岁的侄儿？

华淳太后进了殿内，看到萧清越冷笑着走了过来：“第一女将？大夏将军？萧清越你知道背叛家族，背叛大昱是什么下场？”

“背叛？你敢说你就没有想过离开这个鬼地方吗？只不过有的人走出去了，有的人走不出去，更有人没有胆子走出去，就来指责别人背叛。”萧清越冷笑说道，侧头冷冷地望着萧赫，铮然言道，“我不认为我有什么错，如果再来一回，我一样会走。”

“放肆！”华淳太后扬手狠狠一耳光掴了过去。

萧清越尝到了满口的腥咸，冷冷地望着华淳太后，一字一句道：“我最恨被人打耳光，你最好别让我有机会打回来。”从前世到今生，一生纵横沙场数年，何曾被人掌掴？现在受制于人不得还手，她认，她也忍。

“你给我闭嘴！”萧赫上前厉声斥道，转头朝华淳太后道：“太后恕罪，是微臣教女无方，才让萧家出了这等逆女。”

“姓萧的，别把我跟你扯一块儿，我不是你女儿。”萧清越冷声哼道。

“你背叛家族，还说出这等……”萧赫气得面色铁青。

“为了私利，为了自己的荣华富贵就拿自己的女儿做棋子，让她们出生入死为你卖命，你根本就不配做一个父亲！”萧清越冷然一笑，缓缓说道，“你又不是不知道，我早就不是你的女儿了。”

“萧清越，别忘了，你还姓萧？”萧真儿上前斥道。

“我是姓萧，可是跟你不会再有任何关系，我是我，你们是你们。”萧清越面目冷然，一字一句地说道，“姓萧的，萧清越十一岁你就让她替你外出刺杀西楚朝堂的官员，窃取朝廷密报。有一次她失败了，被人捉住了，你不但没有派人救她，反而……派人斩草除根，以免惹祸上身。从那时候起她就已经死了，我也不再是萧家的人。”

那时候，若不是她穿越重生在那个人身上自己逃了出来，又杀了看守自己的人保住性命，根本就不会有她今天站在这里。

萧赫闻言眸中一闪而过的慌乱，萧清越冷然一笑：“再到乾元六年，你在西楚刑部大牢挑断我的手筋脚筋，让我成为废人一个，你想让我成为放在她身边的棋。可惜，你算错了，没有人可以左右我的人生，包括你。”

萧淑儿闻言微微抿了抿唇，听到厚重的帷幕后传出微微的咳嗽声，没有说话，却带出压迫人心的威严，殿内瞬间一片肃然。

脚步声在沉寂的大殿却是异常清晰，仿佛踩在人的心口一样，让人觉得难以喘息。百里行素面上始终挂着浅淡的笑，玩世不恭也深沉难测。

“人带回来了吗？”里面传出苍老而低沉的声音。

萧淑儿上前回道：“回老太爷，人已经带回来了。”

萧清越望着那静垂的帷幕，而后迅速扫了眼所有人的神情，想来那帷幕后面便是那一直深藏不露的百里勋了。

里面的人轻咳了几声，出声道：“漠北连番大捷，又擒得大夏将军，淑儿你这次做得好，我没有看错人。”

“老太爷谬赞了，淑儿只是做了该做的事。”萧淑儿面色无一丝波动，一如往昔的云淡风轻，让人看不透心思。

“我当时只是下令让你解决她，怎么会把人带回来的？路上遇上什么麻烦了？”百里勋沉声问道。

萧淑儿闻言低头回道：“臣女只是以为，有些事不需要以杀人来解决，杀了她只会激怒大夏军队，只要活人在我手中，他们便不敢轻举妄动，如此对东齐更有利。”

百里勋微微笑出声，道："你顾虑得对。"

华淳太后微微侧目望了望萧淑儿，她确实小看了这个一直深藏不露的丫头。

"生擒大夏将军，牵制漠北势力，识大局，知进退，淑儿你做得很好，很好。"帷幕后的人笑着赞叹道。

"既然如今漠北已经取得大胜，这个人……"华淳太后微微侧头望向萧清越，沉声问道，"要如何处置？"

百里行素微微抿了抿唇，面上却了无波澜，暗自猜测着华淳太后的言下之意，莫不是她已经发现了什么破绽了？

"背叛大昱的人最后都是要处死的。"锦瑟上前回话道，她自己也没少在萧清越手上吃过亏，身为萧家人却帮着洛烟，这口气她早就想出了。

"这个时候处死她，大夏那边定然群情激愤，刚刚取得的大捷只怕接下来又有恶战了。"萧赫上前说道。

"漠北大捷，只要打下朔州，便可长驱直入中州。"锦瑟出声说道。

"中州？！"百里行素闻言蓦然一笑，侧头望向锦瑟，"你知道……那是什么地方？"

"如今飞云骑多在外出战，中州兵力空虚，正是大好时机。"锦瑟坚持说道。

"兵力空虚，大好时机？"百里行素笑意更深，凤眸冷锐，道，"你真以为大夏皇帝和明月公子两个都是傻子不成？"

锦瑟咬了咬唇："也许，中州并没有想象中那么坚固。"

"是啊，中州现在是兵力空虚，可是中州随便一个扫大街的武功都在你之上。中州物资丰富，人口几近有夷都的四分之三，且多是江湖中人，还有一个天山双侠的皇甫柔。就在数日之前雷震也去了中州，放眼东齐上下有谁能力敌这两个人，更何况还有中州城里的武林高手无数。"百里行素笑意吟吟地说道，眼底却是锋锐一片，"且不说这，再说从漠北到中州的战线之长，到时候不管是济宁的楚修聿还是上阳关的西楚兵，随便哪一方出兵，截了后路，与中州里应外合，两面夹击，知道会断送东齐多少兵马吗？"

说罢殿内众人顿时沉默了下去，萧赫第一个站了出来，拱手道："老太爷，陛下顾虑甚是，不管是从兵力，还是地理位置来看，东齐并不适合去攻打中州，而且已有探子回报，大夏皇帝已经与西楚大帝秘密会见。如果所料不差，两人怕是要联手了，咱们也必须要有应对之策。"

"行素，你可有应对之策？"里面的人出声问道。

百里行素闻言凤目微扬，道："没办法。"

话音一落，身后几人顿时变了脸色，华淳太后面色一沉："你说什么？"

"十年八年？"华淳太后沉着脸望着他。

百里行素撇了撇嘴，道："以各方面计算来看的话，应该是这样。"

"大昱已经等了这么多年，不在乎这几年。天降神子中州王，西楚大帝楚策，那就与他们搏上一回，看看到底谁胜谁负？"帷幕后的人声音冷沉而威严。

"是。"众人俯首回道，百里行素却朝萧清越望了一眼，眨了眨眼睛，快得让人看不清楚。

萧淑儿上前将令牌取出道："老太爷，事情已经办完了，请老太爷收回令牌。"

帷幕后的人沉默了许久，出声道："淑儿，萧清越就交给你来处置。至于这密令先交由你，等办完她的事再说。"

萧淑儿闻言微一思量，沉默了片刻，沉声回道："是，臣女定不负所托。"

百里行素回到紫阳殿便看到急得在殿内来回走动的女人。烟落看到进来的人，快步上前："怎么样了？"

"她精神好着呢，还在太和殿把她老子大骂了一顿。"百里行素闲闲地坐下倒了杯茶。

烟落抿了抿唇，直言问道："那她现在在哪里？要怎么处置她？什么时候会对她下手？"

百里行素无奈翻了翻白眼："你一下问那么多，我该回答哪个？"一撩衣袍坐下，说道，"老太爷把她交给了萧淑儿处理，她带人先走，我也不知道人在哪里。"

她眉头紧紧拧起，喃喃道："怎么会把人又交给萧淑儿呢？"

"不仅如此，老太爷还将密令留给了萧淑儿，要她办好这件事。你说她想干什么？"百里行素笑吟吟地瞅着她道。

烟落抿着唇，心一点点冰凉了下去，缓缓说道："萧淑儿知道我在东齐，更知道我绝对会跟到夷都来，绝不只是简单地处置姐姐，还要……引我们出手，一网成擒。"

百里行素支着头望着她："那还要救吗？"

"要。"她坚定地说道。

"明知道是圈套也要去？"百里行素微微皱了皱眉。

"要去。"她认真说道。

"明知道没有机会还要去？"百里行素沉声问道。

"这么多年姐姐疼我护我，危难关头总会毫不犹豫站出来帮我。我的敌人就是她的敌人，她的敌人，也是我的敌人。"烟落沉声说道。

"就知道你跟楚修聿那怪胎一样，一根筋。"百里行素哼道。

"我只是不想再失去我身边的人，姐姐已经与萧家反目，她只有我这个姐妹，如果我都不管不顾，枉她这些年视我为姐妹。"烟落沉声说道。

"那你要是出了事，你可想过……楚修聿？"百里行素一眨不眨地盯着她的眼睛问道。

她抿唇笑了笑，淡声说道："还没有发生的事，谁会知道结果。"

"那……有几分把握？"百里行素沉声问道。

她抿唇沉默了一会儿，回道："四分。"

百里行素俊眉微挑："四分？"就她带的这些人，在他看来连一分把握都不够，她竟然说有四分把握。

"嗯。"她轻轻点了点头，沉吟片刻道，"师傅，我说认真的，如果不想留在这里，就一起离开吧！人不能总是为过去活着，与其留在这里受制于人，不如出去寻找自己的人生。像姐姐说的，自己的人生应该握在自己手里，有的时候一条路走尽了，才发现是死路。其实只要转个方向就会发现海阔天空，为什么不试一试？"

无论事情成败如何，百里勋和华淳太后都会发现百里行素在暗中帮她，肯定不会轻易饶过他。

百里行素瞅着她，一脸痞痞地笑道："要是让楚修聿做大，我做小的话，可以考虑一下。"说话间还一拉衣襟摆出个撩人姿势，露出光洁的胸膛诱惑人。

烟落哭笑不得转过身去，说道："我知道，华淳太后在你身上下了蛊毒。只要拿走了母蛊，她就控制不了你了。"

百里行素拉起衣襟起身到桌边，拿了块点心咬了一口，白了她一眼："你这女人还真爱管闲事，真搞不懂楚修聿怎么受得了你这德行？"谁的事都要插一脚，那家伙就跟在后面收拾烂摊子了。

如果可以轻易拿到母蛊，他怎么会这么多年都没有得手，又何苦浪费那么多年时间来寻找灵药自己解毒？

"师傅，我说认真的。"她坚定地望着他，一脸决然。

百里行素将一块点心吃完了，抿了口茶，方才望向她："你要救萧清越，又想帮我，不是什么人都是你能拯救得了的。现在丈夫有了，儿子有了，就好好过你的日子去，别尽操心些有的没的。"

"我……"她微微皱了皱眉。

"我已经设法通知了萧清越，如果她不傻的话应该想到你在夷都了，也许会想办法留下什么记号，我已经让诸葛清派人盯着她的一举一动了。至于要怎么救人，看你自己了。"百里行素拍了拍她肩膀，爬上软榻准备睡午觉。

烟落一个人默然坐在桌边，也没有回头去看已经到榻上睡下的百里行素。过了许久，百里行素突然睁开眼翻个身道："那个……四成是什么意思？你是不是又跟楚修聿合计了什么秘密计划？"

她抿唇笑了笑，轻轻摇了摇头，一手不由抚上手腕上的龙令，这是最后的筹码，但愿

让他们赢一回。

然而三天过去了，仿佛从太和殿那一次露面之后，萧淑儿就真的让萧清越人间蒸发了一般。

她和连城一道随着诸葛清出宫，在夷都街面上转了一圈，这才到了诸葛清的府第，去的时候诸葛候正在用膳，一个人霸占了一桌吃得好不开怀，一看到她来笑着拉她上桌子道："徒弟媳妇啊，这家伙府上的厨子手艺真好，比中州王府里的还好哦！"

烟落笑了笑，望了望祁连和诸葛清道："说正事吧，你们有什么发现？"

"我的人盯了萧淑儿三天了，也没见有任何异常。从回到夷都，就天天在自己的府上，除了有时候会去萧府吃顿饭，再没去其他地方。"诸葛清最先说道。

"会不会把人放在府里了？"祁连上前说道。

诸葛清轻轻摇了摇头，沉声说道："不可能。郡主府上也有我的人，而且郡主府的宅院当初也是我督建的，根本就不会有什么密室暗室的。郡主府和萧府都有我的眼线，如果有任何异常，不会没有消息。"

"那清越丫头就不见了，人间蒸发了？"诸葛候过来插话，一手一只油油的鸡腿，一边啃一边说。

烟落抿唇思量，沉声说道："肯定有什么细节，我们没有注意到，一定有。"

"想来不会超过三天，萧淑儿就会有动静。老太爷让她处置萧清越，她不可能一直这么不动声色。"诸葛清望了望几人说道。

"关键是我们现在什么消息都没有，不知道人在哪里，不知道要面对什么样的情况，我们的准备就没法周全。没法周全咱们就无法安全撤离。"祁连担忧地说道。

"是啊。"烟落点了点头，但这毕竟是在夷都，又不敢随便让祁连他们出去探查，以免被人查出来，反而坏事。

"要我说啊。"诸葛候啃着鸡腿，凑近前来说道，"清越丫头不定在路上或是在宫里就被人……咔！"说着用手比了比一抹脖子的动作。

"不可能！"烟落沉声说道，"萧淑儿知道我们会救人，定然会趁机想把我们一网打尽，不会秘密动手。"

话音一落，屋内几人都沉默了，相互望了望。他们是随她来救萧将军，可是明知对方有圈套，还去的话……

祁连神色不由沉重了几分，他们一不小心就会暴露被千万人围攻，更何谈出去救人？哪怕如今萧淑儿一句话说他们在夷都，有可能就举城搜捕，让他们藏身无处。

"淑媛郡主估计就快动手了，再探查不到消息，真到了她动手的时候，你们就会完全处于被动，更难得手。"诸葛清望了望几人，面色也不由沉重起来。

烟落抬眸望了望诸葛清："那萧府那边可有什么动静？"

诸葛清闻言思量了片刻，回道："也没有什么特别的，萧真儿是太后身边的女官，回来之后就随侍在华淳太后身边，萧赫每日上朝，到兵部和刑部处理政务，和以前一样。"

烟落微微皱了皱眉，沉声说道："真的和以前一样？"

"差不多，不过以前没有像这样天天到六部视察……"诸葛清坦然说道。

"刑部大牢。"烟落站起身沉声说道，她紧张之下怎么就忘了这个地方呢？

"什么刑部大牢？"诸葛候上前问道。

"我们总以为她会把人关在什么秘密的地方，费尽心血地搜遍帝宫和夷都很多地方，却忘了这个地方，最显眼却又最不起眼的地方。"烟落眸光一亮，认真说道，"刑部大牢里龙蛇混杂，而且是受萧赫的管辖，要把人放进去不是轻而易举的事。"

诸葛清闻言轻轻点了点头，起身道："我这就派人去查看，不过刑部大牢情况复杂，关的人也多，恐怕要费些时间。"

"需要多久？"烟落沉声问道。

"一天。"诸葛清回道。

烟落抿唇沉默了一会儿，点了点头："好，我们等你消息。"

诸葛清起身便朝外走，刚一出门，烟落突然想起了什么，起身追了出去："诸葛大人。"

诸葛清刚准备出园子了，听到声音又折了回来："公主还有什么事？"

烟落抿唇想了想："你跟了师傅很多年了吧！"

诸葛清闻言眸中一闪而过的惊讶之色，她怎么突然问起了这个？点了点头："是很久了。"

"师傅所中的蛊毒，你可知道有什么方法可以解？"烟落低声问道，她问了百里行素很多次，不过他总是避而不谈。

诸葛清皱了皱眉，紧紧地望着她许久，方才说道："华淳太后自小便在陛下身上炼毒，这毒在他身上也已经很多年了，一旦发作能把人痛得死去活来。在燕京时太后也在你身上下了这毒，陛下多年来暗中寻觅世间良药医治，只不过最后……"把这唯一解毒的机会给了她。

烟落心头泛起阵阵酸涩，什么样的母亲要这样对待自己的亲生骨肉，到底是什么让华淳太后要这般恨着自己的儿子？

"我之前查阅过很多医书，说这种蛊毒是以母蛊来控制子蛊，只要拿到母蛊，没有人来控制它，这毒也就一生都不会发作。你在夷都多年可有线索查到华淳太后将母蛊放在何处？"烟落低声回道。

诸葛清闻言摇了摇头："如果有线索，如果可以找到，就不会等这么多年了。"说罢转身出了园子。

骤起的冷风，迎面吹来，眼睛涩涩地发疼。她的生命太过沉重，两个人以他们的生命给了她重生，而她……什么都给不了他们。

回到别苑之时，百里行素已经过来了，早早便在榻上睡了，神色看起来疲惫之极。

她没有说话，只是静静在屋中坐下，看着榻上之人一头耀眼刺目的银发，心头思绪复杂。

他们是曾经苦苦追寻欲杀之而后快的仇敌，曾经那样恨得你死我活，竟然可以有一天这样平静地相处。

待她回过神来，才发现榻上的人不知何时已经醒了正瞅着她，一时间愣了愣："醒了啊？"

"要是没有人坐在边上唉声叹气，我会睡得好些。"百里行素哼道。

"你这几天都忙什么呢？"她皱了皱眉，随意问道。

百里行素打了个呵欠，懒懒地坐下道："堆了这么久的折子，不批个几天几夜能完吗？皇帝真是这天下最苦命的差事，天天起得比鸡早，睡得比鬼晚，还要给手下发银子，自己半分捞不着。"

烟落抿了抿唇，起身道："那你睡吧！"说着便走开，也准备回房去睡。

"哎，回来！"百里行素俊眉一皱叫道。

她扭头望了望他："干什么？"

"说说我没在这三天，你们都查了些什么？"百里行素打了个呵欠，强打着精神问道。

烟落折回来，在对面坐下，说道："萧淑儿和萧府都没有什么异常，不过我怀疑他们把姐姐关在刑部大牢。"

"刑部大牢？"百里行素闻言眉头一皱。

"宫里你也帮着找过了，诸葛清也说了萧家和郡主府并没有什么异常。如果一个人要藏起什么不想让人看出来，就是把东西藏好装作平时的样子。不过近日萧赫每天都会到刑部和兵部去，而且萧淑儿也差不多每天会去萧府吃一顿饭，然后回自己府里。如果所料不差的话，萧赫每天去刑部是去查看关押的情况，而萧淑儿每次到萧府用膳，是为了从萧赫那里知道萧清越的情况。"烟落一字一句坦然相告。

百里行素闻言点了点头："是有些道理，有证据吗？"

她抿唇摇了摇头，道："诸葛清已经派人去查了，不过刑部大牢情况复杂，关押的人又太多，要明天才会有消息。"

百里行素沉默了片刻："明早我要回宫里，晚上再过来。没跟我商量，你不得轻举妄动，别忘了自己答应过我的。"

"知道了。"烟落起身说道，望了他一眼，"快睡你的觉吧。"

次日天还未亮，百里行素便回了帝宫，她与连城留在潋香别苑直到诸葛清派人过来，才一道跟着过去。诸葛清见她来了，取出一幅地图铺到桌上，道："这是刑部大牢的地形图，萧赫每天都会到刑部大牢地下第三层一间囚室，待上半炷香时间才离开。不过地下第三层由萧家的死士和老太爷的精兵护卫，没法进去查看究竟。"

"有这么多人手守着，一定就是这里了。"诸葛候凑近前来说道。

诸葛清抬头望了望对面又在啃鸡腿的人，沉声说道："是可能在那里，也有可能是……圈套。"

"不管是不是也要看了才知道啊。"诸葛候一边啃着鸡腿，一边说道。

烟落抿唇点了点头："是要去看了才能决定要不要动手，我们只有一次机会，不能出差错。"

"那谁去？"诸葛候继续问道。

祁连上前道："我去吧。"来了夷都数日，他们只有窝在这里等消息，不能所有事都靠别人来做，他们也该自己动手了。

"不可以！不是我小看你，以你的身手，进不了地下第三层。"诸葛清沉声说道，那里的死士和精卫个个都是不好对付的，一旦打草惊蛇，前功尽弃。

"那谁去？"祁连皱了皱眉问道。

烟落望了望诸葛候，沉声说道："我和大师傅去。"

"皇后娘娘！"祁连和几名护卫上前出声道，让她冒这个险，若是有了差错，他们如何向皇上交代？

烟落淡淡笑了笑："以我和大师傅的身手，应该没有问题，我会施针和幻术再潜入其中，只要探得情况，就会出来。"诸葛候虽然武功高强，但太过冲动胡闹，若没有人在旁跟着肯定会闹事。在座这么多人，除了诸葛候再没有第二个人轻功在她之上，只有他们两个去才好。

诸葛清闻言说道："到时候我可以让人在大牢闹出乱子引开注意力，你们小心行事，应该不成问题。"

"我跟你们一起去。"一直沉默不语的连城站上前说道。

烟落转头望了望他，而后摇了摇头："人越少越好，连城你留在潋香别苑吧。"连城是跟在百里行素身边的人，一旦暴露的话，就会把百里行素扯进来，这是她不想看到的。

连城面色微沉，没有再出声坚持。她的顾虑他不是想不到，但若那个人怕连累，就不会把他们带到夷都来了。

# 第十一章　血色帝宫

夜很黑，星月无光。

本是答应晚上到别苑的百里行素一直没有出宫。烟落等到近天亮时接到诸葛清的消息，刑部有异动，便再也坐不住了，直接与诸葛清、诸葛候两人会合。

“一会儿牢内会发生犯人越狱，进而引发动乱，你们就趁乱混进去，地下第一层是关普通犯人的，第二层是关押死刑犯人的，第三层是关押特殊犯人的，我的人无法进到第三层，那里就要由你们自己去找了。暴动会从第二层开始，但是只有一炷香的时间，这里一旦出事，最近的金武卫和铁甲军都会过来增援，所以你们必须在一炷香内出来。”诸葛清望了望两人认真说道。

烟落点了点头，将放置银针的锦缎绑在手腕处，将短刀别在短靴里，虽然只是探路，但为了以防万一与人交手，还是要做好充足准备。

“前辈还需要什么兵器吗？”诸葛清朝诸葛候问道。

诸葛候摸了摸肚子：“有没有烧鸡什么的？”

诸葛清嘴角抽搐，烧鸡是什么兵器?

天快亮了，刑部大牢门口的守卫打着呵欠，个个都昏昏欲睡，等着下一班人来换岗。突来的一股狂风刮了过来，几人顿时一震，一人咒骂道：“什么鬼风？”

“管他呢，那边交班的人过来了。”另一人打着呵欠道。

话音刚落，原本沉寂的牢内骤然之间传出吵闹之声，隐约听到有人高声叫道：“有人要越狱！有人要越狱！”

门口正要交接的两拨人顿时一惊，领头的咒骂道：“哪个找死的，快去通知金武卫过来。”

地下第二层，犯人和狱卒打成一团。两人一到二层，还不待出手，诸葛候便用长袍一掀起一阵风，将所有的灯火都吹灭了。两人便趁着黑穿行而过，诸葛候手痒趁乱就在里面打黑拳揍人。

天牢二层简直一片混乱，打闹的，咒骂的，也有事不关己睡大觉的。

黑暗中有人说道：“嘿，我刚闻到了女人香。”

立即有人咒骂道：“娘的，你又做春梦了，想女人想疯了。”

“这鸟不拉屎的地方哪来……”话还没说完，便闻到一阵淡淡的香气，一个个皆倒了下去。

诸葛候一听不对劲，忙问道：“是什么东西？”

“是一种麻药香，只让人睡半炷香，醒来什么都察觉不到的。”烟落低声回道。

进到地底三层便觉一阵阴森森的，诸葛候解决守卫的死士和守卫，她则先行找人，进到最里屋的密室，便看到空旷的房间里被吊在半空的萧清越，心中顿时一急：“姐姐！”

被吊在半空的人倏地睁开眼，凌厉无比，她顿时警觉那不是萧清越，转身便走却不想脚下的地眨眼间裂开，四周没有任何依附顿时便掉了下去。原来这间囚室有两层，刚一落到下面，四周的墙壁顿时冒出无数箭头，寒光冷厉，仿佛眨眼之间便能将人万箭穿心于此。

囚室里的暗门打开，一身素衣的萧淑儿走了出来，身后跟着华淳太后一行人，最后有人押着萧清越走了出来。

她望了望周围的机关，抿了抿唇：“你赢了。”

“只是你太心急了。”萧淑儿一脸平静地说道，“一听到我要把人秘密带走处死，你就坐不住了。”

烟落抿了抿唇：“你想怎么样？”

“好戏才刚开始，急什么？”华淳太后冷笑道。

话音一落，便有金武卫急步进来禀报：“太后，郡主，二层犯人暴动已经平息，刑部大牢外的上大夫诸葛清也已抓获。”

烟落闻言心头顿时一凉，微微后退了几步，退到弓箭指向稍小的区域，凭自己的轻功出去还不是问题，只是现在事情已经暴露，如果走了就再也没有办法把萧清越带出去。

“他果然在帮她？！”华淳太后目光倏然冷厉，那口中的他，自然说的是百里行素。

“只要萧清越还在这里，你总会来的，我们已经等很久了。”萧淑儿淡笑说道，她太过了解这个人，她不可能置萧清越于不顾，就算明知道是圈套也一定会来。

早从天阳关开始，她就故意让人将她引至阳州。百里行素在阳州定然会出手帮她，将她带回夷都，即便他们做得很隐秘，但是她一直心知肚明。

“事情已经明白了，人也已经抓到了，老太爷还等着呢！”华淳太后冷声说道。

烟落望着那一脸淡漠的女子，心缓缓沉了下去。萧淑儿真正要针对的人，不是她，她故意将她引至阳州，故意等到现在，是为了对付……百里行素？！

天刚蒙蒙亮，烟落与萧清越一道被押出刑部大牢。萧淑儿的所作所为一时间让她有些措手不及，但她抓了诸葛清，却没有派人去抓藏在诸葛清府上的祁连一行人，以她的手段不会不知道他们藏在那里，而且她是看着诸葛候和她一起从天阳关走的，不会想不到诸葛候也在夷都。这样一个绝顶的高手放在外面，她却丝毫没有提及，她到底……想干什么？

她与萧清越被押上了一辆马车，萧清越慢慢清醒了，看到她顿时一愣：“小烟，你怎么……你怎么就真的来了？”

烟落淡淡笑了笑：“没什么，总有办法出去的。”

“你自己都被擒了，还能有什么办法？”萧清越皱着眉头说道，抿了抿唇，“楚修聿知道你来吗？”

她点了点头：“知道。”

萧清越叹了叹气，恼怒地喝道：“知道华淳太后要抓你，知道是圈套，你还来？”

烟落微微笑了笑：“不是说了，一辈子都是姐妹，你陪我共患难，我若将你置之不顾，还算什么姐妹？”被擒也是意料之中的事，她也没想那样简单就能从萧淑儿手中把人带出去，要走也是需要时机的。

萧清越又气又无奈：“傻丫头！”

“本来是可以走的，不过师傅似乎有麻烦了，我想……再等等。”烟落望了望萧清越，道，“姐姐再委屈两天。”

百里行素晚上没有到潋香别苑与她商议，想来是萧淑儿故意让百里勋或是其他什么事绊住了他，就是等到他们动手，抓住她和诸葛清。

诸葛清是百里行素的心腹，抓住了他便表示百里行素确实是在暗中帮她，可是……她为什么要对付百里行素？虽然对大昱了解甚少，但也知道百里行素甚少跟她打交道，除却以前让她潜入西楚皇宫，直到前些日子在宫门口怕才是他们第一次正式见面。

“委屈什么，我就是担心你，华淳太后和锦瑟那两个疯女人肯定会趁机对付你。”萧清越担忧地说道。

“萧淑儿擒住我，无非是为了两样，一是为了抓住百里行素帮我的证据，二便是为了威胁大夏西楚。”她平静地说道，只是现在她还没弄明白她对付百里行素的目的何在。

“你倒是一点都不急。”看着她一脸平静，萧清越哼道。

“不管是修聿还是楚策，他们都不是甘心受人威胁的人，肯定会想办法反击，而现在最重要的是我得弄清萧淑儿到底要干什么。纵然与师傅诸多恩怨，但这次毕竟是我牵连了他。”想到百里行素，神色不由沉重了几分。

她也想从华淳太后身上找到那离魂母蛊，还有当年西楚与大昱之争到底发生了什么，从而让华淳太后和百里行素这般痛恨她，痛恨洛家，痛恨西楚。有些恩怨，总归是要解开的，父亲和母亲都已经逝世，先帝早已驾崩，这个答案必须由她来揭开。

“小烟，不是每个人你都能拯救得了的。你想找到当年的真相，解开这一切，可是在这龙潭虎穴之地，连自保都是问题，你……”萧清越望着她说道。

她微微笑了笑，道：“放心吧，我有分寸。”

萧清越见她一脸镇静之色，也不再相劝了。事情已经到了这个地步，只有走一步算一步了。这三国之争，真不知道要什么时候才能结束，更无法去想会以什么样的方式来结束。

马车驶入帝宫，一行人被押往了帝宫深处的太和殿。

这是她第一次踏进这座大昱权力顶端的大殿。殿内很静，没有人说话，只有他们走过的脚步声，大殿深处悬挂着厚重的帷幕，与外面完全隔离。

烟落定定地望着站在最前的萧淑儿，似是想看透她心里的谋算，只是那个人面色平静淡漠得让人看不到一丝异样，仔细想来她确实没有对付百里行素的动机，难道……是为了萧家?

如今放眼东齐朝堂上下，萧家的势力如日中天，难不成萧家的野心已经大到了这个地步，可是百里行素无论如何也是东齐皇帝，只是这小小的证据，根本不足以扳倒他啊!

既然如此，聪明如萧淑儿又为什么要这么做?

萧淑儿似乎察觉到了她的目光，侧头望了望她，微微笑了笑却没有说话。

大殿内一时间所有人都沉寂了下来，气氛压抑而紧张，华淳太后面色冷沉而凌厉，显然是很不满百里行素又出手帮了敌人。当年她明明已经控制她了，他却插手其中帮她把毒解了，就知道这个人已经信不过了。

正在这时，百里行素已经举步进了大殿，瞅了一眼大殿内的情形，俊眉一扬，面上扬着万年不变的笑：“这么热闹？！”

突如其来的声音打破了殿内的沉寂，所有人都不由回头望向从殿门口缓步走来的人，谁都知道这事与他脱不了干系，罪魁祸首倒还是这样一副悠然自在的神情，只是面色有些异常苍白。

萧淑儿转过身去，举步上前行礼：“臣女见过陛下！”

百里行素面上笑意吟吟：“郡主似乎是很忙呢！这大清早的还要进宫来？”自始至终也没有望向被绑的他们三人。

萧淑儿淡笑：“陛下不也繁忙吗？”

两人的话无不意有所指，百里行素说她忙着给人下套，她说百里行素忙着援手外敌，各自针锋相对，直到那厚重的帷幕后传出微微的咳嗽声和脚步声。

“淑儿，事情办完了？”帷幕后传来低沉苍老的声音，带着震慑人心的威严。

“是，办完了。”萧淑儿上前回话，“陛下暗中相助大夏皇后，授命诸葛清帮助大夏要将大夏将军救走，幸得太后和父亲相助终于把人引了出来。现在已经将大夏皇后及上大夫诸葛清生擒，等候老太爷发落。”

百里行素面上的笑意微一滞，勾起嘲弄的弧度，瞥了眼一脸冷面无私的萧淑儿，狭长的凤眸微微眯起，寒芒厉厉。

帷幕后的人沉默了许久，沉声说道：“行素，你有什么话说？”

“无话可说。”百里行素淡笑言道。

“那你就是承认是你把大夏皇后带到夷都，是你安排诸葛清帮她劫狱，你——到底想干什么？”帷幕后的人声音冷沉了几分。

“不是都一清二楚了吗？”百里行素淡声说道。

萧淑儿把人都带到这里来了，还容得他狡辩吗？想必从阳州开始都已经被她计算好了，他们所做的每一步不过都是她预料之中的。

“你一而再、再而三地帮助自己的敌人，燕京你不顾大局，落风坡你放走大夏皇帝，之前又帮着这个女人解毒，如今竟然还帮着她救人。这一桩桩一件件，你已经完全背弃了大昱，这是你作为大昱皇帝该做的事吗？”华淳太后目光凌厉如刃望着他。

百里行素闻言眉梢微扬，面上笑意依旧：“原来……我已经做了这么多十恶不赦的事了？”

“老太爷，身为大昱国君一再通敌，背弃大昱，这样的人还要把大昱的命运交在他的手里？再有第二个华容把大昱多年建立的基业毁掉吗？”锦瑟一脸义愤地上前说道，只要有百里行素在一日，他就会保洛烟一日。

听到这话的诸葛清面上泛起嘲弄的笑意：“大昱建立的基业？说话也要有点根据好不好？这东齐的哪一片土地、哪一座城池不是陛下费尽心血夺来的，还包括现在你们所站的这座东齐帝宫，也是他从东齐谋夺而来的。数十年来，辗转诸国让你们从隐居皇陵走到今天东齐朝堂的是谁？一点点将东齐变成大昱的人又是谁？”这些只知道享受成果的人，又如何能体会在四国之间建功立业的艰辛？

“他是为大昱建功立业，可是他现在已经背弃了大昱，违背了他作为大昱国君的责任，对敌人一再相助，这样的人还能带领大昱复国吗？”锦瑟一脸大义凛然，沉声说道。

“如果他不能，谁能？”诸葛清冷笑着望着锦瑟，一步一步上前道，“是你吗？”

“我……”锦瑟无言以对。

“你忘了你自己自始至终为大昱做过一件事吗？在西楚时擅自行动，破坏大局，强留西楚皇宫；燕京之时又不顾大局。自始至终你不过就是因爱生恨，挟私报复，你又为大昱做过什么？”诸葛清死死地盯着她的眼睛，一字一句地说道，“所有的一切，不过都是你自己咎由自取，如今想借大昱之手对付西楚，为自己报仇，是也不是？”

锦瑟咬了咬唇，不再说话。当年是西楚害得她家破人亡，她在西楚所受的屈辱和痛苦，一定要讨回来，一定要。

“淑儿，你说……该怎么办？”里面的人声音平静，了无起伏。

萧淑儿闻言愣了愣，上前道：“这是大昱皇室家事，淑儿无权过问，只是查明真相而已。”

“老太爷，他现在已经不适合再领导大昱。他可以放过楚修聿第一次，难保不会有第二次。若再让其插手其中，还会把这两个人放出去。”华淳太后上前说道，那个人，她从来都不相信的。

“如今战事当前，他不适合，难道靠你们？”里面的人冷声道。

“不如交给淑媛郡主处理。”华淳太后沉声说道，“老太爷你不也说她知分寸，顾大局，知进退。漠北和这一次的事她都处理得很好。把各方将领的调配权交由她，未必不可。”

“淑儿，你呢？”百里勋沉声问道。

萧淑儿闻言上前，回道：“淑儿手无缚鸡之力，这样的战事，我一介女子何以担当？”

“那两个不一样是女子，她们能做到的，你又何尝做不到？”华淳太后说道。

百里行素冷笑着望着眼前的一幕，不喜不怒，面上始终含着笑意，一眨不眨地盯着萧淑儿的侧脸，眸底若有所思。

帷幕后的人沉默了许久，出声道：“行素入地底城思过，上阳关的战事暂时交由淑儿，帝宫金武卫此刻起就是你的卫队。”

“大夏将军如何处置？”华淳太后问道。

“既然已经无用，就无须再留了，一旦逃脱必是大敌。”里面的人声音冷沉凌厉，听得人阵阵胆寒。

烟落惊恐地扭头望向萧清越，心狠狠沉了下去……

出了太和殿，太阳已经升起，光芒万丈。

百里行素面色更加苍白透明，一个人闲闲地朝着地底城走。烟落紧抿着唇，却又不好开口叫他，百里行素笑着扫了一眼萧淑儿：“你们去哪儿？”

问得仿似你们要吃什么饭一样随意，萧淑儿闻言愣了愣，望了望被押着的三人：“所有人带往地底城。”

“地底城？”华淳太后闻言面色一沉，“为什么？”

“那里才不会让人逃脱，也不会让人救走，不是吗？如果刑部大牢的事再来一次，我可不保证了。”萧淑儿淡声说道。

百里行素淡然一笑，望了望几人：“嗯，正好顺路。”说话间便与烟落几人一道并排走着。

“你跟着干吗？”萧清越眉头紧皱，这时候他跟着凑什么热闹？

百里行素笑着打量她一眼，痞痞地说道：“你不是要死了吗？咱们也算相识一场，我送你最后一程。”

萧清越顿时咬牙切齿，紧皱的眉头却难掩自己的紧张。她不是怕死，只是真要死在这些人手中，她不甘心，望了望烟落低声道：“小烟，现在有办法离开吗？”

那会儿在马车里她那般胸有成竹，想来是早有准备的。只是现在在这帝宫之中守卫和暗卫密布，还有没有办法离开。

烟落抿了抿唇，望了望那边一脸平静的百里行素，而后轻轻摇了摇头：“现在……还不行。”说罢抬眸望向前面萧淑儿的背影，目光若有所思。

“怎么？怕了？”百里行素眉梢微扬冷声哼道。

“老娘天不怕地不怕，阎王见了姑奶奶我也得绕道。”萧清越皱了皱眉，倒也没有什么太大的变化，喃喃道，“不就是死吗？又不是没死过，大不了再穿一回，就是不知道能不能再穿回来？”

百里行素唇角苍白，微微笑了笑：“那咱们打个赌吧，你要是死了，我给烧一百两纸钱，你要是没死就给我一百两银子？”

萧清越嘴角抽搐，咬牙切齿：“老娘的命金贵着呢，才值一百两？”

“已经很不错了，你就值这个价。”百里行素笑着说道。

“狐狸精，虽然不知道这回会是什么结果，不过你这么帮着小烟和我，这会儿还一块共患难来了，我萧清越谢了。”萧清越冲他扬了扬眉，虽然以前对他利用小烟的事怀恨在心，不过他也一次又一次救了她，如今小烟都释然了，她还有什么放不下的？

“不是我说你，你也太差劲了，就这么被人抓来了，还什么第一女将，看来都是你吹出来的。”百里行素不屑地哼道。

“我……”萧清越心里那个恨啊，咬牙切齿道，“狐狸精，你还真给你点颜色你就开起染坊来了。”

“过奖过奖。”百里行素笑眯眯地说道。

帝宫底层黑暗阴森的地底城，大批的金武卫先行将里面的灯火点着，萧淑儿方才带着他们一道进去，一边走，一边说道：“明日我就要去上阳关一带了，大夏皇后可有什么话要我带给夏皇？”

烟落目光沉静："不需要。"

"不过，我需要你身上的一样东西，才有筹码去谈这个交易。"萧淑儿面色平静，一如往昔的淡漠。

话音一落，一行人在一间石室停了下来，萧淑儿朝边上的金武卫道："来人，拿下大夏皇后。"

两名金武卫一左一右将烟落押出来，将绳索解开按到边上的石桌，百里行素顿时面色更加惨白了几分，只听到萧淑儿沉声道："剁下她一根手指，我们该给大夏皇帝送个见面礼！"

"萧淑儿，你敢？"萧清越一听顿时面色大变。

萧淑儿面色淡漠，扫了一眼边上的人："还不动手？"

百里行素便要上前阻止，华淳太后面色一沉，扬手便抽出锦瑟的佩剑，直直指在他的咽喉，沉声说道："自身难保，还想救人？"

百里行素冷冷地望着她，面色苍白得吓人。之所以昨晚不能出宫，是因为她催动了离魂蛊，让他根本无法赶到潋香别苑，一旦发作他起码一个月之内功力全无。

"你若出手，我可不保证剁下的只是她的手指，不是一只手或是她的人头？"华淳太后面上勾起冷酷的笑。

烟落被两个人死死按在石桌上，望着百里行素沉声说道："别过来！"

华淳太后瞥了她一眼，冷声笑道："洛烟，我们有的是时间慢慢玩。"说罢沉声道："锦瑟，你去！"

萧清越一身怒火狂飙，撞开押着自己的人便扑了过去，却眼看着锦瑟手起刀落，眼前一片血色飞溅，嘶声叫道："不要！"

烟落紧紧抿着唇，面色惨白了几分。萧清越挣开绳索顺手拔出一名金武卫的刀便冲锦瑟砍了过去，霎时间鲜血喷溅，生生将锦瑟左臂砍了下来，满脸血污怒声吼道："你断她一指，我断你一臂，再断了你项上人头！"

锦瑟痛得尖叫，一条手臂落在地上，手指还微微颤动着，一咬牙提剑便要冲上去与其拼命。烟落知道萧清越现在中了药，没有武功，便趁混乱之际挣开押着自己的人，上前阻止锦瑟，然而在她出手的同时，萧淑儿手中寒光一闪，一刀捅进了萧清越的心口。

"姐姐！"她疯狂地想扑过去阻止，却眼看着那刀刺入萧清越的心口又拔了出来，鲜血喷涌而出……

她冲上前去扶住萧清越，两人齐齐跌在地上。她慌乱地爬起，捂着她的心口处，满手都是刺目的鲜红分不清是她的血还是萧清越的血，焦急地唤着："姐姐，姐姐……"

萧清越冲着她笑了笑，想要开口说什么，却终是疲惫地闭上了眼睛。

华淳太后和锦瑟都有些难以置信，没想到萧淑儿真的会亲手杀了自己的亲妹妹，就那样一刀进去，连眼睛都不眨一下。

萧淑儿将刀上的血迹擦尽，淡淡地扫了几人一眼，朝金武卫道："把东西收拾了，从现在起，没有我的令牌，任何人不得再接近地底城。"

"是。"金武卫齐齐回话道。

华淳太后闻言面色一沉："本宫也不行？"

萧淑儿淡淡望着她："太后和锦姑娘与他们有什么恩怨我不管，只是不希望有人误了大事，我不好向老太爷交代。"

一句老太爷，压得华淳太后也无话可说，恨恨地瞪了瞪那边的人，沉声道："那是不是事情完了，就可以交给本宫？"

萧淑儿闻言沉默了片刻："她的命关系着东齐和大夏，甚至西楚的战事变化，若是要处置，我会交到老太爷手中。那时候怎么处理，都与我无关了。"

华淳太后转头望了望百里行素，语气凌厉："你最好不要跟本宫耍什么花样！"

萧淑儿望了望几人，瞥了眼被断了手臂、面色惨白的锦瑟："可以走了吗？"自始至终，她对这个女人都没有好感，本就没让她插手，她们硬要插手其中，这也算是教训。

华淳太后与锦瑟先行离去，萧淑儿望了一眼满身是血的萧清越微微抿了抿唇，转身离去，地底城的大门轰然关上。

百里行素走上前，蹲在边上瞧了瞧萧清越的脸色，探手把她的手拿开，伤口处的血已经止住了。他沾了点血闻了闻，唇角勾起笑："原来是这样！"说着抬眸望了望烟落："哭什么哭，她又没死。"

烟落愣了愣，一时间有些反应不过来。

"亏你还是我徒弟，这女人心脏跟常人不同，人家长左边，她长右边，萧淑儿刺的左边，还在刀上涂了特有的止血药，现在血都止住了。"百里行素淡声说道。

烟落闻言长长松了口气，探手沾了血，闻了闻："果然有药味。"

"淑媛郡主，她……为什么这么做？"诸葛清出声问道。

"我哪知道？"百里行素从身上取出一瓶药，从衣服上撕了块干净的布，将她手上的血迹擦干净，看着那被断去的小指，眉头紧紧皱起。

她抬眸望了望他，勾起一抹苍白的笑："不疼的。"只是想到这东西会送到修聿手中，心里就忍不住痛心……

百里行素拿药倒在伤口处，看到血止住了，伸了伸自己的，笑眯眯地说道："把我的给你接上？"

"不要。"她断然说道。

百里行素撇了撇嘴："我手这么漂亮，你想要，我还不给呢？"说着用布将她手细细包起，低着头说道，"对不起，没有帮到你。"

烟落愣了愣，看着他苍白的面色，小心翼翼地问：“她……又让你毒发了吗？”所以他才没有去潋香别苑，所以看起来才会这么虚弱，就像当年他从燕京救了她之后，一连好久都虚弱得连个常人都不如。

百里行素闻言抿了抿唇，笑了笑：“没事，反正又死不了。”

“师傅，如果我拿到离魂母蛊，你就跟我们离开夷都吧！”她认真地望着他，一字一句地说道。

百里行素闻言倏地抬头望着她，目光复杂而深沉，沉声道：“谁要你多管闲事？”

“在去天牢之前，我就猜到了萧淑儿的行动计划，让美人给她送了信。她需要拿下我完成计划，我要她帮我从华淳太后那里找到离魂母蛊。”她一字一句地说道，“她只说她会安排，我没想到……会是刚才这样，连累了姐姐。”

“谁要你这么做的？谁准你这么做的？还要自己变成这样？你到底……”他紧紧抓着她的手，一脸冷沉地质问。

“我不想你死在这里。”她沉声打断他的话，眼眶微微泛红，“用着你们拿命换来的生命去享受幸福，他做不到，我也做不到……是我欠下了，却要他替我背负我做不到，连每一个牵手、每一个拥抱，内心都充满了罪恶感。我连对他说一句我爱他的话，都不敢说出口。”

“谁要你还了？”百里行素直直地望着她的眼睛，一字一句说道，“你现在要这样来还我，你又要怎么去还楚策，以命相抵吗？”

“我是想，想过无数次，无数回，我却做不到。”她喃喃说道，因为背负了太多，她都无法全心全意去爱那个人，因为他们的爱成了罪孽，伤害两个人的罪孽，即使如此却谁都舍不得放开。

百里行素缓缓放开她的手：“是我害得你家破人亡，你……何必如此？”

“你恨我入骨，恨不得将洛家的人挫骨扬灰，又何必一而再、再而三地帮我救我？”她淡声反问道。

这答案，又有谁能解开？

“我确实早有准备才来，也有把握可以将姐姐带出去，可是……夷都必会大乱。夷都一乱，上阳关若趁机进攻，东齐会是什么局面？”她望着他，一字一句说道，“自古以来，有哪个国家真的复辟成功了？”

“他们不成，怎么就断定我也不能？”百里行素反问道。

烟落抿唇沉默了片刻，直直望向他的眼睛：“你是真的想当皇帝吗？还是因为这条路走得太久，忘了去看其他的路，将自己束缚在了这里，为什么不能去寻找自己真正渴望的东西？”

“真正渴望的东西？”他蓦然一笑，眼底一掠而过的复杂。

正在这时，地底城的大门又一次开启，萧淑儿去而复返。

烟落被两名金武卫带到了另一间石室，萧淑儿一个人在里面，看了看她，平静地说道："药的止血效果好，不过会昏迷十天。"

烟落抿了抿唇，点了点头："多谢！"之前虽然送了信给萧淑儿，可是她没有反应，她心里也一直没有底。

"从你们到阳州开始，所有的事我都知道，只是没想到最后还要让你将一军。"萧淑儿望着她，淡声说道，"你怎么就猜到了我要做的事？"

烟落面色有些苍白，平静说道："其实没有猜到，只是赌一把，虽然有料到你会针对百里行素，但是没想到是什么原因。把我引往阳州不就是让我跟百里行素碰上头，然后一道来夷都？如果只是对付我，在天阳关大可一并出手解决，不必这般大费周章。"

萧淑儿微微笑了笑："我很好奇，你到底有什么筹码来搏这一把？"

"虽然不能说，但这个筹码足以乱了你整个计划。"烟落沉声说道。

萧淑儿抿唇点了点头："我信。"深深吸了口气，道，"可能我不在夷都的时间，华淳太后还会来找麻烦，你自己小心一点，不要让她们发现了萧清越没死，时机到了我会让你们走。"

"我知道了。"烟落回道，思量片刻沉声道，"别忘了你答应我的事。"

萧淑儿闻言微微笑了笑："你不是已经派了自己的人跟着她了吗？如果找不到，我会直接替你杀了她，没有人再知道那只离魂母蛊，也就没有人再能操控。"

"我想……还是尽量去找吧！"烟落叹息言道。

其实要解决很简单，杀了华淳太后就可以，只是这么多年来百里行素都不忍下这个手，即便那个人那样恨他，讨厌他，毒害他。

"华淳太后还会催动蛊虫，相信还能找到她藏的地方。"萧淑儿沉声说道，"只是如今百里行素如果自己撑不过去，找到了也没有用。"

"一定可以的。"她坚定地告诉自己，一定可以走过去的。

萧淑儿转身便要走，走到门口处出声问道："你真的有把握能出这夷都？"

"我不以为自己带那么几个人来，就能从东齐帝都把人救出去。这些钉子已经埋了很多年了，但总有一天要用的。"她平静地说道，望着萧淑儿的背影，不由问道，"你这样做，值得吗？"

"不知道，只是想快点了结这一切。"

说罢，萧淑儿大步出了石室，朝着地底城的大门而去，背影单薄而倔犟。

烟落回到石室，诸葛清已经将萧清越搬到了一边的石床上，皱了皱眉："呼吸这么弱，会不会有问题？"

百里行素闲闲地坐在一边，道："睡几天就没事了！"

现在的萧清越一眼看过去确实跟死人没什么区别，不过脉搏却是强而有力。只要药力过去了，醒过来还会跟以前一样。

“可是陛下……”诸葛清担忧地出声道，在这里面壁几日，出去了外面还不知是什么样子了?

百里行素敛目，淡淡言道：“外面的事跟我们无关，操不上那份心，何必费神?”

诸葛清望了望一直沉默不语的烟落，想要问什么，却又咽了下去不好开口。石室里很安静，谁也没有说话，谁也猜想得到外面将会发生什么。

烟落抿了抿唇，起身坐到百里行素身边替他把脉，百里行素把手抽回去，哼道：“男女授受不亲，别动手动脚的。”

“我知道我不该没跟你商量就做出这样的事。”她低声一字一句地说道，“可是我在潋香别苑等了一晚上，你也没出来。你不是个不守时的人，你说过萧淑儿没有为难姐姐，还给她治伤，想来她并无杀她之意，所以我根本没办法跟你商量，又担心她真的会将姐姐带走处死，所以……”

“所以，你就跟萧淑儿那女人串通，在所有人面前演这一出戏，对，还英勇断指。”百里行素挑着眉望着她数落道。

“师傅，你是要一辈子都做他们的傀儡吗? 你很清楚自己所要面临的，这么多年你树了多少敌人，华淳太后要杀你，那些曾经被你所害的人，也要杀你，最后就连百里勋也会容不得你。如今你还有大权在握，一旦夷都大乱，更或者你真的可以替大昱一统天下，那个时候对于百里勋而言，你的用处已经没有了，他还会留你吗? 到时候……你要怎么办?”

百里行素闻言淡淡笑了笑，意味不明，只是说道：“恐怕最想杀我的，还是楚策吧！这天下楚策抢得，为何我就抢不得了?”说话间，侧头瞅着她，“要是我跟楚策打起来，你帮我还是帮他?”

“师傅，我在跟你说正事。”她有些恼火，每次她一本正经地跟他说话，他总是这样顾左右而言他。

“我也在说正事，说，你帮我还是帮他?”百里行素装着一脸穷凶极恶地逼问。

她白了他一眼，哼道：“谁也不帮！”

“哇，你这女人好歹毒，让我们两个死了，你就好跟楚修聿那混蛋过清净日子了，想得美你?”百里行素指着她控诉道。

“反正现在已经这样了，你走也得跟我们走，不走也得跟我们走，你自己看着办吧！”烟落说罢，起身走开。

百里行素闻言愣了愣，喃喃道：“这话怎么这么耳熟?”

诸葛清望了望两人，摇头失笑，上前回道：“六年前，你从礼部上大夫那里抢了他第

十八房小妾，也是这么说的。”

话音一落，石室内便响起百里行素嚣张的狂笑，仿佛冲淡了这里的悲伤之意。

地底城每天都很静，分不清白天和黑夜，更不知道外面是何情况。百里行素一如往昔地跟她吵闹斗嘴，只是面色一天比一天苍白，诸葛清一天比一天担心。

为了几天后能够顺利逃脱，他们每个人都尽力休养，保存体力好准备离开地底城逃离夷都。要带他们出去，百里行素如今武功全失，萧清越有伤在身，只有靠她和诸葛清两人。

她正闭眼靠在石床边守着萧清越，边上的人用手撞了撞她，轻声叫她："哎！"

烟落皱了皱眉头睁开眼，低声道："干什么？"

百里行素神秘兮兮地笑了笑，然后指了指外面："带你看个好东西！"

"什么……"

"嘘！"百里行素皱着眉头，在唇边一竖手指，拉着她悄悄出了石室，轻轻松松开了石室的门，从随身的锦囊内取出一颗夜明珠照路。

"到底干什么？"烟落拧着眉问道。

"问那么多干什么？跟我走就是了。"百里行素笑嘻嘻地说道，拉着她在地底城内穿梭自如。

烟落却不由皱起了眉头，蓦然问道："师傅，你……经常被关在这里吗？"

百里行素闻言脚步一顿，却没有说话，拉着她继续走。夜明珠柔和的光照在他苍白的面上，有种让人惊心动魄的绝美。

地底城就像是一座地下的小城，有简单的房屋和街道，但是却和如今很多的房屋都不太一样。百里行素一边走一边说道："帝宫在很久以前只是一座小城镇，这里就是那小城镇的一部分，都好几百年了。除了那些石室，这些东西都是好几百年前的了，是不是很神奇？"

烟落抿唇笑着点了点头："是很神奇。"

"小时候要是被罚关在这里，我和大哥就会来这里的废城寻宝，有时候会寻到一只许多年前的碗，有时候会寻到几颗花种子，很有意思的，现在带你去看一个更有意思的。"

"更有意思的？"烟落皱了皱眉，"你不是在这里找到什么宝藏了吧？"

百里行素白了她一眼，哼道："你这女人还真是市侩，有点情调好不好？"

"不然还能找什么？"烟落挑眉问道。

"等着看吧。"百里行素笑得神秘，拉着她似乎走到了一片平地，又把夜明珠收起两人摸着黑走。

"你干什么，黑漆漆的怎么走？"这种无边的黑暗，让人窒息。

虽然百里行素没说，但想来小时候他定然是经常生活在这样的黑暗中，难道这就是他那么钟爱白色的原因?

“好了，到了。”黑暗中，百里行素出声道，拉着她直接坐到地上，这才慢慢取出夜明珠，指了指前面笑着说道，“你看那是什么？”

烟落顺着他指的方向望去，有些难以置信：“是……暮颜花？”

那确是一株暮颜花，而且都已经打了花骨朵，似是要盛开的样子。

“很有意思吧！”百里行素笑着说道。

烟落点了点头，四下望了望，问道：“可是这样的地方，怎么能长出花来？”

“我种的啊！”百里行素笑眯眯地说道，指了指暮颜花生长的地方，“那附近的地如果遇到夷都大雨的时候，会有水渗进来，还有那边有一道小天窗，每天都会有阳光照在这里。以前种在这里，没想到它会活。”

他眼底难掩的欣喜，像个孩子一般，原来他小时候的快乐就是这么简单。可是一个心性如此简单的人，又是什么样的人，什么样的事让他成了后来世人眼中的魔王?

百里行素察觉到她一直盯着自己的目光，皱了皱眉，拍拍她的头：“看花，看我干什么？我脸上又长不出花来。”

“现在外面是晚上吧！”烟落低声道，他说的天窗没有光照进来，外面应该正是黑夜。

“嗯。”百里行素答道。

“你不是喜欢桃花吗？怎么种起了暮颜花？”烟落望着那株花喃喃问道。

“这地方怎么种桃花，我疯了？只是有一次带了暮颜花种子进来，顺手种在这里了。”百里行素瞥了她一眼，问道，“你知道我为什么喜欢桃花吗？”

“因为花开了可以看，花可以酿酒，花谢了还结桃，还有……”她侧头一脸鄙视地望着他，“它能带旺你的桃花运，是不是？”

百里行素闻言立即大笑，拍了拍她的肩膀道：“知我者，徒弟也，哈哈！”

“好了，花也看了，回去吧。”她说着便欲起身走，若是华淳太后来了，发现姐姐那里不对劲，他们计划的所有一切都会玩完了。

“等花开了再走？”百里行素坐着就是不起身。

她闻言秀眉一挑：“你怎知它要开？”

“猜的啊。”百里行素一脸无辜状，好不气人，伸手拉着她坐下，“你从来没有等着看一朵花开过吧，等等看，很好玩的。”反正这地底城里也无趣得很。

她无奈地坐下，两个人就盯着那株暮颜花瞧着，百里行素缓缓出声说道：“从小到大，我从来不会去强求不属于自己的，对你也是。我可以费尽心血去谋夺任何东西，可是感情这东西是阴谋诡计夺不来的，即便夺来了也会是假的。我一生见过很多女人，她们有的讨厌我，有的惧怕我，有的巴结我，有的仇恨我，却没有一个女人像你这般深刻融入我的生命。明明是苦涩的却又在回忆一点一滴时泛起丝丝的甜蜜，明明是该舍弃的却在想要舍弃的时候舍不下，后来慢慢发现，这种感觉也会是一种独有的幸福，就像是一个甜蜜的小偷，悄悄地偷取一点点自己渴望拥有的……”

即便那不是拥有，不是相守，却是他心里美好的存在。他一生许多的东西都沾着血腥和阴谋，却唯有这一份心意是纯净的。

他这样的人，从来没有奢望过幸福这东西会属于自己。

烟落抿了抿唇，侧头望着他，低声道：“离开这里，重新开始过日子吧！”

“重新开始过日子？”百里行素挑着眉瞅着她，笑眯眯地问道，“离开这里，我别苑那么多绝色美人都没了，你赔给我？”

“除了美女，你能要点别的吗？”她皱着眉哼道。

“离开这里，我损失真的太大了。”说话间他坐在那里扳着漂亮的手指数道，“房子没了，钱没了，地位没了，女人没了，真的一无所有了啊，这么多，你要怎么赔？”

“行，那我给你买房子，给你钱，再帮你娶媳妇，行了吧！”烟落笑着说道。

百里行素一脸坏笑：“这话怎么听着像你要金屋藏汉啊，楚修聿知道会揍我的。”

烟落顿时嘴角抽搐：“当我没说。”

“嘿，你这人怎么这样，刚说了就不算话了。”百里行素皱着眉瞪他，恶狠狠地说道，“你说的，出去了要给我买房子，给我银子，当我靠山，还要帮我娶媳妇……”

“行。”烟落点了点头。

“我要娶八十八房小妾，你也帮我？”百里行素俊眉一挑，笑眯眯地问道。

她嘴角抽搐，咬牙切齿：“你别得寸进尺。”

“什么得寸进尺，我这叫正常需求，谁会像楚修聿那傻蛋一样，天天对着你还能提得起胃口，时间久了，当然要换换新口味嘛！”百里行素一脸的义正词严。

烟落头疼地抚了抚额，与这样的人要怎么沟通？

百里行素笑吟吟地看着那株暮颜花，看到花朵微微一动，眼底泛起欣喜，拉了拉她道：“花要开了，快看！”

烟落闻言抬眼看去，夜明珠的照耀下，雪白的花朵缓缓张开花瓣，徐徐盛放。空气中随之弥漫起清雅怡人的花香，唯美得令人屏息。

“这花很美，却太短了，天一亮就会谢了。”百里行素喃喃说道。

“朝生暮死，一夜一轮回，不过是遗忘前生，重新开始而已。”烟落叹息道。

这花像极了百里行素，生长在黑暗中却依旧开出了最美的花朵，飞蛾扑火般无怨无悔的爱恋，无声无息却又排山倒海……

她轻轻闭着眼睛，心里默然想着，但愿他们能够平安离开，百里行素也能放下这里的一切，开始新的生活。

百里行素拧着眉瞅着她："你念的什么经呢？"

"哦，我在祈愿，出去能帮你买到房子，娶到媳妇而已。"她笑着说道。

两人相视笑了笑，静静看着那黑暗中盛放的花朵，一直坐在那里看着。天渐渐亮了起来，有微弱的光线从小小的天窗照进来，那株暮颜花的花瓣微微一动缓缓凋谢了。

萧淑儿代替百里行素指挥了上阳关的主战场战斗，而西楚与大夏的联合军在上阳关附近的各城，因为金武卫的投毒而暴发瘟疫。西楚与大夏的盟军退出上阳关，再难跃过上阳关与阳州一带的东齐军交战。

而这一切，仅仅就在几天之间。逆转了原本僵持的三国战局，萧家大小姐一时间声名鹊起，成为了三国之间的传奇女子。

阳州驿馆，萧真儿随行协助萧淑儿处理上阳关的战事，刚到房门便见冬青出来，上前问道："大姐在吗？"

冬青回头望了望："郡主刚听完各营将军汇报，与各位将军商议下一步军事行动，二小姐有事吗？"

萧真儿闻言微微笑了笑，在偏厅等了两个时辰，直到天黑看到将领从书房出来，方才举步进门去。

萧淑儿一手支着头，微闭着眼，面色疲惫之极没有感觉到已经进门的人。萧真儿又怕打扰了她便轻步走了过去，却不经意看到了她光洁的手臂上那刺目的痕迹，眼底顿时风起云涌，走近再细细看去……

萧淑儿霍然睁开眼，目光凌厉："你看到了什么？"

萧真儿一把抓住她的手："为什么你的守宫砂还在？"在西楚皇宫三年，楚帝在她宫中夜宿也有数次，她怎么可能还是完璧之身？一个可怕的想法在她脑海中迸现："原来是你？"

萧淑儿甩开她的手，一脸淡漠之色："什么是我？"

"你的守宫砂还在，为什么当初会传出怀孕的消息？"萧真儿目光锐利地望着她，纵然没有她那般聪明过人，但至少也不笨，"原来那个一直暗中协助西楚的内鬼就是你，是你向楚策通风报信，才让萧家在西楚遭遇大劫，长老会泄露出去的军事部署图也是你泄密的？"

"说话要有证据，真儿。"萧淑儿目光冷锐地望着眼前的人。

"你一向做事滴水不露，会留有证据？"萧真儿冷然一笑。

她不是不知道萧淑儿对于楚帝的不同，只是不曾料到她竟然早就在暗中帮着西楚，背叛萧家，背叛大昱。如果长老会的军事机密是她透露出去的，那她现在掌控上阳关兵马的目的何在已经不言而喻了，这个疯狂的预想让她难以置信。

“为什么要这么做？到底为什么？”萧真儿冷冷地望着她质问，没想到自己敬重的大姐，竟然会做出这样的事来，“就为一个根本不把你放在眼中的男人，你竟然……”

萧淑儿无力地闭了闭目，叹息道：“我的时间不多了，只是想把这所有的一切早点了结而已。”

“了结？”萧真儿冷笑出声，厉声道，“你是要断送了东齐，断送了萧家吧！”

萧淑儿抿唇不语，手紧紧握成拳，一字一句地说道：“爹不会有事，你也不会有事。”

“事到如今，我还会信你吗？”萧真儿冷然一笑，步步后退朝门口而去，“我不会让你得逞的，不会……”

然而门一打开，冬青便迎面进来，眨眼之间便将门关上，点了她的穴，朝萧淑儿道：“郡主，怎么办？”

萧淑儿敛目深深吸了口气：“连夜送往岐州关押，上阳关的事情已经定下了，咱们是该回夷都了。”

冬青默然点了点头，将萧真儿押了出去，让人秘密押送岐州。次日清晨，萧淑儿带着金武卫回夷都复命。

此时，烟落和百里行素等人已经在地底城度过了半月时间，萧淑儿秘密回到夷都，第一时间去了地底城。

萧清越也已经醒转，捂着心口还隐隐作痛的伤，气急怒骂烟落：“我这一刀捅了还能长起来，你那手指让人剁了还能长出来吗？”

烟落知她也是太关心自己，只是笑了笑：“现在大家都没事，只是一指而已。”只是心里为知道这一切的修聿而难过……

萧淑儿望了望几人，沉声说道：“东西我已经帮你拿到了，在诸葛候身上。现在时间不多了，宫里只怕已经乱起来了，再不走就来不及了。”

烟落朝诸葛清望了望说道：“你照顾姐姐和郡主，师傅交给我。”说话间拉着百里行素便朝外走。

百里行素很不服气：“我一个大男人，交给你怎么回事？”

“你少给我逞嘴上功夫，你自己现在什么样，大家心知肚明。”烟落沉声说道，现在的百里行素体力和内力都已经虚弱不堪，根本不能对付任何人。

几人一道立即赶往地底城大门，萧清越一边走，一边朝萧淑儿问道：“你到底在外面都干了些什么，难道东齐被你掀翻天了？”

“估计是差不多了。”百里行素瞥了两人一眼哼道。

“那好歹是你的老巢，你就一点不心疼？”萧清越一边走一边哼道。

“我心疼干什么？反正有人说会再给我买房子，供我吃供我穿，还帮我娶媳妇。”百里行素一脸无所谓的笑，竟然已经走到这一步，不如放手搏一回。

“诸葛候他们会从北城接应你们，快走吧。”萧淑儿把几人带出地底城，不断催促道。

几人都知道情势之紧张，一个个直接在宫里跑了起来，在夜色之中快如鬼魅。百里行素的体力明显不济，冷汗直流，但此刻生死关头也顾不得了。

烟落一边跑一边扭头望了望他：“你再忍一忍，出了宫门就好了。”

话音一落，帝宫最深处传出隆隆鼓声，四短四长，在黑夜中响彻整座东齐帝宫，震得人心头直颤。萧淑儿面色缓缓沉了下去，喝道：“快出宫门，这是封城鼓！”

话还未完，夜色中各宫各殿无数的人影，金武卫和隐藏的暗卫一个个从四面八方跃了出来，越来越多，越来越多……

震慑人心的鼓声在夜色中一声一声的敲响，惊动了所有的帝宫守卫和暗卫，宫中顿时充斥着剑拔弩张的气氛。

萧清越回头一看从各宫各殿跃出的黑影，顿时发足狂奔：“我的乖乖，萧淑儿你都干了些什么？这伙人下这么大本钱来追杀咱们。”

萧淑儿没有说话，只是跟着他们朝着宫门狂奔而去，仿似是要用尽一生的力量冲出这座禁锢自己多年的牢笼。这座经历了无数血腥杀戮的帝宫，今夜必再次被无数鲜血所清洗，而这一切却是她亲手所为。人生在世，这是她倾尽一生心血的豪赌，赌的便是这个天下。

眼看宫门在望，只要冲过那个朝阳广场就可以到达宫门，然而无数的金武卫和帝宫暗卫也涌上了这座广场。华淳太后一脸冷厉地出来：“萧淑儿，你好大的胆子，策反上阳关的军队，放西楚大军入我东齐，背叛大昱，你该当何罪？”

本以为百里行素靠不住，没想到大昱又毁在了一个女人手里。所有的一切都被她步步谋算好了，短短一个月，她就将东齐给掀翻了天。

从去中州营救锦瑟，到漠北生擒萧清越、漠北大捷，再到引出大夏皇后，取代百里行素坐镇上阳关，一步一步取得老太爷的信任，掌控密令。故意把烟落引到阳州，让百里行素带她进夷都，从而架空百里行素的兵权，自己取代他。

再到上阳关与西楚串谋，共同演戏给他们看，一场又一场的上阳关大捷，什么瘟疫不过都是做戏，为的就是使在夷都的他们麻痹大意，好为她的阴谋取得时间。暗中将她们在上阳关附近所有的探子和眼线截杀，切断一切与夷都的联系，暗中策反东齐在上阳关的军队。

表面上说着让西楚退兵了，暗地里却是放任西楚大军进了东齐境内，短短数日就让西楚大帝带兵从上阳关直逼夷都而来。若不是萧真儿拼死逃脱，密报回都，只怕西楚和大夏的军队打到帝宫门外他们都还被蒙在鼓里。

“大昱气数早尽，这是必然的结果，只是时间问题而已。”萧淑儿扬眉淡声言道。

百里行素根本无心为帝，本就只是受人控制，这么多年因为有他在，所以大昱才慢慢支撑起来。一旦他甩手不干了，大昱便再无可胜之机，如今的百里行素已经不再是他们手中的棋子了。

“我大昱百年基业，岂能容你们这般践踏？”华淳太后怒声斥道。

“践踏？”萧淑儿冷然一笑，“真正践踏的人是你们吧！大昱暴政已经不为这世间的百姓所接受，但你们却为了自己的私心，为了想继续享受荣华富贵，为了想挟私报仇，都做着能够复辟独霸天下的美梦，现在……这场梦该醒了！”

也许以前对东齐还有希望，可是随着这天下格局的渐渐变化，她看明白了，大昱是为世人所不容的。当初大昱暴政被四大门阀分裂，连当初的暴君也就在这朝阳广场被百姓活活烧死，没有人会再想回到大昱王朝的统治。

以毒术、武力控制朝臣，这样的统治还能持续多久，老太爷虽有雄心，自己却不费一丝一毫力气，也不看看这天下已经是什么样子了；华淳太后手段阴毒，不过是因为当年的事情而想借大昱之手报仇，根本没有几个人真正是想为大昱复辟而努力；百里行素不过因为仇恨而让大昱走到了今天，如今的他已经没有了那份心思……

就凭如今的大昱，她无法去想要如何走这条路，再有十年，二十年，三十年吗？到底要多少人的一生都埋葬在这里，她的家人、她的母亲、生在大昱的人一生都是为大昱而生。复国，复国，只知道复国，不过都是那些想称霸天下的人手中博弈的棋子，谁都无法掌握自己的命运，这个荒谬的复国大计已经葬送了太多人的一生，该结束了。

“百里行素，你也要背叛大昱？”华淳太后紧紧盯着百里行素质问道。值此生死存亡之际，能够为大昱扭转局势的人只有他。她一生厌恶他，此刻却希望他能够站出来救大昱于水火。

“太后不是早就定了我的罪了吗？”百里行素面色无波。

他的一生就是这样，在他们认为有用的时候就用，没用的时候就一脚踢开，关进暗无天日的地方，如今不过是想他再回去替他们卖命，他该回去吗？

烟落侧头望了望他，一步上前站在百里行素身前：“他不会再跟你回去，也不再是大昱的人。”

“笑话！”华淳太后面色凌厉，她早就该杀了这个死丫头的，否则也不会留下如此大的祸患，“他不是大昱的人，那他是谁？”

“他是我的师傅，是我的朋友，不会再是任你们摆布的棋子。”烟落沉声说道。

华淳太后笑意冷然，直直望向百里行素：“你忘了她是谁吗？她是华容的女儿，是你不共戴天的仇人之女，肮脏的东西！”

“既然觉得我脏，当初又为何要把我生下来？”百里行素眼底一掠而过的沉痛之色，这个问题，他也曾千百遍地自问。

华淳太后眼底缓缓蔓延起无边的恨火，浓烈得仿佛要将一切都焚烧殆尽，一步一步上前："你以为我想吗？你的存在每一天都提醒着我，他们曾经带给我的屈辱，每天都告诉我华容那个女人是怎么害了我，提醒着我在铁勒那儿生不如死的生活！这所有的一切，都是西楚害的，都是洛家害的，你也是被他们害的，被他们害的，现在……你竟然还要与仇人为伍？"

烟落欲追问当年真相，百里行素一把拉住她，低不可闻的声音在背后说道："不要问。"

烟落怔怔地转过头去，看到了他眼底的乞求之色瞬间夺去了呼吸，张了张嘴想要说什么，却发现无法开口。那样天不怕地不怕的百里行素，此刻他的眼底却是那样触目惊心的恐惧。

朝阳广场上涌来越来越多的人，萧清越也不由紧张了起来，即便还没有交手，她也可以感觉到这些人的内息根本就不是一般侍卫可以比拟的。真交起手来，现在几个里面身手最好的只有小烟，百里行素现在是虚弱不堪，自己又有伤在身，体力也不济，自然比不得从前，而诸葛清的身手还在她之下。他们四个要对数以千计的高手，简直难如登天。

正在这时，只听一声巨响，帝宫宫门被人一脚踹开，一道人影狂风般的卷入，将挡在前面的人都掀翻开去，望了望广场上的人皱了皱眉，摸了摸头："啊呀，是不是走错地方了。"而后冲着广场上的金武卫和暗卫招了招手，高声道："哎——你们有没有看到我徒弟媳妇啊！"

话音一传过来，萧清越差点没狂晕在地，不过有他来了他们的实力就整整提升了几个档次，蹦着招手："老家伙，我们在这儿，我们在这儿！"

诸葛候一听便撒腿跑了过来，完全不把广场上的人马当回事，左摇右晃，眨眼之间便到了跟前，望了望几人，冲着烟落道："徒弟媳妇你可出来了，你交代我办的事，我也办了。不过修聿小子被你气坏了，这会儿带着人转道漠北从凤城和忻州方向快打到夷都北门了，估计天一亮就能进城了。老婆子把你两儿子都带来了让你们一家团聚呢，我在忻州醉月楼订了酒席啊！"

萧清越闻言抚额，这两个人到底脑子装什么的，这乱七八糟的团什么聚啊！他还跑去忻州订酒席，真是败给他了。

华淳太后一听面色顿变，楚策直逼夷都而来，此刻已经调了全城兵马前去西城守卫，没想到楚修聿会绕道漠北，漠北那么多探子竟然连一点消息都没传来。

"怎么样，怕了吧！"诸葛候叉着腰，一脸得意地说道，"谁让你剁他媳妇手来着，惹毛他了吧！人家头发都舍不得掉一根的，你敢剁她手，等着瞧！"

华淳太后霍然望向萧淑儿，自己到底大意了，萧淑儿那么一说她们就动手了，那一截

断指根本不是要送去做什么交易，而是要激怒大夏皇帝。

华淳太后面色一沉，厉声道："杀了他们，一个不留！"

夜风萧瑟，带起一地肃杀，刀枪剑戟在月光下泛着森寒慑人的光芒。望着周围迅速聚拢的金武卫，烟落沉声道："大师傅，你带他们往宫门走，我断后。"

"开什么玩笑，这里的守卫，可不是普通士兵。"百里行素沉声说道，她是他一手教出来的，有几斤几两重他还不知道？

"徒弟媳妇，你们先走，我陪他们玩。"诸葛候笑呵呵地走上前来，撸了撸袖子。

"大师傅！"烟落目光一沉，"走！"

诸葛候一听垮下脸来，可怜兮兮地说道："我跟着你一起来的。你断了一指，修聿小子已经很火大了，现在你要是再少了根头发，他会跟我拼命的。"

"老头儿，你带这几个先走，我留下陪她。"萧清越上前说道。

"姐姐！"烟落皱起眉头。

萧清越一番起落间便将两名金武卫打倒在地上，冲着她扬唇一笑："可别小看我。"

烟落无奈一笑，望了望诸葛候几人道："走吧！"目光在百里行素身上停留了片刻，微微笑了笑。

百里行素没有说话，知道自己现在只会成为拖累，便很干脆地随着诸葛候朝着宫门处撤去。烟落与萧清越两人一边在后面跟着，一边退敌。

华淳太后面色冷厉地看着广场上被围攻的几人，一扬手指挥着后面的人将萧清越和烟落围起，让她们无法接近宫门，另一队人马对付诸葛候几人。

烟落和萧清越尽量不让自己离对方太远，一来是方便照顾彼此，二来是以一敌众定然吃亏。两人难以言状的默契合作，在金武卫的围攻下，翻飞纵横，敏捷得令人难以置信。

然而萧清越毕竟有伤在身，体力渐渐跟不上了，华淳太后便指挥着人马着重攻击萧清越。烟落见状一抿唇，手中的短剑灵巧翻飞，瞬间在自己手腕割开一道口子，鲜血渗出，手腕处蓝色的龙令沾染到血迹缓缓泛起幽蓝的光芒，越来越耀眼，照亮了整个朝阳广场。光芒随着她与人搏杀的动作而闪动着，愈来愈强烈，然后龙令在手腕飞快地转动着。那蓝色的光芒钻入了她的体内，让她整个人都泛着幽蓝的光芒，瞳孔也变成了异于常人的蓝色。

周身泛着蓝光的矫健身形在人群中翻飞着，一个腾空落地，周身的蓝光大盛。一道巨大的影子从她体内升腾而起，盘旋直上云霄，朝阳广场上骤然之间竟传出龙啸之声，声声震荡人心。

诸葛候一边与人打着，扭头看到缓缓从她体内升起的巨大龙影，张大了嘴："哇，是什么东西啊？"

"北燕的蓝蛟龙。"百里行素说道。

“那是什么玩意儿？”诸葛候来了兴致，他徒弟媳妇体内竟然冒出龙来了，太神奇了。

“燕皇传给她的龙令是由千年蛟龙骨制成，蓝蛟龙是北燕的守护神兽，她体内又有蓝蛟龙血，现在血沾了龙令，生出龙魄有什么奇怪的？”百里行素一脸淡定地说道。

那巨大的蛟龙魄自她体内升腾而起，在朝阳广场盘旋一周，直入九霄，在黑暗的夷都上空翻滚着，九天之上的阵阵龙吟惊动了夷都城内的所有人。

华淳太后和金武卫不可置信地望着眼前的一幕，一直以为北燕将蓝蛟龙奉若神明不过是笑谈，充其量也不过是传说而已，如今看到这一幕却更加难以置信。

萧清越愣愣地望着眼前的一幕，随着那龙魄的出现，自己的身体也渐渐变得异样，本来虚弱的体力，突然之间充沛不已，就连身上的伤仿佛也在缓缓痊愈了。她一卷袖子，看到手臂上的伤口闪着幽蓝的光，缓缓愈合，完好如初。

当初因为被断了手筋脚筋，她也曾以蛟龙血为药引，想来是因此才有这样的反应。怪不得小烟说早有准备，原来竟然整出这么一个大家伙来。

龙魄在上空盘旋嘶吼，似乎是在召唤着什么！

所有人一时都愣着，不知该如何是好，烟落抬头望着天上的光影，唇角勾起一抹笑意，高声喝道：“龙骑禁军何在？”

华淳太后面色一沉，四下望了望，见并没有出现什么人，冷然一笑：“你唬我？”

“是吗？”烟落扬唇一笑。

话音一落，有无数的金武卫和暗卫离开了华淳太后身边，站到了她这一边，华淳太后面色顿变：“你们反了不成？”

一行人没有理会她的话，异口同声道：“蛟龙现九霄，龙骑禁军出。”

诸葛候也学着萧清越说话的口气道：“我的乖乖！”望了望百里行素：“这里的人，怎么就成了龙骑禁军了？啊呀呀这世界太神奇了。”

与此同时，夷都城里也有无数人朝东齐帝宫涌来，有的是商人，有的是小贩，有的是东齐的将领，有的是东齐的朝臣……

百里行素蓦然一笑，不知是何意思，只是说道：“漠北的龙骑禁军只是一部分，真正的龙骑禁军早就已经潜伏在各国都城，伺机而动，燕皇那家伙果然是留了这一手。”然而能召唤出龙魄的人却是少之又少，怪不得他那么多年都一直在找失踪的圣皇欣公主，原来是早有意将龙令交给她。

怪不得她就带着那么点人就赶来夷都救人，怪不得那般成竹在胸说她一带走萧清越，夷都必将大乱，楚修聿挥师而来，西楚铁骑也直逼夷都，这亲手创立的一切会成什么样，他完全可以想象。

可是心里生出的，不是可惜，亦不是遗憾，却是……解脱。

夜空之上，巨大的蓝色盘旋一周后，最后只会聚成一个蓝色的光点，如流星般划空而过，落在朝阳广场的女子身上，再次融回那只幽蓝的龙令。

朝阳广场，就在这眨眼之间，局面已经发生了巨大的转变。埋藏在东齐夷都多年的龙骑禁军，平日是与任何人没有差别的。他们或是商贩，或是朝臣，或是侍卫，已经悄然融入到了夷都的每一部分。也许他们永远都不会有任何行动，但是只要龙令召唤出龙魄，他们不管在哪里，不管在做什么，不管是什么身份，都会毫不犹豫听从指挥，这是他们曾经对北燕守护神兽立下的誓言。

这才是真正的龙骑禁军，所以当年燕之谦才那般不顾一切地打压她，要夺取龙令，这样能扼住各国命脉的所在，谁会放弃？

华淳太后眼中怒火滔天，紧紧盯着站在最前的黑衣女子，缓缓拔出剑来，一字一句地说道："洛烟，那就试试，今天是谁活着走出这里？"

事已至此，不是她死，便是她亡。

百里行素瞳孔微缩，眼底一掠而过的复杂，看着一身恨意近乎疯狂的华淳太后，目光悲伤而无奈。本以为替她报了仇，她会放下了，可是她却变得更加疯狂，疯狂得丧失了所有的理智。

烟落目光沉静，瞳孔依旧呈蓝色，冷然一笑："你每次说杀我，却每次都杀不了，这大话再说下去也没人信了。"

"以往有中州王救你，有百里行素救你，今天我看看谁还帮得了你！"华淳太后面色冷厉，足下一点便一剑劈了过来。

烟落不退反而迎了上去，两剑相击，火光迸溅，她沉声道："我自己应付你足矣。"

以前她的身手自然比不得她，如今因为蛟龙血的缘故，内力整整提升了一倍，已经远远不是以前的那个她了。长剑凌厉婉若游龙，短剑在手间灵巧翻飞，寸寸相逼。华淳太后退后数丈也不由暗暗吃惊，显然没料到她的功力会提升到了这个地步。

萧清越虽然没有像她那般功力得到提升，不过体力却迅速恢复了，靠近烟落跟前扬唇一笑："没想到你还留了这一手！"

烟落笑了笑，却没有说话，当初任重远他们说龙骑禁军分散各方，只要以龙令召唤必会听她号令，为了以防万一所以才暗中调查了此事，故而才敢这般来到夷都。

她转头望了望那边的诸葛侯一行人，朝萧清越一望道："不可恋战，走！"

纵然现在功力足可以对付华淳太后，但毕竟他们人少，力战下去定然会支持不住。这皇宫之内多是东齐的人，不能久留。

两人交换了眼神，相互配合朝着诸葛侯一行人的方向疾奔而去。龙骑禁军一拥而上截下了华淳太后一行人，助他们逃出宫门。

此刻的夷都城中，因龙令而召来的龙骑禁军及东齐的夷都守军在城内展开了交战。一片兵戈之声，夜风中弥漫起血腥的气息。

诸葛候一边跑，一边从怀里摸出个东西，扔给她："徒弟媳妇，你要的东西。"

烟落扬手接住，一看只是一枚发钗，但却是时常在华淳太后头上的那一只。弹指一拭，发钗中空似乎藏着什么东西，她朝百里行素望了望，将那东西收起。

萧清越侧头望了望："到底什么玩意儿，老头儿你偷了人家哪个姑娘的发钗了，回头我回去跟那老婆子告密去。"

"你敢，那是徒弟媳妇托我从华淳那妖妇手里偷来的。你不知道那女人把钗里的那东西放出来，弄得多碜人。"诸葛候闻言直甩头。

几人正说着，萧淑儿突然落后了下来，面色也苍白得不行，烟落赶紧停了下来折回去："你怎么了？"

冬青抬头望了望，抿了抿唇道："郡主自小身体也不太好，最近也病得益发重了，这样强的体力活动，心血不足。"说话间把身上带的药拿出来，递给萧淑儿。

萧淑儿将药吞了下去，摇了摇头："没事，快走吧！现在追来的只是华淳太后带的人，老太爷的人才是最难对付的，耽误不得。"纵然没有交手，但在为百里勋做事之时，对他的势力也多少有些了解。

话刚说完，烟落霍然扭头一望，周围突然死寂了下来，死一般的沉寂了下来。

"黑鹰死士。"百里行素沉声说道。

所有人都不由一震，都感觉到了迅速迫近的死亡气息。百里行素望了望几人，目光落在烟落身上："快走！"

烟落一咬唇，道："我和姐姐照看师傅，大师傅你们照顾好郡主，走北门。"只要撑到天亮，修聿就会到了，只是这个血腥的夜晚却是这般漫长。

"不能走那里。"百里行素说道。

"楚修聿从忻州来的消息已经暴露，再往北门去根本就是送死。"百里行素沉声说道。

"那怎么办？"萧清越恨恨地瞪了一眼诸葛候，吼道，"死老头，谁让你乱说的。"

"不就几个半死不活的吗？我给你们摆平。"诸葛候一撸袖子道。

萧淑儿望了望几人出声道："不能跟他们交手，那都是用毒术控制的毒人，就算沾了他们的血都会中毒，不能硬拼。"

"变态啊！"萧清越道。

烟落抿了抿唇，夷都大乱，这些人势必真要让他们葬身于此了。

"我知道一个地方，可以解决他们。"百里行素一脸沉静地说道。

几人闻声不由都望向他："什么地方？"

“地宫。”百里行素一边说，一边带着他们穿街过巷，“那里机关密布，这些人只知杀人，却是和活死人样，即便是楚修聿的飞云骑到了，即便能杀了这些死士，沾到他们毒血的人一样会死。”

诸葛清的面色微微变了变，望了望百里行素却没有说话，唯今之际只有将人引入地宫，利用那里的机关将其消灭。

烟落点了点头，一行人随着百里行素朝另一个方向走去，一直到了夷都的祭神台。那是每个皇帝登基之初祭天的神台，百里行素打开了机关，祭台缓缓开启一道石门。

百里行素站在大开的石门前，沉静的眼底缓缓掀起尘封多年的童年记忆，黑暗的、绝望的、充满仇恨的，都从这里开始……

迎面吹来的风，还是那记忆中的感觉，曾经苦苦挣扎就为走出这个地方，以为这一生不会再踏足这个地方，没想到……还是回来了！

诸葛清望着他的背影微不可闻地叹息，对于那个人那段过去，他也仅止于听说，然而其中的黑暗与血腥，只有亲身经历过的人才会知道那是什么感觉。

烟落抿着唇站在百里行素身边看到他变幻的神色，垂着的手不由收握成拳。他没有说话，没有任何动作，她却可以感受到那种自他身上生出的沉重的悲伤之意，然而她只是感觉到，却无法感同身受。

她默然望着那道缓缓开启的石门，心情前所未有的沉重，隐约间感觉到这一切都是与他息息相关的，自己离那个追寻的真相，越来越近了。

石门开启，百里行素一脸沉静地转头望向他们：“里面各种机关阵法复杂，大家不要走散了。”说罢转过头走进了那暗无天日的入口。

那刺目的白瞬间被无边的黑暗所包围，烟落抿了抿唇快步跟上他，一把抓住了他的手，微微笑了笑：“一起走吧，走散了怎么办？”

只是他走进这里的那一刻，她感觉到那无边的黑暗在将他吞噬，清晰地感觉到了他在害怕，甚至……恐惧。

百里行素没有说话，却也没有拒绝。烟落转头朝后面的人道：“大家手牵着手，别走散了。”

话音一落，诸葛候便叫唤开了：“啊呀，两个大男人牵着手，算怎么回事。”他边上站的诸葛清，不就得牵诸葛清?

“你再那么多废话？”萧清越吼道。

百里行素没有再说话，从出了地底城开始，他一扫往日的玩世不恭，特别安静，连话也说得少了。黑暗中谁也看不见谁，只有靠着感觉一步一步跟着走。

百里行素脚步慢了下来，一边走一边说道：“下面是台阶，不过只有一百八十步，大家小心。”

烟落闻言手蓦然一紧，这该是他特别熟悉的吧，在黑暗中就知道这里的每一步。

“大家走吧。”烟落出声说道。一手由百里行素拉着，一手接着后面的萧清越，很快步下台阶。

等下了台阶，百里行素将墙壁上的机关一按，前方的灯火次第而亮，一眼望去只是一座地下的宫殿，仔细一看便知是步步杀机的机关阵法，有无数条曲曲折折的路。

她站在那里有种难以呼吸的感觉，蓦然忆起在北燕皇陵中他逛花园一般地闯过了所有的机关，只是耸耸肩说小时候玩多了，此刻想起却是那样的揪心。

“走哪条路啊？”诸葛侯摸了摸头说道，在前面指了指，“这条？这条？还是这条？”

百里行素回头望了望众人，第一个走了过去，一边走一边说道：“大家跟着我的脚步走就对了，不然触动机关我可不管。”

萧清越眉目纠结，暗咒：“哪个变态造出这样的地方来？”

烟落看着百里行素的步伐，头也没回说道：“大家小心跟着，不要走散了，黑鹰死士很快就跟来了，大师傅你走后面照应，我在前面。”

“好啦好啦。”诸葛侯催促着，“快走快走。”

几人陆续随着百里行素进了阵中，除了百里行素没有人知道这座地宫有多大，任何一个不了解的人踏入这里都必是死路一条。

地宫之外，黑鹰死士也随之进入地宫之中。华淳太后与锦瑟二人带着金武卫来到祭神台，将地宫的石门打开，进到入口里面，沉声说道：“放下断世石！”

金武卫一听顿时一愣，只要放下断世石，就是彻底与外面隔绝了。

锦瑟见人还不动手，接过华淳太后身上的佩剑，刺进墙壁的机关口，入口处重达千斤的巨石缓缓放下。华淳太后望着缓缓封住的地宫入口，一字一句地说道：“今天，谁也别想从这里活着出去！”

正在阵中的烟落一行人也听到了那异样的响动，萧清越顿时出声：“那是什么声音？”

“是断世石放下来的声音，断世石一放下，这里就彻底与外面的世界隔绝了，看来华淳太后是要让所有人都死在这里。”萧淑儿平静地说道。

“所有人？她自己也不想活了？”萧清越道。

诸葛侯清然一笑：“她从来就没怕死过。”对她自己而言，早在二十几年前，她就已经是个死人了。

东齐大乱是在所难免了，华淳太后是要他们所有人都死在这地宫之中，再也不能出去。

烟落一听也不由紧张起来，如果再也出不去，岂不是他们所有人都要被困死在这里？

百里行素头也没回在前面走着，平静说道："我既然带你们进来，就一定让你们出得去。"

"这到底是什么鬼地方啊，阴森森的。"萧清越望望四周，虽然看起来是很平常的东西，但却让人觉得诡异得不行。

"大昱的皇子们都是在这里长大的，一年又一年，到最后活下来的那个，就会成为大昱的皇帝。"诸葛清淡声说道。

萧清越闻言沉默了，望向走在最前的百里行素，他从小就是在这样的地方生活吗？仅仅是听说已经毛骨悚然了，何况是亲身经历的人。

烟落一句话也不说，只是沉默地跟在百里行素身后走着，眼睛却一直望着他的背影，仿佛可以看到稚气的孩子在这黑暗而血腥的地宫是如何在行走。

百里行素似乎感觉到越来越近的人，加快了脚步，一边走一边向后面的人说着走的步法进退。一行人也不由加快了速度却又小心万分，一不小心触到任何一处机关，都是必死。

不少的黑鹰死士闯入阵中，却不懂破阵之法，只靠硬闯。华淳太后带着金武卫走了另一条与他们相挨的路，进到阵中快步疾追，一边走一边指挥着黑鹰死士朝着百里行素一行人那边追。

"他们来了！"萧淑儿惊声叫道。

黑鹰死士突然之间闯了出来，完全不顾阵中的机关就发疯一般地朝他们冲了过来，触动了机关，箭矢暗器都朝他们射去，有的倒下了，有的还继续朝他们追赶而来。

萧清越眼尖，一取方才在外面夺的银弓搭箭拉弓，直取要害，不能近身战，这样远方攻击总行吧！诸葛侯一看萧清越，不服气地一扬眉："就你有啊，我也有。"

说话间，诸葛侯从袖子内取出一物，萧清越顿时狂晕："你几岁，还玩弹弓？"

"我……"诸葛侯好不委屈，这是他买给无忧的好吧！

萧清越箭如流星，每发必中，朝诸葛侯吼道："还不想办法给我取箭！"

"哪有？我又没有！"诸葛侯又吼回去。

萧清朝指了指阵中因触动机关而乱射的箭矢："那么多是什么？"

"你要我去那里拿？"诸葛侯恼怒，那么多机关暗器，怎么拿？

"你怕了？"萧清越一脸鄙视。

"谁怕了？"诸葛侯一听便不服气，脚下一蹬便一阵狂风般卷了过去，把后面所有的机关触动，一阵风似的卷回来，将箭矢收了一大捆，人却毫发无伤。

萧清越满意地笑了笑，像诸葛侯这种武功已经高到变态的人物，这点危险怎么能奈何得了他？

华淳太后那边已经看到他们一行人，冷声大笑："以为你们躲进这里，本宫就奈何不了你们？今天……你们谁也休想活着离开这里。”

虽然可以看见，似乎也相隔不远，但是却是两条完全不同的路，若是强行从那边过来，必定触到两条路之间的机关暗器。华淳太后眸光一利，抓起边上的一名金武卫提起，便朝这边冲了过来。暗器乱箭齐出，那名金武卫却成了箭靶一般将所有的利器都挡了去。烟落握剑的手不由一紧，眸子瞬间呈现出幽蓝的色泽：“谁死谁活，就各凭本事了。”

“百里行素，你若还是大昱的国君，就给我立刻杀了你身边的女人！”华淳太后扬手一指烟落，厉声说道。

“够了。”百里行素声音平静而淡漠，望着对面的华淳太后面色前所未有的平静，没有一丝情绪，“这么多年，对你而言，我是什么？我的母亲！”

华淳太后望着他，眸底恨火滔天。

“我是你耻辱的印迹，我是你可以任意摆布的棋子，我是你可以指挥着杀人的工具。你遗弃我，厌恶我，毒害我，甚至置我于死地，我从未有过一刻恨你的心，因为你有你的苦，因为你是我的母亲。你叫我做什么，我不会有一丝犹豫地去做，不管对错，不管自己是否愿意，可是二十七年来，对你而言，我又是什么？连叫一句自己母亲的资格都没有？”百里行素直直地望着她，一字一句地说道。

他替她报仇，他替她杀人，他从来不能有自己的喜好，从来不可以有自己的意愿。不管他怎么做，他在她眼里只是一个肮脏的东西。

“那是他们害的，是西楚害的，是华容害的，是洛家害的。”华淳太后嘶声叫道。

“楚峥死了，华容死了，他们都死了，你还想怎么样？”百里行素自嘲地一笑。

“他们是死了，可是她还活着！”华淳太后指着烟落，咬牙一字一句地说道，“他们要我所受的，我要在她身上千万倍地讨回来。我要他们最宝贝的女儿生不如死，我要他们在九泉之下都不得安宁！”

“你真的疯了！”百里行素痛苦地望着她。曾经他以为只要报了仇，只要她的仇人死了，她也会好起来，可是她没有好起来，却愈发变本加厉。

这种疯狂的恨折磨着她，也折磨了他二十七年。

“我是疯了，从楚峥和姓洛的那恶贼将我送出去的那一刻就已经疯了，从被他们推到铁勒军中的时候我就已经疯了。”华淳太后眼底血丝尽现，似乎又坠入了那缠绕了二十七年的噩梦，喃喃说道，“我把她当最好的姐妹，我帮她离开大昱，我帮她跟姓洛的在一起。她说每个人都有追求自由和幸福的权利，说得多好听啊，最后就是为了他们的自由和幸福，将我践踏成泥，我如何甘心？如何甘心！”

“母亲没有害你，当年她回到西楚就一直在找你，她怎么会害你？”烟落沉声说道。

“没有害我？一直找我？”华淳太后仰头狂笑，无尽悲凉，“知道她是怎么出来的吗？知道他们是用什么把她救出来的吗？是我！楚铮为了向铁勒借兵，废了我一个月的

武功，把我送给了铁勒首领做玩物。他不是人，他想尽办法折磨我，好多回从我身上连皮带肉的咬。把我玩腻了，不要了，就丢给军营的属下，一个，两个，十个，二十个，无数个……我天天祈求着他们来救我，一天一天地等，谁也没有来，谁也没有来……”

百里行素痛苦地闭上眼睛，手紧紧攥成拳头。

华淳太后怔怔地望着一处，神色突然平静得出乎寻常，轻轻说道：“我当她是最好的姐妹，我当姓洛的是朋友，我当楚峥是我最爱的男人，可是他们谁也没有救我，铁勒军营里的人说他们回了西楚。”她的声音突地变得尖锐，咬牙切齿，“一个月，整整一个月，我过着比奴隶还不如的生活。一个月后我的功力恢复了，我趁他们睡觉的时候，把他们一个个都杀了，把铁勒首领从头到脚全剐了喂狗，他全身上下一片肉都不留，只剩一副白骨。我放毒把铁勒军营里所有的人都杀了。回去之后，看到姓洛的和华容成亲了。西楚与大昱之战，西楚大胜，楚峥稳坐皇位，他们笑得好恶心，好恶心。”

烟落全身不由自主地颤抖，霎时间被抽尽全身的气力……

华淳太后还在那里说着，仿佛是在对她们说，更似在自言自语：“我发誓，我会讨回来，一定要千百倍地讨回来。我回了大昱，因为帮了他们，我被视为叛徒尝尽刑罚。我要让自己活下来，一定要活着让他们付出代价，可是我却因为那帮畜生染了不干净的病还有了身孕，如果要打掉那个东西，我也活不成。为了能活下去，我什么都忍，什么都能忍……”

所有人都沉默了，萧清越望着对面那疯狂的女人无力叹息，有句话说得对，不管做了什么，错的也好，总是会有一个对的理由，只是人的立场不同而已。

一个女子被人这样的背叛，如何不恨，怎能不恨?

诸葛候听了也不由有些沉重，开口道：“事情是发生了不错，可是华容那丫头没害你，那么多年她一直在找你；楚峥那小子是浑球了点。可是……所有人都告诉华容你死了，她真信了，还在沧都立了你的衣冠冢，直到你突然出现在沧都，却是下毒害她，还害得烟丫头一出生就双目失明。她又开始找你，可是从那个时候开始大昱销声匿迹了，她根本找不到你，直到楚峥那小子死才把事情说出来。华容两口子知道你定是恨极了他们，他们是何等聪明的人会不知你要干什么。他们把烟丫头托付给楚策，一心求死，本以为楚峥死了，他们一死可以化解你心里的恨，可是你……”

烟落霍然望向诸葛候：“你为什么知道这些？为什么不早说出来？”

“我……”诸葛候挠了挠头，“是你自己一根筋，修聿小子才着急让我查的嘛！我还是从雷震那家伙那里套的话，你娘当年并不知道这事，你爹许是知情的。当时你娘有了你大哥，楚峥和洛家小子都一门心思放在救人上，不就……”

俗话说，可怜之人必有可恨之处，然而，可恨之人又何尝不可怜。

萧清越望着前面烟落与百里行素的背影不免担忧，谁也没有想到这般疯狂的华淳太后，背后会是那样一段不堪提及的过去，也让太多的人卷入其中，百里行素，烟落，楚策，楚修聿……

西楚先帝纵然没有跟华容在一起，却为了保护她而不择手段，只是没想到一时的保护，却害了这么多人的一生。

华淳太后蓦然一笑，冷冽而嘲弄："死？死有什么大不了？死都太便宜他们了，太便宜他们了。"而她活得比死还要煎熬，二十七年被那梦魇所缠绕，夜夜不得安眠。

烟落站在那里似乎被抽尽了所有的力气，果然是与洛家有关的。如今回想起来，自己的仇恨是那么可笑啊，对楚策如是，对百里行素母子亦如是，她有什么资格恨呢？

"洛烟，不要装出一副伪善的嘴脸，太恶心了，跟你娘当初一样恶心。"华淳太后冷冷地望着她说道，唇角满是嘲弄的笑，"可怜我？我不需要任何人的可怜，可怜算什么？"

烟落唇上血色尽失，颤抖的唇张了张，想说什么却发不出一丝声响。萧清越上前扶住她，望向华淳太后："不管你信不信，当年华容没害你便是了，如今他们三个人都死了，你何苦这般纠缠不放？真要自己一辈子，让百里行素一辈子也跟着你毁了？"

华淳太后面色骤然冷沉如冰："他们是死了，可是还有人活着。她还活着，她的儿子还活着，洛祈衍还活着，楚策还活着，楚修聿还活着，我要他们死，全都死！我要楚家和洛家的人全都死，断子绝孙，我要让他们在九泉之下都难安宁！"

萧清越叹息，直直望着华淳太后问道："那他们都死了呢，你又想怎么样？"真搞不懂楚修聿又怎么招着她了，那两个孩子又怎么招着她了。仔细说起来楚策和小烟也没招着她，当年的事发生的时候，人都还没出生呢！

虽然可以理解华淳太后心中的那种恨和疯狂，可是却不能接受这样的复仇。既然他们都已经死了，这些人只是他们的后人，对当年的事根本不知。这般疯狂的报复，毁了自己也毁了别人，太不值了。

不值是不值，可是哪个女人在经历那样的事后，会看得开，会放得下？

这最无辜的就是百里行素这家伙了。那样不堪的身世，没有父亲，母亲对自己满怀恨意，可是他又有什么错？错只错在不该成了她的儿子。

人说这世上最亲的人，便是家人，可是他的家人又在哪里？这么多年纵然华淳太后厌恶他，毒害他，他却一直视她为母，纵然她从来不认他这个儿子！

也许，他一直渴望着能够让华淳太后好起来，有一天能够堂堂正正叫她一声母亲，纵然这个母亲在别人眼中是那样不堪，甚至可恨。

华淳太后冷然一笑，疯狂地说道："没有如果，今天谁也休想走出这地宫，即便还有人我不能杀了，我也要他们痛苦一辈子。"

萧清越不可置信地摇了摇头，她真的疯了，小烟被她害得死过一回，如今还要她死。

上一辈的恩怨已经害了这么多的人，还要这样继续下去，冤冤相报何时了。

百里行素怔怔地站在那里，许久都没有说话，也没有动作。纤尘不染的白衣，如雪一般的银发，仿佛已经凝结成一座白玉的雕像一般。

这个如仙神一般圣洁的男子，却有着最不堪的身世，这是多么大的讽刺。

所有人都沉默着，没有人说话，整座地宫死一般沉寂，突然之间发出阵阵巨响。地宫一阵剧烈的摇晃，百里行素面色一变，不可置信地望着对面的人："你……"

烟落迅速敛起心头异样的思绪，沉声道："大家小心，她让人动了地宫的机关，这里要塌了。"她真的恨到了这样毁天灭地，要与他们同归于尽，葬身地宫。

几人不由齐齐变了脸色，周围的机关都开启了，暗器和箭矢四溅，整座地宫猛烈地颤动着。百里行素痛苦地望着华淳太后，华淳太后疯狂地笑出声："哈哈哈哈——都要死，你们全都要死。楚峥你得不到你心爱的女人，你的儿子也休想，你们楚家的男人都得不到，这是你欠我的，你们楚家欠我的！"

话音一落，机关内迸射出的利箭刺进了她的身体，她的身子微微一颤。百里行素眼底瞬间翻涌起浓烈的思绪，举步便要过去拉她："不要——"

然而无数的利器暗箭飞射过来，萧清越、诸葛候和诸葛清几人在挡着。眼见百里行素一动，烟落不由一颤，想拉他却又无法阻止他救自己的母亲。诸葛清一个健步冲到他面前，还没站稳，迎面而来的无数箭矢刺穿了他的后背，他抓着百里行素摇了摇头："让她去吧，快走！"

话音一落，诸葛清倒了下去，烟落果断地拉住了他，再这样下去他们都会死在这里了。百里行素被她拉着离开，目光却紧紧望着站在那里的华淳太后，霍然跪了下去："娘——"

这声压抑了二十七年对母亲的呼唤让华淳太后不由一震，眼底掠过一丝难以名状的复杂，蓦然牵起嘴角微微笑了笑，利箭、暗器刺入了她的身体。

华淳太后仰面倒了下去，边上的花圃里一朵鲜艳的海棠花被利箭划断，掉落在她的手里，她蓦然忆起了已经遗忘了二十七年的回忆……

那一年，她初到西楚入宫选秀，御花园里的海棠花开得正艳，一身天青常服的俊逸男子手间折了一枝初绽的海棠冲着她笑："你是哪宫的？叫什么名字？"

"我叫华淳，风华的华，淳美的淳。"

……

# 第十二章　三千弱水

地宫的机关被破坏，整座地宫发生震动，不少的地方已经开始塌陷，漫天的尘土飞扬，渐渐模糊了视线，百里行素眼看着那个恨了自己二十七年的女人在那边缓缓倒了下去。

他从不恨她，因为他知道二十七年来她几经挣扎求生就是为报仇。这仇真正报了她依旧得不到解脱，这种恨已经完全吞噬了她的灵魂，不死不休。

烟落拉着百里行素，望着那边已经被暗箭所伤倒下的华淳太后，咬牙说道："走。"

烟落被暗器伤了手臂，萧淑儿也因闪避不及而身中一箭。萧清越看着情况越来越糟，想叫百里行素，却又不忍开这个口，或许这样对华淳太后会是解脱吧！

百里行素敛目压下所有的思绪，起身带着他们迅速穿梭在阵中寻找出口，阵中传出锦瑟和金武卫的惨叫之声，他们没有人说话，只是在险象环生的阵中一直跑一直跑，闪避一道又一道的机关暗箭，身后传来震耳欲聋的倒塌声。

终于一行人，走到尽头，面对着一面石壁。百里行素将机关打开，石壁上出现一道门，外面的阳光照了进来，一行人走了出去。

"这地宫出来，竟然是在山里？"萧清越望了望四周叹道。

萧淑儿望了望百里行素，这地宫的出口本来是只有祭神台那一个。想来这个出口，是出自百里行素之手了，他在地宫多年，要弄出这样一道出口应该不难。

百里行素扬袖一指前面："过了那座绳索桥就到对面山洞，沿着里面直走就能回到夷都城里。"

冬青看了看几人，先行扶着受伤的萧淑儿过桥，诸葛候和萧清越也跟着往桥上走。百里行素回头望了望地宫里面，目光深沉而复杂。

烟落望了望他，道："我们走吧！"

百里行素点了点头，跟着她上桥，巨大的震动，让桥不断摇晃。眼看着桥便要断了，萧清越在前面叫道："小烟，你快点，桥要断了。"

一行人刚走过桥，桥便从脚下断了，走在最后的百里行素顿时便落了下去，烟落一扭头顿时满脸惊恐："师傅——"

她纵身扑过去抓住他的手，自己却也跟着向下坠去。萧清越又赶紧去拉她，脚勾着一边的藤蔓，可是细细的藤蔓承受不住三人的重量齐齐朝下滑去。诸葛候赶紧抓住萧清越的脚大吼："徒弟媳妇，你有没有掉下去？"

她要掉下去了，修聿小子非跟他拼命不可。

萧清越抓着烟落另一只手连忙道："快上来，我撑不住了！"

烟落望着百里行素，面上血色尽去，声音颤抖地说道："师傅，跟我上去。"

此刻，他的眼底竟是那样的平静，满头的白发随着山风乱舞，纠结缠绕。他冲着她笑，那是她从来没有在他脸上看到过的笑容，不是狡黠，不是玩世不恭，是温然如风的笑。

她手上和手臂的伤口因为强大的力道而裂开，鲜红的血顺着手臂蜿蜒沁入他们相握的手间。百里行素手微一滑，她目光惊惧，紧紧抓着他，指甲都抠进他的皮肉，朝上面的萧清越道："姐姐，拉我们上去。"她的声音颤抖不已。

萧清越一听，朝着上面的诸葛候吼道："老头快拉我们上去！"

诸葛候试着使力向上拉，脚下的土地微微一松，因为方才那桥的关系，这岸边的土质较松，一不小心他们真的全都掉下去不可，于是道："不行，这里山崖要塌下去了。"

"烟儿，放开。"百里行素望着她平静地说道。

"不放！"她决然说道，目光中带着乞求，"你答应跟我离开夷都的，休想反悔。"

"我的一生在这里开始，在这里结束，便是天意，未尝不是好事。"百里行素笑着说道。

"没有结束，现在才刚刚开始，说好一起走的。我会给你买房子，我会做你的靠山，我会帮你娶媳妇，我答应你的事都还没做到……"她一字一句地说道，眼底却不由自主沁出泪来，一滴一滴落在他的脸上。

"你傻啊，我骗你的，谁要吃你的软饭。"百里行素笑着说道，"中州的女人身材不好，长相一般，我才不要去。"

"把手给我，另一只手给我！"烟落朝他吼道，看到他那样的笑，心被撕扯得快要窒息，死死地要把他朝上拉。奈何一只手根本无力将他拉上去，"我不要你死在这里！我不要！我不要！”

百里行素没有再说话，目光中似是倾尽了一生的温柔，笑着与她决别：“烟儿，我们再见吧！”

“不要！不要！不要！”她努力想要抓住他，他却伸出另一只手一点一点地扳开她紧握着他的手……

烟落颓然伸着手，鲜血顺着她的指尖滴落，看着他一点一点地远去，一点一点地淹没在云雾之中，冷冽的山风吹得她眼睛直发疼。

山风吹过，朝阳初升，光芒万丈，白衣白发的男子淹没在云雾深处，恍若真的是那乘风归去的仙神，远离了万丈红尘。

诸葛侯使力将她与萧清越拉上去，三人刚一跌进山洞，方才站立的那一处便塌陷了下去。烟落扑向崖边望着下面，悲彻吼道：“百里行素，你混蛋！混蛋！我给你买房子，我做你的靠山，我……”

萧清越一把抱住她，望着那云雾缭绕的深谷，一句话也说不出来。

诸葛侯在一旁干着急，这会儿天都亮了，修聿小子该进城了。要是知道地宫塌陷，还不急死了。

黎明之际，大夏飞云骑攻陷夷都北门。朝阳之中一身银甲如神祇的帝王策马入城直入帝宫，第一时间吩咐人平定城内动乱。到达帝宫从龙骑禁军口中得知烟落一行人已经离开东齐帝宫，远远望了望太和殿的方向，折出帝宫。

刚一出宫门便见祁连等人过来了，仔细一瞧她根本就没在一起，眉眼间顿时一片冷锐：“人呢？”

祁连上前禀报：“昨夜夷都大乱，华淳太后和百里勋派了黑鹰死士追捕皇后娘娘一行人，百里行素将他们带入了祭神台的地宫。”

楚修聿握着马鞭的手一紧，一脸怒意沉沉：“我问你，人在哪里？”

“地宫断世石放下，我们追不进去，方才城中祭神台那边发生异动，地宫……估计塌陷了。”祁连沉声说道。

纵然没有亲自进去，也从一些龙骑禁军口中听说了地宫是个什么样的地方。断世石一放便是隔绝外世，再难相见。

楚修聿只觉身上的血液一寸一寸冰凉了下去，颓然转身上马，一拉缰绳带着人朝城中的祭神台而去，祁连等人连忙跟了上去。

祭神台部分地方已经倒塌，一片狼藉，一身银甲的帝王高踞于马上望着那被放下隔世石的地宫入口。他不信她会那样离他而去，这么多的苦，这么多的风雨都走过来了，她都没有放手，怎么会在这时候离去呢？

她答应了他，一定会回来的，一定会的！

祁连指挥着人在入口处，试了几回，依旧无法撼动一分一毫，回到马前禀报：“断世石重逾千斤，非人力所能打开。”

“打不开，就把这祭神台挖了，挖也给我挖到地宫去！”楚修聿沉声令道。

只要她没说自己要走，谁也休想从他身边把她带走，谁也休想！

飞云骑没有一个人说话，纷纷动手将祭台拆了，要将这埋葬在地下的地宫给挖出来。可是谁也忍不住在想，这样大的响动，下面还不知塌成什么样了，还会有活的吗？

楚修聿开始站在边上等，然而等了一会儿他等不住了，自己也要上前去帮忙。早知道会这样的话，当初在阳州说什么他也不该走，即便是陪着她一道进这地宫也好。

他多么希望那两个人所为她做的，是由他来做。如此的话，她也不会如此为难。

烟落被萧清越拉着离开了断崖从密道出来，却是在潋香别苑里，刚赶到祭神台便看到飞云骑的人正在那里挖祭神台，一身银甲恍若神祇的帝王站在那里，背影萧瑟而寂寥。

她颤抖的唇动了动，想要叫他，却干哑得发不出一丝声响。举步走了过去，越走越快，最后直接跑了起来。修聿听到背后急促的脚步声，心中一紧，刚一转过身来，纤秀身影便扑进了他的怀里，那样的猛烈。

修聿脚下一个踉跄，眼底却泛起莫大的惊喜，微微一笑将所有的疲惫一一掩去，温声问：“回来了？”

她的脸贴着他冰冷的铠甲，熟悉的气息弥漫着，包围着她。过了许久她抬头望向他，眼睛通红。面前的男人银甲战袍，熟悉俊朗的面容满是风尘，从上阳关绕道漠北，悄无声息直取凤城忻州，打入夷都来，这之间的心血和艰难，她如何不知？

烟落轻轻地点了点头，道：“你在这里，走到天涯海角，我也会回来。”

楚修聿垂下手去，握住她的手，感觉那手的异样顿时一颤，抬眸望向从她身后来的萧清越一行人，却没看到百里行素。微微皱了皱眉，萧清越无奈地摇了摇头。

修聿从萧清越口中知道了事情的经过，几人一道带着人马迂回数百里进到那深谷之中寻了两天两夜，她终于体力不支而晕迷不醒。

朔州，这是离开夷都第三天了，她又一次梦到了百里行素跌落深谷的情形，惊出一身冷汗醒来。修聿靠在床的外侧睡着了，当初从济宁到阳州，再从上阳关转战漠北赶赴夷都，他真的累坏了。

她探手抚了抚他的眉眼，忍不住探手拥住他，头轻轻地搁在他的肩头：“我爱你，会一直爱下去。”

这一生也许有太多让她后悔的事，却唯有这一件自始至终，无悔。

地宫一夜，恍然让她已经跨越了生死轮回，也让她的心穿透了笼罩已久的魔障，坚定地看到了那个缠绕在心底的人。

睡着的男人眉梢微动，唇角勾起温软的弧度，却没有睁眼醒来打扰她。

东齐大乱之后，三国战火依旧，东齐各方手握军事大权的自立为王，其中最为强势的要数撤出东齐夷都的百里勋一方，西楚和大夏都势要将大昱这股势力连根拔除，断绝后患。

在朔州停留了几日之后，萧淑儿拒绝了跟她一起到中州的提议，带着冬青去了岐州，还住在以前那座府第。萧清越亲自将她们送到了岐州。

一转眼，已经过去了数月，依旧没有百里行素的消息。大夏的二皇子已经满了周岁，府里上下忙活着给他做周岁。修聿从前线赶回来，顺路便去到沧都将无忧也接了一道回来了，刚一回到松涛阁，便看到刚学会走路的小家伙从里面左摇右晃地走了出来，刚换了一身宝蓝的锦衣，整个人圆乎乎的，看着特别可爱，光着脚便在屋里跑。

烟落拿着鞋子从内室追出来："瑞儿，回来，鞋还没穿呢！"

瑞儿跑到门口处，便撞上正进门的修聿和无忧，一个没刹住，一屁股坐在地上，恼火地扬起小脸望向挡路的人。无忧笑着将他抱起，教他道："瑞儿，叫哥哥！"

瑞儿平日与无忧玩得多，也亲近些，张了张嘴便道："咯咯！"

修聿瞧着眉梢一扬，唇角无声扬起。无忧抱着瑞儿指了指他，教道："瑞儿，叫爹爹！"

瑞儿瞪着大眼睛望了望修聿，然后帅气地一扭头望向烟落，伸了伸手："凉凉！"

修聿面色顿时黑沉，要多难看，有多难看，一撩衣袍在边上坐下。烟落无奈失笑，从无忧手中将孩子接过，道："叫娘娘，不是凉凉！"

瑞儿依旧唤道："凉凉！"

烟落抱着孩子坐下，帮他将鞋子穿上，望了望无忧问道："累不累？"

无忧笑着摇了摇头："不累。"说着拉着瑞儿的手，兄弟俩玩得不亦乐乎。

那边备受冷落的大夏皇帝重重地哼了一声以引起妻子的注意。烟落抿唇笑了笑，将瑞儿放到榻上，起身便要过去。瑞儿一把扯住她的袖子不撒手："凉凉，哦的！"

言下之意，娘是她的，不准过去。

修聿面色黑如锅底，恶狠狠地瞪着榻上的小家伙。这家伙是跟他有仇是不是？听无忧说就连学着叫祁月叔叔都会了，就是不叫他。平日还霸道得紧，黏着烟落不放，睡觉还抓着她手，她一动身走就扯开嗓子哭。

烟落望了望父子两个，好不无奈，无忧在一旁笑得有些幸灾乐祸。好不容易才将小的哄好了，放到榻上由着他玩，这才过去修聿跟前。

某个大夏皇帝靠着椅子闭着眼睛装睡，懒得理她。

"生气了？"烟落伸手推了推他。

修聿依旧闭着眼睛装睡不理，烟落无语，低声道："你多大的人了，跟孩子计较些什么？也不怕人笑话？"

这父子两个有时候真让人恼火，顾了这个，那个生气；顾了那个，这个生气，都一样的霸道不讲理。

修聿一撩衣袍起身进了内室，烟落扭头望了望无忧道："无忧看着瑞儿。"说完跟着进了内室。

"你就是太惯他们两个了，你看看他一天都嚣张成什么样子了，这才多大点？还有无忧，你也什么都宠着，现在是越来越不听话了。"修聿语气不善地在里面说道。

烟落皱了皱眉，一边帮他更衣，一边道："你小声点，别让他们听到。"

修聿恼火地瞪了她一眼，大力一揽她的腰，咬牙切齿："你……看来我是该好好振振夫纲了。"说着狠狠吻上她的唇，长久的分离让他眷恋这难得的温存。

烟落惊得推他，吃力地从他的吻中脱离，喘息说道："孩子还在外面呢，快把衣服换了，一会儿抓周时间该到了。"

修聿垮下脸来，低头轻咬着她的耳垂，抱怨："你不能老这么虐待我！"

"快换衣服，该出去了。"烟落红着脸催促道。

他不满地低头吻住她的唇，触了一下离开，抱得到，吃不了，气死他了，道："这会儿先欠着，晚上再讨回来。"说罢不情愿地换了衣服。

烟落起身出了门，将瑞儿抱起，送无忧回房换了衣服。修聿刚好换了衣服来一道去了前厅。刚一过去，萧清越和飞云骑的人便跑来把瑞儿抱走，萧清越笑眯眯地拿出个小布偶引诱："瑞儿，叫姨姨。"

瑞儿望了望她手里的东西，眼睛一亮，笑着叫："姨姨！"

边上围着的飞云骑等人一听，顿时拍手叫好，都拿着东西出来哄："瑞儿，叫叔叔！"

瑞儿很乖，便冲着众人叫道："叔叔！"一干人等喜不自胜，玩得不亦乐乎。

修聿脸黑沉沉的，咬牙恨恨道："这没良心的，怎么是我儿子？"

边上的无忧一听回头笑了笑，颇有些幸灾乐祸的意味："爹爹，谁让你老欺负他来着，现在好了吧，他不认你了吧。"

"嘿，你小子是越来越不像话了啊！"修聿剑眉一扬道。

无忧吐了吐舌头也跟过去跟着萧清越一行人起哄，烟落无奈失笑，看到他黑沉着脸，伸手拉了拉他。这父子两个简直生来就是冤家，就是不对盘。

抓周的时辰到了，烟落才将孩子抱了回来，放到桌上，满桌放着府里搜罗来的抓周物品，一个个都在边上递东西："抓这个！抓这个！"根本没有他们两个做父母的插手的地儿。

小家伙在长桌上爬了一段，把东西挨个的瞄，最后却是把桌上放着的一截青葱抓住了，抓着就往嘴里送，刚咬了一口就呛得哇哇直哭。众人哭笑不得："抓葱好，聪明，抓葱好。"可是让他抓，没让他吃啊！

烟落赶紧上前去抱了起来，接过修聿递来的水喂给他。

修聿在一旁瞪了小家伙一眼："看你还抓着东西就啃？"

瑞儿甩头不理他，引得众人直笑，修聿目光冷冷地扫过："很好笑吗？"

众人齐回道："一点都不好笑。"个个脸上却一副笑死我了的样子。

诸葛候和皇甫柔等不及开席已经先吃开了，听到笑闹声，皇甫柔过来将孩子抱起，瑞儿却看到站在一旁啃鸡腿的诸葛候，小手伸了老长："要！"

无忧赶紧顺手在边上的饭桌上扯了一只鸡腿给他，小家伙啃得满脸是油还不亦乐乎，楚修聿看得眉头直皱："他怎么还这么能吃？"

前厅的周岁宴还在继续，萧清越和祁月几人把瑞儿抱得满桌转悠，玩得好不开心。回头一看主位上，修聿已经起身拉着烟落回松涛阁去了，大伙正热闹着也都懒得理会他们。

刚一掩上门，楚修聿便迫不及待地扣着她的腰深深吻住她，长臂一伸将她抱起进了卧房。唇齿纠缠间，喘息渐浓。有力又微微粗糙的手缓缓挥入她的衣内，罩住娇软的丰盈。

她惊得一震，喘息着望着他，明净的面容染上丝丝绯红，格外撩人。

"烟落，我想要你……等不及了……"因为欲望而沙哑的声音贴着她的脖颈传来，火热的手覆着她的柔软，另一手扯开了她的腰带。

那对柔软因为生产过孩子，显得尤为丰满。男人眸色一暗，俯首含住挺立的嫣红，敏感的接触她身子重重一颤，衣衫尽褪，宽大的牙床上健壮与柔美的身躯交缠着，轻细的嘤咛伴随着沉重的喘息，一室风情旖旎。

"啊……"她弓起身子，随着灼热的入侵。

女人的惊叫声却引来男人更深的占有，深深地没入，疯狂地律动，将彼此逼近销魂蚀骨的巅峰，汹涌的狂潮让她无法抑制地尖叫，凶悍狂野的动作不让她有喘息的机会。

又一轮风雨席卷而至，她喘息着摇头："不行了……"

他听了低笑着吻住她，再度加重力道，她惊叫着昏了过去。

男人怜惜地吻着她香汗淋漓的娇躯，继续占有着柔软的身躯，满足自己压抑已久的欲望……

帘帐低垂，一室静谧，衣衫散落了一地。

天已经亮了，烟落醒来微一动，全身酸疼难耐，恼怒地瞪着还在熟睡的男人，每次回来都这样发狠。她欲起身下床，绕在腰际的手臂一紧，将她扣到怀中，睡眼惺松地瞅着她："干什么去？"

“我看看瑞儿去，昨晚上指不定闹成什么样？一会儿还要陪无忧练剑呢！”烟落说道。

修聿低头浅浅吻了吻她有些红肿的唇，抱怨道：“你就顾着他们两个，我都一个月没回来了，你该多关心关心我。”

“你多大的人了，怎么尽跟孩子争宠？”她秀眉一挑，甚是无语。

修聿手臂缠着她的腰，就是不松手，低声道：“昨天祁月他们肯定陪着两小家伙玩得很晚，早累得睡了，没什么事。”他是好不容易才能跟她独处，平日里即便他回来了，那小家伙也来搞破坏，每到夜深人静想做点什么，他就夹在他们中间闹腾。

烟落闻言抿了抿唇，心头一软，便没再说要走，沉默了许久，出声道：“还是没有师傅的消息吗？”

修聿沉默了一会儿，道：“没消息，也可能就是好消息。没找到也许是他走了，或是让人救走了。那地宫没有人比他更熟悉，说不定他故意的。”那出口是他弄的，那桥也是他搭的，他会不知道那深谷下面是什么情况？

烟落抿唇沉默了，突地出声道：“我们再要个女儿吧！”

“嗯？”修聿闻言低眉望她，“不是有瑞儿和无忧了吗？两个已经够头大了！”

“两个都是儿子，有儿有女才圆满。”她扬眸望了望他。

“瑞儿和无忧还小，东齐那边的战事一时之间也不能完，你一个人带三个孩子也忙不过来，等以后再说吧。”修聿笑着说道。

想到瑞儿出生的那天他都不由惊出一身冷汗来，哪舍得她再受那样的苦。孩子多了，难免会亏待了无忧，现在这样就够了。

烟落闻言也不再坚持，她知道他心有顾及，现在也确实不是再要孩子的时候。

早上刚在府里用过早膳，萧清越便急急忙忙跑来了王府，拉着她说有事商量。烟落见她一脸沉重，便留着他们父子几个跟着萧清越出了花厅。

“什么事？”烟落出声问道，萧清越一向有口直言的，怎么还会拉着她出来说？

萧清越抿唇，思量了一会儿方才道：“萧淑儿回了岐州便一直病着，冬青也在岐州请了不少大夫去看，都没什么起色，今天刚收到信说是情况愈发严重了，我想让你过去看看。不过因为当初也是她下令要你断指，这事楚修聿一直不高兴，不好在他跟前说。”

烟落闻言点了点头：“那你怎么不早说？”这人命关天的事，怎么能拖着？

“我也是刚刚知道，之前也写信问过，不过萧淑儿一直说没什么大碍。这回若不是冬青来信说，我也不知道。虽然与她感情并不深，但如今她把萧真儿和萧赫都送走，身边除了冬青那丫头，一个人都没有。对于我，她好歹也顾念了些姐妹情份。”萧清越叹息着说道。

烟落扭头望了望花厅的方向，思量片刻道：“那你快回府收拾一下，我进去跟他们说说，马上就去岐州。”

萧清越点了点头，赶紧离开了王府。

烟落深深吸了口气，进了花厅。早膳已经用完撤去了，无忧和瑞儿在榻上玩球，修聿坐在一旁，看到她进来，便问："她跟你说什么事了？”

她微微笑了笑，坐下帮他倒了杯茶，说道："萧淑儿病重了，姐姐请我去岐州帮着看看。”

修聿抿了口茶，眉眼微沉："天下的大夫那么多，找你干什么？”因为那断指之事，他对萧淑儿没什么好口气。

“岐州许多大夫都看过了，也没见起色，这几日愈发严重了。在上阳关她不是还帮过你们，不然东齐……”她温声劝道。

“她那是帮楚策，他们俩合谋，我没插手。”修聿冷冷说道。

“可是当时也是没办法，如果我们不做得苦大仇深，怎么会保命回来？现在她病重，说不定就……我不能不去。”她抿了抿唇，认真说道。

修聿面色愈发阴沉了，面上敛去了一向的柔和："说起这事，我还没跟你算账呢！”每回看到她的手，他的心都不由揪在一起。当日没说她，如今她竟然还想……

“我已经答应姐姐，一会儿就起程了。”她坚定地说道。

修聿面色黑沉，一眨不眨地盯着她："你又答应，你跟我商量了吗？”

“我这不是正跟你商量？”烟落秀眉一挑，愈发觉得眼前这人不讲理。

“我不同意。”修聿直言说道。

“你……你不讲理。”烟落气恼道。

“我就是太跟你讲理了。从她去了岐州，这大半年过去了，楚策从岐州都路过两回了，也没去看看，你去什么去？”修聿望了望他，沉声说道。

烟落敛目深深吸了口气，尽量让自己语气平和下来："她现在真的病重了，说不好就那么没了。如今她孤身一人躲在岐州，除了一个丫头身边什么人都没有，其间还有百里勋的人几次要取她性命。若不是姐姐安排了人暗中保护，早就没了，不管作为大夫，还是作为朋友，我也该去看看。”萧淑儿自始至终确实没有真正与她为敌，她欣赏这个女子的隐忍决绝。若不是因为不同的立场和这么多的恩怨，她们定会成为很好的朋友。

“暗中保护？”修聿眉头紧皱，定定地望着她，问道，“萧清越不会拿中州的人去保护，又是你帮她从漠北调的人过去，是不是？”

她无奈点了点头，回头望了望。无忧和瑞儿见两人这般要吵架的架式都瞪大眼睛望着他们，顿时语气软了下来："你小声点，别吓着孩子。”

修聿看她一副非去不可的样子，无奈叹了叹气，闷闷地说道："七天，七天必须回来。”

烟落抿唇笑了笑，将茶端了递给他："好，七天回来。"侧头望了望榻上的无忧和瑞儿，朝他说道，"趁这几天，你也好好跟儿子培养培养感情，现在他谁都叫，就不叫你，说出去也不丢人？"

修聿被戳到痛处，愤愤地瞪了她一眼："还不收拾东西去。"

烟落抿唇笑了笑，起身到榻上，跟无忧和瑞儿说了会儿话，赶紧回了松涛阁带了药和银针，出府时，萧清越已经骑马在府门外等着了。

楚修聿一出来便恶狠狠地瞪了过去，萧清越不动声色地转开头，佯装没有看见。烟落跟父子三个叮嘱了几句，便上马跟着萧清越一道上路。

岐州如今已经是西楚的领地，外面战火还在，岐州繁华依旧。因为以前的郡主府不再安全，萧淑儿已经住到了碧云庄，她们到庄里的时候，看到冬青正从里面出来，端着好几块沾了血的帕子。

"怎么样了？"烟落和萧清越上前问道。

冬青面色有些沉重，叹息道："已经咳了好久的血了，以前一天会有一回，如今一天好几回，奴婢也是没有办法了，才悄悄写信向萧将军求救。"

"那你也该早点说。"萧清越皱了皱眉，有些急切。

冬青无奈叹了叹气，带着她们到亭中坐下，说道："郡主就是那样，什么事从来都是自己来，从来不会麻烦任何人，以往在府里也是这样。虽然萧将军一直写信来问候，还派人前来保护，郡主对二位心中自有感激，也习惯了不麻烦别人，所以就……"

萧清越和烟落相互望了望，都沉默着没有说话。萧淑儿确实一直如此，隐忍不张扬，对人对事永远淡漠。

"我把东西收拾了，萧将军、烟姑娘，你们过去吧。"冬青起身，将那些染血的帕子收起拿去清洗。

烟落和萧清越看着她离去，方才举步朝寝居走去，在门外站了片刻。萧清越方才抬头敲了敲门，半晌里面传出轻微的咳嗽声："是谁？"

如果是冬青会直接进来，而不是敲门，想来是来了生人。

"是我。"萧清越推门进了里面，有浓重的药味扑面而来。屋里很安静，摆放最多的便是书，榻上的人清瘦苍白得可怕，眼窝深陷，哪还有曾经那个绝艳女子的风华？

看到进门的两人，萧淑儿面上难掩的讶异，起身便要下榻："你们怎么来了？"

烟落快步走了过去："别起来了。"说着便坐到榻边，拉着她的手把脉。

"病成这样，怎么还在信中说没事，要不是冬青写信来，你难不成……"萧清越皱了皱眉，有些说不下去。

萧淑儿闻言抿了抿唇，淡然一笑："也不是什么大不了的事。"

萧清越看到烟落把脉之后，面色沉重，不由皱了皱眉，看来这病情真的很严重了，不然连小烟那样好的医术也不会露出这样的神情。

“我去找冬青，去买些好吃的回来，我们三个也算是姐妹，今日难得聚在一起。”萧清越说道，曾经都在同一座府里住了数十年，却从来没有像如今这般坐在一起。

萧淑儿闻言微微笑了笑：“那你去吧！”

萧清越出门走了，屋里一时间剩下了她们两个。烟落侧头望了望窗外，出声道：“今天外面的太阳不错，园子里梅花也开了，出去走走好不好？”

萧淑儿闻声朝窗外望了望，微微笑了笑：“好。”说罢便起身下榻。

冬日的阳光格外的明亮，花园里梅花开得正好，轻风送来幽香阵阵，沁人心脾。两人一道沿着青石小路走着，萧淑儿轻声说道：“谢谢你们来看我。”

她本以为自己会一个人在这里默默生活，再默默死去。

“你的病……”烟落低声说着，却又不知该如何向她说出来。

萧淑儿淡淡笑了笑，在亭中坐下：“我自己的身体，我自己知道，你不必为难。生死由命，我想做的都已经做完，了无遗憾。”

“可是活着才有希望，为什么就把生命看得这么淡？”烟落微微皱了皱眉，望着她问道。

萧淑儿望了望园中的梅花，微微笑了笑：“大昱的人都是这样，从一出生就会知道生死是再简单不过的事，难的是要活着。不管是我，还是百里行素，抑或是华淳太后，没有一个人是怕死的，一出生就注定只有一个目标——复辟大昱，不可以再有任何其他的念头。而当这个目标倒塌了，支撑生命的一切仿佛也就没有了，没有什么再值得活着留恋的。”

烟落抿唇沉吟了片刻，直直望着她：“真的没有了吗？对他也是？”

萧淑儿闻言一震，低垂着眼眸敛去眼底的异样，再抬头眼底一片清明：“那样的人，一生爱一次就够了。我与他从来不可能，何苦还要执著下去？我也累了，累得再也走不下去了。”

烟落沉默不语，静静地望着园中盛开的梅花。这个女子爱那个人多少年了，却从来没有说出来，就连为他背叛了大昱，也没有说出来，她的感情这般隐忍决绝，却又浓烈得如此沉重。

她与他是那样的相像，深沉而内敛，什么都会放在心上，却隐忍不言。如果当初他遇到的不是她，走到一起的不是她，也许……一切都会不同吧！

烟落没有去追问她与楚策之间的事，那是只存在于她心底只属于她的秘密，没有人能够去分享，只是这心思玲珑的女子，爱得如此深，也如此决绝。

大昱确实已经埋葬了太多人的希望与一生，但愿百里行素真的没有死，寻觅到了他的新生……

“大昱的人是无法拥有幸福的，即便拥有也会马上失去。既是如此，不如不要去拥有，如此也就不会有失去的痛。”萧淑儿望着梅林，目光沉静淡然，“有的人有那个勇气去拼搏，而我是注定没有那个勇气的。”

无论她爱得再深，做得再多，也永远无法在那个人的心里与她相比较，因为她根本不在他心里，又何来高低?

“你有这个勇气，你也做到了。”烟落微笑言道，一步一步获取百里勋的信任，策反东齐内乱，打开上阳关各城，放西楚和大夏盟军入关挥师夷都，以这样决绝的方式冲破了大昱的枷锁。

萧淑儿闻言默然笑了笑，起身再走到亭边，折了枝梅花，淡声道：“已经有太多人葬送在了大昱。我的亲人，很多人的一生，我只是想快点了结这一切。大昱已经不被世人所接受，继续存在，只会害了更多的人，不如趁早做个了断的好。”沉默了片刻，转头望了望还坐在桌边的烟落，“从我们在皇极大殿那一次正式遇到，我真没想到，我们两个会像今天这样站在一起。”

烟落默然笑了笑，那时的她又如何能想到，她的人生会走到今天，如何会想到她们两个还能面对面如此心平气和地相对?

萧清越和冬青买了很多吃的回来，做了满满一桌佳肴。萧淑儿显得比平日要喜悦，还与她们喝了几杯，可是刚沾了些酒，便又咳了血，冬青赶紧送她回了房。

萧清越沉默着坐在那里，过了许久方才出声问道：“还有多久？”

烟落敛目深深吸了口气，沉声说道：“她早就旧疾缠身多年，地宫那箭伤虽没要命，也加重了病情。如今我只能尽量续命，能到哪里一天也说不准，也许明天，也许后天，也许就在一转眼间。”

说罢两个人都沉默着坐在那里，谁也不再说话，生命就是如此脆弱。

“姐姐，能……找到楚策吗？”烟落蓦然出声问道。

萧清越闻言侧头望向她，沉默了许久，望向萧淑儿寝居的方向轻轻点了点头，她是想见那个人的吧！

天色微明，一身黑甲墨发的冷峻帝王带人快马入城，翻身下马将缰绳交给守卫，一手扶着腰际长剑，浑身不可一世的帝王霸气。

西楚大军辗转半年，已经占领曾经东齐的大半领土，平定不少东齐趁乱而起自立为王的将领，更是一心追击百里勋一方的大昱残余势力。大夏皇帝遵照约定未取东齐寸土，就连最先攻陷的凤城、忻州以及夷都都交由了西楚。

烟落在正午的时候赶到了阳州，刚一进城便看到正准备出城办事的罗衍，于是勒马停了下来，翻身下马走了过去。罗衍看到眼前的人也不由意外：“小烟，你怎么会来阳州？”前几日是孩子周岁，她怎么就跑来阳州了？

烟落抿唇笑了笑："来办点事。"

罗衍侧头朝身边的副将将事情交代了，上前说道："跟我去驿站吧，这外面怪冷的。"说着便带着她朝驿站走去。

"大哥瘦了。"烟落一边走，一边说道。

从她重生以来，即便知道了真相，却与罗衍再不像儿时那般亲近了，就连好几次见了都难以说上几句话。小时候他与她，还有楚策，是那样的熟悉而亲近，如今大了，经历了太多事，却生疏了。

罗衍闻言愣了愣，随即笑了笑："近日忙了些。"

"大哥，楚策还在阳州吗？"烟落直言问道。

"今早刚到，这会儿在军营里商量战事，再有半个时辰就会到驿站来。"

烟落闻言抿唇点了点头，淡声道："萧淑儿在岐州病重，恐怕撑不了几日了。"

罗衍脚步一顿，微微皱了皱眉，有些没想到那个女子竟会成为这样。萧淑儿暗中帮西楚的事，楚策不是不知，只是他那个人一向如此，不是心中所爱，从来不会放在眼中。

烟落随罗衍到了驿站，刚用了膳便听到院外传来马蹄声，一身黑甲墨发的男子进了院中，看到正与罗衍说着话的人不由顿住了脚步，怔愣了片刻走了进来，解了剑放到桌边坐下。

罗衍望了望两人，朝楚策道："你还没用膳吧，我去让人做点送过来。"说罢便出门离去。

屋内陷入沉寂，楚策平静地倒茶，抿了一口望向她问道："什么事？"她不会无缘无故跑来找他，既然来了，必定是有事。

烟落抿了抿唇，恳求着说道："萧淑儿病重，怕是不行了，你能不能……去岐州看看？"

楚策没有说话，只是抿着唇望着她，目光复杂而深沉，过了一会儿薄唇扬起嘲弄的弧度。原来千里迢迢过来，就是为这一句话。

见他没有说话，她紧张地握了握自己的手，凭她对他的了解，他是不会去的，所以她才不得不自己亲自来说，思量了一会儿，说道："从阳州到岐州，只耽误你一天的时间就行了。"

楚策放下茶杯，面色一如往昔的冷冽，断然拒绝："我军事很忙，没时间。"

"楚策，即便不为别的，也看在她这些年帮过你的份上，见见她最后一面吧！"烟落恳求道。

楚策面色无波，冷声道："那是她的事，朕没有请她这样做，也没有要求她这样做。对于不相干的人，我不想浪费时间。"说罢，起身便要离开。

烟落闻言只觉心情沉重，敛目低声道："求你，去看看她，让她不要带着遗憾走。"起码对一个深爱你多年的女人，不要这么残忍绝情。

楚策望着她，语调低沉说道："洛烟，你对哪一个人都可以宽容，都可以尽释前嫌，对百里行素如此，对萧淑儿如此……我不明白，为什么对我就不可以，为什么就算站在我面前，连话都不愿说了……"

"楚策！"她沉声打断他的话，深深吸了口气道，"我们可不可以不要总是一见面，总是在这个问题上纠缠？"

楚策蓦然笑了笑，没有再说一句话。他何尝想这样纠缠不放？他也无数次告诉自己放下过去，无数次试着去做，才发现……放下一个人，比爱上一个人，还要艰难。

他总是这样矛盾的人，以前是，现在还是。他是多么想将她从那个人身边夺回来，可是他终究比不过那人，比不过那人的一丝一毫。无论何事那人总会第一个想到她，而他却要在她与大局间权衡利弊轻重，在这里，他已经输了。

正在两人沉默之际，青龙来了驿站，在门外禀报道："皇上，泉州方向兵马有异动。"

楚策闻言沉默了片刻，举步过去取了剑，头也不回随青龙出门离去，充分表达了自己拒绝的意思。罗衍从后面过来正看到楚策离去，侧头望向屋内，立在桌边的女子敛目深深叹息，无奈而苦涩。

"他没同意。"罗衍进门直言说道。

烟落默然点了点头，这是意料之中的结果。

"你不是不了解他，既然知道是这样的结果，还来做什么？"罗衍在桌边坐下，自行斟了茶，抿了一口，"你千里迢迢来，就为让他去看一个毫不相干的人……"

"大哥。"烟落打断他的话，直直望着他说道，"她是毫不相干的人吗？在沧都一次次暗中相助西楚，在岐州之时她不惜冒着风险让我们藏身，如今不惜背叛自己的家族，策反东齐军队，打开上阳关让西楚挥师夷都。如果不是她，现在的西楚也不可能这么快占领东齐，一个女人为他做到如此地步还是不相干的人？"

"小烟，你不了解他吗？在他眼里他不关心的人事，就是不相干的。不是什么人做了事，对方就一定要感激的。"罗衍望着她，缓缓说道，"他能为她做的，已经做了，不然他不会如此放过萧家。因为别人的好，你可以忘记曾经的不好甚至恨意，对百里行素如此，对萧淑儿如此，甚至于对华淳太后，你也如此心软。可是他不一样，你……不要为难他了。"

"这么多年，还是没变。"她低声喃喃道。

罗衍微微笑了笑，沉默了许久，说道："这么多年，我们三个人都变了，都有了各自不同的立场和眼光去看人看事。虽然大哥一直希望你能回来，但是如今看来，你已经有了你的选择，大哥希望你能真正幸福。”

不知道从什么时候开始，他在她与修聿之间似乎看到了当年父亲和母亲之间的那份情谊，相濡以沫的扶持，风雨兼程的携手，甘苦与共，生死相依……

烟落闻言抿唇，低着头道：“这一生，我后悔过很多事，可是唯有这个选择，自始至终都无怨无悔。我希望楚策可以真正放下过去，走自己的路，可是……我真的不知道要怎么去做。”

罗衍沉默着，要那个人放下这一切，这一生怕也难了。

烟落望向对面的人，微微一笑，说道：“这么多年，我在修聿身上学到了一句话：且行且珍惜。没有人可以预知未来，我们所能做的，就是一路珍惜着身边的人和事。小时候，我们总说着永远在一起，可是这世上哪有什么永远？永远就是珍惜每一天，过好每一天，不是所有的东西都经得起等待和蹉跎。”

夷都地宫的一夜生死，再看百里行素那样离去，她知道有的事如果不做，有的话如果不说，也许将来就不会再有机会说。她也终于才穿透了内心的重重迷障，看到了未来的方向。

罗衍听着笑了笑，似乎明白了她所说的话，且行且珍惜。

“当知道真相的时候，当在去上阳关的路上，我想了好多好多，从前的我，现在的我，甚至有那么一个念头在心里说，回去吧！可是当我真正站在他的面前，我才发现，我做不到了。”楚修聿在她心里越来越清晰，清晰地占据了她所有的思想。

以前，不管他们之间有什么误会，不管他瞒了她什么，只要清楚了，她都不会再计较，都会毫不犹豫继续站在他的身边。可是这一切，她发现她做不到了。

罗衍静静地听着，脸上的笑意有些苦涩，且行且珍惜，这世上又有几个人做到了？

“姐姐曾经说，成长意味着很多，或是得到，或是失去。没有谁可以永远天真，所有人都不想我沾上血腥权谋，这种保护是好心的，却也让我失去了自保的能力。这些年纵然过得艰难，纵然历经风雨，不过也让我懂得了更多，也更加看清了自己，真正领略到了壮阔的生命。”烟落微笑着说道，“很谢谢大哥你们以前的保护，但我不可能一辈子在你们的保护下过活。成长虽然会痛苦，但它让我收获更多。”

罗衍没有说话，只是看着眼前眉眼柔和的女子已经不再是他记忆中那天真的少女，她坚强聪慧，她善良勇敢……

烟落从驿站告别了罗衍，没有直接去岐州，反而骑马到了西楚大营外站着，也没让人通报就在外面牵着马站着等楚策出来。然而直到天都黑了，也下起了雪，楚策也没见出来。

楚策处理完军营的事，已经是半夜了。冷冽的夜风呼啸，青龙从外面办完事再回来，看到军营外的人还在那里站着，回到营中禀报了军务，主案后玄衣墨发的帝王点了点头，挥了挥手让他下去。

青龙转身走了两步，道："皇上，烟姑娘……还在营外站着呢。"

楚策闻言皱了皱眉，薄唇微微抿起，冲他挥了挥手，青龙领命离去。

夜风时不时卷起帐帘，带进阵阵寒意，可想而知的寒冷。楚策起身在帐内来回走了几步，取了皮裘出营，走到她面前："你还要站多久？"

"请你去岐州见一见她。"烟落恳求道。

萧淑儿的身体已经衰竭，也撑不了这几天了，一生最为执著的便是这个。从冬青口中知道，萧淑儿经常会到以前郡主府楚策住过的屋子，一坐就是老半天。一个女子痴情如斯，她又如何忍心让她带着遗憾而去？她只是想让他们见一见，哪怕只是看上一眼也好。

楚策深深地望着她，薄唇紧紧抿着，她的倔犟他不是不知道。他若不应，她就非得站在这里等到他应为止。接过青龙牵来的马匹，翻身上马朝着还站在雪地里的人道："还不走？"

烟落闻言愣了愣，顿时笑了，只是冻得有些僵的脸扯得有些发疼，赶紧翻身上了马，一道朝着岐州而去。

赶到岐州境内的时候，已经是第二天的黄昏了，夕阳美得令人沉醉。冬青看到进庄的两人，愣愣地站在那里，显然没料到被烟落所带来的人。

烟落笑了笑，问道："你家小姐呢？"

冬青愣了片刻，回道："刚用了药，在屋里歇着呢，萧将军在陪她说话。"

烟落点了点头，回头望了望楚策："过去吧！"

楚策没有说话，只是静静跟着她走着，面色一如往昔的冷峻，了无一丝波澜。刚走到门口便听到里面传出说话声，萧清越在侃侃而谈说着什么。

烟落没有敲门，直接推门而入，里面的人听到动静望了过来，楚策跟着她一道在桌边坐了下来。四个人坐着却没有一个人再说话，萧淑儿捏着帕子的手指泛着微微的青白，显露出了她的不安和紧张。

萧清越先行起身朝烟落望了望，道："小烟，你出来，我有话跟你说。"说着拉着她一道出去，顺手便将门掩上，刚一出门便拍了拍心口。

烟落敛目站在台阶处，深深吸了口气朝萧清越道："你身上还有冻伤膏吗？"因为以前并不注意，到冬天一受了冻手就会起冻疮。在中州的时候倒还好，这一路跑了两天，手上又长了起来，若是回去让某人瞧见了又是一顿唠叨训斥。

"在我房里呢。"萧清越说着便拉她到边上的房间，丝毫没有追问她是怎么把人带来的。

屋里很静，香炉里飘散着袅袅青烟，带着缕缕药香。

楚策坐在那里没有说一句话，萧淑儿神色也渐渐恢复了平静淡然。她很清楚，他此刻会坐在这里，不是因她，而是因为那个人。

“我不知道她会去找你来。”萧淑儿淡声说道，若是放在别的女人身上，说这样的话定然会让人觉得做作，然而在她身上便是坦荡。

楚策依旧没有说话，只是坐在那里淡淡地望了她一眼。

“谢谢你没有再对付父亲和妹妹。”萧淑儿出声道，她知道以他的手段不可能找不到他们，但至今也没有对付他们，定然就是不会再追究了，如此她也便放心了。

面色苍白的女子半倚在罗垫上，整个人单薄瘦弱，仿佛随时都可能消融在香炉升起的袅袅青烟中，望着坐在对面的人目光沉静，缓缓说道："你还怨她吗？"

楚策闻言眉眼微动，他知道她说的她所指何人。

怨她吗？是怨过吧，只是怨又如何？

“记得第一次看到你们的时候，是在沧都灯会。她放了许愿的河灯，拉着你追着河灯朝飞天湖跑，后来，你们每年都会在灯会的时候放灯，再追着河灯到飞天湖，我就一路追着，看着，真羡慕你们的快乐。”她缓缓说起那段久远却一直清晰的回忆，“还有一回，你们偷偷去了莲云山，回去的时候码头上所有的船都走了，好不容易才搭上船回沧都，我也在那艘船上。”

那时自己恰好远游回沧都，看到他们在码头本是想第二天再走的，却提前让人把船靠了过去，让他们上船一道回了沧都，然而这一切他们又何曾知道过？

他们也曾数次擦肩而过，而真正面对面却是在多年以后站在了皇极大殿之上。那时他们三个人又站在了一起，却也从那个时候，都走向了不同的方向……

楚策薄唇微微抿起，眼底一掠而过的讶异之色，却终是一句话都没有说。

“有时候看着离你很近，可是一伸手才发现远得难以触及。爱上你这样的人，真的好累。”萧淑儿微微笑了笑，薄凉而苦涩，“爱了，伤了，痛了，再也没有勇气去试第二次了。我曾一直很羡慕洛烟，可以得到你那样的爱护，可是当我与如今的她一次次重遇后，我发现其实我不用羡慕她。不曾拥有过，我就不会有失去的绝望和痛苦，比之她我还是幸运的。这世上的人本就是如此，不是遇上了，爱上了，就一定会走到最后，有情未必有缘。”

譬如你与她，譬如我与你，譬如很多很多人……

她从没想过自己会有一天，将这番话亲口对他说出来。她爱过他，也曾试着努力接近过他，也曾幻想过他们能走到一起是什么画面，而到现在终于将这一切说出来，她的心却蓦然平静了下来，前所未有地平静了。

一直是她一个人在说着话，她不说了，屋里又恢复了沉寂，隐约可以听到窗外的树在风中摇晃出沙沙的声响。

萧淑儿起身到桌边坐下，将棋盘的棋子重新布置，道："当年我们那盘棋还没有下

完，今天下完了可好？”

楚策闻言愣了愣，忆起说的那盘棋是她入宫第一年，他前去试探消息时两人下的，没下完他便走了，沉默一会儿，点了点头：“嗯。”

她将棋子重新摆回当初的残局，落下一子道：“该你了。”

楚策拈起一枚黑子，扣入棋盘。他甚少与人下棋，棋艺是那个人一手教出来的，只是如今的他们都很少再碰及这些了。

天色渐亮，楚策扣下最后一枚棋子，说道：“我要走了。”

萧淑儿愣了愣，含笑点了点头，起身送到门口。看着男子挺拔苍劲的背影出了园子，消失在茫茫夜色之中，她仍旧立在门口处。

寒风呼啸而过，扬起她鬓角的一缕青丝随风飘飞着，空气寒意彻骨。

冬青听到这边开门声，看到楚策走了，赶紧拿了皮裘过来给她披上：“郡主，外面风大，进去吧。”

萧淑儿闻言抬头望了望夜空，晶莹的雪花从空中缓缓落了下来，轻盈纯净，她伸手接在掌心，微微笑了笑：“又下雪了。”

她记得，她嫁给他的前一天晚上，也是下着这样的大雪，她一个人穿着嫁衣站在院子里接着这样的雪花……

烟落没有在碧云庄送他，早早便已经到了城门口，看到夜色中策马而来的人知道他是要走了。楚策看到站在城门处的人，勒马停了下来却没有说话。

“谢谢你能来！”她衷心说道。

楚策望了望她，没有说话，只是冲守城的将领道：“开城门！”

城门大开，寒风呼啸而入，玄衣墨发的帝王高踞于马上袍袖翻飞，打马走了两步，又停了下来，没有回头只是道：“到此为止，我们就做故人吧。”

天涯永隔，生死不见。

烟落闻言抬头望去，只看到他策马奔驰出城的背影消失在茫茫夜色之中，这是她最后一次见到楚策。以后的许多年她看到他问鼎天下，高高在上，他们却再也没有相见。

第二天雪停的时候，萧淑儿离世了，去得很安静，唇角还挂着浅淡的微笑。

苍和大陆的动乱用了四年才平定，西楚大帝亲自率兵将大昱最后的残留势力清剿，天下才真正平定下来，西楚与大夏两国并立。

乾元十六年，楚帝称光武大帝，雷厉风行削弱氏族势力，巩固西楚政权。无忧正名楚佑，立为西楚太子，成为古往今来第一个身兼两国太子的皇子。

大夏皇帝一生六宫无妃，独尊一后。直至乾元二十一年，夏皇传位太子楚佑为圣武帝，光武圣武二帝在位，天下大治，商贸发达，是为“乾元盛世”。

光武大帝一生未立后，直到许多年后驾崩，太子楚佑取得遗诏，遵诏书追封皇贵妃洛氏为睿敏皇后。关于这个皇后，史书只有寥寥数笔：

乾元三年，沧都动乱。帝诏，洛氏一门以权谋私，意图谋反，其罪当诛，皇贵妃洛氏怀执怨怼，无关雎之德，念其身怀龙种，贬为嫔妾，幽禁冷宫。

——《苍和列国志·光武帝传·四十七卷》

乾元六十三年，帝崩于驻心宫，西楚太子楚佑继位，一统天下，遵先帝诏，追封皇贵妃洛氏为睿敏皇后，合葬于皇陵。

——《苍和列国志·光武帝传·一百八十一卷》

然而关于这千古一帝的皇后，世间传说纷纭，有人说她被楚帝害死在那场大火中，也有人说她根本就没有死，一直生活在西楚皇宫……

夷都之乱的第二年，远方传来故人的消息。有途经中州的西域商人，说起游走西域三十六国的白发神医在月牙湾霸占了神庙，建了座别苑叫百里流烟宫。

第三年的中秋，大夏在北方取得大捷，夏皇和皇后带兵凯旋归城。

刚一进城，一身劲装飒飒的大夏二皇子便拖着小剑冲了出来，指着大夏皇帝便吼："我要跟你决斗！"

决斗？！

修聿眉梢一扬，翻身下马走了过去，看到他手中的剑："这是谁给你的？"那剑似乎是楚策以前送给无忧的，凤眸一斜望向站在一旁的俊秀少年。

无忧一脸无辜："不关我的事。"

楚奕一脸不服气，瞪着自家老爹："你把我娘亲还给我！"

娘亲是他的，这不守信用的老爹把娘亲拐带出去，一连几个月都不回来，他怒了。

修聿拧着眉瞪着儿子，他如今跟着祁月和诸葛侯一伙，都学成什么样了？修聿足尖一挑，将落在地上的剑鞘勾起接到手中，轻轻在小家伙手背一点。楚奕松了手中的剑，他伸脚一踢让剑稳稳落入剑鞘，剑眉一扬："剑都扛不稳，还跟我决斗，嗯？"

楚奕手一空顿时垮下脸来，气鼓鼓地瞪着他，目光一转看到修聿身后正与萧清越一道进城的烟落，顿时泪奔而去："娘亲——坏爹爹欺负我！"

烟落心疼地将儿子抱起，楚奕伸着小手指着手背微红的一块，告状道："坏爹爹打我，好疼，不要理坏爹爹了！"

楚修聿咬牙切齿地瞪过去，他什么时候打他了？

烟落伸手给儿子揉了揉，吹了吹气："好了好了，不疼了。"说着瞪了修聿一眼，一手拉上站在边上的无忧道："走吧，我们回去。"全然不顾被扔在一边的大夏皇帝。

修聿眼看着方才在路上还与自己浓情蜜意的妻子转眼就变节，心里那个郁闷呐！

夜静更深，烟落好不容易把无忧和小儿子都哄着睡下了，轻手轻脚地起身出门。站在门外接应的男人面色黑沉：“你就惯着他们两个，现在都成什么德行了？”

“是我惯的还是你惯的？”烟落瞅了他一眼，低声哼道。

他就是刀子嘴豆腐心，嘴上强硬，还不是宠孩子宠个没边，不然这两个小家伙也不敢这么跟他对着干。

皓月当空，星辰满天，两人并肩走着，修聿很自然地牵起她的手，唇角勾起温柔的弧度。

这一生历经风雨，许多人在他们生命中来了又走，所幸他们还在一起，还有无数的明天可以携手并肩，一生不弃。

千帆过尽，皆非吾心所爱。

三千弱水，哪瓢知我冷暖？

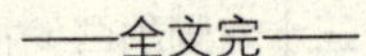
——全文完——